BENVENUTO

LA VITA

LA VITA
DI
BENVENUTO CELLINI FIORENTINO
scritta (per lui medesimo) in Firenze

Questa mia Vita travagliata io scrivo
per ringraziar lo Dio della natura
che mi diè l'alma e poi ne ha 'uto cura,
alte diverse 'mprese ho fatte e vivo.
    Quel mio crudel Destin, d'offes'ha privo
vita, or, gloria e virtú piú che misura,
grazia, valor, beltà, cotal figura
che molti io passo, e chi mi passa arrivo.
    Sol mi duol grandemente or ch'io cognosco
quel caro tempo in vanità perduto:
nostri fragil pensier sen porta 'l vento.
    Poi che 'l pentir non val, starò contento
salendo qual'io scesi il Benvenuto
nel fior di questo degno terren tosco.

Io avevo cominciato a scrivere di mia mano questa mia Vita, come si può vedere in certe carte rappiccate, ma considerando che io perdevo troppo tempo e parendomi una smisurata vanità, mi capitò inanzi un figliuolo di Michele di Goro dalla Pieve a Groppine, fanciullino di età di anni XIII incirca ed era ammalatuccio. Io lo cominciai a fare scrivere e in mentre che io lavoravo, gli dittavo la Vita mia; e perché ne pigliavo qualche piacere, lavoravo molto piú assiduo e facevo assai piú opera. Cosí lasciai al ditto tal carica, quale spero di continuare tanto innanzi quanto mi ricorderò.

LIBRO PRIMO

I. Tutti gli uomini d'ogni sorte, che hanno fatto qualche cosa che sia virtuosa, o sí veramente che le virtú somigli, doverieno, essendo veritieri e da bene, di lor propia mano descrivere la loro vita; ma non si doverrebbe cominciare una tal bella impresa prima che passato l'età de' quarant'anni. Avvedutomi d'una tal cosa, ora che io cammino sopra la mia età de' cinquantotto anni finiti, e sendo in Fiorenze patria mia, sovvenendomi di molte perversità che avvengono a chi vive; essendo con manco di esse perversità, che io sia mai stato insino a questa età, anzi mi pare di essere con maggior mio contento d'animo e di sanità di corpo che io sia mai stato per lo addietro; e ricordandomi di alcuni piacevoli beni e di alcuni innistimabili mali, li quali, volgendomi in drieto, mi spaventano di maraviglia che io sia arrivato insino a questa età de' 58 anni, con la quali tanto felicemente io, mediante la grazia di Dio cammino innanzi.

II. Con tutto che quegli uomini che si sono affaticati con qualche poco di sentore di virtú hanno dato cognizione di loro al mondo, quella sola doverria bastare, vedutosi essere uomo e conosciuto; ma perché egli è di necessità vivere innel modo che uno truova come gli altri vivono, però in questo modo ci si interviene un poco di boriosità di mondo, la quali ha piú diversi capi. Il primo si è far sapere agli altri, che l'uomo ha la linea sua da persone virtuose e antichissime. Io son chiamato Benvenuto Cellini, figliuolo di maestro Giovanni d'Andrea di Cristofano Cellini; mia madre madonna Elisabetta di Stefano Granacci, e l'uno e l'altra cittadini fiorentini. Troviamo scritto innelle croniche fatte dai nostri Fiorentini molto antichi e uomini di fede, secondo che scrive Giovanni Villani, sí come si vede la città di Fiorenze fatta a imitazione della bella città di Roma, e si vede alcuni vestigi del Collosseo e delle Terme. Queste cose sono presso a Santa Croce; il Campitoglio era dove è oggi il Mercato Vecchio; la Rotonda è tutta in piè, che fu fatta per il tempio di Marte; oggi è per il nostro San Giovanni. Che questo fussi cosí, benissimo si vede e non si può negare; ma sono ditte fabbriche molto minore di quelle di Roma. Quello che le fece fare dicono essere stato Iulio Cesare con alcuni gentili uomini romani, che, vinto e preso Fiesole, in questo luogo edificorno una città, e ciascuni di loro prese affare uno di questi notabili edifizii. Aveva Iulio Cesare un suo primo e valoroso capitano, il quali si domandava Fiorino da Cellino, che è un castello il quali è presso a Monte Fiasconi a dua miglia. Avendo questo Fiorino fatti i sua alloggiamenti sotto Fiesole, dove è ora Fiorenze, per esser vicini al fiume d'Arno per comodità dello esercito, tutti quelli soldati e altri, che avevano affare del ditto capitano, dicevano: - Andiamo a Fiorenze - sí perché il ditto capitano aveva nome Fiorino, e perché innel luogo che lui aveva li ditti sua alloggiamenti, per natura del luogo era abbundantissima quantità di fiori. Cosí innel dar principio alla città, parendo a Iulio Cesare, questo, bellissimo nome e posto accaso, e perché i fiori apportano buono aurio, questo nome di Fiorenze pose nome alla ditta città; e ancora per fare un tal favore al suo valoroso capitano, e tanto meglio gli voleva, per averlo tratto di luogo molto umile, e per essere un tal virtuoso fatto dallui. Quel nome che dicono questi dotti immaginatori e investigatori di tal dipendenzie di nomi, dicono per essere fluente a l'Arno; questo non pare che possi stare, perché Roma è fluente al Tevero, Ferrara è fluente al Po, Lione è fluente alla Sonna, Parigi è fluente alla Senna; però hanno nomi diversi e venuti per altra via. Noi troviamo cosí, e cosí crediamo dipendere da uomo virtuoso. Di poi troviamo essere de' nostri Cellini in Ravenna, piú antica città di Italia, e quivi è gran gentili uomini; ancora n'è in Pisa, e ne ho trovati in molti luoghi di Cristianità; e in questo Stato ancora n'è restato qualche casata, pur dediti all'arme; ché non sono molti anni da oggi che un giovane chiamato Luca Cellini, giovane senza barba, combatté con uno soldato pratico e valentissimo uomo, che altre volte aveva combattuto in isteccato, chiamato Francesco da Vicorati. Questo Luca per propria virtú con l'arme in mano lo vinse e amazzò con tanto valore e virtú, che fe' maravigliare il mondo, che aspettava tutto il contrario: in modo che io mi glorio d'avere lo ascendente mio da uomini virtuosi. Ora quanto io m'abbia acquistato qualche onore alla casa mia, li quali a questo nostro vivere di oggi per le cause che si sanno, e per l'arte mia, quali non è materia da gran cose al suo luogo io le dirò; gloriandomi molto piú essendo nato umile e aver dato qualche onorato prencipio alla casa mia, che se io fussi nato di gran lignaggio, e colle mendacie qualità io l'avessi macchiata o stinta. Per tanto darò prencipio come a Dio piacque che io nascessi.

III. Si stavano innella Val d'Ambra li mia antichi, e quivi avevano molta quantità di possessioni; e come signorotti, là ritiratisi per le parte vivevano: erano tutti uomini dediti all'arme e bravissimi. In quel tempo un lor figliuolo, il minore, che si chiamò Cristofano, fece una gran quistione con certi lor vicini e amici: e perché l'una e l'altra parte dei capi di casa vi avevano misso le mani, e veduto costoro essere il fuoco acceso di tanta importanza, che e' portava pericolo che le due famiglie si disfacessino affatto; considerato questo quelli piú vecchi, d'accordo, li mia levorno via Cristofano, e cosí l'altra parte levò via l'altro giovane origine della quistione. Quelli mandorno il loro a Siena; li nostri mandorno Cristofano a Firenze, e quivi li comperorno una casetta in via Chiara dal monisterio di Sant'Orsola, e al ponte a Rifredi li comperorno assai buone possessioni. Prese moglie il ditto Cristofano in Fiorenze ed ebbe figliuoli e figliuole, e acconcie tutte le sue figliuole, il restante si compartirno li figliuoli, di poi la morte di lor padre. La casa di via Chiara con certe altre poche cose toccò a uno de' detti figliuoli, che ebbe nome Andrea. Questo ancora lui prese moglie ed ebbe quattro figliuoli masti. Il primo ebbe nome Girolamo, il sicondo Bartolomeo, il terzo Giovanni, che poi fu mio padre, il quarto Francesco. Questo Andrea Cellini intendeva assai del modo della architettura di quei tempi, e, come sua arte, di essa viveva; Giovanni, che fu mio padre, piú che nissuno degli altri vi dette opera. E perché, sí come dice Vitruio, in fra l'altre cose, volendo fare bene detta arte, bisogna avere alquanto di musica e buon disegno, essendo Giovanni fattosi buon disegnatore, cominciò a dare opera alla musica, e insieme con essa imparò a sonare molto bene di viola e di flauto; ed essendo persona molto studiosa, poco usciva di casa. Avevano per vicino a muro uno che si chiamava Stefano Granacci, il quale aveva parecchi figliuole tutte bellissime. Sí come piacque a Dio, Giovanni vidde una di queste ditte fanciulle che aveva nome Elisabetta; e tanto li piacque che lui la chiese per moglie: e perché l'uno e l'altro padre benissimo per la stretta vicinità si conoscevano, fu facile a fare questo parentado; e a ciascuno di loro gli pareva d'avere molto bene acconcie le cose sue. In prima quei dua buon vecchioni conchiusono il parentado, di poi cominciorno a ragionare della dota, ed essendo infra di loro qualche poco di amorevol disputa; perché Andrea diceva a Stefano: - Giovanni mio figliuolo è 'l piú valente giovane e di Firenze e di Italia, e se io prima gli avessi voluto dar moglie, arei aúte delle maggior dote che si dieno a Firenze a' nostri pari - e Stefano diceva: - Tu hai mille ragioni, ma io mi truovo cinque fanciulle, con tanti altri figliuoli, che, fatto il mio conto, questo è quanto io mi posso stendere -. Giovanni era stato un pezzo a udire nascosto da loro, e sopraggiunto all'improvviso disse: - O mio padre, quella fanciulla ho desiderata e amata, e none li loro dinari; tristo a coloro che si vogliono rifare in su la dota della lor moglie. Sí bene, come voi vi siate vantato che io sia cosí saccente, o non saprò io dare le spese alla mia moglie, e sattisfarla alli sua bisogni con qualche somma di dinari manco che 'l voler vostro? Ora io vi fo intendere che la donna è la mia e la dota voglio che sia la vostra -. A questo sdegnato alquanto Andrea Cellini, il quale era un po' bizzarretto, fra pochi giorni Giovanni menò la sua donna, e non chiese mai piú altra dota. Si goderno la lor giovinezza e il loro santo amore diciotto anni, pure con gran disiderio di aver figliuoli: di poi in diciotto anni la detta sua donna si sconciò di dua figliuoli masti, causa della poca intelligenza de' medici; di poi di nuovo ingravidò e partorí una femmina, che gli posono nome Cosa, per la madre di mio padre. Di poi dua anni di nuovo ingravidò: e perché quei vizii che hanno le donne gravide, molto vi si pon cura, gli erano appunto come quegli del parto dinanzi; in modo che erano resoluti che la dovessi fare una femmina come la prima, e gli avevono d'accordo posto nome Reparata, per rifare la madre di mia madre. Avvenne che la partorí una notte di tutti e' Santi, finito il dí d'Ognisanti a quattro ore e mezzo innel mille cinquecento a punto. Quella allevatrice, che sapeva che loro l'aspettavano femmina, pulito che l'ebbe la creatura, involta in bellissimi panni bianchi, giunse cheta cheta a Giovanni mio padre, e disse; - Io vi porto un bel presente, qual voi non aspettavi -. Mio padre, che era vero filosafo, stava passeggiando e disse: - Quello che Idio mi dà, sempre m'è caro - e scoperto i panni, coll'occhio vidde lo inaspettato figliuolo mastio. Aggiunto insieme le vecchie palme, con esse alzò gli occhi a Dio, e disse: - Signore, io ti ringrazio con tutto 'l cuor mio; questo m'è molto caro, e sia il Benvenuto -. Tutte quelle persone che erano quivi, lietamente lo domandavano, come e' si gli aveva a por nome, Giovanni mai rispose loro altro se nome: - E' sia il Benvenuto -; e risoltisi, tal nome mi diede il santo Battesimo, e cosí mi vo vivendo con la grazia di Dio.

IV. Ancora viveva Andrea Cellini mio avo, che io avevo già l'età di tre anni incirca, e lui passava li cento anni. Avevano un giorno mutato un certo cannone d'uno acquaio, e del detto n'era uscito un grande scarpione, il quali loro non l'avevano veduto, ed era dello acquaio sceso in terra, e itosene sotto una panca: io lo vidi, e, corso allui, gli missi le mani a dosso. Il detto era sí grande, che avendolo innella picciola mano, da uno degli lati avanzava fuori la coda, e da l'altro avanzava tutt'a dua le bocche. Dicono, che con gran festa io corsi al mio avo, dicendo; - Vedi, nonno mio, il mio bel granchiolino! Conosciuto il ditto, che gli era uno scarpione, per il grande spavento e per la gelosia di me, fu per cader morto; e me lo chiedeva con gran carezze: io tanto piú lo strignevo piagnendo, ché non lo volevo dare a persona. Mio padre, che ancora egli era in casa, corse a cotai grida, e stupefatto non sapeva trovare rimedio, che quel velenoso animale non mi uccidessi. In questo gli venne veduto un paro di forbicine: cosí, lusingandomi, gli tagliò la coda e le bocche. Di poi che lui fu sicuro del gran male, lo prese per buono aurio.

Innella età di cinque anni in circa, essendo mio padre in una nostra celletta, innella quale si era fatto bucato ed era rimasto un buon fuoco di querciuoli, Giovanni con una viola in braccio sonava e cantava soletto intorno a quel fuoco. Era molto freddo: guardando innel fuoco, accaso vidde in mezzo a quelle piú ardente fiamme uno animaletto come una lucertola, il quale si gioiva in quelle piú vigorose fiamme. Subito avedutosi di quel che gli era, fece chiamare la mia sorella e me, e mostratolo a noi bambini, a me diede una gran ceffata, per la quali io molto dirottamente mi missi a piagnere. Lui piacevolmente rachetatomi, mi disse cosí: - Figliolin mio caro, io non ti do per male che tu abbia fatto, ma solo perché tu ti ricordi che quella lucertola che tu vedi innel fuoco, si è una salamandra, quali non s'è veduta mai piú per altri, di chi ci sia notizia vera - e cosí mi baciò e mi dette certi quattrini.

V. Cominciò mio padre a 'nsegnarmi sonare di flauto e cantare di musica; e con tutto che l'età mia fussi tenerissima, dove i piccoli bambini sogliono pigliar piacere d'un zufolino e di simili trastulli, io ne avevo dispiacere inistimabile, ma solo per ubbidire sonavo e cantavo. Mio padre faceva in quei tempi organi con canne di legno maravigliosi, gravi cemboli, i migliori e piú belli che allora si vedessino, viole, liuti, arpe bellissime ed eccellentissime. Era ingegnere e per fare strumenti, come modi di gittar ponti, modi di gualchiere, altre macchine, lavorava miracolosamente; d'avorio e' fu il primo che lavorassi bene. Ma perché lui s'era innamorato di quella che seco mi fu di padre ed ella madre, forse per causa di quel flautetto, frequentandolo assai piú che il dovere, fu chiesto dalli Pifferi della Signoria di sonare insieme con esso loro. Cosí seguitando un tempo per suo piacere, lo sobillorno tanto che e' lo feciono de' lor compagni piffieri. Lorenzo de Medici e Piero suo figliolo, che gli volevano gran bene, vedevano di poi che lui si dava tutto al piffero e lasciava in drieto il suo bello ingegno e la sua bella arte: lo feciono levare di quel luogo. Mio padre l'ebbe molto per male, e gli parve che loro gli facessino un gran dispiacere. Subito si rimise all'arte, e fece uno specchio, di diamitro di un braccio in circa, di osso e avorio, con figure e fogliami, con gran pulizia e gran disegno. Lo specchio si era figurato una ruota: in mezzo era lo specchio; intorno era sette tondi, inne' quali era intagliato e commesso di avorio e osso nero le sette Virtú; e tutto lo specchio, e cosí le ditte Virtú erano in un bilico; in modo che voltando la ditta ruota, tutte le virtú si movevano; e avevano un contrapeso ai piedi, che le teneva diritte. E perché lui aveva qualche cognizione della lingua latina, intorno a ditto specchio vi fece un verso latino, che diceva: "Per tutti il versi che volta la ruota di Fortuna, la Virtú resta in piede":

> Rota sum; semper, quoquo me verto
> stat virtus

Ivi a poco tempo gli fu restituito il suo luogo del piffero. Se bene alcune di queste cose furno innanzi ch'io nascessi, ricordandomi d'esse, non l'ho volute lasciare indietro. In quel tempo quelli sonatori si erano tutti onoratissimi artigiani, e v'era alcuni di loro che facevano l'arte maggiori di seta e lana; qual fu causa che mio padre non si sdegnò a fare questa tal professione. El maggior desiderio che lui aveva al mondo, circa i casi mia, si era che io divenissi un gran sonatore; e 'l maggior dispiacere che io potessi avere al mondo, si era quando lui me ne ragionava, dicendomi, che se io volevo, mi vedeva tanto atto a tal cosa, che io sarei il primo omo del mondo.

VI. Come ho ditto, mio padre era un gran servitore e amicissimo della casa de' Medici, e quando Piero ne fu cacciato, si fidò di mio padre in moltissime cose molte importantissime. Di poi, venuto il magnifico Piero Soderini, essendo mio padre al suo ufizio del sonare, saputo il Soderini il

maraviglioso ingegno di mio padre, se ne cominciò a servire in cose
molte importantissime come ingegnere: e in mentre che 'l Soderino
stette in Firenze volse tanto bene a mio padre, quanto immaginar si
possi al mondo; e in questo tempo io, che era di tenera età, mio padre
mi faceva portare in collo, e mi faceva sonare di flauto, e facevo sovrano,
insieme con i musici del palazzo innanzi alla Signoria, e sonavo al libro,
e un tavolaccino mi teneva in collo. Di poi il Gonfalonieri, che era il
detto Soderino, pigliava molto piacere di farmi cicalare, e mi dava de'
confetti e diceva a mio padre: - Maestro Giovanni, insegnali insieme con
il sonare quelle altre tue bellissime arte - al cui mio padre rispondeva: -
Io non voglio che e' faccia altra arte, che 'l sonare e comporre; perché in
questa professione io spero fare il maggiore uomo del mondo, se Idio
gli darà vita. A queste parole rispose alcuno di quei vecchi Signori, dicendo a maestro Giovanni: - Fa' quello che ti dice il Gonfaloniere; perché
sarebbe egli mai altro che un buono sonatore? - Cosí passò un tempo,
insino che i Medici ritornorno. Subito ritornati i Medici, il cardinale, che
fu poi papa Leone, fece molte carezze a mio padre. Quella arme, che
era al palazzo de' Medici, mentre che loro erano stati fuori, era stato levato da essa le palle, e vi avevano fatto dipingere una gran croce rossa,
quali era l'arme e insegna del Comune: in modo che, subito tornati, si
rastiò la croce rossa, e in detto scudo vi si comisse le sue palle rosse, e
misso il campo d'oro, con molta bellezza acconcie. Mio padre, il quali
aveva un poco di vena poetica naturale stietta, con alquanto di profetica,
che questo certo era divino in lui, sotto alla ditta arme, subito che la fu
scoperta, fece questi quattro versi: dicevan cosí:

Quest'arme, che sepulta è stato tanto
sotto la santa croce mansueta,
mostr'or la faccia gloriosa e lieta,
aspettando di Pietro il sacro ammanto.

Questo epigramma fu letto da tutto Firenze. Pochi giorni appresso
morí papa Iulio secondo. Andato il cardinale de' Medici a Roma, contra
a ogni credere del mondo fu fatto papa, che fu papa Leone X, liberale e
magnanimo. Mio padre gli mandò li sua quattro versi di profezia. Il papa
mandò a dirgli che andasse là, che buon per lui. Non volse andare: anzi,

in cambio di remunerazioni, gli fu tolto il suo luogo del palazzo da Iacopo Salviati, subito che lui fu fatto Gonfaloniere. Questo fu causa che io mi missi all'orafo; e parte imparavo tale arte e parte sonavo, molto contro mia voglia.

VII. Dicendomi queste parole, io lo pregavo che mi lasciassi disegnare tante ore del giorno, e tutto il resto io mi metterei a sonare, solo per contentarlo. A questo mi diceva: - Addunque tu non hai piacere di sonare? - Al quale io dicevo che no, perché mi pareva arte troppa vile a quello che io avevo in animo. Il mio buon padre, disperato di tal cosa, mi mise a bottega col padre del cavalieri Bandinello, il quale si domandava Michelagnolo, orefice da Pinzi di Monte, ed era molto valente in tale arte; non aveva lume di nissuna casata, ma era figliuolo d'un carbonaio: questo non è da biasimare il Bandinello, il quali ha dato principio alla casa sua, se da buona causa la fussi venuta. Quali lo sia, non mi occorre dir nulla di lui. Stato che io fui là alquanti giorni, mio padre mi levò dal ditto Michelognolo, come quello che non poteva vivere sanza vedermi di continuo. Così malcontento mi stetti a sonare insino alla età de' quindici anni. Se io volessi descrivere le gran cose che mi venne fatto insino a questa età, e in gran pericoli della propria vita, farei maravigliare chi tal cosa leggessi, ma per non essere tanto lungo e per avere da dire assai, le lascierò indietro.

Giunto all'età de' quindici anni, contro al volere di mio padre mi missi abbottega all'orefice con uno che si chiamò Antonio di Sandro orafo, per soprannome Marcone orafo. Questo era un bonissimo praticone, e molto uomo dabbene, altiero e libero in ogni cosa sua. Mio padre non volse che lui mi dessi salario, come si usa agli altri fattori, acciò che, da poi che volontaria io pigliavo a fare tale arte, io mi potessi cavar lo voglia di disegnare quanto mi piaceva. E io così facevo molto volentieri, e quel mio dabben maestro ne pigliava maraviglioso piacere. Aveva un suo unico figliuolo naturale, al quali lui molte volte gli comandava, per risparmiar me. Fu tanta la gran voglia o sí veramente inclinazione, e l'una e l'altra, che in pochi mesi io raggiunsi di quei buoni, anzi i migliori giovani dell'arte, e cominciai a trarre frutto delle mie fatiche. Per questo non mancavo alcune volte di compiacere al mio buon padre, or di flauto or di cornetto sonando; e sempre gli facevo cadere le lacrime con gran sospiri ogni volta che lui mi sentiva; e bene spesso per pietà lo contentavo, mostrando che ancora io ne cavavo assai piacere.

VIII. In questo tempo, avendo il mio fratello carnale minore di me dua anni, molto ardito e fierissimo, qual divenne dappoi de' gran soldati che avessi la scuola del maraviglioso signor Giovannino de' Medici, padre del duca Cosimo: questo fanciullo aveva quattordici anni in circa, e io dua piú di lui. Era una domenica in su le 22 ore in fra la porta a San Gallo e la porta a Pinti, e quivi si era disfidato con un garzone di venti anni in circa con le spade in mano: tanto valorosamente lo serrava, che avendolo malamente ferito, seguiva piú oltre. Alla presenza era moltissime persone, infra le quali v'era assai sua parenti uomini; e veduto la cosa andare per la mala via, messono mano a molte frombole e una di quelle colse nel capo del povero giovinetto mio fratello: subito cadde in terra svenuto come morto. Io che a caso mi ero trovato quivi e senza amici e senza arme, quanto io potevo sgridavo il mio fratello che si ritirassi, che quello che gli aveva fatto bastava; intanto che il caso occorse che lui a quel modo cadde come morto. Io subito corsi e presi la sua spada, e dinanzi a lui mi missi, e contra parecchi spade e molti sassi, mai mi scostai dal mio fratello, insino a che da la porta a San Gallo venne alquanti valorosi soldati e mi scamporno da quella gran furia, molto maravigliandosi che in tanta giovinezza fussi tanto gran valore. Cosí portai il mio fratello insino a casa come morto, e giunto a casa si risentí con gran fatica. Guarito, gli Otto che di già avevano condennati li nostri avversari, e confinatigli per anni, ancora noi confinorno per se' mesi fuori delle dieci miglia. Io dissi al mio fratello: - Vienne meco - e cosi ci partimmo dal povero padre, e in cambio di darci qualche somma di dinari, perché non n'aveva, ci dette la sua benedizione. Io me n'andai a Siena a trovare un certo galante uomo che si domandava maestro Francesco Castoro; e perché un'altra volta io, essendomi fuggito da mio padre, me n'andai da questo uomo dabbene e stetti seco certi giorni, insino che mio padre rimandò per me, pure lavorando dell'arte dell'orefice; il ditto Francesco, giunto a lui, subito mi ricognobbe e mi misse in opera. Cosí missomi a lavorare, il ditto Francesco mi donò una casa per tanto quanto io stavo in Siena; e quivi ridussi il mio fratello e me, e attesi a lavorare per molti mesi. Il mio fratello aveva principio di lettere latine, ma era tanto giovinetto che non aveva ancora gustato il sapore della virtú, ma si andava svagando.

IX. In questo tempo il cardinal de' Medici, il qual fu poi papa Clemente, ci fece tornare a Firenze alli prieghi di mio padre. Un certo discepolo di mio padre, mosso da propia cattività, disse al ditto cardinale che mi mandassi a Bologna a 'mparare a sonare bene da un maestro che v'era, il quali si domandava Antonio, veramente valente uomo in quella professione del sonare. Il Cardinale disse a mio padre che, se lui mi mandava là, che mi faria lettere di favore e d'aiuto. Mio padre, che di tal cosa se ne moriva di voglia, mi mandò: onde io, volonteroso di vedere il mondo, volentieri andai. Giunto a Bologna, io mi missi allavorare con uno che si chiamava maestro Ercole del Piffero, e cominciai a guadagnare: e intanto andavo ogni giorno per la lezione del sonare, e in breve settimane feci molto gran frutto di questo maladetto sonare; ma molto maggior frutto feci dell'arte dell'orefice, perché, non avendo aùto dal ditto cardinale nissuno aiuto, mi missi in casa di uno miniatore bolognese, che si chiamava Scipione Cavalletti; stava nella strada di nostra Donna del Baraccan; e quivi attesi a disegnare e a lavorare per un che si chiamava Graziadio giudeo, con il quali io guadagnai assai bene. In capo di sei mesi me ne tornai a Fiorenze, dove quel Pierino piffero, già stato allievo di mio padre, l'ebbe molto per male; e io, per compiacere a mio padre, lo andavo a trovare a casa e sonavo di cornetto e di flauto insieme con un suo fratel carnale che aveva nome Girolamo, ed era parecchi anni minore del ditto Piero, ed era molto da bene e buon giovane, tutto il contrario del suo fratello. Un giorno infra li altri venne mio padre alla casa di questo Piero, per udirci sonare; e pigliando grandissimo piacere di quel mio sonare, disse: - Io farò pure un maraviglioso sonatore, contro la voglia di chi mi ha voluto impedire -. A questo rispose Piero, e disse il vero: - Molto piú utile e onore trarrà il vostro Benvenuto, se lui attende a l'arte dell'orafo, che a questa pifferata -. Di queste parole mio padre ne prese tanto isdegno, veduto che ancora io avevo il medesimo oppenione di Piero, che con gran collora gli disse: - Io sapevo bene che tu eri tu quello che mi impedivi questo mio tanto desiderato fine, e sei stato quello che m'hai fatto rimuovere del mio luogo del Palazzo, pagandomi di quella grande ingratitudine che si usa per ricompenso de' gran benefizii. Io a te lo feci dare, e tu a me l'hai fatto

tôrre; io a te insegnai sonare con tutte l'arte che tu sai, e tu impedisci il
mio figliuolo che non facci la voglia mia. Ma tieni a mente queste pro-
fetiche parole: e' non ci va, non dico anni o mesi, ma poche settimane,
che per questa tua tanto disonesta ingratitudine tu profonderai -. A queste parole rispose Pierino e disse: - Maestro Giovanni, la piú parte degli
uomini, quando gl'invecchiano, insieme con essa vecchiaia impazzano,
come avete fatto voi; e di questo non mi maraviglio, perché voi avete
dato liberalissimamente via tutta la vostra roba, non considerato ch'e'
vostri figliuoli ne avevano aver bisogno; dove io penso far tutto il contrario: di lasciar tanto a' mia figliuoli, che potranno sovenire i vostri -. A
questo mio padre rispose: - Nessuno albere cattivo mai fe' buon frutto,
cosí per il contrario; e piú ti dico, che tu sei cattivo e i tua figliuoli saranno pazzi e poveri, e verrano per la merzé a' mia virtuosi e ricchi figliuoli -. Cosí si partí di casa sua, brontolando l'uno e l'altro di pazze
parole. Onde io, che presi la parte del mio buon padre, uscendo di quella
casa con esso insieme, gli dissi che volevo far vendette delle ingiurie che
quel ribaldo li aveva fatto - con questo che voi mi lasciate attendere a
l'arte del disegno -. Mio padre disse: - O caro flgliuol mio, ancora io sono
stato buono disegnatore: e per refrigerio di tal cosí maravigliose fatiche
e per amor mio, che son tuo padre, che t'ho ingenerato e allevato e dato
principio di tante onorate virtú, a il riposo di quelle, non mi prometti tu
qualche volta pigliar quel flauto e quel lascivissimo cornetto, e, con qualche tuo dilettevole piacere, dilettandoti d'esso, sonare? - Io dissi che sí,
e molto volentieri per suo amore. Allora il buon padre disse che quelle
cotai virtú sarebbon la maggior vendetta che delle ingiurie ricevute da'
sua nimici io potessi fare. Da queste parole non arrivato il mese intero,
che quel detto Pierino, faccendo fare una volta a una sua casa, che lui
aveva nella via dello Studio, essendo un giorno ne la sua camera terrena,
sopra una volta che lui faceva fare, con molti compagni; venuto in proposito, ragionava del suo maestro, ch'era stato mio padre; e replicando
le parole che lui gli aveva detto del suo profondare, non sí tosto dette,
che la camera, dove lui era, per esser mal gittata la volta, o pur per vera
virtú di Dio che non paga il sabato, profondò; e di quei sassi della volta
e mattoni cascando insieme seco, gli fiaccorno tutte a dua le gambe; e
quelli ch'erano seco, restando in su li orlicci della volta non si feceno
alcun male, ma ben restorno storditi e maravigliati; massime di quello

che poco innanzi lui con ischerno aveva lor ditto. Saputo questo mio padre, armato, lo andò a trovare, e alla presenza del suo padre, che si chiamava Niccolaio da Volterra, trombetto della Signoria, disse: - O Piero, mio caro discepolo, assai mi increse del tuo male; ma, se ti ricorda bene, egli è poco tempo che io te ne avverti'; e altanto interverrà intra i figliuoli tua e i mia, quanto io ti dissi -. Poco tempo appresso lo ingrato Piero di quella infermità si morí. Lasciò la sua impudica moglie con un suo figliuolo, il quale alquanti anni a presso venne a me per elemosina in Roma. Io gnene diedi, sí per esser mia natura il far delle elemosine; e appresso con lacrime mi ricordai il felice istato che Pierino aveva, quando mio padre li disse tal parole, cioè che i figliuoli del ditto Pierino ancora andrebbono per la mercé ai figliuoli virtuosi sua. E di questo sia detto assai, e nessuno non si faccia mai beffe dei pronostichi di uno uomo da bene, avendolo ingiustamente ingiuriato, perché non è lui quel che parla, anzi è la voce de Idio istessa.

X. Attendendo pure all'arte de l'orefice, e con essa aiutavo il mio buon padre. L'altro suo figliuolo e mio fratello chiamato Cecchino, come di sopra dissi, avendogli fatto dare principio di lettere latine, perché desiderava fare me, maggiore, gran sonatore e musico, e lui, minore, gran litterato legista; non potendo isforzare quel che la natura ci inclinava, qual fe' me applicato all'arte del disegno e il mio fratello, quali era di bella proporzione e grazia, tutto inclinato a le arme; e per essere ancor lui molto giovinetto, partitosi da una prima elezione della scuola del maravigliosissimo signor Giovannino de' Medici; giunto a casa, dove io non era, per esser lui manco bene guarnito di panni, e trovando le sue e mie sorelle che, di nascosto da mio padre, gli detteno cappa e saio mia belle e nuove: ché oltra a l'aiuto che io davo al mio padre e alle mie buone e oneste sorelle, de le avanzate mie fatiche quelli onorati panni mi avevo fatti; trovatomi ingannato e toltomi i detti panni, né ritrovando il fratello, che torgnene volevo, dissi a mio padre perché e' mi lasciassi fare un sí gran torto, veduto che cosí volontieri io mi affaticavo per aiutarlo. A questo mi rispose, che io ero il suo figliuol buono, e che quello aveva riguadagnato, qual perduto pensava avere: e che gli era di necessità, anzi precetto de Idio istesso, che chi aveva del bene ne dessi a chi non aveva: e che per suo amore io sopportassi questa ingiuria; Idio m'accrescerebbe d'ogni bene. Io, come giovane sanza isperienza, risposi al povero afflitto padre;

e preso certo mio povero resto di panni e quattrini, me ne andai alla volta di una porta della città: e non sapendo qual porta fosse quella che m'inviasse a Roma, mi trovai a Lucca, e da Lucca a Pisa. E giunto a Pisa, questa era l'età di sedici anni in circa, fermatomi presso al ponte di mezzo, dove e' dicono la pietra del Pesce, a una bottega d'un'oreficeria, guardando con attenzione quello che quel maestro faceva, il detto maestro mi domandò chi ero e che proffessione era la mia: al quale io dissi che lavoravo un poco di quella istessa arte che lui faceva. Questo uomo da bene mi disse che io entrassi nella bottega sua, e subito mi dette inanzi da lavorare, e disse queste parole: - Il tuo buono aspetto mi fa credere che tu sia da bene e buono -. Cosí mi dette innanzi oro, argento e gioie; e la prima giornata fornita, la sera mi menò alla casa sua, dove lui viveva onoratamente con una sua bella moglie e figliuoli. Io, ricordatomi del dolore che poteva aver di me il mio buon padre, gli scrissi come io era in casa di uno uomo molto buono e da bene, il quale si domandava maestro Ulivieri della Chiostra, e con esso lavoravo di molte opere belle e grande; e che stessi di buona voglia, che io attendevo a imparare, e che io speravo con esse virtú presto riportarne a lui utile e onore. Il mio buon padre subito alla lettera rispose dicendo cosí: - Figliuol mio, l'amor ch'io ti porto è tanto che, se non fussi il grande onore, quale io sopra ogni cosa osservo, subito mi sarei messo a venire per te, perché certo mi pare essere senza il lume degli occhi il non ti vedere ogni dí, come far solevo. Io attenderò a finire di condurre a virtuoso onore la casa mia, e tu attendi a imparar delle virtú; e solo voglio che tu ricordi di queste quattro semplici parole: e queste osserva, e mai non te le dimenticare:

In nella casa che tu vuoi stare,
vivi onesto e non vi rubare.

XI. Capitò questa lettera alle mane di quel mio maestro Ulivieri e di nascosto da me la lesse; di poi mi si scoperse averla letta, e mi disse queste parole: - Già, Benvenuto mio, non mi ingannò il tuo buono aspetto, quanto mi afferma una lettera, che m'è venuta alle mane, di tuo padre, quale è forza che lui sia molto uomo buono e da bene; cosí fa conto d'essere nella casa tua e come con tuo padre -. Standomi in Pisa andai a vedere il Campo Santo, e quivi trovai molte belle anticaglie: ciò è cassoni di marmo, e in molti altri luoghi di Pisa viddi molte altre cose antiche, intorno alle quali tutti e' giorni che mi avanzavano del mio lavoro della bottega assiduamente mi affaticavo; e perché il mio maestro con grande amore veniva a vedermi alla mia cameruccia, che lui mi aveva dato, veduto che io spendevo tutte l'ore mie virtuosamente, mi aveva posto uno amore come se padre mi fusse. Feci un gran frutto in uno anno che io vi stetti, e lavorai d'oro e di argento cose importante e belle, le quali mi detton grandissimo animo a 'ndar piú inanzi. Mio padre in questo mezzo mi scriveva molto pietosamente che io dovessi tornare a lui, e per ogni lettera mi ricordava che io non dovessi perdere quel sonare, che lui con tanta fatica mi aveva insegnato. A questo, subito mi usciva la voglia di non mai tornare dove lui, tanto aveva in odio questo maledetto sonare; e mi parve veramente istare in paradiso un anno intero che io stetti in Pisa, dove io non sonai mai. Alla fine de l'anno Ulivieri mio maestro gli venne occasione di venire a Firenze a vendere certe spazzature d'oro e argento che lui aveva: e perché in quella pessima aria m'era saltato a dosso un poco di febbre, con essa e col maestro mi ritornai a Firenze; dove mio padre fece grandissime carezze a quel mio maestro, amorevolmente pregandolo, di nascosto da me, che fussi contento non mi rimenare a Pisa. Restatomi ammalato, istetti circa dua mesi, e mio padre con grande amorevolezza mi fece medicare e guarire, continuamente dicendomi che gli pareva mill'anni che io fossi guarito, per sentirmi un poco sonare; e in mentre ch'egli mi ragionava di questo sonare, tenendomi le dita al polso, perché aveva qualche cognizione della medicina e delle lettere latine, sentiva in esso polso, subito ch'egli moveva a ragionar del sonare, tanta grande alterazione, che molte volte isbigottito e con lacrime si partiva da me. In modo che, avedutomi di questo suo gran dispiacere, dissi a una di quelle mia sorelle che mi portassero un flauto; che se bene io continuo avevo la febbre, per esser lo strumento di pochissima fatica, non mi dava alterazione il sonare; con tanta bella disposizione di mano e di lingua, che giugnendomi mio padre all'improvisto, mi benedisse mille volte dicendomi, che in quel tempo che io ero stato fuor di lui, gli pareva che io avessi fatto un grande acquistare; e mi pregò che io tirassi inanzi e non dovessi perdere una cosí bella virtú.

XII. Guarito che io fui, ritornai al mio Marcone, uomo da bene, orafo, il quale mi dava da guadagnare, con il quale guadagno aiutavo mio padre e la casa mia. In questo tempo venne a Firenze uno iscultore che si domandava Piero Torrigiani, il qual veniva di Inghilterra, dove egli era stato di molti anni; e perché egli era molto amico di quel mio maestro, ogni dí veniva da lui; e veduto mia disegni e mia lavori, disse: - Io son venuto a Firenze per levare piú giovani che io posso; ché, avendo a fare una grande opera al mio Re, voglio, per aiuto, de' mia Fiorentini; e perché il tuo modo di lavorare e i tua disegni son piú da scultore che da orefice, avendo da fare grande opere di bronzo, in un medesimo tempo io ti farò valente e ricco -. Era questo uomo di bellissima forma, aldacissimo, aveva piú aria di gran soldato che di scultore, massimo a' sua mirabili gesti e alla sua sonora voce, con uno agrottar di ciglia atto a spaventar ogni uomo da qual cosa; e ogni giorno ragionava delle sue bravurie con quelle bestie di quegli Inghilesi. In questo proposito cadde in sul ragionar di Michelagnolo Buonaarroti; che ne fu causa un disegno che io avevo fatto, ritratto da un cartone del divinissimo Michelagnolo. Questo cartone fu la prima bella opera che Michelagnolo mostrò delle maravigliose sue virtú, e lo fece a gara con uno altro che lo faceva: con Lionardo da Vinci; che avevano a servire per la sala del Consiglio del palazzo della Signoria. Rappresentavano quando Pisa fu presa da' Fiorentini; e il mirabil Lionardo da Vinci aveva preso per elezione di mostrare una battaglia di cavagli con certa presura di bandiere, tanto divinamente fatti, quanto imaginar si possa. Michelagnolo Buonaarroti, innel suo dimostrava una quantità di fanterie che per essere di state s'erano missi a bagnare in Arno; e in questo istante dimostra ch' e' si dia a l'arme, a quelle fanterie ignude corrono a l'arme, e con tanti bei gesti, che mai né delli antichi né d'altri moderni non si vidde opera che arrivassi a cosí alto segno; e sí come io ho detto, quello del gran Lionardo era bellissimo e mirabile. Stetteno questi dua cartoni, uno innel palazzo de' Medici, e uno alla sala del Papa. In mentre che gli stetteno in piè, furno la scuola del mondo. Se bene il divino Michelagnolo fece la gran cappella di papa Iulio da poi, non arrivò mai a questo segno alla metà; la sua virtú non aggiunse mai da poi alla forza di quei primi studii.

XIII. Ora torniamo a Piero Torrigiani, che con quel mio disegno in mano disse cosí: - Questo Buonaarroti e io andavamo a 'mparare da fanciulletti innella chiesa del Carmine, dalla cappella di Masaccio: e perché il Buonaarroti aveva per usanza di ucellare tutti quelli che disegnavano, un giorno in fra gli altri dandomi noia il detto, mi venne assai piú stizza che 'l solito, e stretto la mana gli detti sí grande il pugno in sul naso, che io mi senti' fiaccare sotto il pugno quell'osso e tenerume del naso, come se fosse stato un cialdone: e cosí segnato da me ne resterà insin che vive -. Queste parole generorono in me tanto odio, perché vedevo continuamente i fatti del divino Michelagnolo, che non tanto ch'a me venissi voglia di andarmene seco in Inchilterra, ma non potevo patire di vederlo.

Attesi continuamente in Firenze a imparare sotto la bella maniera di Michelagnolo, e da quella mai mi sono ispiccato. In questo tempo presi pratica e amicizia istrettissima con uno gentil giovanetto di mia età, il quale ancora lui stava allo orefice. Aveva nome Francesco, figliuolo di Filippo di fra Filippo eccellentissimo pittore. Nel praticare insieme generò in noi un tanto amore, che mai né dí né notte stavamo l'uno senza l'atro: e perché ancora la casa sua era piena di quelli belli studii che aveva fatto il suo valente padre, i quali erano parecchi libri disegnati di sua mano, ritratti dalle belle anticaglie di Roma; la qual cosa, vedendogli, mi innamororno assai; e dua anni in circa praticammo insieme. In questo tempo io feci una opera di ariento di basso rilievo, grande quanta è una mana di un fanciullo piccolo. Questa opera serviva per un serrame per una cintura da uomo, che cosí grandi alora si usavono. Era intagliato in esso un gruppo di fogliame fatto all'antica, con molti puttini e altre bellissime maschere. Questa tale opera io la feci in bottega di uno chiamato Francesco Salinbene. Vedendosi questa tale opera per l'arte degli orefici, mi fu dato vanto del meglio giovane di quella arte. E perché un certo Giovanbatista, chiamato il Tasso, intagliatore di legname, giovane di mia età a punto, mi cominciò a dire che, se io volevo andare a Roma, volentieri insieme ne verrebbe meco - questo ragionamento che noi avemmo insieme fu poi il desinare a punto - e per essere per le medesime cause del sonare adiratomi con mio padre, dissi al Tasso: - Tu sei persona da far delle parole e non de' fatti -. Il quale Tasso mi disse: - Ancora io mi sono adirato con mia madre, e se io avessi tanti quattrini che mi conducessino a Roma, io non tornerei indrieto a serrare quel poco della botteguccia che io tengo -. A queste parole io aggiunsi, che se per quello lui restava, io mi trovavo a canto tanti quattrini, che bastavano a portarci a Roma tutti a dua. Cosí ragionando insieme, mentre andavamo, ci trovammo alla porta a San Piero Gattolini disavedutamente. Al quale io dissi: - Tasso mio, questa è fattura d'Idio l'esser giunti a questa porta, che né tu né io aveduti ce ne siàno: ora, da poi che io son qui, mi pare aver fatto la metà del cammino -. Cosí d'accordo lui e io dicevamo, mentre che seguivamo il viaggio: - Oh che dirà i nostri vecchi stasera? - Cosí dicendo facemmo patti insieme di non gli ricordar piú insino a tanto che noi fussimo giunti a Roma. Cosí ci legammo i grembiuli indietro, e quasi alla mutola ce ne andammo insino a Siena. Giunti che fummo a Siena, il Tasso disse che s'era fatto male ai piedi, che non voleva venire piú innanzi, e mi richiese gli prestassi danari per tornarsene: al quale io dissi: - A me non ne resterebbe per andare innanzi; però tu ci dovevi pensare a muoverti di Firenze; e se per causa dei piedi tu resti di non venire, troveremo un cavallo di ritorno per Roma, e allora non arai scusa di non venire -. Cosí preso il cavallo, veduto che lui non mi rispondeva, inverso la porta di Roma presi il cammino. Lui, vedutomi risoluto, non restando di brontolare, il meglio che poteva, zoppicando drieto assai ben discosto e tardo veniva. Giunto che io fui alla porta, piatoso del mio compagnino, lo aspettai e lo missi in groppa, dicendogli: - Che domin direbbono e' nostri amici di noi, che partitici per andare a Roma, non ci fussi bastato la vista di passare Siena? - Allora il buon Tasso disse che io dicevo il vero; e per esser persona lieta, cominciò a ridere e a cantare: e cosí sempre cantando e ridendo ci conducemmo a Roma. Questo era a punto l'età mia di diciannove anni, insieme col millesimo. Giunti che noi fummo in Roma, subito mi messi a bottega con uno maestro, che si domandava Firenzola. Questo aveva nome Giovanni e era da Firenzuola di Lombardia, ed era valentissimo uomo di lavorare di vasellami e cose grosse. Avendogli mostro un poco di quel modello di quel serrame che io avevo fatto in Firenze col Salinbene, gli piacque maravigliosamente, e disse queste parole, voltosi a uno garzone che lui teneva, il quale era fiorentino e si domandava Giannotto Giannotti, ed era stato seco parecchi anni; disse cosí: - Questo è di quelli Fiorentini che sanno, e tu sei di quelli che non sanno -. Allora io, riconosciuto quel Giannotto, gli volsi fare motto; perché inanzi che lui andassi a Roma, spesso andavamo a disegnare insieme, ed eravamo stati molto domestici compagnuzzi. Prese tanto dispiacere di quelle parole che gli aveva detto il suo maestro, che egli disse non mi cognoscere né sapere chi io mi fussi: onde io sdegnato a cotal parole, gli dissi: - O Giannotto, già mio amico domestico, che ci siamo trovati in tali e tali luoghi, e a disegnare e a mangiare e bere e dormire in villa tua; io non mi curo che tu faccia testimonianza di me a questo uomo da bene tuo maestro, perché io spero che le mane mia sieno tali, che sanza il tuo aiuto diranno quale io sia.

XIV. Finito queste parole, il Firenzuola, che era persona arditissima e bravo, si volse al detto Giannotto e li disse: - O vile furfante, non ti vergogni tu a usare questi tali termini e modi a uno che t'è stato sí domestico compagno? -. E nel medesimo ardire voltosi a me, disse: - Entra in bottega e fa come tu hai detto, che le tue mane dicano quel che tu sei -: e mi dette a fare un bellissimo lavoro di argento per un cardinale. Questo fu un cassonetto ritratto da quello di porfido che è dinanzi alla porta della Retonda. Oltra quello che io ritrassi, di mio arricchi'lo con tante belle mascherette, che il maestro mio s'andava vantando e mostrandolo per l'arte, che di bottega sua usciva cosí ben fatta opera. Questo era di grandezza di un mezzo braccio in circa; ed era accomodato che serviva per una saliera da tenere in tavola. Questo fu il primo guadagno che io gustai in Roma; e una parte di esso guadagno ne mandai a soccorrere il mio buon padre: l'altra parte serbai per la vita mia; e con esso me ne andavo studiando intorno alle cose antiche, insino a tanto che e' danari mi mancorno, che mi convenne tornare a bottega a lavorare. Quel Battista del Tasso mio compagno non istette troppo in Roma, che lui se ne tornò a Firenze. Ripreso nuove opere, mi venne voglia, finite che io le ebbi, di cambiate maestro, per esser sobbillato da un certo Milanese, il quale si domandava maestro Pagolo Arsago. Quel mio Firenzuola primo ebbe a fare gran quistione con questo Arsago, dicendogli in mia presenza alcune parole ingiuriose, onde che io ripresi le parole in defensione del nuovo maestro. Dissi ch'io era nato libero, e cosí libero mi volevo vivere, e che di lui non si poteva dolere; manco di me, restando aver dallui certi pochi scudi d'accordo; e come lavorante libero volevo andare dove mi piaceva, conosciuto non far torto a persona. Anche quel mio nuovo maestro usò parecchi parole, dicendo che non mi aveva chiamato, e che io gli farei piacere a ritornare col Firenzuola. A questo io aggiunsi che non cognoscendo in modo alcuno di farli torto, e avendo finite l'opere mia cominciate, volevo essere mio e non di altri; e chi mi voleva mi chiedessi a me. A questo disse il Firenzuola: - Io non ti voglio piú chiedere a te, e tu non capitare innanzi per nulla piú a me -. Io gli ricordai e' mia danari: lui sbeffandomi; a il quale io dissi, che cosí bene come io adoperavo e' ferri per quelle tale opere, che lui aveva visto, non manco bene adoperrei la spada per recuperazione delle fatiche mie. A queste parole a sorta si fermò un certo vecchione, il quale si domandava maestro Antonio da San Marino. Questo era il primo piú eccellente orefice di Roma, ed era stato maestro di questo Firenzuola. Sentito le mia ragione, quale io dicevo di sorte che le si potevano benissimo intendete, subito preso la mia protezione, disse al Firenzuola che mi pagassi. Le dispute furno grande, perché era questo Firenzuola maraviglioso maneggiator di arme; assai piú che ne l'arte de l'orefice; pur è la ragione che volse il suo luogo, e io con lo istesso valore lo aiutai, in modo che io fui pagato; e con ispazio di tempo il ditto Firenzuola e io fummo amici, e gli battezzai un figliuolo, richiesto da lui.

XV. Seguitando di lavorare con questo maestro Pagolo Arsago, guadagnai assai, sempre mandando la maggior parte al mio buon padre. In capo di dua anni, alle preghiere del buon padre me ne tornai a Firenze, e mi messi di nuovo a lavorare con Francesco Salinbene, con il quale molto bene guadagnavo, e molto mi affaticavo a 'mparare. Ripreso la pratica con quel Francesco di Filippo, con tutto che io fussi molto dedito a qualche piacere, causa di quel maledetto sonare, mai lasciavo certe ore del giorno o della notte, quale io davo alli studii. Feci in questo tempo un chiavacuore di argento, il quale era in quei tempi chiamato cosí. Questo si era una cintura di tre dita larga, che alle spose novelle s'usava di fare, ed era fatta di mezzo rilievo con qualche figuretta ancora tonda in fra esse. Fecesi a uno che si domandava Raffaello Lapaccini. Con tutto che io ne fussi malissimo pagato, fu tanto l'onore che io ne ritrassi, che valse molto di piú che 'l premio che giustamente trar ne potevo. Avendo in questo tempo lavorato con molte diverse persone in Firenze, dove io avevo cognusciuto in fra gli orefici alcuni uomini da bene, come fu quel Marcone mio primo maestro, altri che avevano nome di molto buoni uomini, essendo sobissato da loro innelle mie opere quanto e' potettono mi ruborno grossamente. Veduto questo, mi spiccai da loro e in concetto di tristi e ladri gli tenevo. Uno orafo in fra gli altri, chiamato Giovanbatista Sogliani, piacevolmente mi accomodò di una parte della sua bottega, quale era in sul canto di Mercato Nuovo, accanto a il banco che era de' Landi. Quivi io feci molte belle operette e guadagnai assai: potevo molto bene aiutare la casa mia. Destossi la invidia da quelli cattivi maestri, che prima io avevo aúti, i quali si chiamavano Salvadore e Michele Guasconti: erano ne l'arte degli orefici tre grosse botteghe di costoro, e facevano di molte faccende; in modo che, veduto che mi offendevano, con alcuno uomo da bene io mi dolsi, dicendo che ben doveva lor bastare le ruberie che loro mi avevano usate sotto il mantello della lor falsa dimostrata bontà. Tornando loro a orecchi, si vantorno di farmi pentire assai di tal parole; onde io non conoscendo di che colore la paura si fusse, nulla o poco gli stimava.

XVI. Un giorno occorse che, essendo appoggiato alla bottega di uno di questi, chiamato da lui, e parte mi riprendeva e parte mi bravava: al cui io risposi, che se loro avessin fatto il dovere a me, io arei detto di loro quel che si dice degli uomini buoni e da bene: cosí, avendo fatto il contrario, dolessinsi di loro e non di me. In mentre che io stavo ragionando, un di loro, che si domanda Gherardo Guasconti, lor cugine, ordinato forse da costoro insieme, appostò che passassi una soma. Questa fu una soma di mattoni. Quando detta soma fu al rincontro mio, questo Gherardo me la pinse talmente addosso che la mi fece gran male. Voltomi subito e veduto che lui se ne rise, gli menai sí grande il pugno in una tempia, che svenuto cadde come morto; di poi voltomi ai sua cugini, dissi: - Cosí si trattano i ladri poltroni vostri pari -: e volendo lor fare alcuna dimostrazione, perché assai erano, io, che mi trovavo infiammato, messi mano a un piccol coltello che io avevo, dicendo cosí: - Chi di voi esca della sua bottega, l'altro corra per il confessoro, perché il medico non ci arà che fare -. Furno le parole a loro di tanto spavento, che nessuno si mosse a l'aiuto del cugino. Subito che partito io mi fui, corsono i padri e i figliuoli agli Otto, e quivi dissono che io con armata mano gli avevo assaliti in su le botteghe loro, cosa che mai piú in Firenze s'era usata tale. E' signori Otto mi fecion chiamare; onde io comparsi; e dandomi una grande riprensione e sgridato, sí per vedermi in cappa e quelli in mantello e cappuccio alla civile; ancora perché li avversari mia erano stati a parlare a casa a quei Signori a tutti in disparte, e io, come non pratico, a nessun di quelli Signori non avevo parlato, fidandomi della mia gran ragione che io tenevo; e dissi, che a quella grande offesa e ingiuria che Gherardo mi aveva fatta, mosso da còllora grandissima, e non gli dato altro che una ceffata, non mi pareva dovere di meritar tanta gagliarda riprensione. Appena che Prinzivalle della Stufa, il quale era degli Otto, mi lasciassi finir di dire *ceffata,* che disse: - Un pugno e non ceffata gli desti -. Sonato il campanuzzo e mandatici tutti fuora, in mia difesa disse Prinzivalle agli compagni: - Considerate, signori, la semplicità di questo povero giovane, il quale si accusa di aver dato ceffata, pensando che sia manco errore che dare un pugno; perché d'una ceffata in Mercato Nuovo la pena si è venticinque scudi, e d'un pugno poco o nonnulla. Questo è giovane molto virtuoso, e mantiene la povera casa sua con le fatiche sua, molto abundante; e volessi Idio che la città nostra di questa sorta ne avessi abundanzia, sí come la n'ha mancamento.

XVII. Era infra di loro alcuni arronzinati cappuccetti, che mossi dalle preghiere e male informazioni delli mia avversari, per esser di quella fazione di fra Girolamo, mi arebbon voluto metter prigione e condennarmi a misura di carboni: alla qual cosa il buon Prinzivalle attutto rimediò. Cosí mi fece una piccola condennagione di quattro staia di farina, le quali si dovessimo donare per elemosina al monasterio delle Murate. Subito richiamatoci drento mi comandò che io non parlassi parola sotto pena della disgrazia loro, e che io ubbidissi di quello che condennato io ero. Cosí dandomi una gagliarda grida ci mandorno al cancelliere: io che borbottando sempre dicevo "ceffata fu e non pugno", in modo che ridendo gli Otto si rimasono. Il cancelliere ci comandò da parte del magistrato che noi ci dessimo sicurtà l'un l'altro, e me solo condennorno in quelle quattro staia della farina. A me che parve essere assassinato, non tanto ch'io mandai per un mio cugino, il quale si domandava maestro Anniballe cerusico, padre di messer Librodoro Librodori, volendo io che lui per me prommettessi. Il ditto non volse venire: per la qual cosa io sdegnato, soffiando diventai come uno aspido, e feci disperato iudizio. Qui si cognosce quanto le stelle non tanto ci inclinano, ma ci sforzano. Conosciuto quanto grande obrigo questo Anniballe aveva alla casa mia, m'accrebbe tanto còllora che, tirato tutto al male e anche per natura alquanto collerico, mi stetti a 'spettare che il detto ufizio degli Otto fussi ito a desinare: e restato quivi solo, veduto che nessuno della famiglia degli Otto piú a me non guardava, infiammato di còllora, uscito del Palazzo, corsi alla mia bottega, dove trovatovi un pugnalotto saltai in casa delli mia avversari, che a casa e a bottega istavano. Trova'gli a tavola, e quel giovane Gherardo, che era stato capo della quistione, mi si gettò a dosso: al cui io menai una pugnalata al petto, che il saio, il colletto insino alla camicia a banda a banda io li passai, non gli avendo tocco la carne o fattogli un male al mondo. Parendo a me, per l'entrar della mana e quello rumor de' panni, aver fatto grandissimo male, e lui per ispavento caduto a terra, dissi: - O traditori, oggi è quel dí che io tutti vi ammazzo -. Credendo il padre, la madre e le sorelle che quel fusse il dí del Giudizio, subito gettatisi inginocchione per terra, misericordia ad alta voce con le bigoncie chiamavano: e veduto non fare alcuna difesa contro di me, e quello disteso in terra come morto, troppo vil cosa mi parve a toccargli; ma furioso corsi giú per la scala: e giunto alla strada, trovai tutto il resto della casata, li quali erano piú di dodici; chi di loro aveva una pala di ferro, alcuni un grosso canale di ferro, altri martella, ancudine, altri bastoni. Giunto fra loro, sí come un toro invelenito, quattro o cinque ne gittai in terra, e con loro insieme caddi, sempre menando il pugnale ora a questo ora a quello. Quelli che in piedi restati erano, quanto egli potevano sollecitavano, dando a me a dua mane con martella, con bastoni e con ancudine: e perché Idio alcune volte piatoso si intermette, fece che né loro a me e né io a loro non ci facemmo un male al mondo. Solo vi restò la mia berretta, la quale assicuratisi e' mia avversari che discosto a quella si eron fuggiti, ugniuno di loro la percosse con le sua arme: di poi riguardato infra di loro de e' feriti e morti, nessuno v'era che avessi male.

XVIII. Io me ne andai alla volta di santa Maria Novella, e subito percossomi in frate Alesso Strozzi, il quale io non conosceva, a questo buon frate io per l'amor de Dio mi raccomandai, che mi salvassi la vita, perché grande errore avevo fatto. Il buon frate mi disse che io non avessi paura di nulla, ché, tutti e' mali del mondo che io avessi fatti, in quella cameruccia sua ero sicurissimo. In ispazio d'una ora a presso, gli Otto, ragunatisi fuora del loro ordine, fecion mandare un de' piú spaventosi bandi contra di me, che mai s'udissi, sotto pene grandissime a chi m'avessi o sapessi, non riguardando né a luogo né a qualità che mi tenessi. Il mio afflitto e povero buon padre entrando agli Otto, ginocchioni si buttò in terra, chiedendo misericordia del povero giovane figliuolo: dove che un di quelli arrovellati, scotendo la cresta dello arronzinato capuccio, rizzatosi in piedi, con alcune ingiuriose parole disse al povero padre mio: - Lièvati di costí, e va' fuora subito, ché domattina te lo manderemo in villa con i lanciotti -. Il mio povero padre pure ardito rispose, dicendo loro: - Quel che Idio arà ordinato, tanto farete, e non piú là -. Al cui quel medesimo rispose che per certo cosí aveva ordinato Idio. E mio padre allui disse: - Io mi conforto, che voi certo non lo sapete - e partitosi dalloro, venne a trovarmi insieme con un certo giovane di mia età, il quale si chiamava Piero di Giovanni Landi: ci volevamo bene piú che se fratelli fussimo stati. Questo giovane aveva sotto il mantello una mirabile ispada e un bellissimo giaco di maglia: e giunti a me, il mio animoso padre mi disse il caso, e quel che gli avevan detto i signori Otto. Di poi mi baciò in fronte e tutti a dua gli occhi; mi benedisse di cuore, dicendo cosí: - La virtú de Dio sia quella che ti aiuti - e pòrtomi la spada e l'arme, con le sue mane proprie me le aiutò vestire. Di poi disse: - O figliuol mio buono, con queste in mano, o tu vivi o tu muori -. Pier Landi, che era quivi alla presenza, non cessava di lacrimare, e pòrtomi dieci scudi d'oro, io dissi che mi levassi certi peletti della barba, che prime caluggine erano. Frate Alesso mi vestí in modo di frate e un converso mi diede per compagnia. Uscitomi del convento, uscito per la porta di Prato, lungo le mura me ne andai insino alla piazza di San Gallo; e salito la costa di Montui, in una di quelle prime case trovai un che si domandava il Grassuccio, fratel carnale di misèr Benedetto da Monte Varchi. Subito mi sfratai, e ritornato uomo, montati in su dua cavalli, che quivi erano per noi, la notte ce ne andammo a Siena. Rimandato indrieto il detto Grassuccio a Firenze, salutò mio padre e gli disse che io ero giunto a salvamento. Mio padre rallegratosi assai, gli parve mill'anni di ritrovar quello degli Otto che gli aveva detto ingiuria; e trovatolo disse cosí: - Vedete voi, Antonio, ch'egli era Idio quello che sapeva quel che doveva essere del mio figliuolo, e non voi? - Al cui rispose: - Di' che ci càpiti un'altra volta -. Mio padre allui: - Io attenderò a ringraziare Idio, che l'ha campato di questo.

XIX. Essendo a Siena, aspettai il procaccia di Roma, e con esso mi accompagnai. Quando fummo passati la Paglia scontrammo il corriere che portava le nuove del papa nuovo, che fu papa Clemente. Giunto a Roma mi missi a lavorare in bottega di maestro Santi orefice: se bene il detto era morto, teneva la bottega un suo figliuolo. Questo non lavorava, ma faceva fare le faccende di bottega tutte a uno giovane che si domandava Luca Agnolo da Iesi. Questo era contadino, e da piccol fanciulletto era venuto a lavorare con maestro Santi. Era piccolo di statura, ma ben proporzionato. Questo giovane lavorava meglio che uomo che io vedessi mai insino a quel tempo, con grandissima facilità e con molto disegno: lavorava solamente di grosseria, cioè vasi bellissimi, e bacini, e cose tali. Mettendomi io a lavorar in tal bottega presi a fare certi candellieri per il vescovo Salamanca spagnuolo. Questi tali candellieri furno riccamente lavorati, per quanto si appartiene a tal opera. Un descepol di Raffaello da Urbino, chiamato Gianfrancesco, per sopranome il Fattore, era pittore molto valente; e perché egli era amico del detto vescovo, me gli misse molto in grazia, a tale che io ebbi moltissime opere da questo vescovo, e guadagnavo molto bene. In questo tempo io andavo quando a disegnare in Capella di Michelagnolo, e quando alla casa di Agostino Chigi sanese, nella qual casa era molte opere bellissime di pittura di mano dello eccellentissimo Raffaello da Urbino; e questo si era il giorno della festa, perché in detta casa abitava misser Gismondo Chigi, fratello del detto misser Agostino. Avevano molta boria quando vedevano delli giovani miei pari che andavano a 'mparare drento alle case loro. La moglie del detto misser Gismondo, vedutomi sovente in questa sua casa - questa donna era gentile al possibile e oltramodo bella - accostandosi un giorno a me, guardando li mia disegni, mi domandò se io ero scultore o pittore: alla cui donna io dissi, che ero orefice. Disse lei, che troppo ben disegnavo per orefice; e fattosi portare da una sua cameriera un giglio di bellissimi diamanti legati in oro, mostrandomegli, volse che io gli stimassi. Io gli stimai ottocento scudi. Allora lei disse che benissimo gli avevo stimati. A presso mi domandò se mi bastava l'animo di legargli bene: io dissi che molto volentieri, e alla presenza di lei ne feci un pochetto di disegno; e tanto meglio lo feci, quanto io pigliavo piacere di trattenermi con questa tale bellissima e piacevolissima gentildonna. Finito il disegno, sopragiunse un'altra bellissima gentildonna romana, la quale era di sopra, e scesa a basso dimandò la detta madonna Porzia quel che lei quivi faceva: la quale sorridendo disse: - Io mi piglio piacere il vedere disegnare questo giovane da bene, il quale è buono e bello -. Io, venuto in un poco di baldanza, pur mescolato un poco di onesta vergogna, divenni rosso e dissi: - Quale io mi sia, sempre, madonna, io sarò paratissimo a servirvi -. La gentildonna, anche lei arrossita alquanto, disse: - Ben sai che io voglio che tu mi serva - e pòrtomi il giglio, disse che io me ne lo portassi; e di più mi diede venti scudi d'oro, che l'aveva nella tasca, e disse: - Legamelo in questo modo che disegnato me l'hai, e salvami questo oro vechio in che legato egli è ora -. La gentildonna romana allora disse: - Se io fussi in quel giovane, volentieri io m'andrei con Dio -. Madonna Porzia agiunse che le virtú rare volte stanno con i vizii e che, se tal cosa io facessi, forte ingannerei quel bello aspetto che io dimostravo di uomo da bene - e voltasi, preso per mano la gentildonna romana, con piacevolissimo riso mi disse: - A Dio, Benvenuto -. Soprastetti alquanto intorno al mio disegno che facevo, ritraendo certa figura di Iove di man di Raffaello da Urbino detto. Finita che l'ebbi, partitomi, mi messi a fare un picolo modellino di cera, mostrando per esso come doveva da poi tornar fatta l'opera; e portatolo a vedere a madonna Porzia detta, essendo alla presenza quella gentildonna romana, che prima dissi, l'una e l'altra grandemente satisfatte delle fatiche mie, mi feceno tanto favore, che mosso da qualche poco di baldanza, io promissi loro, che l'opera sarebbe meglio ancora la metà che il modello. Cosí messi mano, e in dodici giorni fini' il detto gioiello in forma di giglio, come ho detto di sopra, adorno con mascherini, puttini, animali e benissimo smaltato; in modo che li diamanti, di che era il giglio, erono migliorati piú della metà.

XX. In mentre che io lavoravo questa opera, quel valente uomo Lucagnolo, che io dissi di sopra, mostrava di averlo molto per male, piú volte dicendomi che io mi farei molto piú utile e piú onore ad aiutarlo lavorar vasi grandi di argento, come io avevo cominciato. Al quale io dissi, che io sarei atto, sempre che io volessi, a lavorar vasi grandi di argento; ma che di quelle opere che io facevo, non ne veniva ogni giorno da fare; e che in esse opere tali era non manco onore che ne' vasi grandi di argento, ma sí bene molto maggiore utile. Questo Lucagnolo mi derise dicendo: - Tu lo vedrai, Benvenuto; perché allora che tu arai finita cotesta opera, io mi affretterò di aver finito questo vaso, il quale cominciai quando tu il gioiello; e con la esperienza sarai chiaro l'utile che io trarrò del mio vaso, e quello che tu trarrai de il tuo gioiello -. Al cui io risposi, che volentieri avevo a piacere di fare con un sí valente uomo, quale era lui, tal pruova, perché alla fine di tale opere si vedrebbe chi di noi si ingannava. Cosí l'uno e l'altro di noi alquanto, con un poco di sdegnoso riso, abbassati il capo fieramente, ciascuno desideroso di dar fine alle cominciate opere; in modo che in termine di dieci giorni incirca ciascun di noi aveva con molta pulitezza e arte finita l'opera sua. Quella di Lucagnolo detto si era un vaso assai ben grande, il qual serviva in tavola di papa Clemente, dove buttava drento, in mentre che era a mensa, ossicina di carne e buccie di diverse frutte; fatto piú presto a pompa che a necessità. Era questo vaso ornato con dua bei manichi, con molte maschere picole e grande, con molti bellissimi fogliami, di tanta bella grazia e disegno, quanto inmaginar si possa; al quale io dissi, quello essere il piú bel vaso che mai io veduto avessi. A questo, Lucagnolo, parendogli avermi chiarito, disse: - Non manco bella pare a me l'opera tua, ma presto vedremo la differenza de l'uno e de l'altro -. Cosí preso il suo vaso, portatolo al papa, restò satisfatto benissimo, e subito lo fece pagare secondo l'uso de l'arte di tai grossi lavori. In questo mentre io portai l'opera mia alla ditta gentildonna madonna Porzia, la quali con molta maraviglia mi disse, che di gran lunga io avevo trapassata la promessa fattagli; e poi aggiunse, dicendomi che io domandassi delle fatiche mie tutto quel che mi piaceva, perché gli pareva che io meritassi tanto, che donandomi un castello, a pena gli parrebbe d'avermi sadisfatto; ma perché lei questo non poteva fare, ridendo mi disse, che io domandassi quel che lei poteva fare. Alla cui io dissi, che il maggior premio delle mie fatiche desiderato, si era l'avere sadisfatto Sua Signoria. Cosí anch'io ridendo, fattogli reverenza, mi parti', dicendo che io non voleva altro premio che quello. Allora madonna Porzia ditta si volse a quella gentildonna romana, e disse: - Vedete voi che la compagnia di quelle virtú che noi giudicammo in lui, son queste, e non sono i vizii? - Maravigliatosi l'una e l'altra, pure disse madonna Porzia: - Benvenuto mio, ha' tu mai sentito dire, che quando il povero dona a il ricco, il diavol se ne ride? - Alla quale io dissi: - E però di tanti sua dispiaceri, questa volta lo voglio vedere ridere - e partitomi, lei disse che non voleva per questa volta fargli cotal grazia. Tornatomi alla mia bottega, Lucagnolo aveva in un cartoccio li dinari avuti del suo vaso; e giunto mi disse: - Accosta un poco qui a paragone il premio del tuo gioiello a canto al premio del mio vaso -. Al quale io dissi che lo salvassi in quel modo insino al seguente giorno; perché io speravo che sí bene come l'opera mia innel suo genere non era stata manco bella della sua, cosí aspettavo di fargli vedere il premio di essa.

XXI. Venuto l'altro giorno, madonna Porzia mandato alla mia bottega un suo maestro di casa, mi chiamò fuora, e pòrtomi in mano un cartoccio pieno di danari da parte di quella signora, mi disse, che lei non voleva che il diavol se ne ridessi affatto; mostrando che quello che la mi mandava non era lo intero pagamento che meritavano le mie fatiche, con molte altre cortese parole degne di cotal signora. Lucagnolo, che gli pareva mill'anni di accostare il suo cartoccio al mio, subito giunto in bottega, presente dodici lavoranti e altri vicini fattisi innanzi, che desideravano veder la fine di tal contesa, Lucagnolo prese il suo cartoccio con ischerno ridendo, dicendo: - Ou! ou - tre o quattro volte, versato li dinari in sul banco con gran rumore: i quali erano venticinque scudi di giuli, pensando che li mia fussino quattro o cinque scudi di moneta: dove che io, soffocato dalle grida sue, dallo sguardo e risa de' circunstanti, guardando cosí un poco dentro innel mio cartoccio, veduto che era tutto oro, da una banda del banco tenendo gli occhi bassi, senza un romore al mondo, con tutt'a dua le mane forte in alto alzai il mio cartoccio, il quali facevo versare a modo di una tramoggia di mulino. Erano li mia danari la metà piú che li sua; in modo che tutti quegli occhi, che mi s'erano affisati a dosso con qualche ischerno, subito vòlti a lui, dissono: - Lucagnolo, questi dinari di Benvenuto per essere oro, e per essere la metà piú, fanno molto piú bel vedere che li tua -. Io credetti certo, che per la invidia, insieme con lo scorno che ebbe quel Lucagnolo, subito cascassi morto: e con tutto che di quelli mia danari allui ne venissi la terza parte, per esser io lavorante - ché cosí è il costume: dua terzi ne tocca a il lavorante e l'altra terza parte alli maestri della bottega - potette piú la temeraria invidia che la avarizia in lui, qual doveva operare tutto il contrario, per essere questo Lucagnolo nato d'un contadino da Iesi. Maladisse l'arte sua e quelli che gnene avevano insegnata, dicendo che da mò innanzi non voleva piú fare quell'arte di grosseria; solo voleva attendere a fare di quelle bordellerie piccole, da poi che le erano cosí ben pagate. Non manco sdegnato io dissi, che ogni uccello faceva il verso suo; che lui parlava sicondo le grotte di dove egli era uscito, ma che io gli protestavo bene, che a me riuscirebbe benissimo il fare delle sue coglionerie, e che a lui non mai riuscirebbe il far di quella sorte bordellerie. Cosí partendomi adirato, gli dissi che presto gnene faria vedere. Quelli che erano alla presenza gli dettono a viva voce il torto, tenendo lui in concetto di villano come gli era, e me in concetto di uomo, sí come io avevo mostro.

XXII. Il dí seguente andai a ringraziare madonna Porzia, e li dissi che Sua Signoria aveva fatto il contrario di quel che la disse: che volendo io fare che 'l diavolo se ne ridessi, lei di nuovo l'aveva fatto rinnegare Idio. Piacevolmente l'uno e l'altro ridemmo, e mi dette da fare altre opere belle e buone. In questo mezzo io cercai, per via d'un discepolo di Raffaello da Urbino pittore, che il vescovo Salamanca mi dessi da fare un vaso grande da acqua, chiamato un'acquereccia, che per l'uso delle credenze che in sun esse si tengono per ornamento. E volendo il detto vescovo farne dua di equal grandezza, uno ne dette da fare al detto Lucagnolo, e uno ne ebbi da fare io; e la modanatura delli detti vasi, ci dette il disegno quel ditto Gioanfrancesco pittore. Cosí messi mano con maravigliosa voglia innel detto vaso, e fui accomodato d'una particina di bottega da uno Milanese, che si chiamava maestro Giovanpiero della Tacca. Messomi in ordine, feci il mio conto delli danari che mi potevano bisognare per alcuna mia affari, e tutto il resto ne mandai assoccorrere il mio povero buon padre; il quale, mentre che gli erano pagati in Firenze, s'abbatté per sorte un di quelli arrabbiati che erano degli Otto a quel tempo che io feci quel poco del disordine, e ch'egli svillaneggiandolo gli aveva detto di mandarmi in villa con lanciotti a ogni modo. E perché quello arrabbiato aveva certi cattivi figliolacci, a proposito mio padre disse: - A ogniuno piú può intervenire delle disgrazie, massimo agli uomini collorosi quando egli hanno ragione, come intervenne al mio figliuolo; ma veggasi poi del resto della vita sua, come io l'ho virtuosamente saputo levare. Volesse Idio in vostro servizio, che i vostri figliuoli non vi facessino né peggio, né meglio di quel che fanno e mia a me; perché, sí come Idio m'ha fatto tale che io gli ho saputi allevare, cosí, dove la virtú mia non ha potuto arrivare, Lui stesso me gli ha campati, contra il vostro credere, dalle vostre violente mane -.

E partitosi, tutto questo fatto mi scrisse, pregandomi per l'amor di Dio che io sonassi qualche volta, acciò che io non perdessi quella bella virtú, che lui con tante fatiche mi aveva insegnato. La lettera era piena delle piú amorevol parole paterne che mai sentir si possa; in modo tale che le mi mossono a pietose lacrime, desiderando prima che lui morissi di contentarlo in buona parte, quanto al sonare, sí come Idio ci compiace tutte le lecite grazie che noi fedelmente gli domandiamo.

XXIII. Mentre che io sollecitavo il bel vaso di Salamanca, e per aiuto avevo solo un fanciulletto, che con grandissime preghiere d'amici, mezzo contra la mia voglia, avevo preso per fattorino. Questo fanciullo era di età di quattordici anni incirca; aveva nome Paulino ed era figliuolo di un cittadino romano, il quale viveva delle sue entrate. Era questo Paulino il meglio creato, il piú onesto e il piú bello figliuolo, che mai io vedessi alla vita mia; e per i sua onesti atti e costumi, e per la sua infinita bellezza, e per el grande amore che lui portava a me, avenne che per queste cause io gli posi tanto amore, quanto in un petto di uno uomo rinchiuder si possa. Questo sviscerato amore fu causa, che per vedere io piú sovente rasserenare quel maraviglioso viso, che per natura sua onesto e maninconico si dimostrava; pure, quando io pigliavo il mio cornetto, subito moveva un riso tanto onesto e tanto bello, che io non mi maraviglio punto di quelle pappolate che scrivono e' Greci degli dèi del cielo. Questo talvolta, essendo a quei tempi, gli arebbe fatti forse piú uscire de' gangheri. Aveva questo Paulino una sua sorela, che aveva nome Faustina, qual penso io che mai Faustina fussi sí bella, di chi gli antichi libri cicalan tanto. Menatomi alcune volte alla vigna sua, e per quel che io potevo giudicare, mi pareva che questo uomo da bene, padre del detto Paulino, mi arebbe voluto far suo genero. Questa cosa mi causava molto piú il sonare, che io non facevo prima. Occorse in questo tempo che un certo Gianiacomo piffero da Cesena, che stava col Papa, molto mirabil sonatore, mi fece intendere per Lorenzo tronbone lucchese, il quale è oggi al servizio del nostro Duca, se io volevo aiutar loro per il Ferragosto del Papa, sonar di sobrano col mio cornetto quel giorno parecchi mottetti, che loro bellissimi scelti avevano. Con tutto che io fussi nel grandissimo desiderio di finire quel mio bel vaso cominciato, per essere la musica cosa mirabile in sé e per sattisfare in parte al mio vecchio padre, fui contento far loro tal compagnia: e otto giorni innanzi al Ferragosto, ogni dí dua ore facemmo insieme conserto, in modo che il giorno d'agosto andammo in Belvedere, e in mentre che papa Clemente desinava, sonammo quelli disciplinati mottetti in modo, che il Papa ebbe a dire non aver mai sentito musica piú suavemente e meglio unita sonare. Chiamato a sé quello Gianiacomo, lo domandò di che luogo e in che modo lui aveva fatto a avere cosí buon cornetto per sobrano, e lo domandò minutamente chi io ero. Gianiacomo ditto gli disse a punto il nome mio. A questo il Papa disse: - Adunque questo è il figliuolo di maestro Giovanni? - Cosí disse che io ero. Il Papa disse che mi voleva al suo servizio in fra gli altri musici. Gian Iacomo rispose: - Beatissimo Padre, di questo io non mi vanto che voi lo abbiate, perché la sua professione, a che lui attende continuamente, si è l'arte della oreficeria, e in quella opera maravigliosamente, e tirane molto miglior guadagno che lui non farebbe al sonare -. A questo il Papa disse: - Tanto meglio li voglio, essendo cotesta virtú di piú in lui, che io non aspettavo. Fagli acconciare la medesima provvisione che a voi altri; e da mia parte digli che mi serva e che alla giornata ancora innell'altra professione ampiamente gli darò da fare - e stesa la mana, gli donò in un fazzoletto cento scudi d'oro di Camera, e disse: - Pàrtigli in modo, che lui ne abbia la sua parte -. Il ditto Gian Iacomo spiccato dal Papa, venuto a noi, disse puntamente tutto quel che il Papa gli aveva detto; e partito li dinari infra otto compagni che noi eramo, dato a me la parte mia, mi disse: - Io ti vo a fare scrivere nel numero delli nostri compagni -. Al quale io dissi: - Lasciate passare oggi, e domani vi risponderò -. Partitomi da loro, io andavo pensando se tal cosa io dovevo accettare, considerato quanto la mi era per nuocere allo isviarmi dai belli studi della arte mia. La notte seguente mi apparve mio padre in sogno, e con amorevolissime lacrime mi pregava, che per l'amor di Dio e suo io fussi contento di pigliare quella tale impresa; a il quali mi pareva rispondere, che in modo nessuno io non lo volevo fare. Subito mi parve che in forma orribile lui mi spaventasse, e disse: - Non lo faccendo arai la paterna maladizione, e faccendolo sia tu benedetto per sempre da me -. Destatomi, per paura corsi a farmi scrivere; di poi lo scrissi al mio vecchio padre, il quale per la soverchia allegrezza gli prese uno accidente, il quali lo condusse presso alla morte; e subito mi scrisse d'avere sognato ancora lui quasi che il medesimo che avevo fatto io.

XXIV. E' mi pareva, veduto di aver sadisfatto alla onesta voglia del mio buon padre, che ogni cosa mi dovessi succedere a onorata e gloriosa fine. Cosí mi messi con grandissima sollecitudine a finire il vaso che cominciato avevo per il Salamanca. Questo vescovo era molto mirabile uomo, ricchissimo, ma difficile a contentare: mandava ogni giorno a vedere quel che io facevo; e quella volta che il suo mandato non mi trovava, il detto Salamanca veniva in grandissimo furore, dicendo che mi voleva far tôrre la ditta opera, e darla ad altri a finire. Questo ne era causa il servire a quel maladetto sonare. Pure con grandissima sollecitudine mi ero messo giorno e notte, tanto che conduttola a termine di poterla mostrare al ditto vescovo, lo feci vedere: a il quali crebbe tanto desiderio di vederlo finito, che io mi penti' d'arvegnene mostro. In termine di tre mesi ebbi finita la detta opera con tanti belli animaletti, fogliami e maschere, quante immaginar si possa. Subito la mandai per quel mio Paulino fattore a mostrare a quel valente uomo di Lucagnolo detto di sopra; il qual Paulino, con quella sua infinita grazia e bellezza, disse cosí: - Misser Lucagnolo, dice Benvenuto che vi manda a monstrare le sue promesse e vostre coglionerie, aspettando da voi vedere le sue bordellerie -. Ditto le parole, Lucagniolo prese in mano il vaso, e guardollo assai; di poi disse a Paulino: - O bello zittiello, di' al tuo padrone, che egli è un gran valente uomo, e che io lo priego che mi voglia per amico, e non s'entri in altro -. Lietissimamente mi fece la imbasciata quello onesto e mirabil giovanetto. Portossi il ditto vaso al Salamanca, il quali volse che si facessi stimare. Innella detta istima si intervenne questo Lucagnolo, il quali tanto onoratamente me lo stimò e lodò da gran lunga, di quello che io mi pensava. Preso il ditto vaso, il Salamanca spagnolescamente disse: - Io giuro a Dio, che tanto voglio stare a pagarlo, quanto lui ha penato a farlo -. Inteso questo, io malissimo contento mi restai, maladicendo tutta la Spagna e chi li voleva bene. Era infra gli altri belli ornamenti un manico tutto di un pezzo a questo vaso, sottilissimamente lavorato, che per virtú di una certa molla stava diritto sopra la bocca del vaso. Monstrando un giorno per boria monsignor ditto a certi sua gentiluomini spagnuoli questo mio vaso, avenne che un di questi gentiluomini, partito che fu il ditto monsignore, troppo indiscretamente maneggiando il bel manico del vaso, non potendo resistere quella gentil molla alla sua villana forza, in mano al ditto si roppe; e parendoli di aver molto mal fatto, pregò quel credenzier che n'aveva cura, che presto lo portasse al maestro che lo aveva fatto, il quali subito lo racconciassi e li prommettessi tutto il premio che lui domandava, pur che presto fusse acconcio. Cosí capitandomi alle mani il vaso, promessi acconciarlo prestissimo, e cosí feci. Il ditto vaso mi fu portato innanzi mangiare: a ventidua ore venne quel che me lo aveva portato, il quale era tutto in sudore, ché per tutta la strada aveva corso, avvengaché monsignore ancora di nuovo lo aveva domandato per mostrarlo a certi altri signori. Però questo credenziere non mi lasciava parlar parola, dicendo: - Presto, presto, porta il vaso -. Onde io, volontoroso di fare adagio e non gnene dare, dissi che io non volevo fare presto. Venne il servitore ditto in tanta furia, che, accennando di mettere mano alla spada con una mana, e con la altra fece dimostrazione e forza di entrare in bottega; la qual cosa io subito glie ne 'nterdissi con l'arme, accompagnate con molte ardite parole, dicendogli: - Io non te lo voglio dare; e va, di' a monsignore tuo padrone, che io voglio li dinari delle mie fatiche, prima che egli esca di questa bottega -. Veduto questo di non aver potuto ottenere per la via delle braverie, si messe a pregarmi, come si priega la Croce, dicendomi, che se io gnene davo, farebbe per me tanto, che io sarei pagato. Queste parole niente mi mossono del mio proposito, sempre dicendogli il medesimo. Alla fine disperatosi della impresa, giurò di venire con tanti spagnuoli, che mi arieno tagliati a pezzi; e partitosi correndo, in questo mezzo io, che ne credevo qualche parte di questi assassinamenti loro, mi promessi animosamente difendermi; e messo in ordine un mio mirabile scoppietto, il quale mi serviva per andare a caccia, da me dicendo: - Chi mi toglie la roba mia con le fatiche insieme, ancora se gli può concedere la vita? - in questo contrasto, che da me medesimo faceva, comparse molti spagnuoli insieme con il loro maestro di casa, il quale a il lor temerario modo disse a quei tanti, che entrassin drento, e che togliessino il vaso, e me bastonassino. Alle qual parole io monstrai loro la bocca dello scoppietto in ordine col suo fuoco, e ad alta voce gridavo: - Marrani, traditori, assassinas'egli a questo modo le case e le botteghe in una Roma? Tanti quanti di voi, ladri, s'appresseranno a questo isportello, tanti con questo mio istioppo ne farò cader morti -. E volto la bocca d'esso istioppo al loro maestro di casa, accennando di trarre, dissi: - E tu ladrone, che gli ammetti, voglio che sia il primo a morire -. Subito dette di piede a un giannetto, in su che lui era, e a tutta briglia si misse a fuggire. A questo gran romore era uscito fuora tutti li vicini; e di piú passando alcuni gentiluomini romani, dissono: - Ammazzali pur questi marrani, perché sarai aiutato da noi -. Queste parole furno di tanta forza, che molto ispaventati da me si partirno; in modo che, necessitati dal caso, furno forzati annarrare tutto il caso a monsignor, il quale era superbissimo, e tutti quei servitori e ministri isgridò, sí perché loro eran venuti a fare un tale eccesso, e perché, da poi cominciato, loro non l'avevano finito. Abbattessi in questo quel pittore che s'era intervenuto in tal cosa, a il quale monsignore disse che mi venissi a dire da sua parte, che se io non gli portavo il vaso subito, che di me il maggior pezzo sarien gli orecchi; e se io lo portavo, che subito mi darebbe il pagamento di esso. Questa cosa non mi messe punto di paura, e gli feci intendere che io lo andrei a dire al Papa subito. Intanto, a lui passato la stizza e a me la paura, sotto la fede di certi gran gentiluomini romani che il detto non mi offenderebbe, e con buona sicurtà del pagamento delle mie fatiche, messomi in ordine con un gra' pugnale e il mio buon giaco, giunsi in casa del detto monsignore, il quale aveva fatto mettere in ordine tutta la sua famiglia. Entrato, avevo il mio Paulino appresso con il vaso d'argento. Era né piú né manco come passare per mezzo il Zodiaco, ché chi contrafaceva il leone, quale lo scorpio, altri il cancro: tanto che pur giugnemmo alla presenza di questo pretaccio, il quale sparpagliò le piú pretesche spagnolissime parole che inmaginar si possa. Onde io mai alzai la testa a guardarlo, né mai gli risposi parola. A il quale mostrava di crescere piú la stizza; e fattomi porgere da scrivere, mi disse che io scrivessi di mia mano, dicendo d'essere ben contento e pagato da lui. A questo io alzai la testa e li dissi che molto volentieri lo farei se prima io avessi li mia dinari. Crebbe còllora al vescovo; e le bravate e le dispute furno grande. Al fine prima ebbi li dinari, da poi scrissi, e lieto e contento me ne andai.

XXV. Da poi lo intese papa Clemente, il quale aveva veduto il vaso in prima, ma non gli fu mostro per di mia mano, ne prese grandissimo piacere, e mi dètte molte lode, e in pubblico disse che mi voleva grandissimo bene; a tale che monsignore Salamanca molto si pentí d'avermi fatto quelle sue bravate: e per rappattumarmi, per il medesimo pittore mi mandò a dire che mi voleva dar da fare molte grande opere; al quale io dissi che volentieri le farei, ma volevo prima il pagamento di esse, che io le cominciassi. Ancora queste parole vènneno agli orecchi di papa Clemente, le quale lo mossono grandemente a risa. Era alla presenza il cardinale Cibo, al quali il Papa contò tutta la diferenza che io avevo aùto con questo vescovo; di poi si volse a un suo ministro, e li comandò che continuamente mi dessi da fare per il palazzo. Il ditto cardinal Cibo mandò per me, e doppo molti piacevoli ragionamenti, mi dette da fare un vaso grande, maggior che quello del Salamanca; cosí il cardinal Cornaro e molti altri di quei cardinali, massimamente Ridolfi e Salviati: da tutti avevo da fare, in modo che io guadagnavo molto bene. Madonna Porzia sopra ditta mi disse che io dovessi aprire una bottega che fusse tutta mia: e io cosí feci, e mai restavo di lavorare per quella gentile donna da bene, la quale mi dava assaissimo guadagno, e quasi per causa sua istessa m'ero mostro al mondo uomo da qualcosa. Presi grande amicizia col signor Gabbriello Ceserino, il quale era gonfaloniere di Roma: a questo signore io li feci molte opere. Una infra le altre notabile: questa fu una medaglia grande d'oro da portare in un cappello: dentro isculpito in essa medaglia si era Leda col suo cigno; e sadisfattosi assai delle mie fatiche, disse che voleva farla istimare per pagarmela il giusto prezzo. E perché la medaglia era fatta con gran disciplina, quelli stimatori della arte la stimarono molto piú che lui non s'immaginava: cosí tenendosi la medaglia in mano, nulla ne ritraevo delle mie fatiche. Occorse il medesimo caso di essa medaglia che quello del vaso del Salamanca. E perché queste cose non mi tolgano il luogo da dire cose di maggiore importanza, cosí brevemente le passerò.

XXVI. Con tutto che io esca alquanto della mia professione, volendo descrivere la vita mia, mi sforza qualcuna di queste cotal cose non già minutamente descriverle, ma sí bene soccintamente accennarle. Essendo una mattina del nostro San Giovanni a desinare insieme con molti della nazion nostra, di diverse professione, pittori, scultori, orefici; infra li altri notabili uomini ci era uno domandato il Rosso pittore, e Gianfrancesco discepolo di Raffaello da Urbino, e molti altri. E perché in quel luogo io gli avevo condotti liberamente, tutti ridevano e motteggiavano, secondo che promette lo essere insieme quantità di uomini, rallegrandosi di una tanto maravigliosa festa. Passando a caso un giovane isventato, bravaccio, soldato del signor Rienzo da Ceri, a questi romori, sbeffando disse molte parole inoneste della nazione fiorentina. Io, che era guida di quelli tanti virtuosi e uomini da bene, parendomi essere lo offeso, chetamente, sanza che nessuno mi vedessi, questo tale sopragiunsi, il quale era insieme con una sua puttana, che per farla ridere, ancora seguitava di fare quella scornacchiata. Giunto a lui, lo domandai se egli era quello ardito, che diceva male de' Fiorentini. Subito disse: - Io son quello -. Alle quale parole io alzai la mana dandogli in sul viso, e dissi: - E io son questo -. Subito messo mano all'arme l'uno e l'altro arditamente, ma non sí tosto cominciato tal briga, che molti entrorno di mezzo, piú presto pigliando la parte mia che altrimenti, essentito e veduto che io avevo ragione. L'altro giorno a presso mi fu portato un cartello di disfida per combattere seco, il quale io accettai molto lietamente, dicendo che questa mi pareva impresa da spedirla molto piú presto che quelle di quella altra arte mia: e subito me ne andai a parlare a un vechione chiamato il Bevilacqua, il quale aveva nome d'essere stato la prima spada di Italia, perché s'era trovato piú di venti volte ristretto in campo franco e sempre ne era uscito a onore. Questo uomo da bene era molto mio amico, e conosciutomi per virtú della arte mia, e anche s'era intervenuto in certe terribil quistione infra me e altri. Per la qual cosa lui lietamente subito mi disse: - Benvenuto mio, se tu avessi da fare con Marte, io son certo che ne usciresti a onore, perché di tanti anni, quant'io ti conosco, non t'ho mai veduto pigliare nessuna briga a torto -. Cosí prese la mia impresa, e conduttoci in luogo con l'arme in mano, sanza insanguinarsi, restando dal mio avversario, con molto onore usci' di tale inpresa. Non dico altri particolari; che se bene sarebbono bellissimi da sentire in tal genere, voglio riserbare queste parole a parlare de l'arte mia, quale è quella che m'ha mosso a questo tale iscrivere; e in essa arò da dire pur troppo. Se bene mosso da una onesta invidia, desideroso di fare qualche altra opera che aggiugnessi e passassi ancora quelle del ditto valente uomo Lucagnolo, per questo non mi scostavo mai da quella mia bella arte del gioiellare; in modo che infra l'una e l'altra mi recava molto utile e maggiore onore, e innell'una e nella altra continuamente operavo cose diverse dagli altri. Era in questo tempo a Roma un valentissimo uomo perugino per nome Lautizio, il quale lavorava solo di una professione, e di quella era unico al mondo. Avenga che a Roma ogni cardinale tiene un suggello, innel quale è impresso il suo titolo, questi suggelli si fanno grandi quanti è tutta una mana di un piccol putto di dodici anni incirca: e sí come io ho detto di sopra, in essa si intaglia quel titolo del cardinale, nel quale s'interviene moltissime figure: pagasi l'uno di questi suggelli ben fatti cento e piú di cento scudi. Ancora a questo valente uomo io portavo una onesta invidia; se bene questa arte è molto appartata da l'altre arti che si intervengono nella oreficeria; perché questo Lautizio, faccendo questa arte de' suggelli, non sapeva fare altro. Messomi a studiare ancora in essa arte, se bene difficilissima la trovavo, non mai stanco per fatica che quella mi dessi, di continuo attendevo a guadagnare e a imparare. Ancora era in Roma un altro eccellentissimo valente uomo, il quale era milanese e si domandava per nome misser Caradosso. Questo uomo lavorava solamente di medagliette cesellate fatte di piastra, e molte altre cose; fece alcune Pace lavorate di mezzo rilievo, e certi Cristi di un palmo, fatti di piastre sottilissime d'oro, tanto ben lavorate, che io giudicavo questo essere il maggior maestro che mai di tal cose io avessi visto, e di lui piú che di nessuno altro avevo invidia. Ancora c'era altri maestri, che lavoravano di medaglie intagliate in acciaio, le quali son le madre e la vera guida a coloro che vogliono sapere fare benissimo le monete. Attutte queste diverse professioni con grandissimo studio mi mettevo a impararle. Écci ancora la bellissima arte dello smaltare, quale io non viddi mai far bene ad altri, che a un nostro fiorentino chiamato Amerigo, quale io non cognobbi, ma ben cognobbi le maravigliosissime opere sue; le quali in parte del mondo, né da uomo mai, non viddi chi s'appressassi di gran lunga a tal divinità. Ancor a questo esercizio molto difficilissimo rispetto al fuoco, che nelle finite gran fatiche per ultimo si interviene, e molte volte le guasta e manda in ruina, ancora a questa diversa professione con tutto il mio potere mi messi; e se bene molto difficile io la trovavo, era tanto il piacere che io pigliavo, che le ditte gran difficultà mi pareva che mi fussin riposo: e questo veniva per uno espresso dono prestatomi dallo Idio della natura d'una complessione tanto buona e ben proporzionata, che liberamente io mi prommettevo dispor di quella tutto quello che mi veniva in animo di fare. Queste professione ditte sono assai e molto diverse l'una dall'altra; in modo che chi fa bene una di esse, volendo fare le altre, quasi a nissuno non riesce come quella che fa bene; dove che io ingegnatomi con tutto il mio potere di tutte queste professione equalmente operare; e al suo luogo mostrerrò tal cosa aver fatta, sí come io dico.

XXVII. In questo tempo, essendo io ancora giovane di ventitré anni in circa, si risentí un morbo pestilenziale tanto inistimabile, che in Roma ogni dí ne moriva molte migliaia. Di questo alquanto spaventato, mi cominciai a pigliare certi piaceri, come mi dittava l'animo, pure causati da qualcosa che io dirò. Perché io me ne andavo il giorno della festa volentieri alle anticaglie, ritraendo di quelle or con cera or con disegno; e perché queste ditte anticaglie sono tutte rovine, e infra quelle ditte ruine cova assaissimi colombi, mi venne voglia di adoperare contra essi lo scoppietto: in modo che per fuggire il commerzio, spaventato dalla peste, mettevo uno scoppietto in ispalla al mio Pagolino, e soli lui e io ce ne andavamo alle ditte anticaglie. Il che ne seguiva che moltissime volte ne tornavo carico di grassissimi colombi. Non mi piaceva di mettere innel mio scoppietto altro che una sola palla, e cosí per vera virtú di quella arte facevo gran caccie. Tenevo uno scoppietto diritto, di mia mano; e drento e fuora non fu mai specchio da vedere tale. Ancora facevo di mia mano la finissima polvere da trarre, innella quale io trovai i piú bei segreti, che mai per insino a oggi da nessuno altro si sieno trovati; e di questo, per non mi ci stendere molto, solo darò un segno da fare maravigliare tutti quei che son periti in tal professione. Questo si era, che con la quinta parte della palla il peso della mia polvere, detta palla mi portava ducento passi andanti in punto bianco. Se bene il gran piacere, che io traevo da questo mio scoppietto, mostrava di sviarmi dalla arte e dagli studii mia, ancora che questo fussi la verità, in uno altro modo mi rendeva molto piú di quel che tolto mi aveva: il perché si era, che tutte le volte che io andavo a questa mia caccia, miglioravo la vita mia grandemente, perché l'aria mi conferiva forte. Essendo io per natura malinconico, come io mi trovavo a questi piaceri, subito mi si rallegrava il cuore, e venivami meglio operato e con piú virtú assai, che quando io continuo stavo a' miei studii ed esercizii; di modo che lo scoppietto alla fin del giuoco mi stava piú a guadagno che a perdita. Ancora, mediante questo mio piacere, m'avevo fatto amicizie di certi cercatori, li quali stavano alle velette di certi villani lombardi, che venivano al suo tempo a Roma a zappare le vigne. Questi tali innel zappare la terra sempre trovavono medaglie antiche, agate, prasme, corniuole, cammei: ancora trovavano delle gioie, come s'è dire ismeraldi, zaffini, diamanti e rubini. Questi tali cercatori da quei tai villani avevano alcuna volta per pochissimi danari di queste cose ditte; alle quali io alcuna volta, e bene spesso, sopragiunto i cercatori, davo loro tanti scudi d'oro, molte volte di quello che loro appena avevano compero tanti giuli. Questa cosa, non istante il gran guadagno che io ne cavavo, che era per l'un dieci o piú, ancora mi facevo benivolo quasi attutti quei cardinali di Roma. Solo dirò di queste qualcuna di quelle cose notabile e piú rare. Mi capitò alle mane, infra tante le altre, una testa di un dalfino grande quant'una fava da partito grossetta. Infra le altre, non istante che questa testa fusse bellissima, la natura in questo molto sopra faceva la arte; perché questo smiraldo era di tanto buon colore, che quel tale che da me lo comperò a decine di scudi, lo fece acconciare a uso di ordinaria pietra da portare in anello: cosí legato lo vendé centinaia. Ancora un altro genere di pietra: questo si fu una testa del piú bel topazio, che mai fusse veduto al mondo: in questo l'arte adeguava la natura. Questa era grande quant'una grossa nocciuola, e la testa si era tanto ben fatta quanto inmaginar si possa: era fatta per Minerva. Ancora un'altra pietra diversa da queste: questo fu un cammeo: in esso intagliato uno Ercole che legava il trifauce Cerbero. Questo era di tanta bellezza e di tanta virtú ben fatto, che il nostro gran Michelagnolo ebbe a dire non aver mai veduto cosa tanto maravigliosa. Ancora infra molte medaglie di bronzo, una me ne capitò, nella quale era la testa di Iove. Questa medaglia era piú grande che nessuna che veduto mai io ne avessi: la testa era tanto ben fatta, che medaglia mai si vidde tale. Aveva un bellissimo rovescio di alcune figurette simili allei fatte bene. Arei sopra di questo da dire di molte gran cose, ma non mi voglio stendere per non essere troppo lungo.

XXVIII. Come di sopra dissi, era cominciato la peste in Roma: se bene io voglio ritornare un poco indietro, per questo non uscirò del mio proposito. Capitò a Roma un grandissimo cerusico, il quale si domandava maestro Iacomo da Carpi. Questo valente uomo, infra gli altri sua medicamenti, prese certe disperate cure di mali franzesi. E perché questi mali in Roma sono molto amici de' preti, massime di quei piú ricchi, fattosi cognoscere questo valente uomo, per virtú di certi profumi mostrava di sanare maravigliosamente queste cotai infirmità, ma voleva far patto prima che cominciassi a curare; e' quali patti, erano a centinaia e non a decine. Aveva questo valente uomo molta intelligenzia del disegno. Passando un giorno a caso della mia bottega, vidde a sorta certi disegni che io avevo innanzi, in fra' quali era parecchi bizzarri vasetti, che per mio piacere avevo disegnati. Questi tali vasi erano molto diversi e varii da tutti quelli che mai s'erano veduti insino a quella età. Volse il ditto maestro Iacomo che io gnene facessi d'argento; i quali io feci oltra modo volentieri, per essere sicondo il mio capriccio. Con tutto che il ditto valente uomo molto bene me gli pagasse, fu l'un cento maggiore l'onore che mi apportorno; perché in nella arte di quei valenti uomini orefici dissono non aver mai veduto cosa piú bella né meglio condotta. Io non gli ebbi sí tosto forniti, che questo uomo li mostrò al Papa; e l'altro dí dapoi s'andò con Dio. Era molto litterato: maravigliosamente parlava della medicina. Il Papa volse che lui restassi al suo servizio; e questo uomo disse, che non voleva stare al servizio di persona del mondo; e che chi aveva bisogno di lui, gli andassi dietro. Egli era persona molto astuta, e saviamente fece a 'ndarsene di Roma; perché non molti mesi apresso tutti quelli che egli aveva medicati si condusson tanto male, che l'un cento eran peggio che prima: sarebbe stato ammazzato, se fermato si fussi. Mostrò li mia vasetti in fra molti signori; in fra li altri allo eccellentissimo duca di Ferrara; e disse, che quelli lui li aveva aúti da un gran signore in Roma, dicendo a quello, se lui voleva essere curato della sua infirmità, voleva quei dua vasetti; e che quel tal signore gli aveva detto, ch'egli erano antichi, e che di grazia gli chiedesse ogni altra cosa, qual non gli parrebbe grave a dargnene, purché quelli gnene lasciassi: disse aver fatto sembiante non voler medicarlo, e però gli ebbe. Questo me lo disse misser Alberto Bendedio in Ferrara, e con gran sicumera me ne mostrò certi ritratti di terra; al quali io mi risi; e non dicendo altro, misser Alberto Bendedio, che era uomo superbo, isdegnato mi disse: - Tu te ne ridi, eh? e io ti dico che da mill'anni in qua non c'è nato uomo che gli sapessi solamente ritrarre -. E io, per non tor loro quella riputazione, standomi cheto, stupefatto gli ammiravo. Mi fu detto in Roma da molti signori di questa opera, che a lor pareva miracolosa e antica; alcuni di questi, amici mia; e io baldanzoso di tal faccenda, confessai d'averli fatti io. Non volendo crederlo, ond'io volendo restar veritiero a quei tali, n'ebbi a dare testimonianza a farne nuovi disegni; ché quella non bastava, avenga che li disegni vecchi il ditto maestro Iacomo astutamente portar se gli volse.

In questa piccola operetta io ci acquistai assai.

XXIX. Seguitando apresso la peste molti mesi, io mi ero scaramucciato, perché mi era morti di molti compagni, ed ero restato sano e libero. Accadde una sera in fra le altre, un mio confederato compagno menò in casa a cena una meretrice bolognese, che si domandava Faustina. Questa donna era bellissima, ma era di trenta anni in circa, e seco aveva una servicella di tredici in quattordici. Per essere la detta Faustina cosa del mio amico, per tutto l'oro del mondo io non l'arei tocca. Con tutto che la dicesse essere di me forte innamorata, constantemente osservavo la fede allo amico mio; ma poi che a letto furno, io rubai quella servicina, la quali era nuova nuova, ché guai allei se la sua padrona lo avessi saputo. Cosí godetti piacevolmente quella notte con molta piú mia sadisfazione, che con la patrona Faustina fatto non arei. Apressandosi all'ora del desinare, onde io stanco, che molte miglia avevo camminato, volendo pigliare il cibo, mi prese un gran dolore di testa, con molte anguinaie nel braccio manco, scoprendomisi un carbonchio nella nocella della mana manca, dalla banda di fuora. Spaventato ugnuno in casa, lo amico mio, la vacca grossa e la minuta tutte fuggite, onde io restato solo con un povero mio fattorino, il quale mai lasciar mi volse, mi sentivo soffocare il cuore, e mi conoscevo certo esser morto. In questo, passando per la strada il padre di questo mio fattorino, il quale era medico del cardinale Iacoacci e a sua provisione stava, disse il detto fattore al padre: - Venite, mio padre, a veder Benvenuto, il quale è con un poco di indisposizione a letto -. Non considerando quel che la indisposizione potessi essere, subito venne a me, e toccatomi il polso, vide e sentí quel che lui volsuto non arebbe. Subito vòlto al figliuolo, gli disse: - O figliuolo traditore, tu m'hai rovinato: come poss'io piú andare innanzi al cardinale? - A cui il figliuol disse: - Molto piú vale, mio padre, questo mio maestro, che quanti cardinali ha Roma -. Allora il medico a me si volse, e disse: - Da poi che io son qui, medicare ti voglio. Solo di una cosa ti fo avvertito, che avendo usato il coito, se' mortale -. Al quali io dissi: - Hollo usato questa notte -. A questo disse il medico: - In che creatura, e quanto? - E gli dissi: - La notte passata, e innella giovinissima fanciulletta -. Allora avvedutosi lui delle sciocche parole usate, subito mi disse: - Sí per esser giovini a cotesto modo, le quali ancor non putano, e per essere a buona ora il rimedio, non aver tanta

paura, chi io spero per ogni modo guarirti -. Medicatomi, e partitosi, subito comparse un mio carissimo amico, chiamato Giovanni Rigogli, il
quali, increscendoli e del mio gran male e dell'essere lasciato cosí solo
da il compagno mio, disse: - Non ti dubitare, Benvenuto mio, che io mai
non mi spiccherò da te, per infin che guarito io non ti vegga -. Io dissi a
questo amico, che non si appressassi a me, perché spacciato ero. Solo lo
pregavo che lui fussi contento di pigliare una certa buona quantità di
scudi che erano in una cassetta quivi vicina al mio letto, e quelli, di poi
che Idio mi avessi tolto al mondo, gli mandassi a donare al mio povero
padre, scrivendogli piacevolmente, come ancora io avevo fatto sicondo
l'usanza che prommetteva quella arrabbiata istagione. Il mio caro amico
mi disse non si voler da me partir in modo alcuno, e quello che da poi
occorressi innell'uno o innell'altro modo, sapeva benissimo quel che si
conveniva fare per lo amico. E cosí passammo innanzi con lo aiuto di
Dio: e con i maravigliosi rimedi cominciato a pigliare grandissimo miglioramento, presto a bene di quella grandissima infirmitate campai. Ancora tenendo la piaga aperta, dentrovi la tasta e un piastrello sopra, me
ne andai in sun un mio cavallino salvatico, il quale io avevo. Questo
aveva i peli lunghi piú di quattro dita; era a punto grande come un
grande orsacchio, e veramente un orso pareva. In sun esso me ne andai
a trovare il Rosso pittore, il quale era fuor di Roma in verso Civitavecchia, a un luogo del conte dell'Anguillara, detto Cervetera, e trovato il
mio Rosso, il quale oltra modo si rallegrò, onde io gli dissi: - I' vengo a
fare a voi quel che voi facesti a me tanti mesi sono -. Cacciatosi subito
a ridere, e abracciatomi e baciatomi, appresso mi disse, che per amor
del conte io stessi cheto. Cosí filicemente e lieti con buon vini e ottime
vivande, accarezzato dal ditto conte, in circa a un mese ivi mi stetti, e
ogni giorno soletto me ne andavo in sul lito del mare, e quivi smontavo,
caricandomi di piú diversi sassolini, chiocciolette e nicchi rari e bellissimi. L'ultimo giorno, che poi piú non vi andai, fui assaltato da molti uomini, li quali, travestitisi, eran discesi d'una fusta di Mori; e pensandosi
d'avermi in modo ristretto a un certo passo, il quali non pareva possibile
a scampar loro delle mani, montato subito in sul mio cavalletto, resolutomi al periglioso passo quivi d'essere o arosto o lesso, perché poca speranza vedevo di scappare di uno delli duoi modi, come volse Idio, il
cavalletto, che era qual di sopra io dissi, saltò quello che è impossibile a

credere; onde io salvatomi ringraziai Idio. Lo dissi al conte: lui dette a l'arme: si vidde le fuste in mare. L'altro giorno apresso sano e lieto me ne ritornai in Roma.

XXX. Di già era quasi cessata la peste, di modo che quelli che si ritrovavono vivi molto allegramente l'un l'altro si carezavano. Da questo ne nacque una compagnia di pittori, scultori, orefici, li meglio che fussin in Roma; e il fondatore di questa compagnia si fu uno scultore domandato Michelagnolo. Questo Michelagnolo era sanese, ed era molto valente uomo, tale che poteva comparire in fra ogni altri di questa professione, ma sopra tutto era questo uomo il piú piacevole e il piú carnale che mai si cognoscessi al mondo. Di questa detta compagnia lui era il piú vecchio, ma sí bene il piú giovane alla valitudine del corpo. Noi ci ritrovavomo spesso insieme; il manco si era due volte la settimana. Non mi voglio tacere che in questa nostra compagnia si era Giulio Romano pittore e Gian Francesco, discepoli maravigliosi del gran Raffaello da Urbino. Essendoci trovati piú e piú volte insieme, parve a quella nostra buona guida che la domenica seguente noi ci ritrovassimo a cena in casa sua, e che ciascuno di noi fussi ubbrigato a menare la sua cornacchia, ché tal nome aveva lor posto il ditto Michelagnolo; e chi non la menassi, fussi ubbrigato a pagare una cena attutta la compagnia. Chi di noi non aveva pratica di tal donne di partito, con non poca sua spesa e disagio se n'ebbe approvvedere, per non restare a quella virtuosa cena svergognato. Io, che mi pensavo d'essere provisto bene per una giovane molto bella, chiamata Pantassilea, la quali era grandemente innamorata di me, fui forzato a concederla a un mio carissimo amico, chiamato il Bachiacca il quali era stato ed era ancora grandemente innamorato di lei. In questo caso si agitava un pochetto di amoroso isdegno, perché veduto che alla prima parola io la concessi al Bachiacca, parve a questa donna che io tenessi molto poco conto del grande amore che lei mi portava; di che ne nacque una grandissima cosa in ispazio di tempo, volendosi lei vendicare della ingiuria ricevuta da me; la qualcosa dirò poi al suo luogo. Avvenga che l'ora si cominciava a pressare di appresentarsi alla virtuosa compagnia ciascuno con la sua cornacchia, e io mi trovavo senza e pur troppo mi pareva fare errore mancare di una sí pazza cosa; e quel che piú mi teneva si era che io non volevo menarvi sotto il mio lume, in fra quelle virtú tali, qualche spennacchiata cornacchiuccia; pensai a una piacevolezza per acrescere alla lietitudine maggiore risa. Cosí risolutomi, chiamai un giovinetto de età di sedici anni, il quale stava accanto a me: era figliuolo di uno ottonaio spagnuolo. Questo giovine attendeva alle lettere latine ed era molto istudioso. Avea nome Diego: era bello di persona, maraviglioso di color di carne: lo intaglio della testa sua era assai piú bello che quello antico di Antino e molte volte lo avevo ritratto; di che ne aveva aùto molto onore nelle opere mie. Questo non praticava con persona, di modo che non era cognusciuto: vestiva molto male e accaso: solo era innamorato dei suoi maravigliosi studi. Chiamato in casa mia, lo pregai che mi si lasciassi addobbare di quelle veste femminile che ivi erano apparecchiare. Lui fu facile e presto si vestí, e io con bellissimi modi di acconciature presto accrese' gran bellezze al suo bello viso: messigli dua anelletti agli orecchi, dentrovi dua grosse e belle perle - li detti anelli erano rotti; solo istrignevano gli orecchi, li quali parevano che bucati fussino -; da poi li messi al collo collane d'oro bellissime e ricchi gioielli: cosí acconciai le belle mane di anella. Da poi piacevolmente presolo per un orecchio, lo tirai davanti a un mio grande specchio. Il qual giovine vedutosi, con tanta baldanza disse: - Oimè, è quel, Diego? - Allora io dissi: - Quello è Diego, il quale io non domandai mai di sorte alcuna piacere: solo ora priego quel Diego, che mi compiaccia di uno onesto piacere: e questo si è, che in quel proprio abito - io volevo che venissi a cena con quella virtuosa compagnia, che piú volte io gli avevo ragionato. Il giovane onesto, virtuoso e savio, levato da sé quella baldanza, volto gli occhi a terra, stette cosí alquanto senza dir nulla: di poi in un tratto alzato il viso, disse: - Con Benvenuto vengo; ora andiamo -. Messoli in capo un grainde sciugatoio, il quale si domanda in Roma un panno di state, giunti al luogo, di già era comparso ugniuno, e tutti fattimisi incontro: il ditto Michelagnolo era messo in mezzo da Iulio e da Giovanfrancesco. Levato lo sciugatoio di testa a quella mia bella figura, quel Michelagnolo - come altre volte ho detto, era il piú faceto e il piú piacevole che inmaginar si possa - appiccatosi con tutte a dua le mane, una a Iulio e una a Gianfrancesco, quanto egli potette in quel tiro li fece abbassare, e lui con le ginocchia in terra gridava misericordia e chiamava tutti e' populi dicendo: - Mirate, mirate come son fatti gli Angeli del Paradiso! che con tutto che si chiamino Angeli, mirate che v'è ancora delle Angiole - e gridando diceva

O Angiol bella, o Angiol degna,
tu mi salva, e tu mi segna.

A queste parole la piacevol creatura ridendo alzò la mana destra, e gli
dette una benedizion papale con molte piacevol parole. Allora rizzatosi
Michelagnolo, disse che al Papa si baciava i piedi e che agli Angeli si baciava le gote: e cosí fatto, grandemente arrossí il giovane, che per quella
causa si accrebbe bellezza grandissima. Cosí andati innanzi, la stanza era
piena di sonetti, che ciascun di noi aveva fatti, e mandatigli a Michelagnolo. Questo giovine li cominciò a leggere, e gli lesse tutti: accrebbe alle
sue infinite bellezze tanto, che saria inpossibile il dirlo. Di poi molti ragionamenti e maraviglie, ai quali io non mi voglio stendere, che non son
qui per questo: solo una parola mi sovvien dire, perché la disse quel maraviglioso Iulio pittore, il quale virtuosamente girato gli occhi a chiunque
era ivi attorno, ma piú affisato le donne che altri, voltosi a Michelagnolo,
cosí disse: - Michelagnolo mio caro, quel vostro nome di cornacchie oggi
a costoro sta bene, benché le sieno qualche cosa manco belle che cornacchie apresso a uno de' piú bei pagoni che immaginar si possa -. Essendo
presto e in ordine le vivande, volendo metterci a tavola, Iulio chiese di
grazia di volere essere lui quel che a tavola ci mettessi. Essendogli tutto
concesso, preso per mano le donne, tutte le accomodò per di dentro e la
mia in mezzo; dipoi tutti gli uomini messe di fuori, e me in mezzo, dicendo che io meritavo ogni grande onore. Era ivi per ispalliera alle donne
un tessuto di gelsumini naturali e bellissimi, il quale faceva tanto bel
campo a quelle donne, massimo alla mia, che impossibile saria il dirlo con
parole. Cosí seguitammo ciascuno di bonissima voglia quella ricca cena,
la quale era abundantissima a maraviglia. Di poi che avemmo cenato,
venne un poco di mirabil musica di voce insieme con istrumenti: e perché
cantavano e sonavano con i libri inanzi, la mia bella figura chiese da cantare la sua parte; e perché quella della musica lui la faceva quasi meglio
che l'altre, dette tanto maraviglia, che li ragionamenti che faceva Iulio e
Michelagnolo non erano piú in quel modo di prima piacevoli, ma erano
tutti di parole grave, salde e piene di stupore. Apresso alla musica, un
certo Aurelio Ascolano, che maravigliosamente diceva allo improviso, cominciatosi a lodar le donne con divine e belle parole, in mentre che costui

cantava, quelle due donne, che avevano in mezzo quella mia figura, non mai restate di cicalare; che una di loro diceva innel modo che la fece a capitar male, l'altra domandava la mia figura in che modo lei aveva fatto, e chi erano li sua amici, e quanto tempo egli era che l'era arrivata in Roma, e molte di queste cose tale. Egli è il vero che se io facessi solo per descrivere cotai piacevolezze, direi molti accidenti che vi accaddono, mossi da quella Pantassilea, la quale forte era innamorata di me: ma per non essere innel mio proposito, brevemente li passo. Ora, venuto annoia questi ragionamenti di quelle bestie donne alla mia figura, alla quali noi avevamo posto nome Pomona, la detta Pomona, volendosi spiccare da quelli sciocchi ragionamenti di coloro, si scontorceva ora in sun una banda ora in su l'altra. Fu domandata da quella femmina, che aveva menata Iulio, se lei si sentiva qualche fastidio. Disse che sí, e che si pensava d'esser grossa di qualche mese, e che si sentiva dar noia alla donna del corpo. Subito le due donne, che in mezzo l'avevano, mossosi a pietà di Pomona, mettendogli le mane al corpo, trovorno che l'era mastio. Tirando presto le mani a loro con ingiuriose parole, quali si usano dire ai belli giovanetti, levatosi da tavola subito le grida spartesi e con gran risa e con gran maraviglia, il fiero Michelagnolo chiese licenzia da tutti di poter darmi una penitenzia a suo modo. Avuto il sí, con grandissime gride mi levò di peso, dicendo: - Viva il Signore: viva il Signore - e disse, che quella era la condannagione che io meritavo, aver fatto un cosí bel tratto. Cosí finí la piacevolissima cena e la giornata; e ugniun di noi ritornò alle case sue.

XXXI. Se io volessi descrivere precisamente quale e quante erano le molte opere, che a diverse sorte di uomini io faceva, troppo sarebbe lungo il mio dire. Non mi occorre per ora dire altro, se none che io attendevo con ogni sollecitudine e diligenzia a farmi pratico in quella diversità e differenzia di arte, che di sopra ho parlato. Cosí continuamente di tutte lavoravo: e perché non m'è venuto alla mente ancora occasione di descrivere qualche mia opera notabile, aspetterò di porle al suo luogo; che presto verranno. Il detto Michelagnolo sanese scultore in questo tempo faceva la sepoltura de il morto papa Adriano. Iulio Romano pittore ditto se ne andò a servire il marchese di Mantova. Gli altri compagni si ritirorno chi in qua e chi in là a sue faccende: in modo che la ditta virtuosa compagnia quasi tutta si disfece. In questo tempo mi capitò certi piccoli pugnaletti turcheschi, ed era di ferro il manico sí come la lama del pugnale: ancora la guaina era di ferro similmente. Queste ditte cose erano intagliate, per virtú di ferri, molti bellissimi fogliami alla turchesca, e pulitissimamente commessi d'oro: la qual cosa mi incitò grandemente a desiderio di provarmi ancora a affaticarmi in quella professione tanto diversa da l'altre: e veduto ch'ella benissimo mi riusciva, ne feci parecchi opere. Queste tali opere erano molto piú belle e molto piú istabile che le turchesche, per piú diverse cause. L'una si era che in e' mia acciai io intagliavo molto profondamente a sotto squadro; che tal cosa non si usava per i lavori turcheschi. L'altra si era che li fogliami turcheschi non sono altro che foglie di gichero con alcuni fiorellini di clizia; se bene hanno qualche poco di grazia, la non continua di piacere, come fanno i nostri fogliami. Benché innell'Italia siamo diversi di modo di fare fogliami; perché i Lombardi fanno bellissimi fogliami ritraendo foglie de elera e di vitalba con bellissimi girari, le quali fanno molto piacevol vedere; li Toscani e i Romani in questo genere presono molto migliore elezione, perché contra fanno le foglie d'acanto, detta branca orsina, con i sua festuchi e fiori, girando in diversi modi; e in fra i detti fogliami viene benissimo accomodato alcuni uccelletti e diversi animali, qual si vede chi ha buon gusto. Parte ne truova naturalmente nei fiori salvatici, come è quelle che si chiamano bocche di lione, che cosí in alcuni fiori si discerne, accompagnate con altre belle inmaginazione di quelli valenti artefici: le qual cose son chiamate, da quelli che non sanno, grottesche. Queste grottesche hanno acquistato questo nome dai moderni, per essersi trovate in certe caverne della terra in Roma dagli studiosi, le quali caverne anticamente erano camere, stufe, studii, sale e altre cotai cose. Questi studiosi trovandole in questi luoghi cavernosi, per essere alzato dagli antichi in qua il terreno e restare quelle in basso, e perché il vocabolo chiama quei luoghi bassi in Roma, grotte; da questo si acquistorno il nome di grottesche. Il qual non è il suo nome; perché sí bene, come gli antichi si dilettavano di comporre de' mostri usando con capre, con vacche e con cavalle, nascendo questi miscugli gli domandavono mostri; cosí quelli artefici facevano con i loro fogliami questa sorte di mostri: e mostri è 'l vero lor nome e non grottesche. Faccendo io di questa sorte fogliami commessi nel sopra ditto modo, erano molto piú belli da vedere che li turcheschi. Accadde in questo tempo che in certi vasi, i quali erano urnette antiche piene di cenere, fra essa cenere si trovò certe anella di ferro commessi d'oro insin dagli antichi, e in esse anella era legato un nicchiolino in ciascuno. Ricercando quei dotti, dissono che queste anella le portavono coloro che avevano caro di star saldi col pensiero in qualche stravagante accidente avvenuto loro cosí in bene come in male. A questo io mi mossi, a requisizione di certi signori molto amici miei e feci alcune di queste anellette; ma le facevo di acciaro ben purgato: di poi, bene intagliate e commesse d'oro, facevano bellissimo vedere; e fu talvolta che di uno di questi anelletti, solo delle mie fatture, ne ebbi piú di quaranta scudi. Se usava in questo tempo alcune medagliette d'oro, che ogni signore e gentiluomo li piaceva fare scolpire in esse un suo capriccio o impresa; e le portavano nella berretta. Di queste opere io ne feci assai, ed erano molto difficile a fare. E perché il gran valente uomo ch'io dissi, chiamato Caradosso, ne fece alcune, le quali come erano di piú di una figura non voleva manco che cento scudi d'oro de l'una; la qual cosa, non tanto per il premio quanto per la sua tardità, io fui posto innanzi a certi signori, ai quali infra l'altre feci una medaglia a gara di questo gran valent'uomo, innella qual medaglia era quattro figure, intorno alle quali io mi ero molto affaticato. Accadde che li detti gentiluomini e signori, ponendola accanto a quella del maraviglioso Caradosso, dissono che la mia era assai meglio fatta e piú bella, e che io domandassi quel che io volevo delle fatiche mie; perché, avendo io loro tanto ben satisfatti, che loro me voleano satisfare altanto. Ai quali io dissi, che il maggior premio alle fatiche mie e quello che io piú desiderava, si era lo aggiugnere appresso alle opere di un cosí gran valent'uomo, e che, se allor Signorie cosí paressi, io pagatissimo mi domandavo. Cosí partitomi subito, quelli mi mandorno appresso un tanto liberalissimo presente, che io fui contento, e mi crebbe tanto animo di far bene, che fu causa di quello che per lo avvenire si sentirà.

XXXII. Se bene io mi discosterò alquanto dalla mia professione, volendo narrare alcuni fastidiosi accidenti intervenuti in questa mia travagliata vita; e perché avendo narrato per l'adrieto di quella virtuosa compagnia e delle piacevolezze accadute per conto di quella donna che io dissi, Pantassilea; la quale mi portava quel falso e fastidioso amore; e isdegnata grandissimamente meco per conto di quella piacevolezza, dove era intervenuto a quella cena Diego spagnuolo di già ditto, lei avendo giurato vendicarsi meco, nacque una occasione, che io descriverò, dove corse la vita mia a ripentaglio grandissimo. E questo fu che, venendo a Roma un giovanetto chiamato Luigi Pulci, figliuolo di uno de' Pulci al quale fu mozzato il capo per avere usato con la figliuola; questo ditto giovane aveva maravigliosissimo ingegno poetico e cognizione di buone lettere latine; iscriveva bene; era di grazia e di forma oltramodo bello. Erasi partito da non so che vescovo, ed era tutto pieno di mal franzese. E perché, quando questo giovane era in Firenze, la notte di state in alcuni luoghi della città si faceva radotti innelle proprie strade, dove questo giovane in fra i migliori si trovava a cantare allo inprovisto; era tanto bello udire il suo, che il divino Michelagnolo Buonaaroti, eccellentissimo scultore e pittore, sempre che sapeva dov'egli era, con grandissimo desiderio e piacere lo andava a udire; e un certo, chiamato il Piloto, valentissimo uomo, orefice, e io gli facevomo campagnia. In questo modo accadde la cognizione infra Luigi Pulci e me; dove, passato di molti anni, in quel modo mal condotto mi si scoperse a Roma, pregandomi che io lo dovessi per l'amor de Dio aiutare. Mossomi a compassione per le gran virtú sua, per amor della patria, e per essere il proprio della natura mia, lo presi in casa e lo feci medicare in modo, che per essere a quel modo giovane, presto si ridusse alla sanità. In mentre che costui procacciava per essa sanità, continuamente studiava, e io lo avevo aiutato provveder di molti libri sicondo la mia possibilità; in modo che, cognosciuto questo Luigi il gran benifizio ricevuto da me, piú volte con parole e con lacrime mi ringraziava, dicendomi che se Idio li mettessi mai inanzi qualche ventura, mi renderebbe il guidardone di tal benifizio fattoli. Al quale io dissi, che io non avevo fatto allui quello che io arei voluto, ma sí bene quel che io potevo, e che il dovere delle creature umane si era sovvenire l'una l'altra; solo gli ricordavo che questo benifizio, che io gli avevo fatto, lo rendessi a un altro che avessi bisogno di lui, sí bene come lui ebbe bisogno di me; e che mi volessi bene da amico, e per tale mi tenessi. Cominciò questo giovane a praticare la Corte di Roma, nella quale prestò trovò ricapito, e acconciossi con un vescovo, uomo di ottanta anni, ed era chiamato il vescovo Gurgensis. Questo vescovo aveva un nipote, che si domandava misser Giovanni: era gentiluomo veniziano. Questo ditto misser Giovanni dimostrava grandemente d'essere innamorato delle virtú di questo Luigi

Pulci, e sotto nome di queste sue virtú se l'aveva fatto tanto domestico, come se fussi lui stesso. Avendo il detto Luigi ragionato di me e del grande obrigo che lui mi aveva, con questo misser Giovanni, causò che 'l detto misser Giovanni mi volse conoscere. Nella qual cosa accadde, che avendo io una sera infra l'altre fatto un po' di pasto a quella già ditta Pantassilea, alla qual cena io avevo convitato molti virtuosi amici mia, sopragiuntoci a punto ne l'andare a tavola il ditto misser Giovanni con il ditto Luigi Pulci, apresso alcuna cirimonia fatta, restorno a cenare con esso noi. Veduto questa isfacciata meritrice il bel giovine, subito gli fece disegno addosso; per la qual cosa, finito che fu la piacevole cena, io chiamai da canto il detto Luigi Pulci, dicendogli, per quanto obrigo lui s'era vantato di avermi, non cercassi in modo alcuno la pratica di quella meretrice. Alle qual parole lui mi disse: - Oimè, Benvenuto mio, voi mi avete dunque per uno insensato? - Al quale io dissi: - Non per insensato, ma per giovine; e per Dio gli giurai che di lei io non ho un pensiero al mondo, ma di voi mi dorrebbe bene, che per lei voi rompessi il collo -. Alle qual parole lui giurò che pregava Idio che, se mai e' le parlassi, subito rompesse il collo. Dovette questo povero giovane fare tal giuro a Dio con tutto il cuore, perché e' roppe il collo, come qui appresso si dirà. Il detto misser Giovanni si scoprí seco d'amore sporco e non virtuoso; perché si vedeva ogni giorno mutare veste di velluto e di seta al ditto giovane, e si cognosceva ch'e' s'era dato in tutto alla sceleratezza e aveva dato bando alle sue belle mirabili virtú, e faceva vista di non mi vedere e di non mi cognoscere, perché io lo avevo ripreso, dicendogli che s'era dato in preda a brutti vizii i quali gli arien fatto rompere il collo come disse.

XXXIII. Gli aveva quel suo misser Giovanni compro un cavallo morello bellissimo, in el quale aveva speso centocinquanta scudi. Questo cavallo si maneggiava mirabilissimamente, in modo che questo Luigi andava ogni giorno a saltabeccar con questo cavallo intorno a questa meretrice Pantassilea. Io, avedutomi di tal cosa, non me ne curai punto, dicendo che ogni cosa faceva secondo la natura sua; e mi attendevo a' mia studi. Accadde una domenica sera, che noi fummo invitati da quello scultore Michelagnolo sanese a cena seco; ed era di state. A questa cena ci era il Bachiacca già ditto, e con esso aveva menato quella ditta Pantassilea, sua prima pratica. Cosí essendo a tavola a cena, lei era a sedere in mezzo fra me e il Bachiacca ditto: in su il piú bello della cena lei si levò da tavola, dicendo che voleva andare a alcune sue commodità, perché si sentiva dolor di corpo, e che tornerebbe subito. In mentre che noi piacevolissimamente ragionavàno e cenavamo, costei era soprastata alquanto piú che il dovere. Accadde che, stando in orecchi, mi parve sentire isghignazzare cosí sommissamente nella strada. Io teneva un coltello in mano, il quale io adoperavo in mio servizio a tavola. Era la finestra tanto appresso alla tavola, che sollevatomi alquanto, viddi nella strada quel ditto Luigi Pulci insieme con la ditta Pantassilea, e senti' di loro Luigi che disse: - Oh se quel diavolo di Benvenuto ci vedessi, guai a noi! - E lei disse: - Non abiate paura; sentite che romore e' fanno: pensano a ogni altra cosa che a noi -. Alle qual parole io, che gli avevo conosciuti, mi gittai da terra la finestra, e presi Luigi per la cappa e col coltello che io avevo in mano certo lo ammazzavo; ma perché gli era in sun un cavalletto bianco, al quale lui dette di sprone, lasciandomi la cappa in mano per campar la vita. La Pantassilea si cacciò a fuggire in una chiesa quivi vicina. Quelli che erano a tavola, subito levatisi, tutti vennono alla volta mia, pregandomi che io non volessi disturbate né me né loro a causa di una puttana; ai quali io dissi, che per lei io non mi sarei mosso, ma sí bene per quello scellerato giovine, il quale dimostrava di stimarmi sí poco: e cosí non mi lasciai piegare da nessuna di quelle parole di quei virtuosi uomini da bene; anzi presi la mia spada e da me solo me ne andai in Prati; perché la casa dove noi cenavamo era vicina alla porta di Castello, che andava in Prati. Cosí andando alla volta di Prati, non istetti molto che, tramontato il sole, a lento passo me ne ritornai in Roma. Era già fatto notte e buio, e le porte di Roma non si serravano. Avvicinatosi a dua ore, passai da casa di quella Pantassilea, con animo, che, essendovi quel Luigi Pulci, di fare dispiacere a l'uno e l'altro. Veduto e sentito che altri non era in casa che una servaccia chiamata la Canida, andai a posare la cappa e il fodero della spada, e cosí me ne venni alla ditta casa, la quali era drieto a Banchi in sul fiume del Tevero. Al dirimpetto a questa casa si era un giardino di uno oste, che si domandava Romolo: questo giardino era chiuso da una folta siepe di marmerucole, innella quale cosí ritto mi nascosi, aspettando che la ditta donna venissi a casa insieme con Luigi. Alquanto soprastato, capitò quivi quel mio amico detto il Bachiacca, il quale o sí veramente se l'era immaginato, o gli era stato detto. Somissamente mi chiamò compare (che cosí ci chiamavamo per burla); e mi pregò per l'amor di Dio, dicendo queste parole quasi che piangendo: - Compar mio, io vi priego che voi non facciate dispiacere a quella poverina, perché lei non ha una colpa al mondo -. A il quale io dissi: - Se a questa prima parola voi non mi vi levate dinanzi, io vi darò di questa spada in sul capo -. Spaventato questo mio povero compare, subito se li mosse il corpo, e poco discosto possette andare, che bisognò che gli ubbidissi. Gli era uno stellato, che faceva un chiarore grandissimo: in un tratto io sento un romore di piú cavagli e da l'un canto e dall'altro venivano inanzi: questi si erano il ditto Luigi e la ditta Pantassilea accompagnati da un certo misser Benvegnato perugino, cameriere di papa Clemente, e con loro avevano quattro valorosissimi capitani perugini, con altri bravissimi giovani soldati: erano in fra tutti piú che dodici spade. Quando io viddi questo, considerato che io non sapevo per qual via mi fuggire, m'attendevo a ficcare in quella siepe; e perché quelle pungente marmerucole mi facevano male, e mi aissavo come si fa il toro, quasi risolutomi di fare un salto e fuggire; in questo, Luigi aveva il braccio al collo alla ditta Pantassilea, dicendo: - Io ti bacerò pure un tratto, al dispregio di quel traditore di Benvenuto -. A questo, essendo molestato dalle ditte marmerucole e sforzato dalle ditte parole del giovine, saltato fuora, alzai la spada, e con gran voce dissi: - Tutti siate morti -. In questo il colpo della spada cadde in su la spalla al detto Luigi: e perché questo povero giovine que' satiracci l'avevano tutto inferrucciato di giachi e d'altre cose tali, il colpo fu grandissimo; e voltasi la spada, dette in sul naso e in su la bocca alla ditta Pantassilea. Caduti tutti a dua in terra, il Bachiacca con le calze a mezza gamba gridava e fuggiva. Vòltomi agli altri arditamente con la spada, quelli valorosi uomini, per sentire un gran romore che aveva mosso l'osteria, pensando che quivi fossi l'esercito di cento persone, se bene valorosamente avevano messo mano alle spade, due cavalletti infra gli altri ispaventati gli missono in tanto disordine, che gittando dua di quei migliori sottosopra, gli altri si missono in fuga: e io veduto uscirne a bene, con velocissimo corso e onore usci' di tale impresa, non volendo tentare piú la fortuna che il dovere. In quel disordine tanto smisurato s'era ferito con le loro spade medesime alcun di quei soldati e capitani, e misser Benvegnato ditto, camerier del papa, era stato urtato e calpesto da un suo muletto; e un servitore suo, avendo messo man per la spada, cadde con esso insieme, e lo ferí in una mana malamente. Questo male causò, che piú che tutti li altri quel misser Benvegnato giurava in quel lor modo perugino, dicendo: - Per lo... di Dio, che io voglio che Benvegnato insegni vivere a Benvenuto - e commesse a un di quei sua capitani, forse piú ardito che gli altri, ma per esser giovane aveva manco discorso. Questo tale mi venne a trovare dove io mi ero ritirato, in casa un gran gentiluomo napoletano, il quale avendo inteso e veduto alcune cose della mia professione, apresso a quelle la disposizione de l'animo e del corpo atta a militare, la qual cosa era quella a che il gentiluomo era inclinato; in modo che, vedutomi carezzare, e trovatomi ancora io nella propria beva mia, feci una tal risposta a quel capitano, per la quale io credo che molto si pentissi di essermi venuto inanzi. Apresso a pochi giorni, rasciutto alquanto le ferite e a Luigi e alla puttana e a quelli altri, questo gran gentiluomo napoletano fu ricerco da quel misser Benvegnato, al cui era uscito il furore, di farmi far pace con quel giovane detto Luigi, e che quelli valorosi soldati, li quali non avevano che far nulla con esso meco, solo mi volevano cognoscere. La qual cosa quel gentiluomo disse attutti, che mi merrebbe dove e' volevano, e che volontieri mi farebbe far pace; con questo, che non si dovessi né dall'una parte né dall'altra ricalcitrar parole, perché sarebbon troppo contra il loro onore; solo bastava far segno di bere e baciarsi, e che le parole le voleva usar lui, con le quale lui volontieri li salveria. Cosí fu fatto. Un giovedí sera il detto gentiluomo mi menò in casa al ditto misser Benvegnato, dove era tutti quei soldati che s'erano trovati a quella isconfitta, ed erano ancora a tavola. Con il gentiluomo mio era piú di trenta valorosi uomini, tutti ben armati; cosa che il ditto misser Benvegnato non aspettava. Giunti in sul salotto, prima il detto gentiluomo, e io apresso, disse queste parole: - Dio vi salvi, signori: noi siamo giunti a voi, Benvenuto e io, il quale io lo amo come carnal fratello; e siamo qui volontieri a far tutto quello che voi avete volontà di fare -. Misèr Benvegnato, veduto empiersi la sala di tante persone, disse: - Noi vi richiedemo di pace e non d'altro -. Cosí misèr Benvegnato promisse, che la corte del governator di Roma non mi darebbe noia. Facemmo la pace: onde io subito mi ritornai alla mia bottega, non potendo stare una ora sanza quel gentiluomo napoletano, il quale o mi veniva a trovare o mandava per me. In questo mentre guarito il ditto Luigi Pulci, ogni giorno era in quel suo cavallo morello, che tanto bene si maneggiava. Un giorno in fra gli altri, essendo piovegginato, e lui atteggiava il cavallo a punto in su la porta di Pantassilea, isdrucciolando cadde, e il cavallo addòssogli; rottosi la gamba dritta in tronco, in casa la ditta Pantassilea ivi a pochi giorni morí, e adempié il giuro che di cuore lui a Dio aveva fatto. Cosí si vede che Idio tien conto de' buoni e de' tristi, e a ciascun dà il suo merito.

XXXIV. Era di già tutto il mondo in arme. Avendo papa Clemente mandato a chiedere al signor Giovanni de' Medici certe bande di soldati, i quali vennono, questi facevano tante gran cose in Roma, che gli era male stare alle botteghe pubbliche. Fu causa che io mi ritirai in una buona casotta drieto a Banchi; e quivi lavoravo a tutti quelli guadagnati mia amici. I mia lavori in questo tempo non furno cose di molta importanza; però non mi occorre ragionar di essi. Mi dilittai in questo tempo molto della musica e di tal piaceri simili a quella. Avendo papa Clemente, per consiglio di misser Iacopo Salviati, licenziato quelle cinque bande che gli aveva mandato il signor Giovanni, il quale di già era morto in Lombardia, Borbone, saputo che a Roma non era soldati, sollecitissimamente spinse l'esercito suo alla volta di Roma. Per questa occasione tutta Roma prese l'arme; il perché, essendo io molto amico di Alessandro, figliuol di Piero del Bene, e perché a tempo che i Colonnesi vennono in Roma mi richiese che io gli guardassi la casa sua: dove che a questa maggior occasione mi pregò, che io facessi cinquanta compagni per guardia di detta casa, e che io fussi lor guida, sí come avevo fatto a tempo de' Colonnesi; onde io feci cinquanta valorosissimi giovani, e intrammo in casa sua ben pagati e ben trattati. Comparso di già l'esercito di Borbone alle mura di Roma, il detto Alessandro del Bene mi pregò che io andassi seco a farli compagnia: cosí andammo un di quelli miglior compagni e io; e per la via con esso noi si accompagnò un giovanetto addomandato Cechino della Casa. Giugnemmo alle mura di Campo Santo, e quivi vedemmo quel maraviglioso esercito, che di già faceva ogni suo sforzo per entrare. A quel luogo delle mura, dove noi ci accostammo, v'era molti giovani morti da quei di fuora: quivi si combatteva a piú potere: era una nebbia folta quanto immaginar si possa. Io mi vuolsi a Lessandro e li dissi: - Ritiriamoci a casa il piú presto che sia possibile, perché qui non è un rimedio al mondo; voi vedete, quelli montano e questi fuggono -. Il ditto Lessandro spaventato, disse: - Cosí volessi Idio che venuti noi non ci fussimo! - e cosí vòltosi con grandissima furia per andarsene, il quale io ripresi, dicendogli: - Da poi che voi mi avete menato qui, gli è forza fare qualche atto da uomo -. E vòlto il mio archibuso, dove io vedevo un gruppo di battaglia piú folta e piú serrata, posi la mira innel mezzo apunto a uno che io vedevo sollevato dagli altri; per la qual cosa la nebbia non mi lasciava discernere se questo era a cavallo o a piè. Vòltomi subito a Lessandro e a Cechino, dissi loro che sparassino i loro archibusi, e insegnai loro il modo, acciocché e' non toccassino una archibusata da que' di fuora. Cosí fatto dua volte per uno, io mi affacciai alle mura destramente, e veduto in fra di loro un tumulto istrasordinario, fu che da questi nostri colpi si ammazzò Borbone; e fu quel primo che io vedevo rilevato da gli altri, per quanto da poi s'intese. Levatici di quivi, ce ne andammo per Campo Santo, ed entrammo per San Piero; e usciti là drieto alla chiesa di Santo Agnolo, arrivammo al portone di Castello con grandissime difficultà, perché il signor Renzo da Ceri e il signor Orazio Baglioni davano delle ferite e ammazzavono tutti quelli che si spiccavano dal combattere alle mura. Giunti al detto portone, di già erano entrati una parte de' nimici in Roma, e gli avevamo alle spalle. Volendo il Castello far cadere la saracinesca del portone, si fece un poco di spazio, di modo che noi quattro entrammo drento. Subito che io fui entrato, mi prese il capitan Pallone de' Medici, perché, essendo io della famiglia del Castello, mi forzò che io lasciassi Lessandro; la qual cosa molto contra mia voglia feci. Cosí salitomi su al mastio, innel medesimo tempo era entrato papa Clemente per i corridori innel Castello; perché non s'era voluto partire prima del palazzo di San Piero, non possendo credere che coloro entrassino. Da poi che io mi ritrovai drento a quel modo, accosta' mi a certe artiglierie, le quali aveva a guardia un bonbardiere chiamato Giuliano fiorentino. Questo Giuliano affacciatosi lí al merlo del castello, vedeva la sua povera casa saccheggiare, e straziare la moglie e' figliuoli; in modo che, per non dare ai suoi, non ardiva sparare le sue artiglierie; e gittato la miccia da dar fuoco per terra, con grandissimo pianto si stracciava il viso; e 'l simile facevano certi altri bonbardieri. Per la qual cosa io presi una di quelle miccie, faccendomi aiutare da certi ch'erano quivi, li quali non avevano cotai passione: volsi certi pezzi di sacri e falconetti dove io vedevo il bisogno, e con essi ammazzai di molti uomini de' nemici; che se questo non era, quella parte che era intrata in Roma quella mattina, se ne veniva diritta al Castello; ed era possibile che facilmente ella entrassi, perché l'artiglierie non davano lor noia. Io seguitavo di tirare; per la qual cosa alcun cardinali e signori mi benedivano e davonmi grandissimo animo. Il che io baldanzoso, mi sforzavo di fare quello che io non potevo; basta che io fu' causa di campare la mattina il Castello, e che quelli altri bonbardieri si rimessono a fare i loro uffizii. Io seguitai tutto quel giorno: venuto la sera, in mentre che l'esercito entrò in Roma per la parte di Tresteveri, avendo papa Clemente fatto capo di tutti e' bonbardieri un gran gentiluomo romano, il quale si domandava misser Antonio Santa Croce, questo gran gentiluomo la prima cosa se ne venne a me, faccendomi carezze: mi pose con cinque mirabili pezzi di artiglieria innel più eminente luogo del Castello, che si domanda da l'Agnolo a punto: questo luogo circunda il Castello atorno atorno e vede inverso Prati e in verso Roma: cosí mi dette tanti sotto a di me a chi io potessi comandare, per aiutarmi voltare le mie artiglierie; e fattomi dare una paga innanzi, mi consegnò del pane e un po' di vino, e poi mi pregò, che in quel modo che io avevo cominciato seguitassi. Io, che tal volta più era inclinato a questa professione che a quella che io tenevo per mia, la facevo tanto volentieri, che la mi veniva fatta meglio che la ditta. Venuto la notte, e i nimici entrati in Roma, noi che eramo nel Castello, massimamente io, che sempre mi son dilettato veder cose nuove, istavo considerando questa inestimabile novità e 'ncendio; la qual cosa quelli che erano in ogni altro luogo che in Castello, nolla possettono né vedere né inmaginare. Per tanto io non mi voglio mettere a descrivere tal cosa; solo seguiterò descrivere questa mia vita che io ho cominciato, e le cose che in essa a punto si appartengono.

XXXV. Seguitando di esercitar le mie artiglierie continuamente, per mezzo di esse in un mese intero che noi stemmo nel Castello assediati, mi occorse molti grandissimi accidenti degni di raccontargli tutti; ma per non voler essere tanto lungo, né volermi dimostrare troppo fuor della mia professione, ne lascierò la maggior parte, dicendone solo quelli che mi sforzano, li quali saranno i manco e i più notabili. E questo è il primo: che avendomi fatto quel ditto misser Antonio Santa Croce discender giú de l'Agnolo, perché io tirassi a certe case vicino al Castello, dove si erano veduti entrare certi dell'inimici di fuora, in mentre che io tiravo, a me venne un colpo di artiglieria, il qual dette in un canton di un merlo, e presene tanto, che fu causa di non mi far male: perché quella maggior quantità tutta insieme mi percosse il petto; e, fermatomi l'anelito, istavo in terra prostrato come morto, e sentivo tutto quello che i circustanti dicevano; in fra i quali si doleva molto quel misser Antonio Santa Croce, dicendo: - Oimè, che noi abiàn perso il migliore aiuto che noi ci avessimo -. Sopragiunto a questo rumore un certo mio compagno, che si domandava Gianfrancesco, piffero, questo uomo era piú inclinato alla medicina che al piffero, e subito piangendo corse per una caraffina di bonissimo vin greco: avendo fatto rovente una tegola, in su la quale e' messe su una buona menata di assenzio, di poi vi spruzzò su di quel buon vin greco; essendo inbeuto bene il ditto assenzio, subito me lo messe in sul petto, dove evidente si vedeva la percossa. Fu tanto la virtú di quello assenzio, che resemi subito quelle ismarrite virtú. Volendo cominciare a parlare, non potevo, perché certi sciocchi soldatelli mi avevano pieno la bocca di terra, parendo loro con quella di avermi dato la comunione, con la quale loro piú presto mi avevano scomunicato, perché non mi potevo riavere, dandomi questa terra piú noia assai che la percossa. Pur di questa scampato, tornai a que' furori delle artiglierie, seguitandoli con tutta quella virtú e sollecitudine migliore che inmaginar potevo. E perché papa Clemente aveva mandato a chiedere soccorso al duca di Urbino, il quale era con lo esercito de' Veniziani, dicendo all'imbasciadore, che dicessi a Sua Eccellenzia, che tanto quanto il detto Castello durava a fare ogni sera tre fuochi in cima di detto Castello, accompagnati con tre colpi di artiglieria rinterzati, che insino che durava questo segno, dimostrava che il Castello non saria areso; io ebbi questa carica di far questi fuochi e tirare queste artiglierie: avvenga che sempre di giorno io le dirizzava in quei luoghi dove le potevan fare qualche gran male; la qual cosa il Papa me ne voleva di meglio assai, perché vedeva che io facevo l'arte con quella avvertenza che a tal cose si promette. Il soccorso de il detto duca mai non venne; per la qual cosa io, che non son qui per questo, altro non descrivo.

XXXVI. In mentre che io mi stavo su a quel mio diabolico esercizio, mi veniva a vedere alcuni di quelli cardinali che erano in Castello, ma piú ispesso il cardinale Ravenna e il cardinal de' Gaddi, ai quali io piú volte dissi ch'ei non mi capitassino innanzi, perché quelle lor berrettuccie rosse si scorgevano discosto; il che da que' palazzi vicini, com'era la Torre de' Bini, loro e io portavomo pericolo grandissimo; di modo che per utimo io gli feci serrare, e ne acquistai con loro assai nimicizia. Ancora mi capitava spesso intorno il signor Orazio Baglioni, il quale mi voleva molto bene. Essendo un giorno in fra gli altri ragionando meco, lui vidde certa dimostrazione in una certa osteria, la quale era fuor della porta di Castello, luogo chiamato Baccanello. Questa osteria aveva per insegna un sole dipinto immezzo dua finestre, di color rosso. Essendo chiuse le finestre, giudicò il detto signor Orazio, che al dirimpetto drento di quel sole in fra quelle due finestre fussi una tavolata di soldati a far gozzoviglia; il perché mi disse: - Benvenuto, s'e' ti dessi il cuore di dar vicino a quel sole un braccio con questo tuo mezzo cannone, io credo che tu faresti una buona opera, perché colà si sente un gran romore, dove debb'essere uomini di molta importanza -. Al qual signor io dissi: - A me basta la vista di dare in mezzo a quel sole - ma sí bene una botte piena di sassi, ch'era quivi vicina alla bocca di detto cannone, el furore del fuoco e di quel vento che faceva il cannone, l'arebbe mandata atterra. Alla qual cosa il detto signore mi rispose: - Non mettere tempo in mezzo, Benvenuto: imprima non è possibile che, innel modo che la sta, il vento de il cannone la faccia cadere; ma se pure ella cadessi e vi fussi sotto il Papa, saria manco male che tu non pensi, sicché tira, tira -. Io, non pensando piú là, detti in mezzo al sole, come io avevo promesso a punto. Cascò la botte, come io dissi, la qual dette a punto in mezzo in fra il cardinal Farnese e misser Iacopo Salviati, che bene gli arebbe stiacciati tutti a dui: che di questo fu causa che il ditto cardinal Farnese a punto aveva rimproverato, che il ditto misser Iacopo era causa del sacco di Roma; dove dicendosi ingiuria l'un l'altro, per dar campo alle ingiuriose parole, fu la causa che la mia botte non gli stiacciò tutt'a dua. Sentito il gran rimore che in quella bassa corte si faceva, il buon signor Orazio con gran prestezza se ne andò giú; onde io fattomi fuora, dove era caduta la botte, senti' alcuni che dicevano: - E' sarebbe bene ammazzare quel bonbardieri -; per la qual cosa io volsi dua falconetti alla scala che montava su, con animo risoluto, che il primo che montava, dar fuoco a un de' falconetti. Dovetton que' servitori del cardinal Farnese aver commessione dal cardinale di venirmi a fare dispiacere; per la qual cosa io mi feci innanzi, e avevo il fuoco in mano. Conosciuto certi di loro, dissi: - O scannapane, se voi non vi levate di costí, e se gli è nessuno che ardisca entrar drento a queste scale, io ho qui dua falconetti parati, con e' quali io farò polvere di voi; e andate a dire al cardinale, che io ho fatto quello che dai mia maggiori mi è stato commesso, le qual cose si sono fatte e fannosi per difension di lor preti, e non per offenderli -. Levatisi e' detti, veniva su correndo il ditto signor Orazio Baglioni, al quale io dissi che stessi indrieto, se non che io l'ammazzerei, perché io sapevo benissimo chi egli era. Questo signore non sanza paura si fermò alquanto, e mi disse: - Benvenuto, io son tuo amico -. Al quale io dissi: - Signore, montate pur solo, e venite poi in tutti i modi che voi volete -. Questo signore, ch'era superbissimo, si fermò alquanto, e con istizza mi disse: - Io ho voglia di non venire piú su e di far tutto il contrario che io avevo pensato di far per te -. A questo io gli risposi, che sí bene come io ero messo in quello uffizio per difendere altrui, che cosí ero atto a difendere ancora me medesimo. Mi disse che veniva solo; e montato ch'e' fu, essendo lui cambiato piú che 'l dovere nel viso, fu causa che io tenevo la mana in su la spada, e stavo in cagnesco seco. A questo lui cominciò a ridere, e ritornatogli il colore nel viso, piacevolissimamente mi disse: - Benvenuto mio, io ti voglio quanto bene io ho, e quando sarà tempo che a Dio piaccia, io te lo mostretrò. Volessi Idio che tu gli avessi ammazzati que' dua ribaldi, ché uno è causa di sí gran male, e l'altro talvolta è per esser causa di peggio -. Cosí mi disse, che se io fussi domandato che io non dicessi che lui fussi quivi da me quando io detti fuoco a tale artiglieria; e del restante che io non dubitassi. I romori furno grandissimi, e la cosa durò un gran pezzo. In questo io non mi voglio allungare piú inanzi: basta che io fu' per fare le vendette di mio padre con misser Iacopo Salviati, il quale gli aveva fatto mille assassinamenti (secondo che detto mio padre se ne doleva). Pure disavedutamente gli feci una gran paura. Del Farnese non vo' dir nulla, perché si sentirà al suo luogo quanto gli era bene che io l'avessi ammazzato.

XXXVII. Io mi attendevo a tirare le mie artiglierie, e con esse facevo ognindí qualche cosa notabilissima; di modo che io avevo acquistato un credito e una grazia col papa inistimabile. Non passava mai giorno, che io non ammazzassi qualcun degli inimici di fuora. Essendo un giorno in fra gli altri, il Papa passeggiava per il mastio ritondo, e vedeva in Prati un colonello spagnuolo, il quale lui lo conosceva per alcuni contrassegni, inteso che questo era stato già al suo servizio; e in mentre che lo guardava, ragionava di lui. Io che ero di sopra a l'Agnolo, e non sapevo nulla di questo, ma vedevo uno uomo che stava là a fare aconciare trincee con una zagaglietta in mano, vestito tutto di rosato, disegnando quel che io potessi fare contra di lui, presi un mio gerifalco che io avevo quivi, il qual pezzo si è maggiore e piú lungo di un sacro, quasi come una mezza colubrina: questo pezzo io lo votai, di poi lo caricai con una buona parte di polvere fine mescolata con la grossa; di poi lo dirizzai benissimo a questo uomo rosso, dandogli un arcata maravigliosa, perché era tanto discosto, che l'arte non prometteva tirare cosí lontano artiglierie di quella sorta. Dèttigli fuoco e presi apunto nel mezzo quel uomo rosso, il quali s'aveva messo la spada per saccenteria dinanzi, in un certo suo modo spagnolesco: che giunta la mia palla della artiglieria, percosso in quella spada, si vidde il ditto uomo diviso in dua pezzi. Il Papa, che tal cosa non aspettava, ne prese assai piacere e maraviglia, sí perché gli pareva inpossibile che una artiglieria potessi giugnere tanto lunge di mira, e perché quello uomo esser diviso in dua pezzi, non si poteva accomodare e come questo caso star potessi; e mandatomi a chiamare, mi domandò. Per la qual cosa io gli dissi tutta la diligenza che io avevo osato al modo del tirare; ma per esser l'uomo in dua pezzi, né lui né io non sapevamo la causa. Inginocchiatomi, lo pregai che mi ribenedissi dell'omicidio, e d'altri che io ne avevo fatti in quel Castello in servizio della Chiesa. Alla qual cosa il Papa, alzato le mane e fattomi un patente crocione sopra la mia figura, mi disse che mi benediva, e che mi perdonava tutti gli omicidii che io avevo mai fatti e tutti quelli che mai io farei in servizio della Chiesa appostolica. Partitomi, me ne andai su, e sollecitando non restavo mai di tirare; e quasi mai andava colpo vano. Il mio disegnare e i mia begli studii e la mia bellezza di sonare di musica, tutte erano in sonar di quelle artiglierie, e s'i' avessi a dire particularmente le belle cose che in quella infernalità crudele io feci, farei maravigliare il mondo; ma per non essere troppo lungo me le passo. Solo ne dirò qualcuna di quelle piú notabile, le quale mi sono di necessità; e questo si è, che pensando io giorno e notte quel che io potevo fare per la parte mia in defensione della Chiesa, considerato che i nimici cambiavano le guardie e passavano per il portone di Santo Spirito, il quale era tiro ragionevole, ma, perché il tiro mi veniva in traverso, non mi veniva fatto quel gran male che io desiderava di fare; pure ogni giorno se ne ammazzava assai bene: in modo che, vedutosi e' nimici impedito cotesto passo, messono piú di trenta botti una notte in su una cima di un tetto, le quali mi impedivano cotesta veduta. Io, che pensai un po' meglio a cotesto caso che non avevo fatto prima, volsi tutti a cinque i mia pezzi di artiglieria dirizzandogli alle ditte botti; e aspettato le ventidua ore in sul bel di rimetter le guardie; e perché loro, pensandosi esser sicuri, venivano piú adagio e piú folti che 'l solito assai, il che, dato fuoco ai mia soffioni, non tanto gittai quelle botti per terra che m'inpedivano, ma in quella soffiata sola ammazzai piú di trenta uomini. Il perché, seguitando poi cosí dua altre volte, si misse i soldati in tanto disordine che, infra che gli eran pieni del latrocinio del gran sacco, desiderosi alcuni di quelli godersi le lor fatiche, piú volte si volsono abottinare per andarsene. Pure, trattenuti da quel lor valoroso capitano, il quale si domandava Gian di Urbino, con grandissimo lor disagio furno forzati pigliare un altro passo per il rimettere delle lor guardie; il qual disagio importava piú di tre miglia, dove quel primo non era un mezzo. Fatto questa impresa, tutti quei signori ch'erano in Castello mi facevano favori maravigliosi. Questo caso tale, per esser di tanta importanza seguito, lo ho voluto contare per far fine a questo, perché non sono nella professione che mi muove a scrivere; che se di queste cose tale io volessi far bello la vita mia, troppe me ne avanzeria da dirle. Èccene sola un'altra che al suo luogo io la dirò.

XXXVIII. Saltando innanzi un pezzo, dirò come papa Clemente, per salvare i regni con tutta la quantità delle gran gioie della Camera apostolica, mi fece chiamare, e rinchiusesi con il Cavalierino e io in una stanza soli. Questo Cavalierino era già stato servitore della stalla di Filippo Strozzi: era franzese, persona nata vilissima; e per essere gran servitore, papa Clemente lo aveva fatto ricchissimo, e se ne fidava come di sé stesso: in modo che il Papa detto, e il Cavaliere e io rinchiusi nella detta stanza, mi messono innanzi li detti regni con tutta quella gran quantità di gioie della Camera apostolica; e mi comisse che io le dovessi sfasciare tutte dell'oro, in che le erano legate. E io cosí feci; di poi le rinvolsi in poca carta ciascune e le cucimmo in certe farse adosso al Papa e al detto Cavalierino. Dipoi mi dettono tutto l'oro, il quale era in circa dugento libbre, e mi dissono che io lo fondessi quanto piú segretamente che io poteva. Me ne andai a l'Agnolo, dove era la stanza mia, la quale io poteva serrare, che persona non mi dessi noia: e fattomi ivi un fornelletto a vento di mattoni e acconcio innel fondo di detto fornello un ceneràcciolo grandotto a guisa di un piattello, gittando l'oro di sopra in su' carboni, a poco a poco cadeva in quel piatto. In mentre che questo fornello lavorava, io continuamente vigilavo come io potevo offendere gli inimici nostri; e perché noi avevamo sotto le trincee degli inimici nostri a manco di un trar di mano, io facevo lor danno innelle dette trincee con certi passatoiacci antichi, che erano parecchi cataste, già munizione del Castello. Avendo preso un sacro e un falconetto, i quali erano tutti a dui rotti un poco in bocca, questi io gli empievo di quei passatoiacci; e dando poi fuoco alle dette artiglierie, volavano già alla impazzata facendo alle dette trincee molti inaspettati mali: in modo che, tenendo questi continuamente in ordine, in mentre che io fondevo il detto oro, un poco innanzi all'ora del vespro veddi venire in su l'orlo della trincea uno a cavallo in sun un muletto. Velocissimamente andava il detto muletto: e costui parlava a quelli delle trincee. Io stetti avvertito di dar fuoco alla mia artiglieria innanzi che egli giugnessi al mio diritto: cosí col buon iudizio dato fuoco, giunto, lo investi' con un di quelli passatoi innel viso a punto: quel resto dettono al muletto, il quale cadde morto: nella trincea sentissi un grandissimo tumulto: detti fuoco a l'altro pezzo, non sanza lor gran danno. Questo si era il principe d'Orangio, che per di dentro delle trincee fu portato a una certa osteria quivi vicina, dove corse in breve tutta la nobilità dello esercito. Inteso papa Clemente quello che io avevo fatto, subito mandò a chiamarmi, e dimandatomi del caso, io gli contai il tutto, e di piú gli dissi che quello doveva essere uomo di grandissima importanza, perché in quella osteria, dove e' l'avevano portato, subito vi s'era ragunato tutti e' caporali di quello esercito, per quel che giudicar si poteva. Il Papa di bonissimo ingegno fece chiamare misser Antonio Santa Croce, il qual gentiluomo era capo e guida di tutti e' bombardieri, come ho ditto: disse che comandassi a tutti noi bombardieri, che noi dovessimo dirizzare tutte le nostre artiglierie a quella detta casa, le quali erano un numero infinito, e che a un colpo di archibuso ogniuno dessi fuoco; in modo che ammazzando quei capi, quello esercito, che era quasi in puntelli, tutto si metteva in rotta; e che talvolta Idio arebbe udite le loro orazione, che cosí frequente e' facevano, e per quella via gli arebbe liberati da quelli impii ribaldi. Messo noi in ordine le nostre artiglierie, sicondo la commissione del Santa Croce aspettando il segno, questo lo intese il cardinal Orsino, e cominciò a gridare con il Papa, dicendo che per niente non si dovessi far tal cosa, perché erano in sul concludere l'accordo, e se que' ci si ammazzavano, il campo sanza guida sarebbe per forza entrato in Castello, e gli arebbe finiti di rovinare a fatto: pertanto non volevano che tal cosa si facessi. Il povero Papa disperato, vedutosi essere assassinato drento e fuora, disse che lasciava il pensiero alloro. Cosí, levatoci la commessione, io che non potevo stare alle mosse, quando io seppi che mi venivano a dare ordine che io non tirassi, detti fuoco a un mezzo cannone che io avevo, il qual percosse in un pilastro di un cortile di quella casa, dove io vedevo appoggiato moltissime persone. Questo colpo fece tanto gran male ai nimici, che gli fu per fare abandonare la casa. Quel cardinale Orsino ditto mi voleva fare o impiccare o ammazzare in ogni modo; alla qual cosa il Papa arditamente mi difese. Le gran parole che occorson fra loro, se bene io le so, non facendo professione di scrivere istorie, non mi occorre dirle: solo attenderò al fatto mio.

XXXIX. Fonduto che io ebbi l'oro, io lo portai al Papa, il quale molto mi ringraziò di quello che io fatto avevo, e commesse al Cavalierino che mi donasse venticinque scudi, scusandosi meco che non aveva piú da potermi dare. Ivi a pochi giorni si fece l'accordo. Io me ne andai col signor Orazio Baglioni insieme con trecento compagni alla volta di Perugia; e quivi il signor Orazio mi voleva consegnare la compagnia, la quale io per allora non volsi, dicendo che volevo andare a vedere mio padre in prima, e ricomperare il bando che io avevo di Firenze. Il detto signore mi disse, che era fatto capitano de' Fiorentini; e quivi era ser Pier Maria di Lotto, mandato dai detti Fiorentini, a il quale il detto signor Orazio molto mi raccomandò come suo uomo. Cosí me ne venni a Firenze con parecchi altri compagni. Era la peste inistimabile, grande. Giunti a Firenze, trovai il mio buon padre, il quale pensava o che io fussi morto in quel Sacco, o che allui ignudo io tornassi. La qual cosa avenne tutto il contrario: ero vivo, e con di molti danari, con un servitore, e bene a cavallo. Giunto al mio vecchio, fu tanto l'allegrezza che io gli viddi, che certo pensai, mentre che mi abbracciava e baciava, che per quella e' morissi subito. Raccòntogli tutte quelle diavolerie del Sacco, e datogli una buona quantità di scudi in mano, li quali soldatescamente io me avevo guadagnati, apresso fattoci le carezze, il buon padre e io, subito se ne andò agli Otto a ricomperarmi il bando; e s'abbatté per sorte a esser degli Otto un di quegli che me l'avevan dato, ed era quello che indiscretamente aveva detto quella volt'a mio padre, che mi voleva mandare in villa co' lanciotti; per la qual cosa mio padre usò alcune accorte parole in atto di vendetta, causate dai favori che mi aveva fatto il signor Orazio Baglioni. Stando cosí, io dissi a mio padre come il signor Orazio mi aveva eletto per capitano, e che e' mi conveniva cominciare a pensare di fare la compagnia. A queste parole sturbatosi subito il povero padre, mi pregò per l'amor di Dio, che io non dovessi attendere a tale impresa, con tutto che lui cognoscessi che io saria atto a quella e a maggior cosa; dicendomi apresso, che aveva l'altro figliuolo, e mio fratello, tanto valorosissimo alla guerra, e che io dovessi attendere a quella maravigliosa arte, innella quale tanti anni e con sí grandi studi io mi ero affaticato di poi. Se bene io gli promessi ubidirlo, pensò come persona savia, che se veniva il signor Orazio, sí per avergli io promesso e per altre cause, io non potrei mai mancare di non seguitare le cose della guerra; cosí con un bel modo pensò levarmi di Firenze, dicendo cosí: - O caro mio figliuolo, qui è la peste inistimabile, grande, e mi par tuttavia di vederti tornare a casa con essa; io mi ricordo, essendo giovane, che io me ne andai a Mantova, nella qual patria io fui molto carezzato, e ivi stetti parecchi anni. Io ti priego e comando, che per amor mio, piú presto oggi che domani, di qui ti lievi e là te ne vada.

XL. Perché sempre m'è dilettato di vedere il mondo, e non essendo mai stato a Mantova, volentieri andai, preso que' danari che io avevo portati; e la maggior parte di essi ne lasciai al mio buon padre, prommettendogli di aiutarlo sempre dove io fussi, lasciando la mia sorella maggiore a guida del povero padre. Questa aveva nome Cosa, e non avendo mai voluto marito, era accettata monaca in Santa Orsola, e cosí soprastava per aiuto e governo del vecchio padre e per guida de l'altra mia sorella minore, la quale era maritata a un certo Bartolomeo scultore. Cosí partitomi con la benedizione del padre, presi il mio buon cavallo, e con esso me ne andai a Mantova. Troppe gran cose arei da dire, se minutamente io volessi scrivere questo piccol viaggio. Per essere il mondo intenebrato di peste e di guerra, con grandissima difficultà io pur poi mi condussi alla ditta Mantova; innella quale giunto che io fui, cercai di cominciare a lavorare; dove io fui messo in opera da un certo maestro Nicolò milanese, il quale era orefice del Duca di detta Mantova. Messo che io fui in opera, di poi dua giorni appresso io me ne andai a visitare misser Iulio Romano pittore eccellentissimo, già ditto, molto mio amico, il quale misser Iulio mi fece carezze inestimabile ed ebbe molto per male che io non ero andato a scavalcare a casa sua; il quale vivea da signore, e faceva una opera pel Duca fuor della porta di Mantova, luogo detto a Te. Questa opera era grande e maravigliosa, come forse ancora si vede. Subito il ditto misser Iulio con molte onorate parole parlò di me al Duca; il quale mi commesse che io gli facessi un modello per tenere la reliquia del sangue di Cristo, che gli hanno, qual dicono essere stata portata quivi da Longino; di poi si volse al ditto misser Iulio, dicendogli che mi facessi un disegno per detto reliquiere. A questo, misser Iulio disse: - Signore, Benvenuto è un uomo che non ha bisogno delli disegni d'altrui, e questo Vostra Eccellenzia benissimo lo giudicherà, quando la vedrà il suo modello -. Messo mano a far questo ditto modello, feci un disegno per il ditto reliquiere da potere benissimo collocare la ditta ampolla: di poi feci per di sopra un modelletto di cera. Questo si era un Cristo assedere, che innella mana mancina levata in alto teneva la sua Croce grande, con atto di appoggiarsi a essa; e con la mana diritta faceva segno con le dita di aprirsi la piaga del petto. Finito questo modello, piacque tanto al Duca, che li favori furno inistimabili, e mi fece intendere, che mi terrebbe al suo servizio con tal patto, che io riccamente vi potrei stare. In questo mezzo, avendo io fatto reverenzia al Cardinale suo fratello, il detto Cardinale pregò il Duca, che fussi contento di lasciarmi fare il suggello pontificale di Sua Signoria reverendissima; il quale io cominciai. In mentre che questa tal opera io lavoravo, mi soprapprese la febbre quartana; la qual cosa, quando questa febbre mi pigliava, mi cavava de' sentimenti; onde io maledivo Mantova e chi n'era padrone, e chi volentieri vi stava. Queste parole furono ridette al Duca da quel suo orefice milanese ditto, il quale benissimo vedeva che 'l Duca si voleva servir di me. Sentendo il detto Duca quelle mie inferme parole, malamente meco s'adirò; onde, io essendo adirato con Mantova, della stizza fummo pari. Finito il mio suggello, che fu un termine di quattro mesi, con parecchi altre operette fatte al Duca sotto nome del Cardinale, da il ditto Cardinale io fui ben pagato; e mi pregò che io me ne tornassi a Roma in quella mirabil patria, dove noi ci eramo conosciuti. Partitomi con una buona somma di scudi di Mantova, giunsi a Governo, luogo dove fu ammazzato quel valorosissimo signor Giovanni. Quivi mi prese un piccol termine di febbre, la quale non m'impedí punto il mio viaggio, e restata innel ditto luogo, mai piú l'ebbi. Di poi giunto a Firenze, pensando trovare il mio caro padre, bussando la porta, si fece alla finestra una certa gobba arrabbiata, e mi cacciò via con assai villania, dicendomi che io l'avevo fradicia. Alla qual gobba io dissi: - Oh dimmi, gobba perversa, ècc'elli altro viso in questa casa che 'l tuo? - No, col tuo malanno -. Alla qual io dissi forte: - E questo non ci basti dua ore -. A questo contrasto si fece fuori una vicina, la qual mi disse che mio padre con tutti quelli della casa mia erano morti di peste: onde che io parte me lo indovinavo, fu la cagione che il duolo fu minore. Di poi mi disse che solo era restata viva quella mia sorella minore, la quale si chiamava Liperata, che era istata raccolta da una santa donna, la quale si domandava monna Andrea de' Bellacci. Io mi parti' di quivi per andarmene all'osteria. A caso rincontrai un mio amicissimo: questo si domandava Giovanni Rigogli. Iscavalcato a casa sua, ce ne andammo in piazza, dove io ebbi nuove che 'l mio fratello era vivo, il quale io andai a trovare a casa di un suo amico, che si domandava Bertino Aldobrandi. Trovato il fratello, e fattoci carezze e accoglienze infinite, il perché si era, che le furno istrasordinarie, che a lui di me e a me di lui era stato dato nuove della morte di noi stessi, di poi levato una grandissima risa, con maraviglia presomi per la mano, mi disse: - Andiamo, fratello, che io ti meno in luogo il quale tu mai non immagineresti: questo si è, che io ho rimaritata la Liperata nostra sorella, la quale certissimo ti tiene per morto -. In mentre che a tal luogo andavamo, contammo l'uno all'altro di bellissime cose avvenuteci; e giunti a casa, dov'era la sorella, gli venne tanta stravaganza per la novità inaspettata ch'ella mi cadde in braccio tramortita; e se e' non fossi stato alla presenza il mio fratello, l'atto fu tale sanza nessuna parola, che il marito cosí al primo non pensava che io fossi il suo fratello. Parlando Cechin mio fratello e dando aiuto alla svenuta, presto si riebbe; e pianto un poco il padre, la sorella, il marito, un suo figliuolino, si dette ordine alla cena; e in quelle piacevol nozze in tutta la sera non si parlò piú di morti, ma sí bene ragionamenti da nozze. Cosí lietamente e con grande piacere finimmo la cena.

XLI. Forzato dai prieghi del fratello e della sorella, furno causa che io mi fermai a Firenze, perché la voglia mia era volta a tornarmene a Roma. Ancora quel mio caro amico - che io dissi prima in alcune mie angustie tanto aiutato da lui, questo si era Piero di Giovanni Landi - ancora questo Piero mi disse che io mi doverrei per alquanto fermare a Firenze; perché essendo i Medici cacciati di Firenze, cioè il signore Ipolito e signore Alessandro, quali furno poi un Cardinale e l'altro Duca di Firenze, questo Piero ditto mi disse, che io dovessi stare un poco a vedere quel che si faceva. Cosí cominciai a lavorare in Mercato Nuovo, e legavo assai quantità di gioie e guadagnavo bene. In questo tempo capitò a Fiorenza un sanese chiamato Girolamo Marretti: questo sanese era stato assai tempo in Turchia, ed era persona di vivace ingegno. Capitommi a bottega, e mi dette a fare una medaglia d'oro da portare in un cappello; volse in questa medaglia che io facessi uno Ercole che sbarrava la bocca a il lione. Cosí mi missi a farlo; e in mentre che io lo lavorava, venne Michelagnolo Buonaarroti piú volte a vederlo; e perché io mi v'ero grandemente affaticato, l'atto della figura e la bravuria de l'animale molto diversa da tutti quelli che per insino allora avevano fatto tal cosa; ancora per esser quel modo del lavorare totalmente incognito a quel divino Michelagnolo, lodò tanto questa mia opera, che a me crebbe tanto l'animo di far bene, che fu cosa inistimabile. Ma perché io non avevo altra cosa che fare se non legare gioie, che se bene questo era il maggior guadagno che io potessi fare, non mi contentavo, perché desideravo fare opere d'altra virtú che legar gioie; in questo accadde un certo Federigo Ginori, giovane di molto elevato spirito. Questo giovane era stato a Napoli molti anni, e perché gli era molto bello di corpo e di presenza, se era innamorato in Napoli di una principessa; cosí, volendo fare una medaglia innella quale fussi un Atalante col mondo addosso, richiese il gran Michelagnolo, che gne ne facessi un poco il disegno. Il quale disse al ditto Federigo: - Andate a trovare un certo giovane orefice, che ha nome Benvenuto; quello vi servirà molto bene, e certo che non gli accade mio disegno; ma perché voi non pensiate che di tal piccola cosa io voglia fuggire le fatiche, molto volentieri vi farò un poco di disegno: intanto parlate col detto Benvenuto, che ancora esso ne faccia un poco di modellino; di poi il meglio si metterà in opera -. Mi venne a trovare questo Federigo Ginori, e mi disse la sua volontà, appresso quanto quel maraviglioso Michelagnolo mi aveva lodato; e che io ne dovessi fare ancora io un poco di modellino di cera, in mentre che quel mirabile uomo gli aveva promesso di fargli un poco di disegno. Mi dette tanto animo quelle parole di quel grande uomo, che io subito mi messi con grandissima sollecitudine a fare il detto modello; e finito che io l'ebbi, un certo dipintore molto amico di Michelagnolo, chiamato Giuliano Bugiardini, questo mi portò il disegno de l'Atalante. Innel medesimo tempo io mostrai al ditto Giuliano il mio modellino di cera: il quali era molto diverso da quel disegno di Michelagnolo; talmente che Federigo ditto e ancora il Bugiardino conclusono che io dovessi farlo sicondo il mio modello. Cosí lo cominciai, e lo vidde lo eccellentissimo Michelagnolo, e me lo lodò tanto, che fu cosa inistimabile. Questo era una figura, come io ho detto, cesellata di piastra; aveva il cielo addosso, fatto una palla di cristallo, intagliato in essa il suo zodiaco, con un campo di lapislazzuli: insieme con la ditta figura faceva tanto bel vedere, che era cosa inistimabile. Era sotto un motto di lettere, le quali dicevano *"Summa tulisse juvat"*. Sadisfattosi il ditto Federigo, me liberalissimamente pagò. Per essere in questo tempo misser Aluigi Alamanni a Firenze, era amico de il detto Federigo Ginori, il quale molte volte lo condusse a bottega mia, e per sua grazia mi si fece molto domestico amico.

XLII. Mosso la guerra papa Clemente alla città di Firenze, e quella preparatasi alla difesa, fatto la città per ogni quartiere gli ordini delle milizie populare, ancora io fui comandato per la parte mia. Riccamente mi messi in ordine: praticavo con la maggior nobiltà di Firenze, i quali molto d'accordo si vedevano voler militare a tal difesa, e fecesi quelle orazioni per ogni quartiere, qual si sanno. Di piú si trovavano i giovani piú che 'l solito insieme, né mai si ragionava d'altra cosa che di questa. Essendo un giorno in sul mezzodí in su la mia bottega una quantità di omaccioni e giovani, e' primi della città, mi fu portato una lettera di Roma, la qual veniva da un certo chiamato in Roma maestro Iacopino della Barca. Questo si domandava Iacopo dello Sciorina, ma della Barca in Roma, perché teneva una barca che passava il Tevero infra Ponte Sisto e Ponte Santo Agnolo. Questo maestro Iacopo era persona molto ingegnosa, e aveva piacevoli e bellissimi ragionamenti: era stato in Firenze già maestro di levare opere a' tessitori di drappi. Questo uomo era molto amico di papa Clemente, il quale pigliava gran piacere di sentirlo ragionare. Essendo un giorno in questi cotali ragionamenti, si cadde in proposito e del Sacco e dell'azione del Castello: per la qual cosa il Papa, ricordatosi di me, ne disse tanto bene quanto immaginar si possa; e aggiunse, che se lui sapeva dove io fussi, arebbe piacere di riavermi. Il detto maestro Iacopo disse che io ero a Firenze; per la qual cosa il Papa gli commesse che mi scrivessi che io tornassi allui. Questa ditta lettera conteneva che io dovessi tornare al servizio di Clemente, e che buon per me. Quelli giovani che eran quivi alla presenza, volevano pur sapere quel che quella lettera conteneva; per la qual cosa, il meglio che io potetti, la nascosi: dipoi iscrissi al ditto maestro Iacopo pregandolo, che né per bene né per male in modo nessuno lui non mi scrivessi. Il ditto, cresciutogli maggior voglia, mi scrisse un'altra lettera, la quale usciva tanto de' termini, che se la si fussi veduta, io sarei capitato male. Questa diceva che, da parte del Papa, io andassi subito, il quali mi voleva operare a cose di grandissima importanza; e che, se io volevo far bene, che io lasciassi ogni cosa subito, e non istessi a far contro a un papa, insieme con quelli pazzi arrabbiati. Vista la lettera, la mi misse tanta paura, che io andai a trovare quel mio caro amico, che si domandava Pier Landi; il quale vedutomi, subito mi domandò che cosa di nuovo io avevo, che io dimostravo essere tanto travagliato. Dissi al mio amico che, quel che io avevo che mi dava quel gran travaglio, in modo nessuno non gliel potevo dire; solo lo pregavo che pigliassi quelle tali chiave che io gli davo, e che rendessi le gioie e l'oro al terzo e al quarto, che lui in sun un mio libruccio troverebbe scritto; di poi pigliassi la roba della mia casa, e ne tenessi un poco di conto con quella sua solita amorevolezza, e che infra brevi giorni lui saprebbe dove io fussi. Questo savio giovane, forse a un dipresso imaginatosi la cosa, mi disse: - Fratel mio, va' via presto, di poi scrivi, e delle cose tue non ti dare un pensiero -. Cosí feci. Questo fu il piú fedele amico, il piú savio, il piú da bene, il piú discreto, il piú amorevole che mai io abbia conosciuto. Partitomi di Firenze, me ne andai a Roma, e di quivi scrissi.

XLIII. Subito che io giunsi in Roma, ritrovato parte delli mia amici, dalli quali io fui molto ben veduto e carezzato, e subito mi messi a lavorare opere tutte da guadagnare e non di nome da descrivere. Era un certo vecchione orefice, il quale si domandava Raffaello del Moro. Questo era uomo di molta riputazione ne l'arte, e nel resto era molto uomo da bene. Mi pregò che io fussi contento andare a lavorare nella bottega sua, perché aveva da fare alcune opere d'importanza, le quali erano di bonissimo guadagno: cosí andai volentieri. Era passato piú di dieci giorni, che io non m'ero fatto vedere a quel detto maestro Iacopino della Barca; il quale, vedutomi a caso, mi fece grandissima accoglienza, e domandatomi quant'egli era che io ero giunto, gli dissi che gli era circa quindici giorni. Questo uomo l'ebbe molto per male, e mi disse che io tenevo molto poco conto d'un papa, il quale con grande istanzia di già gli aveva fatto scrivere tre volte per me: e io, che l'avevo aùto molto piú per male di lui, nulla gli risposi mai, anzi mi ingozzavo la stizza. Questo uomo, ch'era abundantissimo di parole, entrò in sun una pesta e ne disse tante, che pur poi, quando io lo viddi stracco, non gli dissi altro, se non che mi menassi dal Papa a sua posta; il qual rispose, che sempre era tempo; onde io gli dissi: - E io ancora son sempre parato -. Cominciatosi a 'vviare verso il palazzo, e io seco (questo fu il Giovedí santo), giunti alle camere del Papa lui che era conosciuto e io aspettato, subito fummo messi drento. Era il Papa innel letto un poco indisposto e seco era misser Iacopo Salviati e l'arcivescovo di Capua. Veduto che m'ebbe il Papa, molto strasordinariamente si rallegrò; e io, baciatogli e' piedi, con quanta modestia io potevo me li accostavo appresso, mostrando volergli dire alcune cose d'importanza. Subito fatto cenno con la mana, il ditto missere Iacopo e l'arcivescovo si ritirorno molto discosto da noi. Subito cominciai, dicendo: - Beatissimo Padre, da poi che fu il Sacco in qua, io non mi son potuto né confessare né comunicare, perché non mi vogliono assolvere. Il caso è questo, che quando io fonde' l'oro e feci quelle fatiche a scior quelle gioie, Vostra Santità dette commessione al Cavalierino che donasse un certo poco premio delle mie fatiche, il quale io non ebbi nulla, anzi mi disse piú presto villania. Andatomene su, dove io avevo fonduto il detto oro, levato le ceneri trovai in circa una libra e mezzo d'oro in tante granellette come panico; e perché io non avevo tanti danari da potermi condurre onorevolmente a casa mia, pensai servirmi di quelli, e rendergli da poi quando mi fusse venutó la comodità.

Ora io son qui a' piedi di Vostra Santità, la quali è 'l vero confessoro: quella mi faccia tanto di grazia di darmi licenzia acciò che io mi possa confessare e comunicare, e mediante la grazia di Vostra Santità, io riabbia la grazia del mio signor Idio -. Allora il Papa con un poco di modesto sospiro, forse ricordandosi de' sua affanni, disse queste parole: - Benvenuto, io sono certissimo quel che tu di' il quale, ti posso assolvere d'ogni inconveniente che tu avessi fatto, e di più voglio, sí che liberissimamente e con buono animo di' su ogni cosa, ché, se tu avessi aúto il valore di un di quei regni interi, io son dispostissimo a perdonarti -. Allora io dissi: - Altro non ebbi, beatissimo Padre, che quanto io ho detto; e questo non arrivò al valore di cento quaranta ducati, che tanto ne ebbi dalla zecca di Perugia, e con essi n'andai a confortare il mio povero vecchio padre -. Disse il Papa: - Tuo padre è stato cosí virtuoso, buono e dabbene uomo, quanto nascessi mai, e tu punto non traligni: molto m'incresce che i danari furno pochi; però questi, che tu di' che sono, io te ne fo un presente, e tutto ti perdono; fa di questo fede al confessoro, se altro non c'è che attenga a me; di poi, confessato e comunicato che tu sia, lascerai' ti rivedere, e buon per te -. Spiccato che io mi fui dal Papa, accostatosi il ditto misser Iacopo e l'arcivescovo, il Papa disse tanto ben di me, quanto d'altro uomo che si possa dire al mondo; e disse che mi aveva confessato e assoluto; di poi aggiunse, dicendo a l'arcivescovo di Capua, che mandassi per me e che mi domandassi se sopra a quel caso bisognava altro, che di tutto mi assolvessi, che gnene dava intera autorità, e di più mi facessi quante carezze quanto e' poteva. Mentre che io me ne andavo con quel maestro Iacopino, curiosissimamente mi domandava che serrati e lunghi ragionamenti erano stati quelli che io avevo aúti col Papa: la qualcosa come e' m'ebbe dimandato più di dua volte, gli dissi che non gnene volevo dire, perché non eran cose che s'attenessino allui; però non me ne dimandassi più. Andai a fare tutto quello che ero rimasto col Papa; di poi, passato le due feste, lo andai a visitare: il quale, fattomi più carezze che prima, mi disse: - Se tu venivi un poco prima a Roma, io ti facevo rifare quella mia dua regni, che noi guastammo in Castello; ma perché e' le son cose, dalle gioie di fuora, di poca virtú, io ti adopererò a una opera di grandissima importanza, dove tu potrai mostrare quel che tu sai fare. E questo si è il bottone del peviale (il quale si fa tondo a foggia di un tagliere, e grande quanto un taglieretto, di un terzo di braccio): in questo io voglio che si faccia un Dio Padre di mezzo rilievo, e in mezzo al detto voglio accomodare questa bella punta del diamante grande con molte altre gioie di grandissima importanza. Già ne cominciò uno Caradosso, e non lo finí mai; questo io voglio che si finisca presto, perché me lo voglio ancora io godere qualche poco; sí che va', e fa' un bel modellino -. E mi fece mostrare tutte le gioie; onde io affusolato subito andai.

XLIV. In mentre che l'assedio era intorno a Firenze, quel Federigo Ginori, a chi io avevo fatto la medaglia de l'Atalante, si morí di tisico, e la ditta medaglia capitò alle mane di misser Luigi Alamanni, il quale in ispazio di breve tempo la portò egli medesimo a donare a re Francesco, re di Francia, con alcuni sua bellissimi scritti. Piacendo oltramodo questa medaglia al Re, il virtuosissimo misser Luigi Alamanni parlò di me con Sua Maestà alcune parole di mia qualità, oltra l'arte, con tanto favore, che il Re fece segno di aver voglia di conoscermi. Con tutta la sollecitudine che io potevo sollecitando quel detto modelletto, il quale facevo della grandezza apunto che doveva essere l'opera, risentitosi ne l'arte degli orefici molti di quelli, che pareva loro essere atti a far tal cosa; e perché gli era venuto a Roma un certo Micheletto, molto valente uomo per intagliare corniuole, ancora era intelligentissimo gioielliere, ed era uomo vecchio e di molta riputazione: erasi intermesso alla cura de' dua regni del Papa: faccendo io questo detto modello, molto si maravigliò che io non avevo fatto capo allui, essendo pure uomo intelligente e in credito assai del Papa. A l'ultimo, veduto che io non andavo dallui, lui venne da me domandandomi quello che io facevo: - Quel che m'ha comisso il Papa - gli risposi. Allora e' disse: - Il Papa m'ha comisso che io vegga tutte queste cose che per Sua Santità si fanno -. Al quale io dissi che ne dimanderei prima il Papa, di poi saprei quel che io gli avessi a rispondere. Mi disse che io me ne pentirei; e partitosi da me adirato, si trovò insieme con tutti quelli dell'arte, e ragionando di questa cosa, dettono il carico al detto Michele tutti; il quale, con quel suo buono ingegno fece fare da certi valenti disegnatori piú di trenta disegni tutti variati l'uno dall'altro, di questa cotale impresa. E perché gli aveva a sua posta l'orecchio del Papa, accordatosi con un altro gioielliere, il quale si chiamava Pompeo, milanese (questo era molto favorito dal Papa, ed era parente di misser Traiano primo cameriere del Papa), cominciorno questi dua, cioè Michele e Pompeo, a dire al Papa che avevano visto il mio modello, e che pareva loro che io non fossi strumento atto a cosí mirabile impresa. A questo il Papa disse che l'aveva a vedere anche lui; di poi, non essendo io atto, si cercherebbe chi fussi. Dissono tutt'a dua, che avevano parecchi disegni mirabili sopra tal cosa: a questo il Papa disse che l'aveva caro assai, ma che non gli voleva vedere prima che io avessi finito il mio modello; di poi vedrebbe ogni cosa insieme. Infra pochi giorni io ebbi finito il mio modello, e portatolo una mattina su dal Papa, quel misser Traiano mi fece aspettare, e in questo mezzo mandò con diligenzia per Micheletto e per Pompeo, dicendo loro che portassino i disegni. Giunti che e' furno, noi fummo messi drento; per la qual cosa subito Michele e Pompeo cominciorno a squadernare i lor disegni, e il Papa a vedergli. E perché i disegnatori fuor de l'arte del gioiellare non sanno la situazione delle gioie, ne manco coloro che erano gioiellieri non l'avevano insegnata loro: perché è forza a un gioielliere, quando infra le sue gioie intervien figure, ch'egli sappia disegnare, altrimenti non gli vien fatto cosa buona; di modo che tutti que' disegni avevano fitto quel maraviglioso diamante nel mezzo del petto di quel Dio Padre. Il Papa, che pure era di bonissimo ingegno, veduto questa cosa tale, non gli finiva di piacere; e quando e' n'ebbe veduto insino a dieci, gittato el resto in terra, disse a me, che mi stavo là da canto: - Mostra un po' qua, Benvenuto, il tuo modello, acciò che io vegga se tu sei nel medesimo errore di costoro -. Io fattomi innanzi e aperto una scatoletta tonda, parve che uno splendore dessi proprio negli occhi del Papa; e disse con gran voce: - Se tu mi fussi stato in corpo, tu non l'aresti fatto altrimenti come io veggo: costoro non sapevano altro modo a vituperarsi -. Accostatisi molti gran signori, il Papa mostrava la differenza che era dal mio modello a' lor disegni. Quando l'ebbe assai lodato, e coloro spaventati e goffi alla presenza, si volse a me e disse; - Io ci cognosco apunto un male che è d'importanza grandissima. Benvenuto mio, la cera è facile da lavorare; il tutto è farlo d'oro -. A queste parole io arditamente risposi dicendo: - Beatissimo Padre, se io non lo fo meglio dieci volte di questo mio modello, sia di patto che voi non me lo paghiate -. A queste parole si levò un gran tomulto fra quei signori, dicendo che io promettevo troppo. V'era un di questi signori, grandissimo filosofo, il quale disse in mio favore: - Di quella bella finnusumia e simitria di corpo, che io veggo in questo giovane, mi prometto tutto quello che dice, e da vantaggio -. Il Papa disse: - È per che io lo credo ancora io -. Chiamato quel suo cameriere misser Traiano, gli disse che portassi quivi cinquecento ducati d'oro di Camera. In mentre che i danari si aspettavano, il Papa di nuovo piú adagio considerava in che bel modo io avevo accomodato il diamante con quel Dio Padre. Questo diamante l'avevo apunto messo in mezzo di questa opera, e sopra d'esso diamante vi avevo accomodato a sedere il Dio Padre in un certo bel modo svolto che dava bellissima accordanza, e non occupava la gioia niente: alzando la man diritta dava la benedizione. Sotto al detto diamante avevo accomodato tre puttini, che co le braccia levate in alto sostenevano il ditto diamante. Un di questi puttini di mezzo era di tutto rilievo; gli altri dui erano di mezzo. A l'intorno era assai quantità di puttini diversi, accomodati con l'altre belle gioie. Il resto de Dio Padre aveva uno amanto che svolazzava, dil quale usciva di molti puttini, con molti altri belli ornamenti, li quali facevano bellissimo vedere. Era questa opera fatta di uno stucco bianco sopra una pietra negra. Giunto i danari, il Papa di sua mano me gli dette, e con grandissima piacevolezza mi pregò, che io facessi di sorte che lui l'avessi a' sua dí, e che buon per me.

XLV. Portatomi via i danari e il modello, mi parve mill'anni di mettervi le mane. Cominciato subito con gran sollecitudine a lavorare, in capo di otto giorni il Papa mi mandò a dire per un suo cameriere, grandissimo gentiluomo bolognese, che io dovessi andar da lui, e portare quello che io avevo lavorato. Mentre che io andavo, questo ditto cameriere, che era la piú gentil persona che fussi in quella Corte, mi diceva che non tanto il Papa volessi veder quell'opera, ma me ne voleva dare un'altra di grandissima importanza; e questa si era le stampe delle monete della zecca di Roma; e che io mi armassi a poter rispondere a Sua Santità: che per questo lui me ne aveva avvertito. Giunsi dal Papa, e squadernatogli quella piastra d'oro, dove era già isculpito Idio Padre solo, il quale cosí bozzato mostrava piú virtú che quel modelletto di cera; di modo che il Papa stupefatto disse: - Da ora innanzi tutto quello che tu dirai, ti voglio credere - e fattomi molti sterminati favori, disse: - Io ti voglio dare un'altra impresa, la quale mi sarebbe cara quant'è questa e piú, se ti dessi il cuor di farla -; e dittomi che arebbe caro di far le stampe delle sue monete, e domandandomi se io n'avevo piú fatte, e se me ne dava il cuore di farle, io dissi che benissimo me ne dava il cuore, e che io avevo veduto come le si facevano; ma che io no n'avevo mai fatte. Essendo alla presenza un certo misser Tommaso da Prato, il quale era datario di sua Santità, per essere molto amico di quelli mia nimici, disse: - Beatissimo Padre, gli favori che fa Vostra Santità a questo giovane, e lui per natura arditissimo, son causa che lui vi prometterebbe un mondo di nuovo; perché, avendogli dato una grande impresa, e ora aggiugnendognene una maggiore, saranno causa di dar l'una noia a l'altra -. Il Papa adirato se gli volse e disse, gli badassi all'uffizio suo; e a me impose che io facessi un modello d'un doppione largo d'oro innel quale voleva che fussi un Cristo ignudo con le mane legate, con lettere che dicessino *"Ecce Homo"*; e un rovescio dove fussi un papa e uno imperatore, che dirizzassino d'accordo una croce, la quale mostrassi di cadere, con lettere che dicessino *"Unus spiritus et una fides erat in eis"*. Commessomi il Papa questa bella moneta, sapragiunse il Bandinello scultore, il quale non era ancor fatto cavaliere, e con la sua solita prosunzione vestita d'ignoranzia disse: - A questi orafi, di queste cose belle bisogna lor fare e' disegni -. Al quale io subito mi volsi e dissi che io non avevo bisogno di sua disegni per l'arte mia; ma che io speravo bene con qualche tempo, che con i mia disegni io darei noia all'arte sua. Il Papa mostrò aver tanto caro queste parole, quanto immaginar si possa, e voltosi a me, disse: - Va', pur, Benvenuto mio, e attendi animosamente a servirmi, e non prestare orecchio alle parole di questi pazzi -. Cosí partitomi, e con gran prestezza feci dua ferri; e stampato una moneta in oro, portato una domenica doppo desinare la moneta e' ferri al Papa, quando la vidde, restato maravigliato e contento, non tanto della bella opera che gli piaceva oltramodo, ancora piú lo fe' maravigliare la prestezza che io avevo usata. E per accrescere piú satisfazione e maraviglia al Papa, avevo meco portato tutte le vecchie monete che s'erano fatte per l'adietro da quei valenti uomini che avevano servito papa Iulio e papa Lione; e veduto che le mie molto piú satisfacevano, mi cavai di petto un moto proprio per il quale io domandavo quel detto uffizio del maestro delle stampe della zecca; il quale uffizio dava sei scudi d'oro di provisione il mese, sanza che i ferri poi erano pagati dal zecchiere, che se ne dava tre al ducato. Preso il Papa il mio moto proprio e voltosi, lo dette in mano al datario, dicendogli che subito me lo spedissi. Preso il datario il moto proprio e volendoselo mettere innella tasca, disse: - Beatissimo Padre, Vostra Santità non corra cosí a furia; queste son cose che meritano qualche considerazione -. Allora il Papa disse: - Io v'ho inteso; date qua quel moto proprio - e presolo, di sua mano subito lo segnò; poi datolo allui disse: - Ora non c'è piú replica; speditegne voi ora, perché cosí voglio, e val piú le scarpe di Benvenuto che gli occhi di tutti questi altri balordi -. E cosí ringraziato Sua Santità, lieto oltremodo me ne andai a lavorare.

XLVI. Ancora lavoravo in bottega di quel Raffaello del Moro sopraditto. Questo uomo da bene aveva una sua bella figlioletta, per la quale lui mi aveva fatto disegno adosso; e io, essendomene in parte avveduto, tal cosa desideravo, ma in mentre che io avevo questo desiderio, io non lo dimostravo niente al mondo; anzi istavo tanto costumato, che i' gli facevo maravigliare. Accadde, che a questa povera fanciulletta gli venne una infermità innella mana ritta, la quale gli aveva infradiciato quelle dua ossicina che seguitano il dito mignolo e l'altro accanto al mignolo. E perché la povera figliuola era medicata per la inavvertenza del padre da un medicaccio ignorante, il quale disse che questa povera figliuola resterebbe storpiata di tutto quel braccio ritto, non gli avvenendo peggio; veduto io il povero padre tanto sbigottito, gli dissi che non credessi tutto quel che diceva quel medico ignorante. Per la qual cosa lui mi disse non avere amicizia di medici nissuno cerusici, e che mi pregava, che se io ne conoscevo qualcuno, gnene avviassi. Subito feci venire un certo maestro Iacomo perugino uomo molto eccellente nella cerusia; e veduto che egli ebbe questa povera figlioletta, la quale era sbigottita perché doveva avere presentito quello che aveva detto quel medico ignorante, dove questo intelligente disse che ella non arebbe mal nessuno e che benissimo si servirebbe della sua man ritta, se bene quelle dua dita ultime fussino state un po' piú debolette de l'altre, per questo non gli darebbe una noia al mondo. E messo mano a medicarla, in ispazio di pochi giorni volendo mangiare un poco di quel fradicio di quelli ossicini, il padre mi chiamò, che io andassi anch'io a vedere un poco quel male, che a questa figliuola si aveva a fare. Per la qual cosa preso il ditto maestro Iacopo certi ferri grossi, e veduto che con quelli lui faceva poca opera e grandissimo male alla ditta figliuola, dissi al maestro che si fermassi e che mi aspettassi uno ottavo d'ora. Corso in bottega feci un ferrolino d'acciaio finissimo e torto; e radeva. Giunto al maestro, cominciò con tanta gentilezza a lavorare, che lei non sentiva punto di dolore, e in breve di spazio ebbe finito. A questo, oltra l'altre cose, questo uomo da bene mi pose tanto amore, piú che non aveva a dua figliuoli mastii, e cosí attese a guarire la bella figlioletta. Avendo grandissima amicizia con un certo misser Giovanni Gaddi, il quale era cherico di camera; questo misser Giovanni si dilettava grandemente delle virtú, con tutto che in lui nessuna non ne fussi. Istava seco un certo misser Giovanni, greco, grandissimo litterato; un misser Lodovico da Fano simile a quello, litterato; messer Antonio Allegretti; allora misser Annibal Caro giovane. Di fuora eramo misser Bastiano veniziano, eccellentissimo pittore, e io; e quasi ogni giorno una volta ci rivedevamo col ditto misser Giovanni: dove che per questa amicizia quell'uomo da bene di Raffaello orefice disse al ditto misser Giovanni: - Misser Giovanni mio, voi mi cognoscete, e perché io vorrei dare quella mia figlioletta a Benvenuto, non trovando miglior mezzo che Vostra Signoria, vi prego che me ne aiutate, e voi medesimo delle mie facultà gli facciate quella dota che allei piace -. Questo uomo cervellino non lasciò a pena finir di dire quel povero uomo da bene, che sanza un proposito al mondo gli disse: - Non parlate piú, Raffaello, di questo perché voi ne siete piú discosto che il gennaio dalle more -. Il povero uomo, molto isbattuto, presto cercò di maritarla; e meco istavano la madre d'essa e tutti ingrognati, e io non sapevo la causa: e parendomi che mi pagassin di cattiva moneta di piú cortesie, che io avevo usato loro, cercai di aprire una bottega vicino a loro. Il ditto misser Giovanni non disse nulla in sin che la ditta figliuola non fu maritata, la qual cosa fu in ispazio di parecchi mesi. Attendevo con gran sollecitudine a finire l'opera mia e servire la zecca, ché di nuovo mi commisse il Papa una moneta di valore di dua carlini, innella quale era il ritratto della testa di Sua Santità, e da rovescio un Cristo in sul mare, il quale porgeva la mana a San Pietro, con lettere intorno che dicevano: *"Quare dubitasti?"*. Piacque questa moneta tanto oltramodo, che un certo segretario del Papa, uomo di grandissima virtú, domandato il Sanga, disse: - Vostra Santità si può gloriare d'avere una sorta di monete, la quale non si vede negli antichi, con tutte le lor pompe -. A questo il Papa rispose: - Ancora Benvenuto si può gloriare di servire uno imperatore par mio, che lo cognosca -. Seguitando la grande opera d'oro, mostrandola spesso al Papa, la qual cosa lui mi sollecitava di vederla, e ogni giorno piú si maravigliava.

XLVII. Essendo un mio fratello in Roma al servizio del duca Lessandro, al quale in questo tempo il Papa gli aveva procacciato il ducato di Penna; stava al servizio di questo Duca moltissimi soldati, uomini da bene, valorosi, della scuola di quello grandissimo signor Giovanni de' Medici, e il mio fratello in fra di loro, tenutone conto dal ditto Duca quanto ciascuno di quelli altri piú valorosi. Era questo mio fratello un giorno doppo desinare in Banchi in bottega d'un certo Baccino della Croce, dove tutti quei bravi si riparavano: erasi messo in su una sedia e dormiva. In questo tanto passava la corte del bargello, la quale ne menava prigione un certo capitan Cisti, lombardo, anche lui della scuola di quel gran signor Giovannino, ma non istava già al servizio del Duca. Era il capitano Cattivanza degli Strozzi in su la bottega del detto Baccino della Croce. Veduto il ditto capitan Cisti il capitan Cattivanza degli Strozzi. gli disse: - Io vi portavo quelli parecchi scudi che io v'ero debitore; se voi gli volete, venite per essi prima che meco ne vadino in prigione -. Era questo capitano volentieri a mettere al punto, non si curando sperimentarsi, per che, trovatosi quivi alla presenza certi bravissimi giovani piú volonterosi che forti a sí grande impresa, disse loro che si accostassino al capitan Cisti, e che si facessin dare quelli sua danari, e che, se la corte faceva resistenza, loro a lei facessin forza, se a loro ne bastava la vista. Questi giovani erano quattro solamente, tutti a quattro sbarbati; e il primo si chiamava Bertino Aldobrandi, l'altro Anguillotto dal Lucca: degli altri non mi sovviene il nome. Questo Bertino era stato allevato e vero discepolo del mio fratello, e il mio fratello voleva allui tanto smisurato bene, quanto immaginar si possa. Eccoti i quattro bravi giovani accostatisi alla corte del bargello, i quali erano piú di cinquanta birri in fra picche, archibusi e spadoni a dua mane. In breve parole si misse mano a l'arme, e quei quattro giovani tanto mirabilmente strignevano la corte, che se il capitano Cattivanza solo si fussi mostro un poco, sanza metter mano all'arme, quei giovani mettevano la corte in fuga; ma soprastati alquanto, quel Bertino toccò certe ferite d'importanza, le quale lo batterno per terra: ancora Anguillotto nel medesimo tempo toccò una ferita innel braccio dritto, che non potendo piú sostener la spada, si ritirò il meglio che potette; gli altri feciono il simile; Bertino Aldobrandi fu levato di terra malamente ferito.

XLVIII. In tanto che queste cose seguivano, noi eramo tutti a tavola. Perché la mattina s'era desinato piú d'un'ora piú tardi che 'l solito nostro. Sentendo questi romori, un di quei figliuoli, il maggiore, si rizzò da tavola per andare a vedere questa mistia. Questo si domandava Giovanni, al quale io dissi: - Di grazia non andare, perché a simili cose sempre si vede la perdita sicura sanza nullo di guadagno -: il simile gli diceva suo padre: - Deh, figliuol mio, non andare -. Questo giovane, senza udir persona, corse giú pella scala. Giunto in Banchi, dove era la gran mistia, veduto Bertino levar di terra, correndo, tornando adrieto, si riscontrò in Cechino mio fratello, il quali lo domandò che cosa quella era. Essendo Giovanni da alcuni accennato che tal cosa non dicessi al ditto Cecchino, disse a la 'npazzata come gli era che Bertino Aldobrandi era stato ammazzato dalla corte. Il mio povero fratello misse sí grande il mugghio, che dieci miglia si sarebbe sentito; di poi disse a Giovanni: - Oimè, saprestimi tu dire chi di quelli me l'ha morto? - Il ditto Giovanni disse che sí, e che gli era un di quelli che aveva uno spadone a dua mane, con una penna azzurra nella berretta. Fattosi innanzi il mio povero fratello e conosciuto per quel contrassegno lo omicida, gittatosi con quella sua maravigliosa prestezza e bravuria in mezzo a tutta quella corte, e sanza potervi rimediare punto, messo una stoccata nella trippa, e passato dall'altra banda il detto, cogli elsi della spada lo spinse in terra, voltosi agli altri con tanta virtú e ardire, che tutti lui solo metteva in fuga: se non che, giratosi per dare a uno archibusiere, il quale per propia necessità sparato l'archibuso, colse il valoroso sventurato giovane sopra il ginocchio della gamba dritta; e posto in terra, la ditta corte mezza in fuga sollecitava a 'ndarsene, acciò che un altro simile a questo sopraggiunto non fossi. Sentendo continuare quel tomulto, ancora io levatomi da tavola, e messomi la mia spada accanto, che per ugniuno in quel tempo si portava, giunto al ponte Sant'Agnolo viddi un ristretto di molti uomini: per la qual cosa fattomi innanzi, essendo da alcuni di quelli conosciuto, mi fu fatto largo e mostromi quel che manco io arei voluto vedere, se bene mostravo grandissima curiosità di vedere. In prima giunta nol cognobbi, per essersi vestito di panni diversi da quelli che poco innanzi io l'avevo veduto; di modo che, conosciuto lui prima me, disse: - Fratello carissimo, non ti sturbi il mio gran male, perché l'arte mia tal cosa mi prometteva; fammi levare di qui presto, perché poche ore ci è di vita -. Essendomi conto il caso in mentre che lui mi parlava, con quella brevità che cotali accidenti promettono, gli risposi: - Fratello, questo è il maggior dolore e il maggior dispiacere che intervenir mi possa in tutto il tempo della vita mia: ma istà di buona voglia, che innanzi che tu perda la vista, di chi t'ha fatto male vedrai le tua vendette fatte per le mia mane -. Le sue parole e le mie furno di questa sustanzia, ma brevissime.

XLIX. Era la corte discosto da noi cinquanta passi, perché Maffio, ch'era lor bargello, n'aveva fatto tornare una parte per levar via quel caporale che il mio fratello aveva ammazzato; di modo che, avendo camminato prestissimo quei parecchi passi rinvolto e serrato nella cappa, ero giunto a punto accanto a Maffio, e certissimo l'ammazzavo, perché i populi erano assai, e io m'ero intermesso fra quelli. Di già con quanta prestezza immaginar si possa avendo fuor mezza la spada, mi si gettò per di drieto alle braccia Berlinghier Berlinghieri, giovane valorosissimo e mio grande amico, e seco era quattro altri giovani simili a lui, e' quali dissono a Maffio: - Lévati, ché questo solo t'ammazzava -. Dimandato Maffio - chi è questo? - dissono: - Questo è fratello di quel che tu vedi là, carnale -. Non volendo intendere altro, con sollecitudine si ritirò in Torre di Nona, e a me dissono: - Benvenuto, questo impedimento che noi ti abbiamo dato contra tua voglia, s'è fatto a fine di bene: ora andiamo a soccorrere quello che starà poco a morire -. Cosí voltici, andammo dal mio fratello, il quale io lo feci portare in una casa. Fatto subito un consiglio di medici, lo medicorno, non si risolvendo a spiccargli la gamba affatto, che talvolta sarebbe campato. Subito che fu medicato, comparse quivi il duca Lessandro, il quale faccendogli carezze (stava ancora il mio fratello in sé), disse al duca Lessandro: - Signor mio, d'altro non mi dolgo, se none che Vostra Eccellenzia perde un servitore, del quale quella ne potria trovare forse de' piú valenti di questa professione, ma non che con tanto amore e fede vi servissino, quanto io faceva -. Il Duca disse che s'ingegnasse di vivere; de' resto benissimo lo cognosceva per uomo da bene e valoroso. Poi si volse a certi sua, dicendo loro che di nulla si mancasse a quel valoroso giovane. Partito che fu il Duca, l'abundanzia del sangue, qual non si poteva stagnare, fu causa di cavarlo del cervello; in modo che la notte seguente tutta farneticò, salvo che volendogli dare la comunione, disse: - Voi facesti bene a confessarmi dianzi: ora questo sacramento divino non è possibile che io lo possa ricevere in questo di già guasto istrumento: solo contentatevi che io lo gusti con la divinità degli occhi per i quali sarà ricevuto dalla immortale anima mia; e quella sola allui chiede misericordia e perdono -. Finite queste parole, levato il Sacramento, subito tornò alle medesime pazzie di prima, le quali erano composte dei maggiori furori, delle piú orrende parole che mai potessimo immaginare gli uomini; né mai cessò in tutta notte insino al giorno. Come il sole fu fuora del nostro orizzonte si volse a me e mi disse: - Fratel mio, io non voglio piú star qui, perché costoro mi farebbon fare qualche gran cosa, di che e' s'arebbono a pentire d'avermi dato noia -, e scagliandosi con l'una e l'altra gamba, la quale noi gli avevamo messo in una cassa molto ben grave, la tramutò in modo di montare a cavallo: voltandosi a me col viso disse tre volte: - Adio, adio - e l'ultima parola se ne andò con quella bravosissima anima. Venuto l'ora debita, che fu in sul tardi a ventidua ore, io lo feci sotterrare con grandissimo onore innella chiesa de' Fiorentini, e di poi gli feci fare una bellissima lapida di marmo, innella quale vi si fece alcuni trofei e bandiere intagliate. Non voglio lasciare in drieto, che domandandolo un di quei sua amici, chi gli aveva dato quell'archibusata, se egli lo ricognoscessi, disse di sí, e dettegli e' contrassegni; e' quali, se bene il mio fratello s'era guardato da me che tal cosa io non sentissi, benissimo lo avevo inteso, e al suo luogo si dirà il seguito.

L. Tornando alla ditta lapida, certi maravigliosi litterati, che conoscevano il mio fratello, mi dettono una epigramma dicendomi che quella meritava quel mirabil giovane, la qual diceva cosí: *"Francisco Cellino Fiorentino, qui quod in teneris annis ad Ioannem Medicem ducem plures victorias retulit et signifer fuit, facile documentum dedit quantae fortitudinis et consilii vir futurus erat, ni crudelis fati archibuso transfossus quinto aetatis lustro jaceret, Benvenutus frater posuit. Obiit die XXVII Maii MDXXIX"*. Era dell'età di venticinque anni; e perché domandato in fra i soldati Cecchino del Piffero, dove il nome suo proprio era Giovanfrancesco Cellini, io volsi fare quel nome propio, di che gli era conosciuto, sotto la nostra arme. Questo nome io l'avevo fatto intagliare di bellissime lettere antiche; le quali avevo fatto fare tutte rotte, salvo che la prima e l'ultima lettera. Le quali lettere rotte, io fui domandato per quel che cosí avevo fatto da quelli litterati, che mi avevano fatto quel bello epigramma. Dissi loro quelle lettere esser rotte, perché quello strumento mirabile del suo corpo era guasto e morto; e quelle dua lettere intere, la prima e l'ultima, si erano, la prima, memoria di quel gran guadagno di quel presente che ci dava Idio, di questa nostra anima accesa dalla sua divinità: questa non si rompeva mai; quella altra ultima intera si era per la gloriosa fama delle sue valorose virtú. Questo piacque assai e di poi qualcuno altro se n'è servito di questo modo. Appresso feci intagliare in detta lapida l'arme nostra de' Cellini, la quale io l'alterai da quel che l'è propia; perché si vede in Ravenna, che è città antichissima, i nostri Cellini onoratissimi gentiluomini, e' quali hanno per arme un leone rampante, di color d'oro in campo azzurro, con un giglio rosso posto nella zampa diritta, e sopra il rastrello con tre piccoli gigli d'oro. Questa è la nostra vera arme de' Cellini. Mio padre me la mostrò, la quale era la zampa sola, con tutto il restante delle ditte cose; ma a me piú piacerebbe che si osservassi quella dei Cellini di Ravenna sopra detta. Tornando a quella che io feci nel sepulcro del mio fratello, era la branca del lione, e in cambio del giglio gli feci una accetta in mano, col campo di detta arme partito in quattro quarti; e quell'accetta che io feci, fu solo perché non mi si scordassi di fare le sue vendette.

LI. Attendevo con grandissima sollecitudine a finire quell'opera d'oro a papa Clemente, la quale il ditto Papa grandemente desiderava, e mi faceva chiamare dua e tre volte la settimana, volendo vedere detta opera, e sempre gli cresceva di piacere: e piú volte mi riprese quasi sgridandomi della gran mestizia che io portavo di questo mio fratello; e una volta in fra l'altre, vedutomi sbattuto e squallido piú che 'l dovere, mi disse: - Benvenuto, oh! i' non sapevo che tu fussi pazzo; non hai tu saputo prima che ora, che alla morte non è rimedio? Tu vai cercando di andargli drieto -. Partitomi dal Papa seguitava l'opera e i ferri della zecca, e per mia innamorata mi avevo preso il vagheggiare quello archibusieri, che aveva dato al mio fratello. Questo tale era già stato soldato cavalleggieri, di poi s'era messo per archibusieri nel numero de' caporali col bargello; e quello che piú mi fece crescere la stizza, fu che lui s'era vantato in questo modo, dicendo: - Se non ero io, che ammazzai quel bravo giovane, ogni poco che si tardava, che egli solo con nostro gran danno tutti ci metteva in fuga -. Cognoscendo io che quella passione di vederlo tanto ispesso mi toglieva il sonno e il cibo e mi conduceva per il mal cammino, non mi curando di far cosí bassa impresa e non molto lodevole, una sera mi disposi a volere uscire di tanto travaglio. Questo tale istava a casa vicino a un luogo chiamato Torre Sanguigna accanto a una casa dove stava alloggiato una cortigiana delle piú favorite di Roma, la quali si domandava la signora Antea. Essendo sonato di poco le ventiquattro ore, questo archibusieri si stava in su l'uscio suo con la spada in mano, e aveva cenato. Io con gran destrezza me gli acostai con un gran pugnal pistolese e girandogli un marrovescio, pensando levargli il collo di netto, voltosi anche egli prestissimo, il colpo giunse innella punta della spalla istanca; e fiaccato tutto l'osso, levatosi sú, lasciato la spada smarrito dal gran dolore, si messe a corsa; dove che seguitandolo, in quattro passi lo giunsi, e alzando il pugnale sopra la sua testa, lui abassando forte il capo, prese il pugnale apunto l'osso del collo e mezza la collottola, e innell'una e nell'altra parte entrò tanto dentro il pugnale, che io, se ben facevo gran forza di riaverlo, non possetti; perché della ditta casa de l'Antea saltò fuora quattro soldati con le spade inpugnate in mano, a tale che io fui forzato a metter mano per la mia spada per difendermi da loro. Lasciato il pugnale mi levai di quivi, e per paura di non essere conosciuto me ne andai in casa il duca Lessandro, che stava in fra piazza Navona e la Ritonda. Giunto che io fui, feci parlare al Duca, il quale mi fece intendere che, se io ero solo, io mi stessi cheto e non dubitassi di nulla, e che io me ne andassi a lavorare l'opera del Papa, che la desiderava tanto, e per otto giorni io mi lavorassi drento; massimamente essendo sopraggiunto quei soldati che mi avevano impedito, li quali avevano quel pugnale in mano, e contavano la cosa come l'era ita, e la gran fatica che egli avevano durato a cavare quel pugnale dell'osso del collo e del capo di colui, il quale loro non sapevano chi quel si fussi. Sopraggiunto in questo Giovan Bandini, disse loro: - Questo pugnale è il mio, e l'avevo prestato a Benvenuto, il quale voleva far le vendette del suo fratello -. I ragionamenti di questi soldati furno assai, dolendosi d'avermi impedito, se bene la vendetta s'era fatta a misura di carboni. Passò piú di otto giorni: il Papa non mi mandò a chiamare come e' soleva. Da poi mandatomi a chiamare per quel gentiluomo bolognese suo cameriere, che già dissi, questo con gran modestia mi accennò come il Papa sapeva ogni cosa, e che

Sua Santità mi voleva un grandissimo bene, e che io attendessi a lavorare e stessi cheto. Giunto al Papa, guardatomi cosí coll'occhio del porco, con i soli sguardi mi fece una paventosa bravata; di poi atteso a l'opera, cominciatosi a rasserenare il viso, mi lodò oltra modo, dicendomi che io avevo fatto un gran lavorare in sí poco tempo; da poi guardatomi in viso, disse: - Or che tu se' guarito, Benvenuto, attendi a vivere - e io, che lo 'ntesi, dissi che cosí farei. Apersi una bottega subito bellissima in Banchi, al dirimpetto a quel Raffaello, e quivi fini' la detta opera in pochi mesi a presso.

LII. Mandatomi il Papa tutte le gioie, dal diamante in fuora, il quale per alcuni sua bisogni lo aveva impegnato a certi banchieri genovesi, tenevo tutte l'altre gioie, e di questo diamante avevo solo la forma. Tenevo cinque bonissimi lavoranti, e fuora di questa opera facevo di molte faccende; in modo che la bottega era carica di molto valore d'opere e di gioie, d'oro e di argento. Tenendo in casa un cane peloso, grandissimo e bello, il quale me lo aveva donato il duca Lessandro, se bene questo cane era buono per la caccia, perché mi portava ogni sorta di uccelli e d'altri animali che ammazzato io avessi con l'archibuso, ancora per guardia d'una casa questo era maravigliosissimo. Mi avenne in questo tempo, promettendolo la stagione innella quale io mi trovava, innell'età di ventinove anni, avendo preso per mia serva una giovane di molta bellissima forma e grazia, questa tale io me ne servivo per ritrarla, a proposito per l'arte mia: ancora mi compiaceva alla giovinezza mia del diletto carnale. Per la qual cosa, avendo la mia camera molto apartata da quelle dei mia lavoranti, e molto discosto alla bottega, legata con un bugigattolo d'una cameruccia di questa giovane serva; e perché molto ispesso io me la godevo; (e se bene io ho aùto il piú legger sonno che mai altro uomo avessi al mondo, in queste tali occasioni de l'opere della carne egli alcune volte si fa gravissimo e profondo); sí come avvenne, che una notte in fra l'altre, essendo istato vigilato da un ladro, il quale sott'ombra di dire che era orefice, aocchiando quelle gioie disegnò rubarmele, per la qual cosa sconfittomi la bottega, trovò assai lavoretti d'oro e d'argento: e soprastando a sconficcare alcune cassette per ritrovare le gioie che gli aveva vedute, quel cane ditto se gli gettava a dosso, e lui con una spada malamente da quello si difendeva; di modo che piú volte il cane corse per la casa, entrato innelle camere di quei lavoranti, che erano aperte per esser di state. Da poi che quel suo gran latrare quei non volevan sentire, tirato lor le coperte da dosso, ancora non sentendo, pigliato per i bracci or l'uno or l'altro, per forza gli svegliò, e latrando con quel suo orribil modo, mostrava loro il sentiero avviandosi loro inanzi. E' quali veduto che lor seguitare non lo volevano, venuto a questi traditori a noia, tirando al detto cane sassi e bastoni, (e questo lo potevano fare, perché era di mia commessione che loro tutta la notte tenessimo il lume), per ultimo serrato molto ben le camere, il cane, perso la speranza de l'aiuto di questi ribaldi, da per sé solo si messe all'impresa; e corso giú, non trovato il ladro in bottega, lo raggiunse; e combattendo seco, gli aveva di già stracciata la cappa e tolta; e se non era che lui chiamò l'aiuto di certi sarti, dicendo loro che per l'amor di Dio l'aiutassimo difendere da un cane arrabiato, questi credendo che cosí fussi il vero, saltati fuora iscacciorno il cane con gran fatica. Venuto il giorno, essendo iscesi in bottega, la vidono sconfitta e aperta, e rotto tutte le cassette. Cominciorno ad alta voce a gridare - oimè, oimè! - onde io resentitomi, ispaventato da quei romori mi feci fuora. Per la qual cosa fattimisi innanzi, mi dissono: - Oh sventurati a noi, che siamo stati rubati da uno che ha rotto e tolto ogni cosa! - Queste parole furno di tanta potenzia, che le non mi lasciorno andare al mio cassone a vedere se v'era drento le gioie del Papa: ma per quella cotal gelosia ismarrito quasi affatto il lume degli occhi, dissi che loro medesimi aprissino il cassone, vedendo quante vi mancava di quelle gioie del Papa. Questi giovani si erano tutti in camicia; e quando di poi aperto il cassone videro tutte le gioie e l'opera d'oro insieme con esse, rallegrandosi mi dissono: - E' non ci è mal nessuno, da poi che l'opera e le gioie son qui tutte; se bene questo ladro ci ha lasciati tutti in camicia, causa che iersera per il gran caldo noi ci spogliammo tutti in bottega e ivi lasciammo i nostri panni -. Subito ritornatomi le virtú al suo luogo, ringraziato Idio, dissi: - Andate tutti a rivestirvi di nuovo, e io ogni cosa pagherò, intendendo piú per agio il caso come gli è passato -. Quello che piú mi doleva, e che fu causa di farmi smarrire e spaventare tanto fuor della natura mia, si era che talvolta il mondo non avessi pensato che io avessi fatto quella finzione di quel ladro sol per rubare io le gioie; e perché a papa Clemente fu detto da un suo fidatissimo e da altri, e' quali furno Francesco del Nero, il Zana de' Biliotti suo computista, il vescovo di Vasona e molti altri simili:

- Come fidate voi, beatissimo Padre, tanto gran valor di gioie a un giovine, il quale è tutto fuoco, ed è piú ne l'arme inmerso che ne l'arte, e non ha ancora trenta anni? - La qual cosa il Papa rispose, se nessun di loro sapeva che io avessi mai fatto cose da dare loro tal sospetto. Francesco del Nero, suo tesauriere, presto rispose dicendo. - No, beatissimo Padre, perché e' non ha aùto mai una tale occasione -. A questo il Papa rispose: - Io l'ho per intero uomo da bene, e se io vedessi un mal di lui, io non lo crederrei -. Questo fu quello che mi dette il maggior travaglio, e che subito mi venne a memoria. Dato che io ebbi ordine a' giovani che fussino rivestiti, presi l'opera insieme con le gioie, accomodandole meglio che io potevo a' luoghi loro, e con esse me ne andai subito dal Papa, il quale da Francesco del Nero gli era stato detto parte di quei romori, che nella bottega mia s'era sentito; e subito messo sospetto al Papa. Il Papa piú presto immaginato male che altro, fattomi uno sguardo adosso terribile, disse con voce altiera: - Che se' tu venuto a far qui? che c'è? - Ècci tutte le vostre gioie e l'oro, e non manca nulla -. Allora il Papa, rasserenato il viso, disse: - Cosí sia tu il benvenuto -. Mostratogli l'opera, e in mentre che la vedeva, io gli contavo tutti gli accidenti del ladro e de' mia affanni, e quello che m'era di maggior dispiacere. Alle qual parole molte volte si volse a guardarmi in viso fiso, e alla presenza era quel Francesco del Nero, per la qual cosa pareva che avessi mezzo per male non si essere aposto. All'ultimo il Papa, cacciatosi a ridere di quelle tante cose che io gli avevo detto, mi disse: - Va', e attendi a essere uomo da bene, come io mi sapevo.

LIII. Sollecitando la ditta opera e lavorando continuamente per la zecca, si cominciò a vedere per Roma alcune monete false istampate con le mie proprie stampe. Subito furno portate dal Papa; e datogli sospetto di me, il Papa disse a Iacopo Balducci zecchiere: - Fa' diligenza grandissima di trovare il malfattore, perché sappiamo che Benvenuto è uomo da bene -. Questo zecchiere traditore, per esser mio nimico, disse: - Idio voglia, beatissimo Padre, che vi riesca cosí qual voi dite; perché noi abbiamo qualche riscontro -. A questo il Papa si volse al governatore di Roma, e disse che lui facessi un poco di diligenza di trovare questo malfattore. In questi dí il Papa mandò per me; di poi con destri ragionamenti entrò in su le monete, e bene a proposito mi disse: - Benvenuto, darebbet'egli il cuore di far monete false? - Alla qual cosa io risposi, che le crederrei far meglio che tutti quanti gli uomini, che a tal vil cosa attendevano; perché quelli che attendono a tal poltronerie non sono uomini che sappin guadagnare, né sono uomini di grande ingegno; e se io col mio poco ingegno guadagnavo tanto che mi avanzava, perché quando io mettevo ferri per la zecca, ogni mattina inanzi che io desinassi mi toccava guadagnare tre scudi il manco; (che cosí era stato sempre l'usanza del pagare i ferri delle monete, e quello sciocco del zecchiere mi voleva male, perché e' gli arebbe voluti avere a miglior mercato); a me mi bastava assai questo che io guadagnavo con la grazia di Dio e del mondo; che a far monete false non mi sarebbe tocco a guadagnar tanto. Il Papa attinse benissimo le parole; e dove gli aveva dato commissione che con destrezza avessin cura che io non mi partissi di Roma, disse loro che cercassino con diligenza, e di me non tenessin cura, perché non arebbe voluto isdegnarmi, qual fussi causa di perdermi. A chi e' commesse caldamente, furno alcuni de' chierici di Camera, e' quali, fatto quelle debite diligenze, perché a lor toccava, subito lo trovorno. Questo si era uno istampatore della propia zecca, che si domandava per nome Céseri Macheroni, cittadin romano; e insieme seco fu preso uno ovolatore di zecca.

LIV. In questo dí medesimo, passando io per piazza Naona, avendo meco quel mio bello can barbone, quando io sono giunto dinanzi alla porta del bargello, il mio cane con grandissimo impito forte latrando si getta dentro alla porta del bargello addosso a un giovane, il quale aveva fatto cosí un poco sostenere un certo Donnino, orefice, da Parma già discepol di Caradossa, per aver aùto indizio che colui l'avessi rubato. Questo mio cane faceva tanta forza di volere sbranare quel giovane, che, mosso i birri a compassione, massimamente il giovane audace difendeva bene le sue ragione, e quel Donnino non diceva tanto che bastassi, maggiormente essendovi un di quei caporali de' birri, ch'era genovese e conosceva il padre di questo giovane; in modo che, fra il cane e quest'altre occasione, facevan di sorte che volevan lasciar andar via quel giovane a ogni modo. Accostato che io mi fui, il cane, non cognoscendo paura né di spada né di bastoni, di nuovo gittatosi addosso a quel giovane, coloro mi dissono che se io non rimediavo al mio cane, me lo ammazzerebbono. Preso il cane il meglio che io potevo, innel ritirarsi il giovane in su la cappa, gli cadde certe cartuzze della capperuccia; per la qual cosa quel Donnino ricognobbe esser cose sue. Ancora io vi ricognobbi un piccolo anellino; per la qual cosa subito io dissi: - Questo è il ladro che mi sconfisse e rubò la mia bottega; però il mio cane lo ricognosce - e lasciato il cane, di nuovo si gli gettò adosso; dove che il ladro mi si raccomandò, dicendomi che mi renderebbe quello che aveva di mio. Ripreso il cane, costui mi rese d'oro e di argento e di anelletti quel che gli aveva di mio, e venti-cinque scudi da vantaggio; di poi mi si raccomandò. Alle quali parole io dissi, che si raccomandassi a Dio, perché io non gli farei né ben né male. E tornato alle mie faccende, ivi a pochi giorni quel Céseri Macherone delle monete false fu impiccato in Banchi dinanzi alla porta della zecca; il compagno fu mandato in galea; il ladro genovese fu impiccato in Campo di Fiore; e io mi restai in maggior concetto di uomo da bene che prima non ero.

LV. Avendo presso a fine l'opera mia, sopravenne quella grandissima inundazione, la quale traboccò d'acqua tutta Roma. Standomi a vedere quel che tal cosa faceva, essendo di già il giorno logoro, sonava ventidua ore, e l'acque oltramodo crescevano. E perché la mia casa e bottega el dinanzi era in Banchi e il di drieto saliva parecchi braccia, perché rispon-deva in verso Monte Giordano, di modo che, pensando prima alla salute della vita mia, di poi all'onore, mi missi tutte quelle gioie adosso e lasciai quell'opera d'oro a quelli mia lavoranti in guardia, e cosí scalzo discesi per le mie finestre di drieto, e il meglio che io potessi passai per quelle acque tanto che io mi condussi a Monte Cavallo, dove io trovai misser Giovanni Gaddi cherico di Camera, e Bastiano Veniziano pittore. Acco-statomi a misser Giovanni, gli detti tutte le ditte gioie, che me le salvassi; il quale tenne conto di me, come se fratello gli fussi stato. Di poi a pochi giorni, passati i furori dell'acqua, ritornai alla mia bottega, e fini' la ditta opera con tanta buona fortuna, mediante la grazia de Dio e delle mie gran fatiche, che ella fu tenuta la piú bella opera che mai fussi vista a Roma; di modo che, portandola al Papa, egli non si poteva saziare di lo-darmela; e disse: - Se io fussi uno imperatore ricco, io donerei al mio Benvenuto tanto terreno, quanto il suo occhio scorressi; ma perché noi dal dí d'oggi siamo poveri imperatori falliti, ma a ogni modo gli darem tanto pane, che basterà alle sue piccole voglie -. Lasciato che io ebbi finire al Papa quella sua smania di parole, gli chiesi un mazzieri ch'era vacato. Alle qual parole il Papa disse che mi voleva dar cosa di molta maggiore importanza. Risposi a Sua Santità, che mi dessi quella piccola, intanto, per arra. Cacciandosi a ridere, disse che era contento, ma che non voleva che io servissi, e che io mi convenissi con li compagni mazzieri di non servire, dando loro qualche grazia, che già gli avevano domandato al Papa, qual era di potere con autorità riscuotere le loro entrate. Ciò fu fatto. Questo mazziere mi rendeva poco manco di dugento scudi l'anno di entrata.

LVI. Seguitando appresso di servire il Papa or di un piccolo lavoro or di un altro, m'impose che io gli facessi un disegno di un calice ricchissimo; il quale io feci il ditto disegno e modello. Era questo modello di legno e di cera; in luogo del bottone del calice avevo fatto tre figurette di buona grandezza tonde, le quale erano la Fede, la Speranza, e la Carità; innel piede poi avevo fatto a conrispondenza tre storie in tre tondi di basso rilievo: che innell'una era la natività di Cristo, innell'altra la resurressione di Cristo, innella terza si era San Pietro crocifisso a capo di sotto; che cosí mi fu commesso che io facessi. Tirando inanzi questa ditta opera, il Papa molto ispesso la voleva vedere; in modo che, avvedutomi che Sua Santità non s'era poi mai piú ricordato di darmi nulla, essendo vacato un frate del Piombo, una sera io gnene chiesi. Al buon Papa non sovvenendo piú di quella ismania che gli aveva usato in quella fine di quella altra opera, mi disse: - L'ufizio del Piombo rende piú di ottocento scudi, di modo che se io te lo dessi, tu ti attenderesti a grattare il corpo, e quella bell'arte che tu hai alle mane si perderebbe, e io ne arei biasimo -. Subito risposi che le gatte di buona sorte meglio uccellano per grassezza che per fame: - Cosí quella sorte degli uomini dabbene che sono inclinati alle virtú, molto meglio le mettono in opera quando egli hanno abundantissimamente da vivere; di modo che quei principi che tengono abundantissimi questi cotali uomini, sappi Vostra Santità che eglino annaffiano le virtú: cosí per il contrario le virtú nascono ismunte e rognose; e sappi Vostra Santità, che io non lo chiesi con intenzione di averlo. Pur beato che io ebbi qual povero mazziere! Di questo tanto m'immaginavo. Vostra Santità farà bene, non l'avendo voluto dar a me, a darla a qualche virtuoso che lo meriti, e non a qualche ignorantone che si attenda a grattare il corpo come disse

Vostra Santità. Pigliate esemplo dalla buona memoria di papa Iulio, che un tale ufizio dette a Bramante, eccellentissimo architettore -. Subito fattogli reverenza infuriato mi parti'. Fattosi innanzi Bastiano Veniziano, pittore, disse: - Beatissimo padre, Vostra Santità sia contenta di darlo a qualcuno che si affatica ne l'opere virtuose; e perché, come sa Vostra Santità, ancora io volentieri mi affatico in esse, la priego che me ne faccia degno -. Rispose il Papa: - Questo diavolo di Benvenuto non ascolta le riprensioni. Io ero disposto a dargnene, ma e' none sta bene essere cosí superbo con un Papa; pertanto io non so quel che io mi farò -. Subito fattosi innanzi il vescovo di Vasona, pregò per il ditto Bastiano, dicendo: - Beatissimo padre, Benvenuto è giovane e molto meglio gli sta la spada accanto che la vesta da frati: Vostra Santità sia contenta di darlo a questo virtuoso uomo di Bastiano; e a Benvenuto talvolta potrete dare qualche cosa buona, la quale forse sarà piú a proposito che questa -. Allora il Papa, voltosi a messer Bartolomeo Valori, gli disse: - Come voi scontrate Benvenuto, ditegli da mia parte che lui stesso ha fatto avere il Piombo a Bastiano dipintore; e che stia avvertito, che la prima cosa migliore che vaca, sarà la sua; e che intanto attenda a far bene, e finisca l'opere mie -. L'altra sera seguente a dua ore di notte, scontrandomi in messer Bartolomeo Valori in sul cantone della zecca: lui aveva due torcie innanzi e andava in furia, domandato dal Papa; faccendogli riverenza, si fermò e chiamommi, e mi disse con grandissima affezione tutto quello che gli aveva ditto il Papa che mi dicessi. Alle qual parole io risposi, che con maggiore diligenzia e istudio finirei l'opera mia, che nessuna mai de l'altre; ma sí bene senza punto di speranza d'avere nulla mai dal Papa. Il detto misser Bartolomeo ripresemi, dicendomi che cosí non si doveva rispondere a le offerte d'un Papa. A cui io dissi, che ponendo isperanza a tal parole, saputo che io non l'arei a ogni modo, pazzo sarei a rispondere altrimenti; e partitomi, me ne andai a 'ttendere alle mie faccende. Il ditto messer Bartolomeo dovette ridire al Papa le mie ardite parole, e forse piú che io non dissi, di modo che il Papa stette piú di dua mesi a chiamarmi, e io in questo tempo non volsi mai andare al palazzo per nulla. Il Papa, che di tale opera si struggeva, commesse a messer Ruberto Pucci che attendessi un poco a quel che io facevo. Questo omaccion da bene ogni dí mi veniva a vedere, e sempre mi diceva qualche amorevol parola, e io allui. Appressandosi il Papa a voler partirsi per andare a Bologna, a l'ultimo poi, veduto che da per me io non vi andavo, mi fece intendere dal ditto misser Roberto, che io portassi sú l'opera mia, perché voleva vedere come io l'avevo innanzi. Per la qual cosa io la portai, mostrando detta opera esser fatto tutta la importanza, e lo pregavo che mi lasciassi cinquecento scudi, parte a buon conto, e parte mi mancava assai bene de l'oro da poter finire detta opera. Il Papa mi disse: - Attendi, attendi a finirla -. Risposi partendomi, che io la finirei, se mi lasciava danari. Cosí me ne andai.

LVII. Il Papa andato alla volta di Bologna lasciò il cardinale Salviati legato di Roma, e lasciògli commessione che mi sollecitassi questa ditta opera, e li disse: - Benvenuto è persona che stima poco la sua virtú, e manco Noi; sí che vedete di sollecitarlo, in modo che io la truovi finita -. Questo Cardinal bestia mandò per me in capo di otto dí, dicendomi che io portassi sú l'opera; a il quale io andai allui senza l'opera. Giunto che io fui, questo Cardinale subito mi disse: - Dov'è questa tua cipollata? ha' la tu finita? - Al quale io risposi: - O Monsignor reverendissimo, io la mia cipollata non ho finita, e non la finirò, se voi non mi date delle cipolle da finirla -. A queste parole il ditto Cardinale, che aveva piú viso di asino che di uomo, divenne piú brutto la metà; e venuto al primo a mezza spada, disse: - Io ti metterò in una galea, e poi arai di grazia di finir l'opera -. Ancora io con questa bestia entrai in bestia, e gli dissi: - Monsignore, quando io farò peccati che meritino la galea, allora voi mi vi metterete: ma per questi peccati io non ho paura di vostra galea: e di piú vi dico, a causa di Vostra Signoria, io non la voglio mai piú finire; e non mandate mai piú per me, perché io non vi verrò mai piú inanzi, se già voi non mi facessi venir co' birri -. Il buon Cardinale provò alcune volte amorevolmente a farmi intendere che io doverrei lavorare e che i' gnene doverrei portare a mostrare; in modo che a quei tali io dicevo: - Dite a Monsignore che mi mandi delle cipolle, se vuol che io finisca la cipollata - né mai gli risposi altre parole; di sorte che lui si tolse da questa disperata cura.

LVIII. Tornò il Papa da Bologna, e subito domandò di me, perché quel Cardinale di già gli aveva scritto il peggio che poteva de' casi mia. Essendo il Papa innel maggior furore che immaginar si possa, mi fece intendere che io andassi con l'opera. Cosí feci. In questo tempo che il Papa stette a

Bologna, mi si scoperse una scesa con tanto affanno agli occhi, che per il dolore io non potevo quasi vivere, in modo che questa fu la prima causa che io non tirai innanzi l'opera: e fu sí grande il male, che io pensai certissimo rimaner cieco; di modo che io avevo fatto il mio conto, quel che mi bastassi a vivere cieco. Mentre che io andavo al Papa, pensavo il modo che io avevo a tenere a far la mia scusa di non aver potuto tirare innanzi l'opera. Pensavo che in quel mentre che il Papa la vedeva e considerava, poterli dire i fatti: la qual cosa non mi venne fatta, perché giunto dallui, subito con parole villane disse: - Da' qua quell'opera; è ella finita? - Io la scopersi: subito con maggior furore disse: - In verità de Dio dico a te, che fai professione di non tener conto di persona, che se e' non fussi per onor di mondo io ti farei insieme con quell'opera gittar da terra quelle finestre -. Per la qual cosa, veduto io il Papa diventato cosí pessima bestia, sollecitavo di levarmigli dinanzi. In mentre che lui continuava di bravare, messami l'opera sotto la cappa, borbottando dissi: - Tutto il mondo non farebbe che un cieco fussi tenuto a lavorare opere cotali -. Maggiormente alzato la voce, il Papa disse: - Vien qua; che di' tu? - Io stetti infra dua di cacciarmi a correre giú per quelle scale; di poi mi risolsi, e gettatomi in ginocchioni, gridando forte, perché lui non cessava di gridare, dissi: - E se io sono per una infirmità divenuto cieco, sono io tenuto a lavorare? - A questo e' disse: - Tu hai pur veduto lume a venir qui, né credo che sia vero nessuna di queste cose che tu di'-. Al quale io dissi, sentendogli alquanto abbassar la voce: - Vostra Santità ne dimandi il suo medico, e troverrà il vero -. Disse: - Piú all'agio intenderemo se la sta come tu di'-. Allora, vedutomi prestare audienza, dissi: - Io non credo che di questo mio gran male ne sia causa altri che il cardinal Salviati, perché e' mandò per me subito che Vostra Santità fu partito, e giunto allui, pose alla mia opera nome una cipollata, e mi disse che me la farebbe finire in una galea; e fu tanto la potenzia di quelle inoneste parole, che per la estrema passione subito mi senti' infiammare il viso, e vennemi innegli occhi un calore tanto ismisurato, che io non trovavo la via a tornarmene a casa: di poi a pochi giorni mi cadde dua cataratti in su gli occhi; per la qual cosa io non vedevo punto di lume, e da poi la partita di Vostra Santità io non ho mai potuto lavorare nulla -. Rizzatomi di ginocchioni, mi andai con Dio; e mi fu ridetto che il Papa disse: - Se e' si dà gli ufizi, non si può dare la discrezione con essi. Io non dissi al Cardinale che mettessi tanta mazza: che se gli è il vero che abbia male innegli occhi, quale intenderò dal mio medico, sarebbe da 'vergli qualche compassione -. Era quivi alla presenza un gran gentiluomo molto amico del Papa e molto virtuosissimo. Domandatogli il Papa che persona io ero, dicendo: - Beatissimo Padre, io ve ne domando, perché m'è parso che voi siete venuto in un tempo medesimo nella maggior còllora che io vedessi mai, e innella maggiore compassione; sí che per questo io domando Vostra Santità chi egli è; che se è persona che meriti essere aiutato, io gli insegnerei un segreto da farlo guarire di quella infermità - a queste parole disse il Papa: - Quello è il maggiore uomo che nascessi mai della sua professione; e un giorno che noi siamo insieme vi farò vedere delle maravigliose opere sue, e lui con esse; e mi sarà piacere che si vegga se si gli può fare qualche benifizio -. Di poi tre giorni il Papa mandò per me un dí doppo desinare, ed eraci questo gentiluomo alla presenza. Subito che io fui giunto, el Papa si fece portare quel mio bottone del piviale. In questo mezzo io avevo cavato fuora quel mio calice; per la qual cosa quel gentiluomo diceva di non aver mai visto un'opera tanto maravigliosa. Sopraggiunto il bottone, gli accrebbe molto piú maraviglia; guardatomi in viso disse: - Gli è pur giovane a saper tanto, ancora molto atto a 'cquistare -. Di poi me domandò del mio nome. Al quale io dissi: - Benvenuto è il mio nome -. Rispose: - Benvenuto sarò io questa volta per te; piglia de' fioralisi con il gambo, col fiore e con la barba tutto insieme, di poi gli fa stillare con gentil fuoco, e con quell'acqua ti bagna gli occhi parecchi volte il dí, e certissimamente guarrai di cotesta infermità; ma fatti prima purgare, e poi continua la detta acqua -. Il Papa mi usò qualche amorevol parola: cosí me ne andai mezzo contento.

LIX. La infirmità gli era il vero che io l'avevo, ma credo che io l'avessi guadagnata mediante quella bella giovane serva che io tenevo nel tempo che io fui rubato. Soprastette quel morbo gallico a scoprirmisi piú di quattro mesi interi, di poi mi coperse tutto tutto a un tratto: non era innel modo de l'altro che si vede, ma pareva che io fussi coperto di certe vescichette, grandi come quattrini, rosse. I medici non mel volson mai battezzare mal franzese: e io pure dicevo le cause che credevo che fussi. Continuavo di medicarmi a lor modo, e nulla mi giovava; pur poi a l'ultimo, risoltomi a pigliare il legno contra la voglia di quelli primi medici di

Roma, questo legno io lo pigliavo con tutta la disciplina e astinenzia che immaginar si possa, e in brevi giorni senti' grandissimo miglioramento; a tale che in capo a cinquanta giorni io fui guarito e sano come un pesce. Da poi, per dare qualche ristoro a quella gran fatica che io avevo durato, entrando innel inverno, presi per mio piacere la caccia dello scoppietto, la quale mi induceva a andare a l'acqua e al vento, e star pe' pantani; a tale che in brevi giorni mi tornò l'un cento maggior male di quel che io avevo prima. Rimessomi nelle man de' medici, continuamente medicandomi, sempre peggioravo. Saltatomi la febbre adosso, io mi disposi di ripigliare il legno: gli medici non volevano, dicendomi che se io vi entravo con la febbre, in otto dí morrei. Io mi disposi di far contro la voglia loro; e tenendo i medesimi ordini che all'altra volta fatto avevo, beuto che io ebbi quattro giornate di questa santa acqua de il legno, la febbre se ne andò afatto. Cominciai a pigliare grandissimo miglioramento, e in questo che io pigliavo il detto legno sempre tiravo inanzi i modelli di quella opera; e' quali in cotesta astinenzia io feci le piú belle cose e le piú rare invenzione che mai facessi alla vita mia. In capo di cinquanta giorni io fui benissimo guarito, e di poi con grandissima diligenzia io mi attesi a 'ssicurare la sanità adosso. Di poi che io fui sortito di quel gran digiuno, mi trovai in modo netto dalle mie infirmità, come se rinato io fussi. Se bene io mi pigliavo piacere ne l'assicurare quella mia desiderata sanità, non mancavo ancora di lavorare; tanto che innell'opera detta e innella zecca, ad ogniona di loro certissimo davo la parte del suo dovere.

LX. Abbattessi ad essere fatto legato di Parma quel ditto cardinale Salviati, il quale aveva meco quel grande odio sopraditto. In Parma fu preso un certo orefice milanese falsatore di monete, il quali per nome si domandava Tobbia. Essendo giudicato alla forca e al fuoco, ne fu parlato al ditto Legato, messogli innanzi per gran valente uomo. Il ditto Cardinale fece sopratenere la eseguizione della giustizia, e scrisse a papa Clemente, dicendogli essergli capitato in nelle mane uno uomo il maggior del mondo della professione de l'oreficeria, e che di già gli era condennato alle forche e al fuoco, per essere lui falsario di monete; ma che questo uomo era simplice e buono, perché diceva averne chiesto parere da un suo confessoro, il quale, diceva, che gnene aveva dato licenzia che le potessi fare. Di piú diceva: - Se voi fate venire questo grande uomo a Roma, Vostra Santità sarà causa di abbassare quella grande alterigia del vostro Benvenuto, e sono certissimo che le opere di questo Tobbia vi piaceranno molto piú che quelle di Benvenuto -. Di modo che il Papa lo fece venire subito a Roma. E poi che fu venuto, chiamatici tutti a dua, ci fece fare un disegno per uno a un corno di liocorno il piú bello che mai fusse veduto: si era venduto diciassette mila ducati di Camera. Volendolo il Papa donare a il re Francesco, lo volse in prima guarnire riccamente d'oro, e commesse a tutti a dua noi che facessimo i detti disegni. Fatti che noi gli avemmo, ciascun di noi il portò al Papa. Era il disegno di Tubbia affoggia di un candegliere, dove, a guisa della candela, si imboccava quel bel corno, e del piede di questo ditto candegliere faceva quattro testoline di liocorno con semplicissima invenzione: tanto che quando tal cosa io vidi, non mi potetti tenere che in un destro modo io non sogghignassi. Il Papa s'avvide e subito disse: - Mostra qua il tuo disegno, - il quale era una sola testa di liocorno, a conrispondenza di quel ditto corno. Avevo fatto la piú bella sorte di testa che veder si possa; il perché si era, che io avevo preso parte della fazione della testa del cavallo e parte di quella del cervio, arricchita con la piú bella sorte di velli e altre galanterie, tale che, subito che la mia si vide, ogniuno gli dette il vanto. Ma perché alla presenza di questa disputa era certi milanesi di grandissima autorità, questi dissono: - Beatissimo Padre, Vostra Santità manda a donare questo gran presente in Francia: sappiate che i Franciosi sono uomini grossi, e non cognosceranno l'eccellenzia di questa opera di Benvenuto; ma sí bene piacerà loro questi ciborii, li quali ancora saranno fatti piú presto; e Benvenuto vi attenderà a finire il vostro calice, e verravi fatto dua opere in un medesimo tempo; e questo povero uomo, che voi avete fatto venire, verrà ancora lui ad essere adoperato -. Il Papa, desideroso di avere il suo calice, molto volentieri s'appiccò al consiglio di quei milanesi: cosí l'altro giorno dispose quella opera a Tubbia di quel corno di liocorno, e a me fece intendere per il suo guardaroba che io dovessi finirgli il suo calice. Alle qual parole io risposi, che non desideravo altro al mondo che finire quella mia bella opera; ma che se la fossi d'altra materia che d'oro, io facilissimamente da per me la potrei finire; ma per essere a quel modo d'oro, bisognava che Sua Santità me ne dessi, volendo che io la potessi finire. A questo parole questo cortigiano plebeo disse: - Oimè, non chiedere oro al Papa, che tu lo farai venire in tanta còllora, che guai, guai a te -. Al quale io dissi: - O misser voi, la Signoria vostra, insegnatemi un poco come sanza farina si può fare il pane? cosí sanza oro mai si finirà quell'opera -. Questo guardaroba mi disse, parendogli alquanto che io lo avessi uccellato, che tutto quello che io avevo ditto riferirebbe al Papa; e cosí fece. Il Papa, entrato in un bestial furore, disse che voleva stare a vedere se io ero un cosí pazzo che io non la finissi. Cosí si stette dua mesi passati e se bene io avevo detto di non vi voler dar su colpo, questo non avevo fatto, anzi continuamente io avevo lavorato con grandissimo amore. Veduto che io non la portavo, mi cominciò a disfavorire assai, dicendo che mi ga- stigherebbe a ogni modo. Era alla presenza di queste parole uno mila- nese suo gioielliere. Questo si domandava Pompeo, il quale era parente stretto di un certo misser Traiano, il piú favorito servitore che avessi papa Clemente. Questi dua d'accordo dissono al Papa: - Se Vostra San- tità gli togliessi la zecca, forse voi gli faresti venir voglia di finire il calice -. Allora il Papa disse: - Anzi sarebbon dua mali: l'uno, che io sarei mal servito della zecca che m'importa tanto; e l'altro, che certissimo io non arei mai il calice -. Questi dua detti milanesi, veduto il Papa mal volto inverso di me, a l'ultimo possetton tanto, che pure mi tolse la zecca, e la dette a un certo giovane perugino, il quale si domandava Fagiuolo per soprannome. Venne quel Pompeo a dirmi da parte del Papa, come Sua Santità mi aveva tolto la zecca, e che se io non finivo il calice mi torrebbe de l'altre cose. A questo io risposi: - Dite a Sua Santità che la zecca e' l'ha tolta a sé e non a me, e quel medesimo gli verrebbe fatto di quel- l'altre cose; e che quando Sua Santità me la vorrà rendere, io in modo nessuno non la rivorrò -. Questo isgraziato e sventurato gli parve mill'- l'anni di giungere dal Papa per ridirgli tutte queste cose, e qualcosa vi messe di suo di bocca. Ivi a otto giorni mandò il Papa per questo mede- simo uomo dirmi che non voleva piú che io gli finissi quel calice, e che lo rivoleva appunto in quel modo e a quel termine che io l'avevo con- dotto. A questo Pompeo io risposi: - Questa non è come la zecca, che me la possa tòrre; ma sí ben e' cinquecento scudi, che io ebbi, sono di Sua Santità, i quali subito gli renderò: e l'opera è mia, e ne farò quanto m'è di piacere -. Tanto corse a riferir Pompeo, con qualche altra mordace parola, che a lui stesso con giusta causa io avevo detto.

LXI. Di poi tre giorni appresso, un giovedí, venne a me dua camerieri di Sua Santità favoritissimi, che ancora oggi n'è vivo uno di quelli, ch'è vescovo, il quale si domandava misser Pier Giovanni, ed era guardaroba di Sua Santità; l'altro si era ancora di maggior lignaggio di questo, ma non mi sovviene il nome. Giunti a me mi dissono cosí: - Il Papa ci manda. Benvenuto: da poi che tu non l'hai voluta intendere per la via piú agevole, dice, o che tu ci dia l'opera sua, o che noi ti meniamo prigione -. Allora io li guardai in viso lietissimamente, dicendo: - Signori, se io dessi l'opera a Sua Santità, io darei l'opera mia e non la sua; e poi tanto l'opera mia io non gnene vo' dare; perché avendola condotta molto innanzi con le mia gran fatiche, non voglio che la vada in mano di qualche bestia ignorante, che con poca fatica me la guasti -. Era alla presenza, quando io dicevo questo, quell'orefice chiamato Tobbia ditto di sopra, il quale temerariamente mi chiedeva ancora i modelli di essa opera: le parole, degne di un tale sciagurato che io gli dissi, qui non accade riplicarle. E perché quelli signori camerieri mi sollecitavano che io mi spedissi di quel che io volevo fare, dissi a loro che ero spedito: preso la cappa, e innanzi che io uscissi della mia bottega, mi volsi a una immagine di Cristo con gran riverenza e con la berretta in mano, e dissi: - O benigno e immortale, giusto e santo Signor nostro, tutte le cose che tu fai sono secondo la tua giustizia, quale è sanza pari: tu sai che appunto io arrivo all'età de' trenta anni della vita mia, né mai insino a qui mi fu promesso carcere per cosa alcuna: da poi che ora tu ti contenti che io vadia al carcere, con tutto il cuor mio te ne ringrazio -. Di poi vòltomi ai dua camerieri, dissi cosí con un certo mio viso alquanto rabbuffato: - Non meritava un par mio birri di manco valore che voi Signori; sí che mettetemi in mezzo, e come prigioniero mi menate dove voi volete -. Quelli dua gentilissimi uomini, cacciatisi a ridere, mi messono in mezzo, e sempre piacevolmente ragionando mi condussono dal Governatore di Roma, il quale era chiamato il Magalotto. Giunto allui, insieme con esso si era il Procurator fiscale, li quali mi attendevano, quelli signor camerieri ridendo pure dissono al Governatore: - Noi vi consegnamo questo prigione, e tenetene buona cura. Ci siamo rallegrati assai, che noi abbiamo tolto l'uffizio alli vostri secutori, perché Benvenuto ci ha detto, che essendo questa la prima cattura sua, non meritava birri di manco valore che noi ci siamo -. Subito partitisi giunsono al Papa; e dettogli precisamente ogni cosa, in prima fece segno di voler entrare in furia, appresso si sforzò di ridere, per essere alla presenza alcuni Signori e Cardinali amici mia, li quali grandemente mi favorivano. Intanto il Governatore e il Fiscale parte mi bravavano, parte mi esortavano, parte mi consigliavano, dicendomi che la ragione voleva, che uno che fa fare una opera a un altro, la può ripigliare a sua posta, e in tutti i modi che allui piace. Alle quali cose io dissi, che questo non lo prometteva la giustizia, né un papa non lo poteva fare; perché e' non era un papa di quella sorte che sono certi signoretti tirannelli, che fanno a' lor popoli il peggio che possono, non osservando né legge né giustizia: però un Vicario di Cristo non può far nessuna di queste cose. Allora il Governatore con certi sua birreschi atti e parole disse: - Benvenuto, Benvenuto, tu vai cercando che io ti faccia quel che tu meriti. - Voi mi farete onore e cortesia, volendomi fare quel che io merito -. Di nuovo disse: - Manda per l'opera subito, e fa di non aspettar la siconda parola -. A questo io dissi: - Signori, fatemi grazia che io dica ancora quattro parole sopra le mie ragione -. Il Fiscale, che era molto piú discreto birro che non era il Governatore, si volse a il Governatore, e disse: - Monsignore, facciàngli grazia di cento parole; pur che dia l'opera, assai ci basta -. Io dissi: - Se e' fussi qualsivoglia sorte di uomo che facessi murare un palazzo o una casa, giustamente potrebbe dire a il maestro che la murassi: "Io non voglio che tu lavori piú in su la mia casa o in su 'l mio palazzo": pagandogli le sue fatiche giustamente ne lo può mandare. Ancora se fossi un signore che facessi legare una gioia di mille scudi, veduto che il gioielliere non lo servissi sicondo la voglia sua, può dire: "Dammi la mia gioia perché io non voglio l'opera tua". Ma a questa cotal cosa non c'è nessuno di questi capi; perché la non è né una casa, né una gioia; altro non mi si può dire, se non che io renda e' cinquecento scudi che io ho aúti. Sí che, Monsignori, fate tutto quel che voi potete, ché altro non arete da me, che e' cinquecento scudi. Cosí direte al Papa. Le vostre minaccie non mi fanno una paura al mondo; perché io sono uomo da bene, e non ho paura de' mia peccati -. Rizzatosi il Governatore e il Fiscale, mi dissono che andavano dal Papa, e che tornerebbono con commessione, che guai a me. Cosí restai guardato. Mi passeggiavo per un salotto: e gli stettono presso a tre ore a tornare dal Papa. In questo mezzo mi venne a visitare tutta la nobiltà della nazion nostra di mercanti, pregandomi strettamente che io non la volessi stare a disputare con un Papa, perché potrebbe essere la rovina mia. Ai quali io risposi, che m'ero risoluto benissimo di quel che io volevo fare.

LXII. Subito che il Governatore insieme col Fiscale furono tornati da Palazzo, fattomi chiamare, disse in questo tenore: - Benvenuto, certamente e' mi sa male d'esser tornato dal Papa con una commessione tale, quale io ho; sí che o tu trova l'opera subito, o tu pensa a' fatti tua -. Allora io risposi che, da poi che io non avevo mai creduto insino a quell'ora che un santo Vicario di Cristo potessi fare un'ingiustizia - però io lo voglio vedere prima che io lo creda; sí che fate quel che voi potete -. Ancora il Governatore replicò, dicendo: - Io t'ho da dire dua altre parole da parte del Papa, dipoi seguirò la commessione datami. Il Papa dice che tu mi porti qui l'opera, e che io la vegga mettere in una scatola e suggellare; di poi io l'ho apportare al Papa, il quale promette per la fede sua di non la muovere dal suo suggello chiusa, e subito te la renderà; ma questo e' vuol che si faccia cosí per averci anch'egli la parte dell'onor suo -. A queste parole io ridendo risposi, che molto volentieri gli darei l'opera mia in quel modo che diceva, perché io volevo saper ragionare come era fatta la fede di un Papa. E cosí mandato per l'opera mia, suggellata in quel modo che e' disse, gliene detti. Ritornato il Governatore dal Papa con la ditta opera innel modo ditto, presa la scatola il Papa, sicondo che mi riferí il Governatore ditto, la volse parecchi volte; dipoi domandò il Governatore, se l'aveva veduta; il qual disse che l'aveva veduta e che in sua presenza in quel modo s'era suggellata; di poi aggiunse, che la gli era paruta cosa molto mirabile. Per la qual cosa il Papa disse: - Direte a Benvenuto, che i Papi hanno autorità di sciorre e legare molto maggior cosa di questa - e in mentre che diceva queste parole, con qualche poco di sdegno aperse la scatola, levando le corde e il suggello con che l'era legata: di poi la guardò assai, e per quanto io ritrassi, e' la mostrò a quel Tubbia orefice, il quale molto la lodò. Allora il Papa lo domandò se gli bastava la vista di fare una opera a quel modo; il Papa gli disse che lui seguitassi quell'ordine apunto; di poi si volse al Governatore e gli disse: - Vedete se Benvenuto ce la vuol dare; che dandocela cosí, se gli paghi tutto quel che l'è stimata da valenti uomini; o sí veramente, volendocela finir lui, pigli un termine: e se voi vedete che la voglia fare, díesigli quelle comodità che lui domanda giuste -. Allora il Governatore disse: - Beatissimo Padre, io che cognosco la terribil qualità di quel giovane, datemi autorità che io glie ne possa dare una sbarbazzata a mio modo -. A questo il Papa disse che facessi quel che volessi con le parole, benché gli era certo che e' farebbe il peggio; di poi quando e' vedessi di non poter fare altro, mi dicessi che io portassi li sua cinquecento scudi a quel Pompeo suo gioielliere sopraditto. Tornato il Governatore, fattomi chiamare in camera sua, e con un birresco sguardo, mi disse: - E' papi hanno autorità di sciorre e legare tutto il mondo, e tanto subito si afferma in Cielo per ben fatto: eccoti là la tua opera sciolta e veduta da Sua Santità -. Allora subito io alzai la voce e dissi: - Io ringrazio Idio, che io ora so ragionare com'è fatta la fede de' papi -. Allora il Governatore mi disse e fece molte sbardellate braverie; e da poi veduto che lui dava in nunnulla, affatto disperatosi dalla impresa, riprese alquanto la maniera piú dolce, e mi disse: - Benvenuto, assai m incresce che tu non vuoi intendere il tuo bene; però va', porta i cinquecento scudi, quando tu vuoi, a Pompeo sopra ditto -. Preso la mia opera, me ne andai, e subito portai li cinquecento scudi a quel Pompeo. E perché talvolta il Papa, pensando che per incomodità o per qualche altra occasione io non dovessi cosí presto portare i dinari, desideroso di rattaccare il filo della servitú mia; quando e' vedde che Pompeo gli giunse innanzi sorridendo con li dinari in mano, il Papa gli disse villania, e si condolse assai che tal cosa fussi seguita in quel modo: di poi gli disse: - Va', truova Benvenuto a bottega sua, e fagli piú carezze che può la tua ignorante bestialità; e digli, che se mi vuol finire quell'opera per farne un reliquiere per portarvi drento il *Corpus Domini*, quando io vo con esso a pricissione, che io gli darò le comodità che vorrà a finirlo; purché egli lavori -. Venuto Pompeo a me, mi chiamò fuor di bottega, e mi fece le piú isvenevole carezze d'asino, dicendomi tutto quel che gli aveva commesso il Papa. Al quale io risposi subito, che il maggior tesoro che io potessi desiderare al mondo, si era l'aver riauto la grazia d'un cosí gran Papa, la quale si era smarrita da me, e non per mio difetto, ma sí bene per difetto della mia smisurata infirmità, e per la cattività di quelli uomini invidiosi che hanno piacere di commetter male; - e perché il Papa ha 'bundanzia di servitori, non mi mandi piú intorno, per la salute vostra; ché badate bene al fatto vostro. Io non mancherò mai né dí né notte di pensare e fare tutto quello che io potrò in servizio del Papa; e ricordatevi bene, che detto che voi avete questo al Papa di me, in modo nessuno non vi intervenire in nulla de' casi mia, perché io vi farò cognoscere gli errori vostri con la penitenzia che meritano -. Questo uomo riferí ogni cosa al Papa in molto piú bestial modo che io non gli aveva porto. Cosí si stette la cosa un pezzo, e io m'attendevo alla mia bottega e mie faccende.

LXIII. Quel Tubbia orefice sopra ditto attendeva a finire quella guarnitura e ornamento a quel corno di liocorno; e di piú il Papa gli aveva detto che cominciassi il calice in su quel modo che gli aveva veduto il mio. E cominciatosi a farsi mostrare dal ditto Tubbia quel che lui faceva, trovatosi mal sodisfatto, assai si doleva di aver rotto con esso meco, e biasimava l'opere di colui, e chi gnene aveva messe inanzi; e parecchi volte mi venne a parlare Baccino della Croce da parte del Papa, che io dovessi fare quel reliquiere. Al quale io dicevo, che io pregavo Sua Santità, che mi lasciassi riposare della grande infirmità che io avevo aùto, della quale io non ero ancor ben sicuro; ma che io mostrerrei a Sua Santità, di quelle ore ch'io potevo operare, che tutte le spenderei in servizio suo. Io m'ero messo a ritrarlo, e gli facevo una medaglia segretamente; e quelle stampe di acciaio per istampar detta medaglia, me le facevo in casa; e alla mia bottega tenevo un compagno, che era stato mio garzone, il qual si domandava Felice. In questo tempo, sí come fanno i giovani, m'ero innamorato d'una fanciulletta siciliana, la quale era bellissima; e perché ancor lei dimostrava volermi gran bene, la madre sua accortasi di tal cosa, sospettando di quello che gli poteva intervenire (questo si era che io avevo ordinato per un anno fuggirmi con detta fanciulla a Firenze, segretissimamente dalla madre), accortasi lei di tal cosa, una notte segretamente si partí di Roma e andossene alla volta di Napoli; e dette nome d'esser ita da Civitavecchia, e andò da Ostia. Io l'andai drieto a Civitavecchia, e feci pazzie inistimabile per ritrovarla. Sarebbon troppo lunghe a dir tal cose per l'apunto: basta che io stetti in procinto o d'impazzare o di morire. In capo di dua mesi lei mi scrisse che si trovava in Sicilia molto mal contenta. In questo tempo io avevo atteso a tutti i piaceri che immaginar si possa, e avevo preso altro amore, solo per istigner quello.

LXIV. Mi accadde per certe diverse stravaganze, che io presi amicizia di un certo prete siciliano, il quale era di elevatissimo ingegno e aveva assai buone lettere latine e grece. Venuto una volta in un proposito d'un

ragionamento, in el quale s'intervenne a parlare dell'arte della negromanzia; alla qual cosa io dissi: - Grandissimo desiderio ho avuto tutto il
tempo della vita mia di vedere o sentire qualche cosa di quest'arte -. Alle
qual parole il prete aggiunse: - Forte animo e sicuro bisogna che sia di
quel uomo che si mette a tale impresa -. Io risposi che della fortezza e
della sicurtà dell'animo me ne avanzerebbe, pur che i' trovassi modo a
far tal cosa. Allora rispose il prete: - Se di cotesto ti basta la vista, di tutto
il resto io te ne satollerò -. Cosí fummo d'acordo di dar principio a tale
impresa. Il detto prete una sera in fra l'altre si messe in ordine, e mi disse
che io trovassi un compagno, insino in dua. Io chiamai Vincenzio Romoli mio amicissimo, e lui menò seco un Pistolese, il quale attendeva
ancora lui alla negromanzia. Andaticene al Culiseo, quivi paratosi il
prete a uso di negromante, si misse a disegnare i circuli in terra con le
piú belle cirimonie che immaginar si possa al mondo; e ci aveva fatto
portare profummi preziosi e fuoco, ancora profummi cattivi. Come e'
fu in ordine, fece la porta al circulo; e presoci per mano, a uno a uno ci
messe drento al circulo; di poi conpartí gli uffizii; dette il pintàculo in
mano a quell'altro suo compagno negromante, agli altri dette la cura del
fuoco per e' profummi; poi messe mano agli scongiuri. Durò questa cosa
piú d'una ora e mezzo; comparse parecchi legione, di modo che il Culiseo era tutto pieno. Io che attendevo ai profummi preziosi, quando il
prete cognobbe esservi tanta quantità, si volse a me e disse: - Benvenuto,
dimanda lor qualcosa -. Io dissi che facessino che io fussi con la mia Angelica siciliana. Per quella notte noi non avemmo risposta nessuna; ma
io ebbi bene grandissima satisfazione di quel che io desideravo di tal
cosa. Disse il negromante che bisognava che noi ci andassimo un'altra
volta, e che io sarei satisfatto di tutto quello che io domandavo, ma che
voleva che io menassi meco un fanciulletto vergine. Presi un mio fattorino, il quale era di dodici anni in circa, e meco di nuovo chiamai quel
ditto Vincenzio Romoli; e, per essere nostro domestico compagno un
certo Agnolino Gaddi, ancora lui menammo a questa faccenda. Arrivati
di nuovo a il luogo deputato, fatto il negromante le sue medesime pre-
parazione con quel medesimo e piú ancora maraviglioso ordine, ci mise
innel circulo, qual di nuovo aveva fatto con piú mirabile arte e piú mirabil cerimonie; di poi a quel mio Vincenzio diede la cura de' profummi
e del fuoco; insieme la prese il detto Agnolino Gaddi; di poi a me pose

in mano il pintàculo, qual mi disse che io lo voltassi sicondo e' luoghi dove lui m'accennava, e sotto il pintàculo tenevo quel fanciullino mio fattore. Cominciato il negromante a fare quelle terrebilissime invocazioni, chiamato per nome una gran quantità di quei demonii capi di quelle legioni, e a quelli comandava per la virtú e potenzia di Dio increato, vivente ed eterno, in voce ebree, assai ancora greche e latine; in modo che in breve di spazio si empié tutto il Culiseo l'un cento piú di quello che avevan fatto quella prima volta. Vincenzio Romoli attendeva a fare fuoco insieme con quell'Agnolino detto, e molta quantità di profummi preziosi. Io per consiglio del negromante di nuovo domandai potere essere con Angelica. Voltosi il negromante a me, mi disse: - Senti che gli hanno detto? Che in ispazio di un mese tu sarai dove lei - e di nuovo aggiunse, che mi pregava che io gli tenessi il fermo, perché le legioni eran l'un mille piú di quel che lui aveva domandato, e che l'erano le piú pericolose; e poi che gli avevano istabilito quel che io avevo domandato, bisognava carezzargli, e pazientemente gli licenziare. Da l'altra banda il fanciullo, che era sotto il pintàculo, ispaventatissimo diceva che in quel luogo si era un milione di uomini bravissimi, e' quali tutti ci minacciavano: di piú disse, che gli era comparso quattro smisurati giganti, e' quali erano armati e facevan segno di voler entrar da noi. In questo il negromante, che tremava di paura, attendeva con dolce e suave modo il meglio che poteva a licenziarli. Vincenzio Romoli, che tremava a verga a verga, attendeva ai profummi. Io, che avevo tanta paura quant'e loro, mi ingegnavo di dimostrarla manco, e a tutti davo maravigliosissimo animo; ma certo io m'ero fatto morto, per la paura che io vedevo nel negromante. Il fanciullo s'era fitto il capo in fra le ginocchia, dicendo: - Io voglio morire a questo modo, ché morti siàno -. Di nuovo io dissi al fanciullo: - Queste creature son tutte sotto a di noi, e ciò che tu vedi si è fummo e ombra; sí che alza gli occhi -. Alzato che gli ebbe gli occhi, di nuovo disse: - Tutto il Culiseo arde, e 'l fuoco viene adosso a noi - e missosi le mane al viso, di nuovo disse che era morto, e che non voleva piú vedere. Il negromante mi si raccomandò, pregandomi che io gli tenessi il fermo, e che io facessi fare profummi di zaffetica: cosí, voltomi a Vincenzio Romoli, dissi che presto profumassi di zaffetica. In mentre che io cosí diceva, guardando Agnolino Gaddi, il quale si era tanto ispaventato che le luce degli occhi aveva fuor del punto, ed era piú che mezzo morto, al quale io dissi: - Agnolo, in questi luoghi non bisogna aver paura, ma bisogna darsi da fare e aiutarsi; sí che mettete sú presto di quella zaffetica -. Il ditto Agnolo, in quello che lui si volse muovere, fece una strombazzata di coreggie con tanta abundanzia di merda, la qual potette piú che la zaffetica. Il fanciullo, a quel gran puzzo e quel romore alzato un poco il viso, sentendomi ridere alquanto, assicurato un poco la paura, disse che se ne cominciavano a 'ndare a gran furia. Cosí soprastemmo in fino a tanto che e' cominciò a sonare i mattutini. Di nuovo ci disse il fanciullo che ve n'era restati pochi, e discosto. Fatto che ebbe il negromante tutto il resto delle sue cerimonie, spogliatosi e riposto un gran fardel di libri, che gli aveva portati, tutti d'accordo seco ci uscimmo del circulo, ficcandosi l'un sotto l'altro; massimo il fanciullo, che s'era messo in mezzo, e aveva preso il negromante per la veste e me per la cappa; e continuamente, in mentre che noi andavamo inverso le case nostre in Banchi, lui ci diceva che dua di quelli, che gli aveva visti nel Culiseo, ci andavano saltabeccando innanzi, or correndo su pe' tetti e or per terra. Il negromante diceva, che di tante volte quante lui era entrato innelli circuli, non mai gli era intervenuto una cosí gran cosa, e mi persuadeva che io fussi contento di volere esser seco a consacrare un libro; da il quale noi trarremmo infinita ricchezza, perché noi dimanderemmo li demonii che ci insegnassino delli tesori, i quali n'è pien la terra, e a quel modo noi diventeremmo ricchissimi; e che queste cose d'amore si erano vanità e pazzie, le quale non rilevavano nulla. Io li dissi, che se io avessi lettere latine, che molto volentieri farei una tal cosa. Pur lui mi persuadeva, dicendomi, che le lettere latine non mi servivano a nulla, e che se lui avessi voluto, trovava di molti con buone lettere latine; ma che non aveva mai trovato nessuno d'un saldo animo come ero io, e che io dovessi attenermi al suo consiglio. Con questi ragionamenti noi arrivammo alle case nostre, e ciascun di noi tutta quella notte sognammo diavoli.

LXV. Rivedendoci poi alla giornata, il negromante mi strigneva che io dovessi attendere a quella impresa; per la qual cosa io lo domandai che tempo vi si metterebbe a far tal cosa, e dove noi avessimo a 'ndare. A questo mi rispose che in manco d'un mese noi usciremmo di quella impresa, e che il luogo piú a proposito si era nelle montagne di Norcia; benché un suo maestro aveva consacrato quivi vicino al luogo detto alla

Badia di Farfa; ma che vi aveva aùto qualche difficultà, le quali non si arebbono nelle montagne di Norcia; e che quelli villani norcini son persone di fede, e hanno qualche pratica di questa cosa, a tale che possan dare a un bisogno maravigliosi aiuti. Questo prete negromante certissimamente mi aveva persuaso tanto, che io volentieri mi ero disposto a far tal cosa, ma dicevo che volevo prima finire quelle medaglie che io facevo per il Papa, e con il detto m'ero conferito e non con altri, pregandolo che lui me le tenessi segrete. Pure continuamente lo domandavo se lui credeva che a quel tempo io mi dovessi trovare con la mia Angelica siciliana, e veduto che s'appressava molto al tempo, mi pareva molta gran cosa che di lei io non sentissi nulla. Il negromante mi diceva che certissimo io mi troverrei dove lei, perché loro non mancan mai, quando e' promettono in quel modo come ferno allora; ma che io stessi con gli occhi aperti, e mi guardassi da qualche scandolo, che per quel caso mi potrebbe intervenire; e che io mi sforzassi di sopportare qualche cosa contra la mia natura, perché vi conosceva drento un grandissimo pericolo; e che buon per me se io andavo seco a consacrare il libro, che per quella via quel mio gran pericolo si passerebbe, e sarei causa di far me e lui felicissimi. Io, che ne cominciavo avere piú voglia di lui, gli dissi che per essere venuto in Roma un certo maestro Giovanni da Castel Bolognese, molto valentuomo per far medaglie di quella sorte che io facevo, in acciaio, e che non desideravo altro al mondo che di fare a gara con questo valentomo, e uscire al mondo adosso con una tale impresa, per la quale io speravo con tal virtú, e non con la spada, ammazzare quelli parecchi mia nimici. Questo uomo pure mi continuava dicendomi: - Di grazia, Benvenuto mio, vien meco e fuggi un gran pericolo che in te io scorgo -. Essendomi io disposto in tutto e per tutto di voler prima finir la mia medaglia, di già eramo vicini al fine del mese; al quale, per essere invaghito tanto innella medaglia, io non mi ricordavo piú né di Angelica né di null'altra cotal cosa, ma tutto ero intento a quella mia opera.

LXVI. Un giorno fra gli altri, vicino a l'ora del vespro, mi venne occasione di trasferirmi fuor delle mie ore da casa alla mia bottega; perché avevo la bottega in Banchi, e una casetta mi tenevo drieto a Banchi, e poche volte andavo a bottega; ché tutte le faccende io le lasciavo fare a quel mio compagno che avea nome Felice. Stato cosí un poco a bottega, mi ricordai che io avevo a 'ndare a parlare a Lessandro del Bene. Subito levatomi e arrivato in Banchi, mi scontrai in un certo molto mio amico, il quale si domandava per nome ser Benedetto. Questo era notaio e era nato a Firenze, figliuolo d'un cieco che diceva l'orazione, che era sanese. Questo ser Benedetto era stato a Napoli molt' e molt'anni; dipoi s'era ridotto in Roma, e negoziava per certi mercanti sanesi de' Chigi. E perché quel mio compagno piú e piú volte gli aveva chiesto certi dinari, che gli aveva aver dallui di alcune anellette che lui gli aveva fidate, questo giorno, iscontrandosi in lui in Banchi li chiese li sua dinari in un poco di ruvido modo, il quale era l'usanza sua; ché il detto ser Benedetto era con quelli sua padroni, in modo che, vedendosi far quella cosa cosí fatta, sgridorno grandemente quel ser Benedetto, dicendogli che si volevano servir d'un altro, per non avere a sentir piú tal baiate. Questo ser Benedetto il meglio che e' poteva si andava con loro difendendo, e diceva che quello orefice lui l'aveva pagato, e che non era atto a affrenare il furore de' pazzi. Li detti sanesi presono quella parola in cattiva parte e subito lo cacciorno via. Spiccatosi dalloro, affusolato se ne andava alla mia bottega, forse per far dispiacere al detto Felice. Avvenne, che appunto innel mezzo di Banchi noi ci incontrammo insieme: onde io, che non sapevo nulla, al mio solito modo piacevolissimamente lo salutai; il quale con molte villane parole mi rispose. Per la qual cosa mi sovvenne tutto quello che mi aveva detto il negromante; in modo che, tenendo la briglia il piú che io potevo a quello che con le sue parole il detto mi sforzava a fare, dicevo: - Ser Benedetto fratello, non vi vogliate adirar meco, che non v'ho fatto dispiacere, e non so nulla di questi vostri casi, e tutto quello che voi avete che fare con Felice, andate di grazia e finitela seco; che lui sa benissimo quel che v'ha a rispondere; onde io, che none so nulla, voi mi fate torto a mordermi di questa sorte, maggiormente sapendo che io non sono uomo che sopporti ingiurie -. A questo il detto disse, che io sapevo ogni cosa e che era uomo atto a farmi portar maggior soma di quella, e che Felice e io eramo dua gran ribaldi. Di già s'era ragunato molte persone a vedere questa contesa. Sforzato dalle brutte parole, presto mi chinai in terra e presi un mòzzo di fango, perché era piovuto, e con esso presto gli menai a man salva per dargli in sul viso. Lui abbassò il capo, di sorte che con esso gli detti in sul mezzo del capo. In questo fango era investito un sasso di pietra viva con molti acuti canti, e cogliendolo con un di quei canti in sul mezzo del capo, cadde come morto svenuto in terra; il che, vedendo tanta abondanzia di sangue, si giudicò per tutti e' circostanti che lui fossi morto.

LXVII. In mentre che il detto era ancora in terra, e che alcuni si davano da fare per portarlo via, passava quel Pompeo gioielliere già ditto di sopra. Questo il Papa aveva mandato per lui per alcune sue faccende di gioie. Vedendo quell'uomo mal condotto, domandò chi gli aveva dato. Di che gli fu detto: - Benvenuto gli ha dato, perché questa bestia se l'ha cerche - . Il detto Pompeo, prestamente giunto che fu al Papa, gli disse: - Beatissimo padre, Benvenuto adesso adesso ha ammazzato Tubbia; che io l'ho veduto con li mia occhi -. A questo il Papa infuriato comesse al Governatore, che era quivi alla presenza, che mi pigliassi, e che m'impiccassi subito innel luogo dove si era fatto l'omicidio, e che facessi ogni diligenzia a avermi, e non gli capitassi innanzi prima che lui mi avessi impiccato. Veduto che io ebbi quello sventurato in terra, subito pensai a' fatti mia, considerato alla potenzia de' mia nimici, e quel che di tal cosa poteva partorire. Partitomi di quivi, me ne ritirai a casa misser Giovanni Gaddi cherico di Camera; volendomi metter in ordine il piú presto che io potevo, per andarmi con Dio. Alla qual cosa, il detto misser Giovanni mi consigliava che io non fussi cosí furioso a partirmi, ché tal volta potria essere che 'l male non fussi tanto grande quanto e' mi parve: e fatto chiamare messer Anibal Caro, il quale stava seco, gli disse che andassi a 'ntendere il caso. Mentre che di questa cosa si dava i sopraditti ordini, conparse un gentiluomo romano che stava col cardinal de' Medici e da quello mandato. Questo gentiluomo, chiamato a parte misser Giovanni e me, ci disse che il Cardinale gli aveva detto quelle parole che gli aveva inteso dire al Papa, e che non aveva rimedio nessuno da potermi aiutare, e che io facessi tutto il mio potere di scampar questa prima furia, e che io non mi fidassi in nessuna casa di Roma. Subito partitosi il gentiluomo, il ditto misèr Giovanni guardandomi in viso, faceva segno di lacrimare, e disse: - Oimè, tristo a me! che io non ho rimedio nessuno a poterti aiutare! - Allora io dissi: - Mediante Idio, io mi aiuterò ben da me; solo vi richieggo che voi mi serviate di un de' vostri cavalli -. Era di già messo in ordine un caval morello turco, il piú bello e il miglior di Roma. Montai in sun esso con uno archibuso a ruota dinanzi a l'arcione, stando in ordine per difendermi con esso.

Giunto che io fui a ponte Sisto, vi trovai tutta la guardia del bargello a cavallo e a piè; cosí faccendomi della necessità virtú, arditamente spinto modestamente il cavallo, merzé di Dio oscurato gli occhi loro, libero passai, e con quanta piú fretta io potetti me ne andai a Palombara, luogo del signor Giovanbatista Savello, e di quivi rimandai il cavallo a misser Giovanni, né manco volsi ch'egli sapessi dove io mi fussi. Il detto signor Gianbatista, carezzato ch'egli m'ebbe dua giornate, mi consigliò che io mi dovessi levar di quivi e andarmene alla volta di Napoli, per tanto che passassi questa furia; e datomi compagnia, mi fece mettere in sulla strada di Napoli, in su la quale io trovai uno scultore mio amico, che se ne andava a San Germano a finire la seppoltura di Pier de' Medici a Monte Casini. Questo si chiamava per nome il Solosmeo: lui mi dette nuove, come quella sera medesima papa Clemente aveva mandato un suo cameriere a intendere come stava Tubbia sopraditto; e trovatolo a lavorare, e che in lui non era avvenuto cosa nissuna, né manco non sapeva nulla, referito al Papa, il ditto si volse a Pompeo e gli disse: - Tu sei uno sciagurato, ma io ti protesto bene, che tu hai stuzzicato un serpente, che ti morderà e faratti il dovere -. Di poi si volse al cardinal de' Medici, e gli commisse che tenessi un poco di conto di me, che per nulla lui non mi arebbe voluto perdere. Cosí il Solosmeo e io ce ne andavamo cantando alla volta di Monte Casini, per andarcene a Napoli insieme.

LXVIII. Riveduto che ebbe il Solosmeo le sue faccende a Monte Casini, insieme ce ne andammo alla volta di Napoli. Arrivati a un mezzo miglio presso a Napoli, ci si fece incontro uno oste il quale ci invitò alla sua osteria, e ci diceva che era stato in Firenze molt'anni con Carlo Ginori; e se noi andavamo alla sua osteria, che ci arebbe fatto moltissime carezze, per esser noi Fiorentini. Al qual oste noi piú volte dicemmo, che seco noi non volevamo andare. Questo uomo pur ci passava inanzi e or ristava indrieto, sovente dicendoci le medesime cose, che ci arebbe voluti alla sua osteria. Il perché venutomi a noia, io lo domandai se lui mi sapeva insegnare una certa donna siciliana, che aveva nome Beatrice, la quale aveva una sua bella figliuoletta che si chiamava Angelica, ed erano cortigiane. Questo ostiere, parutoli che io l'uccellassi, disse: - Idio dia il malanno alle cortigiane e chi vuol lor bene - e dato il piè al cavallo, fece segno di andarsene resoluto da noi. Parendomi essermi levato da dosso in un bel modo quella bestia di quell'oste, con tutto che di tal cosa io non estessi in capitale, perché mi era sovvenuto quel grande amore che io portavo a Angelica, e ragionandone col ditto Solosmeo non senza qualche amoroso sospiro, vediamo con gran furia ritornare a noi l'ostiere, il quale, giunto da noi, disse: - E' sono o dua over tre giorni, che accanto alla mia osteria è tornato una donna e una fanciulletta, le quali hanno cotesto nome; non so se sono siciliane o d'altro paese -. Allora io dissi: - Gli ha tanta forza in me quel nome di Angelica, che io voglio venire alla tua osteria a ogni modo -. Andammocene d'accordo insieme coll'oste nella città di Napoli, e scavalcammo alla sua osteria, e mi pareva mill'anni di dare assetto alle mie cose, qual feci prestissimo; e entrato nella ditta casa accanto a l'osteria, ivi trovai la mia Angelica, la quale mi fece le piú smisurate carezze che inmaginar si possa al mondo. Cosí mi stetti seco da quell'ora delle ventidua ore in sino alla seguente mattina con tanto piacere, che pari non ebbi mai. E in mentre che in questo piacere io gioiva, mi sovvenne che quel giorno apunto spirava il mese che mi fu promisso in el circolo di negromanzia dalli demonii. Sí che consideri ogni uomo, che s'inpaccia con loro, e' pericoli inistimabili che io ho passati.

LXIX. Io mi trovavo innella mia borsa a caso un diamante, il quale mi venne mostrato in fra gli orefici: e se bene io ero giovane ancora, in Napoli io ero talmente conosciuto per uomo da qualcosa, che mi fu fatto moltissime carezze. Infra gli altri un certo galantissimo uomo gioielliere, il quale aveva nome misser Domenico Fontana. Questo uomo da bene lasciò la bottega per tre giorni che io stetti in Napoli, né mai si spiccò da me, mostrandomi molte bellissime anticaglie che erano in Napoli e fuor di Napoli; e di piú mi menò a fare reverenzia al Vicerè di Napoli, il quale gli aveva fatto intendere che aveva vaghezza di vedermi. Giunto che io fui da Sua Eccellenzia, mi fece molte onorate accoglienze; e in mentre che cosí facevamo, dètte innegli occhi di Sua Eccellenzia il sopra ditto diamante; e fattomiselo mostrare, disse, che se io ne avessi a privar me, non cambiassi lui, di grazia. Al quale io, ripreso il diamante, lo porsi di nuovo a Sua Eccellenzia, e a quella dissi, che il diamante e io eramo al servizio di quella. Allora e' disse che aveva ben caro il diamante, ma che molto piú caro li sarebbe che io restassi seco; che mi faria tal patti, che io mi loderei di lui. Molte cortese parole ci usammo l'un l'altro; ma venuti poi ai meriti del diamante, comandatomi da Sua Eccellenzia che io ne domandassi pregio, qual mi paressi, a una sola parola, al quale io dissi che dugento scudi era il suo pregio a punto. A questo Sua Eccellenzia disse che gli pareva che io non fussi niente iscosto dal dovere; ma per esser legato di mia mano, conoscendomi per il primo uomo del mondo, non riuscirebbe, se un altro lo legasse, di quella eccellenzia che dimostrava. Allora io dissi, che il diamante non era legato di mia mano e che non era ben legato; e quello che egli faceva, lo faceva per sua propria bontà; e che se io gnene rilegassi, lo migliorerei assai da quel che gli era. E messo l'ugna del dito grosso ai filetti del diamante, lo trassi del suo anello, e nettolo alquanto lo porsi al Viceré; il quale satisfatto e maravigliato, mi fece una poliza, che mi fussi pagato li dugento scudi che io l'aveva domandato. Tornatomene al mio alloggiamento, trovai lettere che venivano dal cardinale de' Medici, le quali mi dicevano che io ritornassi a Roma con gran diligenzia, e di colpo me ne andassi a scavalcare a casa Sua Signoria reverendissima. Letto alla mia Angelica la lettera, con amorosette lacrime lei mi pregava che di grazia io mi fermassi in Napoli, o che io ne la menassi meco. Alla quale io dissi, che se lei ne voleva venir meco, che io gli darei in guardia quelli dugento ducati che io avevo presi dal Viceré. Vedutoci la madre a questi serrati ragionamenti, si accostò a noi, e mi disse: - Benvenuto, se tu ti vuoi menare la mia Angelica a Roma, lassami un quindici ducati, acciocché io possa partorire, e poi me ne verrò ancora io -. Dissi alla vecchia ribalda, che trenta volentieri gnene lascierei, se lei si contentava di darmi la mia Angelica. Cosí restati d'accordo, Angelica mi pregò che io li comperassi una vesta di velluto nero, perché in Napoli era buon mercato. Di tutto fui contento; e mandato per il velluto, fatto il mercato e tutto, la vecchia, che pensò che io fossi piú cotto che crudo, mi chiese una vesta di panno fine per sé, e molt'altre spese per sua figliuoli, e piú danari assai di quelli che io gli avevo offerti. Alla quale io piacevolmente mi volsi e le dissi: - Beatrice mia cara, bastat'egli quello che io t'ho offerto? - Lei disse che no. Allora io dissi, che quel che non bastava a lei basterebbe a me: e baciato la mia Angelica, lei con lacrime e io con riso ci spiccammo, e me ne tornai a Roma subito.

LXX. Partendomi di Napoli a notte con li dinari addosso, per non essere appostato né assassinato, come è il costume di Napoli, trovatomi alla Selciata, con grande astuzia e valore di corpo mi difesi da piú cavagli, che mi erano venuti per assassinare. Di poi gli altri giorni appresso, avendo lasciato il Solosmeo alle sue faccende di Monte Casini, giunto una mattina per desinare all'osteria di Adagnani; essendo presso all'osteria, tirai a certi uccelli col mio archibuso, e quelli ammazzai; e un ferretto, che era nella serratura del mio stioppo, mi aveva stracciato la man ritta. Se bene non era il male d'inportanza, appariva assai, per molta quantità di sangue che versava la mia mano. Entrato ne l'osteria, messo il mio cavallo al suo luogo, salito in sun un palcaccio, trovai molti gentiluomini napoletani, che stavano per entrare a tavola; e con loro era una gentil donna giovane, la piú bella che io vedessi mai. Giunto che io fui, appresso a me montava un bravissimo giovane mio servitore con un gran partigianone in mano: in modo che noi, l'arm'e il sangue, messe tanto terrore a quei poveri gentili uomini, massimamente per esser quel luogo un nidio di assassini; rizzatisi da tavola, pregorno Idio, con grande spavento, che gli aiutassi. Ai quali io dissi ridendo, che Idio gli aveva aiutati, e che io ero uomo per difendergli da chi gli volesse offendere; e chiedendo a loro qualche poco di aiuto per fasciar la mia mana, quella bellissima gentil donna prese un suo fazzoletto riccamente lavorato d'oro, volendomi con esso fasciare: io non volsi: subito lei lo stracciò pel mezzo, e con grandissima gentilezza di sua mano mi fasciò. Cosí assicuratisi alquanto, desinammo assai lietamente. Di poi il desinare montammo a cavallo, e di compagnia ce ne andavamo. Non era ancora assicurata la paura; ché quelli gentili uomini astutamente mi facevano trattenere a quella gentildonna, restando alquanto indietro: e io a pari con essa me ne andavo in sun un mio bel cavalletto, accennato al mio servitore che stessi un poco discosto da me; in modo che noi ragionavamo di quelle cose che non vende lo speziale. Cosí mi condussi a Roma col maggior piacere che io avessi mai.

Arrivato che io fui a Roma, me ne andai a scavalcare al palazzo del cardinale de' Medici; e trovatovi Sua Signoria reverendissima, gli feci motto, e lo ringraziai de l'avermi fatto tornare. Di poi pregai Sua Signoria reverendissima, che mi facessi sicuro dal carcere, e se gli era possibile ancora della pena pecuniaria. Il ditto Signore mi vidde molto volentieri; mi disse che io non dubitassi di nulla; di poi si volse a un suo gentiluomo, il quale si domandava misser Pierantonio Pecci, sanese, dicendogli che per sua parte dicessi al bargello che non ardissi toccarmi. Appresso lo domandò come stava quello a chi io avevo dato del sasso in sul capo. Il ditto messer Pierantonio disse che lui stava male, e che gli starebbe ancor peggio; il perché si era saputo che io tornavo a Roma, diceva volersi morire per farmi dispetto. Alle qual parole con gran risa il Cardinale disse: - Costui non poteva fare altro modo che questo, a volerci fare cognoscere che gli era nato di sanesi -. Di poi voltosi a me, mi disse: - Per onestà nostra e tua, abbi pazienzia quattro o cinque giorni, che tu non pratichi in Banchi; da questi in là va' poi dove tu vuoi, e i pazzi muoiano a lor posta -. Io me ne andai a casa mia, mettendomi a finire la medaglia, che di già avevo cominciata, della testa di papa Clemente, la quale io facevo con un rovescio figurato una Pace. Questa si era una femminetta vestita con panni sottilissimi, soccinta, con una faccellina in mano, che ardeva un monte di arme legate insieme a guisa di un trofeo; e ivi era figurato una parete di un tempio, innel quale era figurato il Furore con molte catene legato, e all'intorno si era un motto di lettere, il quale diceva *"Clauduntur belli portae"*. In mentre ch'io finivo la ditta medaglia, quello che io avevo percosso era guarito, e 'l Papa non cessava di domandar di me: e perché io fuggivo di andare intorno al cardinale de' Medici, avvenga che tutte le volte che io gli capitavo inanzi, Sua Signoria mi dava da fare qualche opera d'importanza, per la qual cosa m'inpediva assai alla fine della mia medaglia, avvenne che misser Pier Carnesecchi, favoritissimo del Papa, prese la cura di tener conto di me: così in un destro modo mi disse quanto il Papa desiderava che io lo servissi. Al quale io dissi che in brevi giorni io mostrerrei a Sua Santità, che mai io non m'ero scostato dal servizio di quella.

LXXI. Pochi giorni appresso, avendo finito la mia medaglia, la stampai in oro e in argento e in ottone. Mostratala a messer Piero, subito m'introdusse dal Papa. Era un giorno doppo desinare del mese di aprile, ed era un bel tempo: il Papa era in Belvedere. Giunto alla presenza di Sua Santità, li porsi in mano le medaglie insieme con li conii di acciaio. Presele, subito cognosciuto la gran forza di arte che era in esse, guardato misser Piero in viso, disse: - Gli antichi non furno mai sí ben serviti di medaglie -. In mentre che lui e gli altri le consideravano, ora i conii ora le medaglie, io modestissimamente cominciai a parlare e dissi: - Se la potenzia delle mie perverse istelle non avessino aùto una maggior potenzia, che alloro avessi impedito quello che violentemente in atto le mi dimostrorno, Vostra Santità senza sua causa e mia perdeva un suo fidele e amorevole servitore. Però, beatissimo Padre, non è error nessuno in questi atti, dove si fa del resto, usar quel modo che dicono certi poveri semplici uomini, usando dire, che si dee segnar sette e tagliar uno. Da poi che una malvagia bugiarda lingua d'un mio pessimo avversario, che aveva cosí facilmente fatto adirare Vostra Santità, che ella venne in tanto furore, commettendo al Governatore che subito preso m'impiccassi; veduto da poi un tale inconveniente, faccendo un cosí gran torto a sé medesima a privarsi di un suo servitore, qual Vostra Santità istessa dice che egli è, penso certissimo che, quanto a Dio e quanto al mondo, da poi Vostra Santità n'arebbe aùto un non piccolo rimordimento. Però i buoni e virtuosi padri, similmente i padroni tali, sopra i loro figliuoli e servitori non debbono cosí precipitatamente lasciar loro cadere il braccio addosso; avvenga che lo increscerne lor da poi non serva a nulla. Da poi che Idio ha impedito questo maligno corso di stelle, e salvatomi a Vostra Santità, un'altra volta priego quella, che non sia cosí facile a l'adirarsi meco -. Il Papa, fermato di guardare le medaglie, con grande attenzione mi stava a udire; e perché alla presenzia era molti Signori di grandissima importanza, il Papa, arrossito alquanto, fece segno di vergognarsi, e non sapendo altro modo a uscir di quel viluppo, disse che non si ricordava di aver mai dato una tal commessione. Allora avvedutomi di questo, entrai in altri ragionamenti, tanto che io divertissi quella vergogna che lui aveva dimostrato. Ancora Sua Santità entrato in e' ragionamenti delle medaglie, mi dimandava che modo io avevo tenuto a stamparle cosí mirabilmente, essendo cosí grande; il che lui non aveva mai veduto degli antichi, medaglie di tanta grandezza. Sopra quello si ragionò un pezzo, e lui, che aveva paura che io non gli facessi un'altra orazioncina peggio di quella, mi disse che le medaglie erano bellissime e che gli erano molto grate, e che arebbe voluto fare un altro rovescio a sua fantasia, se tal medaglie si poteva istampare con dua rovesci. Io dissi che sí. Allora Sua Santità mi commesse che io facessi la storia di Moisè quando e' percuote la pietra, ch'e' n'esce l'acqua, con un motto sopra, il qual dicessi *"Ut bibat populus"*. E poi aggiunse: - Va, Benvenuto, che tu non l'arai finita sí tosto che io arò pensato a casi tua -. Partito che io fui, il Papa si vantò alla presenza di tutti di darmi tanto, che io arei potuto riccamente vivere, senza mai piú affaticarmi con altri. Attesi sollecitamente a finire il rovescio del Moisè.

LXXII. In questo mezzo il Papa si ammalò; e, giudicando i medici che 'l male fussi pericoloso, quel mio avversario, avendo paura di me, commise a certi soldati napoletani che facessino a me quello che lui aveva paura che io non facessi allui. Però ebbi molte fatiche a difendere la mia povera vita. Seguitando fini' il rovescio afatto: portatolo su al Papa, lo trovai nel letto malissimo condizionato. Con tutto questo egli mi fece gran carezze, e volse veder le medaglie e e' conii; e faccendosi dare occhiali e lumi, in modo alcuno non iscorgeva nulla. Si messe a brancolarle alquanto con le dita; di poi fatto cosí un poco, gittò un gran sospiro e disse a certi che gl'incresceva di me, ma che se Idio gli rendeva la sanità, acconcerebbe ogni cosa. Da poi tre giorni il Papa morí, e io, trovatomi aver perso le mie fatiche, mi feci di buono animo, e dissi a me stesso che mediante quelle medaglie io m'ero fatto tanto cognoscere, che da ogni papa, che venissi, io sarei adoperato forse con miglior fortuna. Cosí da me medesimo mi missi animo, cancellando in tutto e per tutto le grande ingiurie che mi aveva fatte Pompeo; e missomi l'arme indosso e accanto, me ne andai a San Piero, baciai li piedi al morto Papa non sanza lacrime; di poi mi ritornai in Banchi a considerare la gran confusione che avviene in cotai occasione. E in mentre che io mi sedeva in Banchi con molti mia amici, venne a passare Pompeo in mezzo a dieci uomini benissimo armati; e quando egli fu a punto a rincontro dove io era, si fermò alquanto in atto di voler quistione con esso meco. Quelli ch'erano meco, giovani bravi e volontoriosi, accennatomi che io dovessi metter mano, alla qual cosa subito considerai, che se io mettevo mano alla spada, ne sarebbe seguito qualche grandissimo danno in quelli che non vi avevano una colpa al mondo; però giudicai che e' fussi il meglio, che io solo mettessi a ripintaglio la vita mia. Soprastato che Pompeo fu del dir dua Avemarie, con ischerno rise inverso di me; e partitosi, quelli sua anche risono scotendo il capo; e con simili atti facevano molte braverie: quelli mia compagni volson metter mano alla quistione; ai quali io adiratamente dissi, che le mie brighe io ero uomo da per me a saperle finire, che io non avevo bisogno di maggior bravi di me; sí che ognun badassi al fatto suo. Isdegnati quelli mia amici si partirno da me brontolando. In fra questi era il piú caro mio amico, il quale aveva nome Albertaccio del Bene, fratel carnale di Alessandro e di Albizzo, il quale è oggi in Lione grandissimo ricco. Era questo Albertaccio il piú mirabil giovane che io cognoscessi mai, e il piú animoso, e a me voleva bene quanto a sé medesimo; e perché lui sapeva bene che quello atto di pazienzia non era stato per pusillità d'animo, ma per aldacissima bravuria, che benissimo mi conosceva, e replicato alle parole, mi pregò che io gli facessi tanta grazia di chiamarlo meco a tutto quel che io avessi animo di fare. Al quale io dissi: - Albertaccio mio, sopra tutti gli altri carissimo; ben verrà tempo che voi mi potrete dare aiuto; ma in questo caso, se voi mi volete bene, non guardate a me, e badate al fatto vostro, e levatevi via presto sí come hanno fatto gli altri, perché questo non è tempo da perdere -. Queste parole furno dette presto.

LXXIII. Intanto li nimici mia, di Banchi a lento passo s'erano avviati inverso la Chiavica, luogo detto cosí, e arrivati in su una crociata di strade le quali vanno in diversi luoghi; ma quella dove era la casa del mio nimico Pompeo, era quella strada che diritta porta a Campo di Fiore; e per alcune occasione de il detto Pompeo, era entrato in quello ispeziale che stava in sul canto della Chiavica, e soprastato con ditto speziale alquanto per alcune sue faccende; benché a me fu ditto che lui si era millantato di quella bravata che allui pareva aver fattami: ma in tutti i modi la fu pur sua cattiva fortuna; perché arrivato che io fui a quel canto, apunto lui usciva dallo speziale, e quei sua bravi si erano aperti, e l'avevano di già ricevuto in mezzo. Messi mano a un picol pungente pugnaletto, e sforzato la fila de' sua bravi, li messi le mane al petto con tanta prestezza e sicurtà d'animo, che nessuno delli detti rimediar non possettono. Tiratogli per dare al viso, lo spavento che lui ebbe li fece volger la faccia, dove io lo punsi apunto sotto l'orecchio; e quivi raffermai dua colpi soli, che al sicondo mi cadde morto di mano, qual non fu mai mia intenzione; ma, sí come si dice, li colpi non si danno a patti. Ripreso il pugnale con la mano istanca, e con la ritta tirato fuora la spada per la difesa della vita mia, dove tutti quei bravi corsono al morto corpo, e contro a me non feceno atto nessuno, cosí soletto mi ritirai per strada Iulia, pensando dove io mi potessi salvare. Quando io fui trecento passi, mi raggiunse il Piloto, orefice, mio grandissimo amico, il quale mi disse: - Fratello, da poi che 'l male è fatto, veggiamo di salvarti -. Al quale io dissi: - Andiamo in casa di Albertaccio del

Bene, che poco inanzi gli avevo detto che presto verrebbe il tempo che io arei bisogno di lui -. Giunti che noi fummo a casa Albertaccio, le carezze furno inistimabile, e presto comparse la nobiltà delli giovani di Banchi d'ogni nazione, da' Milanesi in fuora; e tutti mi si offersono di mettete la vita loro per salvazione della vita mia. Ancora misser Luigi Rucellai mi mandò a offerire maravigliosamente, che io mi servissi delle cose sua, e molti altri di quelli omaccioni simili a lui; perché tutti d'accordo mi benedissono le mani, parendo loro che colui mi avessi troppo assassinato, e maravigliandosi molto che io avessi tanto soportato.

LXXIV. In questo istante il cardinal Cornaro, saputo la cosa, da per sé mandò trenta soldati, con tanti partigianoni, picche e archibusi, li quali mi menassino in camera sua per ogni buon rispetto; e io accettai l'offerta, e con quelli me ne andai, e piú di altretanti di quelli ditti giovani mi feciono compagnia. In questo mezzo saputolo quel misser Traiano suo parente, primo cameriere del Papa, mandò al cardinal de' Medici un gran gentiluomo milanese, il qual dicessi al Cardinale il gran male che io avevo fatto, e che Sua Signoria reverendissima era ubbrigata a gastigarmi. Il Cardinale rispose subito, e disse: - Gran male arebbe fatto a non fare questo minor male: ringraziate messer Traiano da mia parte, che m'ha fatto avvertito di quel che io non sapeva - e subito voltosi, in presenza del ditto gentiluomo, al vescovo di Frullí suo gentiluomo e familiare, li disse: - Cercate con diligenzia il mio Benvenuto, e menatemelo qui, perché io lo voglio aiutare e difendere; e chi farà contra di lui, farà contra di me -. Il gentiluomo molto arrossito si partí, e il vescovo di Frullí mi venne a trovare in casa il cardinal Cornaro; e trovato il Cardinale, disse come il cardinale de' Medici mandava per Benvenuto, e che voleva esser lui quello che lo guardassi. Questo cardinal Cornaro, ch'era bizzarro come un orsacchino, molto adirato rispose al vescovo, dicendogli che lui era cosí atto a guardarmi come il cardinal de' Medici. A questo il vescovo disse, che di grazia facessi che lui mi potessi parlare una parola fuor di quello affare, per altri negozi del cardinale. Il Cornaro li disse che per quel giorno facessi conto di avermi parlato. Il cardinal de' Medici era molto isdegnato; ma pure io andai la notte seguente senza saputa del Cornaro, benissimo accompagnato, a visitarlo; dipoi lo pregai che mi facessi tanto di grazia di lasciarmi in casa del ditto Cornaro, e li dissi la gran cortesia che Cornaro m'aveva usato; dove che, se Sua Signoria reverendissima mi lasciava stare col ditto Cornaro, io verrei ad avere un amico piú nelle mie necessitate; o pure che disponessi di me tutto quello che piacessi a Sua Signoria. Il quale mi rispose, che io facessi quanto mi pareva. Tornatomene a casa il Cornaro, ivi a pochi giorni fu fatto papa il cardinal Farnese: e subito dato ordine alle cose di piú importanza, apresso il Papa domandò di me, dicendo che non voleva che altri facessi le sue monete, che io. A queste parole rispose a Sua Santità un certo gentiluomo suo domestichissimo, il quale si chiamava messer Latino Iuvinale; disse che io stavo fuggiasco per uno omicidio fatto in persona di un Pompeo milanese, e aggiunse tutte le mie ragione molto favoritamente. Alle qual parole il Papa disse: - Io non sapevo della morte di Pompeo, ma sí bene sapevo le ragione di Benvenuto, sí che facciasigli subito un salvo condotto, con il quale lui stia sicurissimo -. Era alla presenza un grande amico di quel Pompeo e molto domestico del Papa, il quale si chiamava misser Ambruogio, ed era milanese, e disse al Papa: - In e' primi dí del vostro papato non saria bene far grazie di questa sorte -. Al quale il Papa voltosigli, gli disse: - Voi non la sapete bene sí come me. Sappiate che gli uomini come Benvenuto, unici nella lor professione, non hanno da essere ubrigati alla legge: or maggiormente lui, che so quanta ragione e' gli ha -. E fattomi fare il salvo condotto, subito lo cominciai a servire con grandissimo favore.

LXXV. Mi venne a trovare quel Latino Iuvinale detto, e mi commesse che io facessi le monete del Papa. Per la qual cosa si destò tutti quei mia nimici: cominciorno a impedirmi, che io non le facessi. Alla qual cosa il Papa, avvedutosi di tal cosa, gli sgridò tutti, e volse che io le facessi. Cominciai a fare le stampe degli scudi, innelle quali io feci un mezzo San Pagolo, con un motto di lettere che diceva *"Vas electionis"*. Questa moneta piacque molto piú che quelle di quelli che avevan fatto a mia concorrenza; di modo che il Papa disse che altri non gli parlassi piú di monete, perché voleva che io fossi quello che le facessi e no altri. Cosí francamente attendevo a lavorare; e quel messer Latino Iuvinale m'introduceva al Papa, perché il Papa gli aveva dato questa cura. Io desideravo di riavere il moto proprio dell'uffizio dello stampatore della zecca. A questo il Papa si lasciò consigliare, dicendo che prima bisognava che avessi la grazia dell'omicidio, la quale io riarei per le Sante Marie di Agosto per ordine de' caporioni di Roma, che cosí si usa ogni anno per questa solenne festa donare a questi caporioni dodici sbanditi; intanto mi si farebbe un altro salvo condotto, per il quale io potessi star sicuro per insino al ditto tempo. Veduto questi mia nimici che non potevano ottenere per via nessuna impedirmi la zecca, presono un altro espediente. Avendo il Pompeo morto lasciato tremila ducati di dota a una sua figliuolina bastarda, feciono che un certo favorito del signor Pier Luigi, flgliuol del Papa, la chiedessi per moglie per mezzo del detto Signore: cosí fu fatto. Questo ditto favorito era un villanetto allevato dal ditto Signore, e per quel che si disse allui toccò pochi di cotesti dinari, perché il ditto Signore vi messe su le mane, e se ne volse servire. Ma perché piú volte questo marito di questa fanciulletta, per compiacere alla sua moglie, aveva pregato il Signore ditto che mi facessi pigliare, il quale Signore aveva promisso di farlo come ei vedessi abbassato un poco il favore che io avevo col Papa; stando cosí in circa a dua mesi, perché quel suo servitore cercava di avere la sua dota, el Signore non gli rispondendo a proposito, ma faceva intendere alla moglie che farebbe le vendette del padre a ogni modo. Con tutto che io ne sapevo qualche cosa, e apprentatomi piú volte al ditto Signore, il quale mostrava di farmi grandissimi favori; dalla altra banda aveva ordinato una delle due vie, o di farmi ammazzare o di farmi pigliare dal bargello. Commesse a un certo diavoletto di un suo soldato còrso, che la facessi piú netta che poteva: e quelli altri mia nimici, massimo messer Traiano, aveva promesso di fare un presente di cento scudi a questo corsetto; il quale disse che la farebbe cosí facile come bere uno vuovo fresco. Io, che tal cosa intesi, andavo con gli occhi aperti e con buona compagnia e benissimo armato con giaco e con maniche, che tanto avevo aùto licenzia. Questo ditto corsetto per avarizia pensando guadagnare quelli dinari tutti a man salva, credette tale inpresa poterla fare da per se solo; in modo che un giorno, doppo desinare, mi feciono chiamare da parte del signor Pier Luigi; onde io subito andai, perché il Signore mi aveva ragionato di voler fare parecchi vasi grandi di argento. Partitomi di casa in fretta, pure con le mie solite armadure, me ne andavo presto per istrada Iulia, pensando di non trovar persona in su quell'ora. Quando io fui su alto di strada Iulia per voltare al palazzo del Farnese, essendo il mio uso di voltar largo ai canti, viddi quel corsetto già ditto, levarsi da sedere e arrivare al mezzo della strada: di modo che io non mi sconciai di nulla, ma stavo in ordine per difendermi; e allentato il passo alquanto, mi accostai al muro per dare larga istrada al ditto corsetto. Anche lui accostatosi al muro, e di già appressatici bene, cognosciuto ispresso per le sue dimostrazione che lui aveva voluntà di farmi dispiacere, e vedutomi solo a quel modo, pensò che la gli riuscissi; in modo che io cominciai a parlare e dissi: - Valoroso soldato, se e' fossi di notte, voi potresti dire di avermi preso in iscambio; ma perché gli è di giorno, benissimo cognoscete chi io sono, il quale non ebbi mai che fare con voi, e mai non vi feci dispiacere; ma io sarei bene atto a farvi piacere -. A queste parole lui in atto bravo, non mi si levando dinanzi, mi disse che non sapeva quello che io mi dicevo. Allora io dissi: - Io so benissimo quello che voi volete, e quel che voi dite; ma quella impresa che voi avete presa a fare è piú difficile e pericolosa, che voi non pensate, e tal volta potrebbe andare a rovescio; e ricordatevi che voi avete a fare con uno uomo il quale si difenderebbe da cento. E non è impresa onorata da valorosi uomini, qual voi siete, questa -. Intanto ancora io stavo in cagnesco, canbiato il colore l'uno e l'altro. Intanto era comparso populi, che di già avevano conosciuto che le nostre parole erano di ferro; che non gli essendo bastato la vista a manomettermi, disse: - Altra volta ci rivedremo -. Al quale io dissi: - Io sempre mi riveggo con gli uomini da bene, e con quelli che fanno ritratto tale -. Partitomi, andai a casa il Signore, il quale non aveva mandato per me. Tornatomi alla mia bottega, il detto corsetto per un suo grandissimo amico e mio mi fece intendere, che io non mi guardassi piú da lui, che mi voleva essere buono fratello; ma che io mi guardassi bene da altri, perché io portavo grandissimo pericolo; ché uomini di molta importanza mi avevano giurato la morte adosso. Mandatolo a ringraziare, mi guardavo il meglio che io potevo. Non molti giorni apresso mi fu detto da un mio grande amico, che 'l signor Pier Luigi aveva dato espressa commessione che io fussi preso la sera. Questo mi fu detto a venti ore; per la qual cosa io ne parlai con alcuni mia amici, e' quali mi confortorno che io subito me ne andassi. E perché la commessione era data per a una ora di notte, a ventitré ore io montai in su le poste, e me ne corsi a Firenze: perché da poi che quel corsetto non gli era bastato l'animo di far la impresa che lui promesse, il signor Pier Luigi di sua propria autorità aveva dato ordine che io fussi preso, solo per racchetare un poco quella figliuola di Pompeo, la quale voleva sapere in che luogo era la sua dota. Non la potendo contentare della vendetta in nissuno de' dua modi che lui aveva ordinato, ne pensò un altro, il quale lo diremo al suo luogo.

LXXVI. Io giunsi a Firenze, e feci motto al duca Lessandro, il quale mi fece maravigliose carezze, e mi ricercò che io mi dovessi restar seco. E perché in Firenze era un certo scultore chiamato il Tribolino, ed era mio compare, per avergli io battezzato un suo figliuolo, ragionando seco, mi disse che uno Iacopo del Sansovino, già primo suo maestro, lo aveva mandato a chiamare; e perché lui non aveva mai veduto Vinezia, e per il guadagno che ne aspettava, ci andava molto volentieri; e domandando me se io avevo mai veduto Vinezia, dissi che no; onde egli mi pregò che io dovessi andar seco a spasso; al quale io promessi: però risposi al duca Lessandro che volevo prima andare insino a Vinezia, di poi tornerei volentieri a servirlo; e cosí volse che io gli promettessi, e mi comandò che inanzi che io mi partissi io gli facessi motto. L'altro dí appresso, essendomi messo in ordine, andai per pigliare licenza dal Duca; il quale io trovai innel palazzo de' Pazzi, innel tempo che ivi era alloggiato la moglie e le figliuole del signor Lorenzo Cibo. Fatto intendere a Sua Eccellenzia come io volevo andare a Vinezia con la sua buona grazia, tornò con la risposta Cosimino de' Medici, oggi Duca di Firenze, il quale mi disse che io andassi a trovare Nicolò da Monte Aguto, e lui mi darebbe cinquanta scudi d'oro, i quali danari mi donava la Eccellenzia del Duca, che io me gli godessi per suo amore; di poi tornassi a servirlo. Ebbi li danari da Nicolò, e andai a casa per il Tribolo, il quale era in ordine; e mi disse se io avevo legato la spada. Io li dissi che chi era a cavallo per andare in viaggio non doveva legar le spade. Disse che in Firenze si usava cosí, perché v'era un certo ser Maurizio, che per ogni piccola cosa arebbe dato della corda a San Giovanbatista; però bisognava portar le spade legate per insino fuor della porta. Io me ne risi, e cosí ce ne andammo. Accompagnammoci con il procaccia di Vinezia, il quale si chiamava per sopra nome Lamentone: con esso andammo di compagnia, e passato Bologna una sera in fra l'altre arrivammo a Ferrara; e quivi alloggiati a l'osteria di Piazza, il detto Lamentone andò a trovare alcuno de' fuora usciti, a portar loro lettere e imbasciate da parte della loro moglie: che cosí era di consentimento del Duca, che solo il procaccio potessi parlar loro, e altri no, sotto pena della medesima contumazia in che loro erano. In questo mezzo, per essere poco piú di ventidua ore, noi ce ne andammo, il Tribolo e io, a veder tornare il duca di Ferrara, il quale era ito a Belfiore a veder giostrare. Innel suo ritorno noi scontrammo molti fuora usciti, e' quali ci guardavano fiso, quasi isforzandoci di parlar con esso loro. Il Tribolo, che era il piú pauroso uomo che io cognoscessi mai, non cessava di dirmi: - Non gli guardare e non parlare con loro, se tu vuoi tornare a Firenze -. Cosí stemmo a veder tornare il Duca; di poi tornaticene a l'osteria, ivi trovammo Lamentone. E fattosi vicina a un'ora di notte, ivi comparse Nicolò Benintendi e Piero suo fratello, e un altro vecchione, qual credo che fussi Iacopo Nardi, insieme con parecchi altri giovani; e' quali subito giunti dimandavano il procaccia, ciascuno delle sue brigate di Firenze: il Tribolo e io stavamo là discosto, per non parlar con loro. Di poi che gl'ebbono ragionato un pezzo con Lamentone, quel Nicolò Benintendi disse: - Io gli cognosco quei dua benissimo; perché fann'eglino tante merde di non ci voler parlare? - Il Tribolo pur mi diceva che io stessi cheto. Lamentone disse loro, che quella licenzia che era data allui, non era data a noi. Il Benintendi aggiunse e disse che l'era una asinità, mandandoci cancheri e mille belle cose. Allora io alzai la testa con piú modestia che io potevo e sapevo, e dissi: - Cari gentiluomini, voi ci potete nuocere assai, e noi a voi non possiamo giovar nulla; e con tutto che voi ci abiate detto qualche parola la quale non ci si conviene, né anche per questo non vogliamo essere adirati con esso voi -. Quel vecchione de' Nardi disse che io avevo parlato da un giovane da bene, come io ero. Nicolò Benintendi allora disse: - Io ho in culo loro e il Duca -. Io replicai, che con noi egli aveva torto, che non avevàno che far nulla de' casi sua. Quel vecchio de' Nardi la prese per noi, dicendo al Benintendi che gli aveva il torto; onde lui pur continuava di dire parole ingiuriose. Per la qualcosa io li dissi che io li direi e farei delle cose che gli dispiacerebbono; sí che attendessi al fatto suo, e lasciassici stare. Rispose che aveva in culo il Duca e noi di nuovo, e che noi e lui eramo un monte di asini. Alle qual parole mentitolo per la gola, tirai fuora la spada; e 'l vecchio, che volse essere il primo alla scala, pochi scaglioni in giú cadde, e loro tutti l'un sopra l'altro addòssogli. Per la qual cosa, io saltato inanzi, menavo la spada per le mura con grandissimo furore, dicendo: - Io vi ammazzerò tutti - e benissimo avevo riguardo a non far lor male, che troppo ne arei potuto fare. A questo romore l'oste gridava; Lamenton diceva - Non fate - alcuni di loro dicevano - Oimè il capo! - altri - Lasciami uscir di qui -. Questa era una bussa inistimabile: parevano un branco di porci: l'oste venne col lume; io mi ritirai sú e rimessi la spada. Lamentone diceva a Nicolò Benintendi, che gli aveva mal fatto; l'oste disse a Nicolò Benintendi: - E' ne va la vita a metter mano per l'arme qui, e se il Duca sapessi queste vostre insolenzie, vi farebbe appiccare per la gola; sí che io non vi voglio fare quello che voi meriteresti; ma non mi ci capitate mai piú in questa osteria, che guai a voi -. L'oste venne sú da me, e volendomi io scusare, non mi lasciò dire nulla, dicendomi che sapeva che io avevo mille ragioni, e che io mi guardassi bene innel viaggio da loro.

LXXVII. Cenato che noi avemmo, comparse sú un barcheruolo per levarci per Vinezia; io dimandai se lui mi voleva dare la barca libera: cosí fu contento, e di tanto facemmo patto. La mattina a buonotta noi pigliammo i cavagli per andare al porto, quale è non so che poche miglia lontano da Ferrara; e giunto che noi fummo al porto, vi trovammo il fratello di Nicolò Benintendi con tre altri compagni, i quali aspettavano che io giugnessi: in fra loro era dua pezzi di arme in asta, e io avevo compro un bel giannettone in Ferrara. Essendo anche benissimo armato, io non mi sbigotti' punto, come fece il Tribolo che disse: - Idio ci aiuti: costor son qui per ammazzarci -. Lamentone si volse a me e disse: - Il meglio che tu possa fare si è tornartene a Ferrara, perché io veggo la cosa pericolosa. Di grazia, Benvenuto mio, passa la furia di queste bestie arrabiate -. Allora io dissi: - Andiàno inanzi, perché chi ha ragione Idio l'aiuta; e voi vedrete come mi aiuterò da me. Quella barca non è ella caparrata per noi? - Sí, - disse Lamentone. - E noi in quella staremo sanza loro, per quanto potrà la virtú mia -. Spinsi inanzi il cavallo, e quando fu presso a cinquanta passi, scavalcai e arditamente col mio giannettone andavo innanzi. Il Tribolo s'era fermato indietro ed era rannicchiato in sul cavallo, che pareva il freddo stesso; e Lamentone procaccio gonfiava e soffiava che pareva un vento; che cosí era il suo modo di fare; ma piú lo faceva allora che il solito, stando acconsiderare che fine avessi avere quella diavoleria. Giunto alla barca, il barcheruolo mi si fece innanzi e mi disse, che quelli parecchi gentiluomini fiorentini volevano entrare di

compagnia nella barca, se io me ne contentavo. Al quale io dissi: - La barca
è caparrata per noi, e non per altri, e m'incresce insino al cuore di non
poter essere con loro -. A queste parole un bravo giovane de' Magalotti
disse: - Benvenuto, noi faremo che tu potrai -. Allora io dissi: - Se Idio e
la ragione che io ho insieme con le forze mie, vorranno o potranno, voi
non mi farete poter quel che voi dite -. E con le parole insieme saltai nella
barca. Volto lor la punta dell'arme, dissi: - Con questa vi mostrerrò che io
non posso -. Voluto fare un poco di dimostrazione, messo mano all'arme
e fattosi innanzi quel de' Magalotti, io saltai in su l'orlo della barca, e tira'gli un cosí gran colpo, che se non cadeva rovescio in terra, io lo passavo
a banda a banda. Gli altri compagni, scambio di aiutarlo, si ritirorno indietro: e veduto che io l'arei potuto ammazzare, in cambio di dargli, io li
dissi: - Levati su, fratello, e piglia le tue arme e vattene; bene hai tu veduto
che io non posso quel che io non voglio, e quel che io potevo fare non ho
voluto -. Di poi chiamai drento il Tribolo e il barcheruolo e Lamentone;
cosí ce ne andammo alla volta di Vinezia. Quando noi fummo dieci miglia
per il Po, quelli giovani erano montati in su una fusoliera e ci raggiunsono;
e quando a noi furno al dirimpetto, quello isciocco di Pier Benintendi mi
disse: - Vien pur via, Benvenuto, ché ci rivedremo in Vinezia. - Avviatevi
che io vengo - dissi - e per tutto mi lascio rivedere -. Cosí arrivammo a
Vinezia. Io presi parere da un fratello del cardinal Cornaro, dicendo che
mi facessi favore che io potessi aver l'arme, qual mi disse che liberamente
io la portassi, che il peggio che me ne andava si era perder la spada.

LXXVIII. Cosí portando l'arme, andammo a visitare Iacopo del Sansovino scultore, il quale aveva mandato per il Tribolo; e a me fece gran carezze, e vuolseci dar desinare, e seco restammo. Parlando col Tribolo, gli
disse che non se ne voleva servire per allora, e che tornassi un'altra volta.
A queste parole io mi cacciai a ridere, e piacevolmente dissi al Sansovino:
- Gli è troppo discosto la casa vostra dalla sua, avendo a tornare un'altra
volta -. Il povero Tribolo sbigottito disse: - Io ho qui la lettera, che voi mi
avete scritta, che io venga -. A questo disse il Sansovino, che i sua pari,
uomini da bene e virtuosi, potevan fare quello e maggior cosa. Il Tribolo
si ristrinse nelle spalle e disse - Pazienzia - parecchi volte. A questo, non
guardando al desinare abundante che mi aveva dato il Sansovino, presi la
parte del mio compagno Tribolo, che aveva ragione. E perché a quella

mensa il Sansovino non aveva mai restato di cicalare delle sue gran pruove, dicendo mal di Michelagnolo e di tutti quelli che facevano tal arte, solo lodando se istesso a maraviglia; questa cosa mi era venuta tanto a noia, che io non avevo mangiato boccon che mi fussi piaciuto, e solo dissi queste dua parole: - O messer Iacopo, li uomini da bene fanno le cose da uomini da bene, e quelli virtuosi, che fanno le belle opere e buone, si cognoscono molto meglio quando sono lodati da altri, che a lodarsi cosí sicuramente da per loro medesimi -. A queste parole e lui e noi ci levammo da tavola bofonchiando. Quel giorno medesimo, trovandomi per Venezia presso al Rialto, mi scontrai in Piero Benintendi, il quale era con parecchi; e avedutomi che loro cercavano di farmi dispiacere, mi ritirai inn'una bottega d'uno speziale, tanto che io lasciai passare quella furia. Dipoi io intesi che quel giovane de' Magalotti, a chi io avevo usato cortesia, molto gli aveva sgridati; e cosí si passò.

LXXIX. Da poi pochi giorni appresso ce ne ritornammo alla volta di Firenze; ed essendo alloggiati a un certo luogo, il quale è di qua da Chioggia in su la man manca venendo inverso Ferrara, l'oste volse essere pagato a suo modo innanzi che noi andassimo a dormire; e dicendogli che innegli altri luoghi si usava di pagare la mattina, ci disse: - Io voglio esser pagato la sera, e a mio modo -. Dissi, a quelle parole, che gli uomini che volevan fare a lor modo, bisognava che si facessino un mondo a lor modo, perché in questo non si usava cosí. L'oste rispose che io non gli affastidissi il cervello, perché voleva fare a quel modo. Il Tribolo tremava di paura, e mi punzecchiava che io stessi cheto, acciò che loro non ci facessino peggio: cosí lo pagammo a lor modo; poi ce ne andammo a dormire. Avemmo di buono bellissimi letti, nuovi ogni cosa e veramente puliti: con tutto questo io non dormi' mai, pensando tutta quella notte in che modo io avevo da fare a vendicarmi. Una volta mi veniva in pensiero di ficcargli fuogo in casa; un'altra di scannargli quattro cavagli buoni, che gli aveva nella stalla; tutto vedevo che m'era facile il farlo, ma non vedevo già l'esser facile il salvare me e il mio compagno. Presi per ultimo spediente di mettere le robe e' compagni innella barca, e cosí feci: e attaccato i cavalli all'alzana, che tiravano la barca, dissi che non movessino la barca in sino che io ritornassi, perché avevo lasciato un paro di mia pianelle nel luogo dove io avevo dormito. Cosí tornato ne l'osteria domandai l'oste; il qual mi rispose che non aveva che far di noi, e che noi andassimo al bordello. Quivi era un suo fanciullaccio ragazzo di stalla, tutto sonnachioso, il quale mi disse: - L'oste non si moverebbe per il Papa, perché e' dorme seco una certa poltroncella che lui ha bramato assai - e chiesemi la bene andata; onde io li detti parecchi di quelle piccole monete veniziane, e li dissi che trattenessi un poco quello che tirava l'alzana, insinché io cercassi delle mie pianelle e ivi tornassi. Andatomene su, presi un coltelletto che radeva, e quattro letti che v'era, tutti gli tritai con quel coltello; in modo che io cognobbi aver fatto un danno di piú di cinquanta scudi. E tornato alla barca con certi pezzuoli di quelle sarge nella mia saccoccia, con fretta dissi al guidatore dell'alzana che prestamente parassi via. Scostatici un poco dalla osteria, el mio compar Tribolo disse che aveva lasciato certe coreggine che legavano la sua valigetta, e che voleva tornare per esse a ogni modo. Alla qual cosa io dissi che non la guardassi in dua coreggie piccine, perché io gnene farei delle grande quante egli vorrebbe. Lui mi disse io ero sempre in su la burla, ma che voleva tornare per le sue coreggie a ogni modo; e faccendo forza all'alzana che e' fermassi, e io dicevo che parassi innanzi, in mentre gli dissi il gran danno che io avevo fatto a l'oste: e mostratogli il saggio di certi pezzuoli di sarge e altro, gli entrò un triemito addosso sí grande, che egli non cessava di dire all'alzana: - Para via, para via presto - e mai si tenne sicuro di questo pericolo, per insino che noi fummo ritornati alle porte di Firenze. Alle quali giunti, il Tribolo disse: - Leghiamo le spade per l'amor de Dio, e non me ne fate piú; ché sempre m'è parso avere le budella 'n un catino -. Al quale io dissi: - Compar mio Tribolo, a voi non accade legare la spada, perché voi non l'avete mai isciolta, - e questo io lo dissi accaso, per non gli avere mai veduto fare segno di uomo in quel viaggio. Alla quale cosa lui guardatosi la spada, disse: - Per Dio che voi dite il vero, che la sta legata in quel modo che io l'acconciai innanzi che io uscissi di casa mia -. A questo mio compare gli pareva che io gli avessi fatto una mala compagnia, per essermi risentito e difeso contra quelli che ci avevano voluto fare dispiacere; e a me pareva che lui l'avessi fatta molto piú cattiva a me, a non si mettere a 'iutarmi in cotai bisogni. Questo lo giudichi chi è da canto sanza passione.

LXXX. Scavalcato che io fui, subito andai a trovare il duca Lessandro e molto lo ringraziai del presente de' cinquanta scudi, dicendo a Sua Eccellenzia che io ero paratissimo a tutto quello che io fussi buono a servire Sua Eccellenzia. Il quale subito m'impose che io facessi le stampe delle sue monete: e la prima che io feci si fu una moneta di quaranta soldi, con la testa di Sua Eccellenzia da una banda e dall'altra un San Cosimo e un San Damiano. Queste furono monete d'argento, e piacquono tanto, che il Duca ardiva di dire che quelle erano le piú belle monete di Cristianità. Cosí diceva tutto Firenze, e ognuno che le vedeva. Per la qual cosa chiesi a Sua Eccellenzia che mi fermassi una provvisione, e che mi facessi consegnare le stanze della zecca; il quale mi disse che io attendessi a servirlo, e che lui mi darebbe molto piú di quello che io gli domandavo; e intanto mi disse che aveva dato commessione al maestro della zecca, il quale era un certo Carlo Acciaiuoli, e allui andassi per tutti li dinari che io volevo: e cosí trovai esser vero: ma io levavo tanto assegnatamente li danari, che sempre restavo a' vere qualche cosa, sicondo il mio conto. Di nuovo feci le stampe per il giulio, quale era un San Giovanni in profilo assedere con un libro in mano, che a me non parve mai aver fatto opera cosí bella; e dall'altra banda era l'arme del ditto duca Lessandro. A presso a questa io feci la stampa per i mezzi giuli, innella quale io vi feci una testa in faccia di un San Giovannino. Questa fu la prima moneta con la testa in faccia in tanta sottigliezza di argento, che mai si facessi; e questa tale dificultà non apparisce, se none agli occhi di quelli che sono eccellenti in cotal professione. Appresso a questa io feci le stampe per li scudi d'oro; innella quale era una croce da una banda con certi piccoli cherubini, e dall'altra banda si era l'arme di Sua Eccellenzia. Fatto che io ebbi queste quattro sorte di monete, io pregai Sua Eccellenzia che terminassi la mia provisione, e mi consegnassi le soproditte stanze, se a quella piaceva il mio servizio: alle qual parole Sua Eccellenzia mi disse benignamente che era molto contenta, e che darebbe cotai ordini. Mentre che io gli parlavo, Sua Eccellenzia era innella sua guardaroba e considerava un mirabile scoppietto, che gli era stato mandato della Alamagna: il quale bello strumento, vedutomi che io con grande attenzione lo guardavo, me lo porse in mano, dicendomi che sapeva benissimo quanto io di tal cosa mi dilettavo, e che per arra di quello che lui mi aveva promesso, io mi pigliassi della sua guardaroba uno archibuso a mio modo, da quello in fuora, che ben sapeva che ivi n'era molti de' piú belli e cosí buoni. Alle qual parole io accettai e ringraziai; e vedutomi dare alla cerca con gli occhi, commise al suo guardaroba, che era un certo Pretino da Lucca, che mi lasciassi pigliare tutto quello che io volevo. E partitosi con piacevolissime parole, io mi restai, e scelsi il piú bello e il migliore archibuso che io vedessi mai, e che io avessi mai, e questo me lo portai a casa. Dua giorni di poi io gli portai certi disegnetti che Sua Eccellenzia mi aveva domandato per fare alcune opere d'oro, le quali voleva mandare a donare alla sua moglie, che per ancora era in Napoli. Di nuovo io gli domandai la medesima mia faccenda, che e' me la spedissi. Allora Sua Eccellenzia mi disse, che voleva in prima che io gli facessi le stampe di un suo bel ritratto, come io aveva fatto a papa Clemente. Cominciai il ditto ritratto di cera; per la qual cosa Sua Eccellenzia commisse, che attutte l'ore che io andavo per ritrarlo, sempre fossi messo drento. Io che vedevo che questa mia faccenda andava in lungo, chiamai un certo Pietro Pagolo da Monte Ritondo, di quel di Roma, il quale era stato meco da piccol fanciulletto in Roma; e trovatolo che gli stava con un certo Bernardonaccio orafo, il quale non lo trattava molto bene, per la qual cosa io lo levai dallui, e benissimo gl'insegnai mettere quei ferri per le monete; e intanto io ritraevo il Duca: e molte volte lo trovavo a dormicchiare doppo desinare con quel suo Lorenzino che poi l'ammazzò, e non altri; e io molto mi maravigliavo che un Duca di quella sorte cosí si fidassi.

LXXXI. Accadde che Ottaviano de' Medici, il quale pareva che governassi ogni cosa, volendo favorire contra la voglia del Duca il maestro vecchio di zecca, che si chiamava Bastiano Cennini, uomo all'anticaccia e di poco sapere, aveva fatto mescolare nelle stampe degli scudi quei sua goffi ferri con i mia; per la qual cosa io me ne dolsi col Duca; il quale, veduto il vero, lo ebbe molto per male, e mi disse: - Va, dillo a Ottaviano de' Medici, e mostragnene -. Onde io subito andai; e mostratogli la ingiuria che era fatto alle mie belle monete, lui mi disse asinescamente: - Cosí ci piace di fare -. Al quale io risposi, che cosí non era il dovere, e non piaceva a me. Lui disse: - E se cosí piacessi al Duca? - Io gli risposi: - Non piacerebbe a me; ché non è giusto né ragionevole una tal cosa -. Disse che io me gli levassi dinanzi, e che a quel modo la mangerei, se io crepassi. Ritornatomene dal Duca, gli narrai tutto quello che noi avevamo dispiacevolmente discorso, Ottaviano de' Medici e io; per la qual cosa io pregavo Sua Eccellenzia che non lasciassi far torto alle belle monete che io gli avevo fatto, e a me dessi buona licenzia. Allora e' disse: - Ottaviano ne vuol troppo; e tu arai ciò che tu vorrai; perché cotesta è una ingiuria che si fa a me -. Questo giorno medesimo, che era un giovedí, mi venne di Roma uno amplio salvo condotto dal Papa, dicendomi che io andassi presto per la grazia delle Sante Marie di mezzo agosto, acciò che io potessi liberarmi di quel sospetto de l'omicidio fatto. Andatomene dal Duca, lo trovai nel letto, perché dicevano che egli aveva disordinato; e finito in poco piú di dua ore quello che mi bisognava alla sua medaglia di cera, mostrandognene finita, li piacque assai. Allora io mostrai a Sua Eccellenzia il salvo condotto aùto per ordine del Papa, e come il Papa mi richiedeva che io gli facessi certe opere; per questo andrei a riguadagnare quella bella città di Roma, e intanto lo servirei della sua medaglia. A questo il Duca disse mezzo in còllora: - Benvenuto, fa' a mio modo, non ti partire; perché io ti risolverò la provvisione, e ti darò le stanze in zecca con molto piú di quello che tu non mi sapresti domandare, perché tu mi domandi quello che è giusto e ragionevole: e chi vorréstú che mi mettessi le mia belle stampe che tu m'hai fatte? - Allora io dissi: - Signore, e' s'è pensato a ogni cosa, perché io ho qui un mio discepolo, il quale è un giovane romano, a chi io ho insegnato, che servirà benissimo la Eccellenzia Vostra per insino che io ritorno con la sua medaglia finita a starmi poi seco sempre. E perché io ho in Roma la mia bottega aperta con lavoranti e alcune faccende, aùto che io ho la grazia, lasserò tutta la divozione di Roma a un mio allevato che è là, e di poi con la buona grazia di Vostra Eccellenzia me ne tornerò a lei -. A queste cose era presente quello Lorenzino sopraddetto de' Medici e non altri: il Duca parecchi volte l'accennò che ancora lui mi dovessi confortare a fermarmi; per la qual cosa il ditto Lorenzino non disse mai altro, se none: - Benvenuto, tu faresti il tuo meglio a restare -. Al quale io dissi che io volevo riguadagnare Roma a ogni modo. Costui non disse altro, e stava continuamente guardando il Duca con un malissimo occhio. Io, avendo finito a mio modo la medaglia e avendola serrata nel suo cassettino, dissi al Duca: - Signore, state di buona voglia, che io vi farò molto piú bella medaglia che io non feci a papa Clemente: ché la ragion vuole che io faccia meglio, essendo quella la prima che io facessi mai; e messer Lorenzo qui mi darà qualche bellissimo rovescio, come persona dotta e di grandissimo ingegno -. A queste parole il ditto Lorenzo subito rispose dicendo: - Io non pensavo a altro, se none a darti un rovescio che fussi degno di Sua Eccellenzia -. El Duca sogghignò, e guardato Lorenzo, disse: - Lorenzo, voi gli darete il rovescio, e lui lo farà qui, e non si partirà -. Presto rispose Lorenzo, dicendo: - Io lo farò il piú presto ch'io posso, e spero far cosa da far maravigliare il mondo -. Il Duca, che lo teneva quando per pazzericcio e quando per poltrone, si voltolò nel letto e si rise delle parole che gli aveva detto. Io mi parti' sanza altre cirimonie di licenzia, e gli lasciai insieme soli. Il Duca, che non credette che io me ne andassi, non mi disse altro. Quando e' seppe poi che io m'ero partito, mi mandò drieto un suo servitore, il quale mi raggiunse a Siena, e mi dette cinquanta ducati d'oro da parte del Duca, dicendomi che io me gli godessi per suo amore, e tornassi piú presto che io potevo. - E da parte di messer Lorenzo ti dico, che lui ti mette in ordine un rovescio maraviglioso per quella medaglia che tu vuoi fare -. Io avevo lasciato tutto l'ordine a Pietropagolo romano sopraditto in che modo egli avev'a mettere le stampe; ma perché l'era cosa difficilissima, egli non le misse mai troppo bene. Restai creditore della zecca, di fatture di mie ferri, di piú di settanta scudi.

LXXXII. Me ne andai a Roma, e meco ne portai quel bellissimo archibuso a ruota che mi aveva donato il Duca, e con grandissimo mio piacere molte volte lo adoperai per via, faccendo con esso pruove inistimabile. Giunsi a Roma; e perché io tenevo una casetta in istrada Iulia, la quale non essendo in ordine, io andai a scavalcare a casa di messer Giovanni Gaddi cherico di Camera, al quale io avevo lasciato in guardia al mio partir di Roma molte mie belle arme e molte altre cose che io avevo molte care. Però io non volsi scavalcare alla bottega mia; e mandai per quel Filice mio compagno, e fècesi mettere in ordine subito quella mia casina benissimo. Dipoi l'altro giorno vi andai a dormir drento, per essermi molto bene messo in ordine di panni e di tutto quello che mi faceva mestiero, volendo la mattina seguente andare a visitare il Papa per ringraziarlo. Avevo dua servitori fanciulletti, e sotto alla casa mia ci era una lavandara, la quale pulitissimamente mi cucinava. Avendo la sera dato cena a parecchi mia amici, con grandissimo piacere passato quella cena, me ne andai a dormire; e non fu sí tosto apena passato la notte, che la mattina piú d'un'ora avanti il giorno io senti' con grandissimo furore battere la porta della casa mia, ché l'un colpo non aspettava l'altro. Per la qual cosa io chiamai quel mio servitor maggiore, che aveva nome Cencio: era quello che io menai nel cerchio di negromanzia: dissi che andassi a vedere chi era quel pazzo che a quell'ora cosí bestialmente picchiava. In mentre che Cencio andava, io acceso un altro lume, che continuamente uno sempre ne tengo la notte, subito mi missi adosso sopra la camicia una mirabil camicia di maglia, e sopra essa un poco di vestaccia a caso. Tornato Cencio, disse: - Oimè! padrone mio, egli è il bargello con tutta la corte, e dice, che se voi non fate presto, che getterà l'uscio in terra; e hanno torchi e mille cose con loro -. Al quale io dissi: - Di' loro che io mi metto un poco di vestaccia addosso, e cosí in camicia ne vengo -. Immaginatomi che e' fussi uno assassinamento, sí come già fattomi dal signor Pierluigi, con la mano destra presi una mirabil daga che io avevo, con la sinistra il salvo condotto; di poi corsi alla finestra di drieto, che rispondeva sopra certi orti, e quivi viddi piú di trenta birri: per la qual cosa io cognobbi da quella banda non poter fuggire. Messomi que' dua fanciulletti inanzi, dissi loro, che aprissino la porta quando io lo direi loro apunto. Messomi in ordine, la daga nella ritta e 'l salvo condotto nella manca, in atto veramente di difesa, dissi a que' dua fanciulletti: - Non abbiate paura, aprite -. Saltato subito Vittorio bargello con du' altri drento, pensando facilmente di poter mettermi le mani addosso, vedutomi in quel modo in ordine, si ritirorno indrieto e dissono: - Qui bisogna altro che baie -. Allora io dissi, gittato loro il salvo condotto: - Leggete quello e, non mi possendo pigliare, manco voglio che mi tocchiate -. Il bargello allora disse a parecchi di quelli, che mi pigliassimo, e che il salvo condotto si vedria da poi. A questo, ardito spinsi inanzi l'arme e dissi: - Idio sia per la ragione; o vivo fuggo, o morto preso -. La stanza si era istretta: lor fecion segno di venire a me con forza, e io grande atto di difesa; per la qual cosa il bargello cognobbe di non mi poter avere in altro modo che quel che io avevo detto. Chiamato il cancelliere, in mentre che faceva leggere il salvo condotto, fece segno dua o tre volte di farmi mettere le mani adosso; onde io non mi mossi mai da quella resoluzione fatta. Toltosi dalla impresa, mi gittorno il salvo condotto in terra, e senza me se ne andarono.

LXXXIII. Tornatomi a riposare, mi senti' forte travagliato, né mai possetti rappiccar sonno. Avevo fatto proposito che, come gli era giorno, di farmi trar sangue; però ne presi consiglio da misser Giovanni Gaddi, e lui da un suo mediconzolo, il quale mi domandò se io avevo aùto paura. Or cognoscete voi che giudizio di medico fu questo, avendogli conto un caso sí grande, e lui farmi una tal dimanda! Questo era un certo civettino, che rideva quasi continuamente e di nonnulla; e in quel modo ridendo, mi disse che io pigliassi un buon bicchier di vin greco, e che io attendessi a stare allegro e non aver paura. Messer Giovanni pur diceva: - Maestro, chi fussi di bronzo o di marmo a questi casi tali arebbe paura; or maggiormente uno uomo -. A questo quel mediconzolino disse: - Monsignore, noi non siamo tutti fatti a un modo: questo non è uomo né di bronzo né di marmo, ma è di ferro stietto - e messomi le mane al polso, con quelle sua sproposite risa, disse a messer Giovanni: - Or toccate qui; questo non è polso di uomo, ma è d'un leone o d'un dragone - onde io, che avevo il polso forte alterato, forse fuor di quella misura che quel medico babbuasso non aveva imparata né da Ipocrate né da Galeno, sentivo ben io il mio male, ma per non mi far piú paura né piú danno di quello che aùto io avevo, mi dimostravo di buono animo. In questo tanto il ditto messer Giovanni fece mettere in ordine da desinare, e tutti di compagnia mangiammo: la quale era, insieme con il ditto messer Giovanni, un certo misser Lodovico da Fano, messer Antonio Allegretti, messer Giovanni Greco, tutte persone litteratissime, messer Annibal Caro, quale era molto giovane; né mai si ragionò d'altro a quel desinare, che di questa brava faccenda. E piú la facevan contare a quel Cencio, mio servitorino, il quale era oltramodo ingegnoso, ardito e bellissimo di corpo: il che tutte le volte che lui contava questa mia arrabbiata faccenda, facendo l'attitudine che io faceva, e benissimo dicendo le parole ancora che io dette aveva, sempre mi sovveniva qualcosa di nuovo; e spesso loro lo domandavano se egli aveva aùto paura: alle qual parole lui rispondeva, che dimandassino me se io avevo aùto paura; perché lui aveva aùto quel medesimo che avevo aùto io. Venutomi a noia questa pappolata, e perché io mi sentivo alterato forte, mi levai da tavola, dicendo che io volevo andare a vestirmi di nuovo di panni e seta azzurri, lui e io; che volevo andare in processione ivi a quattro giorni, che veniva le Sante Marie, e volevo il ditto Cencio mi portassi il torchio bianco acceso. Cosí partitomi andai a tagliare e' panni azzurri con una bella vestetta di ermisino pure azzurro e un saietto del simile; e allui feci un saio e una vesta di taffettà, pure azzurro. Tagliato che io ebbi le ditte cose, io me ne andai dal Papa; il quale mi disse che io parlassi col suo messer Ambruogio; che aveva dato ordine che io facessi una grande opera d'oro. Cosí andai a trovare misser Ambruogio; il quale era informato benissimo della cosa del bargello, e era stato lui d'accordo con i nimici mia per farmi tornare, e aveva isgridato il bargello che non mi aveva preso; il qual si scusava, che contra a uno salvo condotto a quel modo lui non lo poteva fare. Il ditto messer Ambruogio mi cominciò a ragionare della faccenda che gli aveva commesso il Papa; di poi mi disse che io ne facessi i disegni e che si darebbe a ogni cosa. Intanto ne venne il giorno delle Sante Marie; e perché l'usanza si è, quelli che hanno queste cotai grazie, di costituirsi in prigione; per la qual cosa io mi ritornai al Papa e dissi a Sua Santità, che io non mi volevo mettere in prigione e che io pregavo quella, che mi facessi tanto di grazia, che io non andassi prigione. Il Papa mi rispose che cosí era l'usanza, e cosí si facessi. A questo io m'inginocchiai di nuovo, e lo ringraziai del salvo condotto che Sua Santità mi aveva fatto; e che con quello me ne ritornerei a servire il mio Duca di Firenze, che con tanto desiderio mi aspettava. A queste parole il Papa si volse a un suo fidato e disse: - Faccisi a Benvenuto la grazia senza il carcere; cosí se gli acconci il suo moto propio, che stia bene -. Fattosi acconciare il moto propio, il Papa lo risegnò: fecesi registrare al Campidoglio; di poi, quel deputato giorno, in mezzo a due gentiluomini molto onoratamente andai in processione, ed ebbi la intera grazia.

LXXXIV. Dappoi quattro giorni appresso, mi prese una grandissima febbre con freddo inistimabile: e postomi a letto, subito mi giudicai mortale. Feci chiamare i primi medici di Roma, in fra i quali si era un maestro Francesco da Norcia, medico vecchissimo e di maggior credito che avessi Roma. Contai alli detti medici quale io pensavo che fussi stata la causa del mio gran male, e che io mi sarei voluto trar sangue, ma io fui consigliato di no; e se io fussi a tempo, li pregavo che me ne traessino. Maestro Francesco rispose, che il trarre sangue ora non era bene, ma allora sí, che non arei aùto un male al mondo; ora bisognava medicarmi per un'altra via. Cosí messono mano a medicarmi con quanta diligenzia e' potevano e sapevano al mondo; e io ogni dí peggioravo a furia, in modo che in capo di otto giorni il mal crebbe tanto, che li medici disperati della impresa detton commessione che io fussi contento e mi fussi dato tutto quello che io domandavo. Maestro Francesco disse: - Insinché v'è fiato, chiamatemi a tutte l'ore, perché non si può immaginare quel che la natura sa fare in un giovane di questa sorte; però, avvenga che lui svenissi, fategli questi cinque rimedi l'un dietro all'altro, e mandate per me, che io verrò a ogni ora della notte; che piú grato mi sarebbe di campar costui, che qualsivoglia cardinal di Roma -. Ogni dí mi veniva a visitare dua o tre volte messer Giovanni Gaddi, e ogni volta pigliava in mano di quei miei belli scoppietti e mie maglie e mie spade, e continuamente diceva: - Questa cosa è bella, e quest'altra è piú bella - cosí di mia altri modelletti e coseline: di modo che io me l'avevo recato a noia. E con esso veniva un certo Mattio Franzesi, il quale pareva che gli paressi mill'anni ancora allui io mi morissi; non perché allui avessi a toccar nulla del mio, ma pareva che lui desiderassi quel che misser Giovanni mostrava aver gran voglia. Io avevo quel Filice già detto mio compagno, il quale mi dava il maggiore aiuto che mai al mondo potessi dare uno uomo a un altro. La natura era debilitata e avvilita a fatto; e non mi era restato tanta virtú che, uscito il fiato, io lo potessi ripigliare; ma sí bene la saldezza del cervello istava forte, come la faceva quando io non avevo male. Imperò stando cosí in cervello, mi veniva a trovare alletto un vecchio terribile, il quale mi voleva istrascicare per forza drento in una sua barca grandissima; per la qual cosa io chiamavo quel mio Felice, che si accostassi a me, e che cacciassi via quel vecchio ribaldo. Quel Felice, che mi era amorevolissimo, correva piagnendo e diceva: - Tira via, vecchio traditore, che mi vuoi rubare ogni mio bene -. Messer Giovanni Gaddi allora, ch'era quivi alla presenza, diceva; - Il poverino farnetica, e ce n'è per poche ore -. Quell'altro Mattio Franzesi diceva: - Gli ha letto Dante, e in questa grande infermità gli è venuto quella vagillazione - e diceva cosí ridendo: - Tira via, vecchio ribaldo, e non dare noia al nostro Benvenuto -. Vedutomi schernire, io mi volsi a messer Giovanni Gaddi e allui dissi: - Caro mio padrone, sappiate che io non farnetico, e che gli è il vero di questo vecchio, che mi dà questa gran noia. Ma voi faresti bene il meglio a levarmi dinanzi cotesto isciagurato di Mattio, che si ride del mio male: e da poi che Vostra Signoria mi fa degno che io la vegga, doverresti venirci con messer Antonio Allegretti o con messer Annibal Caro, o con di quelli altri vostri virtuosi, i quali son persone d'altra discrezione e d'altro ingegno, che non è cotesta bestia - . Allora messer Giovanni disse per motteggio a quello Mattio, che si gli levassi dinanzi per sempre; ma perché Mattio rise, il motteggio divenne da dovero, perché mai piú messer Giovanni non lo volse vedere, e fece chiamare messer Antonio Allegretti, e messer Lodovico, e messer Annibal Caro. Giunti che furono questi uomini da bene, io ne presi grandissimo conforto, e con loro ragionai in cervello un pezzo, pur sollecitando Felice che cacciassi via il vecchio. Misser Lodovico mi dimandava quel che mi pareva vedere, e come gli era fatto. In mentre che io gnene disegnavo con le parole bene, questo vecchio mi pigliava per un braccio, e per forza mi tirava a sé; per la qual cosa io gridavo che mi aiutassino, perché mi voleva gittar sotto coverta in quella sua spaventata barca. Ditto quest'ultima parola, mi venne uno sfinimento grandissimo, e a me parve che mi gettassi in quella barca. Dicono che allora in questo svenire, che io mi scagliavo e che io dissi di male parole a messer Giovanni Gaddi, sí che veniva per rubarmi e non per carità nessuna; e molte altre bruttissime parole, le quale fecion vergognare il ditto messer Giovanni. Di poi dissono che io mi fermai come morto; e soprastati piú d'un'ora, parendo loro che io mi freddassi, per morto mi lasciorono. E ritornati a casa loro, lo seppe quel Mattio Franzesi, il quale scrisse a Firenze a messer Benedetto Varchi mio carissimo amico, che alle tante ore di notte lor mi avevano veduto morire. Per la qual cosa quel gran virtuoso di messer Benedetto e mio amicissimo, sopra la non vera ma sí ben creduta morte fece un mirabil sonetto, il quale si metterà al suo luogo. Passò piú di tre grande ore prima che io mi rinvenissi; e fatto tutti e' rimedi del sopradetto maestro Francesco, veduto che io non mi risentivo, Felice mio carissimo si cacciò a correre a casa maestro Francesco da Norcia, e tanto picchiò che egli lo svegliò e fecelo levare, e piagnendo lo pregava che venissi a casa, che pensava che io fossi morto. Al quale, maestro Francesco, che era collorosissimo, disse: - Figlio, che pensi tu che io faccia a venirvi? se gli è morto, a me duol egli piú che a tte; pensi tu che con la mia medicina, venendovi, io li possa soffiare in culo e rendertelo vivo? - Veduto che 'l povero giovane se ne andava piangendo, lo chiamò indietro e gli dette certo olio da ugnermi e' polsi e il cuore, e che mi serrassino istrettissime le dita mignole dei piedi e delle mane; e che se io rinvenivo, che subito lo mandassimo a chiamare. Partitosi Felice, fece quanto maestro Francesco gli aveva detto; e essendo fatto quasi di chiaro e parendo loro d'esser privi di speranza, dettono ordine a fare la vesta e a lavarmi. In un tratto io mi risenti', e chiamai Felice, che presto presto cacciassi via quel vecchio che mi dava noia. Il quale Felice volse mandare per maestro Francesco, e io dissi che non mandassi e che venissi quivi da me, perché quel vecchio subito si partiva e aveva paura di lui. Accostatosi Felice a me, io lo toccavo e mi pareva che quel vecchio infuriato si scostassi; però lo pregavo che stessi sempre da me. Comparso maestro Francesco, disse che mi voleva campare a ogni modo, e che non aveva mai veduto maggior virtú in un giovane, a' sua dí, di quella; e dato mano allo scrivere, mi fece profumi, lavande, unzioni, impiastri e molte cose inistimabile. Intanto io mi risenti' con piú di venti mignatte al culo, forato, legato e tutto macinato. Essendo venuto molti mia amici a vedere il miracolo de il resuscitato morto, era comparso uomini di grande importanza e assai; presente i quali io dissi che quel poco de l'oro e de' danari, quali potevano essere in circa ottocento scudi fra oro, argento, gioie e danari, questi volevo che fussino della mia povera sorella che era a Firenze, quale aveva per nome monna Liperata; tutto il restante della roba mia, tanto arme quanto ogni altra cosa, volevo fussino del mio carissimo Filice, e cinquanta ducati d'oro piú, acciò che lui si potessi vestire. A queste parole Filice mi si gittò al collo, dicendo che non voleva nulla, altro che mi voleva vivo. Allora io dissi: - Se tu mi vuoi vivo, toccami accotesto modo, e sgrida a cotesto vecchio, che ha di te paura -. A queste parole v'era di quelli che spaventavano, conosciuto che io non farneticavo, ma parlavo a proposito e in cervello. Cosí andò faccendo il mio gran male, e poco miglioravo. Maestro Francesco eccellentissimo veniva quattro volte o cinque il giorno: misser Giovanni Gaddi, che s'era vergognato, non mi capitava piú innanzi. Comparse il mio cognato, marito della ditta mia sorella: veniva di Fiorenze per la eredità: e perché gli era molto uomo da bene, si rallegrò assai l'avermi trovato vivo; il quale a me dette un conforto inistimabile il vederlo, e subito mi fece carezze dicendo d'esser venuto solo per governarmi di sua mano propria; e cosí fece parecchi giorni. Di poi io ne lo mandai, avendo quasi sicura isperanza di salute. Allora lui lasciò il sonetto di messer Benedetto Varchi, quale è questo:

IN LA CREDUTA E NON VERA MORTE
DI BENVENUTO CELLINI

Chi ne consolerà, Mattio? chi fia
che ne vieti il morir piangendo, poi
che pur è vero, oimè, che sanza noi
cosí per tempo al Ciel salita sia
    quella chiara alma amica, in cui fioria
virtú cotal, che fino a' tempi suoi
non vidde equal, né vedrà, credo, poi
il mondo, onde i miglior si fuggon pria?
    Spirto gentil, se fuor del mortal velo
S'ama, mira dal Ciel chi in terra amasti,
pianger non già 'l tuo ben, ma 'l proprio male.
    Tu ten sei gito a contemplar su 'n Cielo
l'alto Fattore, e vivo il vedi or quale
con le tue dotte man quaggiú il formasti.

LXXXV. Era la infirmità stata tanta inistimabile, che non pareva possibile di venirne a fine; e quello uomo da bene di maestro Francesco da
Norcia ci durava piú fatica che mai, e ogni giorno mi portava nuovi ri-
medii, cercando di consolidare il povero istemperato istrumento, e con
tutte quelle inistimabil fatiche non pareva che fussi possibile venire a
capo di questa indegnazione, in modo che tutti e' medici se ne erano
quasi disperati e non sapevano piú che fare. Io, che avevo una sete inistimabile, e mi ero riguardato, sí come loro mi avevano ordinato, di
molti giorni: e quel Felice, che gli pareva aver fatto una bella impresa a
camparmi, non si partiva mai da me; e quel vecchio non mi dava piú
tanta noia, ma in sogno qualche volta mi visitava. Un giorno Felice era
andato fuora, e a guardia mia era restato un mio fattorino e una serva,
che si chiamava Beatrice. Io dimandavo quel fattorino quel che era stato
di quel Cencio mio ragazzo e che voleva dire che io non lo avevo mai
veduto a' mia bisogni. Questo fattorino mi disse che Cencio aveva aùto
assai maggior male di me, e che gli stava in fine di morte. Felice aveva
lor comandato che non me lo dicessino. Detto che m'ebbe tal cosa io
ne presi grandissimo dispiacere: di poi chiamai quella serva detta Bea-

trice, pistolese, e la pregai che mi portassi pieno d'acqua chiara e fresca uno infrescatoio grande di cristallo, che ivi era vicino. Questa donna corse subito, e me lo portò pieno. Io li dissi che me lo appoggiassi alla bocca e che se la me ne lasciava bere una sorsata a mio modo, io li donerei una gammurra. Questa serva, che m'aveva rubato certe cosette di qualche inportanza, per paura che non si ritrovassi il furto, arebbe aùto molto a caro che io fussi morto; di modo che la mi lasciò bere di quell'acqua per dua riprese quant'io potetti, tanto che buonamente io ne bevvi piú d'un fiasco: di poi mi copersi e cominciai a sudare e addormenta'mi. Tornato Felice di poi che io dovevo aver dormito in circa a un'ora, dimandò il fanciullo quel che io facevo. Il fanciullo gli disse: - Io non lo so: la Beatrice gli ha portato pieno quello infrescatoio d'acqua, e l'ha quasi beuto tutto; io non so ora se s'è morto o vivo -. Dicono che questo povero giovane fu per cadere in terra per il gran dispiacere che gli ebbe; di poi prese un mal bastone, e con esso disperatamente bastonava quella serva, dicendo: - Ohimè, traditora, che tu me l'hai morto! – In mentre che Felice bastonava e lei gridava, e io sognavo; e mi pareva che quel vecchio aveva delle corde in mano, e volendo dare ordine di legarmi, Felice l'aveva sopraggiunto e gli dava con una scura, in modo che questo vecchio fuggiva, dicendo: - Lasciami andare, che io non ci verrò di gran pezzo -. Intanto la Beatrice gridando forte era corsa in camera mia; per la qual cosa svegliatomi, dissi: - Lasciala stare, che forse per farmi male ella m'ha fatto tanto bene, che tu non hai mai potuto, con tutte le tue fatiche, far nulla di quel che l'ha fatto ogni cosa: attendetemi a 'iutare, che io son sudato; e fate presto -. Riprese Filice animo, mi rasciugò e confortò: e io, che senti' grandissimo miglioramento, mi promessi la salute. Comparso maestro Francesco, veduto il gran miglioramento e la serva piagnere, e 'l fattorino correre innanzi e 'ndrieto, e Filice ridere, questo scompiglio dette da credere al medico che vi fussi stato qualche stravagante caso, per la qual cosa fussi stato causa di quel mio gran miglioramento. Intanto comparse quell'altro maestro Bernardino, che da principio non mi aveva voluto cavar sangue. Maestro Francesco, valentissimo uomo, disse: - Oh potenzia della natura! lei sa e' bisogni sua, e i medici non sanno nulla -. Subito rispose quel cervellino di maestro Bernardino e disse: - Se e' ne beeva piú un fiasco, e gli era subito guarito -. Maestro Francesco da Norcia, uomo vecchio e di grande autorità, disse: - Egli era il malan che Dio vi dia -. E poi si volse a me, e mi domandò se io ne arei potuto ber piú; al quale io dissi che no, perché io m'ero cavato la sete a fatto. Allora lui si volse al ditto maestro Bernardino e disse: - Vedete voi che la natura aveva preso a punto il suo bisogno, e non piú e non manco? Cosí chiedev'ella il suo bisogno, quando il povero giovane vi richiese di cavarsi sangue: se voi cognoscevi che la salute sua fussi stata ora innel bere dua fiaschi d'acqua, perché non l'aver detto prima? e voi ne aresti aùto il vanto -. A queste parole il mediconsolo ingrognato si partí, e non vi capitò mai piú. Allora maestro Francesco disse che io fussi cavato di quella camera, e che mi facessin portare inverso un di quei colli di Roma. Il cardinal Cornaro, inteso il mio miglioramento, mi fece portare a un suo luogo che gli aveva in Monte Cavallo: la sera medesima io fui portato con gran diligenza in sur una sedia ben coperto e saldo. Giunto che io fui, cominciai a vomitare; innel qual vomito mi uscí dello stomaco un verme piloso, grande un quarto di braccio: e' peli erano grandi e il verme era bruttissimo, macchiato di diversi colori, verdi, neri e rossi: serbossi al medico; il quale disse non aver mai veduto una tal cosa, e poi disse, a Felice: - Abbi or cura al tuo Benvenuto, che è guarito, e non gli lasciar far disordini; perché se ben quello l'ha campato, un altro disordine ora te lo amazzerebbe. Tu vedi, la infermità è stata sí grande, che portandogli l'olio santo noi non eramo stati a tempo; ora io cognosco, che con un poco di pazienzia e di tempo e' farà ancora dell'altre belle opere -. Poi si volse a me, e disse: - Benvenuto mio, sia savio e non fare disordini nessuno: e come tu se' guarito voglio che tu mi faccia una Nostra Donna di tua mano, perché la voglio adorar sempre per tuo amore -. Allora io gnene promessi; dipoi lo domandai se fussi bene che io mi trasferissi in sino a Firenze. Allora e' mi disse che io mi assicurassi un po' meglio e che e' si vedessi quel che la natura faceva.

LXXXVI. Passato che noi otto giorni, il miglioramento era tanto poco, che quasi io m'ero venuto a noia a me medesimo; perché io ero stato piú di cinquanta giorni in quel gran travaglio; e resolutomi mi messi in ordine; e in un paio di ceste 'il mio caro Felice e io ce ne andammo alla volta di Firenze; e perché io non avevo scritto nulla, giunsi a Firenze in casa la mia sorella, dove io fui pianto e riso a un colpo da essa sorella. Per quel dí mi venne a vedere molti mia amici; fra gli altri Pier Landi, ch'era il maggior e il piú caro che io avessi mai al mondo; l'altro giorno venne un certo Nicolò da Monte Aguto, il quale era mio grandissimo amico; e perché gli aveva sentito dire al Duca: - Benvenuto faceva molto meglio a morirsi, perché gli è venuto qui a dare in una cavezza, e non gnene perdonerò mai - venendo Nicolò a me, disperatamente mi disse: - Oimè, Benvenuto mio caro: che se' tu venuto a far qui? non sapevi tu quel che tu hai fatto contro al Duca? che gli ho udito giurare, dicendo che tu sei venuto a dare in una cavezza a ogni modo -. Allora io dissi: - Nicolò, ricordate a Sua Eccellenzia che altretanto già mi volse fare papa Clemente, e a sí torto; che faccia tener conto di me e mi lasci guarire; per che io mostrerrò a Sua Eccellenzia, che io gli sono stato il piú fidel servitore che gli arà mai in tempo di sua vita; e perché qualche mio nimico arà fatto per invidia questo cattivo uffizio, aspetti la mia sanità, che come io posso gli renderò tal conto di me, che io lo farò maravigliare -. Questo cattivo uffizio l'aveva fatto Giorgetto Vassellario aretino, dipintore, forse per remunerazione di tanti benifizii fatti a lui; che avendolo trattenuto in Roma e datogli le spese, e lui messomi assoqquadro la casa; perché gli aveva una sua lebbrolina secca, la quale gli aveva usato le mane a grattar sempre, e dormendo con un buon garzone che io avevo, che si domandava Manno, pensando di grattar sé, gli aveva scorticato una gamba al detto Manno con certe sue sporche manine, le quale non si tagliava mai l'ugna. Il ditto Manno prese da me licenza, e lui lo voleva ammazzare a ogni modo: io gli messi d'accordo; di poi acconciai il detto Giorgio col cardinal dei Medici, e sempre lo aiutai. Questo è il merito che lui aveva detto al duca Lessandro ch'io avevo detto male di Sua Eccellenzia, e che io m'ero vantato di volere essere il primo a saltare in su le mura di Firenze, d'accordo con li nimici di Sua Eccellenzia fuorasciti. Queste parole, sicondo che io intesi poi, gliene faceva dire quel galantuomo di Ottaviano de' Medici, volendosi vendicare della stizza che aveva aùto il Duca seco per conto delle monete e della mia partita di Firenze; ma io, ch'ero innocente di quel falso appostomi, non ebbi una paura al mondo: e il valente maestro Francesco da Montevarchi grandissima virtú mi medicava, e ve lo aveva condotto il mio carissimo amico Luca Martini, il quale la maggior parte del giorno si stava meco.

LXXXVII. Intanto io avevo rimandato a Roma il fidelissimo Filice alla cura delle faccende di là. Sollevato alquanto la testa dal primaccio, che fu in termine di quindici giorni, se bene io non potevo andare con i mia piedi, mi feci portare innel palazzo de' Medici, su dove è il terrazzino: cosí mi feci mettere a sedere per aspettare il Duca che passassi. E facendomi motto molti mia amici di Corte, molto si maravigliavano che io avessi preso quel disagio a farmi portare in quel modo, essendo dalla infirmità sí mal condotto; dicendomi che io dovevo pure aspettar d'esser guarito, e dipoi visitare il Duca. Essendo assai insieme ragunati, e tutti mi guardavano per miracolo; non tanto l'avere inteso che io ero morto, ma piú pareva loro miracolo, che come morto parevo loro. Allora io dissi, presente tutti, come gli era stato detto da qualche scellerato ribaldo al mio signor Duca, che io mi ero vantato di voler essere il primo a salire in su le mura di Sua Eccellenzia, e che appresso io avevo detto male di quella; per la qual cosa a me non bastava la vista di vivere né di morire, se prima io non mi purgavo da questa infamia, e conoscere chi fussi quel temerario ribaldo che avessi fatto quel falso rapporto. A queste parole s'era ragunato una gran quantità di que' gentiluomini; e mostrando avere di me grandissima compassione, e chi diceva una cosa e chi un'altra; io dissi che mai piú mi volevo partir di quivi, insin che io non sapevo chi era quello che mi aveva accusato. A queste parole s'accostò fra tutti que' gentiluomini maestro Agostino, sarto del Duca, e disse: - Se tu non vuoi sapere altro che cotesto, ora ora lo saprai -. A punto passava Giorgio sopraditto, dipintore: allora maestro Agustino disse: - Ecco chi t'ha accusato: ora tu sai tu se gli è vero o no -. Io arditamente, cosí come io non mi potevo muovere, dimandai Giorgio se tal cosa era vera. Il ditto Giorgio disse che no, che non era vero, e che non aveva mai detto tal cosa. Maestro Austino disse: - O impiccato, non sai tu che io lo so certissimo? - Subito Giorgio si partí, e disse che no, che lui non era stato. Stette poco e passò 'l Duca; al quali io subito mi feci sostenere innanzi a Sua Eccellenzia, e lui si fermò. Allora io dissi che io ero venuto quivi a quel modo, solo per iustificarmi. Il Duca mi guardava e si maravigliava che io fussi vivo; di poi mi disse che io attendessi a essere uomo dabbene e guarire. Tornatomi a casa, Niccolò da Monte Aguto mi venne a trovare, e mi disse che io avevo passato una di quelle furie la maggiore del mondo, quale lui non aveva mai creduto; perché vidde il male mio scritto d'uno immutabile inchiostro; e che io attendessi a guarire presto, e poi mi andassi con Dio, perché la veniva d'un luogo e da uomo, il quale mi arebbe fatto male. E poi ditto - guarti – e' mi disse: - Che dispiaceri ha' tu fatti a quel ribaldaccio di Ottaviano de' Medici? - Io gli dissi che mai io avevo fatto dispiacere allui, ma che lui ne aveva ben fatti a me: e contatogli tutto il caso della zecca, e' mi disse: - Vatti con Dio il piú presto che tu puoi, e sta' di buona voglia, che piú presto che tu non credi vedrai le tua vendette -. Io attesi a guarire: detti consiglio a Pietropagolo, ne' casi delle stampe delle monete; dipoi m'andai con Dio, ritornandomi a Roma, sanza far motto al Duca o altro.

LXXXVIII. Giunto che io fui a Roma, rallegratomi assai con li mia amici, cominciai la medaglia del Duca; e avevo di già fatto in pochi giorni la testa in acciaio, la piú bella opera che mai io avessi fatto in quel genere, e mi veniva a vedere ogni giorno una volta almanco un certo iscioccone chiamato messer Francesco Soderini; e veduto quel che io facevo, piú volte mi disse: - Oimè, crudelaccio, tu ci vuoi pure immortalare questo arrabbiato tiranno. E perché tu non facesti mai opera sí bella, a questo si cognosce che tu sei sviscerato nimico nostro e tanto amico loro, che il Papa e lui t'hanno pur voluto fare impiccar dua volte a torto: quel fu il padre e il figliuolo; guardati ora dallo Spirito Santo -. Per certo si teneva che il duca Lessandro fussi figliuolo di papa Clemente. Ancora diceva il ditto messer Francesco e giurava ispressamente, che, se lui poteva, che m'arebbe rubato que ferri di quella medaglia. Al quale io dissi che gli aveva fatto bene a dirmelo, e che io gli guarderei di sorte, che lui non gli vedrebbe mai piú. Feci intendere a Firenze che dicessino a Lorenzino che mi mandassi il rovescio della medaglia. Niccolò da Monte Agusto, a chi io l'avevo scritto, mi scrisse cosí, dicendomi che n'aveva domandato quel pazzo malinconico filosafo di Lorenzino; il quale gli aveva detto che giorno e notte non pensava ad altro, e che egli lo farebbe piú presto ch'egli avessi possuto: però mi disse, che io non ponessi speranza al suo rovescio, e che io ne facessi uno da per me, di mia pura invenzione; e che finito che io l'avessi, liberamente lo portassi al Duca, ché buon per me. Avendo fatto io un disegno d'un rovescio, qual mi pareva a proposito, e con piú sollecitudine che io potevo lo tiravo inanzi; ma perché io non ero ancora assicurato di quella ismisurata infirmità, mi pigliavo assai piaceri innell'andare a caccia col mio scoppietto insieme con quel mio caro Filice, il quale non sapeva far nulla dell'arte mia, ma perché di continuo, dí e notte, noi eramo insieme, ogniuno s'immaginava che lui fossi eccellentissimo ne l'arte. Per la qual cosa, lui ch'era piacevolissimo, mille volte ci ridemmo insieme di questo gran credito che lui si aveva acquistato; e perché egli si domandava Filice Guadagni, diceva motteggiando meco: - Io mi chiamerei Filice Guadagni - poco, se non che voi mi avete fatto acquistare un tanto gran credito, che io mi posso domandare de' Guadagni - assai -. E io gli dicevo, che e' sono dua modi di guadagnare: il primo è quello che si guadagna a sé, il sicondo si è quello che si guadagna ad altri; di modo che io lodavo in lui molto piú quel sicondo modo che 'l primo, avendomi egli guadagnato la vita. Questi ragionamenti noi gli avemmo, piú e piú volte, ma in fra l'altre un dí de l'Epifania, che noi eramo insieme presso alla Magliana, e di già era quasi finito il giorno: il qual giorno io avevo ammazzato col mio scoppietto de l'anitre e de l'oche assai bene; e quasi resolutomi di non tirar piú il giorno, ce ne venivamo sollecitamente in verso Roma. Chiamando il mio cane, il quale chiamavo per nome Barucco, non me lo vedendo innanzi, mi volsi e vidi che il ditto cane ammaestrato guardava certe oche che s'erano appollaiate in un fossato. Per la qual cosa io subito iscesi; messo in ordine il mio buono scoppietto, molto lontano tirai loro, e ne investi' dua con la sola palla; ché mai non volsi tirare con altro che con la sola palla, con la quale io tiravo dugento braccia, e il piú delle volte investivo; che con quell'altri modi non si può far cosí; di modo che, avendo investito le dua oche, una quasi che morta e l'altra ferita, che cosí ferita volava malamente, questa la seguitò il mio cane e portommela; l'altra, veduto che la si tuffava adrento innel fossato, li sopraggiunsi adosso. Fidandomi de' mia stivali ch'erano assai alti, spignendo il piede innanzi mi si sfondò sotto il terreno: se bene io presi l'oca, avevo pieno lo stivale della gamba ritta tutto d'acqua. Alzato il piede all'aria votai l'acqua, e montato a cavallo, ci sollecitavàno di tornarcene a Roma; ma perché egli era gran freddo, io mi sentivo di sorte diacciare la gamba, che io dissi a Filice: - Qui bisogna soccorrer questa gamba, perché io non cognosco piú modo a poterla sopportare -. Il buon Filice sanza dire altro scese del suo cavallo, e preso cardi e legnuzzi e dato ordine di voler far fuoco, in questo mentre che io aspettavo, avendo poste le mani in fra le piume del petto di quell'oche, senti' assai caldo; per la qual cosa io non lasciai fare altrimenti fuoco, ma empie' quel mio stivale di quelle piume di quell'oca, e subito io sentii tanto conforto, che mi dette la vita.

LXXXIX. Montai a cavallo, venivamo sollecitamente alla volta di Roma. Arrivati che noi fummo in un certo poco di rialto, era di già fatto notte, guardando in verso Firenze tutti a dua d'accordo movemmo gran voce di maraviglia, dicendo: - Oh Dio del cielo, che gran cosa è quella che si vede sopra Firenze? - Questo si era com'un gran trave di fuoco, il quale scintillava e rendeva grandissimo splendore. Io dissi a Filice: - Certo noi sentiremo domane qualche gran cosa sarà stata a Firenze -. Cosí venuticene a Roma, era un buio grandissimo: e quando noi fummo arrivati vicino a Banchi e vicino alla casa nostra, io avevo un cavalletto sotto, il quale andava di portante furiosissimo, di modo che, essendosi el dí fatto un monte di calcinacci e tegoli rotti nel mezzo della strada, quel mio cavallo non vedendo il monte, né io, con quella furia lo salse, di poi allo scendere traboccò, in modo che fare un tombolo: si messe la testa in fra le gambe; onde io per propria virtú de Dio non mi feci un male al mondo. Cavato fuora e' lumi da' vicini a quel gran romore, io, ch'ero saltato in piè, cosí, sanza montare altrimenti, me ne corsi a casa ridendo, che avevo scampato una fortuna da rompere il collo. Giunto a casa mia, vi trovai certi mia amici, ai quali, in mentre che noi cenavamo insieme, contavo loro le istrettezze della caccia e quella diavoleria del trave di fuoco che noi avevamo veduto: e' quali dicevano: - Che domin vorrà significar cotesto? - Io dissi: - Qualche novità è forza che sia avvenuto a Firenze -. Cosí passatoci la cena piacevolmente, l'altro giorno al tardi venne la nuova a Roma della morte del duca Lessandro. Per la qual cosa molti mia conoscenti mi venivan dicendo: - Tu dicesti bene, che sopra Firenze saria accaduto qualche gran cosa -. In questo veniva a saltacchione in sun una certa mulettaccia quel messer Francesco Soderini: ridendo per la via forte alla 'npazzata, diceva: - Quest'è il rovescio della medaglia di quello iscellerato tiranno, che t'aveva promesso il tuo Lorenzino de' Medici - e di piú aggiugneva: - Tu ci volevi immortalare e' duchi: noi non vogliàn piú duchi - e quivi mi faceva le baie come se io fussi stato un capo di quelle sette che fanno e' duchi. In questo e' sopraggiunse un certo Baccio Bettini, il quale aveva un capaccio come un corbello, e ancora lui mi dava la baia di questi duchi, dicendomi: - Noi gli abbiamo isducati, e non arem piú duchi; e tu ce gli volevi fare inmortali - con di molte di queste parole fastidiose. Le quali venutemi troppo a noia, io dissi loro: - O isciocconi, io sono un povero orefice, il quale servo chi mi paga, e voi mi fate le baie come se io fussi un capo di parte: ma io non voglio per questo rimproverare a voi le insaziabilità, pazzie e dappocaggine de' vostri passati; ma io dico bene a coteste tante risa isciocche che voi fate, che innanzi che e' passi dua o tre giorni il piú lungo, voi arete un altro duca, forse molto peggiore di questo passato -. L'altro giorno appresso venne a bottega mia quello de' Bettini, e mi disse: - E' non accadrebbe lo ispendere dinari in corrieri, perché tu sai le cose inanzi che le si faccino: che spirito è quello che te le dice? - E mi disse come Cosimo de' Medici, figliuolo del signor Giovanni, era fatto Duca: ma che egli era fatto con certe condizioni, le quali l'arebbono tenuto, che lui non arebbe potuto isvolazzare a suo modo. Allora toccò a me a ridermi di loro, e dissi: - Cotesti uomini di Firenze hanno messo un giovane sopra un maraviglioso cavallo, poi gli hanno messo gli sproni e datogli la briglia in mano in sua libertà, e messolo in sun un bellissimo campo, dove è fiori e frutti e moltissime delizie; poi gli hanno detto che lui non passi certi contrassegnati termini: or ditemi a me voi, chi è quello che tener lo possa, quando lui passar li voglia? Le legge non si posson dare a chi è padron di esse -. Cosí mi lasciorno stare e non mi davon noia.

XC. Avendo atteso alla mia bottega, e seguitavo alcune mie faccende, non già di molto momento, perché mi attendevo alla restaurazione della sanità, e ancora non mi pareva essere assicurato dalla grande infirmità che io avevo passata. In questo mentre lo Imperadore tornava vittorioso dalla impresa di Tunizi, e il Papa aveva mandato per me e meco si consigliava che sorte di onorato presente io lo consigliavo per donare allo Imperatore. Al quale io dissi, che il piú a proposito mi pareva donare a Sua Maestà una croce d'oro con un Cristo, al quale io avevo quasi fatto uno ornamento, il quale sarebbe grandemente a proposito e farebbe grandissimo onore a Sua Santità e a me. Avendo già fatto tre figurette d'oro, tonde, di grandezza di un palmo in circa: queste ditte figure furno quelle che io avevo cominciate per il calice di papa Clemente; erano figurate per la Fede, la Speranza e la Carità; onde io aggiunsi di cera tutto il restante del piè di detta croce; e portatolo al Papa con il Cristo di cera e con molti bellissimi ornamenti, sadisfece grandemente al Papa; e innanzi che io mi partissi da Sua Santità rimanemmo conformi di tutto quello che si aveva a fare, e appresso valutammo la fattura di detta opera. Questo fu una sera a quattro ore di notte: el Papa aveva dato commessione a messer Latino Iuvinale che mi facessi dar danari la mattina seguente. Parve al detto messer Latino, che aveva una gran vena di pazzo, di volere dar nuova invenzione al Papa, la qual venissi dallui stietto; che egli disturbò tutto quello che si era ordinato; e la mattina, quando io pensai andare per li dinari, disse con quella sua bestiale prosunzione: - A noi tocca a essere gl'inventori, e a voi gli operatori. Innanzi che io partissi la sera dal Papa, noi pensammo una cosa molto migliore -. Alle qual prime parole, non lo lasciando andar piú innanzi, gli dissi: - Né voi né il Papa non può mai pensare cosa migliore, che quelle dove e' s'interviene Cristo; sí che dite ora quante pappolate cortigianesche voi sapete -. Sanza dir altro si partí da me in còllora, e cercò di dare la ditta opera a un altro orefice; ma il Papa non volse, e subito mandò per me e mi disse, che io avevo detto bene, ma che si volevan servire di uno Uffiziuolo di Madonna, il quale era miniato maravigliosamente, e ch'era costo al cardinal de' Medici a farlo miniare piú di dumila scudi: e questo sarebbe a proposito per fare un presente alla Imperatrice, e che allo Imperadore farebbon poi quello che avevo ordinato io, che veramente era presente degno di lui; ma questo si faceva per aver poco tempo, perché lo Imperadore s'aspettava in Roma in fra un mese e mezzo. Al ditto libro voleva fare una coperta d'oro massiccio, riccamente lavorata, e con molte gioie addorna. Le gioie valevano in circa sei mila scudi: di modo che, datomi le gioie e l'oro, messi mano alla ditta opera, e sollecitandola in brevi giorni io la feci comparire di tanta bellezza, che il Papa si maravigliava e mi faceva grandissimi favori, con patti che quella bestia de l'Iuvinale non mi venissi intorno. Avendo la ditta opera vicina alla fine, comparse lo Imperatore, a il quale s'era fatti molti mirabili archi trionfali, e giunto in Roma con maravigliosa pompa, qual toccherà a scrivere ad altri, perché non vo' trattare se non di quel che tocca a me, alla sua giunta subito egli donò al Papa un diamante, il quale lui aveva compero dodicimila scudi. Questo diamante il Papa lo mandò per me e me lo dette, che io gli facessi un anello alla misura del dito di Sua Santità; ma che voleva che io portassi prima el libro al termine che gli era. Portato che io ebbi el libro al Papa, grandemente gli sodisfece: di poi si consigliava meco che scusa e' si poteva trovare con lo Imperadore, che fussi valida, per essere quella ditta opera imprefetta. Allora io dissi che la valida iscusa si era, che io arei detto della mia indisposizione, la quale Sua Maestà arebbe facilissimamente creduta, vedendomi cosí macilente e scuro come io ero. A questo il Papa disse che molto gli piaceva; ma che io arrogessi da parte di Sua Santità, faccendogli presente del libro, di fargli presente di me istesso: e mi disse tutto il modo che io avevo attenere, delle parole che io avevo a dire, le qual parole io le dissi al Papa, domandandolo se gli piaceva che io dicessi cosí. Il quale mi disse: - Troppo bene dicesti, se a te bastassi la vista di parlare in questo modo allo Imperadore, che tu parli a me -. Allora io dissi, che con molta maggior sicurtà mi bastava la vista di parlate con lo Imperadore; avvenga che lo Imperadore andava vestito come mi andavo io, e che a me saria parso parlare a uno uomo che fussi fatto come me; qual cosa non m'interveniva cosí parlando con Sua Santità, innella quale io vi vedevo molto maggior deità, sí per gli ornamenti eclesiastici, quali mi mostravano una certa diadema, insieme con la bella vecchiaia di Sua Santità: tutte queste cose mi facevano piú temere, che non quelle dello Imperadore. A queste parole il Papa disse: - Va, Benvenuto mio, che tu sei un valente uomo: facci onore, ché buon per te.

XCI. Ordinò il Papa dua cavalli turchi, i quali erano istati di papa Clemente, ed erono i piú belli che mai venissi in Cristianità. Questi dua cavalli il Papa commesse a messer Durante suo cameriere che gli menassi giú ai corridoi del palazzo, e ivi li donassi allo Imperadore, dicendo certe parole che lui gl'impose. Andammo giú d'accordo; e giunti alla presenza dello Imperadore, entrò que' dua cavalli con tanta maestà e con tanta virtú per quelle camere, che lo Imperadore e ogniuno si maravigliava. In questo si fece innanzi il ditto messer Durante con tanto isgraziato modo e con certe sue parole bresciane, annodandosigli la lingua in bocca, che mai si vidde e sentí peggio: mosse lo Imperadore alquanto a risa. In questo io di già avevo iscoperto la ditta opera mia; e avvedutomi che con gratissimo modo lo Imperadore aveva volto gli occhi inverso di me, subito fattomi innanzi, dissi: - Sacra Maestà, il santissimo nostro papa Paulo manda questo libro di Madonna a presentare a Vostra Maestà, il quale si è scritto a mano e miniato per mano de il maggior uomo che mai facessi tal professione; e questa ricca coperta d'oro e di gioie è cosi imprefetta per causa della mia indisposizione: per la qualcosa Sua Santità insieme con il ditto libro presenta me ancora, e che io venga apresso a Vostra Maestà a finirgli il suo libro; e di piú tutto quello che lei avessi in animo di fare, per tanto quanto io vivessi, lo servirei -. A questo lo Imperadore disse: - Il libro m'è grato e voi ancora; ma voglio che voi me lo finiate in Roma; e come gli è finito e voi guarito, portatemelo e venitemi a trovare -. Di poi innel ragionare meco, mi chiamò per nome, per la qual cosa io mi maravigliai perché non c'era intervenuto parole dove accadessi il mio nome; e mi disse aver veduto quel bottone del piviale di papa Clemente, dove io avevo fatto tante mirabil figure. Cosí distendemmo ragionamenti di una mezz'ora intera, parlando di molte diverse cose tutte virtuose e piacevole: e perché a me pareva esserne uscito con molto maggiore onore di quello che io m'ero promesso, fatto un poco di cadenza a il ragionamento, feci reverenzia e partimmi. Lo Imperadore fu sentito che disse: - Dònisi a Benvenuto cinquecento scudi d'oro subito - di modo che quello che li portò su, dimandò qual era l'uomo del Papa che aveva parlato allo Imperatore. Si fece innanzi messer Durante, il quale mi rubò li mia cinquecento scudi. Io me ne dolsi col Papa; il quale disse che io non dubitassi; che sapeva ogni cosa, quant'io m'ero portato bene a parlare allo Imperadore, e che di quei danari io ne arei la parte mia a ogni modo.

XCII. Tornato alla bottega mia, messi mano con gran sollecitudine a finire l'anello del diamante; el quale mi fu mandato quattro, i primi gioiellieri di Roma; perché era stato detto al Papa, che quel diamante era legato per mano del primo gioiellier del mondo in Vinezia, il quale si chiamava maestro Miliano Targhetta, e per esser quel diamante alquanto sottile, era impresa troppo difficile a farla sanza gran consiglio. Io ebbi caro e' quattro uomini gioiellieri, infra i quali si era un milanese domandato Gaio. Questo era la piú prosuntuosa bestia del mondo, e quello che sapeva manco e gli pareva saper piú: gli altri erano modestissimi e valentissimi uomini. Questo Gaio innanzi a tutti cominciò a parlare e disse: - Salvisi la tinta di Miliano e a quella, Benvenuto, tu farai di berretta; perché sí come 'l tignere un diamante è la piú bella e la piú difficil cosa che sia ne l'arte del gioiellare, Miliano è il maggior gioielliere che fussi mai al mondo,

e questo si è il piú difficil diamante -. Allora io dissi, che tanto maggior
gloria mi era il combattere con un cosí valoroso uomo d'una tanta professione; dipoi mi volsi agli altri gioiellieri e dissi: - Ecco che io salvo la
tinta di Miliano; e mi proverrò se faccèndone io migliorassi quella;
quando che no, con quella medesima lo ritigneremo -. Il bestial Gaio
disse che, se io la facessi a quel modo, volentieri le farebbe di berretta.
Al quale io dissi: - Adunque faccendola meglio, lei merita due volte di
berretta: - Sí - disse; e io cosí cominciai a far le mie tinte. Messomi intorno con grandissima diligenzia a fare le tinte, le quali al suo luogo in-
segnerò come le si fanno: certissimo che il detto diamante era il piú
difficile che mai né prima né poi mi sia venuto innanzi, e quella tinta di
Miliano era virtuosamente fatta; però la non mi sbigottí ancora. Io, auz-
zato i mia ferruzzi dello ingegno, feci tanto che io non tanto raggiu-
gnerla, ma la passai assai bene. Dipoi, conosciuto che io avevo vinto lui,
andai cercando di vincer me, e con nuovi modi feci una tinta che era
meglio di quella che io avevo fatto, di gran lunga. Dipoi mandai a chiamare i gioiellieri, e tinto con la tinta di Miliano il diamante, da poi ben
netto, lo ritinsi con la mia. Mòstrolo a' gioiellieri, un primo valent'uomo
di loro, il quale si domandava Raffael del Moro, preso il diamante in
mano, disse a Gaio: - Benvenuto ha passato la tinta di Miliano -. Gaio,
che non lo voleva credere, preso il diamante in mano, e' disse: - Benvenuto, questo diamante è meglio dumila ducati, che con la tinta di Miliano -. Allora io dissi: - Da poi che io ho vinto Miliano, vediamo se io
potessi vincer me medesimo - e pregatogli che mi aspettassino un poco,
andai in sun un mio palchetto, e fuor della presenza loro ritinsi il diamante, e portatolo a' gioiellieri, Gaio subito disse: - Questa è la piú mirabil cosa che io vedessi mai in tempo di mia vita, perché questo
diamante val meglio di diciotto mila scudi, dove che appena noi lo sti-
mavamo dodici -. Gli altri gioiellieri voltisi a Gaio, dissono: - Benvenuto
è la gloria dell'arte nostra, e meritamente e alle sue tinte e allui doviamo
fare di berretta -. Gaio allora disse: - Io lo voglio andare a dire al Papa, e
voglio che gli abbia mille scudi d'oro di legatura di questo diamante -. E
corsosene al Papa, gli disse il tutto; per la qual cosa il Papa mandò tre
volte quel dí a veder se l'anello era finito. Alle ventitré ore poi io portai
su l'anello: e perché e' non mi era tenuto porta, alzato cosí discretamente
la portiera, viddi il Papa insieme col marchese del Guasto, il quale lo do-

veva istrignere di quelle cose che lui non voleva fare, e senti' che disse al Marchese: - Io vi dico di no, perché a me si appartiene esser neutro e non altro -. Ritiratomi presto indietro, il Papa medesimo mi chiamò: onde io presto entrai, e pòrtogli quel bel diamante in mano, il Papa mi tirò cosí da canto, onde il Marchese si scostò. Il Papa in mentre che guardava il diamante, mi disse: - Benvenuto, appicca meco ragionamento che paia d'importanza, e non restar mai in sin che il Marchese istà qui in questa camera -. E mosso a passeggiare, la cosa che faceva per me, mi piacque, e cominciai a ragionar col Papa del modo che io avevo fatto a tignere il diamante. Il Marchese istava ritto da canto, appoggiato a un panno d'arazzo, e or si scontorceva in sun un piè e ora in sun un altro. La tema di questo ragionamento era tanto d'importanza, volendo dirla bene, che si sarebbe ragionato tre ore intere. Il Papa ne pigliava tanto gran piacere, che trapassava il dispiacere che gli aveva del Marchese, che stessi quivi. Io che avevo mescolato inne' ragionamenti quella parte di filosofia che s'apparteneva in quella professione, di modo che avendo ragionato cosí vicino a un'ora, venuto a noia al Marchese, mezzo in còllora si partí: allora il Papa mi fece le piú domestiche carezze, che immaginar si possa al mondo, e disse: - Attendi, Benvenuto mio, che io ti darò altro premio alle tue virtú, che mille scudi che m'ha ditto Gaio che merita la tua fatica -. Cosí partitomi, il Papa mi lodava alla presenza di quei suoi domestici, infra i quali era quel Latin Iuvenale, che dianzi io avevo parlato. Il quale, per essermi diventato nimico, cercava con ogni studio di farmi dispiacere; e vedendo che il Papa parlava di me con tanta affezione e virtú, disse: - E' non è dubbio nessuno che Benvenuto è persona di maraviglioso ingegno; ma se bene ogni uomo naturalmente è tenuto a voler bene piú a quelli della patria sua che agli altri, ancora si doverrebbe bene considerare in che modo e' si dee parlare di un Papa. Egli ha avuto a dire, che papa Clemente era il piú bel principe che fussi mai, e altrettanto virtuoso, ma sí bene con mala fortuna; e dice che Vostra Santità è tutta al contrario, e che quel regno vi piagne in testa, e che voi parete un covon di paglia vestito, e che in voi non è altro che buona fortuna -. Queste parole furno di tanta forza, dette da colui che benissimo le sapeva dire, che il Papa le credette: io non tanto non l'aver dette, ma in considerazion mia non venne mai tal cosa. Se il Papa avessi possuto con suo onore, mi arebbe fatto dispiacere grandissimo; ma come persona di grandissimo ingegno, fece sembiante di ridersene: niente di manco e' riservò in sé un tanto grand'odio in verso di me, che era inistimabile; e io me ne cominciai a 'vvedere, perché non entravo innelle camere con quella facilità di prima, anzi con grandissima difficultà. E perché io ero pur molt'anni pratico in queste corte, e' m'immaginai che qualche uno avessi fatto cattivo uffizio contro a di me; e destramente ricercandone, mi fu detto il tutto, ma non mi fu detto chi fussi stato; e io non mi potevo inmaginare chi tal cosa avessi detto, che sapendolo io ne arei fatto vendette a misura di carboni.

XCIII. Attesi a finire il mio libretto; e finito che io l'ebbi, lo portai dal Papa, il quale veramente non si potette tenere che egli non me lo lodassi grandemente. Al quale io dissi che mi mandassi a portarlo come lui mi aveva promesso. Il Papa mi rispose, che farebbe quanto gli venissi bene di fare e che io avevo fatto quel che s'apparteneva a me. Cosí dette commessione che io fossi ben pagato. Delle quale opere in poco piú di dua mesi io mi avanzai cinquecento scudi: il diamante mi fu pagato a ragion di cencinquanta scudi e non piú; tutto il restante mi fu dato per fattura di quel libretto, la qual fattura ne meritava piú di mille, per essere opera ricca di assai figure e fogliami e smalti e gioie. Io mi presi quel che io possetti avere, e feci disegno di andarmi con Dio di Roma. In questo il Papa mandò il detto libretto allo Imperadore per un suo nipote domandato il signore Sforza, il quale presentando il libro allo Imperadore, lo Imperatore l'ebbe gratissimo, e subito domandò di me. Il giovanetto signore Sforza, ammaestrato, disse che per essere io infermo non ero andato. Tutto mi fu ridetto.

Intanto messomi io in ordine per andare alla volta di Francia; e me ne volevo andare soletto; ma non possetti, perché un giovanetto che stava meco, il quale si domandava Ascanio; questo giovane era di età molto tenera ed era il piú mirabil servitore che fossi mai al mondo; e quando io lo presi, e' s'era partito da un suo maestro, che si domandava Francesco, che era spagnolo e orefice. Io, che non arei voluto pigliare questo giovanetto per non venire in contesa con il detto spaguolo, dissi a Ascanio: - Non ti voglio, per non fare dispiacere al tuo maestro -. E' fece tanto che il maestro suo mi scrisse una polizza, che liberamente io lo pigliassi. Cosí era stato meco di molti mesi; e per essersi partito magro e spunto, noi lo domandavamo il Vecchino; e io pensavo che fossi un vecchino, sí perché lui serviva tanto bene; e perché gli era tanto saputo, non pareva ragione che innell'età di tredici anni, che lui diceva di avere, vi fussi tanto ingegno. Or per tornare, costui in quei pochi mesi messe persona, e ristoratosi dallo istento divenne il piú bel giovane di Roma, e sí per essere quel buon servitor che io ho detto, e perché gl'imparava l'arte maravigliosamente, io gli posi uno amore grandissimo come figliuolo, e lo tenevo vestito come se figliuolo mi fussi stato. Vedutosi il giovane restaurato, e' gli pareva avere aùto una gran ventura a capitarmi alle mane. Andava ispesso a ringraziare il suo maestro, che era stato causa del suo gran bene; e perché questo suo maestro aveva una bella giovane per moglie, lei diceva: - Surgetto, che hai tu fatto che tu sei diventato cosí bello? - e cosí lo chiamavano quando gli stava con esso loro. Ascanio rispose a lei: - Madonna Francesca, è stato lo mio maestro che mi ha fatto cosí bello e molto piú buono -. Costei velenosetta l'ebbe molto per male che Ascanio dicessi cosí: e perché lei aveva nome di non pudica donna, seppe fare a questo giovanetto qualche carezza forse piú là che l'uso de l'onestà; per la qual cosa io mi avvedevo che molte volte questo giovanetto andava piú che 'l solito suo a vedere la sua maestra. Accadde, che avendo un giorno dato malamente delle busse a un fattorino di bottega, il quale, giunto che io fui, che venivo di fuora, il detto fanciullo piagnendo si doleva, dicendomi che Ascanio gli aveva dato sanza ragion nessuna. Alle qual parole io dissi a Ascanio: - O con ragione o senza ragione, non ti venga mai piú dato a nessun di casa mia, perché tu sentirai in che modo io so dare io -. Egli mi rispose: onde io subito mi gli gittai addosso, e gli detti di pugna e calci le piú aspre busse che lui sentissi mai. Piú tosto che lui mi possette uscir delle mane, sanza cappa e sanza berretta fuggí fuora, e per dua giorni io non seppi mai dove lui si fussi, né manco ne cercavo, se none in capo di dua giorni mi venne a parlare un gentiluomo spagnuolo, il quale si domandava don Diego. Questo era il piú liberale uomo che io conoscessi mai al mondo; io gli avevo fatte e facevo alcune opere, di modo che gli era assai mio amico. Mi disse che Ascanio era tornato col suo vecchio maestro, e che, se e' mi pareva, che io gli dessi la sua berretta e cappa che io gli avevo donata. A queste parole io dissi che Francesco si era portato male, e che gli aveva fatto da persona malcreata; perché se lui m'avessi detto subito che Ascanio fu andato dallui, sí come lui era in casa sua, io molto volentieri gli arei dato licenzia; ma per averlo tenuto dua giorni, poi né me lo fare intendere, io non volevo che gli stessi seco; e che facessi che io non io vedessi in modo alcuno in casa sua. Tanto riferí don Diego: per la qual cosa il detto Francesco se ne fece beffe. L'altra mattina seguente io vidi Ascanio, che lavorava certe pappolate di filo accanto al ditto maestro. Passando io, il ditto Ascanio mi fece riverenzia, e il suo maestro quasi che mi derise. Mandommi a dire per quel gentiluomo don Diego che, se a me pareva, che io rimandassi a Ascanio e' panni che io gli avevo donati; quando che no, non se ne curava, e che a Ascanio non mancheria panni. A queste parole io mi volsi a don Diego e dissi: - Signor don Diego, in tutte le cose vostre io non viddi mai né il piú liberale né il piú dabbene di voi; ma cotesto Francesco è tutto il contrario di quel che voi siete, perché gli è un disonorato marrano. Ditegli cosí da mia parte, che se innanzi che suoni vespro lui medesimo non m'ha rimenato Ascanio qui alla bottega mia, io l'ammazzerò a ogni modo; e dite a Ascanio, che se lui non si leva di quivi in quell'ora consacrata al suo maestro, che io farò a lui poco manco -. A queste parole quel signor don Diego non mi rispose niente, anzi andò e messe in opera cotanto spavento al ditto Francesco, che lui non sapeva che farsi. Intanto Ascanio era ito a cercar di suo padre, il quale era venuto a Roma da Tagliacozzi, di donde gli era; e sentendo questo scompiglio, ancora lui consigliava Francesco che dovessi rimenare Ascanio a me. Francesco diceva a Ascanio: - Vavvi da te, e tuo padre verrà teco -. Don Diego diceva: - Francesco, io veggo qualche grande scandolo: tu sai meglio di me chi è Benvenuto; rimènagnene sicuramente, e io verrò teco -. Io che m'ero messo in ordine, passeggiavo per bottega aspettando il tocco di vespro, dispostomi di fare una delle piú rovinose cose che in tempo di mia vita mai fatta avessi. In questo sopraggiunse don Diego, Francesco e Ascanio, e il padre, che io non conosceva. Entrato Ascanio, io che gli guardavo tutti con l'occhio della stizza, Francesco di colore ismorto disse: - Eccovi rimenato Ascanio, il quale io tenevo, non pensando farvi dispiacere -. Ascanio reverentemente disse: - Maestro mio, perdonatemi; io son qui per far tutto quello che voi mi comanderete -. Allora io dissi: - Se' tu venuto per finire il tempo che tu m'hai promesso? - Disse di sí, e per non si partir mai piú da me. Io mi volsi allora e dissi a quel fattorino, a chi lui aveva dato, che gli porgessi quel fardello de' panni: e allui dissi: - Eccoti tutti e' panni che io t'avevo donati, e con essi abbi la tua libertà e va dove tu vuoi -. Don Diego restato maravigliato di questo, ché ogni altra cosa aspettava. In questo, Ascanio insieme col padre mi pregava che io gli dovessi perdonare e ripigliarlo. Domandato chi era quello che parlava per lui, mi disse esser suo padre; al quale di poi molte preghiere dissi: - E per esser voi suo padre, per amor vostro lo ripiglio.

XCIV. Essendomi risoluto, come io dissi poco fa, di andarmene alla volta di Francia, sí per aver veduto che il Papa non mi aveva in quel concetto di prima, ché per via delle male lingue m'era stato intorbidato la mia gran servitú, e per paura che quelli che potevano non mi facessin peggio; però mi ero disposto di cercare altro paese, per veder se io trovavo miglior fortuna, e volentieri mi andavo con Dio, solo. Essendomi risoluto una sera per partirmi la mattina, dissi a quel fidel Felice, che si godessi tutte le cose mia insino al mio ritorno; e se avveniva che io non ritornassi, volevo che ogni cosa fossi suo. E perché io avevo un garzone perugino, il quale mi aveva aiutato finir quelle opere del Papa, a questo detti licenzia, avendolo pagato delle sue fatiche. Il quale mi disse, che mi pregava che io lo lasciassi venir meco, e che lui verrebbe a sue spese; che s'egli accadessi che io mi fermassi a lavorare con il Re di Francia, gli era pure il meglio che io avessi meco de li mia Italiani, e maggiormente di quelle persone che io cognoscevo che mi arebbon saputo aiutare. Costui seppe tanto pregarmi, che io fui contento di menarlo meco innel modo che lui aveva detto. Ascanio, trovandosi ancora lui alla presenza di questo ragionamento, disse mezzo piangendo: - Dipoi che voi mi ripigliasti, i' dissi di voler star con voi a vita, e cosí ho in animo di fare -. Io dissi al ditto che io non lo volevo per modo nessuno. Il povero giovanetto si metteva in ordine per venirmi drieto a piede. Veduto fatto una tal resoluzione, presi un cavallo ancora per lui, e messogli una mia valigetta in groppa, mi caricai di molti piú ornamenti che fatto io non arei; e partitomi di Roma ne venni a Firenze, e da Firenze a Bologna, e da Bologna a Vinezia, e da Vinezia me ne andai a Padova: dove io fui levato d'in su l'osteria da quel mio caro amico, che si domandava Albertaccio del Bene. L'altro giorno a presso andai a baciar le mane a messer Pietro Bembo, il quale non era ancor cardinale. Il detto messer Pietro mi fece le piú sterminate carezze che mai si possa fare a uomo del mondo; di poi si volse ad Albertaccio e disse: - Io voglio che Benvenuto resti qui con tutte le sue persone, se lui ne avessi ben cento; sí che risolvetevi, volendo anche voi Benvenuto, a restar qui meco, altrimenti io non ve lo voglio rendere - e cosí mi restai a godere con questo virtuosissimo Signore. Mi aveva messo in ordine una camera, che sarebbe troppo onorevole a un cardinale, e continuamente volse che io mangiassi accanto a Sua Signoria. Dipoi entrò con modestissimi ragionamenti, mostrandomi che arebbe aùto desiderio che io lo ritraessi; e io, che non desideravo altro al mondo, fattomi certi stucchi candidissimi dentro in uno scatolino, lo cominciai; e la prima giornata io lavorai dua ore continue, e bozzai quella virtuosa testa di tanta buona grazia, che Sua Signoria ne restò istupefatta; e come quello che era grandissimo innelle sue lettere e innella poesia in superlativo grado, ma di questa mia professione Sua Signoria non entendeva nulla al mondo: il perché si è che allui parve che io l'avessi finita a quel tempo, che io non l'avevo a pena cominciata: di modo che io non potevo dargli ad intendere che la voleva molto tempo a farsi bene. All'utimo io mi risolsi a farla il meglio che io sapevo col tempo che la meritava: e perché egli portava la barba corta alla veniziana, mi dette di gran fatiche a fare una testa che mi sadisfacessi. Pure la fini' e mi parve fare la piú bella opera che io facessi mai, per quanto si aparteneva a l'arte mia. Per la qual cosa io lo viddi sbigottito, perché e' pensava che avendola io fatta di cera in dua ore io la dovessi fare in dieci d'acciaro. Veduto poi che io non l'avevo potuta fare in dugento ore di cera, e dimandavo licenzia per andarmene alla volta di Francia, il perché lui si sturbava molto, e mi richiese che io gli facessi un rovescio a quella sua medaglia, almanco; e questo fu un caval Pegaseo in mezzo a una ghirlanda di mirto. Questo io lo feci in circa a tre ore di tempo, dandogli bonissima grazia; e essendo assai sadisfatto, disse: - Questo cavallo mi par pure maggior cosa l'un dieci, che non è il fare una testolina, dove voi avete penato tanto: io non son capace di questa difficultà -. Pure mi diceva e mi pregava, che io gnene dovessi fare in acciaro, dicendomi: - Di grazia fatemela, perché voi me la farete ben presto, se voi vorrete -. Io gli promessi che quivi io non la volevo fare; ma dove io mi fermassi a lavorare gliene farei senza manco nessuno. In mentre che noi tenevamo questo proposito, io ero andato a mercatare tre cavalli per andarmene alla volta di Francia; e lui faceva tener conto di me segretamente, perché aveva grandissima autorità in Padova; di modo che volendo pagare i cavalli, li quali avevo mercatati cinquanta ducati, il padrone di essi cavalli mi disse: - Virtuoso uomo, io vi fo un presente delli tre cavalli -. Al quale io risposi: - Tu non sei tu che me gli presenti; e da quello che me gli presenta io non gli voglio, perché io non gli ho potuto dar nulla delle fatiche mie -. Il buono uomo mi disse che, non pigliando quei cavagli, io non caverei altri cavagli di Padova e sarei necessitato a 'ndarmene a piede. A questo io me ne andai al magnifico messer Pietro, il quale faceva vista di non saper nulla, e pur mi carezzava, dicendomi che io soprastessi in Padova. Io che non ne volevo far nulla ed ero disposto a 'ndarmene a ogni modo, mi fu forza accettare li tre cavalli; e con essi me ne andai.

XCV. Presi il cammino per terra di Grigioni, perché altro cammino non era sicuro, rispetto alle guerre. Passammo le montagne dell'Alba e della Berlina: era agli otto dí di maggio ed era la neve grandissima. Con grandissimo pericolo della vita nostra passammo queste due montagne. Passate che noi le avemmo, ci fermammo a una terra la quale, se ben mi ricordo, si domanda Valdistà: quivi alloggiammo. La notte vi capitò un corriere fiorentino, il quale si domandava il Busbacca. Questo corriere io l'avevo sentito ricordare per uomo di credito e valente nella sua professione, e non sapevo che gli era scaduto, per le sue ribalderie. Quando e' mi vedde all'osteria, lui mi chiamò per nome, e mi disse che andava per cose d'inportanza a Lione, e che di grazia io gli prestassi dinari per il viaggio. A questo io dissi, che non avevo danari da potergli prestare, ma che volendo venir meco di compagnia io gli farei le spese insino a Lione. Questo ribaldo piagneva e facevami le belle lustre dicendomi, come - per e' casi d'importanza della nazione essendo mancato danari a un povero corrieri, un par vostro è ubbrigato a 'iutarlo - e di piú mi disse che portava cose di grandissima importanza di messer Filippo Strozzi: e perché gli aveva una guaina d'un bicchiere coperta di cuoio, mi disse innell'orecchio, che in quella guaina era un bicchier d'argento, e che in quel bicchiere era gioie di valore di molte migliaia di ducati, e che e' v'era lettere di grandissima importanza, le quali mandava messer Filippo Strozzi. A questo io dissi a lui, che mi lasciassi rinchiuder le gioie a dosso a lui medesimo, le quali porterebbon manco pericolo che a portarle in quel bicchiere; e che quel bicchiere lasciassi a me, il quale poteva valere dieci scudi incirca, e io lo servirei di venticinque. A queste parole il corrier disse, che se ne verrebbe meco, non potento far altro, perché lasciando quel bicchiere non gli sarebbe onore. Cosí la mozzammo; e la mattina partendoci arrivammo a un lago, che è in fra Valdistate e Vessa; questo lago è lungo quindici miglia, dove e s'arriva a Vessa. Veduto le barche di questo lago, io ebbi paura; perché le dette barche son d'abete, non molto grande e non molto grosse, e non son confitte, né manco impeciate; e se io non vedevo entrare in un'altra simile quattro gentiluomini tedeschi con i loro cavagli, io non entravo mai in questa; anzi mi sarei piú presto tornato addietro; ma io mi pensai, alle bestialità che io vedevo fare a coloro, che quelle acque tedesche non affogassino, come fanno le nostre della Italia. Quelli mia dua giovani mi dicevano pure: - Benvenuto, questa è una pericolosa cosa a entrarci drento con quattro cavalli -. A e' quali io dicevo: - Non considerate voi, poltroni, che quei quattro gentiluomini sono entrati innanzi a noi, e vanno via ridendo? Se questo fussi vino, come l'è acqua, io direi che lor vanno lieti per affogarvi drento; ma perché l'è acqua, io so ben che e' non hanno piacere d'affogarvi, sí ben come noi -. Questo lago era lungo quindici miglia e largo tre in circa; da una banda era un monte altissimo e cavernoso, dall'altra era piano e erboso. Quando noi fummo drento in circa quattro miglia, il ditto lago cominciò a far fortuna, di sorte che quelli che vogavano ci chiedevano aiuto che noi gli aiutassimo vogare; cosí facemmo un pezzo. Io accennavo, e dicevo che ci gettassino a quella proda di là; lor dicevano non esser possibile, perché non v'è acqua che sostenessi la barca, e che e' v'è certe secche, per le quale la barca subito si disfarebbe e annegheremmo tutti, e pure ci sollecitavano che noi aiutassimo loro. E' barcheriuoli si chiamavano l'un l'altro, chiedendosi aiuto. Vedutogli io sbigottiti, avendo un caval savio gli acconciai la briglia al collo e presi una parte della cavezza con la man mancina. Il cavallo che era, sí come sono, con qualche intelligenza, pareva che si fussi avveduto quel che io volevo fare, che avendogli volto il viso in verso quell'erba fresca, volevo che, notando, ancora me istrascicassi seco. In questo venne una onda sí grande da quel lago, che la soprafece la barca. Ascanio gridando: - Misericordia, padre mio, aiutatemi - mi si volse gittare addosso; il perché io messi mano al mio pugnaletto, e gli dissi che facessino quel che io avevo insegnato loro, perché i cavagli salverebbon lor la vita sí bene, com'io speravo camparla ancora io per quella via; e se piú e' mi si gittassi addosso, io l'ammazzerei. Cosí andammo innanzi parecchi miglia con questo mortal pericolo.

XCVI. Quando noi fummo a mezzo il lago, noi trovammo un po' di piano da poterci riposare, e in su questo piano viddi ismontato quei quattro gentiluomini tedeschi. Quando noi volemmo ismontare, il barcherolo non voleva per niente. Allora io dissi a' mia giovani: - Ora è tempo a far qualche pruova di noi: sí che mettete mano alle spade, e facciàno che per forza e' ci mettino in terra -. Cosí facemmo con gran difficultà, perché lor fecion grandissima resistenza. Pure messi che noi fummo in terra, bisognava salire due miglia su per quel monte, il quale era piú difficile che salire su per una scala a piuoli. Io ero tutto armato di maglia con istivali grossi e con uno scoppietto in mano, e pioveva quanto Idio ne sapeva mandare. Quei diavoli di quei gentiluomini tedeschi con quei lor cavalletti a mano facevano miracoli, il perché i nostri cavagli non valevano per questo effetto, e crepavamo di fatica a farli salire quella difficil montagna. Quando noi fummo in su un pezzo, il cavallo d'Ascanio, che era un cavall'unghero mirabilissimo, questo era innanzi un pochetto al Busbacca corriere, e 'l ditto Ascanio gli aveva dato la sua zagaglia, che gliene aiutassi portare; avvenne che per e' cattivi passi quel cavallo isdrucciolò e andò tanto barcollone, non si potendo aiutare, che percosse in su la punta della zagaglia di quel ribaldo di quel corriere, che non l'aveva saputa iscansare; e passata al cavallo la gola a banda a banda, quell'altro mio garzone, volendo aiutare ancora il suo cavallo, che era un caval morello, isdrucciolò inverso il lago e s'attenne a un respo, il qual era sottilissimo. In su questo cavallo era un paio di bisacce, nelle quali era drento tutti e' mia danari con ciò che io avevo di valore: dissi al giovane che salvassi la sua vita, e lasciassi andare il cavallo in malora: la caduta si era piú d'un miglio e andava a sottosquadro e cadeva nel lago. Sotto questo luogo a punto era fermato quelli nostri barcheruoli; a tale che se il cavallo cadeva, dava loro a punto addosso. Io era innanzi a tutti e stavamo a vedere tombolare il cavallo, il quale pareva che andassi al sicuro in perdizione. In questo io dicevo a' mia giovani: - Non vi curate di nulla, salvianci noi e ringraziamo Idio d'ogni cosa; a me mi sa solamente male di questo povero uomo del Busbacca, che ha legato il suo bicchiere e le sue gioie, che son di valore di parecchi migliaia di ducati, all'arcione di quel cavallo, pensando quell'essere piú sicuro: e mia son pochi cento di scudi, e non ho paura di nulla al mondo, purché io abbia la grazia de Dio -. Il Busbacca allora disse: - E' non m'incresce de' mia, ma e m'incresce ben de' vostri -. Dissi a lui: - Perché t'incresc'egli de' mia pochi, e non t'incresce de' tua assai? - Il Busbacca disse allora: - Dirovelo in nel nome di Dio: in questi casi e ne' termini che noi siamo, bisogna dire il vero. Io so che i vostri sono iscudi, e son da dovero; ma quella mia vesta di bicchiere, dove io ho detto esser tante gioie e tante bugie, è tutta piena di caviale -. Sentendo questo io non possetti fare che io non ridessi: quei mia giovani risono; lui piagneva. Quel cavallo si aiutò, quando noi l'avevamo fatto ispacciato. Cosí ridendo ripigliammo le forze e mettemmoci a seguitare il monte. Quelli quattro gentiluomini tedeschi, ch'erono giunti prima di noi in cima di quella ripida montagna, ci mandorno alcune persone, le quali ci aiutorno; tanto che noi giugnemmo a quel salvatichissimo alloggiamento: dove, essendo noi molli, istracchi e affamati, fummo piacevolissimamente ricevuti; e ivi ci rasciugammo, ci riposammo, sodisfacemmo alla fame e con certe erbacce fu medicato il cavallo ferito; e ci fu insegnato quella sorte d'erbe, le quali n'era pieno la siepe, e ci fu detto, che tenendogli continuamente la piaga piena di quell'erbe, il cavallo non tanto guarirebbe, ma ci servirebbe come se non avessi un male al mondo: tanto facemmo. Ringraziato i gentiluomini, e noi molto ben ristorati, di quivi ci partimmo e passammo innanzi, ringraziando Idio, che ci aveva salvati da quel gran pericolo.

XCVII. Arrivammo a una terra di là da Vessa: qui ci riposammo la notte, dove noi sentimmo a tutte l'ore della notte una guardia, che cantava in molto piacevol modo; e per essere tutte quelle case di quella città di legno di abeto, la guardia non diceva altra cosa, se non che s'avessi cura al fuoco. Il Busbacca, che era spaventato della giornata, a ogni ora che colui cantava, el Busbacca gridava in sogno, dicendo: - Ohimè Idio, che io affogo! - e questo era lo spavento del passato giorno; e arroto a quello, che s'era la sera inbriacato, perché volse fare a bere quella sera con tutti e' tedeschi che vi erano; e talvolta diceva: - Io ardo - e talvolta: - Io affogo -: gli pareva essere alcune volte innello 'nferno marterizzato con quel caviale al collo. Questa notte fu tanto piacevole, che tutti e' nostri affanni si erano conversi in risa. La mattina levatici con bellissimo tempo, andammo a desinare a una lieta terra domandata Lacca. Quivi fummo mirabilmente trattati; di poi pigliammo guide, le quali erano di ritorno a una terra chiamata Surich. La guida che menava, andava su per un argine d'un lago, e non v'era altra strada, e questo argine ancora lui era coperto d'acqua, in modo che la bestial guida sdrucciolò, e il cavallo e lui andorno sotto l'acqua. Io, che ero drieto alla guida a punto, fermato il mio cavallo, istetti a veder la bestia sortir dell'acqua; e come se nulla non fossi stato, ricominciò a cantare, e accennavami che io andassi innanzi. Io mi gittai in su la man ritta, e roppi certe siepe; cosí guidavo i mia giovani e 'l Busbacca. La guida gridava, dicendomi in tedesco pure che se quei populi mi vedevano, mi arebbero ammazzato. Passammo innanzi e scampammo quell'altra furia. Arrivammo a Surich, città maravigliosa, pulita quanto un gioiello. Quivi riposammo un giorno intero, di poi una mattina per tempo ci partimmo; capitammo a un'altra bella città chiamata Solutorno: di quivi capitammo a Usanna, da Usanna a Ginevra, da Ginevra a Lione, sempre cantando e ridendo. A Lione mi riposai per quattro giornate; molto mi rallegrai con alcuni mia amici; fui pagato della spesa che io avevo fatta per il Busbacca; di poi in capo dei quattro giorni, presi il cammino per la volta di Parigi. Questo fu viaggio piacevole, salvo che quando noi giugnemmo alla Palissa, una banda di venturieri ci volsono assassinare, e non con poca virtú ci salvammo. Di poi ce ne andammo insino a Parigi sanza un disturbo al mondo: sempre cantando e ridendo giugnemmo a salvamento.

XCVIII. Riposatomi in Parigi alquanto, me ne andai a trovare il Rosso dipintore, il quale stava al servizio del Re. Questo Rosso io pensava che lui fossi il maggiore amico che io avessi al mondo, perché io gli avevo fatto in Roma i maggior piaceri che possa fare un uomo a un altro uomo; e perché questi cotai piaceri si posson dire con brieve parole, io non voglio mancare di non gli dire, mostrando quant'è sfacciata la ingratitudine. Per la sua mala lingua, essendo lui in Roma, gli aveva detto tanto male de l'opere di Raffaello da Urbino, che i discepoli suoi lo volevano ammazzare a ogni modo: da questo lo campai, guardandolo dí e notte con grandissime fatiche. Ancora per aver detto male di maestro Antonio da San Gallo, molto eccellente architettore, gli fece torre un'opera che lui gli aveva fatto avere da messer Agnol de Cesi; dipoi cominciò tanto a far contro a di lui, che egli l'aveva condotto a morirsi di fame; per la qual cosa io gli prestai di molte decine di scudi per vivere. E non gli avendo ancora riauti, sapendo che gli era al servizio del Re, lo andai, come ho detto, a visitare: non tanto pensavo che lui mi rendessi li mia dinari, ma pensavo che mi dessi aiuto e favore per mettermi al servizio di quel gran Re. Quando costui mi vedde, subito si turbò e mi disse: - Benvenuto, tu se venuto con troppa spesa innun cosí gran viaggio, massimo di questo tempo, che s'attende alla guerra e non a baiuccole di nostre opere -. Allora io dissi, che io avevo portato tanti dinari da potermene tornare a Roma in quel modo che io ero venuto a Parigi; e che questo non era il cambio delle fatiche che io avevo durate per lui; e che io cominciavo a credere quel che mi aveva detto di lui maestro Antonio da San Gallo. Volendosi metter tal cosa in burla, essendosi avveduto della sua sciaurataggine, io gli mostrai una lettera di cambio di cinquecento scudi a Ricciardo del Bene. Questo sciaurato pur si vergognava, e volendomi tenere quasi per forza, io mi risi di lui, e me ne andai insieme con un pittore, che era quivi alla presenza. Questo si domandava lo Sguazzella: ancora lui era fiorentino; anda'mene a stare in casa sua con tre cavalli e tre servitori a tanto la settimana. Lui benissimo mi trattava, e io meglio lo pagavo. Di poi cercai di parlare al Re, al quale m'introdusse un certo messer Giuliano Buonaccorsi suo tesauriere. A questo io soprastetti assai, perché io non sapevo che il Rosso operava ogni diligenza, che io non parlassi al Re. Poiché il ditto messer Giuliano se ne fu avveduto, subito mi menò a Fontana Biliò e messemi drento inanzi al Re, da il quale io ebbi un'ora intera di gratissima audienza. E perché il Re era in assetto per andare alla volta di Lione, disse al ditto messer Giuliano che seco mi menassi, e che per la strada si ragionerebbe di alcune belle opere, che Sua Maestà aveva in animo di fare. Cosí me ne andavo insieme a presso al traino della Corte; e per la strada feci grandissima servitú col cardinale di Ferrara, il quale non aveva ancora il cappello. E perché ogni sera io avevo grandissimi ragionamenti con il ditto Cardinale, e Sua Signoria diceva che io mi dovessi restare in Lione a una sua badia, e quivi potrei godere in fine a tanto che il Re tornassi dalla guerra, che se ne andava alla volta di Granopoli, e alla sua badia in Lione io arei tutte le comodità. Giunti che noi fummo a Lione, io mi ero ammalato, e quel mio giovane Ascanio aveva preso la quartana; di sorte che m'era venuto a noia i franciosi e la

lor Corte, e mi parea mill'anni di ritornarmene a Roma. Vedutomi disposto il Cardinale a ritornare a Roma, mi dette tanti dinari, che io gli facessi
in Roma un bacino e un boccale d'ariento. Cosí ce ne ritornammo alla
volta di Roma in su bonissimi cavalli, e venendo per le montagne del Sanpione; e essendomi accompagnato con certi franzesi, con li quali venimmo un pezzo, Ascanio con la sua quartana, e io con una febbretta
sorda, la quale pareva che non mi lasciassi punto; e avevo sdegnato lo stomaco di modo, che io non credo che mi toccassi a mangiare un pane intero la settimana, e molto desideravo di arrivare in Italia, desideroso di
morire in Italia e non in Francia.

XCIX. Passato che noi avemmo li monti del Sanpione detto, trovammo
un fiume presso a un luogo domandato Indevedro. Questo fiume era
molto largo, assai profondo, e sopra esso aveva un ponticello lungo e
stretto, sanza sponde. Essendo la mattina una brinata molto grossa, giunto
al ponte, che mi trovavo innanzi a tutti, e conosciutolo molto pericoloso,
comandai alli mia giovani e servitori che scavalcassino, menando li lor cavalli a mano. Cosí passai il detto ponte molto felicemente, e me ne venivo
ragionando con un di quei dua franzesi, il quale era un gentiluomo: quel-
l'altro era un notaro, il quale era restato a dietro alquanto, e dava la baia
a quel gentiluomo franzese e a me, che per paura di nonnulla avevàno voluto quel disagio de l'andar a piede. Al quale io mi volsi, vedutolo in sul
mezzo del ponte, e lo pregai che venissi pianamente, per che egli era in
luogo molto pericoloso. Questo uomo, che non potette mancare alla sua
franciosa natura, mi disse in francioso che io era uomo di poco animo, e
che quivi non era punto di pericolo. Mentre che diceva queste parole,
volse pugnere un poco il cavallo, per la qual cosa subito il cavallo isdrucciolò fuor del ponte, e con le gambe inverso il cielo cadde a canto a un
sasso grossissimo. E perché Idio molte volte è misericordioso de' pazzi,
questa bestia insieme con l'altra bestia e suo cavallo dettono innun ton-
fano grandissimo, dove gli andorno sotto, e lui e il cavallo. Subito veduto
questo, con grandissima prestezza io mi cacciai a correre, e con gran difficoltà saltai in su quel sasso, e spenzolandomi da esso, aggiunsi un lembo
d'una guarnacca che aveva adosso quest'uomo, e per quel lembo lo tirai
su, che ancora stava coperto dall'acqua; e perché gli aveva beuto assai
acqua, e poco stava che saria affogato, io, vedutolo fuor del pericolo, mi

rallegrai seco d'avergli campato la vita. Per la qual cosa costui mi rispose in franzese e mi disse che io non avevo fatto nulla; che la importanza si era le sue scritture, che valevan di molte dicine di scudi: e pareva che queste parole costui me le dicesse in còllora, tutto molle e barbugliando. A questo, io mi volsi a certe guide che noi avevamo, e commissi che aiutassino quella bestia, e che io gli pagherei. Una di quelle guide virtuosamente e con gran fatica si mise a 'iutarlo, e ripescògli le sue scritture, tanto che lui non perse nulla; quell'altra guida mai non volse durar fatica nissuna a 'iutarlo. Arrivati che noi fummo poi a quel luogo sopra ditto - noi avevamo fatto una borsa, la quale era tocca a spendere a me - desinato che noi avemmo, io detti parecchi danari della borsa della compagnia a quella guida, che aveva aiutato trar colui dell'acqua; per la qual cosa costui mi diceva, che quei danari io gliene darei del mio, che non intendeva di dargli altro che quel che noi eramo d'accordo, d'aver fatto l'uffizio della guida. A questo, io gli dissi molte ingiuriose parole. Allora mi si fece incontro l'altra guida, qual non aveva durato fatica, e voleva pure che io pagassi anche lui; e perché io dissi: - Ancora costui merita il premio per aver portato la croce, - mi rispose, che presto mi mostrerebbe una croce, alla quale io piagnerei. Allui dissi che io accenderei un moccolo a quella croce, per il quale io speravo che allui toccherebbe il primo a piagnere. E perché questo è luogo di confini infra i Veniziani e Tedeschi, costui corse per populi, e veniva con essi con un grande ispiede inanzi. Io, che ero in sul mio buon cavallo, abbassai il fucile in sul mio archibuso: voltomi a' compagni, dissi: - Al primo ammazzo colui; e voi altri fate il debito vostro, perché quelli sono assassini di strada, e hanno preso questo poco dell'occasione solo per assassinarci -. Quell'oste, dove noi avevamo mangiato, chiamò un di quei caporali, ch'era vecchione, e lo pregò che rimediasse a tanto inconveniente, dicendogli: - Questo è un giovine bravissimo, e se bene voi lo taglierete a pezzi, e ne ammazzerà tanti di voi altri, e forse potria scaparvi delle mani, da poi fatto il male che gli arà -. La cosa si quietò, e quel vecchio capo di loro mi disse: - Va in pace, che tu non faresti una insalata, se tu avessi ben cento uomini teco -. Io che conoscevo che lui diceva la verità e mi ero risoluto di già e fattomi morto, non mi sentendo dire altre parole ingiuriose, scotendo il capo, dissi: - Io arei fatto tutto il mio potere, mostrando essere animal vivo e uomo - e preso il viaggio, la sera al primo alloggiamento, facemmo conto della borsa, e mi divisi da quel francioso bestiale, restando molto amico di quell'altro che era gentiluomo; e con i mia tre cavalli, soli ce ne venimmo a Ferrara. Scavalcato che io fui, me ne andai in Corte del Duca per far reverenzia a Sua Eccellenzia, per potermi partir la mattina alla volta di Santa Maria dal Loreto. Avevo aspettato insino a dua ore di notte, e allora comparse il Duca: io gli baciai le mane; mi fece grande accoglienze, e commisse che mi fussi dato l'acqua alle mane. Per la qual cosa io piacevolmente dissi: - Eccellentissimo signore, egli è piú di quattro mesi che io non ho mangiato tanto, che sia da credere che con tanto poco si viva; però, cognosciutomi che io non mi potrei confortare de' reali cibi della sua tavola, mi starò cosí ragionando con quella, in mentre che Vostra Eccellenzia cena, e lei e io a un tratto medesimo aremo piú piacere, che se io cenassi seco -. Cosí appiccammo ragionamento, e passammo insino alle cinque ore. Alle cinque ore poi io presi licenzia, e andatomene alla mia osteria, trovai apparecchiato maravigliosamente, perché il Duca mi aveva mandato a presentare le regaglie del suo piatto con molto buon vino; e per esser a quel modo soprastato piú di dua ore fuor della mia ora del mangiare, mangiai con grandissimo appetito, che fu la prima volta che di poi e' quattro mesi io avevo potuto mangiare.

C. Partitomi la mattina, me ne andai a Santa Maria dal Loreto, e di quivi, fatto le mie orazione, ne andai a Roma; dove io trovai il mio fidelissimo Felice, al quale io lasciai la bottega con tutte le masserizie e ornamenti sua, e ne apersi un'altra a canto al Sugherello profumiere, molto piú grande e piú spaziosa; e mi pensavo che quel gran Re Francesco non si avessi a ricordar di me. Per la qual cosa io presi molte opere da diversi signori, e intanto lavoravo quel boccale e bacino che io avevo preso da fare dal cardinal di Ferrara. Avevo di molti lavoranti e molte gran faccende d'oro e di argento. Avevo pattuito con quel mio lavorante perugino, che da per sé s'era iscritto tutti i danari che per la parte sua si erano ispesi, li quai danari s'erano ispesi in suo vestire e in molte altre cose; con le spese del viaggio erano in circa a settanta scudi: delli quali noi c'eramo accordati che lui ne scontassi tre scudi il mese; ché piú di otto iscudi io gli facevo guadagnare. In capo di dua mesi questo ribaldo si andò con Dio di bottega mia, e lasciommi impedito da molte faccende, e disse che non mi voleva dar altro. Per questa cagione io fui consigliato di prevalermene per la via della iustizia, perché m'ero messo in animo di tagliargli un braccio; e sicurissimamente lo facevo, ma li amici mia mi dicevano che non era bene che io facessi una tal cosa, avvenga che io perdevo li mia danari e forse un'altra volta Roma, perché i colpi non si danno a patti; e che io potevo con quella scritta, che io avevo di sua mano, subito farlo pigliare. Io mi attenni al consiglio, ma volsi piú liberamente agitare tal cosa. Mossi la lite all'auditore della Camera realmente, e quella convinsi; e per virtú di essa, che v'andò parecchi mesi, io da poi lo feci mettere in carcere. Mi trovavo carica la bottega di grandissime faccende, e in fra l'altre tutti gli ornamenti d'oro e di gioie della moglie del signor Gerolimo Orsino, padre del signor Paulo oggi genero del nostro duca Cosimo. Queste opere erano molto vicine alla fine, e tuttavia me ne cresceva delle importantissime. Avevo otto lavoranti, e con essi insieme, e per onore e per utile, lavoravo il giorno e la notte.

CI. In mentre che cosí vigorosamente io seguitavo le mie imprese, mi venne una lettera mandatami con diligenza dal Cardinale di Ferrara, la quale diceva in questo tenore: "Benvenuto caro amico nostro. Alli giorni passati questo gran Re Cristianissimo si ricordò di te, dicendo che desiderava averti al suo servizio. Al quale io risposi, che tu m'avevi promesso, che ogni volta che io mandavo per te per servizio di Sua Maestà, subito tu verresti. A queste parole Sua Maestà disse: - Io voglio che si gli mandi la comodità da poter venire, sicondo che merita un suo pari - e subito comandò al suo Amiraglio, che mi facessi pagare mille scudi d'oro da il tesauriere de' risparmi. Alla presenza di questo ragionamento si era il cardinale de' Gaddi, il quale subito si fece innanzi e disse a Sua Maestà, che non accadeva che Sua Maestà dessi quella commessione, perché lui disse averti mandato danari a bastanza, e che tu eri per il cammino. Ora se per caso egli è il contrario, sí come io credo, di quel che ha detto il cardinal de' Gaddi, aùto questa mia lettera, rispondi subito, perché io rappiccherò il filo, e farotti dare li promessi danari da questo magnanimo Re".

Ora avvertisca il mondo e chi vive in esso, quanto possono le maligne istelle coll'avversa fortuna in noi umani! Io non avevo parlato due volte a' mie' dí a questo pazzerellino di questo cardinaluccio de' Gaddi; e questa sua saccenteria lui non la fece per farmi un male al mondo, ma solo la fece per cervellinaggine e per dappocaggine sua, mostrandosi di avere ancora lui cura alle faccende degli uomini virtuosi che desiderava avere il Re, sí come faceva il cardinal di Ferrara. Ma fu tanto iscimunito da poi, che lui non mi avvisò nulla; che certo io per non vituperare uno sciocco fantoccino, per amor della patria, arei trovato qualche scusa per rattoppare quella sua sciocca saccenteria. Subito aùto la lettera del reverendissimo cardinale di Ferrara, risposi, come del cardinal de' Gaddi io non sapevo nulla al mondo, e che se pure lui mi avessi tentato di tal cosa, io non mi sarei mosso di Italia senza saputa di Sua Signoria reverendissima, e maggiormente che io avevo in Roma una maggior quantità di faccende che mai per l'adietro io avessi aute; ma che a un motto di Sua Maestà cristianissima, dettomi da un tanto Signore, come era Sua Signoria reverendissima, io mi leverei subito, gittando ogni altra cosa a traverso. Mandato le mie lettere, quel traditore del mio lavorante perugino pensò a una malizia, la quale subito gli venne ben fatta rispetto alla avarizia di papa Pagolo da Farnese, ma piú del suo bastardo figliuolo, allora chiamato duca di Castro. Questo ditto lavorante fece intendere a un di que' segretari del signor Pierluigi ditto, che, essendo stato meco per lavorante parecchi anni, sapeva tutte le mie faccende; per le quale lui faceva fede al ditto signor Pierluigi, che io ero uomo di piú di ottanta mila ducati di valsente, e che questi dinari io gli avevo la maggior parte in gioie; le qual gioie erano della Chiesa, e che io l'avevo rubate nel tempo del sacco di Roma in castel Sant'Agnolo, e che vedessino di farmi pigliare subito e segretamente. Io avevo, una mattina infra l'altre, lavorato piú di tre ore innanzi giorno in sull'opere della sopra ditta isposa, e in mentre che la mia bottega si apriva e spazzava, io m'ero messo la cappa addosso per dare un poco di volta; e preso il cammino per istrada Iulia, isboccai in sul canto della Chiavica; dove Crespino bargello con tutto la sua sbirreria mi si fece in contro, e mi disse: - Tu se' prigion del Papa -. Al quale io dissi: - Crespino, tu m'hai preso in iscambio. - No - disse Crespino - tu se' il virtuoso Benvenuto, e benissimo ti cognosco, e ti ho a menare in castel Sant'Agnolo, dove vanno li signori e li uomini virtuosi pari tua -. E perché quattro di quelli caporali sua mi si gittorno addosso e con violenza mi volevan levare una daga che io avevo a canto e certe anella che io avevo in dito, il ditto Crespino a loro disse: - Non sia nessun di voi che lo tocchi: basta bene che voi facciate l'uffizio vostro, che egli non mi fugga -. Dipoi accostatomisi, con cortese parole mi chiese l'arme. In mentre che io gli davo l'arme, mi venne considerato che in quel luogo appunto io avevo ammazzato Pompeo. Di quivi mi menorno in Castello, e in una camera su di sopra, innel mastio, mi serrorno prigione. Questa fu la prima volta che mai io gustai prigione, insino a quella mia età de' trentasette anni.

CII. Considerato il signor Pierluigi, figliuol del Papa, la gran quantità de' danari, che era quella di che io era accusato, subito ne chiese grazia a quel suo padre Papa, che di questa somma de' danari gliene facessi una donagione. Per la qual cosa il Papa volentieri gliene concesse, e di più gli disse che ancora gliene aiuterebbe riscuotere: di modo che, tenutomi prigione otto giorni interi, in capo degli otto giorni, per dar qualche termine a questa cosa, mi mandorno a esaminare. Di che io fu' chiamato in una di quelle sale, che sono in Castello, del Papa, luogo molto onorato; e gli esaminatori erano il Governator di Roma, qual si domandava messer Benedetto Conversini pistolese, che fu da poi vescovo de Iesi; l'altro si era il Proccurator fiscale, che del nome suo non mi ricordo; l'altro, ch'era il terzo, si era il giudice de' malificii, qual si domandava messer Benedetto da Cagli. Questi tre uomini mi cominciorno a esaminare, prima con amorevole parole, da poi con asprissime e paventose parole, causate perché io dissi loro: - Signori mia, egli è più d'una mezz'ora, che voi non restate di domandarmi di favole e di cose, che veramente si può dire che voi cicalate, o che voi favellate. Modo di dire, *cicalare,* che non ha tuono, o *favellare,* che non vol dir nulla; sí che io vi priego che voi mi diciate quel che voi volete da me, e che io senta uscir delle bocche vostre ragionamenti, e non favole e cicalerie -. A queste mie parole il Governatore, ch'era pistoiese, e non potendo piú palliare la sua arrovellata natura mi disse: - Tu parli molto sicuramente, anzi troppo altiero; di modo che cotesta tua alterigia io te la farò diventare piú umile che un canino a li ragionamenti che tu mi udirai dirti; e' quali non saranno né cicalerie né favole, come tu di', ma saranno una proposta di ragionamenti, ai quali e' bisognerà bene che tu ci metti del buono a dirci la ragione di essi -. E cosí cominciò: - Noi sappiamo certissimo che tu eri in Roma al tempo del Sacco, che fu fatto in questa isfortunata città di Roma; e in questo tempo tu ti trovasti in questo Castel Sant'Agnolo, e

ci fusti adoperato per bombardiere; e perché l'arte tua si è aurifice e gioielliere, papa Clemente per averti conosciuto in prima, e per non essere
qui altri di cotai professione, ti chiamò innel suo secreto e ti fece isciorre
tutte le gioie dei sua regni e mitrie e anella; e di poi fidandosi di te, volse
che tu gnene cucissi adosso: per la qual cosa tu ne serbasti per te di nascosto da Sua Santità per il valore di ottanta mila scudi. Questo ce l'ha
detto un tuo lavorante, con il quale tu ti se' confidato e vantatone. Ora
noi ti diciamo liberamente che tu truovi le gioie o il valore di esse gioie:
di poi ti lasceremo andare in tua libertà.

CIII. Quando io senti' queste parole io non mi possetti tenere di non
mi muovere a grandissime risa; di poi riso alquanto, io dissi: - Molto ringrazio Idio, che per questa prima volta che gli è piaciuto a Sua Maestà
che io sia carcerato, pur beato che io non son carcerato per qualche debol
cosa, come il piú delle volte par che avvenga ai giovani. Se questo che voi
dite fussi il vero, qui non c'è pericolo nissuno per me che io dovessi essere
gastigato da pena corporale, avendo le legge in quel tempo perso tutte le
sue autorità; dove che io mi potria scusare, dicendo, che come ministro,
cotesto tesoro io lo avessi guardato per la sacra e santa Chiesa appostolica,
aspettando di rimetterlo a buon Papa, o sí veramente da quello che e' mi
fussi richiesto, quale ora saresti voi, se la stessi cosí -. A queste parole
quello arrabbiato Governatore pistoiese non mi lasciò finir di dire le mie
ragione, che lui furiosamente disse: - Acconciala in quel modo che tu vuoi,
Benvenuto, che annoi ci basta avere ritrovato il nostro; e fa' pur presto,
se tu non vuoi che noi facciamo altro che con parole -. E volendosi rizzare
e andarsene, io dissi loro: - Signori, io non son finito di esaminare, sicché
finite di esaminarmi, e poi andate dove a voi piace -. Subito si rimissono
assedere, assai bene in còllora, quasi mostrando di non voler piú udire
parola nissuna che io allor dicessi, e mezzo sollevati, parendo loro di aver
trovato tutto quello che loro desideravono di sapere. Per la qual cosa io
cominciai in questo tenore: - Sappiate, Signori, che e' sono in circa a venti
anni che io abito Roma, e mai né qui né altrove fui carcerato -. A queste
parole quel birro di quel Governatore disse: - Tu ci hai pure ammazzati
degli uomini -. Allora io dissi: - Voi lo dite, e non io; ma se uno venissi
per ammazzar voi, cosí prete, voi vi difenderesti, e ammazzando lui le
sante legge ve lo comportano: sí che lasciatemi dire le mie ragione, vo-

lendo potere riferire al Papa e volendo giustamente potermi giudicare. Io di nuovo vi dico, ch'e' son vicino a venti anni che io abito questa maravigliosa Roma, e in essa ho fatto grandissime faccende della mia professione: e perché io so che questa è la sieda di Cristo, e' mi sarei promesso sicuramente, che se un principe temporale mi avessi voluto fare qualche assassinamento, io sarei ricorso a questa santa Cattedra e a questo Vicario di Cristo, che difendessi le mie ragione. Oimè! dove ho io a 'ndare adunque? e a chi principe che mi difenda da un tanto iscellerato assassinamento? Non dovevi voi, prima che voi mi pigliassi, intendere dove io giravo questi ottanta mila ducati? Ancora non dovevi voi vedere la nota delle gioie che ha questa Camera appostolica iscritte diligentemente da cinquecento anni in qua? Di poi che voi avessi trovato mancamento, allora voi dovevi pigliare tutti i miei libri, insieme con esso meco. Io vi fo intendere che e' libri, dove sono iscritte tutte le gioie del Papa e de' regni, sono tutti in piè, e non troverrete manco nulla di quello che aveva papa Clemente, che non sia iscritto diligentemente. Solo potria essere, che quando quel povero uomo di papa Clemente si volse accordare con quei ladroni di quelli imperiali, che gli avevano rubato Roma e vituperata la Chiesa, veniva a negoziare questo accordo uno che si domandava Cesare Iscatinaro, se ben mi ricordo; il quale, avendo quasi che concluso l'accordo con quello assassinato Papa, per fargli un poco di carezze, si lasciò cadere di dito un diamante, che valeva in circa quattromila scudi: e perché il ditto Iscatinaro si chinò a ricorlo, il Papa gli disse che lo tenessi per amor suo. Alla presenza di queste cose io mi trovai in fatto: e se questo ditto diamante vi fussi manco, io vi dico dove gli è ito; ma io penso sicurissimamente che ancora questo troverrete iscritto. Di poi a vostra posta vi potrete vergognare di avere assassinato un par mio, che ho fatto tante onorate imprese per questa Sieda appostolica. Sappiate che se io non ero io, la mattina che gli imperiali entrorno in Borgo, sanza impedimento nessuno entravano in Castello; e io, sanza esser premiato per quel conto, mi gittai vigorosamente alle artiglierie, che i bombardieri e' soldati di munizione avevano abbandonato, e messi animo a un mio compagnuzzo, che si domandava Raffaello da Montelupo, iscultore, che ancora lui abbandonato s'era messo innun canto tutto ispaventato, e non facendo nulla: io lo risvegliai; e lui e io soli amazzammo tanti de' nemici, che i soldati presono altra via. Io fui quello che detti una archibusata allo Scatinaro, per vederlo parlare con papa Clemente sanza una reverenza, ma con ischerno bruttissimo, come luterano e impio che gli era. Papa Clemente a questo fece cercare in Castello chi quel tale fussi stato per impiccarlo. Io fui quello che ferí il principe d'Orangio d'una archibusata nella testa, qui sotto le trincee del castello. Appresso ho fatto alla santa Chiesa tanti ornamenti d'argento, d'oro e di gioie, tante medaglie e monete sí belle e sí onorate. È questa adunche la temeraria pretesca remunerazione, che si usa a uno uomo che vi ha con tanta fede e con tanta virtú servito e amato? O andate a ridire tutto quanto io v'ho detto al Papa, dicendogli, che le sue gioie e' l'ha tutte, e che io non ebbi mai dalla Chiesa nulla altro che certe ferite e sassate in cotesto tempo del Sacco; e che io non facevo capitale d'altro che di un poco di remunerazione da papa Pagolo, quale lui mi aveva promesso. Ora io son chiaro e di Sua Santità e di voi ministri -. Mentre che io dicevo queste parole egli stavano attoniti a udirmi; e guardandosi in viso l'un l'altro, in atto di maraviglia si partirno da me. Andorno tutti a tre d'accordo a riferire al Papa tutto quello che io avevo detto. Il Papa, vergognandosi, commesse con grandissima diligenza che si dovessi rivedere tutti e' conti delle gioie. Di poi che ebbon veduto che nulla vi mancava, mi lasciavono stare in Castello senza dir altro: il signor Pierluigi, ancora allui parendogli aver mal fatto, cercavon con diligenza di farmi morire.

CIV. In questo poco de l'agitazion del tempo il re Francesco aveva di già inteso minutamente come il Papa mi teneva prigione e a cosí gran torto: avendo mandato per imbasciadore al Papa un certo suo gentiluomo, il quale si domandava monsignor di Morluc, iscrisse a questo che mi domandasse al Papa, come uomo di Sua Maestà. Il Papa, che era valentissimo e maraviglioso uomo, ma in questa cosa mia si portò come da poco e sciocco, e' rispose al ditto nunzio del Re, che Sua Maestà non si curasse di me, perché io ero uomo molto fastidioso con l'arme, e per questo faceva avvertito Sua Maestà che mi lasciassi stare, perché lui mi teneva prigione per omicidii e per altre mie diavolerie cosí fatte. Il Re di nuovo rispose, che innel suo regno si teneva bonissima iustizia; e sí come Sua Maestà premiava e favoriva maravigliosamente gli uomini virtuosi, cosí per il contrario gastigava i fastidiosi; e perché Sua Santità mi avea lasciato andare, non si curando del servizio di detto Benvenuto, e vedendolo innel suo regno volentieri l'aveva preso al suo servizio; ȩ come uomo suo lo domandava. Queste cose mi furno di grandissima noia e danno, con tutto che e' fussino e' piú onorati favori che si possa desiderare per un mio pari. Il Papa era venuto in tanto furore per la gelosia che gli aveva che io non andassi a dire quella iscellerata ribalderia usatami, che e' pensava tutti e' modi che poteva con suo onore di farmi morire. Il Castellano di Castel Sant'Agnolo si era un nostro fiorentino, il quale si domandava messer Giorgio cavaliere, degli Ugolini. Questo uomo da bene mi usò le maggior cortesie che si possa usare al mondo, lasciandomi andare libero per il Castello a fede mia sola; e perché gl'intendeva il gran torto che m'era fatto, volendogli io dare sicurtà per andarmi a spasso per il Castello, lui mi disse che non la poteva pigliare, avvenga che il Papa istimava troppo questa cosa mia; ma che si fiderebbe liberamente della fede mia, perché da ugniuno intendeva quanto io ero uomo da bene: e io gli detti la fede mia, e cosí lui mi dette comodità che io potessi lavoracchiare qualche cosa. A questo, pensando che questa indegnazione del Papa, sí per la mia innocenzia, ancora per i favori del Re, si dovessi terminare, tenendo pure la mia bottega aperta, veniva Ascanio mio garzone in Castello, e portavami alcune cose da lavorare. Benché poco io potessi lavorare, vedendomi a quel modo carcerato a cosí gran torto; pure facevo della necessità virtú: lietamente il meglio che io potevo mi comportavo questa mia perversa fortuna. Avevomi fatto amicissimi tutte quelle guardie e molti soldati del Castello. E perché il Papa veniva qualche volta a cena in Castello, e in questo tempo che c'era il Papa il Castello non teneva guardie, ma stava liberamente aperto come un palazzo ordinario; e perché in questo tempo che il Papa stava cosí, tutti e' prigioni si usavono con maggior diligenza riserrare; onde a me non era fatto nessuna di queste cotal cose, ma liberamente in tutti questi tempi io me ne andavo per il Castello; e piú volte alcuni di quei soldati mi consigliavano che io mi dovessi fuggire, e che loro mi arieno fatte spalle, conosciuto il gran torto che m'era fatto: ai quali io rispondevo che io avevo dato la fede mia al Castellano, il quale era uomo tanto dabbene, e che mi aveva fatto cosí gran piaceri. Eraci un soldato molto bravo e molto ingegnoso; e' mi diceva: - Benvenuto mio, sappi che chi è prigione non è ubrigato né si può ubrigare a osservar fede, sí come nessuna altra cosa; fa' quel che io ti dico; fúggiti da questo ribaldo di questo Papa e da questo bastardo suo figliuolo, i quali ti torranno la vita a ogni modo -. Io che m'ero proposto piú volentieri perder la vita, che mancare a quello uomo da bene del Castellano della mia promessa fede, mi comportavo questo inistimabil dispiacere, insieme con un frate di casa Palavisina grandissimo predicatore.

CV. Questo era preso per luteriano: era bonissimo domestico compagno, ma quanto a frate egli era il maggior ribaldo che fussi al mondo, e s'accomodava a tutte le sorte de' vizii. Le belle virtú sua io le ammiravo, e' brutti vizii sua grandemente aborrivo, e liberamente ne lo riprendevo. Questo frate non faceva mai altro che ricordarmi come io non ero ubrigato a osservar fede al Castellano, per esser io in prigione. Alla qual cosa io rispondevo, che sí bene come frate lui diceva il vero, ma come uomo e' non diceva il vero, perché un che fussi uomo e non frate, aveva da osservare la fede sua in ogni sorte d'accidente, in che lui si fussi trovato: però io che ero uomo e non frate, non ero mai per mancare di quella mia simplice e virtuosa fede. Veduto il ditto frate che non potette ottenere il conrompermi per via delle sue argutissime e virtuose ragioni tanto maravigliosamente dette dallui, pensò tentarmi per un'altra via; e lasciato cosí passare di molti giorni, in mentre mi leggeva le prediche di fra Ierolimo Savonarolo, e' dava loro un comento tanto mirabile, che era piú bello che esse prediche; per il quale io restavo invaghito, e non saria stata cosa al mondo che io non avessi fatta per lui, da mancare della fede mia in fuora, sí come io ho detto. Vedutomi il frate istupito delle virtú sue, pensò un'altra via; che con un bel modo mi cominciò a domandare che via io arei tenuto se e' mi fussi venuto voglia, quando loro mi avessino riserrato, a aprire quelle prigione per fuggirmi. Ancora io, volendo mostrare qualche sottigliezza di mio ingegno a questo virtuoso frate, gli dissi, che ogni serratura difficilissima io sicuramente aprirrei, e maggiormente quelle di quelle prigione, le quale mi sarebbono state come mangiare un poco di cacio fresco. Il ditto frate, per farmi dire il mio segreto, mi sviliva, dicendo che le son molte cose quelle che dicon gli uomini che son venuti in qualche credito di persone ingegnose; che se gli avessino poi a mettere in opera le cose di che loro si vantavano, perderebbon tanto di credito, che guai a loro: però sentiva dire a me cose tanto discoste al vero, che se io ne fossi ricerco, penserebbe ch'io n'uscissi con poco onore. A questo, sentendomi io pugnere da questo diavolo di questo frate, gli dissi che io osavo sempre prometter di me con parole molto manco di quello che io sapevo fare, e che cotesta cosa, che io avevo promessa, delle chiave, era la piú debole; e con breve parole io lo farei capacissimo che l'era sí come io dicevo; e inconsideratamente, sí come io dissi, gli mostrai con facilità tutto quel che io avevo detto. Il frate, facendo vista di non se ne curare, subito benissimo apprese ingegnosissimamente il tutto. E sí come di sopra io ho detto, quello uomo da bene del Castellano mi lasciava andare liberamente per tutto il Castello; e manco la notte non mi serrava, sí come attutti gli altri e' faceva; ancora mi lasciava lavorare di tutto quello che io volevo, sí d'oro e d'argento e di cera; e se bene io avevo lavorato parecchi settimane in un certo bacino che io facevo al cardinal di Ferrara, trovandomi affastidito dalla prigione, m'era venuto annoia il lavorare quelle tale opere; e solo mi lavoravo, per manco dispiacere, di cera alcune mie figurette: la qual cera il detto frate me ne buscò un pezzo, e con detto pezzo messe in opera quel modo delle chiave, che io inconsideratamente gli avevo insegnato. Avevasi preso per compagno e per aiuto un cancelliere che stava col ditto Castellano. Questo cancelliere si domandava Luigi, ed era padovano. Volendo far fare le ditte chiave, il magnano li scoperse; e perché il Castellano mi veniva alcune volte a vedere alla mia stanza, e vedutomi che io lavoravo di quelle cere, subito ricognobbe la ditta cera e disse: - Se bene a questo povero uomo di Benvenuto è fatto un de' maggior torti che si facessi mai, meco non dovev'egli far queste tale operazione, che gli facevo quel piacere che io non potevo fargli. Ora io lo terrò istrettissimo serrato e non gli farò mai piú un piacere al mondo -. Cosí mi fece riserrare con qualche dispiacevolezza, massimo di parole dittemi da certi sua affezionati servitori, e' quali mi volevano bene oltramodo, e ora per ora mi dicevano tutte le buone opere che faceva per me questo signor Castellano; talmente che in questo accidente mi chiamavano uomo ingrato, vano e sanza fede. E perché un di quelli servitori piú aldacemente che non si gli conveniva mi diceva queste ingiurie, onde io sentendomi innocente, arditamente risposi, dicendo che mai io non mancai di fede, e che tal parole io terrei a sostenere con virtú della vita mia, e che se piú e' mi diceva o lui o altri tale ingiuste parole, io direi che ogniuno che tal cosa dicessi, se ne mentirebbe per la gola. Non possendo sopportare la ingiuria, corse in camera del Castellano e portommi la cera con quel model fatto della chiave. Subito che io viddi la cera, io gli dissi che lui e io avevamo ragione; ma che mi facessi parlare al signor Castellano perché io gli direi liberamente il caso come gli stava, il quale era di molto piú importanza che loro non pensavano. Subito il Castellano mi fece chiamare, e io gli dissi tutto il seguito; per la qual cosa lui ristrinse il frate, il quale iscoperse quel cancelliere, che fu per essere impiccato. Il detto Castellano quietò la cosa, la quale era di già venuta agli orecchi del Papa; campò il suo cancelliere dalle forche, e me allargò innel medesimo modo che io mi stavo in prima.

CVI. Quando io veddi seguire questa cosa con tanto rigore, cominciai a pensare ai fatti mia, dicendo: - Se un'altra volta venissi un di questi furori, e che questo uomo non si fidassi di me, io non gli verrei a essere piú ubbrigato, e vorrei adoperare un poco li mia ingegni, li quali io sono certo che mi riusciriono altrimenti che quei di quel frataccio - e cominciai a farmi portare delle lenzuola nuove e grosse, e le sudice io non le rimandavo. Li mia servitori chiedendomele, io dicevo loro che si stessin cheti, perché io l'avevo donate a certi di quei poveri soldati; che se tal cosa si sapessi, quelli poveretti portavano pericolo della galera: di modo che li mia giovani e servitori fidelissimamente, massimo Felice, mi teneva tal cosa benissimo segreto, le ditte lenzuola. Io attendevo a votare un pagliericcio, e ardevo la paglia, perché nella mia prigione v'era un cammino da poter far fuoco. Cominciai di queste lenzuola e farne fascie larghe un terzo di braccio: quando io ebbi fatto quella quantità che mi pareva che fussi a bastanza a discendere da quella grande altura di quel mastio di castel Sant'Agnolo, io dissi ai miei servitori, che avevo donato quelle che io volevo, e che m'attendessino a portare delle sottile, e che sempre io renderei loro le sudice. Questa tal cosa si dimenticò. A quelli mia lavoranti e servitori il cardinale Santiquattro e Cornaro mi feciono serrare la bottega, dicendomi liberamente, che il Papa non voleva intender nulla di lasciarmi andare, e che quei gran favori del Re mi avevano molto piú nociuto che giovato; perché l'ultime parole che aveva dette monsignor di Morluc da parte del Re, si erano istate che monsigno' di Morluc disse al Papa che mi dovessi dare in mano a' giudici ordinari della corte; e che, se io avevo errato, mi poteva gastigare, ma non avendo errato, la ragion voleva che lui mi lasciassi andare. Queste parole avevan dato tanto fastidio al Papa, che aveva voglia di non mi lasciare mai piú. Questo Castellano certissimamente mi aiutava quanto e' poteva. Veduto in questo tempo quelli nimici mia che la mia bottega s'era serrata, con ischerno dicevano ogni dí qualche parola ingiuriosa a quelli mia servitori e amici, che mi venivano a visitare alla prigione. Accadde un giorno in fra gli altri che Ascanio, il quale ogni dí veniva dua volte da me, mi richiese che io gli facessi una certa vestetta per sé d'una mia vesta azzurra di raso, la quale io non portavo mai: solo mi aveva servito quella volta, che con essa andai in processione: però io gli dissi che quelli non eran tempi, né io in luogo da portare cotai veste. Il giovane ebbe tanto per male che io non gli detti questa meschina vesta, che lui mi disse che se ne voleva andare a Tagliacozze a casa sua. Io tutto appassionato gli dissi, che mi faceva piacere e levarmisi dinanzi; e lui giurò con grandissima passione di non mai piú capitarmi innanzi. Quando noi dicevamo questo, noi passeggiavamo intorno al mastio del Castello. Avvenne che il Castellano ancora lui passeggiava: incontrandoci appunto in Sua Signoria, e Ascanio disse: - Io me ne vo, e addio per sempre -. A questo io dissi: - E per sempre voglio che sia, e cosí sia il vero: io commetterò alle guardie che mai piú ti lascin passare - e voltomi al Castellano, con tutto il cuore lo pregai, che commettessi alle guardie che non lasciassino mai piú passare Ascanio, dicendo a Sua Signoria: - Questo villanello mi viene a crescere male al mio gran male; sí che io vi priego, Signor mio, che mai piú voi lasciate entrar costui -. Il Castellano li incresceva assai, perché lo conosceva di maraviglioso ingegno: a presso a questo egli era di tanta bella forma di corpo, che pareva che ogniuno, vedutolo una sol volta, gli fossi espressamente affezionato. Il ditto giovane se ne andava lacrimando, e portavane una sua stortetta, che alcune volte lui segretamente si portava sotto. Uscendo del Castello e avendo il viso cosí lacrimoso, si incontrò in dua di quei mia maggior nimici, che l'uno era quel Ieronimo perugino sopra ditto, e l'altro era un certo Michele, orefici tutt'a dua. Questo Michele, per essere amico di quel ribaldo di quel Perugino e nimico d'Ascanio, disse: - Che vuol dir che Ascanio piagne? Forse gli è morto il padre? dico quel padre di Castello -. Ascanio disse a questo: - Lui è vivo, ma tu sarai or morto - e alzato la mana, con quella sua istorta gli tirò dua colpi, in sul capo tutt'a dua, che col primo lo misse in terra, e col sicondo poi gli tagliò tre dita della man ritta, dandogli pure in sul capo. Quivi restò come morto. Subito fu riferito al Papa; e il Papa in gran còllora disse queste parole: - Da poi che il Re vuole che sia giudicato, andategli a dare tre dí di tempo per difendere la sua ragione -. Subito vennono, e feciono il detto uflizio che aveva lor commesso il Papa. Quello uomo da bene del Castellano subito andò dal Papa, e fecelo chiaro come io non ero consapevole di tal cosa, e che io l'avevo cacciato via. Tanto mirabilmente mi difese, che mi campò la vita da quel gran furore. Ascanio se ne fuggí a Tagliacozze a casa sua, e di là mi scrisse chiedendomi mille volte perdonanza, che cognosceva avere auto torto a aggiugnermi dispiaceri ai mia gran mali; ma se Dio mi dava grazia che io uscissi di quel carcere, che non mi vorrebbe mai piú abbandonare. Io gli feci intendere che attendessi a 'mparare, e che se Dio mi dava libertà, io lo chiamerei a ogni modo.

CVII. Questo Castellano aveva ogni anno certe infermità che lo traevano del cervello a fatto; e quando questa cosa gli cominciava a venire, e' parlava assai: modo che cicalare; e questi umori sua erano ogni anno diversi, perché una volta gli parve essere uno orcio da olio; un'altra volta gli parve essere un ranocchio, e saltava come il ranocchio; un'altra volta gli parve esser morto, e bisognò sotterrarlo: cosí ogni anno veniva in qualcun di questi cotai umori diversi. Questa volta si cominciò a immaginare d'essere un pipistrello e, in mentre che gli andava a spasso, istrideva qualche volta cosí sordamente come fanno i pipistrelli; ancora dava un po' d'atto alle mane e al corpo, come se volare avessi voluto. Li medici sua, che se ne erano avveduti, cosí li sua servitori vecchi, li davano tutti i piaceri che immaginar potevano: e perché e' pareva loro che pigliassi gran piacere di sentirmi ragionare, a ogni poco e' venivano per me e menavanmi da lui. Per la qual cosa questo povero uomo talvolta mi tenne quattro e cinque ore intere, che mai avevo restato di ragionar seco. Mi teneva alla tavola sua a mangiare al dirimpetto a sé, e mai restava di ragionare o di farmi ragionare; ma io in quei ragionamenti mangiavo pure assai bene. Lui, povero uomo, non mangiava e non dormiva, di modo che me aveva istracco, che io non potevo piú; e guardandolo alcune volte in viso, vedevo che le luce degli occhi erano ispaventate, perché una guardava innun verso, e l'altra in un altro. Mi cominciò a domandare se io avevo mai aùto fantasia di volare: al quale io dissi, che tutte quelle cose che piú difficile agli uomini erano state, io piú volentieri avevo cerco di fare e fatte; e questa del volare, per avermi presentato lo Idio della natura un corpo molto atto e disposto a correre e a saltare molto piú che ordinario, con quel poco dello ingegno poi, che manualmente io adoprerei, a me dava il cuore di volare al sicuro. Questo uomo mi cominciò a dimandare che modi io terrei: al quale io dissi che, considerato gli animali che volano, volendogl'imitare con l'arte quello che loro avevano dalla natura, non c'era nissuno che si potessi imitare, se none il pipistrello. Come questo povero uomo sentí quel nome di pipistrello, che era l'umore in quel che peccava quel anno, messe una voce grandissima, dicendo: - E' dice il vero, e' dice il vero; questa è essa, questa è essa - e poi si volse a me e dissemi: - Benvenuto, chi ti dessi le comodità, e' ti darebbe pure il cuore di volare? - Al quale io dissi, che se lui mi voleva dar libertà da poi, che mi bastava la vista di volare insino in Prati, faccendomi un paio d'alie di tela di rensa incerate. Allora e' disse: - E anche a me ne basterebbe la vista; ma perché il Papa m'ha comandato che io tenga cura di te come degli occhi suoi; io cognosco che tu sei un diavolo ingegnoso che ti fuggiresti; però io ti vo' fare rinchiudere con cento chiave, acciò che tu non mi fugga -. Io mi messi a pregarlo, ricordandogli che io m'ero potuto fuggire e, per amor della fede che io gli avevo data, io non gli arei mai mancato; però lo pregavo per l'amor de Dio, e per tanti piaceri quanti mi aveva fatto, che lui non volessi arrogere un maggior male al gran male che io avevo. In mentre che io gli dicevo queste parole, lui comandava espressamente che mi legassimo, e che mi menassimo in prigione serrato bene. Quando io viddi che non v'era altro rimedio, io gli dissi, presenti tutti e' sua: - Serratemi bene e guardatemi bene, perché io mi fuggirò a ogni modo -. Cosí mi menorno, e chiusonmi con maravigliosa diligenza.

CVIII. Allora io cominciai a pensate il modo che io avevo a tenere a fuggirmi. Subito che io mi veddi chiuso, andai esaminando come stava la prigione dove io ero rinchiuso; e parendomi aver trovato sicuramente il modo di uscirne, cominciai a pensare in che modo io dovevo iscendere da quella grande altezza di quel mastio, ché cosí si domandava quel alto torrione: e preso quelle mie lenzuole nuove, che già dissi che io ne avevo

fatte istrisce e benissimo cucite, andai esaminando quanto vilume mi bastava a potere iscendere. Giudicato quello che mi potria servire, e di tutto
messomi in ordine, trovai un paio di tanaglie, che io avevo tolto a un Savoino il quale era delle guardie del Castello. Questo aveva cura alle botte
e alle citerne; ancora si dilettava di lavorare di legname; e perché aveva
parecchi paia di tanaglie, infra queste ve n'era un paio molto grosse e
grande: pensando che le fussino il fatto mio, io gliene tolsi e le nascosi
drento in quel pagliericcio. Venuto poi il tempo che io me ne volsi servire,
io cominciai con esse a tentare di quei chiodi che sostenevano le bandelle;
e perché l'uscio era doppio, la ribaditura delli detti chiodi non si poteva
vedere; di modo che provatomi a cavarne uno, durai grandissima fatica;
pure di poi alla fine mi riuscí. Cavato che io ebbi questo primo chiodo,
andai immaginando che modo io dovevo tenere che loro non se ne fussino avveduti. Subito mi acconciai con un poco di rastiatura di ferro rug-
ginoso un poco di cera, la quale era del medesimo colore appunto di quelli
cappelli d'aguti che io avevo cavati; e con essa cera diligentemente cominciai a contrafare quei capei d'aguti in sulle lor bandelle: e di mano in
mano tanti quanti io ne cavavo, tanti ne contrafacevo di cera. Lasciai le
bandelle attaccate ciascuna da capo e da piè con certi delli medesimi aguti
che io avevo cavati, di poi gli avevo rimessi; ma erano tagliati, di poi rimessi leggermente, tanto che e' mi tenevano le bandelle. Questa cosa io
la feci con grandissima difficultà, perché il Castellano sognava ogni notte
che io m'ero fuggito, e però lui mandava a vedere di ora in ora la prigione;
e quello che veniva a vederla aveva nome e fatti di birro. Questo si domandava il Bozza, e sempre menava seco un altro, che si domandava Giovanni, per sopranome Pedignone; questo era soldato, e 'l Bozza era
servitore. Questo Giovanni non veniva mai volta a quella mia prigione,
che lui non mi dicessi qualche ingiuria. Costui era di quel di Prato ed era
stato in Prato allo speziale: guardava diligentemente ogni sera quelle bandelle e tutta la prigione, e io gli dicevo: - Guardatemi bene, perché io mi
voglio fuggire a ogni modo -. Queste parole feciono generare una nimicizia grandissima infra lui e me; in modo che io con grandissima diligenza
tutti quei mia ferruzzi, come se dire tanaglie, e un pugnale assai ben
grande e altre cose appartenente, diligentemente tutti riponevo innel mio
pagliericcio; cosí quelle fascie che io avevo fatte, ancora queste tenevo in
questo pagliericcio; e come gli era giorno, subito da me ispazzavo: e se

bene per natura io mi diletto della pulitezza, allora io stavo pulitissimo. Ispazzato che io avevo, io rifacevo il mio letto tanto gentilmente e con alcuni fiori, che quasi ogni mattina io mi facevo portare da un certo Savoino. Questo Savoino teneva cura della citerna e delle botte; e anche si dilettava di lavorar di legname; e a lui io rubai le tanaglie, con che io sconficcai li chiodi di queste bandelle.

CIX. Per tornare al mio letto, quando il Bozza e il Pedignione venivano, mai dicevo loro altro, se non che stessin discosto dal mio letto, acciò che e' non me lo inbrattassino e non me lo guastassino; dicendo loro, per qualche occasione che pure per ischerno qualche volta che cosí leggermente mi toccavano un poco il letto, per che io dicevo: - Ah i sudici poltroni! io metterò mano a una di coteste vostre spade, e farovvi tal dispiacere, che io vi farò maravigliare. Parv'egli esser degni di toccare il letto d'un mio pari? A questo io non arò rispetto alla vita mia, perché io son certo che io vi torrò la vostra; sí che lasciatemi stare colli mia dispiaceri e colle mia tribulazione, e non mi date piú affanno di quello che io mi abbia; se non che io vi farò vedere che cosa sa fare un disperato - . Queste parole costoro le ridissono al Castellano, il quale comandò loro ispressamente che mai non s'accostassino a quel mio letto, e che, quando e' venivano da me, venissino sanza spade, e che m'avessino benissimo cura del resto. Essendomi io assicurato del letto, mi parve aver fatto ogni cosa: perché quivi era la importanza di tutta la mia faccenda. Una sera di festa in fra l'altre, sentendosi il Castellano molto mal disposto e quelli sua omori cresciuti, non dicendo mai altro se non che era pipistrello, e che se lor sentissino che Benvenuto fossi volato via, lasciassino andar lui, che mi raggiugnerebbe, poiché e' volerebbe di notte ancora lui certamente piú forte di me, dicendo: - Benvenuto è un pipistrello contrafatto, e io sono un pipistrello dadovero; e perché e' m'è stato dato in guardia, lasciate pur fare a me, che io lo giugnerò ben io - . Essendo stato piú notti in questo umore, gli aveva stracco tutti i sua servitori; e io per diverse vie intendevo ogni cosa, massimo da quel Savoino che mi voleva bene. Resolutomi questa sera di festa a fuggirmi a ogni modo, in prima divotissimamente a Dio feci orazione, pregando Sua divina Maestà, che mi dovessi difendere e aiutare in quella tanta pericolosa inpresa; di poi messi mano a tutte le cose che io volevo operare, e lavorai tutta quella notte. Come io fu' a dua ore innanzi il giorno, io cavai quelle bandelle con grandissima fatica, perché il battente del legno della porta, e anche il chiavistello facevano un contrasto, il perché io non potevo aprire: ebbi a smozzicare il legno; pure alla fine io apersi, e messomi adosso quelle fascie, quale io avevo avvolte a modo di fusi di accia in su dua legnetti, uscito fuora, me ne andai dalli destri del mastio; e scoperto per di drento dua tegoli del tetto, subito facilmente vi saltai sopra. Io mi trovavo in giubbone bianco e un paio di calze bianche e simile un paio di borzachini, inne' quali avevo misso quel mio pugnalotto già ditto. Di poi presi un capo di quelle mie fascie e l'accomandai a un pezzo di tegola antica ch'era murata innel ditto mastio: a caso questa usciva fuori a pena quattro dita. Era la fascia acconcia a modo d'una staffa. Appiccata che io l'ebbi a quel pezzo della tegola, voltomi a Dio, dissi: - Signore Idio, aiuta la mia ragione, perché io l'ho, come tu sai, e perché io mi aiuto -. Lasciatomi andare pian piano, sostenendomi per forza di braccia, arrivai in sino in terra. Non era lume di luna, ma era un bel chiarore. Quando io fui in terra, guardai la grande altezza che io avevo isceso cosí animosamente, e lieto me ne andai via, pensando d'essere isciolto. Per la qual cosa non fu vero, perché il Castellano da quella banda aveva fatto fare dua muri assai bene alti, e se ne serviva per istalla e per pollaio: questo luogo era chiuso con grossi chiavistelli per di fuora. Veduto che io non potevo uscir di quivi, mi dava grandissimo dispiacere. In mentre che io andavo innanzi e indietro pensando ai fatti mia, detti dei piedi in una gran pertica, la quale era coperta dalla paglia. Questa con gran difficultà dirizzai a quel muro; di poi a forza di braccia la salsi insino in cima del muro. E perché quel muro era tagliente, io non potevo aver forza da tirar sú la ditta pertica; però mi risolsi a 'piccare un pezzo di quelle fascie, che era l'altro fuso, perché uno de' dua fusi io l'avevo lasciato attaccato al mastio del Castello: cosí presi un pezzo di quest'altra fascia, come ho detto, e legatala a quel corrente, iscesi questo muro, il qual mi dette grandissima fatica e mi aveva molto istracco, e di piú avevo iscorticato le mane per di drento, che sanguinavano; per la qual cosa io m'ero messo a riposare, e mi avevo bagnato le mane con la mia orina medesima. Stando cosí, quando e' mi parve che le mie forze fussino ritornate, salsi all'ultimo procinto delle mura, che guarda in verso Prati; e avendo posato quel mio fuso di fascie, col quale io volevo abbracciare un merlo, e in quel modo che io avevo fatto innella maggior altezza, fare in questa minore; avendo, come io dico, posato la mia fascia, mi si scoperse adosso una di quelle sentinelle che facevano la guardia. Veduto impedito il mio disegno, e vedutomi in pericolo della vita, mi disposi di affrontare quella guardia; la quale, veduto l'animo mio diliberato e che andavo alla volta sua con armata mano, sollecitava il passo, mostrando di scansarmi. Alquanto iscostatomi dalle mie fascie, prestissimo mi rivolsi indietro; e se bene io viddi un'altra guardia, tal volta quella non volse veder me. Giunto alle mie fascie, legatole al merlo, mi lasciai andare; per la qual cosa, o sí veramente parendomi essere presso a terra, avendo aperto le mane per saltare, o pure erano le mane istracche, non possendo resistere a quella fatica, io caddi, e in questo cader mio percossi la memoria e stetti isvenuto piú d'un'ora e mezzo, per quanto io posso giudicare. Di poi, volendosi far chiaro il giorno, quel poco del fresco che viene un'ora innanzi al sole, quello mi fece risentire; ma sí bene stavo ancora fuor della memoria, perché mi pareva che mi fussi stato tagliato il capo, e mi pareva d'essere innel purgatorio. Stando cosí, a poco a poco mi ritornorno le virtú innell'esser loro, e m'avviddi che io ero fuora del Castello, e subito mi ricordai di tutto quello che io avevo fatto. E perché la percossa della memoria io la senti' prima che io m'avvedessi della rottura della gamba, mettendomi le mane al capo ne le levai tutte sanguinose: di poi cercatomi bene, cognobbi e giudicai di non aver male che d'importanza fussi; però, volendomi rizzare di terra, mi trovai tronca la mia gamba ritta sopra il tallone tre dita. Né anche questo mi sbigottí: cavai il mio pugnalotto insieme con la guaina; che per avere questo un puntale con una pallottola assai grossa in cima del puntale, questo era stato la causa dell'avermi rotto la gamba; perché contrastando l'ossa con quella grossezza di quella pallottola, non possendo l'ossa piegarsi, fu causa che in quel luogo si roppe: di modo che io gittai via il fodero del pugnale, e con il pugnale tagliai un pezzo di quella fascia che m'era avanzata, e il meglio che io possetti rimissi la gamba insieme, di poi carpone con il detto pugnale in mano andavo inverso la porta. Per la qual cosa giunto alla porta, io la trovai chiusa; e veduto una certa pietra sotto la porta a punto, la quale, giudicando che la non fussi molto forte, mi provai a scalzarla; di poi vi messi le mane, e sentendola dimenare, quella facilmente mi ubbidí, e trassila fuora; e per quivi entrai.

CX. Era stato piú di cinquecento passi andanti da il luogo dove io caddi alla porta dove io entrai. Entrato che io fui drento in Roma, certi cani maschini mi si gittorno addosso e malamente mi morsono; ai quali, rimettendosi piú volte a fragellarmi, io tirai con quel mio pugnale e ne punsi uno tanto gagliardamente, che quello guaiva forte, di modo che gli altri cani, come è lor natura, corsono a quel cane: e io sollecitai andandomene inverso la chiesa della Trespontina cosí carpone. Quando io fui arrivato alla bocca della strada che volta in verso Sant'Agnolo, di quivi presi il cammino per andarmene alla volta di San Piero, per modo che faccendomisi dí chiaro addosso, considerai che io portavo pericolo; e scontrato uno acqueruolo che aveva carico il suo asino e pieno le sue coppelle d'acqua, chiamatolo a me, lo pregai che lui mi levassi di peso e mi portassi in su il rialto delle scalee di San Piero, dicendogli: - Io sono un povero giovane, che per casi d'amore sono voluto iscendere da una finestra; cosí son caduto, e rottomi una gamba. E perché il luogo dove io sono uscito è di grande importanza, e porterei pericolo di non essere tagliato a pezzi, però ti priego che tu mi lievi presto, e io ti donerò uno scudo d'oro - e messi mano alla mia borsa, dove io ve ne avevo una buona quantità. Subito costui mi prese, e volentieri me si misse a dosso, e portommi in sul ditto rialto delle scalee di San Piero; e quivi mi feci lasciare, e dissi che correndo ritornassi al suo asino. Subito presi il cammino cosí carpone, e me andavo in casa la Duchessa, moglie del duca Ottavio e figliuola dello Imperadore, naturale, non legittima, istata moglie del duca Lessandro, duca di Firenze; e perché io sapevo certissimo che appresso a questa gran principessa c'era di molti mia amici, che con essa eran venuti di Firenze; ancora perché lei ne aveva fatto favore mediante il Castellano; che volendomi aiutare disse al Papa, quando la Duchessa fece l'entrata in Roma, che io fu' causa di salvare per piú di mille scudi di danno, che faceva loro una grossa pioggia: per la qual cosa lui disse ch'era disperato, e che io gli messi cuore, e disse come io avevo acconcio parecchi pezzi grossi di artiglieria inverso quella parte dove i nugoli erano piú istretti, e di già cominciati a piovere un'acqua grossissima; per la qual cosa cominciato a sparare queste artiglierie si fermò la pioggia, e alle quattro volte si mostrò il sole; e che io ero stato intera causa che quella festa era passata benissimo; per la qual cosa, quando la Duchessa lo intese, aveva ditto: - Quel Benvenuto è un di quei virtuosi che stavano con la buona memoria del duca Lessandro mio marito, e sempre io ne terrò conto di quei tali, venendo la occasione di far loro piacere - e ancora aveva parlato di me al duca Ottavio suo marito. Per queste cause io me ne andavo diritto a casa di Sua Eccellenzia, la quale istava in Borgo Vecchio in un bellissimo palazzo che v'è; quivi io sarei stato sicurissimo che il Papa non m'arebbe tocco; ma perché la cosa che io avevo fatta insin quivi era istata troppo maravigliosa a un corpo umano, non volendo Idio che io entrassi in tanta vanagloria, per il mio meglio mi volse dare ancora una maggior disciplina, che non era istata la passata; e la causa si fu, che in mentre che io me ne andavo cosí carpone su per quelle scalee, mi ricognobbe subito un servitore che stava con il cardinal Cornaro; il qual cardinale era alloggiato in Palazzo. Questo servitore corse alla camera del Cardinale, e isvegliatolo, disse: - Monsignor reverendissimo, gli è giú il vostro Benvenuto, il quale s'è fuggito di Castello, e vassene carponi tutto sanguinoso: per quanto e' mostra, gli ha rotto una gamba, e non sappiamo dove lui si vada -. Il Cardinale disse subito: - Correte, e portatemelo di peso qui in camera mia -. Giunto a lui, mi disse che io non dubitassi di nulla; e subito mandò per i primi medici di Roma; e da quelli io fui medicato: e questo fu un maestro Iacomo da Perugia, molto eccellentissimo cerusico. Questo mirabilmente mi ricongiunse l'osso, poi fasciommi, e di sua mano mi cavò sangue; che essendomi gonfiato le vene molto piú che l'ordinario, ancora perché lui volse fare la ferita alquanto aperta, uscí sí grande il furor di sangue, che gli dette nel viso, e di tanta abbundanzia lo coperse, che lui non si poteva prevalere a medicarmi: e avendo preso questa cosa per molto male aúrio, con gran difficoltà mi medicava; e piú volte mi volse lasciare, ricordandosi che ancora a lui ne andava non poca pena a avermi medicato o pure finito di medicarmi. Il Cardinale mi fece mettere in una camera segreta, e subito andatosene a Palazzo con intenzione di chiedermi al Papa.

CXI. In questo mezzo s'era levato un romore grandissimo in Roma: che di già s'era vedute le fascie attaccate al gran torrione del mastio di Castello, e tutta Roma correva a vedere questa inistimabil cosa. Intanto il Castellano era venuto inne' sua maggiori umori della pazzia, e voleva a forza di tutti e' sua servitori volare ancora lui da quel mastio, dicendo che nessuno mi poteva ripigliare se non lui, con il volarmi drieto. In questo messer Roberto Pucci, padre di messer Pandolfo, avendo inteso questa gran cosa, andò in persona per vederla; di poi se ne venne a Palazzo, dove si incontrò nel cardinal Cornaro, il quale disse tutto il seguíto, e sí come io ero in una delle sue camere di già medicato. Questi dua uomini da bene d'accordo si andorno a gittare inginocchioni dinanzi al Papa, il quale, innanzi che e' lasciassi lor dir nulla, lui disse: - Io so tutto quel che voi volete da me -. Messer Roberto Pucci disse: - Beatissimo Padre, noi vi domandiamo per grazia quel povero uomo, che per le virtú sue merita avergli qualche discrezione, e appresso a quelle, gli ha mostro una tanta bravuria insieme con tanto ingegno, che non è parsa cosa umana. Noi non sappiamo per qual peccati Vostra Santità l'ha tenuto tanto in prigione; però, se quei peccati fussino troppo disorbitanti, Vostra Santità è santa e savia, e facciane alto e basso la volontà sua; ma se le son cose da potersi concedere, la preghiamo che a noi ne faccia grazia -. Il Papa a questo vergognandosi disse che m'aveva tenuto in prigione a riquisizione di certi sua - per essere lui un poco troppo ardito; ma che cognosciuto le virtú sue e volendocelo tenere appresso a di noi, avevamo ordinato di dargli tanto bene, che lui non avessi aùto causa di ritornare in Francia. Assai m'incresce del suo gran male; diteli che attenda a guarire; e de' sua affanni, guarito che e' sarà, noi lo ristoreremo -. Venne questi dua omaccioni, e dettonmi questa buona nuova da parte del Papa. In questo mezzo mi venne a visitare la nobiltà di Roma, e giovani e vecchi e d'ogni sorte. Il Castellano, cosí fuor di sé, si fece portare al Papa; e quando fu dinanzi a Sua Santità cominciò a gridare dicendo, che se lui non me gli rendeva in prigione, che gli faceva un gran torto, dicendo: - E' m'è fuggito sotto la fede che m'aveva data; oimè, che e' m'è volato via, e mi promesse di non volar via! - Il Papa ridendo disse: - Andate, andate, che io ve lo renderò a ogni modo -. Aggiunse il Castellano, dicendo al Papa: - Mandate a lui il Governatore, il quale intenda chi l'ha aiutato fuggire, perché se gli è de' mia uomini, io lo voglio impiccare per la gola a quel merlo dove Benvenuto è fuggito -. Partito il Castellano, il Papa chiamò il Governatore sorridendo, e disse: - Questo è un bravo uomo, e questa è una maravigliosa cosa; con tutto che, quando io ero giovane, ancora io iscesi di quel luogo proprio -. A questo il Papa diceva il vero, perché gli era stato prigione in

Castello per avere falsificato un breve, essendo lui abbreviatore di Parco Maioris: papa Lessandro l'aveva tenuto prigione assai; di poi, per esser la cosa troppo brutta, si era risoluto tagliargli il capo; ma volendo passare le feste del *Corpus Domini*, sapendo il tutto il Farnese, fece venire Pietro Chiavelluzzi con parecchi cavalli, e in Castello corruppe con danari certe di quelle guardie; di modo che il giorno del *Corpus Domini*, in mentre che il Papa era in processione, Farnese fu messo in un corbello e con una corda fu collato insino a terra. Non era ancor fatto il procinto delle mura al Castello, ma era solamente il torrione, di modo che lui non ebbe quelle gran difficultà a fuggirne, sí come ebbi io: ancora, lui era preso a ragione e io a torto. Basta, ch'e' si volse vantare col Governatore d'essere istato ancora lui nella sua giovanezza animoso e bravo, e non s'avvedde che gli scopriva le sue gran ribalderie. Disse: - Andate e ditegli liberamente vi dica chi gli ha aiutato: cosí sie stato chi e' vuole, basta che allui è perdonato, e promettteglielo liberamente voi.

CXII. Venne a me questo Governatore, il quale era stato fatto di dua giorni innanzi vescovo de Iesi: giunto a me, mi disse: - Benvenuto mio, se bene il mio uffizio è quello che spaventa gli uomini, io vengo a te per assicurarti; e cosí ho autorità di prometterti per commissione espressa di Sua Santità, il quale m'ha ditto che anche lui ne fuggí, ma che ebbe molti aiuti e molta compagnia, ché altrimenti non l'aria potuto fare. Io ti giuro per i Sacramenti che io ho addosso - che son fatto Vescovo da dua dí in qua - che il Papa t'ha libero e perdonato, e gli rincresce assai del tuo gran male; ma attendi a guarire, e piglia ogni cosa per il meglio, ché questa prigione, che certamente innocentissima tu hai aùto, la sarà istata la salute tua per sempre, perché tu calpesterai la povertà, e non ti accadrà ritornare in Francia, andando a tribulare la vita tua in questa parte e in quella. Sí che dimmi liberamente il caso come gli è stato, e chi t'ha dato aiuto; di poi confòrtati e ripòsati e guarisci -. Io mi feci da un capo e gli contai tutta la cosa come l'era istata appunto, e gli detti grandissimi contrasegni, insino a dell'acquerolo che m'aveva portato a dosso. Sentito ch'ebbe il Governatore il tutto, disse: - Veramente queste son troppe gran cose da uno uomo solo: le non son degne d'altro uomo che di te -. Cosí fattomi cavar fuora la mana, disse: - Istà di buona voglia e confòrtati, che per questa mana che io ti tocco tu se' libero e, vivendo, sarai felice -. Partitosi da me, che aveva tenuto a disagio un monte di gran gentiluomini e signori, che mi venivano a visitare, dicendo in fra loro: - Andiamo a vedere quello uomo che fa miracoli - questi restorno meco; e chi di loro mi offeriva e chi mi presentava. Intanto il Governatore giunto al Papa, cominciò a contar la cosa che io gli avevo ditta; e appunto s'abbatté a esservi alla presenza il signor Pierluigi suo figliuolo; e tutti facevano grandissima maraviglia. Il Papa disse: - Certamente questa è troppo gran cosa -. Il signor Pierluigi allora aggiunse dicendo: - Beatissimo Padre, se voi lo liberate, egli ve ne farà delle maggiori, perché questo è uno animo d'uomo troppo aldacissimo. Io ve ne voglio contare un'altra, che voi non sapete. Avendo parole questo vostro Benvenuto, innanzi che lui fussi prigione, con un gentiluomo del cardinal Santa Fiore; le qual parole vennono da una piccola cosa che questo gentiluomo aveva detto a Benvenuto, di modo che lui bravissimamente e con tanto ardire rispose, insino a voler far segno di far quistione; il detto gentiluomo referito al cardinale Santa Fiore, il qual disse, che se vi metteva le mani lui, che gli caverebbe il pazzo del capo; Benvenuto, inteso questo, teneva un suo scoppietto in ordine, con il quale lui dà continuamente in un quattrino: e un giorno, affacciandosi il Cardinale alla finestra, per essere la bottega del ditto Benvenuto sotto il palazzo del Cardinale, preso il suo scoppietto si era messo in ordine per tirare al Cardinale. E perché il Cardinale ne fu avvertito, si levò subito. Benvenuto, perché e' non si paressi tal cosa, tirò a un colombo terraiuolo che covava in una buca su alto del palazzo, e dette al ditto colombo innel capo: cosa impossibile da poterlo credere. Ora Vostra Santità faccia tutto quel che la vuole di lui; io non voglio mancare di non ve lo aver detto. E' gli potrebbe anche venir voglia, parendogli essere stato prigione a torto, di tirare una volta a Vostra Santità. Questo è uno animo troppo afferato e troppo sicuro. Quando gli ammazzò Pompeo, gli dette dua pugnalate innella gola in mezzo a dieci uomini che lo guardavano, e poi si salvò, con biasimo non piccolo di coloro, li quali eran pure uomini da bene e di conto.

CXIII. Alla presenza di queste parole si era quel gentiluomo di Santa Fiore con il quale io avevo aùto parole, e affermò al Papa tutto quel che il suo figliuolo aveva detto. Il Papa stava gonfiato e non parlava nulla. Io non voglio mancare che io non dica le mie ragione giustamente e santamente. Questo gentiluomo di Santa Fiore venne un giorno a me e mi porse un piccolo anellino d'oro, il quale era tutto imbrattato d'ariento vivo, dicendo: - Isvivami questo anelluzzo e fa presto -. Io che avevo innanzi molte opere d'oro con gioie importantissime, e anche sentendomi così sicuramente comandare da uno a il quale io non avevo mai né parlato né veduto, gli dissi che io non avevo per allora isvivatoio, e che andassi a un altro. Costui, sanza un proposito al mondo, mi disse che io ero uno asino. Alle qual parole io risposi, ch'e' non diceva la verità, e che io era uno uomo in ogni conto da più di lui; ma che se lui mi stuzzicava, io gli darei ben calci più forte che uno asino. Costui riferí al Cardinale e li dipinse uno inferno. Ivi a dua giorni io tirai drieto al palazzo in una buca altissima a un colombo salvatico, che covava in quella buca; e a quel medesimo colombo io avevo visto tirare più volte da uno orefice che si domandava Giovan Francesco della Tacca, milanese, e mai l'aveva colto. Questo giorno che io tirai, il colombo mostrava appunto il capo, stando in sospetto per l'altre volte che gli era stato tirato; e perché questo Giovan Francesco e io eravamo rivali alle caccie dello stioppo, essendo certi gentiluomini e mia amici in su la mia bottega, mi mostrorno dicendo: - Ecco lassú il colombo di Giovan Francesco della Tacca, a il quale gli ha tante volte tirato: or vedi, quel povero animale sta in sospetto; a pena che e' mostri il capo -. Alzando gli occhi, io dissi: - Quel poco del capo solo basterebbe a me a ammazzarlo, se m'aspettassi solo che io mi ponessi a viso il mio stioppo -. Quelli gentiluomini dissono, che e' non gli darebbe quello che fu inventore dello stioppo. Al quale io dissi: - Vadine un boccale di grego di quel buono di Palombo oste, e che se m'aspetta che io mi metta a viso il mio mirabile Broccardo (che così chiamavo il mio stioppo) io lo investirò in quel poco del capolino che mi mostra -. Subito postomi a viso, a braccia, senza appoggiare o altro, feci quanto promesso avevo, non pensando né al Cardinale né a persona altri; anzi mi tenevo il Cardinale per molto mio patrone. Sí che vegga il mondo, quando la fortuna vuol torre a 'ssassinare uno uomo, quante diverse vie la piglia. Il Papa gonfiato e ingrognato, stava considerando quel che gli aveva detto il suo figliuolo.

CXIV. Dua giorni apresso andò il cardinal Cornaro a dimandare un vescovado al Papa per un suo gentiluomo, che si domandava messer Andrea Centano. Il Papa è vero che gli aveva promesso un vescovado: essendo cosí vacato, ricordando il Cardinale al Papa sí come tal cosa lui gli aveva promesso, il Papa affermò esser la verità e che cosí gliene voleva dare; ma che voleva un piacere da Sua Signoria reverendissima, e questo si era che voleva che gli rendessi nelle mane Benvenuto. Allora il Cardinale disse: - Oh se Vostra Santità gli ha perdonato e datomelo libero, che dirà il mondo e di Vostra Santità e di me? - Il Papa replicò: - Io voglio Benvenuto, e ogniun dica quel che vuole, volendo voi il vescovado -. Il buon Cardinale disse che Sua Santità gli dessi il vescovado, e che del resto pensassi da sé e facessi da poi tutto quel che Sua Santità e voleva e poteva. Disse il Papa, pure alquanto vergognandosi della iscellerata già data fede sua: - Io manderò per Benvenuto, e per un poco di mia sadisfazione lo metterò giú in quelle camere del giardino segreto, dove lui potrà attendere a guarire, e non si gli vieterà che tutti gli amici sua lo vadino a vedere, e anche li farò dar le spese, insin che ci passi questo poco della fantasia -. Il Cardinale tornò a casa e mandommi subito a dire per quello che aspettava il vescovado, come il Papa mi rivoleva nelle mane; ma che mi terrebbe in una camera bassa innel giardin segreto; dove io starei visitato da ugniuno siccome io era in casa sua. Allora io pregai questo messer Andrea, che fussi contento di dire al Cardinale che non mi dessi al Papa e che lasciassi fare a me; per che io mi farei rinvoltare in un materasso e mi farei porre fuor di Roma in luogo sicuro; perché se lui mi dava al Papa, certissimo mi dava alla morte. Il Cardinale, quando e' le intese, si crede che lui l'arebbe volute fare, ma quel messer Andrea, a chi toccava il vescovado, scoperse la cosa. Intanto il Papa mandò per me subito e fecemi mettere, sí come e' disse, in una camera bassa innel suo giardin segreto. Il Cardinale mi mandò a dire che io non mangiassi nulla di quelle vivande che mi mandava il Papa, e che lui mi manderebbe da mangiare; e che quello che gli aveva fatto non aveva potuto far di manco, e che io stessi di buona voglia, che m'aiuterebbe tanto, che io sarei libero. Standomi cosí, ero ogni dí visitato e offertomi da molti gran gentiluomini molte gran cose. Dal Papa veniva la vivanda, la quale io non toccavo, anzi mi mangiavo quella che veniva dal cardinal Cornaro, e cosí mi stavo. Io avevo in fra gli altri mia amici un giovane greco di età di venticinque anni: questo era gagliardissimo oltramodo e giucava di spada meglio che ogni altro uomo che fussi in Roma: era pusillo d'animo, ma era fidelissimo uomo da bene e molto facile al credere. Aveva sentito dire che il Papa aveva detto che mi voleva remunerare de' miei disagi. Questo era il vero, che il Papa aveva detto tal cose da principio, ma innell'ultimo da poi diceva altrimenti. Per la qual cosa io mi confidavo con questo giovane greco e gli dicevo: - Fratello carissimo, costoro mi vogliono assassinare, sí che ora è tempo aiutarmi: che pensano che io non me ne avvegga, facendomi questi favori istrasordinari, gli quali son tutti fatti per tradirmi -. Questo giovane da bene diceva: - Benvenuto mio, per Roma si dice che il Papa t'ha dato uno uffizio di cinquecento scudi di entrata; sí che io ti priego di grazia, che tu non faccia che questo tuo sospetto ti tolga un tanto bene -. E io pure lo pregavo con le braccia in croce che mi levassi di quivi, perché io sapevo bene che un Papa simile a quello mi poteva fare di molto bene, ma che io sapevo certissimo che lui studiava in farmi segretamente, per suo onore, di molto male; però facessi presto e cercassi di camparmi la vita di costui: che se lui mi cavava di quivi, innel modo che io gli arei detto, io sempre arei riconosciuta la vita mia dallui; venendo il bisogno, la ispenderei. Questo povero giovane piangendo mi diceva: - O caro mio fratello, tu ti vuoi pure rovinare, e io non ti posso mancare a quanto tu mi comandi; sí che dimmi il modo e io farò tutto quello che tu dirai, se bene e' fia contra mia voglia -. Cosí eramo risoluti e io gli avevo dato tutto l'ordine, che facilissimo ci riusciva. Credendomi che lui venissi per mettere in opera quanto io gli avevo ordinato, mi venne a dire che per la salute mia mi voleva disubbidire, e che sapeva bene quello che gli aveva inteso da uomini che stavano appresso a il Papa e che sapevano tutta la verità de' casi mia. Io che non mi potevo aiutare in altro modo, ne restai malcontento e disperato. Questo fu il dí del *Corpus Domini* nel mille cinquecento trenta nove.

CXV. Passatomi tempo da poi questa disputa, tutto quel giorno sino alla notte, dalla cucina del Papa venne una abbundante vivanda: ancora dalla cucina del cardinale Cornaro venne bonissima provvisione: abbattendosi a questo parecchi mia amici, gli feci restare a cena meco; onde io, tenendo la mia gamba isteccata innel letto, feci lieta cera con esso loro; cosí soprastettono meco. Passato un'ora di notte di poi si partirno; e dua mia servitori m'assettorno da dormire, di poi si messono nell'anticamera. Io avevo un cane nero quant'una mora, di questi pelosi, e mi serviva mirabilmente alla caccia dello stioppo, e mai non istava lontan da me un passo. La notte, essendomi sotto il letto, ben tre volte chiamai il mio servitore, che me lo levassi di sotto il letto, perché e' mugliava paventosamente. Quando i servitori venivano, questo cane si gittava loro adosso per mordergli. Gli erano ispaventati e avevan paura che il cane non fossi arrabbiato, perché continuamente urlava. Cosí passammo insino alle quattro ore di notte. Al tocco delle quattro ore di notte entrò il bargello con molta famiglia drento nella mia camera: allora il cane uscí fuora e gittossi adosso a questi con tanto furore, stracciando loro le cappe e le calze, e gli aveva missi in tanta paura, che lor pensavano che fossi arrabbiato. Per la qual cosa il bargello, come persona pratica, disse: - La natura de' buoni cani è questa, che sempre s'indovinano e predicono il male che de' venire a' lor padroni: pigliate dua bastoncelli e difendetevi dal cane, e gli altri leghino Benvenuto in su questa sieda, e menatelo dove voi sapete -. Sí come io ho detto era il giorno passato del *Corpus Domini*, ed era in circa a quattro ore di notte. Questi mi portavano turato e coperto, e quattro di loro andavano innanzi, faccendo iscansare quelli pochi uomini che ancora si ritrovavano per la strada. Cosí mi portorno a Torre di Nona, luogo detto cosí, e messomi innella prigione della vita, posatomi in sun un poco di materasso e datomi uno di quelle guardie, il quale tutta la notte si condoleva della mia cattiva fortuna, dicendomi: - Oimè! povero Benvenuto, che hai tu fatto a costoro? - Onde io benissimo mi avvisai quel che mi aveva a 'ntervenire, sí per essere il luogo cotal' e anche perché colui me lo aveva avvisato. Istetti un pezzo di quella notte col pensiero a tribularmi qual fussi la causa che a Dio piaceva darmi cotal penitenzia; e perché io non la ritrovavo, forte mi dibattevo. Quella guardia s'era messa poi il meglio che sapeva a confortarmi; per la qual cosa io lo scongiurai per l'amor de Dio che non mi dicessi nulla e non mi parlassi, avvenga che da me medesimo io farei piú presto e meglio una cotale resoluzione. Cosí mi promesse. Allora io volsi tutto il cuore a Dio; e divotissimamente lo pregavo, che gli piacessi di accettarmi innel suo regno; e che se bene io m'ero dolto, parendomi questa tal partita in questo modo molto innocente, per quanto prommettevano gli ordini delle legge, e se bene io avevo fatto degli omicidi, quel suo Vicario mi aveva dalla patria mia chiamato e perdonato coll'autorità delle legge e sua; e quello che io avevo fatto, tutto s'era fatto per difension di questo corpo che Sua Maestà mi aveva prestato: di modo che io non conoscevo, sicondo gli ordini con che si vive innel mondo, di meritare quella morte; ma che a me mi pareva che m'intervenissi quello che avviene a certe isfortunate persone, le quale, andando per la strada, casca loro un sasso da qualche grande altezza in su la testa e gli ammazza: qual si vede ispresso esser potenzia delle stelle: non già che quelle sieno congiurate contro a di noi per farci bene o male, ma vien fatto innelle loro congionzione, alle quale noi siamo sottoposti; se bene io cognosco d'avere il libero albitrio: e se la mia fede fussi santamente esercitata, io sono certissimo che gli angeli del Cielo mi porterieno fuor di quel carcere e mi salverieno sicuramente d'ogni mio affanno; ma perché e' non mi pare d'esser fatto degno da Dio d'una tal cosa, però è forza che questi influssi celesti adempieno sopra di me la loro malignità. E con questo dibattutomi un pezzo, da poi mi risolsi e subito appiccai sonno.

CXVI. Fattosi l'alba, la guardia mi destò e disse: - O sventurato uomo da bene, ora non è piú tempo a dormire, perché gli è venuto quello che t'ha a dare una cattiva nuova -. Allora io dissi: - Quanto piú presto io esca di questo carcer mondano, piú mi sarà grato, maggiormente essendo sicuro che l'anima mia è salva, e che io muoio attorto. Cristo glorioso e divino mi fa compagno alli sua discepoli e amici, i quali, e Lui e loro, furno fatti morire attorto: cosí attorto son io fatto morire, e santamente ne ringrazio Idio. Perché non viene innanzi colui che m'ha da sentenziare? - Disse la guardia allora: - Troppo gl'incresce di te e piange -. Allora io lo chiamai per nome, il quale aveva nome messer Benedetto da Cagli. Dissi: - Venite innanzi, messer Benedetto mio, ora che io son benissimo disposto e resoluto; molto piú gloria mia è che io muoia attorto, che se io morissi a ragione: venite innanzi, vi priego, e datemi un sacerdote, che io possa ragionar con seco quattro parole; con tutto che non bisogni, perché la mia santa confessione io l'ho fatta col mio Signore Idio; ma solo per osservare quello che ci ha ordinato la santa madre Chiesa; che se bene e' la mi fa questo iscellerato torto, io liberamente le perdono. Sí che venite, messer Benedetto mio, e speditemi prima che 'l senso mi cominciassi a offendere -. Ditte queste parole, questo uomo da bene disse alla guardia che serrassi la porta, perché sanza lui non si poteva far quello uffizio. Andossene a casa della moglie del signor Pierluigi, la quale era insieme con la Duchessa sopraditta; e fattosi innanzi a loro, questo uomo disse: - Illustrissima mia patrona, siate contenta, vi priego per l'amor de Dio, di mandare a dire al Papa, che mandi un altro a dar quella sentenzia a Benvenuto e fare questo mio uffizio, perché io lo rinunzio e mai piú lo voglio fare - e con grandissimo cordoglio sospirando si partí. La Duchessa, che era lí alla presenza, torcendo il viso disse: - Questa è la bella iustizia che si tiene in Roma da il Vicario de Dio! il Duca già mio marito voleva un gran bene a questo uomo per le sue bontà e per le sue virtú, e non voleva che lui ritornassi a Roma, tenendolo molto caro appresso a di sé - e andatasene in là borbottando con molte parole dispiacevole. La moglie del signor Pierluigi, si chiamava la signora Ieronima, se ne andò dal Papa, e gittandosi ginocchioni - era alla presenza parecchi Cardinali - questa donna disse tante gran cose, che la fece arrossire il Papa, il quale disse: - Per vostro amore noi lo lascieremo istare, se bene noi non avemmo mai cattivo animo inverso di lui -. Queste parole le disse il Papa per essere alla presenza di quei Cardinali, i quali avevano sentito le parole che aveva detto quella maravigliosa e ardita donna. Io mi stetti con grandissimo disagio, battendomi il cuore continuamente. Ancora stette a disagio tutti quelli uomini che erano destinati a tale cattivo uffizio, insino che era tardi all'ora del desinare; alla quale ora ogni uomo andò ad altre sue faccende, per modo che a me fu portato da desinare: onde che maravigliato, io dissi: - Qui ha potuto piú la verità che la malignità degli influssi celesti; cosí priego Idio, che se gli è in suo piacere, mi scampi da questo furore -. Cominciai a mangiare, e sí bene come io avevo fatto prima la resoluzione al mio gran male, ancora la feci alla speranza del mio gran bene. Desinai di buona voglia. Cosí mi stetti sanza vedere o sentire altri insino a una ora di notte. A quell'ora venne il bargello con buona parte della sua famiglia, il quale mi rimesse in su quella sieda, che la sera dinanzi lui m'aveva in quel luogo portato, e di quivi con molte amorevol parole a me, che io non dubitassi, e a' sua birri comandò che avessin cura di non mi percuotere quella gamba che io avevo rotta, quanto agli occhi sua. Cosí facevano, e mi portorno in Castello, di donde io ero uscito; e quando noi fummo su da alto innel mastio, dov'è un cortiletto, quivi mi fermorno per alquanto.

CXVII. In questo mezzo il Castellano sopraditto si fece portare in quel luogo dove io ero, e cosí ammalato e afflitto disse: - Ve' che ti ripresi? - Sí - dissi io - ma ve' che io mi fuggi', come io ti dissi? e se io non fussi stato venduto, sotto la fede papale, un vescovado da un veniziano cardinale e un romano da Farnese, e' quali l'uno e l'altro ha graffiato il viso alle sacre sante legge, tu mai non mi ripigliavi. Ma da poi che ora da loro s'è messa questa male usanza, fa' ancora tu il peggio che tu puoi, ché di nulla mi curo al mondo -. Questo povero uomo cominciò molto forte a gridare, dicendo: - Oimè! oimè! costui non si cura né di vivere né di morire, ed è piú ardito che quando egli era sano: mettetelo là sotto il giardino, e non mi parlate mai piú di lui, che costui è causa della morte mia -. Io fui portato sotto un giardino in una stanza oscurissima, dove era dell'acqua assai, piena di tarantole e di molti vermi velenosi. Fummi gittato un materassuccio di capecchio in terra, e per la sera non mi fu dato da cena, e fui serrato a quattro porte: cosí istetti insino alle dicianove ore il giorno seguente. Allora mi fu portato da mangiare: ai quali io domandai che mi dessino alcuni di quei miei libri da leggere. Da nessuno di questi non mi fu parlato, ma riferirno a quel povero uomo del Castellano, il quale aveva domandato quello che io dicevo. L'altra mattina poi mi fu portato un mio libro di Bibbia vulgare, e un certo altro libro dove eran le *Cronache* di Giovan Villani. Chiedendo io certi altri mia libri, mi fu detto che io non arei altro e che io avevo troppo di quelli. Cosí infelicemente mi vivevo in su quel materasso tutto fradicio, ché in tre giorni era acqua ogni cosa; onde io stavo continuamente senza potermi muovere, perché io avevo la gamba rotta; e volendo andare pur fuor del letto per la necessità de' miei escrimenti, andavo carpone con grandissimo affanno per non fare lordure in quel luogo dove io dormiva. Avevo un'ora e mezzo del dí di un poco di riflesso di lume il quale m'entrava in quella infelice caverna per una piccolissima buca; e solo di quel poco del tempo leggevo, e 'l resto del giorno e della notte sempre stavo al buio pazientemente, non mai fuor de' pensieri de Dio e di questa nostra fragilità umana; e mi pareva esser certo in brevi giorni di aver a finir quivi e in quel modo la mia sventurata vita. Pure, il meglio che io potevo da me istesso mi confortavo, considerando quanto maggior dispiacere e' mi saria istato innel passare della vita mia, sentire quella inistimabil passione del coltello, dove istando a quel modo io la passavo con un sonnifero, il quale mi s'era fatto molto piú piacevole che quello di prima:

e a poco a poco mi sentivo spegnere, insino a tanto che la mia buona complessione si fu accomodata a quel purgatorio. Di poi che io senti' essersi lei accomodata e assuefatta, presi animo di comportarmi quello inistimabil dispiacere in sino a tanto quanto lei stessa me lo comportava.

CXVIII. Cominciai da principio la Bibbia, e divotamente la leggevo e consideravo, ed ero tanto invaghito in essa, che se io avessi potuto non arei mai fatto altro che leggere: ma, come e' mi mancava el lume, subito mi saltava addosso tutti i miei dispiaceri e davanmi tanto travaglio, che piú volte io m'ero resoluto in qualche modo di spegnermi da me medesimo; ma perché e' non mi tenevono coltello, io avevo male il modo a poter far tal cosa. Però una volta infra l'altre avevo acconcio un grosso legno che vi era e puntellato in modo d'una stiaccia; e volevo farlo iscoccare sopra il mio capo; il quale me lo arebbe istiacciato al primo: di modo che, acconcio che io ebbi tutto questo edifizio, movendomi risoluto per iscoccarlo, quando io volsi dar drento colla mana, io fui preso da cosa invisibile e gittato quattro braccia lontano da quel luogo, e tanto ispaventato, che io restai tramortito: e cosí mi stetti da l'alba del giorno insino alle dicianove ore che e' mi portorno il mio desinare. I quali vi dovettono venire piú volte, che io non gli avevo sentiti; perché quando io gli senti' entrò drento il capitan Sandrino Monaldi, e senti' che disse: - Oh! infelice uomo, ve' che fine ha aùto una cosí rara virtú! - Sentite queste parole apersi gli occhi: per la qual cosa viddi preti colle toghe indosso, i quali dissono: - O voi, dicesti che gli era morto! - Il Bozza disse: - Morto lo trovai, e però lo dissi -. Subito mi levorno di quivi donde io ero, e levato il materasso, il quale era tutto fradicio diventato come maccheroni, lo gittorno fuori di quella stanza: e riditte queste tal cose al Castellano, mi fece dare un altro materasso. E cosí ricordatomi che cosa poteva essere stata quella che m'avessi stòlto da quella cotale inpresa, pensai che fussi stato cosa divina e mia difensitrice.

CXIX. Di poi la notte mi apparve in sogno una maravigliosa criatura in forma d'un bellissimo giovane, e a modo di sgridarmi diceva: - Sa' tu chi è quello che t'ha prestato quel corpo, che tu volevi guastare innanzi al tempo suo? - Mi pareva rispondergli che il tutto riconoscevo dallo Idio della natura. - Addunche - mi disse - tu dispregi l'opere sue, volendole

guastare? Làsciati guidare a lui e non perdere la speranza della virtú sua
- con molte altre parole tanto mirabile, che io non mi ricordo della millesima parte. Cominciai a considerare che questa forma d'angelo mi
aveva ditto li vero; e gittato gli occhi per la prigione, viddi un poco di
mattone fracido; cosí lo strofinai l'uno coll'altro e feci a modo che un
poco di savore: di poi cosí carpone mi accostai a un taglio di quella porta
della prigione e co' denti tanto feci, che io ne spiccai un poco di scheg-
giuzza; e fatto che io ebbi questo, aspettai quella ora del lume che mi
veniva alla prigione, la quale era dalle venti ore e mezzo insino alle ven-
tuna e mezzo. Allora cominciai a scrivere il meglio che io poteva in su
certe carte che avanzavano innel libro della Bibbia; e riprendevo gli spiriti mia dello intelletto, isdegnati di non voler piú istare in vita; i quali
rispondevano a il corpo mio, iscusandosi della loro disgrazia: e il corpo
dava loro isperanza di bene: cosí in dialogo iscrissi:

- Afflitti spirti miei,
  oimè crudeli, che vi rincresce vita!
- Se contra il Ciel tu sei,
  chi fia per noi? chi ne porgerà aita?
  Lassa, lassaci andare a miglior vita.
- Deh non partite ancora,
  che piú felici e lieti
  promette il Ciel, che voi fussi già mai.
- Noi resterèn qualche ora,
  purché del magno Idio concesso sieti
  grazia, che non si torni a maggior guai.

Ripreso di nuovo il vigore, da poi che da per me medesimo io mi fui
confortato, seguitando di legger la mia Bibbia, e' mi ero di sorte assue-
fatto gli occhi in quella oscurità, che dove prima io solevo leggere una
ora e mezzo, io ne leggevo tre intere. E tanto maravigliosamente consideravo la forza della virtú de Dio in quei semplicissimi uomini, che con
tanto fervore si credevano, che Idio compiaceva loro tutto quello che
quei s'inmaginavano: promettendomi ancora io de l'aiuto de Dio, sí per
la sua divinità e misericordia, e ancora per la mia innocenzia; e continuamente, quando con orazione e quando con ragionamenti volti a Dio,

sempre istavo in questi alti pensieri in Dio; di modo che e' mi cominciò a venire una dilettazione tanto grande di questi pensieri in Dio, che io non mi ricordavo piú di nessuno dispiacere che mai io per l'addietro avessi aùto, anzi cantavo tutto il giorno salmi e molte altre mie composizione tutte diritte a Dio. Solo mi dava grande affanno le ugna che mi crescevano; perché io non potevo toccarmi che con esse io non mi ferissi: non mi potevo vestire, perché o le mi si arrovesciavano in drento o in fuora, dandomi assai dolore. Ancora mi si moriva e' denti in bocca; e di questo io m'avvedevo, perché sospinti i denti morti da quei ch'erano vivi, a poco a poco sofforavano le gengie, e le punte delle barbe venivano a trapassare il fondo delle lor casse. Quando me ne avvedevo gli tiravo, come cavargli d'una guaina, sanza altro dolore o sangue: cosí me n'era usciti assai bene. Pure accordatomi anche con quest'altri nuovi dispiaceri, quando cantavo, quando oravo, e quando scrivevo con quel matton pesto sopradetto; e cominciai un capitolo in lode della prigione, e in esso dicevo tutti quelli accidenti che da quella io avevo aúti; qual capitolo si scriverà poi al suo luogo.

CXX. Il buon Castellano mandava ispesso segretamente a sentire quello che io facevo: e perché l'ultimo dí di luglio io mi rallegrai da me medesimo assai, ricordandomi della gran festa che si usa di fare in Roma in quel primo dí d'agosto, da me dicevo: - Tutti questi anni passati questa piacevol festa io l'ho fatta con le fragilità del mondo; questo anno io la farò oramai con la divinità de Dio - e da me dicevo: - Oh quanto piú lieto sono io di questa che di quelle! - Quelli che mi udirno dire queste parole, il tutto riferirno al Castellano; il quale con maraviglioso dispiacere disse: - Oh Dio! colui trionfa e vive, in tanto male; e io istento in tante comodità, e muoio solo per causa sua! Andate presto e mettetelo in quella piú sotterrania caverna, dove fu fatto morire il predicatore Foiano di fame: forse che vedendosi in tanta cattività, gli potria uscire il ruzzo del capo -. Subito venne dalla mia prigione il capitano Sandrino Monaldi con circa venti di quei servitori del Castellano; e mi trovorno che io ero ginocchioni, e non mi volgevo alloro, anzi adoravo un Dio Padre addorno di Angeli e un Cristo risuscitante vittorioso, che io mi avevo disegnati innel muro con un poco di carbone, che io avevo trovato ricoperto dalla terra, di poi quattro mesi che io ero stato rovescio innel letto con la mia gamba rotta; e tante volte sognai che gli Angeli mi venivano a medicarmela, che di poi quattro mesi ero divenuto gagliardo come se mai rotta la non fussi stata. Però vennono a me tanto armati, quasi che paurosi che io non fussi un velenoso dragone. Il ditto capitano disse: - Tu senti pure che noi siamo assai, e che con gran romore noi vegniamo a te; e tu a noi non ti volgi -. A queste parole, immaginatomi benissimo quel peggio che mi poteva intervenire, e fattomi pratico e costante al male, dissi loro: - A questo Idio che mi porta a quello de' cieli ho volto l'anima mia e le mie contemplazione e tutti i mia spiriti vitali; e a voi ha volto appunto quello che vi si appartiene, perché quello che è di buono in me voi non sete degni di guardarlo, né potete toccarlo: sí che fate, a quello che è vostro, tutto quello che voi potete -. Questo duro capitano, pauroso, non sapendo quello che io mi volessi fare, disse a quattro di quelli piú gagliardi: - Levatevi l'arme tutte da canto -. Levate che se l'ebbono, disse: - Presto presto saltategli a dosso e pigliatelo. Non fussi costui il diavolo, che tanti noi doviamo aver paura di lui? Tenetelo or forte che non vi scappi -. Io, sforzato e bistrattato da loro, inmaginandomi molto peggio di quello che poi m'intervenne, alzando gli occhi a Cristo dissi: - O giusto Idio, tu pagasti pure in su quello alto legno tutti e' debiti nostri: perché addunche ha a pagare la mia innocenzia i debiti di chi io non conosco? oh! pure sia fatta la tua voluntà -. Intanto costoro mi portavano via con un torchiaccio acceso; pensavo io che mi volessino gittare innel trabocchetto del Sammalò: cosí chiamato un luogo paventoso, il quale n'ha inghiottiti assai cosí vivi, perché vengono a cascare inne' fondamenti del Castello giú innun pozzo. Questo non m'intervenne: per la qual cosa me ne parve avere un bonissimo mercato; perché loro mi posono in quella bruttissima caverna sopra detta, dove era morto il Foiano di fame, e ivi mi lasciorno istare, non mi faccendo altro male. Lasciato che e' m'ebbono, cominciai a cantare un *De profundis clamavit*, un *Miserere*, e *In te Domine speravi*. Tutto quel giorno primo d'agosto festeggiai con Dio, e sempre mi iubbilava il cuore di speranza e di fede. Il sicondo giorno mi trassono di quella buca e mi riportorno dove era quei miei primi disegni di quelle inmagini de Idio. Alle quali giunto che io fui, alla presenza di esse di dolcezza e di letizia io assai piansi. Da poi il Castellano ogni dí voleva sapere quello che io facevo e quello che io dicevo. Il Papa, che aveva inteso tutto il seguíto, e di già li medici avevano isfidato a morte il ditto Castellano, disse: - Innanzi che il mio Castellano muoia, io voglio che e' faccia morire a suo modo quel Benvenuto, ch'è causa della morte sua, acciò che lui non muoia invendicato -. Sentendo queste parole il Castellano per bocca del duca Pierluigi, disse al ditto: - Addunche il Papa mi dona Benvenuto, e vuole che io ne faccia le mie vendette? Non pensi addunque ad altro e lasci fare a me -. Sí come il cuor del Papa fu cattivo inverso di me, pessimo e doloroso fu innel primo aspetto quello del Castellano; e in questo punto quello Invisibile, che mi aveva divertito dal volermi ammazzare, venne a me pure invisibilmente ma con voce chiare; e mi scosse e levommi da iacere e disse: - Oimè! Benvenuto mio, presto presto ricorri a Dio con le tue solite orazione, e grida forte forte -. Subito spaventato mi posi inginocchioni, e dissi molte mie orazioni ad alta voce: di poi tutte, un *Qui habitat in ajutorium*; di poi questo, ragionai con Idio un pezzo: e in uno istante la voce medesima aperta e chiara mi disse: - Vatti a riposa, e non aver piú paura -. E questo fu che il Castellano, avendo dato commessione bruttissima per la mia morte, subito la tolse e disse: - Non è egli Benvenuto quello che io ho tanto difeso, e quello che io so certissimo che è innocente, e che tutto questo male se gli è fatto attorto? O come Idio arà mai misericordia di me e dei mia peccati, se io non perdono a quelli che m'hanno fatto grandissime offese? O perché ho io a offendere un uomo da bene, innocente, che m'ha fatto servizio e onore? Vadia, che in cambio di farlo morire, io gli do vita e libertà; e lascio per testamento che nissuno gli domandi nulla del debito della grossa ispesa che qui gli arebbe a pagare -. Questo intese il Papa e l'ebbe molto per male.

CXXI. Io istavo intanto colle mie solite orazione e scrivevo il mio Capitolo, e cominciai a fare ogni notte i piú lieti e i piú piacevoli sogni che mai immaginar si possa; e sempre mi pareva essere insieme visibilmente con quello che invisibile avevo sentito e sentivo bene ispesso, a il quale io non domandavo altra grazia se none lo pregavo, e strettamente, che mi menassi dove io potessi vedere il sole, dicendogli che era quanto desiderio io avevo; e che se io una sola volta lo potessi vedere, da poi io morrei contento. Di tutte le cose io avevo in questa prigione dispiacevoli, tutte mi erano diventate amiche e compagne, e nulla mi disturbava. Se bene quei divoti del Castellano, che aspettavano che il Castellano m'impiccassi a quel merlo dove io ero sceso, sí come lui aveva detto, veduto poi che il detto Castellano aveva fatta un'altra resoluzione tutta contraria da quella; costoro, che non la potevano patire, sempre mi facevano qualche diversa paura, per la quale io dovessi pigliare spavento per la perdita della vita. Sí come io dico, a tutte queste cose io m'ero tanto addimesticato, che di nulla io non avevo piú paura e nulla piú mi moveva; solo questo desiderio, che il sognare di vedere la spera del sole. Di modo che seguitando innanzi colle mie grandi orazioni, tutte volte collo affetto a Cristo, sempre dicendo: - O vero figliuol de Dio, io ti priego per la tua nascita, per la tua morte in croce e per la tua gloriosa resuressione, che tu mi facci degno che io vegga il sole, se none altrimenti, almanco in sogno; ma se tu mi facessi degno che io lo vedessi con questi mia occhi mortali, io ti prometto di venirti a visitare al tuo santo Sepulcro -. Questa resoluzione e queste mie maggior preci a Dio le feci a' dí dua d'ottobre nel mille cinquecento trentanove. Venuto poi la mattina seguente, che fu a' dí tre di ottobre detto, io m'ero risentito alla punta del giorno, innanzi il levar del sole, quasi un'ora; e sollevatomi da quel mio infelice covile, mi messi a dosso un poco di vestaccia che io avevo, perché e' s'era cominciato a far fresco: e stando cosí sollevato, facevo orazione piú divote che mai io avessi fatte per il passato; ché in dette orazione dicevo con gran prieghi a Cristo, che mi concedessi almanco tanto di grazia, che io sapessi per ispirazion divina per qual mio peccato io facevo cosí gran penitenzia; e da poi che Sua Maestà divina non mi aveva voluto far degno della vista del sole almanco in sogno, lo pregavo per tutta la sua potenzia e virtú, che mi facessi degno che io sapessi quale era la causa di quella penitenzia.

CXXII. Dette queste parole, da quello Invisibile, a modo che un vento io fui preso e portato via, e fui menato in una stanza dove quel mio Invisibile allora visibilmente mi si mostrava in forma umana, in modo d'un giovane di prima barba; con faccia maravigliosissima, bella, ma austera, non lasciva; e mi mostrava innella ditta stanza, dicendomi: - Quelli tanti uomini che tu vedi, sono tutti quei che insino a qui son nati e poi son morti -. Il perché io lo domandavo per che causa lui mi menava quivi: il qual mi disse: - Vieni innanzi meco e presto lo vedrai -. Mi trovavo in mano un pugnaletto e indosso un giaco di maglia; e cosí mi menava per quella grande stanza, mostrandomi coloro che a infinite migliaia or per un verso or per un altro camminavano. Menatomi innanzi, uscí innanzi a me per una piccola porticella in un luogo come in una strada istretta; e quando egli mi tirò drieto a sé innella detta istrada, all'uscire di quella stanza mi trovai disarmato, ed ero in camicia bianca sanza nulla in testa, ed ero a man ritta del ditto mio compagno. Vedutomi a modo, io mi maravigliavo, perché non ricognoscevo quella istrada; e alzato gli occhi, viddi che il chiarore del sole batteva in una pariete di muro, modo che una facciata di casa, sopra il mio capo. Allora io dissi: - O amico mio, come ho io da fare, che io mi potessi alzare tanto che io vedessi la propia spera del sole? - Lui mi mostrò parecchi scaglioni che erano quivi alla mia man ritta, e mi disse: - Va quivi da te -. Io spiccatomi un poco da lui, salivo con le calcagna allo indietro su per quei parecchi scaglioni, e cominciavo a poco a poco a scoprire la vicinità del sole. M'affrettavo di salire; e tanto andai in su in quel modo ditto che io scopersi tutta la spera del sole. E perché la forza de' suoi razzi, al solito loro, mi fece chiudere gli occhi, avvedutomi dell'error mio, apersi gli occhi e guardando fiso il sole, dissi: - O sole mio, che t'ho tanto desiderato, io voglio non mai piú vedere altra cosa, se bene i tuoi razzi mi acciecano -. Cosí mi stavo con gli occhi fermi in lui; e stato che io fui un pochetto in quel modo, viddi in un tratto tutta quella forza di quei gran razzi gittarsi in sulla banda manca del ditto sole; e restato il sole netto, sanza i suoi razzi, con grandissimo piacere io lo vedevo; e mi pareva cosa maravigliosa che quei razzi si fussino levati in quel modo. Stavo a considerare che divina grazia era stata questa, che io avevo quella mattina da Dio, e dicevo forte: - Oh mirabil tua potenzia! oh gloriosa tua virtú! Quanto maggior grazia mi fai tu, di quello che io non m'aspettavo! - Mi pareva questo sole sanza i razzi sua, né piú né manco un bagno di purissimo oro istrutto. In mentre che io consideravo questa gran cosa, viddi in mezzo a detto sole cominciare a gonfiare; e crescere questa forma di questo gonfio, e in un tratto si fece un Cristo in croce della medesima cosa che era il sole; ed era di tanta bella grazia in benignissimo aspetto, quale ingegno umano non potria inmaginare una millesima parte; e in mentre che io consideravo tal cosa, dicevo forte: - Miracoli, miracoli! O Idio, o clemenzia tua, o virtú tua infinita, di che cosa mi fai tu degno questa mattina! - E in mentre che io consideravo e che io dicevo queste parole, questo Cristo si moveva inverso quella parte dove erano andati i suoi razzi, e innel mezzo del sole di nuovo gonfiava, sí come aveva fatto prima; e cresciuto il gonfio, subito si convertí innuna forma d'una bellissima Madonna, qual mostrava di essere a sedere in modo molto alto con il ditto figliuolo in braccio in atto piacevolissimo, quasi ridente; di qua e di là era messa in mezzo da duoi Angeli bellissimi tanto quanto lo immaginare non arriva. Ancora vedevo in esso sole, alla mana ritta, una figura vestita a modo di sacerdote: questa mi volgeva le stiene e 'l viso teneva vòlto inverso quella Madonna e quel Cristo. Tutte queste cose io vedevo vere, chiare e vive, e continuamente ringraziavo la gloria di Dio con grandissima voce. Quando questa mirabil cosa mi fu stata innanzi agli occhi poco piú d'uno ottavo d'ora, da me si partí, e io fui riportato in quel mio covile. Subito cominciai a gridare forte, ad alta voce dicendo: - La virtú de Dio m'ha fatto degno di mostrarmi tutta la gloria sua, quale non ha forse mai visto altro occhio mortale: onde per questo io mi cognosco di essere libero e felice e in grazia a Dio; e voi ribaldi, ribaldi resterete, infelici e nella disgrazia de Dio. Sappiate che io sono certissimo, che il dí di tutti e Santi, quale fu quello che io venni al mondo nel mille cinquecento a punto, il primo dí di novembre, la notte seguente a quattro ore, quel dí che verrà, voi sarete forzati a cavarmi di questo carcere tenebroso; e non potrete far di manco, perché io l'ho visto con gli occhi mia e in quel trono di Dio. Quel sacerdote, qual era vòlto inverso Idio e che a me mostrava le stiene, quello era il santo Pietro, il quale avocava per me, vergognandosi che innella casa sua si faccia ai cristiani cosí brutti torti. Sí che ditelo a chi volete, che nissuno non ha potenzia di farmi piú male; e dite al quel Signor che mi tien qui, che se lui mi dà o cera o carta, e modo che io gli possa sprimere questa gloria de Dio, che mi s'è mostra, certissimo io lo farò chiaro di quel che forse lui sta in dubbio.

CXXIII. Il Castellano, con tutto che i medici non avessino punto di speranza della sua salute, ancora era restato in lui spirito saldo e si era partito quelli umori della pazzia, che gli solevano dar noia ogni anno: e datosi in tutto e per tutto all'anima, la coscienza lo rimordeva, e gli pareva pure che io avessi ricevuto e ricevessi un grandissimo torto; e faccendo intendere al Papa quelle gran cose che io diceva, il Papa gli mandava a dire, come quello che non credeva nulla, né in Dio né in altri, dicendo che io ero impazzato, e che attendessi il piú che lui poteva alla sua salute. Sentendo il Castellano queste risposte, mi mandò a confortare e mi mandò da scrivere e della cera e certi fuscelletti fatti per lavorar di cera, con molte cortese parole, che me le disse un certo di quei sua servitori che mi voleva bene. Questo tale era tutto contrario di quella setta di quegli altri ribaldi, che mi arebbon voluto veder morto. Io presi quelle carte e quelle cere, e cominciai a lavorare: e 'n mentre che io lavoravo scrissi questo sonetto indiritto al Castellano:

> S'i' potessi, Signor, mostrarvi il vero
> del lume eterno, in questa bassa vita,
> qual'ho da Dio, in voi vie piú gradita
> saria mia fede, che d'ogni alto impero.
>   Ahi! se 'l credessi il gran Pastor del chiero,
> che Dio s'e mostro in sua gloria infinita,
> qual mai vide alma, prima che partita
> da questo basso regno, aspro e sincero;
>   e porte di Iustizia sacre e sante
> sbarrar vedresti, e 'l tristo impio furore
> cader legato, e al ciel mandar le voce.
>   S'i' avessi luce, ahi lasso, almen le piante
> sculpir del Ciel potessi il gran valore!
> Non saria il mio gran mal sí greve croce.

CXXIV. Venuto l'altro giorno a portarmi il mio mangiare quel servitore del Castellano, il quale mi voleva bene, io gli detti questo sonetto iscritto; il quale, segretamente da quelli altri maligni servitori, che mi volevano male, lo dette al Castellano: il quale volentieri m'arebbe lasciato andar via, perché gli pareva che quel torto che m'era istato fatto, fossi gran causa della morte sua. Prese il sonetto, e lettolo piú d'una volta, disse: - Queste non sono né parole né concetti da pazzo; ma sí bene d'uomo buono e da bene - e subito comandò a un suo secretario che lo portassi al Papa, e che lo dessi in propia mano, pregandolo che mi lasciassi andare. Mentre che il detto segretario portò il sonetto al Papa, il Castellano mi mandò lume per il dí e per la notte, con tutte le comodità che in quel luoco si poteva desiderare; per la qual cosa io cominciai a migliorare della indisposizione della mia vita, quale era divenuta grandissima. Il Papa lesse il sonetto piú volte; di poi mandò a dire al Castellano, che farebbe ben presto cosa che gli sarebbe grata. E certamente che il Papa m'arebbe poi volentieri lasciato andare; ma il signor Pierluigi ditto, suo figliuolo, quasi contra la voglia del Papa, per forza mi vi teneva. Avvicinandosi la morte del Castellano, in mentre che io avevo disegnato e scolpito quel maraviglioso miracolo, la mattina d'Ogni Santi mi mandò per Piero Ugolini, suo nipote, a mostrare certe gioie; le quali quando io le viddi, subito dissi: - Questo è il contrasegno della mia liberazione -. Allora questo giovane, che era persona di pochissimo discorso, disse: - A cotesto non pensar tu mai, Benvenuto -. Allora io dissi: - Porta via le tue gioie, perché io son condotto di sorte, che io non veggo lume se none in questa caverna buia, innella quale non si può discernere la qualità delle gioie; ma quanto all'uscire di questo carcere, e' non finirà questo giorno intero, che voi me ne verrete a cavare: e questo è forza che cosí sia, e non potete far di manco. - Costui si partí e mi fece riserrare; e andatosene, soprastette piú di dua ore di oriuolo; di poi venne per me senza armati, con dua ragazzi che mi aiutassino sostenere, e cosí mi menò in quelle stanze larghe che io avevo prima (questo fu 'l 1538), dandomi tutte le comodità che io domandavo.

CXXV. Ivi a pochi giorni il Castellano, che pensava che io fussi fuora e libero, stretto dal suo gran male passò di questa presente vita, e in cambio suo restò messer Antonio Ugolini suo fratello il quale aveva dato ad intendere al Castellano passato, suo fratello, che mi aveva lasciato andare. Questo messer Antonio, per quanto io intesi, ebbe commessione dal Papa di lasciarmi stare in quella prigione larga, per insino a tanto che lui gli direbbe quel che s'avessi a fare di me. Quel messer Durante bresciano già sopra ditto si convenne con quel soldato, speziale pratese, di darmi a mangiare qualche licore in fra i miei cibi, che fussi mortifero, ma non subito; facessi in termine di quattro o di cinque mesi. Andorno inmaginando di mettere in fra il cibo del diamante pesto; il quale non ha veleno in sé di sorte alcuna, ma per la sua inistimabil durezza resta con i canti acutissimi, e non fa come l'altre pietre; ché quella sottilissima acutezza a tutte le pietre, pestandole, non resta, anzi restano come tonde; e il diamante solo resta con quella acutezza; di modo che entrando innello stomaco insieme con gli altri cibi, in quel girare che e' fanno e' cibi per fare la digestione, questo diamante s'appicca ai cartilaggini dello stomaco e delle budella, e di mano in mano che 'l nuovo cibo viene pignendo sempre innanzi, quel diamante appiccato a esse con non molto ispazio di tempo le fora; e per tal causa si muore; dove che ogni altra sorte di pietre o vetri mescolata col cibo non ha forza d'appiccarsi, e cosí ne va col cibo. Però questo messer Durante sopraditto dette un diamante di qualche poco di valore a una di queste guardie. Si disse che questa cura l'aveva aúta un certo Lione aretino orefice, mio gran nimico. Questo Lione ebbe il diamante per pestarlo; e perché Lione era poverissimo e 'l diamante poteva valere parecchi decine di scudi, costui dette ad intendere a quella guardia, che quella polvere che lui gli dette fossi quel diamante pesto che s'era ordinato per darmi; e quella mattina che io l'ebbi, me lo messono in tutte le vivande; che fu un venerdí: io l'ebbi in insalata e in intingoli e in minestra. Attesi di buona voglia a mangiare, perché la sera io avevo digiunato. Questo giorno era di festa. È ben vero che io mi sentivo scrosciare la vivanda sotto i denti, ma non pensavo mai a tal ribalderie. Finito che io ebbi di desinare, essendo restato un poco d'insalata innel piattello, mi venne diritto gli occhi a certe stiezze sottilissime, le quali m'erano avanzate. Subito io le presi, e accostatomi al lume della finestra, che era molto luminosa, parte che io le guardavo, mi venne ricordato di quello iscrosciare che m'aveva fatto la mattina il cibo piú che il solito: e riconsideratole bene, per quanto gli occhi potevan giudicare, mi credetti resolutamente che quello fussi diamante pesto. Subito mi feci morto resolutissimamente, e cosí cordoglioso corsi divotamente alle sante orazioni; e come resoluto, mi pareva esser certo di essere ispacciato e morto: e per una ora intera feci grandissime orazione a Dio, ringraziandolo di quella cosí piacevol morte. Da poi che le mie stelle mi avevano cosí destinato, mi pareva averne aúto un buon mercato a uscirne per quella agevol via; e mi ero contento, e avevo benedetto il mondo e quel tempo che sopra di lui ero stato. Ora me ne tornavo a miglior regno con la grazia de Dio, che me la pareva avere sicurissimamente acquistata: e in quello che io stavo con questi pensieri, tenevo in mano certi sottilissimi granelluzzi di quello creduto diamante, quale per certissimo giudicavo esser tale. Ora, perché la speranza mai non muore, mi parve essere sobbillato da un poco di vana speranza; qual fu causa che io presi un poco di coltellino, e presi di quelle ditte granelline, e le missi in su 'n un ferro della prigione; dipoi appoggiatovi la punta del coltello per piano, agravando forte, senti' disfare la ditta pietra; e guardato bene con gli occhi, viddi che cosí era il vero. Subito mi vesti' di nuova isperanza e dissi: - Questo non è il mio nimico messer Durante, ma è una pietraccia tenera la quale non è per farmi un male al mondo -. E sí come io m'ero risoluto di starmi cheto e di morirmi in pace a quel modo, feci nuovo proposito, ma in prima ringraziando Idio e benedicendo la povertà, che sí come molte volte è la causa della morte degli uomini, quella volta ell'era stata causa istessa della vita mia; perché avendo dato quel messer Durante mio nimico, o chi fussi stato, un diamante a Lione, che me lo pestassi, di valore di piú di cento scudi, costui per povertà lo prese per sé, e a me pestò un berillo cetrino di valore di dua carlini, pensando forse, per essere ancora esso pietra, che egli facesse el medesimo effetto del diamante.

CXXVI. In questo tempo il vescovo di Pavia, fratel del conte di San Sicondo, domandato monsignor de' Rossi di Parma, questo vescovo era prigione in Castello per certe brighe già fatte a Pavia; e per esser molto mio amico, io mi feci fuora, alla buca della mia prigione, e lo chiamai ad alta voce, dicendogli che per uccidermi quei ladroni m'avevan dato un diamante pesto: e gli feci mostrare da un suo servitore alcune di quelle polveruzze avanzatemi; ma io non gli dissi che io avevo conosciuto che quello non era diamante; ma gli dicevo che loro certissimo mi avevano avelenato da poi la morte di quell'uomo da bene del Castellano; e quel poco che io vivessi, lo pregavo che mi dessi de' sua pani uno il dí, perché io non volevo mai piú mangiare cosa nissuna che venissi da loro. Cosí mi promise mandarmi della sua vivanda. Quel messer Antonio, che certo di tal cosa non era consapevole, fece molto gran romore e volse vedere quella pietra pesta, ancora lui pensando che diamante egli fussi; e pensando che tale impresa venissi dal Papa, se la passò cosí di leggieri, considerato che gli ebbe il caso. Io m'attendevo a mangiare della vivanda che mi mandava il Vescovo, e scrivevo continuamente quel mio Capitolo della prigione, mettendovi giornalmente tutti quelli accidenti che di nuovo mi venivano, di punto in punto. Ancora il ditto messer Antonio mi mandava da mangiare per un certo sopra ditto Giovanni speziale, di quel di Prato, e quivi soldato. Questo, che m'era nimicissimo e che era istato lui quello che m'aveva portato quel diamante pesto, io gli dissi che nulla io volevo mangiare di quello che egli mi portava, se prima egli non me ne faceva la credenza: per la qual cosa lui mi disse che a' Papi si fanno le credenze. Al quale io risposi, che sí come i gentili uomini sono ubrigati a far la credenza al Papa; cosí lui, soldato, spezial, villan da Prato, era ubrigato a far la credenza a un Fiorentino par mio. Questo disse di gran parole, e io allui. Quel messer Antonio, vergognandosi alquanto, e ancora disegnato di farmi pagare quelle spese che il povero Castellano morto mi aveva donate, trovò un altro di quei sua servitori, il quale era mio amico; e mi mandava la mia vivanda, alla quale piacevolmente il sopra ditto mi faceva la credenza sanza altra disputa. Questo servitore mi diceva come il Papa era ogni dí molestato da quel monsignor di Morluc, il quale da parte del Re continuamente mi chiedeva; e che il Papa ci aveva poca fantasia a rendermi; e che il cardinale Farnese, già tanto mio patrone e amico, aveva aùto a dire che io non disegnassi uscire di quella prigione di quel pezzo: al quale io dicevo, che io n'uscirei a dispetto di tutti. Questo giovane dabbene mi pregava che io stessi cheto, e che tal cosa io non fussi sentito dire, perché molto mi nocerebbe; e che quella fidanza, che io avevo in Dio, dovessi aspettare la grazia sua, standomi cheto. A lui dicevo che le virtú de Dio non hanno aver paura delle malignità della ingiustizia.

CXXVII. Cosí passando pochi giorni innanzi, comparse a Roma il cardinale di Ferrara; il quale, andando a fare reverenzia al Papa, il Papa lo trattenne tanto, che venne l'ora della cena. E perché il Papa era valentissimo uomo, volse avere assai agio a ragionare col Cardinale di quelle francioserie. E perché innel pasteggiare vien detto di quelle cose, che fuora di tale atto tal volta non si dirieno; per modo che, essendo quel gran re Francesco in ogni cosa sua liberalissimo, e il Cardinale, che sapeva bene il gusto del Re, ancora lui a pieno compiacque al Papa molto piú di quello che il Papa non si immaginava; di modo che il Papa era venuto in tanta letizia, sí per questo e ancora perché gli usava una volta la settimana di fare una crapula assai gagliarda, perché dappoi la gomitava. Quando il Cardinale vidde la disposizione del Papa, atta a compiacer grazie, mi chiese da parte del Re con grande istanzia, mostrando che il Re aveva gran desiderio di tal cosa. Allora il Papa, sentendosi appressare all'ora del suo vomito, e perché la troppa abbundanzia del vino ancora faceva l'uffizio suo, disse al Cardinale con gran risa: - Ora ora voglio che ve lo meniate a casa - e date le ispresse commessione, si levò da tavola; e il Cardinale subito mandò per me, prima che il signior Pierluigi lo sapessi, perché non m'arebbe lasciato in modo alcuno uscire di prigione. Venne il mandato del Papa insieme con dua gran gentiluomini del ditto cardinale di Ferrara, e alle quattro ore di notte passate mi cavorno del ditto carcere e mi menorno dinanzi al Cardinale; il quale mi fece innistimabile accoglienze; e quivi bene alloggiato mi restai a godere. Messer Antonio, fratello del Castellano e in luogo suo, volse che io gli pagassi tutte le spese, con tutti que' vantaggi che usano volere e' bargelli e gente simile, né volse osservare nulla di quello che il Castellano passato aveva lasciato che per me si facessi. Questa cosa mi costò di molte decine di scudi, e perché il Cardinale mi disse di poi, che io stessi a buona guardia s'i' volevo bene alla vita mia, e che se la sera lui non mi cavava di quel carcere, io non ero mai per uscire; che di già avevo inteso dire che il Papa si condoleva molto di avermi lasciato.

CXXVIII. M'è di necessità tornare un passo indietro, perché innel mio capitolo s'interviene tutte queste cose che io dico. Quando io stetti quei parecchi giorni in camera del Cardinale e di poi innel giardin segreto del Papa, infra gli altri mia cari amici mi venne a trovare un cassiere di messer Bindo Altoviti, il quale per nome era chiamato Bernardo Galluzzi; a il quale io aveva fidato il valore di parecchi centinaia di scudi; e questo giovane innel giardin segreto del Papa mi venne a trovare e mi volse rendere ogni cosa; onde io gli dissi che non sapevo dare la roba mia né a 'mico piú caro né in luogo dove io avessi pensato che ella fussi piú sicura; il quale amico mio pareva che si scontorcessi di non la volere, e io quasi che per forza gnele feci serbare. Essendo l'ultima volta uscito del Castello, trovai che quel povero giovane di questo Bernardo Galluzzi detto si era rovinato; per la qualcosa io persi la roba mia. Ancora: nel tempo che io ero in carcere, un terribil sogno mi fu fatto, modo che con un calamo iscrittomi innella fronte parole di grandissima importanza; e quello che me le fece mi replicò ben tre volte, che io tacessi e non le riferissi ad altri. Quando io mi svegliai, mi senti' la fronte contaminata. Però innel mio Capitolo della prigione s'interviene moltissime di queste cotal cose. Ancora: mi venne detto, non sapendo quello che io mi dicevo, tutto quello che di poi intervenne al signor Pier Luigi, tanto chiare e tanto appunto, che da me medesimo ho considerato che propio uno Angel del Cielo me le dittassi. Ancora: non voglio lasciare indrieto una cosa, la maggiore che sia intervenuto a un altro uomo; qual è per iustificazione della divinità de Dio e dei segreti sua, quale si degnò farmene degno: che d'allora in qua, che io tal cosa vidi, mi restò uno isplendore, cosa maravigliosa!, sopra il capo mio; il quale si è evidente a ogni sorta di uomo a chi io l'ho voluto mostrare, qual sono stati pochissimi. Questo si vede sopra l'ombra mia la mattina innel levar del sole insino a dua ore di sole, e molto meglio si vede quando l'erbetta ha addosso quella molle rugiada; ancora si vede la sera al tramontar del sole. Io me ne avveddi in Francia in Parigi, perché l'aria in quella parte di là è tanto piú netta dalle nebbie, che là si vedeva espressa molto meglio che in Italia, perché le nebbie ci sono molto piú frequente; ma non resta che a ogni modo io non la vegga; e la posso mostrare ad altri, ma non sí bene come in quella parte ditta. Voglio descrivere il mio Capitolo fatto in prigione e in lode di detta prigione; di poi seguiterò i beni e' mali accadutimi di tempo in tempo, e quelli ancora che mi accadranno innella vita mia.

Questo capitolo scrivo a Luca Martini chiamandolo in esso come qui si sente.

> Chi vuol saper quant'è il valor de Dio,
> e quant'un uomo a quel Ben si assomiglia,
> convien che stie 'n prigione, al parer mio;
> sie carco di pensieri e di famiglia,
> e qualche doglia per la sua persona,
> e lunge esser venuto mille miglia.
> Or se tu vuoi poter far cosa buona,
> sie preso a torto, e poi istarvi assai,
> e non avere aiuto da persona;
> ancor ti rubin quel po' che tu hai:
> pericol della vita; ebbistrattato,
> senza speranza di salute mai.
> E sforzinti gittare al disperato,

rompere il carcer, saltare il Castello:
poi sie rimesso in piú cattivo lato.

Ascolta, Luca, or che ne viene il bello:
aver rotto una gamba, esser giuntato,
la prigion molle e non aver mantello.

Né mai da nissuno ti sie parlato,
e ti porti il mangiar con trista nuova
un soldato, spezial, villan da Prato.

Or senti ben dove la gloria pruova:
non v'esser da seder, se non sul cesso;
pur sempre desto a far qualcosa nuova.

Al servitor comandamento spresso
che non ti oda parlar, né dièti nulla;
e la porta apra un picciol picciol fesso.

Or quest'è dove un bel cervel trastulla:
né carta, penna, inchiostro, ferro o fuoco,
e pien di bei pensier fin dalla culla.

La gran pietà, che se n'è detto poco,
ma per ogniuna immàginane cento,
ché a tutte ho riservato parte e loco.

Or, per tornar al nostro primo entento,
e dir lode che merta la prigione:
non basteria del Ciel chiunche v'è drento.

Qua non si mette mai buone persone,
se non vien da ministri, o mal governo,
invidie, isdegno o per qualche quistione.

Per dir il ver di quel ch'io ne discerno,
qua si cognosce e sempre Idio si chiama,
sentendo ognor le pene dello Inferno.

Sie tristo un, quant'e' può al mondo, in fama,
e stie 'n prigione in circa a dua mal'anni,
e' n'esce santo e savio, ed ogniun l'ama.

Qua s'affinisce l'alma, e 'l corpo, e' panni;
ed ogni omaccio grosso si assottiglia,
e vedesi del Ciel fino agli scanni.

Ti vo' contar una gran maraviglia:

venendomi di scrivere un capriccio,
che cose in un bisogno un uomo piglia.

Vo per la stanza, e' cigli e 'l capo arriccio,
poi mi drizzo a un taglio della porta,
e co' denti un pezzuol di legno spiccio;

e presi un pezzo di matton per sorta,
e rotto in polver ne ridussi un poco;
poi ne feci un savor coll'acqua morta.

Allora allor della poesia il fuoco
m'entrò nel corpo, e credo per la via
ond'esce il pan; ché non v'era altro loco.

Per tornare a mia prima fantasia,
convien, chi vuol saper che cosa è 'l bene,
prima che sappia il mal, che Dio gli dia.

D'ogn'arte la prigion sa fare e tiene:
se tu volessi ben dello speziale,
ti fa sudare il sangue per le vene.

Poi l'ha in sé un certo naturale,
ti fa loquente, animoso e audace,
carco di bei pensieri in bene e in male.

Buon per colui che lungo tempo iace
'n una scura prigion, e po' alfin n'esca:
sa ragionar di guerra, triegua e pace.

Gli è forza che ogni cosa gli riesca;
ché quella fa l'uom sí di virtú pieno,
che 'l cervel non gli fa poi la moresca.

Tu mi potresti dir: - Quelli anni hai meno –:
E' non è 'l ver, ché la t'insegna un modo
ch'empier te ne puo' poi 'l petto e 'l seno.

In quanto a me, per quanto io so, la lodo;
ma vorrei ben ch'e' s'usassi una legge:
chi piú la merta non andassi in frodo.

Ogni uom, ch'è dato in cura al pover gregge,
addottorar vorries' in la prigione,
perché sapria ben poi come si regge.

Faria le cose come le persone,

e non s'uscirai mai del seminato,
né si vedria sí gran confusione.

    In questo tempo ch'io ci sono stato,
io ci ho veduti frati, preti e gente,
e starci men chi piú l'ha meritato.

    Se tu sapessi il gran duol che si sente,
se 'nanzi a te se ne va un di loro!
Quasi che d'esser nato l'uom si pente.

    Non vo' dir piú: son diventato d'oro,
qual non si spende cosí facilmente,
né se ne faria troppo buon lavoro.

    E' m'è venuto un'altra cosa a mente,
ch'io non t'ho detto, Luca: ov'io lo scrissi,
fu in su'n un libro d'un nostro parente,

    che in sulle margin per lo lungo missi
questo gran duol che m'ha le membra istorte,
e che il savor non correva, ti dissi;

    che a far un O bisognava tre volte
'ntigner lo stecco; che altro duol non stimo
sia nello Inferno fra l'anime avolte.

    Or poi che attorto qui no sono 'l primo,
di questo taccio; e torno alla prigione,
dove il cervel e 'l cuor pel duol mi limo.

    Io piú la lodo che l'altre persone;
e volendo far dotto un che non sa,
sanza essa non si può far cose buone.

    Oh fusse, come io lessi poco fa,
un che dicessi come alla Piscina:
- Piglia i tua panni, Benvenuto, e va'! –

    canteria 'l Credo e la Salveregina,
il Paternostro, e poi daria la mancia
a ciechi, pover, zoppi ogni mattina.

    Oh quante volte m'han fatto la guancia
pallida e smorta questi gigli, a tale
ch'io non vo' piú né Firenze né Francia!

    E se m'avien ch'io vada allo spedale,

e dipinto vi sia la Nunziata,
fuggirò, ch'io parrò uno animale.

 Non dico già per Lei, degna e sagrata,
né de' suoi gigli glorïosi e santi,
che hanno il cielo e la terra inluminata;

 ma, perché ognior ne veggo su pe' canti
di quei che hanno le lor foglie a uncini,
arò paur che non sien di quei tanti.

 Oh quanti come me vanno tapini,
qual nati, qual serviti a questa impresa,
spirti chiari, leggiadri, alti e divini!

 Vidi cader la mortifer'impresa
dal ciel veloce, fra la gente vana,
poi nella pietra nuova lampa accesa;

 del Castel prima romper la campana,
che io n'uscissi; e me l'aveva detto
Colui che in Cielo e in terra il vero spiana;

 di bruno, appresso a questo, un cataletto
di gigli rotti ornato; pianti e croce,
e molti afflitti per dolor nel letto.

 Viddi colei che l'alme affligge e cuoce,
che spaventava or questo, or quel; poi disse:
- Portar ne vo' nel sen chiunche a te nuoce -.

 Quel Degno poi nella mia fronte scrisse
col calamo di Pietro a me parole,
e ch'io tacessi ben tre volte disse.

 Vidi Colui che caccia e affrena il sole,
vestito d'esso in mezzo alla sua Corte,
qual occhio mortal mai veder non suole.

 Cantava un passer solitario forte
sopra la ròcca; ond'io - Per certo - dissi,
- Quel mi predice vita, e a voi morte -.

 E le mie gran ragion cantai e scrissi,
chiedendo solo a Dio perdon, soccorso,
ché sentia spegner gli occhi a morte fissi.

 Non fu mai lupo, leon, tigre, e orso

piú setoso di quel, del sangue umano,
né vipra mai piú venenoso morso;

   quest'era un crudel ladro capitano,
'l maggior ribaldo, con certi altri tristi;
ma perché ogniun nol sappia il dirò piano.

   Se avete birri affamati mai visti,
ch'entrino appegnorar un poveretto,
gittar per terra Nostredonne e Cristi,

   il dí d'agosto vennon per dispetto
a tramutarmi una piú trista tomba:
- Novembre: ciascun sperso e maladetto -.

   Ave' agli orecchi una tal vera tromba,
che 'l tutto mi diceva, ed io a loro,
sanza pensar, perché 'l dolor si sgombra.

   E quando privi di speranza foro,
mi detton, per uccidermi, un diamante
pesto a mangiare, e non legato in oro.

   Chiesi credenza a quel villan furfante,
che 'l cibo mi portava; e da me dissi:
- Non fu quel già 'l nimico mio durante -.

   Ma prima i mie' pensieri a Dio remissi,
pregandol perdonassi 'l mio peccato;
e *Miserere* lacrimando dissi.

   Del gran dolore alquanto un po' quietato,
rendendo volentieri a Dio quest'alma,
contento a miglior regno e d'altro stato,

   scender dal Ciel con gloriosa palma
un Angel vidi; e poi con lieto volto
promisse al viver mio piú lunga salma,

   dicendo a me: - Per Dio, prima fie tolto
ogni avversario tuo con aspra guerra,
restando tu filice, lieto e sciolto,

   in grazia a Quel ch'è Padre in cielo e 'n terra.

LIBRO SECONDO

I. Standomi innel palazzo del sopradito cardinal di Ferrara, molto ben veduto universalmente da ogniuno, e molto maggiormente visitato che prima non ero fatto, maravigliandosi ogni uomo più dello essere uscito e vivuto infra tanti ismisurati affanni; in mentre che io ripigliavo il fiato, ingegnandomi di ricordarmi dell'arte mia, presi grandissimo piacere di riscrivere questo soprascritto capitolo. Di poi, per meglio ripigliar le forze, presi per partito di andarmi a spasso all'aria qualche giorno, e con licenzia e cavagli del mio buon Cardinale, insieme con dua giovani romani, che uno era lavorante dell'arte mia; l'altro suo compagno non era de l'arte, ma venne per tenermi compagnia. Uscito di Roma, me ne andai alla volta di Tagliacozze, pensando trovarvi Ascanio, allevato mio sopradito; e giunto in Tagliacozze, trovai Ascanio ditto insieme con suo padre e frategli e sorelle e matrigna. Dalloro per dua giorni fu' carezzato, che impossibile saria il dirlo: partimmi per alla volta di Roma, e meco ne menai Ascanio. Per la strada cominciammo a ragionare dell'arte, di modo che io mi struggevo di ritornare a Roma, per ricominciare le opere mie. Giunti che noi fummo a Roma, subito mi accomodai da lavorare; e ritrovato un bacino d'argento, il quale avevo cominciato per il Cardinale innanzi che io fussi carcerato: insieme col ditto bacino si era cominciato un bellissimo boccaletto: questo mi fu rubato con molta quantità di altre cose di molto valore. Innel detto bacino facevo lavorare Pagolo sopradito. Ancora ricominciai il boccale, il quale era composto di figurine tonde e di basso rilievo; e similmente era composto di figure tonde e di pesci di basso rilievo il detto bacino, tanto ricco e tanto bene accomodato, che ogniuno che lo vedeva restava maravigliato, sí per la forza del disegno e per la invenzione e per la pulizia che usavono quei giovani in su dette opere. Veniva il Cardinale ogni giorno almanco dua volte a starsi meco, insieme con messer Luigi Alamanni e con messer Gabbriel Cesano, e quivi per qualche ora si passava lietamente tempo. Non istante che io avessi assai da fare, ancora mi abbundava di nuove opere; e mi dette a fare il suo suggello pontificale, il quale fu di grandezza quanto una mana d'un fanciullo di dodici anni; e in esso suggello intagliai dua istoriette in cavo; che l'una fu quando san Giovanni predicava nel diserto, l'altra quando sant'Ambruogio scacciava quelli Ariani, figurato in su'n un cavallo con una sferza in mano, con tanto ardire e buon disegno, e tanto pulitamente lavorato, che ogniuno diceva che io avevo passato quel gran Lautizio il quale faceva solo questa professione; e il Cardinale lo paragonava per propria boria con gli altri suggelli dei cardinali di Roma, quali erano quasi tutti di mano del sopraditto Lautizio.

II. Ancora m'aggiunse il Cardinale, insieme con quei dua sopra ditti, che io gli dovessi fare un modello d'una saliera; ma che arebbe voluto uscir dell'ordinario di quei che avean fatte saliere. Messer Luigi, sopra questo, approposito di questo sale, disse molte mirabil cose; messer Gabbriello Cesano ancora lui in questo proposito disse cose bellissime. Il Cardinale, molto benigno ascoltatore e saddisfatto oltramodo delli disegni, che con parole aveano fatto questi dua gran virtuosi, voltosi a me disse: - Benvenuto mio, il disegno di messer Luigi e quello di messer Gabbriello mi piacciono tanto, che io non saprei qual mi tòrre l'un de' dua; però a te rimetto, che l'hai a mettere in opera -. Allora io dissi: - Vedete, Signori, di quanta importanza sono i figliuoli de' re e degli imperatori, e quel maraviglioso splendore e divinità che in loro apparisce. Niente di manco se voi dimandate un povero umile pastorello, a chi gli ha piú amore e piú affezione, o a quei detti figliuoli o ai sua, per cosa certa dirà d'avere piú amore ai sua figliuoli. Però ancora io ho grande amore ai miei figliuoli, che di questa mia professione partorisco: sí che 'l primo che io vi mostrerrò, Monsignor reverendissimo mio patrone, sarà mia opera e mia invenzione; perché molte cose son belle da dire, che faccendole poi non s'accompagnano bene in opera -. E voltomi a que' dua gran virtuosi, dissi: - Voi avete detto e io farò -. Messer Luigi Alamanni allora ridendo, con grandissima piacevolezza, in mio favore aggiunse molte virtuose parole: e allui s'avvenivano, perché gli era bello d'aspetto e di proporzion di corpo, e con suave voce. Messer Gabbriello Cesano era tutto il rovescio, tanto brutto e tanto dispiacevole; e cosí sicondo la sua forma parlò. Aveva messer Luigi con le parole disegnato che io facessi una Venere con un Cupido, insieme con molte galanterie, tutte a proposito; messer Gabbriello aveva disegnato che io facessi una Amfitrite moglie di Nettunno, insieme con di quei Tritoni di Nettunno e molte altre cose assai belle da dire, ma non da fare. Io feci una forma ovata di grandezza di piú d'un mezzo braccio assai bene, quasi dua terzi, e sopra detta forma, sicondo che mostra il Mare abbracciarsi con la Terra, feci dua figure grande piú d'un palmo assai bene, le quale stavano a sedere entrando colle gambe l'una nell'altra, sí come si vede certi rami di mare lunghi che entran nella terra; e in mano al mastio Mare messi una nave ricchissimamente lavorata: innessa nave accomodatamente e bene stava di molto sale; sotto al detto avevo accomodato quei quattro cavalli marittimi: innella destra del ditto Mare avevo messo il suo tridente. La Terra avevo fatta una femmina tanto di bella forma quanto io avevo potuto e saputo, bella e graziata; e in mano alla ditta avevo posto un tempio ricco e adorno, posato in terra; e lei in sun esso appoggiava con la ditta mano; questo avevo fatto per tenere il pepe. Nell'altra mano posto un corno di dovizia, addorno con tutte le bellezze che io sapevo al mondo. Sotto questa Iddea, e in quella parte che si mostrava esser terra, avevo accomodato tutti quei piú bei animali che produce la terra. Sotto la parte del Mare avevo figurato tutta la bella sorte di pesci e chiocciolette, che comportar poteva quel poco ispazio: quel resto de l'ovato, nella grossezza sua, feci molti ricchissimi ornamenti. Poi aspettato il Cardinale, qual venne con quelli dua virtuosi, trassi fuora questa mia opera di cera: alla quale con molto romore fu il primo messer Gabbriel Cesano, e disse: - Questa è un'opera da non si finire innella vita di dieci uomini; e voi, Monsignore reverendissimo, che la vorresti, a vita vostra non l'aresti mai; però Benvenuto v'ha voluto mostrare de' sua figliuoli, ma non dare, come facevàno noi, i quali dicevamo di quelle cose che si potevano fare; e lui v'ha mostro di quelle che non si posson fare -. A questo, messer Luigi Alamanni prese la parte mia. [Il Cardinale disse] che non voleva entrare in sí grande inpresa. Allora io mi volsi a loro, e dissi: - Monsignore reverendissimo, e a voi pien di virtú, dico, che questa opera io spero di farla a chi l'arà avere, e ciascun di voi la vedrete finita piú ricca l'un cento che 'l modello; e spero che ci avanzi ancora assai tempo da farne di quelle molto maggiori di questa -. Il Cardinale disse isdegnato: - Non la faccendo al Re, dove io ti meno, non credo che ad altri la possa fare - e mostratomi le lettere, dove il Re in un capitolo iscriveva che presto tornassi menando seco Benvenuto, io alzai le mane al cielo dicendo: - Oh quando verrà questo presto? - Il Cardinale disse che io dessi ordine e spedissi le faccende mie, che io avevo in Roma, in fra dieci giorni.

III. Venuto il tempo della partita, mi donò un cavallo bello e buono; e lo domandava Tornon, perché il cardinal Tornon l'aveva donato a lui. Ancora Pagolo e Ascanio, mia allevati, furno provisti di cavalcature. Il Cardinale divise la sua Corte, la quale era grandissima: una parte piú nobile ne menò seco: con essa fece la via della Romagna, per andare a visitare la Madonna del Loreto, e di quivi poi a Ferrara, casa sua; l'altra parte dirizzò per la volta di Firenze. Questa era la maggior parte; ed era una gran quantità, con la bellezza della sua cavalleria. A me disse che se io volevo andar sicuro, che io andassi seco: quando che no, che io portavo pericolo della vita. Io detti intenzione a Sua Signoria reverendissima di andarmene seco; e cosí come quel ch'è ordinato dai Cieli convien che sia, piacque a Dio che mi tornò in memoria la mia povera sorella carnale, la quale aveva auto tanti gran dispiaceri de' miei gran mali. Ancora mi tornò in memoria le mie sorelle cugine, le quali erano a Viterbo monache, una badessa e l'altra camarlinga, tanto che l'eran governatrice di quel ricco monisterio; e avendo àuto per me tanti grevi affanni e per me fatto tante orazione, che io mi tenevo certissimo per le orazioni di quelle povere verginelle d'avere impetrato la grazia da Dio della mia salute. Però venutemi tutte queste cose in memoria, mi volsi per la volta di Firenze; e dove io sarei andato franco di spese o col Cardinale o coll'altro suo traino, io me ne volsi andare da per me; e m'accompagnai con un maestro di oriuoli eccellentissimo, che si domandava maestro Cherubino, molto mio amico. Trovandoci a caso, facevamo quel viaggio molto piacevole insieme. Essendomi partito el lunedí santo di Roma, ce ne venimmo soli noi tre, e a Monteruosi trovai la ditta compagnia; e perché io avevo dato intenzione di andarmene col Cardinale, non pensavo che nissuno di quei miei nimici m'avessino àuto a vigilare altrimenti. Certo che io capitavo male a Monteruosi, perché innanzi a noi era istato mandato una frotta di uomini bene armati, per farmi dispiacere; e volse Idio che in mentre che noi desinavamo, loro, che avevano àuto indizio che io me ne venivo sanza il traino del Cardinale, erano messisi innordine per farmi male. In questo appunto sopraggiunse il detto traino del Cardinale, e con esso lietamente salvo me ne andai insino a Viterbo; ché da quivi in là io non vi conoscevo poi pericolo, e maggiormente andavo innanzi sempre parecchi miglia; e quegli uomini migliori che erano in quel traino, tenevano molto conto di me. Arrivai lo Iddio grazia sano e salvo a Viterbo, e quivi mi fu fatto grandissime carezze da quelle mie sorelle e da tutto il monisterio.

IV. Partitomi di Viterbo con i sopraddetti, venimmo via cavalcando, quando innanzi e quando indietro al ditto traino del Cardinale, di modo che il giovedí santo a ventidua ore ci trovammo presso Siena a una posta; e veduto io che v'era alcune cavalle di ritorno, e che quei delle poste aspettavano di darle a qualche passeggiere, per qualche poco guadagno, che alla posta di Siena le rimenassi; veduto questo, io dismontai del mio cavallo Tornon, e messi in su quella cavalla il mio cucino e le staffe, e detti un giulio a un di quei garzoni delle poste. Lasciato il mio cavallo a' mie' giovani che me lo conducessino, subito innanzi m'avviai per giugnere in Siena una mezz'ora prima, sí per vicitare alcuno mio amico, e per fare qualche altra mia faccenda: però, se bene io venni presto, io non corsi la detta cavalla. Giunto che io fui in Siena, presi le camere all'osteria, buone che ci faceva di bisogno per cinque persone, e per il garzon de l'oste rimandai la detta cavalla alla posta, che stava fuori della porta a Camollía; e in su detta cavalla m'avevo isdementicato le mie staffe e il mio cucino. Passammo la sera del giovedí santo molto lietamente: la mattina poi, che fu il venerdí santo, io mi ricordai delle mie staffe e del mio cucino. Mandato per esso, quel maestro delle poste disse che non me lo voleva rendere, perché io avevo corso la sua cavalla. Piú volte si mandò innanzi e indietro e il detto sempre diceva di non me le voler rendere, con molte ingiuriose e insopportabil parole; e l'oste, dove io ero alloggiato, mi disse: - Voi n'andate bene se egli non vi fa altro che non vi rendere il cucino e le staffe - e aggiunse dicendo: - Sappiate che quello è il piú bestial uomo che avessi mai questa città; e ha quivi duoi figliuoli uomini, soldati bravissimi, piú bestiali di lui; sí che ricomperate quel che vi bisogna, e passate via sanza dirgli niente -. Ricomperai un paio di staffe, pur pensando con amorevol parole di riavere il mio buon cucino: e perché io ero molto bene a cavallo, e bene armato di giaco e maniche, e con un mirabile archibuso all'arcione, non mi faceva spavento quelle gran bestialità che colui diceva che aveva quella pazza bestia. Ancora avevo avezzo quei mia giovani a portare giaco e maniche, e molto mi fidavo di quel giovane romano che mi pareva che non se lo cavassi mai, mentre che noi stavamo in Roma. Ancora Ascanio, ch'era pur giovanetto, ancora lui lo portava: e per essere il venerdí santo, mi pensavo che la pazzia de' pazzi dovesse pure avere qualche poco di feria. Giugnemmo alla ditta porta a Camollía; per la qual cosa io viddi e cognobbi, per i contrasegni che m'eran dati, per esser cieco de l'occhio manco, questo maestro delle poste. Fattomigli incontro, e lasciato da banda quei mia giovani e quei compagni, piacevolmente dissi: - Maestro delle poste, se io vi fo sicuro che io non ho corso la vostra cavalla, perché non sarete voi contento di rendermi il mio cucino e le mie staffe? - A questo lui rispose veramente in quel modo pazzo, bestiale che m'era stato detto. Per la qual cosa io gli dissi: - Come non siate voi cristiano? O volete voi 'n un venerdí santo scandalizzare e voi e me? - Disse che non gli dava noia o venerdí santo o venerdí diavolo, e che, se io non mi gli levavo d'inanzi, con uno spuntone che gli aveva preso, mi traboccherebbe in terra insieme con quell'archibuso che io avevo in mano. A queste rigorose parole s'accostò un gentiluomo vecchio, sanese, vestito alla civile, il qual tornava da far di quelle divozione che si usano in un cotal giorno; e avendo sentito di lontano benissimo tutte le mie ragione, arditamente s'accostò a riprendere il detto maestro delle poste, pigliando la parte mia, e garriva li sua dua figliuoli perché e' non facevano il dovere ai forestieri che passavano, e che a quel modo e' facevano contro a Dio, e davano biasimo alla città di Siena. Quei dua giovani suoi figliuoli, scrollato il capo sanza dir nulla, se ne andorno in là, nel drento della lor casa. Lo arrabbiato padre invelenito dalle parole di quello onorato gentiluomo, subito con vituperose bestemmie abbassò lo spuntone, giurando che con esso mi voleva ammazzare a ogni modo. Veduto questa bestial resoluzione, per tenerlo alquanto indietro, feci segno di mostrargli la bocca del mio archibuso. Costui piú furioso gittandomisi addosso, l'archibuso che io avevo in mano, se bene in ordine per la mia difesa, non l'avevo abbassato ancora tanto, che fussi arrincontro di lui, anzi era colla bocca alta; e da per sé dette fuoco. La palla percosse nell'arco della porta, e sbattuta indietro, colse nella canna della gola del detto, il quale cadde in terra morto. Corsono i dua figliuoli velocemente, e preso l'arme da un rastrello uno, l'altro prese lo spuntone del padre; e gittatisi addosso a quei mia giovani, quel figliuolo che aveva lo spuntone investí il primo Pagolo romano sopra la poppa manca; l'altro corse addosso a un milanese, che era in nostra compagnia, il quale aveva viso di pazzo: e non valse raccomandarsi dicendo che non aveva che far meco, e difendendosi dalla punta d'una partigiana con un bastoncello che gli aveva in mano: con il quale non possette tanto ischermire che fu investito un poco nella bocca. Quel messer Cherubino era vestito da prete, e se bene egli era maestro di oriuoli eccellentissimo, come io dissi, aveva aùto benefizii dal Papa con buone entrate. Ascanio, se bene egli era armato benissimo, non fece segno di fuggire, come aveva fatto quel milanese; di modo che questi dua non furno tocchi. Io, che avevo dato di piè al cavallo e in mentre che lui galoppava, prestamente avevo rimesso in ordine e carico il mio archibuso e tornavo arrovellato indietro, parendomi aver fatto da motteggio, per voler fare daddovero, e pensavo che quei mia giovani fussino stati ammazzati, resoluto andavo per morire anch'io. Non molti passi corse il cavallo indietro, che io riscontrai che inverso me venivano, ai quali io domandai se gli avevano male. Rispose Ascanio, che Pagolo era ferito d'uno spuntone a morte. Allora io dissi: - O Pagolo figliuol mio! Addunche lo spuntone ha sfondato il giaco? - No - disse - ché il giaco avevo messo nella bisaccia questa mattina -. Addunche e' giachi si portano per Roma per mostrarsi bello alle dame? e inne' luoghi pericolosi, dove fa mestiero avergli, si tengono alla bisaccia? Tutti e' mali che tu hai, ti stanno molto bene e se' causa che io voglio andare a morire quivi anch'io or ora - e in mentre che io dicevo queste parole, sempre tornavo indietro gagliardamente. Ascanio e lui mi pregavono che io fussi contento per l'amor de Dio salvarmi e salvargli, perché sicuro s'andava alla morte. In questo scontrai quel messer Cherubino, insieme con quel milanese ferito: subito mi sgridò, dicendo che nissuno non aveva male, e che il colpo di Pagolo era ito tanto ritto, che non era isfondato; e che quel vecchio delle poste era restato in terra morto, e che i figliuoli, con altre persone assai, s'erano messi in ordine, e che al sicuro ci arebbon tagliati tutti a pezzi: - Sicché, Benvenuto, poiché la fortuna ci ha salvati da quella prima furia, non la tentar più, ché la non ci salverebbe -. Allora io dissi: - Da poi che voi sete contenti così, ancora io son contento - e voltomi a Pagolo e Ascanio, dissi loro: - Date di piè a' vostri cavalli, e galoppiamo insino a Staggia sanza mai fermarci, e quivi saremo sicuri -. Quel milanese ferito disse: - Che venga il canchero ai peccati! ché questo male che io ho, fu solo per il peccato d'un po' di minestra di carne che io mangiai ieri, non avendo altro che desinare -. Con tutte queste gran tribulazioni che noi avevamo, fummo forzati a fare un poco di segno di ridere di quella bestia e di quelle sciocche parole che lui aveva detto. Demmo di piedi a' cavagli, e lasciammo messer Cherubino e 'l milanese, che a loro agio se ne venissino.

V. Intanto e' figliuoli del morto corsono al Duca di Melfi, che dessi loro parecchi cavagli leggieri, per raggiugnerci e pigliarci. Il detto Duca, saputo che noi eramo degli uomini del cardinale di Ferrara, non volse dare né cavagli né licenzia. Intanto noi giugnemmo a Staggia, dove ivi noi fummo sicuri. Giunti in Istaggia, cercammo d'un medico, il meglio che in quel luogo si poteva avere: e fatto vedere il detto Pagolo, la ferita andava pelle pelle, e cognobbi che non arebbe male. Facemmo mettere in ordine da desinare. Intanto comparse messer Cherubino e quel pazzo di quel milanese, che continuamente mandava il canchero alle quistione, e diceva d'essere iscomunicato, perché non aveva potuto dire in quella santa mattina un sol Paternostro. Per essere costui brutto di viso, e la bocca aveva grande per natura; da poi per la ferita che in essa aveva auta gli era cresciuta la bocca più di tre dita; e con quel suo giulío parlar milanese, e con essa lingua isciocca, quelle parole che lui diceva ci davano tanta occasione di ridere, che in cambio di condolerci della fortuna, non possevamo fare di non ridere a ogni parola che costui diceva. Volendogli il medico cucire quella ferita della bocca, avendo fitto di già tre punti, disse al medico che sostenessi alquanto, ché non arebbe voluto che per qualche nimicizia e' gliene avessi cucita tutta: e messe mano a un cucchiaio, e diceva che voleva che lui gnene lasciassi tanto aperta, che quel cucchiaio v'entrassi, acciò che potessi tornar vivo alle sue brigate. Queste parole che costui diceva con certi scrollamenti di testa, davano sí grande occasione di ridere, che in cambio di condolerci della nostra mala fortuna, noi non restammo mai di ridere; e cosí sempre ridendo ci conducemmo a Firenze. Andammo a scavalcare a casa della mia povera sorella, dove noi fummo dal mio cognato e dallei molto maravigliosamente carezzati. Quel messer Cherubino e 'l milanese andorno ai fatti loro. Noi restammo in Firenze per quattro giorni, inne' quali si guarí Pagolo; ma era ben gran cosa, che continuamente che e' si parlava di quella bestia del milanese, ci moveva a tante risa, quanto ci moveva a pianto l'altre disgrazie avvenute; di modo che continuamente in un tempo medesimo si rideva e piagneva. Facilmente guarí Pagolo: di poi ce ne andammo alla volta di Ferrara, e il nostro Cardinale trovammo che ancora non era arrivato a Ferrara, e aveva inteso tutti e' nostri accidenti; e condolendosi disse: - Io priego Idio che mi dia tanta grazia che io ti conduca vivo a quel Re che io t'ho promesso -. Il ditto Cardinale mi consegnò in Ferrara un suo palazzo, luogo bellissimo, dimandato Belfiore: confina con le mura della città: quivi mi fece acconciare da lavorare. Di poi dette ordine di partirsi sanza me alla volta di Francia; e veduto che io restavo molto mal contento, mi disse: - Benvenuto, tutto quello che io fo si è per la salute tua; perché innanzi che io ti levi della Italia, io voglio che tu sappia benissimo in prima quel che tu vieni a fare in Francia: in questo mezzo sollecita il piú che tu puoi questo mio bacino e boccaletto; e tutto quel che tu hai di bisogno lascerò ordine a un mio fattore che te lo dia -. E partitosi, io rimasi molto mal contento, e piú volte ebbi voglia di andarmi con Dio: ma sol mi teneva quell'avermi libero da papa Pagolo, perché del resto io stavo mal contento e con mio gran danno. Pure, vestitomi di quella gratitudine che meritava il benifizio ricevuto, mi disposi aver pazienzia e vedere che fine aveva da 'vere questa faccenda; e messomi a lavorare con quei dua mia giovani, tirai molto maravigliosamente innanzi quel boccale e quel bacino. Dove noi eramo alloggiati era l'aria cattiva, e per venire verso la state, tutti ci ammalammo un poco. In queste nostre indisposizione andavamo guardando il luogo dove noi eramo, il quale era grandissimo, e lasciato salvatico quasi un miglio di terreno scoperto, innel quale era tanti pagoni nostrali, che come uccei salvatici ivi covavano. Avvedutomi di questo, acconciai il mio scoppietto con certa polvere senza far romore; di poi appostavo di quei pagoni giovani, e ogni dua giorni io ne ammazzavo uno, il quale larghissimamente ci nutriva, ma di tanta virtú che tutte le malattie da noi si partirno: e attendemmo quei parecchi mesi lietissimamente a lavorare, e tirammo innanzi quel boccale e quel bacino, quale era opera che portava molto gran tempo.

VI. In questo tempo il Duca di Ferrara s'accordò con papa Pagolo romano certe lor differenze antiche, che gli avevano di Modana e di certe altre città; le quali, per averci ragione la Chiesa, il Duca fece questa pace col ditto Papa con forza di danari: la qual quantità fu grande: credo che la passassi piú di trecento mila ducati di Camera. Aveva il Duca in questo tempo un suo tesauriere vecchio, allievo del duca Alfonso suo padre, il quale si domandava messer Girolamo Giliolo. Non poteva questo vecchio sopportare questa ingiuria di questi tanti danari che andavano al Papa, e andava gridando per le strade, dicendo: - Il Duca Alfonso suo padre con questi danari gli arebbe più presto con essi tolto Roma, che mostratigliele - e non v'era ordine che gli volessi pagare. All'ultimo poi sforzato il Duca a fargnene pagare, venne a questo vecchio un flusso sí grande di corpo, che lo condusse vicino alla morte. In questo mezzo che lui stava ammalato, mi chiamò il ditto Duca e volse che io lo ritraessi, la qual cosa io feci innun tondo di pietra nera, grande quanto un taglieretto da tavola. Piaceva al Duca quelle mie fatiche insieme con molti piacevoli ragionamenti; le qual dua cose ispesso causavano che quattro e cinque ore il manco istava attento a lasciarsi ritrarre, e alcune volte mi faceva cenare alla sua tavola. In ispazio d'otto giorni io gli fini' questo ritratto della sua testa: di poi mi comandò che io facessi il rovescio; il quale si era figurata per la Pace una femmina con una faccellina in mano, che ardeva un trufeo d'arme: la quale io feci, questa ditta femmina, in istatura lieta, con panni sottilissimi, di bellissima grazia; e sotto i piedi di lei figurai afflitto e mesto, e legato con molte catene, il disperato Furore. Questa opera io la feci con molto istudio, e la detta mi fece grandissimo onore. Il Duca non si poteva saziare di chiamarsi sattisfatto, e mi dette le lettere per la testa di Sua Eccellenzia e per il rovescio. Quelle del rovescio dicevano *"Pretiosa in conspectu Domini"*. Mostrava che quella pace s'era venduta per prezzo di danari.

VII. In questo tempo, che io messi a fare questo ditto rovescio, il Cardinale m'aveva scritto dicendomi che io mi mettessi in ordine, perché il Re m'aveva domandato: e che alle prime lettere sue s'arebbe l'ordine di tutto quello che lui m'aveva promesso. Io feci incassare il mio bacino e 'l mio boccale bene acconcio; e l'avevo di già mostro al Duca. Faceva le faccende del Cardinale un gentiluomo ferrarese, il qual si chiamava per nome messer Alberto Bendedio. Questo uomo era stato in casa dodici anni sanza uscirne mai, causa d'una sua infirmità. Un giorno con grandissima prestezza mandò per me, dicendomi che io dovessi montare in poste subito per andare a trovare il Re, il quale con grand'istanzia m'aveva domandato, pensando che io fussi in Francia. Il Cardinale per iscusa sua aveva detto che io ero restato a una sua badia in

Lione, un poco ammalato, ma che farebbe che io sarei presto da Sua Maestà; però faceva questa diligenza che io corressi in poste. Questo messer Alberto era grande uomo da bene, ma era superbo, e per la malattia superbo insopportabile; e sí come io dico, mi disse che io mi mettessi in ordine presto, per correre in poste. Al quale io dissi che l'arte mia non si faceva in poste, e che se io vi avevo da 'ndare, volevo andarvi a piacevol giornate e menar meco Ascanio e Pagolo, mia lavoranti, i quali avevo levati di Roma; e di piú volevo un servitore con esso noi a cavallo, per mio servizio, e tanti danari che bastassino a condurmivi. Questo vecchio infermo con superbissime parole mi rispose, che in quel modo che io dicevo, e non altrimenti, andavano i figliuoli del Duca. Allui subito risposi che i figliuoli de l'arte mia andavano in quel modo che io avevo detto; e per non essere stato mai figliuol di duca, quelli non sapevo come s'andassino; e che se gli usava meco quelle istratte parole ai mia orecchi, che io non v'andrei in modo nessuno, sí per avermi mancato il Cardinale della fede sua e, arrotomi poi queste villane parole, io mi risolverei sicuramente di non mi voler impacciare con ferraresi; e voltogli le stiene, io brontolando e lui bravando, mi parti'. Andai a trovare il sopraditto Duca con la sua medaglia finita; il quale mi fece le piú onorate carezze che mai si facessino a uomo del mondo: e aveva commesso a quel suo messer Girolamo Giliolo, che per quelle mie fatiche trovassi uno anello d'un diamante di valore di ducento scudi, e che lo dessi al Fiaschino suo cameriere, il quale me lo dessi. Cosí fu fatto. Il ditto Fiaschino, la sera che il giorno gli avevo dato la medaglia, a un'ora di notte mi porse uno anello drentovi un diamante, il quale aveva gran mostra; e disse queste parole da parte del suo Duca: che quella unica virtuosa mano, che tanto bene aveva operato, per memoria di Sua Eccellenzia con quel diamante si adornassi la ditta mano. Venuto il giorno, io guardai il ditto anello, il quale era un diamantaccio sottile, il valore d'un dieci scudi in circa. E perché quelle tante meravigliose parole, che quel Duca m'aveva fatto usare, io, che non volsi che le fussino vestite di un cosí poco premio, pensando il Duca d'avermi ben sattisfatto; e io che m'immaginai che la venissi da quel suo furfante tesauriere, detti l'anello a un mio amico, che lo rendessi al cameriere Fiaschino, in ogni modo che egli poteva. Questo fu Bernardo Saliti, che fece questo uffizio mirabilmente. Il detto Fiaschino subito mi venne a trovare con grandissime sclamazioni, dicendomi che se il Duca sapeva che io gli rimandassi un presente in quel modo, che lui cosí benignamente m'aveva donato, che egli l'arebbe molto per male, e forse me ne potrei pentire. Al ditto risposi, che l'anello che Sua Eccellenzia m'avea donato, era di valore d'un dieci scudi in circa, e che l'opera che io avevo fatta a Sua Eccellenzia valeva piú di ducento; ma per mostrare a Sua Eccellenzia che io stimavo l'atto della sua gentilezza, che solo mi mandassi uno anello del granchio, di quelli che vengon d'Inghilterra che vagliono un carlino in circa; quello io lo terrei per memoria di Sua Eccellenzia in sin che io vivessi, insieme con quelle onorate parole che Sua Eccellenzia m'aveva fatto porgere; perché io facevo conto che lo splendore di Sua Eccellenzia avessi largamente pagato le mie fatiche, dove quella bassa gioia me le vituperava. Queste parole furno di tanto dispiacere al Duca, che egli chiamò quel suo detto tesauriere, e gli disse villania, la maggiore che mai pel passato lui gli avessi detto; e a me fe' comandare, sotto pena della disgrazia sua, che io non partissi di Ferrara se lui non me lo faceva intendere; e al suo tesauriere comandò che mi dessi un diamante che arrivassi a trecento scudi. L'avaro tesauriere ne trovò uno che passava di poco sessanta scudi, e dette ad intendere che il ditto diamante valeva molto piú di dugento.

VIII. Intanto il sopra ditto messer Alberto aveva ripreso la buona via, e m'aveva provisto di tutto quello che io avevo domandato. Eromi quel dí disposto di partirmi di Ferrara a ogni modo; ma quel diligente came-riere del Duca aveva ordinato col ditto messer Alberto, che per quel dí io non avessi cavalli. Avevo carico un mulo di molte mia bagaglie, e con esse avevo incassato quel bacino e quel boccale che fatto avevo per il Cardinale. In questo sopraggiunse un gentiluomo ferrarese, il quale si domandava per nome messer Alfonso de' Trotti. Questo gentiluomo era molto vecchio e era persona affettatissima, e si dilettava delle virtú gran-demente; ma era una di quelle persone che sono difficilissime a conten-tare; e se per aventura elle s'abbattono mai a vedere qualche cosa che piaccia loro, se la dipingono tanto eccellente nel cervello, che mai piú pensono di rivedere altra cosa che piaccia loro. Giunse questo messer Alfonso; per la qual cosa messer Alberto gli disse: - A me sa male che voi sete venuto tardi: perché di già s'è incassato e fermo quel boccale e quel bacino che noi mandiamo al Cardinale di Francia -. Questo messer

Alfonso disse che non se ne curava; e accennato a un suo servitore, lo mandò a casa sua: il quale portò un boccale di terra bianca, di quelle terre di Faenza, molto dilicatamente lavorato. In mentre che il servitore andò e tornò, questo messer Alfonso diceva al ditto messer Alberto: - Io vi voglio dire per quel che io non mi curo di vedere mai piú vasi: questo si è che una volta io ne vidi uno d'argento, antico, tanto bello e tanto maraviglioso, che la immaginazione umana non arriverebbe a pensare a tanta eccellenzia; e però io non mi curo di vedere altra cosa tale, acciò che la non mi guasti quella maravigliosa inmaginazione di quello. Questo si fu un gran gentiluomo virtuoso, che andò a Roma per alcune sue faccende e segretamente gli fu mostro questo vaso antico; il quale per vigore d'una gran quantità di scudi corruppe quello che l'aveva, e seco ne lo portò in queste nostre parti; ma lo tien ben segreto, che 'l Duca non lo sappia; perché arebbe paura di perderlo a ogni modo -. Questo messer Alfonso, in mentre che diceva queste sue lunghe novellate, egli non si guardava da me, che ero alla presenza, perché non mi conosceva. Intanto, comparso questo benedetto modello di terra, iscoperto con una tanta boriosità, ciurma e sicumera, che veduto che io l'ebbi, voltomi a messer Alberto, dissi: - Pur beato che io l'ho veduto! - Messer Alfonso adirato, con qualche parola ingiuriosa, disse: - O chi se' tu, che non sai quel che tu di'? - A questo io dissi: - Ora ascoltatemi, e poi vedrete chi di noi saprà meglio quello che e' si dice -. Voltomi a messer Alberto, persona molto grave e ingegnosa, dissi: - Questo è un boccaletto d'argento di tanto peso, il quale io lo feci innel tal tempo a quel ciurmadore di maestro Iacopo cerusico da Carpi, il quale venne a Roma e vi stette sei mesi; e con una sua unzione imbrattò di molte decine di signori e poveri gentiluomini, da i quali lui trasse di molte migliara di ducati. In quel tempo io gli feci questo vaso e un altro diverso da questo; e lui me lo pagò, l'uno e l'altro, molto male, e ora sono in Roma tutti quelli sventurati che gli unse, storpiati e malcondotti. A me è gloria grandissima che l'opere mie sieno di tanto nome appresso a voi altri Signori ricchi; ma io vi dico bene, che da quei tanti anni in qua io ho atteso quanto io ho potuto a 'mparare; di modo che io mi penso, che quel vaso ch'io porto in Francia, sia altrimenti degno del Cardinale e del Re, che non fu quello di quel vostro mediconzolo -. Ditte che io ebbi queste mie parole, quel messer Alfonso pareva proprio che si struggessi di desiderio di vedere quel bacino e boccale, il quale io continuamente gli negavo. Quando un pezzo fummo stati in questo, disse che se andrebbe al Duca e per mezzo di Sua Eccellenzia lo vedrebbe. Allora messer Alberto Bendidio ch'era, come ho detto, superbissimo, disse: - Innanzi che voi partiate di qui, messer Alfonso, voi lo vedrete, sanza adoperare i favori del Duca -. A queste parole io mi parti' e lasciai Ascanio e Pagolo che lo mostrassi loro; qual disse poi che egli avean ditto cose grandissime in mia lode. Volse poi messer Alfonso che io mi addomesticassi seco, onde a me parve mill'anni di uscir di Ferrara e levarmi lor dinanzi. Quanto io v'avevo aùto di buono si era stata la pratica del cardinal Salviati e quella del cardinal di Ravenna, e di qualcuno altro di quelli virtuosi musici, e non d'altri; perché i Ferraresi son gente avarissime e piace loro la roba d'altrui in tutti e' modi che la possino avere; cosí son tutti. Comparse alle ventidua ore il sopra ditto Fiaschino, e mi porse il ditto diamante di valore di sessanta scudi in circa; dicendomi con faccia malinconica e con breve parole che io portassi quello per amore di Sua Eccellenzia. Al quale io risposi: - E io cosí farò -. Mettendo i piedi innella staffa in sua presenza, presi il viaggio per andarmi con Dio. Notò l'atto e le parole; e riferito al Duca, in còllora ebbe voglia grandissima di farmi tornare indietro.

IX. Andai la sera innanzi piú di dieci miglia, sempre trottando; e quando l'altro giorno io fu' fuora dal ferrarese, n'ebbi grandissimo piacere, perché da quei pagoncelli, che io vi mangiai, causa della mia sanità, in fuora, altro non vi cognobbi di buono. Facemmo il viaggio per il Monsanese, non toccando la città di Milano per il sospetto sopradetto; in modo che sani e salvi arrivammo a Lione. Insieme con Pagolo e Ascanio e un servitore, eramo in quattro con quattro cavalcature assai buone. Giunti a Lione ci fermammo parecchi giorni per aspettare il mulattiere, il quale aveva quel bacino e boccale d'argento insieme con le altre nostre bagaglie: fummo alloggiati in una badia, che era del Cardinale. Giunto che fu il mulattiere, mettemmo tutte le nostre cose in una carretta e l'avviammo alla volta di Parigi: cosí noi andammo in verso Parigi, e avemmo per la strada qualche disturbo, ma non fu molto notabile. Trovammo la corte del Re a Fontana Beleò: facemmoci vedere al Cardinale, il quale subito ci fece consegnare alloggiamenti, e per quella sera stemmo bene. L'altra giornata comparse la carretta; e preso le nostre cose, intesolo il

Cardinale, lo disse al Re, il quale subito mi volse vedere. Andai da Sua Maestà con il ditto bacino e boccale, e giunto alla presenza sua, gli baciai il ginocchio e lui gratissimamente mi raccolse. Intanto che io ringraziavo Sua Maestà dell'avermi libero del carcere, dicendo che gli era ubrigato, ogni principe buono e unico al mondo, come era Sua Maestà, a liberare uomini buoni a qualcosa, e maggiormente innocenti come ero io; che quei benifizii eran prima iscritti in su' libri de Dio, che ogni altro che far si potessi al mondo; questo buon Re mi stette a 'scoltare finché io dissi, con tanta gratitudine e con qualche parola, sola degna di lui. Finito che io ebbi, prese il vaso e il bacino, e poi disse: - Veramente che tanto bel modo d'opera non credo mai che degli antichi se ne vedessi: perché ben mi sovviene di aver veduto tutte le miglior opere e dai miglior maestri fatte, di tutta la Italia; ma io non viddi mai cosa che mi movessi piú grandemente che questa -. Queste parole il ditto Re le parlava in franzese al cardinale di Ferrara, con molte altre maggior che queste. Di poi voltosi a me mi parlò in taliano, e disse: - Benvenuto, passatevi tempo lietamente qualche giorno, e confortatevi il cuore e attendete a far buona cera; e intanto noi penseremo di darvi buone comodità al poterci far qualche bell'opera.

X. Il cardinal di Ferrara sopra ditto veduto che il Re aveva preso grandissimo piacere del mio arrivo; ancora lui veduto che con quel poco dell'opere il Re s'era promesso di potersi cavar la voglia di fare certe grandissime opere, che lui aveva in animo; però in questo tempo, che noi andavamo drieto alla Corte, puossi dire tribulando (il perché si è che il traino del Re si strascica continuamente drieto dodici mila cavalli; e questo è il manco: perché quando la Corte in e' tempi di pace è intera, e' sono diciotto mila, di modo che sempre vengono da essere piú di dodici mila; per la qual cosa noi andavamo seguitando la ditta Corte in tai luoghi, alcuna volta, dove non era dua case a pena; e sí come fanno i zingani, si faceva delle trabacche di tele, e molte volte si pativa assai): io pure sollecitavo il Cardinale che incitassi il Re a mandarmi a lavorare; il Cardinale mi diceva che il meglio di questo caso si era d'aspettare che il Re da sé se ne ricordassi; e che io mi lasciassi alcuna volta vedere a Sua Maestà, in mentre ch'egli mangiava. Cosí faccendo, una mattina al suo desinare mi chiamò il Re: cominciò a parlar meco in taliano, e disse che aveva animo di fare molte opere grande, e che presto mi darebbe ordine dove io avessi a lavorare, con provvedermi di tutto quello che mi faceva bisogno; con molti altri ragionamenti di piacevoli e diverse cose. Il cardinal di Ferrara era alla presenza, perché quasi di continuo mangiava la mattina al tavolino del Re; e sentito tutti questi ragionamenti, levatosi il Re dalla mensa, il cardinal di Ferrara in mio favore disse, per quanto mi fu riferito: - Sacra Maestà, questo Benvenuto ha molto gran voglia di lavorare; quasi che si potria dire l'esser peccato a far perder tempo a un simile virtuoso -. Il Re aggiunse che gli aveva ben detto, e che meco istabilissi tutto quello che io volevo per la mia provvisione. Il qual Cardinale la sera seguente che la mattina aveva aùto la commessione, dipoi la cena fattomi domandare, mi disse da parte di Sua Maestà come Sua Maestà s'era risoluta che io mettessi mano a lavorare; ma prima voleva che io sapessi qual dovessi essere la mia provvisione. A questo disse il Cardinale: - A me pare, che se Sua Maestà vi dà di provvisione trecento scudi l'anno, che voi benissimo vi possiate salvare; appresso vi dico che voi lasciate la cura a me, perché ogni giorno, viene occasione di poter far bene in questo gran regno e io sempre vi aiuterò mirabilmente -. Allora io dissi: - Sanza che io ricercassi Vostra Signoria reverendissima, quando quella mi lasciò in Ferrara, mi promise di non mi cavar mai di Italia, se prima io non sapevo tutto il modo che con Sua Maestà io dovevo stare; Vostra Signoria reverendissima, in cambio di mandarmi a dire il modo che io dovevo stare, mandò espressa commessione che io dovessi venire in poste, come se tale arte in poste si facessi: che se voi mi avessi mandato a dire di trecento scudi, come voi mi dite ora, io non mi sarei mosso per sei. Ma di tutto ringrazio Idio e Vostra Signoria reverendissima ancora, perché Idio l'ha adoperata per istrumento a un sí gran bene, quale è stato la mia liberazione del carcere. Per tanto dico a Vostra Signoria, che tutti e' gran mali che ora io avessi da quella, non possono aggiungere alla millesima parte del gran bene che da lei ho ricevuto, e con tutto il cuore ne la ringrazio, e mi piglio buona licenzia, e dove io sarò, sempre infin che io viva, pregherò Idio per lei -. Il Cardinale adirato disse in còllora: - Va' dove tu vuoi, perché a forza non si può far bene a persona -. Certi di quei sua cortigiani scannapagnotte dicevano: - A costui gli par essere qualche gran cosa, perché e' rifiuta trecento ducati di entrata -. Altri, di quei virtuosi, dicevano: - Il Re non troverrà mai un par di costui; e questo nostro Cardinale lo vuole mercatare, come se ei fusse una soma di legne -. Questo fu messer Luigi Alamanni, che cosí mi fu ridetto che lui disse. Questo fu innel Delfinato, a un castello che non mi sovviene il nome: e fu l'ultimo dí d'ottobre.

XI. Partitomi dal Cardinale, me ne andai al mio alloggiamento tre miglia lontano di quivi, insieme con un segretario del Cardinale che al medesimo alloggiamento ancora lui veniva. Tutto quel viaggio quel segretario mai restò di domandarmi quel che io volevo far di me, e quel che saria stato la mia fantasia di volere di provvisione. Io non gli risposi mai se none una parola, dicendo: - Tutto mi sapevo -. Di poi giunto allo alloggiamento, trovai Pagolo e Ascanio che quivi vi stavano; e vedendomi turbatissimo, mi sforzorno a dir loro quello che io aveva; e veduto isbigottiti i poveri giovani, dissi loro: - Domattina io vi darò tanti danari che largamente voi potrete tornare alle case vostre; e io andrò a una mia faccenda inportantissima, sanza di voi; che gran pezzo è che io ho aùto in animo di fare -. Era la camera nostra a muro a muro accanto a quella del ditto segretario, e talvolta è possibile che lui lo scrivessi al Cardinale tutto quello che io avevo in animo di fare; se bene io non ne seppi mai nulla. Passossi la notte sanza mai dormire: a me pareva mill'anni che si facessi giorno, per seguitare la resoluzione che di me fatto avevo. Venuto l'alba del giorno, dato ordine ai cavagli e io prestamente messomi in ordine, donai a quei dua giovani tutto quello che io avevo portato meco, e di piú cinquanta ducati d'oro: e altre tanta ne salvai per me, di piú quel diamante che mi aveva donato il Duca; solo due camicie ne portavo e certi non troppi boni panni da cavalcare, che io avevo addosso. Non potevo ispiccarmi dalli dua giovani, che se ne volevano venire con esso meco a ogni modo; per la qual cosa io molto gli svili' dicendo loro: - Uno è di prima barba e l'altro a mano a mano comincia a 'verla, e avete da me imparato tanto di questa povera virtú che io v'ho potuto insegnare, che voi siete oggi i primi giovani di Italia; e non vi vergognate che non vi basti l'animo a uscire del carruccio del babbo, qual sempre vi porti? Questa è pure una vil cosa! O se vi lasciassi andare sanza danari, che diresti voi? Ora levatevimi d'inanzi, che Dio vi benedica mille volte: a Dio -. Volsi il cavallo, e lascia' li piangendo. Presi la strada bellissima per un bosco, per discostarmi quella giornata quaranta miglia il manco, in luogo piú incognito che pensar potevo. E di già m'ero discostato incirca a dua miglia; e in quel poco viaggio io m'ero risoluto di non mai piú praticare in parte dove io fussi conosciuto, né mai piú volevo lavorare altra opera, che un Cristo grande di tre braccia, appressandomi piú che potevo a quella infinita bellezza che dallui stesso m'era stata mostra. Essendomi già resoluto affatto, me n'andavo alla volta del Sepulcro. Pensando essermi tanto iscostato che nessuno piú trovar non mi potessi, in questo io mi senti' correr dietro cavagli; e mi fecciono alquanto sospetto, perché in quelle parte v'è una certa razza di brigate, li quali si domandan venturieri, che volentieri assassinano alla strada; e se bene ogni 'n dí assai se ne impicca, quasi pare che non se ne curino. Appressatimisi piú costoro, cognobbi che gli erano un mandato del Re, insieme con quel mio giovane Ascanio; e giunto a me disse: - Da parte del Re vi dico che prestamente voi vegniate a lui -. Al quale uomo io dissi: - Tu vieni da parte del Cardinale; per la qual cosa io non voglio venire -. L'uomo disse che da poi che io non volevo andare amorevolmente, aveva autorità di comandare a' populi, i quali mi merrebbono legato come prigione. Ancora Ascanio, quant'egli poteva, mi pregava, ricordandomi che quando il Re metteva un prigione, stava dappoi cinque anni per lo manco a risolversi di cavarlo. Questa parola della prigione, sovvenendomi di quella di Roma, mi porse tanto ispavento, che prestamente volsi il cavallo dove il mandato del Re mi disse. Il quale, sempre borbottando in franzese, non restò mai in tutto quel viaggio, insinché m'ebbe condutto alla Corte: or mi bravava, or mi diceva una cosa, ora un'altra, da farmi rinnegare il mondo.

XII. Quando noi fummo giunti agli alloggiamenti del Re, noi passammo dinanzi a quelli del cardinale di Ferrara. Essendo il Cardinale in su la porta, mi chiamò a sé e disse: - Il nostro Re Cristianissimo da per sé stesso v'ha fatto la medesima provvsione, che sua Maestà dava a Lionardo da Vinci pittore: qual sono settecento scudi l'anno; e di piú vi paga tutte l'opere che voi gli farete; ancora per la vostra venuta vi dona cinquecento scudi d'oro, i quali vuol che vi sien pagati prima che voi vi partiate di qui -. Finito che ebbe di dire il Cardinale, io risposi che quelle erono offerte da quel Re che gli era. Quel mandato del Re, non sapendo chi io mi fussi, vedutomi fare quelle grande offerte da parte del Re, mi chiese molte volte perdono. Pagolo e Ascanio dissono: - Idio ci ha aiutati ritornare in cosí onorato carruccio -. Di poi l'altro giorno io andai a ringraziare il Re, il quale m'impose che io gli facessi i modelli di dodici statue d'argento, le quali voleva che servissino per dodici candelieri intorno alla sua tavola: e voleva che fussi figurato sei Iddei e sei Iddee, della grandezza appunto di Sua Maestà, quale era poco cosa manco di quattro braccia alto. Dato che egli m'ebbe questa commessione, si volse al tesauriere de' risparmi e lo domandò se lui mi aveva pagato li cinquecento scudi. Disse che non gli era stato detto nulla. El Re l'ebbe molto per male, ché aveva commesso al Cardinale che gnene dicessi. Ancora mi disse che io andassi a Parigi, e cercassi che stanza fussi a proposito per far tale opere, perché me la farebbe dare. Io presi li cinquecento scudi d'oro e me ne andai a Parigi in una stanza del cardinale di Ferrara; e quivi cominciai innel nome di Dio a lavorare, e feci quattro modelli piccoli di dua terzi di braccio l'uno, di cera: Giove, Iunone, Appollo, Vulgano. In questo mezzo il Re venne a Parigi; per la qual cosa io subito lo andai a trovare, e portai i detti modelli con esso meco, insieme con quei mia dua giovani, cioè Ascanio e Pagolo. Veduto che io ebbi che il Re era sadisfatto delli detti modelli, e' m'impose per il primo che io gli facessi il Giove d'argento della ditta altezza. Mostrai a Sua Maestà che quelli dua giovani ditti io gli avevo menati di Italia per servizio di Sua Maestà; e perché io me gli avevo allevati, molto meglio per questi principii avrei tratto aiuto da loro, che da quelli della città di Parigi. A questo il Re disse, che io facessi alli ditti dua giovani un salario qual mi paressi a me, che fussi recipiente a potersi trattenere. Dissi che cento scudi d'oro per ciascuno stava bene, e che io farei benissimo guadagnar loro tal salario. Cosí restammo d'accordo. Ancora dissi, che io aveva trovato un luogo il quale mi pareva molto a proposito da fare in esso tali opere; el ditto luogo si era di Sua Maestà particulare, domandato il Piccol Nello, e che allora lo teneva il provosto di Parigi, a chi Sua Maestà l'aveva dato; ma perché questo provosto non se ne serviva, Sua Maestà poteva darlo a me, che l'adoperrei per suo servizio. Il Re subito disse: - Cotesto luogo è casa mia; e io so bene che quello a chi io lo detti non lo abita, e non se ne serve; però ve ne servirete voi per le faccende nostre - e subito comandò al suo luogotenente, che mi mettessi in detto Nello. Il quale fece alquanto di resistenza, dicendo al Re che non lo poteva fare. A questo il Re rispose in còllora che voleva dar le cose sue a chi piaceva allui e a uomo che lo servissi, perché di cotestui non si serviva niente: però non gli parlassi piú di tal cosa. Ancora aggiunse il luogotenente, che saria di necessità di usare un poco di forza. Al quale il Re disse: - Andate adesso, e se la piccola forza non è assai, mettetevi della grande -. Subito mi menò al luogo ed ebbe a usar forza a mettermi in possessione: di poi mi disse che io m'avessi benissimo cura di non v'essere ammazzato. Entrai drento, e subito presi de' servitori, e comperai parecchi gran pezzi d'arme in aste, e parecchi giorni mi stetti con grandissimo dispiacere; perché questo era gran gentiluomo pariciano, e gli altri gentiluomini m'erano tutti nimici, di modo che mi facevano tanti insulti, che io non potevo resistere. Non voglio lasciare indietro, che in questo tempo che io m'acconciai con Sua Maestà correva appunto il millesimo del 1540, che appunto era l'età mia de' quaranta anni.

XIII. Per questi grandi insulti io ritornai al Re, pregando Sua Maestà che mi accomodassi altrove: alle qual parole mi disse il Re: - Chi siate voi, e come avete voi nome? - Io restai molto ismarrito e non sapevo quello che il Re si volessi dire; e standomi cosí cheto, il Re replicò un'altra volta le medesime parole quasi adirato. Allora io risposi che aveva nome Benvenuto. Disse il Re: - Addunche se voi siete quel Benvenuto che io ho inteso, fate sicondo il costume vostro, che io ve ne dò piena licenza -. Dissi a Sua Maestà che mi bastava solo mantenermi nella grazia sua, del resto io non conoscevo cosa nessuna che mi potessi nuocere. Il Re, ghignato un pochetto, disse: - Andate addunche, e la grazia mia non vi mancherà mai -. Subito mi ordinò un suo primo segretario, il quale si domandava monsignor di Villurois, che dessi ordine a farmi provvedere e acconciare per tutti i miei bisogni. Questo Villurois era molto grande amico di quel gentiluomo chiamato il provosto, di chi era il ditto luogo di Nello. Questo luogo era in forma triangulare, ed era appiccato con le mura della città ed era castello antico, ma non si teneva guardie: era di buona grandezza. Questo detto Monsignor di Villurois mi consigliava che io cercassi di qualche altra cosa, e che io lo lasciassi a ogni modo; perché quello di che gli era, era uomo di grandissima possanza, e che certissimo lui mi arebbe fatto ammazzare. Al quale io risposi, che ero andato di Italia in Francia solo per servire quel maraviglioso Re, e quanto al morire, io sapevo certo che a morire avevo; che un poco prima o un poco dappoi non mi dava una noia al mondo. Questo Villurois era uomo di grandissimo ispirito, e mirabile in ogni cosa sua, grandissimamente ricco: non è al mondo cosa che lui non avessi fatto per farmi dispiacere, ma non lo dimostrava niente; era persona grave, di bello aspetto, parlava adagio. Commesse a un altro gentiluomo, che si domandava Monsignor di Marmagnia, quale era tesauriere di Lingua d'oca. Questo uomo, la prima cosa che e' fece, cercato le migliore stanze di quel luogo, le faceva acconciare per sé: al quale io dissi che quel luogo me lo aveva dato il Re perché io lo servissi, e che quivi non volevo che abitassi altri che me e li mia servitori. Questo uomo era superbo, aldace, animoso; e mi disse che voleva fare quanto gli piaceva, e che io davo della testa nel muro a voler contrastare contro a di lui; e che tutto quel che lui faceva, ne aveva aùto commessione da Villurois di poter farlo. Allora io dissi che io avevo aùto commessione dal Re, che né lui né Villurois tal cosa non potrebbe fare. Quando io dissi questa parola, questo superbo uomo mi disse in sua lingua franzese molte brutte parole, alle quali io risposi in lingua mia, che lui mentiva. Mosso dall'ira, fece segni di metter mano a una sua daghetta; per la qual cosa io messi la mano in sun una mia daga grande, che continuamente io portavo accanto per mia difesa, e li dissi: - Se tu sei tanto ardito di sfoderar quell'arme, io subito ti ammazzerò -. Gli aveva seco due servitori, e io avevo li mia dua giovani: e in mentre che il ditto Marmagnia stava cosí sopra di sé, non sapendo che farsi, piú presto vòlto al male, e' diceva borbottando: - Già mai non comporterò tal cosa -. Io vedevo la cosa andar per la mala via; subito mi risolsi e dissi a Pagolo e Ascanio: - Come voi vedete che io sfodero la mia daga, gittatevi addosso ai dua servitori e ammazzategli, se voi potete: perché costui io lo ammazzerò al primo; poi ci andren con Dio d'accordo subito -. Sentito Marmagnia questa resoluzione, gli parve fare assai a uscir di quel luogo vivo. Tutte queste cose, alquanto un poco piú modeste, io le scrissi al cardinale di Ferrara, il quale subito le disse al Re. Il Re crucciato mi dette in custode a un altro di quei suoi ribaldi, il quale si domandava monsignor lo iscontro d'Orbech. Questo uomo con tanta piacevolezza, quanto inmaginar si possa, mi provvedde di tutti li mia bisogni.

XIV. Fatto ch'io ebbi tutti gli acconci della casa e della bottega, accomodatissimi a poter servire, e onoratissimamente, per li mia servizii della casa, subito messi mano a far tre modelli, della grandezza appunto che gli avevano da essere d'argento: questi furno Giove e Vulgano e Marte.

Gli feci di terra, benissimo armati di ferro, di poi me ne andai dal Re, il quale mi fece dare, se ben mi ricordo, trecento libbre d'argento, acciò che io cominciassi a lavorare. In mentre che io davo ordine a queste cose, si finiva il vasetto e il bacino ovato, i quali ne portorno parecchi mesi. Finiti che io gli ebbi, gli feci benissimo dorare. Questa parve la piú bell'opera che mai si fosse veduta in Francia. Subito lo portai al cardinal di Ferrara, il quale mi ringraziò assai; di poi sanza me lo portò al Re e gnene fece un presente. Il Re l'ebbe molto caro, e mi lodò piú smisuratamente che mai si lodassi uomo par mio; e per questo presente donò al cardinal di Ferrara una badia di sette mila scudi d'entrata; e a me volse far presente. Per la qual cosa il Cardinale lo inpedí, dicendo a Sua Maestà che quella faceva troppo presto, non gli avendo ancora dato opera nessuna. E il Re, che era liberalissimo, disse: - Però gli vo' io dar coraggio che me ne possa dare -. Il Cardinale, a questo vergognatosi, disse: - Sire, io vi priego che voi lasciate fare a me; perché io gli farò una pensione di trecento scudi il manco, subito che io abbia preso il possesso della badia -. Io non gli ebbi mai, e troppo lungo sarebbe a voler dire la diavoleria di questo Cardinale; ma mi voglio riserbare a' cose di maggiore importanza.

XV. Mi tornai a Parigi. Con tanto favore fattomi dal Re io era ammirato da ugniuno. Ebbi l'argento, e cominciai la ditta statua di Giove. Presi di molti lavoranti, e con grandissima sollecitudine giorno e notte non restavo mai di lavorare; di modo che, avendo finito di terra Giove, Vulcano e Marte, di già cominciato d'argento a tirare innanzi assai bene il Giove, si mostrava la bottega di già molto ricca. In questo conparse el Re a Parigi: io l'andai a visitare; e subito che Sua Maestà mi vedde, lietamente mi chiamò e mi domandava se alla mia magione era qualcosa da mostrargli di bello, perché verrebbe insin quivi. Al quale io contai tutto quel che io avevo fatto. Subito gli venne voluntà grandissima di venire; e di poi il suo desinare, dette ordine con madama de Tampes, col cardinal di Loreno, e certi altri di quei signori, qual fu il re di Navarra, cognato del re Francesco, e la Regina, sorella del ditto re Francesco; venne il Dalfino e la Dalfina; tanto si è, che quel dí venne tutta la nobiltà della Corte. Io m'ero avviato a casa, e m'ero misso a lavorare. Quando il Re comparse alla porta del mio castello, sentendo picchiare a parecchi martella, comandò a ugniuno che stessi cheto: in casa mia ogniuno era innopera; di modo che io mi trovai sopraggiunto dal Re, che io non lo aspettavo. Entrò nel mio salone: e 'l primo che vedde, vedde me con una gran piastra d'argento in mano, qual serviva per il corpo del Giove: un altro faceva la testa, un altro le gambe, in modo che il romore era grandissimo. In mentre che io lavoravo, avendo un mio ragazzetto franzese intorno, il quale m'aveva fatto non so che poco di dispiacere, per la qual cosa io gli avevo menato un calcio, e per mia buona sorte, entrato col piè nella inforcatura delle gambe, l'avevo spinto innanzi piú di quattro braccia, di modo che all'entrare del Re questo putto s'attenne addosso al Re: il perché il Re grandemente se ne rise, e io restai molto smarrito. Cominciò il Re a dimandarmi quello che io facevo, e volse che io lavorassi; di poi mi disse che io gli farei molto piú piacere a non mi affaticare mai, sí bene tòrre quanti uomini io volessi, e quelli far lavorare: perché voleva che io mi conservassi sano per poterlo servir piú lungamente. Risposi a Sua Maestà, che subito io mi ammalerei se io non lavorassi, né manco l'opere non sarebbono di quella sorte - che io desidero fare per Sua Maestà -. Pensando il Re che quello che io dicevo fussi detto per millantarsi, e non perché cosí fussi la verità, me lo fece ridire dal cardinal de Loreno, al quali io mostrai tanto larghe le mie ragione e aperte, che lui ne restò capacissimo: però confortò il Re che mi lasciassi lavorare poco e assai, secondo la mia voluntà.

XVI. Restato sadisfatto il Re delle opere mie, se ne tornò al suo palazzo, e mi lasciò pieno di tanti favori, che saria lungo a dirgli. L'altro giorno appresso, al suo desinare, mi mandò a chiamare. V'era alla presenza il cardinal di Ferrara, che desinava seco. Quando io giunsi, ancora il Re era alla siconda vivanda: accostatomi a Sua Maestà, subito cominciò a ragionar meco, dicendo che da poi che gli aveva cosí bel bacino e cosí bel boccale di mia mano, che per compagnia di quelle tal cose richiedeva una bella saliera, e che voleva che io gnene facessi un disegno; ma ben l'arebbe voluto veder presto. Allora io aggiunsi dicendo: - Vostra Maestà vedrà molto piú presto un tal disegno, che la mi domanda; perché in mentre che io facevo il bacino pensavo che per sua compagnia si gli dovessi far la saliera - e che tal cosa era di già fatta; e che se gli piaceva, io gliene mostrerrei subito. El Re si risentí con molta baldanza, e voltosi a quei Signori, qual era il re di Navarra, el cardinal di Loreno e 'l cardinal di Ferrara, e' disse: - Questo veramente è un uomo da farsi amare e desiderare da ogni uomo che non lo cognosca -; di poi disse a me, che volentieri vedrebbe quel disegno che io avevo fatto sopra tal cosa. Messimi in via, e prestamente andai e tornai, perché avevo solo a passare la fiumara, cioè la Sena: portai meco un modello di cera, il quale io avevo fatto già a richiesta del cardinal di Ferrara in Roma. Giunto che io fui dal Re, scopertogli il modello, il Re maravigliatosi disse: - Questa è cosa molto piú divina l'un cento, che io non arei mai pensato. Questa è gran cosa di quest'uomo! Egli non debbe mai posarsi -. Di poi si volse a me con faccia molto lieta, e mi disse che quella era un'opera che gli piaceva molto, e che desiderava che io gliene facessi d'oro. Il cardinal di Ferrara, che era alla presenza mi guardò in viso e mi accennò, come quello che la ricognobbe che quello era il modello che io avevo fatto per lui in Roma. A questo io dissi che quell'opera già avevo detto che io la farei a chi l'aveva avere. Il Cardinale, ricordatosi di quelle medesime parole, quasi che isdegnato, parutogli che io mi fussi voluto vendicare, disse al Re: - Sire, questa è una grandissima opera, e però io non sospetterei d'altro, se none che io non crederrei mai vederla finita; perché questi valenti uomini, che hanno quei gran concetti di quest'arte, volentieri danno lor principio, non considerando bene quando ell'hanno aver la fine. Per tanto, faccendo fare di queste cotale grande opere, io vorrei sapere quando io l'avessi avere -. A questo rispose il Re dicendo che chi cercassi cosí sottilmente la fine dell'opere, non ne comincerebbe mai nessuna; e lo disse in un certo modo, mostrando che quelle cotali opere non fussino materia da uomini di poco animo. Allora io dissi: - Tutti e' principi che danno animo ai servitori loro, in quel modo che fa e che dice Sua Maestà, tutte le grande imprese si vengono a facificare; e poi che Dio m'ha dato un cosí maraviglioso padrone, io spero di dargli finite di molte grande e maravigliose opere. - E io lo credo - disse il Re; e levossi da tavola. Chiamommi nella sua camera e mi domandò quanto oro bisognava per quella saliera: - Mille scudi, - dissi io. Subito il Re chiamò un suo tesauriere, che si domandava Monsignor lo risconte di Orbeche, e gli domandò che allora allora mi provvedessi mille scudi vecchi di buon peso, d'oro. Partitici da Sua Maestà, mandai a chiamare quelli dua notati che m'avevan fatto dare l'argento per il Giove e molte altre cose, e passato la Sena, presi una piccolissima sportellina che m'aveva donato una mia sorella cugina, monaca, innel passare per Firenze, e per mia buona aúria tolsi quella sportellina, e none un sacchetto: e pensando di spedire tal faccenda di giorno, perché ancora era buon'otta, e non volendo isviare i lavoranti; e manco non mi curai di menare servitore meco. Giunsi a casa il tesauriere, il quale di già aveva innanzi li danari, e gli sceglieva sí come gli aveva detto il Re. Per quanto a me parve vedere, quel ladrone tesauriere fece con arte il tardare insino a tre ore di notte a contarmi li detti dinari. Io, che non mancai di diligenza, mandai a chiamare parecchi di quei mia lavoranti, che venissino a farmi compagnia, perché era cosa di molta importanza. Veduto che li detti non venivano, io domandai a quel mandato, se gli aveva fatto l'anbasciata mia. Un certo ladroncello servitore disse che l'aveva fatta, e che loro avevan detto non poter venire; ma che lui di buona voglia mi porterebbe quelli dinari: al quale io dissi, che li dinari volevo portar da me. Intanto era spedito il contratto, contato li dinari e tutto. Messomili nella sportellina ditta, di poi messi il braccio nelle dua manichi; e perché entrava molto per forza, erano ben chiusi, e con piú mia comodità gli portavo che se fussi stato un sacchetto. Ero bene armato di giaco e maniche, e con la mia spadetta e 'l pugnale accanto prestamente mi messi la via fra gambe.

XVII. In quello stante viddi certi servitori, che, bisbigliando, presto ancora loro si partirno di casa, mostrando andare per altra via che quella dove io andavo. Io che sollecitamente camminavo, passato il ponte al Cambio, venivo su per un muricciuolo della fiumara, il quale mi conduceva a casa mia a Nello. Quando io fui appunto dagli Austini, luogo pericolosissimo se ben vicino a casa mia cinquecento passi; per essere l'abitazione del castello a drento quasi che altretanto, non si sarebbe sentito la voce, se io mi fussi messo a chiamare, ma resolutomi in un tratto che io mi veddi scoperto a dosso quattro con quattro spade, prestamente copersi quella sportellina con la cappa, e messo mano in su la mia spada, veduto che costoro con sollecitudine mi serravano, dissi: - Dai soldati non si può guadagnare altro che la cappa e la spada; e questa, prima che io ve la dia, spero l'arete con poco vostro guadagno -. E pugnando contro a di loro animosamente, piú volte m'apersi, acciò che, se e' fussino stati di quelli indettati da quei servitori, che m'avevan visto pigliare i danari, con qualche ragione iudicassino che io non avevo tal somma di danari addosso. La pugna durò poco, perché a poco a poco si ritiravono; e da lor dicevano in lingua loro: - Questo è un bravo italiano, e certo non è quello che noi cercavamo; o sí veramente, se gli è lui, e' non ha nulla addosso -. Io parlavo italiano, e continuamente a colpi di stoccate e imbroccate talvolta molto a presso gl'investi' alla vita; e perché io ho benissimo maneggiato l'arme, piú giudicavono che io fussi soldato che altro; e ristrettisi insieme, a poco a poco si scostavano da me, sempre borbottando sotto voce in lor lingua; e ancora io sempre dicevo, modestamente pure, che chi voleva la mia arme e la mia cappa, non l'arebbe senza fatica. Cominciai a sollecitare il passo, e lor sempre venivano a lento passo drietomi; per la qual cosa a me crebbe la paura, pensando di non dare in qualche imboscata di parecchi altri simili, che m'avessino messo in mezzo; di modo che, quando io fui presso a cento passi, mi messi a tutta corsa e ad alta voce gridavo: - Arme arme, fuora fuora, ché io sono assassinato -. Subito corse quattro giovani con quattro pezzi d'arme in aste: e volendo seguitar drieto a coloro, che ancor gli vedevano, gli fermai, dicendo pur forte: - Quei quattro poltroni non hanno saputo fare, contro a uno uomo solo, un bottino di mille scudi d'oro in oro, i quali m'hanno rotto un braccio; sí che andiangli prima a riporre, e di poi io vi farò compagnia col mio spadone a dua mane dove voi vorrete -. Andammo a riporre li dinari; e quelli mia giovani, condolendosi molto del gran pericolo che io avevo portato, modo che isgridarmi, dicevano: - Voi vi fidate troppo di voi stesso, e una volta ci avete a far piagner tutti -. Io dissi di molte cose; e lor mi risposono anche; fuggirno gli aversari mia; e noi tutti allegri e lieti cenammo, ridendoci di quei gran pressi che fa la fortuna, tanto in bene quanto in male; e non cogliendo, è come se nulla non fussi stato. Gli è ben vero che si dice: "Tu imparerai per un'altra volta". Questo non vale, perché la vien sempre con modi diversi e non mai immaginati.

XVIII. La mattina seguente subito detti principio alla gran saliera, e con sollecitudine quella con l'altre opere facevo tirare innanzi. Di già avevo preso di molti lavoranti, sí per l'arte della scultura, come per l'arte della oreficeria. Erano, questi lavoranti, italiani, franzesi, todeschi, e talvolta n'avevo buona quantità, sicondo che io trovavo de' buoni; perché di giorno in giorno mutavo, pigliando di quelli che sapevano piú, e quelli io gli sollecitavo di sorte che per il continuo affaticarsi (vedendo fare a me, che mi serviva un poco meglio la complessione che a loro, non possendo resistere alle gran fatiche, pensando ristorarsi col bere e col mangiare assai), alcuni di quei todeschi, che meglio sapevano che gli altri, volendo seguitarmi, non sopportò da loro la natura tale ingiurie, che quegli ammazzò. In mentre che io tiravo innanzi il Giove d'argento, vedutomi avanzare assai bene dell'argento, messi mano sanza saputa del Re a fare un vaso grande con dua manichi, dell'altezza d'un braccio e mezzo in circa. Ancora mi venne voglia di gittare di bronzo quel modello grande che io avevo fatto per il Giove d'argento; messo mano a tal nuova impresa, quale io non avevo mai piú fatta, e conferitomi con certi vecchioni di quei maestri di Parigi, dissi loro tutti e' modi che noi nella Italia usavono fare tal impresa. Questi a me dissono che per quella via non erano mai camminati, ma se io lasciavo fare sicondo i lor modi, me lo darebbon fatto e gittato tanto netto e bello, quant'era quello di terra. Io volsi fare mercato, dando quest'opera sopra di loro: e sopra la domanda che quei m'avevan fatta, promessi loro parecchi scudi di piú. Messon mano a tale impresa; e veduto io che loro non pigliavono la buona via, prestamente cominciai una testa di Iulio Cesare, col suo petto, armata, grande molto piú del naturale, qual ritraevo da un modello piccolo che io m'avevo portato di Roma, ritratto da una testa maravigliosissima antica. Ancora messi mano in un'altra testa della medesima grandezza, quale io ritraevo da una bellissima fanciulla, che per mio diletto carnale a presso a me tenevo. A questa posi nome Fontana Beliò, che era quel sito che aveva eletto il Re per sua propria dilettazione. Fatto la fornacetta bellissima per fondere il bronzo, e messo in ordine e cotto le nostre forme, quegli el Giove e io le mia dua teste, dissi a loro: - Io non credo che il vostro Giove venga, perché voi non gli avete dati tanti spiriti da basso, che el vento possa girare; però voi perdete il tempo -. Questi dissono a me, che quando la loro opera non fossi venuta, mi renderebbono tutti li dinari che io avevo dati loro a buon conto, e mi rifarebbono tutta la perduta ispesa; ma che io guardassi bene, che quelle mie belle teste, che io volevo gittare al mio modo della Italia, mai non mi verrebbono. A questa disputa fu presente quei tesaurieri e altri gentiluomini, che per commission del Re mi venivano a vedere; e tutto quello che si diceva e faceva, ogni cosa riferivano al Re. Feciono questi dua vecchioni, che volevan gittare il Giove, soprastare alquanto il dare ordine del getto; perché dicevano che arebbon voluto acconciare quelle dua forme delle mie teste; perché quel modo che io facevo, non era possibile che le venissimo, ed era gran peccato a perder cosí bel- l'opere. Fattolo intendere al Re, rispose Sua Maestà che gli attendessino a 'mparare e non cercassino di volere insegnare al maestro. Questi con gran risa messono in fossa l'opera loro; e io saldo, sanza nissuna dimo- strazione né di risa né di stizza - che l'avevo - messi con le mie dua forme in mezzo il Giove: e quando il nostro metallo fu benissimo fon- duto, con grandissimo piacere demmo la via al ditto metallo, e benis- simo s'empié la forma del Giove; innel medesimo tempo s'empié la forma delle mie due teste: di modo che loro erano lieti e io contento; perché avevo caro d'aver detto le bugie della loro opera, e loro mostra- vano d'aver molto caro d'aver detto le bugie della mia. Domandorno pure alla franciosa con gran letizia da bere: io molto volentieri feci far loro una ricca colezione. Da poi mi chiesono li dinari che gli avevano da avere, e quegli di piú che io avevo promessi loro. A questo io dissi: - Voi vi siate risi di quello, che io ho ben paura che voi non abbiate a pian- gere; perché io ho considerato che in quella vostra forma è entrato molto piú roba che 'l suo dovere; però io non vi voglio dare piú dinari, di quelli che voi avete auti, insino a domattina -. Cominciorno a considerare que- sti poveri uomini quello che io avevo detto loro, e sanza dir niente se ne andorno a casa. Venuti la mattina, cheti cheti cominciorno a cavare di fossa; e perché loro non potevano iscoprire la loro gran forma, se prima egli non cavavano quelle mie due teste, le quali cavorno e stavono benissimo, e le avevano messe in piede, che benissimo si vedevano. Co- minciato da poi a scoprire il Giove, non furno dua braccia in giú, che loro con quattro lor lavoranti messono sí grande il grido, che io li sentii. Pensando che fussi grido di letizia, mi cacciai a correre, che ero nella mia camera lontano piú di cinquecento passi. Giunsi a loro e li trovai in quel modo che si figura quelli che guardavano il sepulcro di Cristo, af- flitti e spaventati. Percossi gli occhi nelle mie due teste, e veduto che stavan bene, accomoda' mi il piacere col dispiacere: e loro si scusavano, dicendo: - La nostra mala fortuna! - Alle qual parole io dissi: - La vostra fortuna è stata bonissima, ma gli è bene stato cattivo il vostro poco sa- pere. Se io avessi veduto mettervi innella forma l'anima, con una sola parola io v'arei insegnato che la figura sarebbe venuta benissimo; per la qual cosa a me ne risultava molto grande onore e a voi molto utile: ma io del mio onore mi scuserò, ma voi né de l'onore né de l'utile non avete iscampo: però un'altra volta imparate a lavorare e non imparate a uccellare -. Pur mi si raccomandavono, dicendomi che io avevo ragione, e che se io non gli aiutavo, che avendo a pagare quella grossa spesa e quel danno, loro andrebbono accattando insieme con le lor famiglie. A questo io dissi, che quando gli tesaurieri del Re volessin lor far pagare quello a che loro s'erano ubrigati, io prommettevo loro di pagargli del mio, perché io avevo veduto veramente che loro avevan fatto di buon cuore tutto quello che loro sapevano. Queste cose m'accrebbono tanta benivolenzia con quei tesaurieri e con quei ministri del Re, che fu inistimabile. Tutto si scrisse al Re, il quale unico liberalissimo, comandò che si facessi tutto quello che io dicevo.

XIX. Era in questo giunto il maravigliosissimo bravo Piero Strozzi; e ricordato al Re le sue lettere di naturalità, il Re subito comandò che fussino fatte. - E insieme con esse - disse - fate ancora quelle di Benvenuto, *mon ami*, e le portate subito da parte mia a sua magione, e dategnene senza nessuna spesa -. Quelle del gran Piero Strozzi gli costorno molte centinaia di ducati; le mie me le portò un di quei primi sua segretari, il quale si domandava messer Antonio Massone. Questo gentiluomo mi porse le lettere con maravigliosa dimostrazione, da parte di Sua Maestà, dicendo: Di queste vi fa presente il Re, acciò che con maggior coraggio voi lo possiate servire. Queste son lettere di naturalità - e contonmi come molto tempo e con molti favori l'aveva date a richiesta di Piero Istrozzi a esso, e che queste da per sé istesso me le mandava a presentare: che un tal favore non s'era mai piú fatto in quel regno. A queste parole io con gran dimostrazione ringraziai il Re; di poi pregai il ditto segretario, che di grazia mi dicessi quel che voleva dire quelle "lettere di naturalità". Questo segretario era molto virtuoso e gentile, e parlava benissimo italiano: mossosi prima a gran risa, di poi ripreso la gravità, mi disse innella lingua mia, cioè in italiano, quello che voleva dire "lettere di naturalità" quale era una delle maggior degnità che si dessi a un forestiero; e disse: - Questa è altra maggiore cosa che esser fatto gentiluomo veniziano -. Partitosi da me, tornato al Re, tutto riferí a Sua Maestà, il quale rise un pezzo, di poi disse:

- Or voglio che sappia per quel che io gli ho mandato lettere di naturalità. Andate, e fatelo signore del castello del Piccolo Nello che lui abita, il quale è mio di patrimonio. Questo saprà egli che cosa egli è, molto piú facilmente che lui non ha saputo che cosa fussino le lettere di naturalità -. Venne a me un mandato con il detto presente, per la qual cosa io volsi usargli cortesia: non volse accettar nulla, dicendo che cosí era commessione di Sua Maestà. Le ditte lettere di naturalità, insieme con quelle del dono del castello, quando io venni in Italia le portai meco; e dovunque io vada, e dove io finisca la vita mia, quivi m'ingegnerò d'averle.

XX. Or sèguito innanzi il cominciato discorso della vita mia. Avendo infra le mane le sopra ditte opere, cioè il Giove d'argento, già cominciato, la ditta saliera d'oro, il gran vaso ditto d'argento, le due teste di bronzo, sollecitamente innesse opere si lavorava. Ancora detti ordine a gittare la basa del ditto Giove, qual feci di bronzo ricchissimamente, piena di ornamenti, infra i quali ornamenti iscolpi' in basso rilievo il ratto di Ganimede; da l'altra banda poi Leda e 'l cigno: questa gittai di bronzo, e venne benissimo. Ancora ne feci un'altra simile per porvi sopra la statua di Iunone, aspettando di cominciare questa ancora, se il Re mi dava l'argento da poter fare tal cosa. Lavorando sollecitamente, avevo messo di già insieme il Giove d'argento; ancora avevo misso insieme la saliera d'oro; il vaso era molto innanzi; le due teste di bronzo erano di già finite. Ancora avevo fatto parecchi operette al cardinale di Ferrara; di piú un vasetto d'argento, riccamente lavorato, avevo fatto per donarlo a madama de Tampes; a molti Signori italiani, cioè il signor Piero Strozzi, il conte dell'Anguillara, il conte di Pitigliano, il conte della Mirandola e a molti altri avevo fatto di molte opere. Tornando al mio gran Re, sí come io ho detto, avendo tirato innanzi benissimo queste sue opere, in questo tempo lui ritornò a Parigi, e il terzo giorno venne a casa mia con molta quantità della maggior nobiltà della sua Corte, e molto si maravigliò delle tante opere che io avevo innanzi e a cosí buon porto tirate; e perché e' v'era seco la sua madama di Tampes, cominciorno a ragionare di Fontana Beliò. Madama di Tampes disse a Sua Maestà che egli doverrebbe farmi fare qualcosa di bello per ornamento della sua Fontana Beliò. Subito il Re disse: - Gli è ben fatto quel che voi dite, e adesso adesso mi voglio risolvere che là si faccia qualcosa di bello - e voltosi a me, mi cominciò a domandare quello che mi pareva da fare per quella bella fonte. A questo io proposi alcune mie fantasie: ancora Sua Maestà disse il parer suo; dipoi mi disse che voleva andare a spasso per quindici o venti giornate a San Germano dell'Aia, quale era dodici leghe discosto di Parigi; e che in questo tanto io facessi un modello per questa sua bella fonte con piú ricche invenzione che io sapevo, perché quel luogo era la maggior recreazione che lui avessi nel suo regno; però mi comandava e pregava, che mi sforzassi di fare qualcosa di bello: e io tanto gli promessi. Veduto il Re tante opere innanzi, disse a madama de Tampes: - Io non ho mai aùto uomo di questa professione che piú mi piaccia, né che meriti piú d'esser premiato di questo; però bisogna pensare di fermarlo. Perché gli spende assai, ed è buon compagnone e lavora assai, è di necessità che da per noi ci ricordiamo di lui: il perché si è, considerate, Madama, tante volte quante gli è venuto da me, e quanto io son venuto qui, non ha mai domandato niente: il cuor suo si vede essere tutto intento all'opere; e bisogna fargli qualche bene presto, acciò che noi non lo perdiamo -. Madama de Tampes disse: - Io ve lo ricorderò -. Partirnosi: io messi con gran sollecitudine intorno all'opere mie cominciate, e di piú messi mano al modello della fonte e con sollecitudine lo tiravo innanzi.

XXI. In termine d'un mese e mezzo il Re ritornò a Parigi; e io, che avevo lavorato giorno e notte, l'andai a trovare, e portai meco il mio modello, di tanta bella bozza che chiaramente s'intendeva. Di già era cominciato a rinnovare le diavolerie della guerra in fra lo Imperadore e lui, di modo che io lo trovai molto confuso; pure parlai col cardinale di Ferrara, dicendogli che io avevo meco certi modelli, i quali m'aveva commesso Sua Maestà: cosí lo pregai che se e' vedeva tempo da commettere qualche parola per causa che questi modegli si potessin mostrare, - io credo che il Re ne piglierebbe molto piacere -. Tanto fece il Cardinale; propose al Re detti modelli; subito il Re venne dove io avevo i modelli. Imprima avevo fatto la porta del palazzo di Fontana Beliò: per non alterare il manco che io potevo, l'ordine della porta che era fatta a ditto palazzo, qual era grande e nana, di quella lor mala maniera franciosa; la quale era l'apritura poco piú d'un quadro, e sopra esso quadro un mezzo tondo istiacciato a uso d'un manico di canestro: in questo mezzo tondo il Re desiderava d'averci una figura, che figurassi Fontana Beliò. Io detti bellissima proporzione al vano ditto; di poi posi sopra il ditto vano un mezzo tondo giusto; e dalle bande feci certi piacevoli risalti, sotto i quali nella parte da basso, che veniva a conrispondenza di quella di sopra, posi un zocco; e altanto di sopra; e in cambio di due colonne, che mostrava che si richiedessi sicondo le modanature fatte di sotto e di sopra, avevo fatto un satiro in ciascuno de' siti delle colonne. Questo era piú che di mezzo rilievo, e con un de' bracci mostrava di reggere quella parte che tocca alle colonne: innell'altro braccio aveva un grosso bastone, con la sua testa ardito e fiero, qual mostrava spavento a' riguardanti. L'altra figura era simile di positura, ma era diversa e varia di testa e d'alcune altre tali cose: aveva in mano una sferza con tre palle accomodate con certe catene. Se bene io dico satiri, questi non avevano altro di satiro che certe piccole cornetta e la testa caprina; tutto il resto era umana forma. Innel mezzo tondo avevo fatto una femmina in bella attitudine a diacere: questa teneva il braccio manco sopra al collo d'un cervio, quale era una de l'imprese del Re: da una banda avevo fatto di mezzo rilievo caprioletti, e certi porci cignali e altre salvaticine di piú basso rilievo; da l'altra banda cani bracchi e livrieri di piú sorte, perché cosí produce quel bellissimo bosco, dove nasce la fontana. Avevo di poi tutta quest'opera ristretta innun quadro oblungo, e innegli anguli del quadro di sopra, in ciascuno, avevo fatto una Vittoria in basso rilievo, con quelle faccelline in mano, come hanno usato gli antichi. Di sopra al ditto quadro avevo fatto la salamandra, propia impresa del Re, con molti gratissimi altri ornamenti a proposito della ditta opera, qual dimostrava di essere di ordine ionico.

XXII. Veduto il Re questo modello, subito lo fece rallegrare, e lo divertí da quei ragionamenti fastidiosi in che gli era stato piú di dua ore. Vedutolo io lieto a mio modo, gli scopersi l'altro modello, quale lui punto non aspettava, parendogli d'aver veduto assai opera in quello. Questo modello era grande piú di due braccia, nel quale avevo fatto una fontana in forma d'un quadro perfetto, con bellissime iscalee intorno, quale s'intrasegavano l'una nell'altra: cosa che mai piú s'era vista in quelle parti, e rarissima in queste. In mezzo a detta fontana avevo fatto un sodo, il quale si dimostrava un poco piú alto che 'l ditto vaso della fontana: sopra questo sodo avevo fatto, a conrispondenza, una figura ignuda di molta bella grazia. Questa teneva una lancia rotta nella man destra elevata innalto, e la sinistra teneva in sul manico d'una sua storta fatta di bellissima forma: posava in sul piè manco e il ritto teneva in su un cimiere tanto riccamente lavorato, quanto immaginar si possa; e in su e' quattro canti della fontana avevo fatto, in su ciascuno, una figura assedere elevata, con molte sue vaghe imprese per ciascuna. Comincionmi a dimandare il Re che io gli dicessi che bella fantasia era quella che io avevo fatta, dicendomi che tutto quello che io avevo fatto alla porta, sanza dimandarmi di nulla lui l'aveva inteso, ma che questo della fonte, sebbene gli pareva bellissimo, nulla non n'intendeva; e ben sapeva che io non avevo fatto come gli altri sciocchi, che se bene e' facevano cose con qualche poco di grazia, le facevano senza significato nissuno. A questo io mi messi in ordine; ché essendo piaciuto col fare, volevo bene che altretanto piacessi il mio dire. - Sappiate, sacra Maestà, che tutta quest'opera piccola è benissimo misurata a piedi piccoli, qual mettendola poi in opera, verrà di questa medesima grazia che voi vedete. Quella figura di mezzo si è cinquantaquattro piedi - (questa parola il Re fe' grandissimo segno di maravigliarsi); - appresso, è fatta figurando lo Idio Marte. Quest'altre quattro figure son fatte per le Virtú, di che si diletta e favorisce tanto Vostra Maestà: questa a man destra è figurata per la scienza di tutte le Lettere: vedete che l'ha i sua contra segni, qual dimostra la Filosofia con tutte le sue virtú compagne. Quest'altra dimostra essere tutta l'Arte del disegno, cioè Scultura, Pittura e Architettura. Quest'altra è figurata per la Musica, qual si conviene per compagnia a tutte queste iscienzie. Quest'altra, che si dimostra tanto grata e benigna, è figurata per la Liberalità; che sanza lei non si può dimostrare nessuna di queste mirabil Virtú che Idio ci mostra. Questa istatua di mezzo, grande, è figurata per Vostra Maestà istessa, quale è un dio Marte, che voi siete sol bravo al mondo; e questa bravuria voi l'adoperate iustamente e santamente in difensione della gloria vostra -. Appena che gli ebbe tanta pazienza che mi lasciassi finir di dire, che levato gran voce, disse: - Veramente io ho trovato uno uomo sicondo il cuor mio - e chiamò li tesaurieri ordinatimi, e disse che mi provvedessino tutto quel che mi faceva di bisogno, e fussi grande ispesa quanto si volessi: poi a me dette in su la spalla con la mana, dicendomi: - *Mon ami* (che vuol dire "amico mio"), io non so qual s'è maggior piacere, o quello d'un principe l'aver trovato un uomo sicondo il suo cuore, o quello di quel virtuoso l'aver trovato un principe che gli dia tanta comodità, che lui possa esprimere i sua gran virtuosi concetti -. Io risposi, che se io ero quello che diceva Sua Maestà, gli era stato molto maggior ventura la mia. Rispose ridendo: - Diciamo che la sia eguale -. Partimmi con grande allegrezza, e tornai alle mie opere.

XXIII. Volse la mia mala fortuna che io non fui avvertito di fare altretanta commedia con madama de Tampes, che saputo la sera tutte queste cose, che erano corse, dalla propia bocca del Re, gli generò tanta rabbia velenosa innel petto che con isdegno la disse: - Se Benvenuto m'avessi mostro le belle opere sue, m'arebbe dato causa di ricordarmi di lui al tempo -. Il Re mi volse iscusare, e nulla s'appiccò. Io che tal cosa intesi, ivi a quindici giorni - ché, girato per la Normandia a Roano e a Diepa, dipoi eran ritornati a San Germano de l'Aia sopra ditto - presi quel bel vasetto che io avevo fatto a riquisizione della ditta madama di Tampes, pensando che, donandoglielo, dovere riguadagnare la sua grazia. Cosí lo portai meco; e fattogli intendere per una sua nutrice, e mòstrogli alla ditta il bel vaso che io avevo fatto per la sua Signora, e come io gliene volevo donare, la ditta nutrice mi fece carezze ismisurate, e mi disse che direbbe una parola a Madama, qual non era ancor vestita, e che subito dittogliene, mi metterebbe drento. La nutrice disse il tutto a Madama, la qual rispose isdegnosamente: - Ditegli che aspetti -. Io inteso questo, mi vesti' di pazienzia, la qual cosa mi è difficilissima; pure ebbi pazienzia insin doppo il suo desinare: e veduto poi l'ora tarda, la fame mi causò tanta ira, che non potendo piú resistere, mandatole divotamente il canchero nel cuore, di quivi mi parti' e me n'andai a trovare il cardinale di Loreno, e li feci presente del ditto vaso, raccomandatomi solo che mi tenessi in buona grazia del Re. Disse che non bisognava, e quando fussi bisogno, che lo farebbe volentieri: di poi chiamato un suo tesauriere, gli parlò nello orecchio. Il ditto tesauriere aspettò che io mi partissi dalla presenza del Cardinale; di poi mi disse: - Benvenuto, venite meco, che io vi darò da bere un bicchier di buon vino - al quale io dissi, non sapendo quel che lui si volessi dire: - Di grazia, Monsignore tesauriere, fatemi donare un sol bicchier di vino e un boccon di pane, perché veramente io mi vengo manco, perché sono stato da questa mattina a buon'otta insino a quest'ora, che voi vedete, digiuno, alla porta di madama di Tampes, per donargli quel bel vasetto d'argento dorato, e tutto gli ho fatto intendere, e lei, per istraziarmi sempre, m'ha fatto dire che io aspettassi. Ora m'era sopraggiunto la fame, e mi sentivo mancare; e, sí come Idio ha voluto, ho donato la roba e le fatiche mie a chi molto meglio le meritava, e non vi chieggo altro che un poco da bere, che per essere alquanto troppo colleroso, mi offende il digiuno di sorte che mi faria cader in terra isvenuto -. Tanto quanto io penai a dire queste parole, era comparso di mirabil vino e altre piacevolezze di far colezione, tanto che io mi recreai molto bene: e riaúto gli spiriti vitali, m'era uscita la stizza. Il buon tesauriere mi porse cento scudi d'oro; ai quali io feci resistenza, di non gli volere in modo nissuno. Andollo a riferire al Cardinale; il quale, dettogli una gran villania, gli comandò che me gli facessi pigliar per forza, e che non gli andassi piú inanzi altrimenti. Il tesauriere venne a me crucciato, dicendo che mai piú era stato gridato per l'addietro dal Cardinale; e volendomegli dare, io che feci un poco di resistenza, molto crucciato mi disse che me gli farebbe pigliar per forza. Io presi li dinari. Volendo andare a ringraziare il Cardinale, mi fece intendere per un suo segretario, che sempre che lui mi poteva far piacere, che me ne farebbe di buon cuore: io me ne tornai a Parigi la medesima sera. Il Re seppe ogni cosa. Dettono la baia a madama de Tampes, qual fu causa di farla maggiormente invelenire a far contro a di me, dove io portai gran pericolo della vita mia, qual si dirà al suo luogo.

XXIV. Se bene molto prima io mi dovevo ricordare della guadagnata amicizia del piú virtuoso, del piú amorevole e del piú domestico uomo dabbene che mai io conoscessi al mondo: questo si fu messer Guido Guidi, eccellente medico e dottore e nobil cittadin fiorentino; per gli infiniti travagli postimi innanzi dalla perversa fortuna, l'avevo alquanto lasciato un poco indietro. Benché questo non importi molto, io mi pensavo, per averlo di continuo innel cuore, che bastassi; ma avvedutomi poi che la mia Vita non istà bene senza lui, l'ho commesso infra questi mia maggior travagli, acciò che sí come la e' m'era conforto e aiuto, qui mi faccia memoria di quel bene. Capitò il ditto messer Guido in Parigi; e avendolo cominciato a cognoscere, lo menai al mio castello, e quivi gli detti una stanza libera da per sé; cosí ci godemmo insieme parecchi anni. Ancora capitò il vescovo di Pavia, cioè monsignor de' Rossi, fratello del conte di

San Sicondo. Questo Signore io levai d'in su l'osteria e lo missi innel mio castello, dando ancora a lui una istanza libera, dove benissimo istette accomodato con sua servitori e cavalcature per di molti mesi. Ancora altra volta accomodai messer Luigi Alamanni con i figliuoli per qualche mese; pure mi dette grazia Idio che io potetti far qualche piacere, ancora io, agli uomini e grandi e virtuosi. Con il sopraditto messer Guido godemmo l'amicizia tanti anni, quanto io là soprastetti, gloriandoci spesso insieme che noi imparavamo qualche virtú alle spese di quello cosí grande e maraviglioso principe, ogniun di noi innella sua professione. Io posso dire veramente che quello che io sia, e quanto di buono e bello io m'abbia operato, tutto è stato per causa di quel maraviglioso Re: però rappicco il filo a ragionare di lui e delle mie grande opere fattegli.

XXV. Avevo in questo mio castello un giuoco di palla da giucare alla corda, del quale io traevo assai utile mentre che io lo facevo esercitare. Era in detto luogo alcune piccole stanzette dove abitava diversa sorte di uomini, in fra i quali era uno stampatore molto valente di libri: questo teneva quasi tutta la sua bottega drento innel mio castello, e fu quello che stampò quel primo bel libro di medicina a messer Guido. Volendomi io servire di quelle stanze, lo mandai via, pur con qualche difficultà non piccola. Vi stava ancora un maestro di salnitri; e perché io volevo servirmi di queste piccole istanzette per certi mia buoni lavoranti todeschi, questo ditto maestro di salnitri non voleva diloggiare; e io piacevolmente piú volte gli avevo detto che lui m'accomodassi delle mie stanze, perché me ne volevo servire per abituro de' mia lavoranti per il servizio del Re. Quanto piú umile parlavo, questa bestia tanto piú superbo mi rispondeva: all'utimo poi io gli detti per termine tre giorni. Il quale se ne rise, e mi disse che in capo di tre anni comincierebbe a pensarvi. Io non sapevo che costui era domestico servitore di madama di Tampes: e se e' non fussi stato che quella causa di madama di Tampes mi faceva un po' piú pensare alle cose, che prima io non facevo, lo arei subito mandato via; ma volsi aver pazienzia quei tre giorni; i quali passati che e' furno, sanza dire altro, presi todeschi, italiani e franciosi, con l'arme in mano, e molti manovali che io avevo; e in breve tempo sfasciai tutta la casa, e le sue robe gittai fuor del mio castello. E questo atto alquanto rigoroso feci, perché lui aveva dettomi, che non conosceva possanza di italiano tanto ardita che gli avessi mosso una maglia del suo luogo. Però, di poi il fatto, questo arrivò; al quale io dissi: - Io sono il minimo italiano della Italia, e non t'ho fatto nulla appetto a quello che mi basterebbe l'animo di farti, e che io ti farò, se tu parli un motto solo - con altre parole ingiuriose che io gli dissi. Quest'uomo, attonito e spaventato, dette ordine alle sue robe il meglio che potette; di poi corse a madama de Tampes, e dipinse uno inferno; e quella mia gran nimica, tanto maggiore, quanto lei era piú eloquente e piú d'assai, lo dipinse al Re; il quale due volte, mi fu detto, si volse crucciar meco e dare male commessione contro a di me; ma perché Arrigo Dalfino suo figliuolo, oggi re di Francia, aveva ricevuto alcuni dispiaceri da quella troppo ardita donna, insieme con la regina di Navarra, sorella del re Francesco, con tanta virtú mi favorirno, che il Re convertí in riso ogni cosa: per la qual cosa, con il vero aiuto de Dio io passai una gran fortuna.

XXVI. Ancora ebbi a fare il medesimo a un altro simile a questo, ma non rovinai la casa; ben gli gittai tutte le sue robe fuori. Per la quale cosa madama de Tampes ebbe ardire tanto, che la disse al Re: - Io credo che questo diavolo una volta vi saccheggerà Parigi -. A queste parole il Re adirato rispose a madama de Tampes dicendole che io facevo troppo bene a difendermi da quella canaglia, che mi volevano inpedire il suo servizio. Cresceva ogniora maggior rabbia a questa crudel donna: chiamò a sé un pittore, il quale istava per istanza a Fontana Beliò, dove il re stava quasi di continuo. Questo pittore era italiano e bolognese, e per il Bologna era conosciuto: per il nome suo proprio si chiamava Francesco Primaticcio. Madama di Tampes gli disse, che lui doverrebbe domandare a il Re quell'opera della Fonte, che Sua Maestà aveva resoluta a me, e che lei con tutta la sua possanza ne lo aiuterebbe: cosí rimasono d'accordo. Ebbe questo Bologna la maggiore allegrezza che gli avessi mai, e tal cosa si promesse sicura, con tutto che la non fussi sua professione; ma perché gli aveva assai buon disegno, e era messo in ordine con certi lavoranti, i quali erano fattisi sotto la disciplina de il Rosso, pittore nostro fiorentino, veramente maravigliosissimo valentuomo: e ciò che costui faceva di buono, l'aveva preso dalla mirabil maniera del ditto Rosso, il quale era di già morto. Potettono tanto quelle argute ragione, con il grande aiuto di madama di Tampes e con il continuo martellare giorno e notte, or Madama, ora il Bologna, agli orecchi di quel gran Re. E quello che fu potente causa a farlo cedere, che lei e il Bologna d'accordo dissono: - Come è 'gli possibile, sacra Maestà, che, volendo quella che Benvenuto gli faccia dodici statue d'argento, per la qual cosa non n'ha ancora finito una? O se voi lo impiegate in una tanta grande impresa, è di necessità che di queste altre, che tanto voi desiderate, per certo voi ve ne priviate; perché cento valentissimi uomini non potrebbono finire tante grande opere, quante questo valente uomo ha ordite. Si vede espresso che lui ha gran voluntà di fare; la qual cosa sarà causa che a un tratto Vostra Maestà perda e lui e l'opere -. Queste con molt'altre simile parole, trovato il Re in tempera, compiacque tutto quello che dimandato e' gli avevano: e per ancora non s'era mai mostro né disegni né modegli di nulla di mano del detto Bologna.

XXVII. In questo medesimo tempo in Parigi s'era mosso contro a di me quel sicondo abitante che io avevo cacciato del mio castello, e avevami mosso una lite, dicendo che io gli avevo rubato gran quantità della sua roba, quando l'avevo iscasato. Questa lite mi dava grandissimo affanno e toglievami tanto tempo, che piú volte mi volsi mettere al disperato per andarmi con Dio. Hanno per usanza in Francia di fare grandissimo capitale d'una lite che lor cominciano con un forestiero o con altra persona che 'e veggano che sia alquanto istraccurato allitigare; e subito che lor cominciano a vedersi qualche vantaggio innella ditta lite, truovano da venderla; e alcuni l'hanno data per dote a certi, che fanno totalmente quest'arte di comperar lite. Hanno un'altra brutta cosa, che gli uomini di Normandia, quasi la maggior parte, hanno per arte loro il fare il testimonio falso; di modo che questi che comprano la lite, subito instruiscono quattro di questi testimoni o sei, sicondo il bisogno, e per via di questi, chi non è avvertito, a produrne tanti in contrario, un che non sappia l'usanza, subito ha la sentenzia contro. E a me intravenne questi ditti accidenti: e parendomi cosa molto disonesta, comparsi alla gran sala di Parigi per difender le mie ragione; dove io viddi un giudice, luogotenente del Re, del civile, elevato in sun un gran tribunale. Questo uomo era grande, grosso e grasso, e d'aspetto austerissimo: aveva all'intorno di sé da una banda e da l'altra molti proccuratori e avvocati, tutti messi per ordine da destra e da sinistra: altri venivano, un per volta; e proponevano al ditto giudice una causa. Quelli avvocati, che erano da canto, io gli viddi talvolta parlar tutti a un tratto; dove io stetti maravigliato che quel mirabile uomo, vero aspetto di Plutone, con attitudine evidente porgeva l'orecchio ora a questo ora a quello, e virtuosamente a tutti rispondeva. E perché a me sempre è dilettato il vedere e gustare ogni sorte di virtú, mi parve questa tanto mirabile, che io non arei voluto per gran cosa non l'aver veduta. Accadde, per essere quella sala grandissima e piena di gran quantità di gente, ancora usavano diligenza che quivi non entrassi chi non v'aveva che fare, e tenevano la porta serrata e una guardia a detta porta; la qual guardia alcune volte, per far resistenza a chi lui non voleva ch'entrassi, impediva con quel gran romore quel maraviglioso giudice, il quale adirato diceva villania alla ditta guardia. E io piú volte mi abbatte', e considerai l'accidente; e le formate parole, quale io senti', furno queste, che disse il propio giudice, il quale iscòrse dua gentiluomini che venivano per vedere; e faccendo questo portiere grandissima resistenza, il ditto giudice disse gridando ad alta voce: - Sta' cheto, sta' cheto, Satanasso, levati di costí, e sta' cheto -. Queste parole innella lingua franzese suonano in questo modo: *"Phe phe Satan phe phe Satan alè phe"*. Io che benissimo avevo imparata la lingua franzese, sentendo questo motto, mi venne in memoria quel che Dante volse dire quando lui entrò con Vergilio suo maestro drento alle porte dello Inferno. Perché Dante a tempo di Giotto dipintore furno insieme in Francia e maggiormente in Parigi, dove per le ditte cause si può dire quel luogo dove si litiga essere uno Inferno: però ancora Dante, intendendo bene la lingua franzese, si serví di quel motto; e m'è parso gran cosa che mai non sia stato inteso per tale; di modo che io dico e credo che questi comentatori gli fanno dir cose le quale lui non pensò mai.

XXVIII. Ritornando ai fatti mia, quando io mi viddi dar certe sentenzie per mano di questi avvocati, non vedendo modo alcuno di potermi aiutare, ricorsi per mio aiuto a una gran daga che io avevo, perché sempre mi son dilettato di tener belle armi; e il primo che io cominciai a intaccare si fu quel principale che m'aveva mosso la ingiusta lite; e una sera gli detti tanti colpi, pur guardando di non lo ammazzare, innelle gambe e innelle braccia, che di tutt'a due le gambe io lo privai. Di poi ritrovai quell'altro che aveva compro la lite, e anche lui toccai di sorte che tal lite si fermò. Ringraziando di questo e d'ogni altra cosa sempre Idio, pensando per allora di stare un pezzo sanza esser molestato, dissi ai mia giovani di casa, massimo a l'italiani, per amor de Dio ogniuno attendesse alle faccende sua, e m'aiutassino qualche tempo, tanto che io potessi finire quell'opere cominciate, perché presto le finirei; di poi me volevo ritornare innItalia, non mi potendo comportare con le ribalderie di quei Franciosi; e che se quel buon Re s'adirava una volta meco, m'arebbe fatto capitar male, per avere io fatto per mia difesa di molte di quelle cotal cose. Questi italiani ditti si erano, il primo e 'l piú caro, Ascanio, del regno di Napoli, luogo ditto Tagliacozze; l'altro si era Pagolo, romano, persona nata molto umile e non si cognosceva suo padre: questi dua erano quelli che io avevo menato di Roma, li quali in detta Roma stavano meco. Un altro romano, che era venuto ancora lui a trovarmi di Roma apposta, ancora questo si domandava per nome Pagolo ed era figliuolo d'un povero gentiluomo romano della casata de' Macaroni: questo giovane non sapeva molto de l'arte, ma era bravissimo con l'arme. Un altro n'avevo, il quale era ferrarese, e per nome Bartolomeo Chioccia. Ancora un altro n'avevo: questo era fiorentino e aveva nome Pagolo Miccieri. E perché il suo fratello, ch'era chiamato per sopra nome il Gatta, questo era valente in su le scritture, ma aveva speso troppo innel maneggiare la roba di Tommaso Guadagni ricchissimo mercatante, questo Gatta mi dette ordine a certi libri, dove io tenevo i conti del gran Re Cristianissimo e d'altri; questo Pagolo Miccieri, avendo preso il modo dal suo fratello di questi mia libri, lui me gli seguitava, e io gli davo bonissima provvisione. E perché e' mi pareva molto buon giovane, perché lo vedevo divoto, sentendolo continuamente quando borbottar salmi, quando con la corona in mano, assai mi promettevo, della sua finta bontà. Chiamato lui solo da parte, gli dissi: - Pagolo, fratello carissimo; tu vedi come tu stai meco bene, e sai che tu non avevi nissuno avviamento, e di piú ancora tu se' fiorentino; per la qual cosa io mi fido piú di te, per vederti molto divoto con gli atti della religione, quale è cosa che molto mi piace. Io ti priego che tu mi aiuti, perché io non mi fido tanto di nessuno di quest'altri: pertanto ti priego che tu m'abbia cura a queste due prime cose, che molto mi darieno fastidio: l'una si è che tu guardi benissimo la roba mia, che la non mi sia tolta, e cosí tu non me la toccare; ancora, tu vedi quella povera fanciulletta della Caterina, la quale io tengo principalmente per servizio de l'arte mia, che senza non potrei fare: ancora, perché io sono uomo, me ne son servito ai mia piaceri carnali, e potria essere che la mi farebbe un figliuolo; e perché io non vo' dar le spese ai figliuoli d'altri, né manco sopporterei che mi fossi fatto una tale ingiuria. Se nissuno di questa casa fussi tanto ardito di far tal cosa, e io me ne avvedessi, per certo credo che io ammazzerei l'una e l'altro. Però ti priego, caro fratello, che tu m'aiuti; e se tu vedi nulla, subito dimmelo, perché io manderò alle forche lei e la madre e chi a tal cosa attendessi: però sia il primo a guardartene -. Questo ribaldo si fece un segno di croce, che arrivò dal capo ai piedi, e disse: - O Iesu benedetto! Dio me ne guardi, che mai io pensassi a tal cosa! prima, per non esser dedito a coteste cosaccie; di poi, non credete voi che io cognosca il gran bene che io ho da voi? - A queste parole, vedutemele dire in atto simplice e amorevole in verso di me, credetti che la stessi appunto come lui diceva.

XXIX. Di poi dua giorni appresso, venendo la festa, messer Mattia del Nazaro, ancora lui italiano e servitor del Re, della medesima professione valentissimo uomo, m'aveva invitato con quelli mia giovani a godere a un giardino. Per la qual cosa io mi messi in ordine, e dissi ancora a Pagolo che lui dovessi venire a spasso a rallegrarsi, parendomi d'avere alquanto quietato un poco quella ditta fastidiosa lite. Questo giovane mi rispose dicendomi: - Veramente che sarebbe grande errore a lasciare la casa cosí sola: vedete quant'oro, argenti e gioie voi ci avete. Essendo a questo modo in città di ladri, bisogna guardarsi di dí come di notte: io mi attenderò a dire certe mie orazioni, in mentre che io guarderò la casa; andate con l'animo posato a darvi piacere e buon tempo: un'altra volta farà un altro questo uflizio -. Parendomi di andare con l'animo riposato, insieme con Pagolo, Ascanio e il Chioccia al ditto giardino andammo a godere, e quella giornata gran pezzo d'essa passammo lietamente. Cominciatosi a 'pressare piú inverso la sera, sopra il mezzo giorno mi toccò l'umore, e cominciai a pensare a quelle parole che con finta semplicità m'aveva detto quello isciagurato; montai in sul mio cavallo e con dua mia servitori tornai al mio castello; dove io trovai Pagolo e quella Caterinaccia quasi in sul peccato; perché giunto che io fui, la franciosa ruffiana madre con gran voce disse: - Pagolo, Caterina, gli è qui il padrone -. Veduto venire l'uno e l'altro ispaventati e sopragiunti a me tutti scompigliati, non sapendo né quello che lor si dicevano, né, come istupidi, dove loro andavano, evidentemente si cognobbe il commesso lor peccato. Per la qual cosa sopra fatta la ragione dall'ira, messi mano alla spada, resolutomi per ammazzargli tutt'a dua. Uno si fuggí, l'altra si gittò in terra ginocchioni, e gridava tutte le misericordie del cielo. Io, che arei prima voluto dare al mastio, non lo potendo cosí giugnere al primo, quando da poi l'ebbi raggiunto intanto m'ero consigliato: il mio meglio si era di cacciargli via tutt'a dua; perché con tante altre cose fattesi vicine a questa, io con difficultà arei campato la vita. Però dissi a Pagolo: - Se gli occhi mia avessino veduto quello che tu, ribaldo, mi fai credere, io ti passerei dieci volte la trippa con questa spada: or lievamiti dinanzi, che se tu dicesti mai il Pater nostro, sappi che gli è quel di san Giuliano -. Di poi cacciai via la madre e la figliuola a colpi di pinte, calci e pugna. Pensorno vendicarsi di questa ingiuria, e conferito con uno avvocato normando, insegnò loro che lei dicessi che io avessi usato seco al modo italiano; qual modo s'intendeva contro natura, cioè in soddomia; dicendo: - Per lo manco, come questo italiano sente questa tal cosa, e saputo quanto e' l'è di gran pericolo, subito vi donerà parecchi centinaia di ducati, acciò che voi non ne parliate, considerando la gran penitenzia che si fa in Francia di questo tal peccato -. Cosí rimasino d'accordo: mi posono l'accusa, e io fui richiesto.

XXX. Quanto piú cercavo di riposo, tanto piú mi si mostrava le tribulazione. Offeso dalla fortuna ogni dí in diversi modi, cominciai a pensare qual cosa delle dua io dovevo fare; o andarmi con Dio e lasciare la Francia nella sua malora; o sí veramente combattere anche questa pugna e vedere a che fine m'aveva creato Idio. Un gran pezzo m'ero tribolato sopra questa cosa; all'utimo poi, preso per resoluzione d'andarmi con Dio, per non voler tentare tanto la mia perversa fortuna, che lei m'avessi fatto rompere il collo, quando io fui disposto in tutto e per tutto, e mosso i passi per dar presto luogo a quelle robe che io non potevo portar meco, e quell'altre sottile, il meglio che io potevo, accomodarle a dosso a me e miei servitori, pur con molto mio grave dispiacere faceva tal partita. Era rimasto solo innun mio studiolo; perché quei mia giovani, che m'avevano confortato che io mi dovessi andar con Dio, dissi loro, che gli era bene che io mi consigliassi un poco da per me medesimo; con tutto ciò che io conoscevo bene che loro dicevano in gran parte il vero; perché da poi che io fussi fuor di prigione e avessi dato un poco di luogo a questa furia, molto meglio mi potrei scusare con il Re, dicendo con lettere questo tale assassinamento fattomi sol per invidia. E sí come ho detto, m'ero risoluto a far cosí; e mossomi, fui preso per una spalla e volto, e una voce che disse animosamente: - Benvenuto, come tu suoi, e non aver paura -. Subito presomi contrario consiglio da quel che avevo fatto, i' dissi a quei mia giovani taliani: - Pigliate le buone arme e venite meco, e ubbidite a quanto io vi dico, e non pensate ad altro, perché io voglio comparire. Se io mi partissi, voi andresti l'altro dí tutti in fumo; sí che ubbidite e venite meco -. Tutti d'accordo quelli giovani dissono: - Da poi che noi siamo qui e viviamo del suo, noi doviamo andar seco e aiutarlo insinché c'è vita a ciò che lui proporrà; perché gli ha detto piú il vero che noi non pensavamo. Subito che e' fossi fuora di questo luogo, e' nemici sua ci farebbon tutti mandar via. Consideriamo bene le grande opere, che son qui cominciate, e di quanta grande inportanza le sono: a noi non ci basterebbe la vista di finirle senza lui, e li nimici sua direbbono che e' se ne fussi ito per non gli bastar la vista di fluire queste cotale imprese -. Dissono di molte parole, oltre a queste, d'importanza. Quel giovane romano de' Macaroni fu il primo a metter animo agli altri: ancora chiamò parecchi di quei tedeschi e franciosi che mi volevan bene. Eramo dieci infra tutti: io presi il cammino dispostomi resoluto di non mi lasciare carcerare vivo. Giunto alla presenza dei giudici cherminali, trovai la ditta Caterina e sua madre. Sopragiunsi loro addosso che le ridevano con un loro avvocato: entrai drento e animosamente domandai il giudice, che gonfiato, grosso e grasso, stava elevato sopra gli altri in su 'n un tribunale. Vedutomi quest'uomo, minaccioso con la testa, disse con sommissa voce: - Se bene tu hai nome Benvenuto, questa volta tu sarai il mal venuto -. Io intesi, e replicai un'altra volta dicendo: - Presto ispacciatemi: ditemi quel che io son venuto a far qui -. Allora il ditto giudice si volse a Caterina e le disse: - Caterina, di' tutto quel che t'è occorso d'avere a fare con Benvenuto -. La Caterina disse che io avevo usato seco al modo della Italia. Il giudice voltosi a me, disse: - Tu senti quel che la Caterina dice, Benvenuto -. Allora io dissi: - Se io avessi usato seco al modo italiano, l'arei fatto solo per desiderio d'avere un figliuolo, sí come fate voi altri -. Allora il giudice replicò, dicendo: - Ella vuol dire che tu hai usato seco fuora del vaso dove si fa figliuoli -. A questo io dissi che quello non era il modo italiano; anzi che doveva essere il modo franzese, da poi che lei lo sapeva e io no; e che io volevo che lei dicessi a punto innel modo che io avevo aùto a far seco. Questa ribaldella puttana iscelleratamente disse iscoperto e chiaro il brutto modo che la voleva dire. Io gnene feci raffermare tre volte l'uno appresso a l'altro; e ditto che l'ebbe, io dissi ad alta voce: - Signor giudice, luogotenente del Re Cristianissimo, io vi domando giustizia; perché io so che le leggi del Cristianissimo Re a tal peccato promettono il fuoco a l'agente e al paziente; però costei confessa il peccato: io non la cognosco in modo nessuno: la ruffiana madre è qui che per l'un delitto e l'altro merita il fuoco; io vi domando iustizia -. E queste parole replicavo tanto frequente e ad alta voce, sempre chiedendo il fuoco per lei e per la madre: dicendo al giudice, che se non la metteva prigione alla presenza mia, che io correrei al Re, e direi la ingiustizia che mi faceva un suo luogotenente cherminale. Costoro a questo mio gran romore cominciorno a 'bassar le voci; allora io l'alzavo piú: la puttanella a piagnere insieme con la madre, e io al giudice gridavo: - Fuoco, fuoco -. Quel poltroncione, veduto che la cosa non era passata in quel modo che lui aveva disegnato, cominciò con piú dolce parole a iscusare il debole sesso femminile. A questo, io considerai che mi pareva pure d'aver vinto una gran pugna, e borbottando e minacciando, volentieri m'andai con Dio; che certo arei pagato cinquecento scudi a non v'esser mai comparso. Uscito di quel pelago, con tutto il cuore ringraziai Idio, e lieto me ne tornai con i mia giovani al mio castello.

XXXI. Quando la perversa fortuna, o sí veramente vogliam dire quella nostra contraria istella, toglie a perseguitare uno uomo, non gli manca mai modi nuovi da mettere in campo contro a di lui. Parendomi d'esser uscito di uno inistimabil pelago, pensando pure che per qualche poco di tempo questa mia perversa istella mi dovessi lasciare istare, non avendo ancora ripreso il fiato da quello inistimabil pericolo, che lei me ne dette dua a un tratto innanzi. In termine di tre giorni mi occorre dua casi; a ciascuno dei dua la vita mia è in sul bilico della bilancia. Questo si fu che, andando io a Fontana Beliò a ragionare con il Re, che m'aveva iscritto una lettera, per la quale lui voleva che io facessi le stampe delle monete di tutto il suo regno, e con essa lettera m'aveva mandato alcuni disegnetti per mostrarmi parte della voglia sua; ma ben mi dava licenzia che io facessi tutto quel che a me piaceva: io avevo fatto nuovi disegni, sicondo il mio parere e sicondo la bellezza de l'arte. Cosí giunto a Fontana Beliò, uno di quei tesaurieri, che avevano commessione dal Re di provvedermi, - questo si chiamava monsignor della Fa - il quale subito mi disse: - Benvenuto, il Bologna pittore ha aùto dal Re commessione di fare il vostro gran colosso e tutte le commessione che 'l nostro Re ci aveva dato per voi, tutte ce l'ha levate, e datecele per lui. A noi c'è saputo grandemente male, e c'è parso che questo vostro italiano molto temerariamente si sia portato inverso di voi; perché voi avevi di già aùto l'opera per virtú de' vostri modelli e delle vostre fatiche; costui ve la toglie solo per il favore di madama di Tampes: e sono oramai di molti mesi, che gli ha aùto tal commessione, e ancora non s'è visto che dia ordine a nulla -. Io, maravigliato, dissi: - Come è egli possibile che io non abbia mai saputo nulla di questo? - Allora mi disse che costui l'aveva tenuta segretissima, e che l'aveva aúta con grandissima difficultà, perché il Re non gnene voleva dare; ma le sollecitudine di madama di Tampes solo gnene avevan fatto avere. Io sentitomi a questo modo offeso e a cosí gran torto, e veduto tormi un'opera la quale io m'avevo guadagnata con le mia gran fatiche, dispostomi di fare qualche gran cosa di momento con l'arme, difilato me n'andai a trovare il Bologna. Trava'lo in camera sua, e inne' sua studii: fecemi chiamare drento, e con certe sue lombardesche raccoglienze mi disse qual buona faccenda mi aveva condotto quivi. Allora io dissi: - Una faccenda bonissima e grande -. Quest'uomo commesse ai sua servitori che portassino da bere, e disse: - Prima che noi ragioniamo di nulla, voglio che noi beviamo insieme; che cosí è il costume di Francia -. Allora io dissi: - Misser Francesco, sappiate che quei ragionamenti che noi abbiamo da fare insieme non richieggono il bere imprima: forse dappoi si potria bere -. Cominciai a ragionar seco dicendo: - Tutti gli uomini che fanno professione di uomo dabbene, fanno le opere loro che per quelle si cognosce quelli essere uomini dabbene; e faccendo il contrario, non hanno piú il nome di uomo da bene. Io so che voi sapevi che il Re m'aveva dato da fare quel gran colosso, del quale s'era ragionato diciotto mesi, e né voi né altri mai s'era fatto innanzi a dir nulla sopracciò; per la qual cosa con le mie gran fatiche io m'ero mostro al gran Re, il quale, piaciutogli i mia modelli, questa grande opera aveva dato a fare a me; e son tanti mesi che non ho sentito altro: solo questa mattina ho inteso che voi l'avete aúta e toltola a me; la quale opera io me la guadagnai con i mia maravigliosi fatti, e voi me la togliete solo con le vostre vane parole.

XXXII. A questo il Bologna rispose e disse: - O Benvenuto, ogniun cerca di fare il fatto suo in tutt'i modi che si può: se il Re vuol cosí, che volete voi replicare altro? ché getteresti via il tempo, perché io l'ho aúta ispedita, ed è mia. Or dite voi ciò che voi volete, e io v'ascolterò -. Dissi cosí: - Sappiate, messer Francesco, che io v'arei da dire molte parole, per le quale con ragion mirabile e vera io vi farei confessare che tal modi non si usano, qual son cotesti che voi avete fatto e ditto, in fra gli animali razionali; però verrò con breve parole presto al punto della conclusione ma aprite gli orecchi e intendetemi bene, perché la importa -. Costui si volse muovere da sedere, perché mi vidde tinto in viso e grandemente cambiato: io dissi che non era ancor tempo a muoversi: che stessi a sedere e che m'ascoltassi. Allora io cominciai, dicendo cosí: - Messer Francesco, voi sapete che l'opera era prima mia, e che, a ragion di mondo, gli era passato il tempo che nessuno non ne doveva piú parlare: ora io vi dico, che io mi contento che voi facciate un modello, e io, oltra a quello che io ho fatto, ne farò un altro; di poi cheti cheti lo porteremo al nostro gran Re; e chi guadagnerà per quella via il vanto d'avere operato meglio, quello meritamente sarà degno del colosso; e se a voi toccherà a farlo, io diporrò tutta questa grande ingiuria che voi m'avete fatto, e benedirovvi le mane, come piú degne delle mia d'una tanta gloria. Sí che rimagnamo cosí, e saremo amici; altrimenti noi saremo nimici; e Dio che aiuta sempre la ragione, e io che le fo la strada, vi mostrerrei in quanto grande error voi fussi -. Disse messer Francesco: - L'opera è mia, e da poi che la m'è stata data, io non voglio mettere il mio in compromesso -. A cotesto io rispondo: - Messer Francesco, che da poi che voi non volete pigliare il buon verso, quale è giusto e ragionevole, io vi mostrerrò quest'altro, il quale sarà come il vostro, che è brutto e dispiacevole. Vi dico cosí, che se io sento mai in modo nessuno che poi parliate di questa mia opera, io subito vi ammazzerò come un cane: e perché noi non siamo né in Roma, né in Bologna, né in Firenze - qua si vive in un altro modo - se io so mai che voi ne parliate al Re o ad altri, io vi ammazzerò a ogni modo. Pensate qual via voi volete pigliare: o quella prima buona, che io dissi, o questa ultima cattiva, che io dico -. Quest'uomo non sapeva né che si dire, né che si fare, e io ero in ordine per fare piú volentieri quello effetto allora che mettere altro tempo in mezzo. Non disse altre parole che queste, il ditto Bologna: - Quando io farò le cose che debbe fare uno uomo da bene, io non arò una paura al mondo -. A questo dissi: - Bene avete detto; ma faccendo il contrario abbiate paura, perché la v'importa - e subito mi parti' dallui, e anda'mene dal Re, e con Sua Maestà disputai un gran pezzo la faccenda delle monete; la quale noi non fummo molto d'accordo; perché essendo quivi il suo Consiglio, lo persuadevano che le monete si dovessin fare in quella maniera di Francia, sí come le s'eran fatte insino a quel tempo. Ai quali risposi che Sua Maestà m'aveva fatto venire della Italia perché io gli facessi dell'opere che stessin bene; e se Sua Maestà mi comandassi al contrario, a me non comporteria l'animo mai di farle. A questo si dette spazio per ragionarne un'altra volta: subito io me ne tornai a Parigi.

XXXIII. Non fui sí tosto iscavalcato, che una buona persona, di quelli che hanno piacere di vedere del male, mi venne a dire che Pagolo Miccieri aveva preso una casa per quella puttanella della Caterina e per sua madre, e che continuamente lui si tornava quivi, e che parlando di me, sempre con ischerno diceva: - Benvenuto aveva dato a guardia la lattuga ai paperi, e pensava che io non me la mangiassi; basta che ora e' va bravando e crede che io abbia paura di lui: io mi son messo questa spada e questo pugnale a canto per dargli a divedere che anche la mia spada taglia e son fiorentino come lui, de' Miccieri, molto meglio casata che non sono i sua Cellini -. Questo ribaldo, che mi portò tale imbasciata, me la disse con tanta efficacia, io mi senti' subito balzare la febbre addosso, dico la febbre sanza dire per comparazione. E perché forse di tale bestiale passione io mi sarei morto, presi per rimedio di dar quell'esito, che m'aveva dato tale occasione, sicondo il modo che in me sentivo. Dissi a quel mio lavorante ferrarese, che si chiamava il Chioccia, che venissi meco, e mi feci menar dietro dal servitore el mio cavallo; e giunto a casa, dove era questo isciagurato, trovato la porta socchiusa, entrai dentro: viddilo che gli aveva accanto la spada e 'l pugnale, ed era assedere in su 'n un cassone, e teneva il braccio al collo a la Caterina: appunto arrivato, senti' che lui con la madre di lei motteggiava de' casi mia. Spinta la porta innun medesimo tempo messo la mana alla spada, gli posi la punta d'essa alla gola, non gli avendo dato tempo a poter pensare che ancora lui aveva la spada, dissi a un tratto: - Vil poltrone, raccomandati a Dio, che tu se' morto -. Costui, fermo, disse tre volte: - O mamma mia, aiutatemi -. Io che avevo voglia d'ammazzarlo a ogni modo, sentito che ebbi quelle parole tanto sciocche, mi passò la metà della stizza. Intanto aveva detto a quel mio lavorante Chioccia, che non lasciassi uscire né lei né la madre, perché se io davo allui, altretanto male volevo fare a quelle dua puttane. Tenendo continuamente la punta della spada alla gola, e alquanto un pochetto lo pugnevo, sempre con paventose parole; veduto poi che lui non faceva una difesa al mondo, e io non sapevo più che mi fare, e quella bravata fatta non mi pareva che l'avessi fine nessuna, mi venne in fantasia, per il manco male, di fargnene isposare, con disegno di far da poi le mie vendette. Così resolutomi, dissi: - Càvati quello anello che tu hai in dito, poltrone, e sposala, acciò che poi io possa fare le vendette che tu meriti -. Costui subito disse: - Purché voi non mi ammazziate, io farò ogni cosa. - Adunche - diss'io - mettigli l'anello -. Scostatogli un poco la spada dalla gola, costui le misse l'anello. Allora io dissi: - Questo non basta, perché io voglio che si vadia per due notari, che tal cosa passi per contratto -. Ditto al Chioccia che andassi per e' notari, subito mi volsi allei e alla madre. Parlando in franzese dissi: - Qui verrà i notari e altri testimoni: la prima che io sento di voi che parli nulla di tal cosa, subito l'ammazzerò, e v'ammazzerò tutt'a tre; sí che state in cervello -. A lui dissi in italiano: - Se tu replichi nulla a tutto quel che io proporrò, ogni minima parola che tu dica, io ti darò tante pugnalate, che io ti farò votare ciò che tu hai nelle budella -. A questo lui rispose: - A me basta che voi non mi ammazziate; e io farò ciò che voi volete -. Giunse i notari e li testimoni, fecesi il contratto altentico e, mirabile!, passommi la stizza e la febbre. Pagai li notari, e anda' mene. L'altro giorno venne a Parigi il Bologna a posta, e mi fece chiamare da Mattio del Nasaro: andai e trovai il detto Bologna, il quale con lieta faccia mi si fece incontro, pregandomi che io lo volessi per buon fratello, e che mai più parlerebbe di tale opera, perché conosceva benissimo che io avevo ragione.

XXIV. Se io non dicessi, in qualcuno di questi mia accidenti, cognoscere d'aver fatto male, quell'altri, dove io cognosco aver fatto bene, non sarebbono passati per veri; però io cognosco d'aver fatto errore a volermi vendicare tanto istranamente con Pagolo Miccieri. Benché, se io avessi pensato che lui fussi stato uomo di tanta debolezza, non mai mi sarie venuta in animo una tanto vituperosa vendetta, qual io feci; ché non tanto mi bastò l'avergli fatto pigliar per moglie una cosí iscellerata puttanella; che ancora di poi, per voler finire il restante della mia vendetta, la facevo chiamare, e la ritraevo: ognindí le davo trenta soldi; e faccendola stare ignuda, voleva la prima cosa che io li dessi li sua dinari innanzi; la siconda voleva molto bene da far colezione; la terza io per vendetta usavo seco, rimproverando allei e al marito le diverse corna che io gli facevo; la quarta si era che io la facevo stare con gran disagio parecchi e parecchi ore; e stando in questo disagio a lei veniva molto affastidio, tanto quanto a me dilettava, perché lei era di bellissima forma e mi faceva grandissimo onore. E perché e' non le pareva che io l'avessi quella discrezione che prima io avevo innanzi che lei fossi maritata, venendole grandemente a noia, cominciava a brontolare; e in quel modo suo francioso con parole bravava, allegando il suo marito, il quale era ito a stare col priore di Capua, fratello di Piero Strozzi. E sí come i' ho detto, la allegava questo suo marito; e come io sentivo parlar di lui, subito mi veniva una stizza inistimabile; pure me la sopportavo, mal volentieri, il meglio che io potevo, considerando che per l'arte mia io non potevo trovare cosa piú a proposito di costei; e da me dicevo: - Io fo qui dua diverse vendette: l'una per esser moglie: queste non son corna vane, come eran le sua quando lei era a me puttana; però se io fo questa vendetta sí rilevata inverso di lui e inverso di lei ancora tanta istranezza, faccendola stare qui con tanto disagio, il quale, oltra al piacere, mi resulta tanto onore e tanto utile, che poss'io piú desiderare? - In mentre che io facevo questo mio conto, questa ribalda moltiplicava con quelle parole ingiuriose, parlando pure del suo marito; e tanto faceva e diceva, che lei mi cavava de' termini della ragione; e datomi in preda all'ira, la pigliavo pe' capegli e la strascicavo per la stanza, dandogli tanti calci e tante pugna insino che io ero stracco. E quivi non poteva entrare persona al suo soccorso. Avendola molto ben pesta, lei giurava di non mai piú voler tornar da me; per la qual cosa la prima volta mi parve molto aver mal fatto, perché mi pareva perdere una mirabile occasione al farmi onore. Ancora vedevo lei esser tutta lacerata, livida e enfiata, pensando che, se pure lei tornassi, essere di necessità di farla medicare per quindici giorni, innanzi che io me ne potessi servire.

XXXV. Tornando allei, mandavo una mia serva che l'aiutassi vestire, la qual serva era una donna vecchia che si domandava Ruberta, amorevolissima; e giunta a questa ribaldella, le portava di nuovo da bere e da mangiare; di poi l'ugneva con un poco di grasso di carnesecca arrostito quelle male percosse che io le avevo date, e 'l resto del grasso che avanzava se lo mangiavano insieme. Vestita, poi si partiva bestemmiando e maladicendo tutti li taliani e il Re che ve gli teneva: cosí se ne andava piagnendo e borbottando insino a casa. Certo che a me questa prima volta parve molto aver mal fatto; e la mia Ruberta mi riprendeva, e pur mi diceva: - Voi sete ben crudele a dare tanto aspramente a una cosí bella figlietta -. Volendomi scusare con questa mia Ruberta, dicendole le ribalderie che l'aveva fatte, e lei e la madre, quando la stava meco, a questo la Ruberta mi sgridava, dicendo che quel non era nulla, perché gli era il costume di Francia, e che sapeva certo che in Francia non era marito che non avessi le sue cornetta. A queste parole io mi movevo a risa, e poi dicevo alla Ruberta che andassi a vedere come la Caterina istava, perché io arei aùto a piacere di poter finire quella mia opera, servendomi di lei. La mia Ruberta mi riprendeva, dicendomi che io non sapevo vivere; perché - a pena sarà egli giorno, che lei verrà qui da per sé, dove che, se voi la mandassi a domandare o a visitare, la farebbe il grande e non ci vorrebbe venire -. Venuto il giorno seguente, questa ditta Caterina venne alla porta mia, e con gran furore picchiava la ditta porta, di modo che, per essere io abbasso, corsi a vedere se questo era pazzo o di casa. Aprendo la porta, questa bestia ridendo mi si gittò al collo, abbracciommi e baciommi, e mi dimandò se io era piú crucciato con essa. Io dissi che no. Lei disse: - Datemi ben d'asciolvere addunche -. Io le detti ben d'asciolvere, e con essa mangiai per segno di pace. Di poi mi messi a ritrarla, e in quel mezzo vi occorse le piacevolezze carnali, e di poi a quell'ora medesima del passato giorno, tanto lei mi stuzzicò, che io l'ebbi a dare le medesime busse; e cosí durammo parecchi giorni, faccendo ogni dí tutte queste medesime cose, come che a stampa: poco variava dal piú al manco. Intanto io, che m'avevo fatto grandissimo onore e finito la mia figura, detti ordine di gittarla di bronzo; innella quale io ebbi qualche difficultà, che sarebbe bellissimo per gli accidenti dell'arte a narrare tal cosa; ma perché io me ne andrei troppo in lunga, me la passerò. Basta che la mia figura venne benissimo, e fu cosí bel getto come mai si facessi.

XXXVI. In mentre che questa opera si tirava innanzi, io compartivo certe ore del giorno e lavoravo in su la saliera, e quando in sul Giove. Per essere la saliera lavorata da molte piú persone che io non avevo tanto di comodità per lavorare in sul Giove, di già a questo tempo io l'avevo finita di tutto punto. Era ritornato il Re a Parigi, e io l'andai a trovare, portandogli la ditta saliera finita; la quale, sí come io ho detto di sopra, era in forma ovata ed era di grandezza di dua terzi di braccio in circa, tutta d'oro, lavorata per virtú di cesello. E sí come io dissi quando io ragionai del modello, avevo figurato il Mare e la Terra assedere l'uno e l'altro, e s'intramettevano le gambe, sí come entra certi rami del mare infra la tetra, e la terra infra del detto mare: cosí propiamente avevo dato loro quella grazia. A il Mare avevo posto in mano un tridente innella destra; e innella sinistra avevo posto una barca sottilmente lavorata, innella quale si metteva la salina. Era sotto a questa detta figura i sua quattro cavalli marittimi, che insino al petto e le zampe dinanzi erano di cavallo; tutta la parte dal mezzo indietro era di pesce: queste code di pesce con piacevol modo s'intrecciavano insieme; in sul qual gruppo sedeva con fierissima attitudine il detto Mare: aveva all'intorno molta sorte di pesci e altri animali marittimi. L'acqua era figurata con le sue onde; di poi era benissimo smaltata del suo propio colore. Per la Terra avevo figurato una bellissima donna, con il corno della sua dovizia in mano, tutta ignuda come il mastio appunto; nell'altra sua sinistra mana avevo fatto un tempietto di ordine ionico, sottilissimamente lavorato; e in questo avevo accomodato il pepe. Sotto a questa femina avevo fatto i piú belli animali che produca la terra; e i sua scogli terrestri avevo parte ismaltati e parte lasciati d'oro. Avevo da poi posata questa ditta opera e investita in una basa d'ebano nero: era di una certa accomodata grossezza, e aveva un poco di goletta, nella quale io aveva cumpartito quattro figure d'oro, fatte di piú che mezzo rilievo: questi si erano figurato la Notte, il Giorno, il Graprusco e l'Aurora. Ancora v'era quattro altre figure della medesima grandezza, fatte per i quattro venti principali, con tanta puletezza lavorate e parte ismaltate, quanto immaginar si possa. Quando questa opera io posi agli occhi del Re, messe una voce di stupore, e non si poteva saziare di guardarla: di poi mi disse che io la riportassi a casa mia, e che mi direbbe a tempo quello che io ne dovessi fare. Porta'nela a casa, e subito invitai parecchi mia cari amici, e con essi con grandissima lietitudine desinai, mettendo la saliera in mezzo alla tavola; e fummo i primi a 'doperarla. Di poi seguitavo di finire il Giove d'argento, e un gran vaso, già ditto, lavorato tutto con molti ornamenti piacevolissimi e con assai figure.

XXXVII. In questo tempo il Bologna pittore sopra ditto dette ad intendere al Re, che gli era bene che Sua Maestà lo lasciassi andare insino a Roma, e gli facessi lettere di favori, per le quali lui potessi formare di quelle prime belle anticaglie, cioè il Leoconte, la Cleopatra, la Venere, il Comodo, la Zingana e Appollo. Queste veramente sono le piú belle cose che sieno in Roma. E diceva al Re, che quando Sua Maestà avessi dappoi veduto quelle meravigliose opere, allora saprebbe ragionare dell'arte del disegno; perché tutto quello che gli aveva veduto di noi moderni era molto discosto dal ben fare di quelli antichi. Il Re fu contento, e fecegli tutti i favori che lui domandò. Cosí andò nella sua malora questa bestia. Non gli essendo bastato la vista di fare con le sue mane a gara meco, prese quell'altro lombardesco ispediente, cercando di svilire l'opere mie facendosi formatore di antichi. E con tutto che lui benissimo l'avessi fatte formare, gliene riuscí tutto contrario effetto da quello che lui era immaginato; qual cosa si dirà da poi al suo luogo. Avendo a fatto cacciato via la ditta Caterinaccia, e quel povero giovane isgraziato del marito andatosi con Dio di Parigi, volendo finire di nettare la mia Fontana Beliò, qual'era di già fatta di bronzo, ancora per fare bene quelle due Vittorie, che andavano negli anguli da canto nel mezzo tondo della porta, presi una povera fanciulletta de l'età di quindici anni in circa. Questa era molto bella di forma di corpo ed era alquanto brunetta; e per essere salvatichella e di pochissime parole, veloce nel suo andare, accigliata negli occhi, queste tali cose causorno ch'io le posi nome Scorzone: il nome suo proprio si era Gianna. Con questa ditta figliuola io fini' benissimo di bronzo la ditta Fontana Beliò, e quelle due Vittorie ditte per la ditta porta. Questa giovanetta era pura e vergine, e io la 'ngravidai; la quale mi partorí una figliuola a' dí sette di giugno, a ore tredici di giorno, 1544, quale era il corso dell'età mia appunto de' 44 anni. La detta figliuola io le posi nome Constanza; e mi fu battezzata da messer Guido Guidi, medico del Re, amicissimo mio, siccome di sopra ho scritto. Fu lui solo compare, perché in Francia cosí è il costume d'un solo compare e dua comare, che una fu la signora Maddalena, moglie di messer Luigi Alamanni, gentiluomo fiorentino e poeta maraviglioso; l'altra comare si fu la moglie di messer Ricciardo del Bene nostro cittadin fiorentino e là gran mercante; lei gran gentildonna franzese. Questo fu il primo figliuolo che io avessi mai, per quanto io mi ricordo. Consegnai alla detta fanciulla tanti dinari per dota, quanti si contentò una sua zia, a chi io la resi; e mai piú da poi la cognobbi.

XXXVIII. Sollecitavo l'opere mie, e l'avevo molto tirate innanzi: il Giove era quasi che alla sua fine, il vaso similmente; la porta cominciava a mostrare le sue bellezze. In questo tempo capitò il Re a Parigi; e se bene io ho detto per la nascita della mia figliuola 1544, noi non eramo ancora passati il 1543; ma perché m'è venuto in proposito il parlar di questa mia figliuola ora, per non mi avere a impedire in quest'altre cose di piú importanza, non ne dirò altro per insino al suo luogo. Venne il Re a Parigi, come ho detto, e subito se ne venne a casa mia, e trovato quelle tante opere innanzi, tale che gli occhi si potevan benissimo sattisfare; sí come fecero quegli di quel maraviglioso Re, al quale sattisfece tanto le ditte opere quanto desiderar possa uno che duri fatica come avevo fatto io; subito da per sé si ricordò, che il sopra ditto cardinale di Ferrara non m'aveva dato nulla, né pensione né altro, di quello che lui m'aveva promesso; e borbottando con il suo Amiraglia, disse che il cardinale di Ferrara s'era portato molto male a non mi dar niente; ma che voleva rimediare a questo tale inconveniente, perché vedeva che io ero uomo da far poche parole; e, da vedere a non vedere, una volta io mi sarei ito con Dio sanza dirgli altro. Andatisene a casa, di poi il desinare di Sua Maestà, disse al Cardinale, che con la sua parola dicessi al tesauriere de' risparmi che mi pagassi il piú presto che poteva settemila scudi d'oro, in tre o in quattro paghe, secondo la comodità che a lui veniva, purché di questo non mancassi; e piú gli replicò, dicendo: - Io vi detti Benvenuto in custode, e voi ve l'avete dimenticato -. Il Cardinale disse che farebbe volentieri tutto quello che diceva Sua Maestà. Il ditto Cardinale per sua mala natura lasciò passare a il Re questa voluntà. Intanto le guerre crescevano; e fu nel tempo che lo

Imperadore con il suo grandissimo esercito veniva alla volta di Parigi. Veduto il Cardinale che la Francia era in gran penuria di danari, entrato un giorno in proposito a parlar di me, disse: - Sacra Maestà, per far meglio, io non ho fatto dare danari a Benvenuto; l'una si è perché ora ce n'è troppo bisogno; l'altra causa si è perché una cosí grossa partita di danari piú presto v'arebbe fatto perdere Benvenuto; perché parendogli esser ricco, lui se ne arebbe compro de' beni nella Italia, e una volta che gli fussi tocco la bizzaria, piú volentieri si sarebbe partito da Voi; sí che io ho considerato che il meglio sia che Vostra Maestà gli dia qualcosa innel suo regno, avendo voluntà che lui resti per piú lungo tempo al suo servizio -. Il Re fece buone queste ragioni, per essere in penuria di danari; niente di manco, come animo nobilissimo, veramente degno di quel Re che gli era, considerò che il detto Cardinale aveva fatto cotesta cosa piú per gratificarsi che per necessità, che lui immaginare avessi possuto tanto innanzi le necessità di un sí gran regno.

XXXIX. E con tutto che, sí come io ho detto, il Re dimostrassi di avergli fatte buone queste ditte ragione, innel segreto suo lui non la intendeva cosí; perché, sí come io ho detto di sopra, egli rivenne a Parigi, e l'altro giorno, senza che io l'andassi a incitate, da per sé venne accasa mia: dove, fattomigli incontro, lo menai per diverse stanze, dove erano diverse sorte d'opere, e cominciando alle cose piú basse, gli mostrai molta quantità d'opere di bronzo, le quali lui non aveva vedute tante di gran pezzo. Di poi lo menai a vedere il Giove d'argento, e gnene mostrai come finito, con tutti i sua bellissimi ornamenti: qual gli parve cosa molto piú mirabile che non saria parsa ad altro uomo, rispetto a una certa terribile occasione che allui era avvenuta certi pochi anni innanzi: che passando, di poi la presa di Tunizi, lo Imperadore per Parigi d'accordo con il suo cognato re Francesco, il detto Re, volendo fare un presente degno d'un cosí grande Imperadore, gli fece fare uno Ercole d'argento, della grandezza appunto che io avevo fatto il Giove; il quale Ercole il Re confessava essere la piú brutta opera che lui mai avessi vista; e cosí avendola accusata per tale a quelli valenti uomini di Parigi i quali si pretendevano essere li piú valenti uomini del mondo di tal professione, avendo dato ad intendere a il Re che quello era tutto quello che si poteva fare in argento e nondimanco volsono dumila ducati di quel lor porco lavoro; per questa cagione avendo veduto il Re quella mia opera, vidde in essa tanta pulitezza, quale lui non arebbe mai creduto. Cosí fece buon giudizio, e volse che la mia opera del Giove fossi valutata ancora essa dumila ducati, dicendo: - A quelli io non davo salario nessuno: a questo, che io do mille scudi incirca di salario, certo egli me la può fare per il prezzo di dumila scudi d'oro, avendo il ditto vantaggio del suo salario -. Appresso io lo menai a vedere altre opere d'argento e d'oro, e molti altri modegli per inventare opere nuove. Di poi all'utimo della sua partita, innel mio prato del castello scopersi quel gran gigante, a il quale il Re fece una maggior maraviglia che mai gli avessi fatto a nessuna altra cosa; e voltosi all'Amiraglio, qual si chiamava Monsignor Aniballe, disse: - Da poi che dal Cardinale costui di nulla è stato provisto, gli è forza che per essere ancor lui pigro a domandare, sanza dire altro voglio che lui sia provisto: sí che questi uomini, che non usano dimandar nulla, par lor dovere che le fatiche loro dimandino assai: però provedetelo della prima badia che vaca, qual sia insino al valore di dumila scudi d'entrata; e quando ella non venga in una pezza sola, fate che la sia in dua e tre pezzi, perché a lui gli sarà il medesimo -. Io, essendo alla presenza, senti' ogni cosa e subito lo ringraziai, come se aúta io l'avessi, dicendo a Sua Maestà che io volevo, quando questa cosa fossi venuta, lavorare per Sua Maestà sanza altro premio né di salario né d'altra valuta d'opere, infino a tanto che costretto dalla vecchiaia, non possendo piú lavorare, io potessi in pace riposare la istanca vita mia, vivendo con essa entrata onoratamente, ricordandomi d'aver servito un cosí gran Re, quant'era Sua Maestà. A queste mie parole il Re con molta baldanza lietissimo inverso di me disse: - E cosí si facci - e contento Sua Maestà da me si partí, e io restai.

XL. Madama di Tampes, saputo queste mie faccende, piú grandemente inverso di me inveleniva, dicendo da per sé: - Io governo oggi il mondo, e un piccolo uomo, simile a questo, nulla mi stima! - Si messe in tutto e per tutto a bottega per fare contra di me. E capitandogli uno certo uomo alle mani, il quale era grande istillatore - questo gli dette alcune acque odorifere e mirabile, le quali gli facevan tirare la pelle, cosa per l'addietro non mai usata in Francia - lei lo misse innanzi al Re: il quale uomo propose alcune di queste istillazione, le quali molto dilettorno al Re; e in questi piaceri fece, che lui domandò a Sua Maestà un giuoco di palla che io avevo nel mio castello, con certe piccole istanzette, le quale lui diceva che io non me ne servivo. Quel buon Re, che cognosceva la cosa onde la veniva, non dava risposta alcuna. Madama di Tampes si messe a sollecitare per quelle vie che possono le donne innegli uomini, tanto che facilmente gli riuscí questo suo disegno, che trovando il Re in una amorosa tempera, alla quale lui era molto sottoposto, conpiacque a Madama tanto quanto lei desiderava. Venne questo ditto uomo insieme con il tesauriere Grolier, grandissimo gentiluomo di Francia; e perché questo tesauriere parlava benissimo italiano, venne al mio castello, e entrò in esso alla presenza mia parlando meco in italiano, in modo di motteggiare. Quando e' vidde il bello, disse: - Io metto in tenuta da parte del Re questo uomo qui di quel giuoco di palla insieme con quelle casette che a il detto giuoco appartengono -. A questo io dissi: - Del sacro Re è ogni cosa; però piú liberamente voi potevi entrare qua drento; perché in questo modo, fatto per via di notai e della corte, mostra piú essere una via d'inganno, che una istietta commessione di un sí gran Re; e vi protesto che prima che io mi vadia a dolere al Re, io mi difenderò in quel modo che Sua Maestà l'altr'ieri mi commise che io facessi; e vi sbalzerò quest'uomo, che voi m'avete messo qui, per le finestre, se altra spressa commessione io non veggo per la propia mana del Re -. A queste mie parole il detto tesauriere se n'andò minacciando e borbottando, e io faccendo il simile mi restai, né volsi per allora fare altra dimostrazione: di poi me n'andai a trovare quelli notari, che avevano messo colui in possessione. Questi erano molto mia conoscenti, e mi dissono che quella era una cerimonia fatta bene con commessione del Re, ma che la non importava molto; e che se io gli avessi fatto qualche poco di resistenza, lui non arebbe preso la possessione, come egli fece; e che quelli erano atti e costumi della corte, i quali non toccavano punto l'ubbidienza del Re; di modo che, quando a me venissi bene il cavarlo di possessione in quel modo che v'era entrato, saria ben fatto, e non ne saria altro. A me bastò essere accennato, che l'altro giorno cominciai a mettere mano all'arme; e se bene io ebbi qualche dificultà, me l'avevo presa per piacere. Ogni dí un tratto facevo uno assalto con sassi, con picche, con archibusi, pure sparando sanza palla; ma mettevo loro tanto ispavento, che nissuno non voleva piú venire a 'iutarlo. Per la qual cosa, trovando un giorno la sua battaglia debole, entrai per forza in casa, e lui ne cacciai, gittandogli fuori tutto tutto quello che lui v'aveva portato. Di poi ricorsi al Re, e li dissi che io avevo fatto tutto tutto che Sua Maestà m'aveva commisso, difendendomi da tutti quelli che mi volevano inpedire il servizio di Sua Maestà. A questo il Re se ne rise, e mi spedí nuove lettere, per le quale io non avessi piú da esser molestato.

XLI. Intanto con gran sollecitudine io fini' il bel Giove d'argento, insieme con la sua basa dorata, la quale io avevo posta sopra uno zocco di legno, che appariva poco; e in detto zocco di legno avevo commesso quattro pallottole di legno forte, le quali istavano piú che mezze nascoste nelle lor casse, in foggia di noce di balestre. Eran queste cose tanto gentilmente ordinate, che un piccol fanciullo facilmente per tutti i versi sanza una fatica al mondo, mandava innanzi e indietro e volgeva la ditta statua di Giove. Avendola assettata a mio modo, me ne andai con essa a Fontana Beliò, dove era il Re. In questo tempo il sopra ditto Bologna aveva portato di Roma le sopra ditte statue, e l'aveva con gran sollecitudine fatte gittare di bronzo. Io che non sapevo nulla di questo, sí perché lui aveva fatto questa sua faccenda molto segretamente, e perché Fontana Beliò è discosto da Parigi piú di quaranta miglia; però non avevo potuto sapere niente. Faccendo intendere al Re dove voleva che io ponessi il Giove, essendo alla presenza Madama di Tampes, disse al Re che non v'era luogo piú a proposito dove metterlo che nella sua bella galleria. Questo si era, come noi diremmo in Toscana, una loggia, o sí veramente uno androne: piú presto androne si potria chiamare, perché loggia noi chiamiamo quelle stanze che sono aperte da una parte. Era questa stanza lunga molto piú di cento passi andanti, ed era ornata e ricchissima di pitture di mano di quel mirabile Rosso, nostro fiorentino; e infra le pitture era accomodato moltissimo parte di scultura, alcune tonde, altre di basso rilievo: era di larghezza di passi andanti dodici in circa. Il sopra ditto Bologna aveva condotto in questa ditta galleria tutte le sopra ditte opere antiche, fatte di bronzo e benissimo condotte, e l'aveva poste con bellissimo ordine, elevate in su le sue base; e sí come di sopra ho ditto, queste erano le piú belle cose tratte da quelle antiche di Roma. In questa ditta istanza io condussi il mio Giove; e quando viddi quel grande apparecchio, tutto fatto a arte, io da per me dissi: - Questo si è come passare in fra le picche. Ora Idio mi aiuti -. Messolo al suo luogo e, quanto io potetti, benissimo acconcio, aspettai quel gran Re che venissi. Aveva il ditto Giove innella sua mano destra accomodato il suo fúlgore in attitudine di volerlo trarre, e nella sinistra gli avevo accomodato il Mondo. Infra le fiamme avevo con molta destrezza commisso un pezzo d'una torcia bianca. E perché Madama di Tampes aveva trattenuto il Re insino a notte per fare uno de' duo mali, o che lui non venissi o sí veramente che l'opera mia, causa della notte, si mostrassi manco bella; e come Idio promette a quelle creature che hanno fede in lui, ne avvenne tutto il contrario; perché veduto fattosi notte, io accesi la ditta torcia che era in mano al Giove; e per essere alquanto elevata sopra la testa del ditto Giove, cadevano i lumi di sopra e facevano molto piú bel vedere, che di dí non arien fatto. Comparse il ditto Re insieme con la sua Madama di Tampes, col Dalfino suo figliuolo e con la Dalfina, oggi re, con il re di Navarra suo cognato, con madama Margherita sua figliuola, e parecchi altri gran signori, i quali erano instruiti a posta da Madama di Tampes per dire contro a di me. Veduto entrare il Re, feci ispignere innanzi da quel mio garzone già ditto, Ascanio, che pianamente moveva il bel Giove incontro al Re: e perché ancora io fatto con un poco d'arte, quel poco del moto che si dava alla ditta figura, per essere assai ben fatta, la faceva parer viva; e lasciatomi alquanto le ditte figure antiche indietro, detti prima gran piacere, agli occhi, della opera mia. Subito disse il Re: - Questa è molto piú bella cosa che mai per nessuno uomo si sia veduta, e io, che pur me ne diletto e 'ntendo, non n'arei immaginato la centesima parte -. Quei Signori, che avevano a dire contr'a di me, pareva che non si potessino saziare di lodare la ditta opera. Madama di Tampes arditamente disse: - Ben pare che voi non abbiate occhi. Non vedete voi quante belle figure di bronzo antiche son poste piú là, innelle quali consiste la vera virtú di quest'arte, e non in queste baiate moderne? - Allora il Re si mosse, e gli altri seco; e dato una occhiata alle ditte figure, e quelle, per esser lor porto i lumi inferiori, non si mostravano punto bene; a questo il Re disse: - Chi ha voluto disfavorire questo uomo, gli ha fatto un gran favore; perché mediante queste mirabile figure si vede e cognosce questa sua da gran lunga esser piú bella e piú maravigliosa di quelle. Però è da fare un gran conto di Benvenuto, che non tanto che l'opere sue restino al paragone dell'antiche, ancora quelle superano -. A questo Madama di Tampes disse che vedendo di dí tale opera, la non parrebbe l'un mille bella di quel che lei par di notte; ancora v'era da considerare, che io avevo messo un velo addosso alla ditta figura, per coprire gli errori. Questo si era un velo sottilissimo, che io avevo messo con bella grazia addosso al ditto Giove, perché gli accrescessi maestà: il quale a quelle parole io lo presi, alzandolo per di sotto, scoprendo quei bei membri genitali, e con un poco di dimostrata istizza tutto lo stracciai. Lei pensò che io gli avessi scoperto quella parte per proprio ischerno. Avvedutosi il Re di quello isdegno e io vinto dalla passione, volsi cominciare a parlare: subito il savio Re disse queste formate parole in sua lingua: - Benvenuto, io ti taglio la parola; sí che sta cheto, e arai piú tesoro che tu non desideri, l'un mille -. Non possendo io parlare, con gran passione mi scontorcevo: causa che lei piú sdegnosa brontolava; e il Re, piú presto assai di quel che gli arebbe fatto, si partí, dicendo forte, per darmi animo, aver cavato di Italia il maggior uomo che nascessi mai, pieno di tante professione.

XLII. Lasciato il Giove quivi, volendomi partire la mattina, mi fece dare mille scudi d'oro: parte erano di mia salari, e parte di conti, che io mostravo avere speso di mio. Preso li dinari, lieto e contento me ne tornai a Parigi; e subito giunto, rallegratomi in casa, di poi il desinare feci portare tutti li miei vestimenti, quali erano molta quantità di seta, di finissime pelle e similmente di panni sottilissimi. Questi io feci a tutti quei mia lavoranti un presente, donandogli sicondo i meriti d'essi servitori, insino alle serve e i ragazzi di stalla, dando a tutti animo che m'aiutassino di buon cuore. Ripreso il vigore, con grandissimo istudio e sollecitudine mi missi intorno a finire quella grande statua del Marte, quale avevo fatto di legni benissimo tessuti per armadura; e di sopra, la sua carne si era una crosta, grossa uno ottavo di braccio, fatta di gesso e diligentemente lavorata; dipoi avevo ordinato di formare di molti pezzi la ditta figura, e commetterla da poi a coda di rondine, si come l'arte promette; che molto facilmente mi veniva fatto. Non voglio mancare di dare un contra segno di questa grande opera, cosa veramente degna di riso: perché io avevo comandato a tutti quelli a chi io davo le spese, che nella casa mia e innel mio castello non vi conducessino meretrice; e a questo io ne facevo molta diligenza che tal cosa non vi venissi. Era quel mio giovane Ascanio innamorato d'una bellissima giovine, e lei di lui: per la qual cosa fuggitasi questa ditta giovine da sua madre, essendo venuta una notte a trovare

Ascanio, non se ne volendo poi andare, e lui non sapendo dove se la nascondere, per utimo rimedio, come persona ingegnosa, la mise drento nella figura del ditto Marte, e innella propia testa ve l'accomodò da dormire; e quivi soprastette, assai, e la notte lui chetamente alcune volte la cavava. Per avere lasciato quella testa molto vicino alla sua fine, e per un poco di mia boria, lasciavo iscoperto la ditta testa, la quale si vedeva per la maggior parte della città di Parigi: avevano cominciato quei piú vicini a salire su per i tetti, e andavavi assai popoli a posta per vederla. E perché era un nome per Parigi, che in quel mio castello *ab antico* abitassi uno spirito, della qual cosa io ne vidi alcuno contra segno da credere che cosí fussi il vero - il detto spirito universalmente per la plebe di Parigi lo chiamavano per nome Lemmonio Boreò - e perché questa fanciulletta, che abitava innella ditta testa, alcune volte non poteva fare che non si vedessi per gli occhi un certo poco di muovere; dove alcuni di quei sciocchi popoli dicevano che quel ditto spirito era entrato in quel corpo di quella gran figura, e che e' faceva muovere gli occhi a quella testa, e la bocca, come se ella volessi parlare; e molti ispaventati si partivano, e alcuni astuti, venuti a vedere e non si potendo discredere di quel balenamento degli occhi che faceva la ditta figura, ancora loro affermavano che ivi fussi spirito, non sapendo che v'era spirito e buona carne di piú.

XLIII. In quel mentre io m'attendevo a mettere insieme la mia bella porta, con tutte le infrascritte cose. E perché io non mi voglio curare di scrivere in questa mia Vita cose che s'appartengono a quelli che scrivono le cronache, però ho lasciato indietro la venuta dello Imperadore con il suo grande esercito, e il Re con tutto il suo sforzo armato. E in questi tempi cercò del mio consiglio, per affortificare prestamente Parigi: venne a posta per me a casa, e menommi intorno a tutta la città di Parigi; e sentito con che buona ragione io prestamente gli affortificavo Parigi, mi dette ispressa commessione, che quanto io avevo detto subitamente facessi; e comandò al suo Amiraglio che comandassi a quei populi che mi ubbidissino, sotto 'l poter della disgrazia sua. L'Amiraglio, che era fatto tale per il favore di Madama di Tampes e non per le sue buone opere, per essere uomo di poco ingegno e per essere il nome suo monsignore d'Anguebò, se bene in nostra lingua e' vol dire monsignor d'Aniballe, in quella loro lingua e' suona in modo, che quei populi i piú lo chiamavano monsignore Asino Bue; questa bestia, conferito il tutto a Madama di Tampes, lei gli comandò che prestamente egli facessi venire Girolimo Bellarmato. Questo era uno ingegnere sanese ed era a Diepa, poco piú d'una giornata discosto da Parigi. Venne subito, e messo in opera la piú lunga via da forzificare, io mi ritirai da tale impresa; e se lo Imperadore spigneva innanzi, con gran facilità si pigliava Parigi. Ben si disse che in quello accordo fatto da poi, Madama di Tampes, che piú che altra persona vi s'era intermessa, aveva tradito il Re. Altro non mi occorre dire di questo, perché non fa al mio proposito. Mi missi con gran sollecitudine a mettere insieme la mia porta di bronzo, e a finire quel gran vaso, e du' altri mezzani fatti di mio argento. Dipoi queste tribulazioni venne il buon Re a riposarsi alquanto a Parigi. Essendo nata questa maledetta donna quasi per la rovina del mondo, mi par pure esser da qualcosa, da poi che l'ebbe me per suo nimico capitale. Caduta in proposito con quel buon Re de' casi mia, gli disse tanto mal di me, che quel buono uomo per compiacerle, si misse a giurare che mai piú terrebbe un conto di me al mondo, come se cognosciuto mai non mi avessi. Queste parole me le venne a dir subito un paggio del cardinal di Ferrara, che si chiamava il Villa, e mi disse lui medesimo averle udite della bocca del Re. Questa cosa mi messe in tanta còllora, che gittato a traverso tutti i miei ferri, e tutte l'opera ancora, mi missi in ordine per andarmi con Dio, e subito andai a trovare il Re. Dipoi il suo desinare, entrai in una camera dove era Sua Maestà con pochissime persone; e quando e' mi vidde entrare, fattogli io quella debita reverenza che s'appartiene a un Re, subito con lieta faccia m'inchinò il capo. Per la qual cosa presi isperanza, e a poco a poco accostatomi a Sua Maestà, perché si mostrava alcune cose della mia professione, quando si fu ragionato un pezzetto sopra le ditte cose, Sua Maestà mi domandò se io avevo da mostrargli a casa mia qualche cosa di bello, di poi disse quando io volevo che venissi a vederle. Allora io dissi che io stavo in ordine da mostrargli qualcosa, se gli avessi ben voluto, allora. Subito disse che io mi avviassi a casa, e che allora voleva venire.

XLIV. Io mi avviai, aspettando questo buon Re, il quale era ito per tor licenza di Madama di Tampes. Volendo ella saper dove gli andava, perché disse che gli terrebbe compagnia, quando il Re gli ebbe ditto dove gli andava, lei disse a Sua Maestà che non voleva andar seco, e che lo pregava che gli facessi tanto di grazia per quel dí di non andare manco lui. Ebbe a rimettersi piú di due volte, volendo svolgere il Re da quella impresa: per quel dí non venne a casa mia. L'altro giorno da poi tornai dal Re in su quella medesima ora: subito vedutomi, giurò di voler venir subito a casa mia. Andato al suo solito per licenzia dalla sua Madama di Tampes, veduto con tutto il suo potere di non aver potuto distorre il Re, si misse con la sua mordace lingua a dir tanto male di me, quanto dir si possa d'uno uomo, che fussi nimico mortale di quella degna Corona. A questo quel buon Re disse, che voleva venire a casa mia, solo per gridarmi di sorte, che m'arebbe ispaventato; e cosí dette la fede a Madama di Tampes di fare. E subito venne a casa, dove io lo guidai in certe grande stanze basse, nelle quale io avevo messo insieme tutta quella mia gran porta; e giunto a essa il Re rimase tanto stupefatto, che egli non ritrovava la via per dirmi quella gran villania che lui aveva promesso a Madama di Tampes. Né anche per questo non volse mancare di non trovare l'occasione per dirmi quella promessa villania, e cominciò dicendo: - Gli è pure grandissima cosa, Benvenuto, che voi altri, se bene voi sete virtuosi, doverresti cognoscere che quelle tal virtú da per voi non le potete mostrare; e solo vi dimostrate grandi mediante le occasione che voi ricevete da noi. Ora voi doverresti essere un poco piú ubbidienti, e non tanto superbi e di vostro capo. Io mi ricordo avervi comandato espressamente che voi mi facessi dodici statue d'argento; e quello era tutto il mio desiderio. Voi mi avete voluta fare una saliera, e vasi e teste e porte, e tante altre cose, che io sono molto smarrito, veduto lasciato indrieto tutti i desideri delle mie voglie, e atteso a compiacere a tutte le voglie vostre: sí che pensando di fare di questa sorte, io vi darò poi a divedere come io uso di fare, quando io voglio che si faccia a mio modo. Pertanto vi dico: attendete a ubbidire a quanto v'è detto, perché stando ostinato a queste vostre fantasie, voi darete del capo nel muro -. E in mentre che egli diceva queste parole, tutti quei Signori stavano attenti, veduto che lui scoteva il capo, aggrottava gli occhi, or con una mana or con l'altra faceva cenni; talmente che tutti quelli uomini che erano quivi alla presenza, tremavono di paura per me, perché io m'ero risoluto di non avere una paura al mondo.

XLV. E subito finito che gli ebbe di farmi quella bravata, che gli aveva promesso alla sua Madama di Tampes, io missi un ginocchio in terra, e baciatogli la vesta in sul suo ginocchio, dissi: - Sacra Maestà, io affermo tutto quello che voi dite che sia vero; solo dico a Quella, che il mio cuore è stato continuamente giorno e notte con tutti li mia vitali spiriti intenti solo per ubbidirla e per servirla; e tutto quello che a Vostra Maestà paressi che fussi in contrario da quel che io dico, sappi Vostra Maestà che quello non è stato Benvenuto, ma può essere stato un mio cattivo fato o ria fortuna, la quale m'ha voluto fare indegno di servire il piú maraviglioso principe che avessi mai la terra: pertanto la priego che mi perdoni. Solo mi parve che Vostra Maestà mi dessi argento per una istatua sola: e non avendo da me, io none possetti fare piú che quella; e di quel poco dello argento che della detta figura m'avanzò, io ne feci quel vaso, per mostrare a Vostra Maestà quella bella maniera degli antichi; qual forse prima lei di tal sorte non aveva vedute. Quanto alla saliera, mi parve, se ben mi ricordo, che Vostra Maestà da per sé me ne richiedessi un giorno, entrato in proposito d'una che ve ne fu portata innanzi; per la qual cosa mostratogli un modello, quale io avevo fatto già in Italia, solo a vostra requisizione voi mi facesti dare subito mille ducati d'oro, perché io la facessi, dicendo che mi sapevi il buon grado di tal cosa: e maggiormente mi parve che molto mi ringraziassi quando io ve la detti finita. Quanto alla porta, mi parve che, ragionandone a caso, Vostra Maestà dessi le commessione a monsignor di Villurois suo primo segretario, il quale commesse a monsignor di Marmagnia e monsignor della Fa che tale opera mi sollecitassino, e mi provvedessino; e sanza queste commessione, da per me io non arei mai potuto tirare innanzi cosí grande imprese. Quanto alle teste di bronzo e la base del Giove e d'altro, le teste io le feci veramente da per me, per isperimentare queste terre di Francia, le quali io, come forestiero, punto non conoscevo; e sanza far esperienza delle ditte terre io non mi sarei messo a gettare queste grande opere. Quanto alle base, io le feci, parendomi che tal cosa benissimo si convenissi per compagnia di quelle tal figure; però tutto quello che io ho fatto, ho pensato di fare il meglio, e non mai discostarmi dal volere di Vostra Maestà. Gli è bene il vero, che quel gran colosso io l'ho fatto tutto, insino al termine che gli è, con le spese della mia borsa; solo parendomi che voi sí gran Re e io quel poco artista che io sono, dovessi fare per vostra gloria e mia una statua, quale gli antichi non ebbon mai. Conosciuto ora che a Dio non è piaciuto di farmi

degno d'un tanto onorato servizio, la priego che, cambio di quello onorato premio che vostra Maestà alle opere mie aveva destinato, solo mi
dia un poco della sua buona grazia e con essa buona licenzia; perché in
questo punto, faccendomi degno di tal cose, mi partirò tornandomi in
Italia, sempre ringraziando Idio e Vostra Maestà di quell'ore felice che
io sono stato al suo servizio.

XLVI. Mi prese con le sue mane, e levommi con gran piacevolezza
di ginocchioni; di poi mi disse che io dovessi contentarmi di servirlo, e
che tutto quello che io avevo fatto era buono, e gli era gratissimo. E voltosi a quei Signori disse queste formate parole: - Io credo certamente
che, se il Paradiso avessi d'aver porte, che piú bella di questa già mai
non l'arebbe -. Quando io viddi fermato un poco la baldanza di quelle
parole, quale erano tutte in mio favore, di nuovo con grandissima reverenza io lo ringraziai, replicando pure di volere licenzia; perché a me non
era passata ancora la stizza. Quando quel gran Re s'avvidde che io non
aveva fatto quel capitale che meritavono quelle sue inusitate e gran carezze, mi comandò con una grande e paventosa voce che io non parlassi
piú parola, ché guai a me; e poi aggiunse che mi affogherebbe nell'oro,
e che mi dava licenzia, che, dipoi l'opere commessemi da Sua Maestà,
tutto quel che io facevo in mezzo da per me era contentissimo, e che
non mai piú io arei diferenza seco, perché m'aveva conosciuto; e che
ancora io m'ingegnassi di cognoscere Sua Maestà, sí come voleva il dovere. Io dissi che ringraziavo Idio e Sua Maestà di tutto, di poi lo pregai
che venissi a vedere la gran figura, come io l'avevo tirata innanzi: cosí
venne appresso di me. Io la feci scoprire: la qual cosa gli dette tanta maraviglia, che immaginar mai si potria; e subito commesse a un suo segretario, che incontinente mi rendessi tutti li danari che di mio io avevo
spesi, e fussi che somma la volessi, bastando che io la dessi scritta di
mia mano. Da poi si partí, e mi disse: - Addio, *mon ami* -: qual gran parola a un re non si usa.

XLVII. Ritornato al suo palazzo, venne a replicare le gran parole tanto
maravigliosamente umile e tanto altamente superbe, che io avevo usato
con Sua Maestà, le qual parole l'avevano molto fatto crucciare; e contando alcuni de' particulari di tal parole alla presenza di Madama di

Tampes, dove era Monsignor di San Polo, gran barone di Francia. Questo tale aveva fatto per il passato molta gran professione d'essere amico mio; e certamente che a questa volta molto virtuosamente, alla franciosa, lui lo dimostrò. Perché, dipoi molti ragionamenti, il Re si dolse del cardinal di Ferrara, che avendomigli dato in custode, non aveva mai piú pensato a' fatti mia, e che non era mancato per causa sua che io non mi fussi andato con Dio del suo regno, e che veramente penserebbe di darmi in custode a qualche persona che mi conoscessi meglio, che non aveva fatto il cardinale di Ferrara, perché non mi voleva dar piú occasione di perdermi. A queste parole subito si offerse Monsignor di San Polo, dicendo al Re che mi dessi in guardia allui, e che farebbe ben cosa che io non arei mai piú causa di partirmi del suo regno. A questo il Re disse che molto era contento, se San Polo gli voleva dire il modo che voleva tenere perché io non mi partissi. Madama, che era alla presenza, stava molto ingrognata, e San Polo stava in su l'onorevole, non volendo dire al Re il modo che lui voleva tenere. Dimandatolo di nuovo il Re, e lui, per piacere a Madama di Tampes, disse: - Io lo impiccherei per la gola, questo vostro Benvenuto; e a questo modo voi non lo perderesti del vostro regno -. Subito Madama di Tampes levò una gran risa, dicendo che io lo meritavo bene. A questo il Re per conpagnia si messe a ridere, e disse che era molto contento che San Polo m'impiccassi, se prima lui trovava un altro par mio; ché, con tutto che io non l'avessi mai meritata, gliene dava piena licenzia. Innel modo ditto fu finita questa giornata, e io restai sano e salvo; che Dio ne sia laudato e ringraziato.

XLVIII. Aveva in questo tempo il Re quietata la guerra con lo Imperadore, ma non con gli Inghilesi, di modo che questi diavoli ci tenevano in molta tribulazione. Avendo il capo ad altro il Re che ai piaceri, aveva commesso a Piero Strozzi che conducessi certe galee in quei mari d'Inghilterra; qual fu cosa grandissima e difficile a condurvele, pure a quel mirabil soldato, unico ne' tempi sua in tal professione, e altanto unico disavventurato. Era passato parecchi mesi che io non avevo aùto danari né ordine nessuno di lavorare; di modo che io avevo mandato via tutti i mia lavoranti, da quei dua in fuora italiani, ai quali io feci lor fare dua vasotti di mio argento, perché loro non sapevan lavorare in sul bronzo. Finito che gli ebbono i dua vasi, io con essi me n'andai a una città, che era della regina di Navarra: questa si domanda Argentana, ed è discosto da Parigi di molte giornate. Giunsi al ditto luogo e trovai il Re che era indisposto; el cardinal di Ferrara disse a Sua Maestà come io ero arrivato in quel luogo. A questo il Re non rispose nulla, qual fu causa che io ebbi a stare di molti giorni a disagio. E veramente che io non ebbi mai il maggior dispiacere: pure in capo di parecchi giorni io me gli feci una sera innanzi, e appresenta'gli agli occhi quei dua bei vasi: e' quali oltramodo gli piacquono. Quando io veddi benissimo disposto il Re, io pregai Sua Maestà che fussi contento di farmi tanto di grazia, che io potessi andare a spasso infino in Italia, e che io lascierei sette mesi di salario che io ero creditore, i quali danari Sua Maestà si degnerebbe farmegli da poi pagare, se mi facessino di mestiero per il mio ritorno. Pregavo Sua Maestà che mi compiacessi questa cotal grazia, avvenga che allora era veramente tempo da militare, e non da statuare ancora, perché Sua Maestà aveva compiaciuto tal cosa al suo Bologna pittore, però divotissimamente lo pregavo che fussi contento farne degno ancora me. Il Re, mentre che io gli dicevo queste parole, guardava con grandissima attenzione quei dua vasi, e alcune volte mi feriva con un suo sguardo terribile; io pure, il meglio che io potevo e sapevo, lo pregavo che mi concedessi questa tal grazia. A un tratto lo viddi isdegnato, e rizzossi da sedere e a me disse in lingua italiana: - Benvenuto, voi sete un gran matto; portatene questi vasi a Parigi, perché io gli voglio dorati - e non mi data altra risposta, si partí. Io mi accostai al Cardinal di Ferrara, che era alla presenza, e lo pregai, che da poi che m'aveva fatto tanto bene innel cavarmi del carcere di Roma, insieme con tanti altri benifizi ancora mi compiacessi questo, che io potessi andare insino in Italia. Il ditto Cardinle mi disse che molto volentieri arebbe fatto tutto quel che potessi per farmi quel piacere, e che liberamente io ne lasciassi la cura a lui; e anche, se io volevo, potevo andare liberamente, perché lui mi tratterrebbe benissimo con il Re. Io dissi al ditto Cardinale, sí come io sapevo che Sua Maestà m'aveva dato in custode a Sua Signoria reverendissima, e che se quella mi dava licenzia, io volentieri mi partirei, per tornare a un sol minimo cenno di Sua Signoria reverendissima. Allora il Cardinale mi disse, che io me n'andassi a Parigi, e quivi sopra stessi otto giorni, e in questo tempo lui otterrebbe grazia dal Re che io potrei andare: e in caso che il Re non si contentassi che io partissi, sanza manco nessuno me ne darebbe avviso;

il perché, non mi scrivendo altro, saria segno che io potrei liberamente andare.

XLIX. Andatomene a Parigi, sí come m'aveva detto il Cardinale, feci di mirabil casse per quei tre vasi d'argento. Passato che fu venti giorni, mi messi in ordine, e li tre vasi messi in su 'n una soma di mulo, il quale mi aveva prestato per insino in Lione il vescovo di Pavia, il quale io avevo alloggiato di nuovo innel mio castello. Partimmi innella mia malora, insieme col signore Ipolito Gonzaga, il qual signore stava al soldo del Re e trattenuto dal conte Galeotto della Mirandola, e con certi altri gentiluomini del detto conte. Ancora s'accompagnò con esso noi Lionardo Tedaldi nostro fiorentino. Lasciai Ascanio e Pagolo in custode del mio castello e di tutta la mia roba, infra la quale era certi vasetti cominciati, i quali io lasciavo, perché quei dua giovani non si stessino. Ancora c'era molto mobile di casa di gran valore, perché io stavo molto onoratamente: era il valore di queste mie dette robe di piú di mille cinquecento scudi. Dissi a Ascanio, che si ricordassi quanti gran benifizi lui aveva aúti da me, e che per insino allora lui era stato fanciullo di poco cervello: che gli era tempo omai d'aver cervello da uomo; però io gli volevo lasciare in guardia tutta la mia roba, insieme con tutto l'onor mio; che se lui sentiva piú una cosa che un'altra da quelle bestie di quei Franciosi, subito me l'avvisassi, perché io monterei in poste e volerei d'onde io mi fussi, sí per il grande obrigo che io avevo a quel buon Re, e sí per lo onor mio. Il ditto Ascanio con finte e ladronesche lacrime mi disse: - Io non cognobbi mai altro miglior padre di voi, e tutto quello che debbe fare un buon figliuolo inverso del suo buon padre, io sempre lo farò inverso di voi -. Cosí d'accordo mi parti' con un servitore e con un piccolo ragazzetto franzese. Quando fu passato mezzo giorno, venne al mio castello certi di quei tesaurieri, i quali non erano punto mia amici. Questa canaglia ribalda subito dissono che io m'ero partito con l'argento del Re, e dissono a messer Guido e al Vescovo di Pavia che rimandassimo prestamente per i vasi del Re; se non che loro manderebbon per essi drietomi con molto mio gran dispiacere. Il Vescovo e messer Guido ebbon molto piú paura che non faceva mestiero, e prestamente mi mandorno drieto in poste quel traditore d'Ascanio, il quale comparse in su la mezza notte. E io che non dormivo, da per me stesso mi condolevo, dicendo: - A chi lascio la roba mia, il mio castello? Oh che destino mio è questo, che mi sforza a far questo viaggio? Pur che il Cardinale non sia d'accordo con Madama di Tampes, la quale non desidera altra cosa al mondo, se non che io perda la grazia di quel buon Re!

L. In mentre che meco medesimo io facevo questo contrasto, mi senti' chiamare da Ascanio; e al primo mi sollevai dal letto, e li domandai se lui mi portava buone o triste nuove. Disse il ladrone: - Buone nuove porto; ma sol bisogna che voi rimandiate indietro li tre vasi, perché quei ribaldi di quei tesaurieri gridano accorruomo, di modo che il Vescovo e messer Guido dicono che voi gli rimandiate a ogni modo: e del resto non vi dia noia nulla, e andate a godervi questo viaggio felicemente -. Subitamente io gli resi i vasi, che ve n'era dua mia, con l'argento e ogni cosa. Io gli portavo alla badia del Cardinale di Ferrara in Lione; perché se bene e' mi detton nome che io me ne gli volevo portare in Italia, questo si sa bene per ugniuno che non si può cavare né danari, né oro, né argento, sanza gran licenzia. Or ben si debbe considerare se io potevo cavare quei tre gran vasi, i quali occupavano con le loro casse un mulo. Bene è vero che, per essere quelli cosa molto bella e di gran valore, io sospettavo della morte del Re, perché certamente io l'avevo lasciato molto indisposto; e da me dicevo: - Se tal cosa avenissi, avendogli io in mano al Cardinale, io non gli posso perdere -. Ora, in conclusione, io rimandai il detto mulo con i vasi e altre cose d'importanza; e con la ditta compagnia la mattina seguente attesi a camminare innanzi, né mai per tutto il viaggio mi potetti difendere di sospirare e piagnere. Pure alcune volte con Idio mi confortavo, dicendo: - Signore Idio, tu che sai la verità, cognosci che questa mia gita è solo per portare una elimosina a sei povere meschine verginelle e alla madre loro, mia sorella carnale; che se bene quelle hanno il lor padre, gli è tanto vecchio e l'arte sua non guadagna nulla; che quelle facilmente potrieno andare per la mala via; dove faccendo io questo opera pia, spero da Tua Maestà aiuto e consiglio -. Questo si era quanta recreazione io mi pigliavo camminando innanzi. Trovandoci un giorno presso a Lione a una giornata, era vicino alle ventidua ore, cominciò il cielo a fare certi tuoni secchi, e l'aria era bianchissima: io ero innanzi una balestrata dalli mia compagni; doppo i tuoni faceva il cielo un romore tanto grande e tanto paventoso, che io da per me giudicavo che fussi il dí del Giudizio; e fermatomi alquanto, cominciò a cadere una gragnuola senza gocciola d'acqua. Questa era grossa piú che pallottole di cerbottana, e, dandomi addosso, mi faceva gran male: a poco a poco questa cominciò a ringrossare di modo che l'era come pallottole d'una balestra. Veduto che 'l mio cavallo forte ispaventava, lo volsi addietro con grandissima furia a corso, tanto che io ritrovai li mia compagni, li quali per la medesima paura s'erano fermi drento in una pineta. La gragnuola ringrossava come grossi limoni: io cantavo un *Miserere;* e in mentre che cosí dicevo divotamente a Dio, venne un di quei grani tanto grosso che gli scavezzò un ramo grossissimo di quel pino, dove mi pareva esser salvo. Un'altra parte di quei grani dette in sul capo al mio cavallo, qual fe' segno di cadere in terra; a me ne colse uno, ma non in piena, perché m'aria morto. Similmente ne colse uno a quel povero vecchio di Lionardo Tedaldi, di sorte che lui, che stava come me ginocchioni, gli fe' dare delle mane in terra. Allora io prestamente, veduto che quel gran ramo non mi poteva piú difendere e che col *Miserere* bisognava far qualche opera, cominciai a raddoppiarmi e' panni in capo: e cosí dissi a Lionardo, che accorruomo gridava: - Giesú, Giesú - che quello lo aiuterebbe se lui si aiutava. Ebbi una gran fatica piú a campar lui che me medesimo. Questa cosa durò un pezzo, pur poi cessò e noi, ch'eràmo tutti pesti, il meglio che noi potemmo ci rimettemmo a cavallo; e in mentre che noi andavamo inverso l'alloggiamento, mostrandoci l'un l'altro gli scalfitti e le percosse, trovammo un miglio innanzi tanta maggior mina della nostra, che pare impossibile a dirlo. Erano tutti gli arbori mondi e scavezzati, con tanto bestiame morto, quanto la n'aveva trovati; e molti pastori ancora morti: vedemmo quantità assai di quelle granella le quali non si sarebbon cinte con dua mani. Ce ne parve avere un buon mercato, e cognoscemmo allora che il chiamare Idio e quei nostri *Misereri* ci avevano piú servito che da per noi non aremmo potuto fare. Cosí ringraziando Idio, ce ne andammo in Lione l'altra giornata appresso, e quivi ci posammo per otto giorni. Passati gli otto giorni, essendoci molto bene ricreati, ripigliammo il viaggio, e molto felicemente passammo i monti. Ivi io comperai un piccol cavallino, perché certe poche bagaglie avevano alquanto istracco i mia cavalli.

LI. Di poi che noi fummo una giornata in Italia, ci raggiunse il conte Galeotto della Mirandola, il quale passava in poste, e fermatosi con esso noi, mi disse che io avevo fatto errore a partirmi, e che io dovessi non andare piú innanzi, perché le cose mie, tornando subito, passerebbono meglio che mai; ma se io andavo innanzi, che io davo campo ai mia nimici e comodità di potermi far male; dove che, se io tornavo subito, arei loro impedita la via a quello che avevano ordinato contro a di me; e quelli tali, in chi io avevo piú fede, erano quelli che m'ingannavano. Non mi volse dire altro, che lui benissimo lo sapeva: e 'l cardinal di Ferrara era accordato con quei dua mia ribaldi che io avevo lasciato in guardia d'ogni cosa mia. Il ditto contino mi repricò piú volte che io dovessi tornare a ogni modo. Montato in su le poste passò innanzi, e io, per la compagnia sopra ditta, ancora mi risolsi a passare innanzi. Avevo uno istruggimento al cuore, ora di arrivare prestissimo a Firenze, e ora di ritornarmene in Francia. Istavo in tanta passione, a quel modo inresoluto, che io per utimo mi risolsi voler montare in poste per arrivare presto a Firenze. Non fu' d'accordo con la prima posta; per questo fermai il mio proposito assoluto di venire a tribulare in Firenze. Avendo lasciato la compagnia del signore Ipolito Gonzaga, il quale aveva preso la via per andare alla Mirandola e io quella di Parma e Piacenza, arrivato che io fui a Piacenza iscontrai per una strada il duca Pierluigi, il quale mi squadrò e mi cognobbe. E io che sapevo che tutto il male che io avevo aùto nel Castel Sant'Agnolo di Roma, n'era stato lui la intera causa, mi dette passione assai il vederlo; e non conoscendo nessun rimedio a uscirgli delle mane, mi risolsi di andarlo a visitare; e giunsi appunto che s'era levata la vivanda, ed era seco quelli uomini della casata de' Landi, qual da poi furno quelli che lo ammazzorno. Giunto a Sua Eccellenzia, questo uomo mi fece le piú smisurate carezze che mai immaginar si possa: e infra esse carezze da sé cadde in proposito, dicendo a quelli ch'erano alla presenza, che io era il primo uomo del mondo della mia professione e che io ero stato gran tempo in carcere in Roma. E voltosi a me disse: - Benvenuto mio, quel che voi avesti, a me ne 'ncrebbe assai; e sapevo che voi eri innocente, e non vi potetti aiutare altrimenti, perché mio padre per soddisfare a certi vostri nimici, i quali gli avevano ancora dato addintendere che voi avevi sparlato di lui: la qual cosa io so certissima che non fu mai vera; e a me ne increbbe assai del vostro - e con queste parole egli multipricò in tante altre simile, che pareva quasi che mi chiedessi perdonanza. Appresso mi domandò di tutte l'opere che io aveva fatte al Re Cristianissimo; e dicendogliele io, istava attento, dandomi la piú grata audienza che sia possibile al mondo. Di poi mi ricercò se io lo volevo servire: a questo io risposi che con mio onore io non lo potevo fare; che se io avessi lasciato finite quelle tante grand'opere che io avevo cominciate per quel gran Re, io lascerei ogni gran signore, solo per servire Sua Eccellenzia. Or qui si cognosce quanto la gran virtú de Dio non lascia mai impunito di qualsivoglia sorta di uomini, che fanno torti e ingiustizie agli innocenti. Questo uomo come perdonanza mi chiese alla presenza di quelli, che poco da poi fecioni le mie vendette, insieme con quelle di molti altri ch'erano istati assassinati da lui; però nessun Signore, per grande che e' sia, non si faccia beffe della giustizia de Dio, sí come fanno alcuni di quei che io cognosco, che sí bruttamente m'hanno assassinato, dove al suo luogo io lo dirò. E queste mie cose io non le scrivo per boria mondana, ma solo per ringraziare Idio, che m'ha campato da tanti gran travagli. Ancora di quelli che mi s'appresentano innanzi alla giornata, di tutti allui mi querelo, e per mio propio difensore chiamo e mi raccomando. E sempre, oltra che io m'aiuti quanto io posso, da poi avvilitomi dove le debile forze mie non arrivano, subito mi si mostra quella gran bravuria de Dio, la quale viene inaspettata a quelli che altrui offendono a torto, e a quelli che hanno poco cura della grande e onorata carica, che Idio ha dato loro.

LII. Torna'mene all'osteria e trovai che il sopra detto Duca m'aveva mandato abbundantissimamente presenti da mangiare e da bere, molto onorati: presi di buona voglia il mio cibo; da poi, montato a cavallo, me ne venni alla volta di Fiorenze; dove giunto che io fui, trovai la mia sorella carnale con sei figliolette, che una ve n'era da marito e una ancora a balia: trovai il marito suo, il quale per vari accidenti della città non lavorava piú dell'arte sua. Avevo mandato piú d'uno anno innanzi gioie e dorure franzese per il valore di piú di dumila ducati, e meco ne avevo portate per li valore di circa mille scudi. Trovai che, se bene io davo loro continuamente quattro scudi d'oro il mese, ancora continuamente pigliavano di gran danari di quelle mie dorure che alla giornata loro vendevano. Quel mio cognato era tanto uomo da bene che, per paura che io non mi avessi a sdegnar seco, non gli bastando i dinari che io gli mandavo per le sue provvisione, dandogliene per limosina, aveva inpegnato quasi ciò che gli aveva al mondo, lasciandosi mangiare dagli interessi, solo per non toccare di quelli dinari che non erano ordinati per lui. A questo io cognobbi che gli era molto uomo da bene e mi crebbe voglia di fargli piú limosina: e prima che io partissi di Firenze volevo dare ordine a tutte le sue figlioline.

LIII. Il nostro Duca di Firenze in questo tempo, che eramo del mese d'agosto nel 1545, essendo al Poggio a Caiano, luogo dieci miglia discosto di Firenze, io l'andai a trovare, solo per fare il debito mio, per essere anch'io cittadino fiorentino e perché i mia antichi erano stati molto amici della casa de' Medici, e io piú che nessuno di loro amavo questo duca Cosimo. Sí come io dico, andai al detto Poggio solo per fargli reverenza e non mai con nessuna intenzione di fermarmi seco, sí come Dio, che fa bene ogni cosa, a lui piacque: ché veggendomi il detto Duca, dipoi fattomi molte infinite carezze, e lui e la Duchessa mi dimandorno dell'opere che io avevo fatte al Re; alla qual cosa volentieri, e tutte per ordine, io raccontai. Udito che egli m'ebbe, disse che tanto aveva inteso che cosí era il vero; e da poi aggiunse in atto di compassione, e disse: - O poco premio a tante belle e gran fatiche! Benvenuto mio, se tu mi volessi fare qualche cosa a me, io ti pagherei bene altrimenti che non ha fatto quel tuo Re, di chi per tua buona natura tanto ti lodi -. A queste parole io aggiunsi li grandi obrighi che io avevo con Sua Maestà, avendomi tratto d'un cosí ingiusto carcere, di poi datomi l'occasione di fare le piú mirabile opere che ad altro artefice mio pari che nascessi mai. In mentre che io dicevo cosí il mio Duca si scontorceva e pareva che non mi potessi stare a udire. Da poi finito che io ebbi, mi disse: - Se tu vuoi far qualcosa per me, io ti farò carezze tali, che forse tu resterai maravigliato, purché l'opere tue mi piacciano; della qual cosa io punto non dubito -. Io poverello isventurato, desideroso di mostrare in questa mirabile Iscuola, che di poi che io ero fuor d'essa, m'ero affaticato in altra professione di quello che la ditta iscuola non istimava, risposi al mio Duca che volentieri, o di marmo o di bronzo, io gli farei una statua grande in su quella sua bella piazza. A questo mi rispose, che arebbe voluto da me, per una prima opera, solo un Perseo. Questo era quanto lui aveva di già desiderato un pezzo; e mi pregò che io gnene facessi un modelletto. Volentieri mi messi a fate il detto modello, e in breve settimane finito l'ebbi, della altezza d'un braccio in circa: questo era di cera gialla, assai accomodatamente finito: bene era fatto con grandissimo istudio e arte. Venne il Duca a Firenze e innanzi che io gli potessi mostrare questo ditto modello, passò parecchi dí; che propio pareva che lui non mi avessi mai veduto né conosciuto, di modo che io feci un mal giudizio de' fatti mia con Sua Eccellenzia. Pur da poi, un dí doppo desinare, avendolo io condotto nella sua guardaroba, lo venne a vedere insieme con la Duchessa e con pochi altri Signori. Subito vedutolo gli piacque e lodollo oltramodo: per la qual cosa mi dette un poco di speranza che lui alquanto se ne 'ntendessi. Da poi che l'ebbe considerato assai, crescendogli grandemente di piacere, disse queste parole: - Se tu conducessi, Benvenuto mio, cosí in opera grande questo piccol modellino, questa sarebbe la piú bella opera di piazza -. Allora io dissi: - Eccellentissimo mio Signore, in piazza sono l'opere del gran Donatello e del maraviglioso Michelagnolo, qual sono istati dua li maggior uomini dagli antichi in qua. Per tanto Vostra Eccellenzia illustrissima dà un grand'animo al mio modello, perché a me basta la vista di far meglio l'opera, che il modello, piú di tre volte -. A questo fu non piccola contesa, perché il Duca sempre diceva che se ne intendeva benissimo e che sapeva appunto quello che si poteva fare. A questo io gli dissi che l'opere mie deciderebbono quella quistione e quel suo dubbio, e che certissimo io atterrei a Sua Eccellenzia molto piú di quel che io gli promettevo, e che mi dessi pur le comodità che io potessi fare tal cosa, perché sanza quelle comodità io non gli potrei attenere la gran cosa che io gli promettevo. A questo Sua Eccellenzia mi disse che io facessi una supplica di quanto io gli dimandavo, e in essa contenessi tutti i mia bisogni, ché a quella amplissimamente darebbe ordine. Certamente che se io fussi stato astuto a legare per contratto tutto quello che io avevo di bisogno in queste mia opere, io non arei aùto e' gran travagli, che per mia causa mi son venuti: perché la voluntà sua si vedeva grandissima sí in voler fare delle opere e sí nel dar buon ordine a esse. Però non conoscendo io che questo Signore aveva piú modo di mercatante che di duca, liberalissimamente procedevo con Sua Eccellenzia come duca e non come mercatante. Fecigli le suppliche, alle quale Sua Eccellenzia liberalissimamente rispose. Dove io dissi: - Singularissimo mio patrone, le vere suppliche e i veri nostri patti non consistono in queste parole né in questi scritti, ma sí bene il tutto consiste che io riesca con l'opere mie a quanto io l'ho promesse; e riuscendo, allora io mi prometto che Vostra Eccellenzia illustrissima benissimo si ricorderà di quanto la promette a me -. A queste parole invaghito Sua Eccellenzia e del mio fare e del mio dire, lui e la Duchessa mi facevano i piú isterminati favori che si possa immaginare al mondo.

LIV. Avendo io grandissimo desiderio di cominciare a lavorare, dissi a Sua Eccellenzia che io avevo bisogno d'una casa, la quale fussi tale che io mi vi potessi accomodare con le mie fornaciette, e da lavorarvi l'opere di terra e di bronzo, e poi, appartatamente, d'oro e d'argento; perché io so che lui sapeva quanto io ero bene atto a servirlo di queste tale professione; e mi bisognava stanze comode da poter far tal cosa. E perché Sua Eccellenzia vedessi quanto io avevo voglia di servirla, di già io avevo trovato la casa, la quale era a mio proposito, ed era in luogo che molto mi piaceva. E perché io non volevo prima intaccare Sua Eccellenzia a danari o nulla, che egli vedessi l'opere mie, avevo portato di Francia dua gioielli, coi quali io pregavo Sua Eccellenzia che mi comperassi la ditta casa, e quelli salvassi insino attanto che con l'opere e con le mie fatiche io me la guadagnassi. Gli detti gioielli erano benissimo lavorati di mano di mia lavoranti, sotto i mia disegni. Guardati che gli ebbe assai, disse queste animose parole, le quali mi vestirno di falsa isperanza: - Togliti, Benvenuto, i tua gioielli, perché io voglio te e non loro; e tu abbi la casa tua libera -. Appresso a questo me ne fece uno rescritto sotto una mia supplica, la quale ho sempre tenuta. Il detto rescritto diceva cosí: "Veggasi la detta casa, e a chi sta a venderla, e il pregio che se ne domanda; perché ne vogliamo compiacere Benvenuto". Parendomi per questo rescritto esser sicuro della casa; perché sicuramente io mi promettevo che le opere mie sarebbono molto piú piaciute di quello che io avevo promesso; appresso a questo Sua Eccellenzia aveva dato espressa commessione a un certo suo maiordomo il quale si domandava ser Pier Francesco Riccio. Era da Prato, ed era stato pedantuzzo del ditto Duca. Io parlai a questa bestia, e dissigli tutte le cose di quello che io avevo di bisogno, perché dove era orto in detta casa io volevo fare una bottega. Subito questo uomo dette la commessione a un certo pagatore secco e sottile, il quale si chiamava Lattanzio Gorini. Questo omiciattolo con certe sue manine di ragnatelo e con una vociolina di zanzara, presto come una lumacuzza, pure in malora mi fe' condurre a casa sassi, rena e calcina tanto, che arebbe servito per fare un chiusino da colombi malvolentieri. Veduto andar le cose tanto malamente fredde, io mi cominciai a sbigottire; o pure da me dicevo: - I piccoli principii alcune volte hanno gran fine - e anche mi dava qualche poco di speranza di vedere quante migliaia di ducati il Duca aveva gittato via in certe brutte operaccie di scultura, fatte di mano di quel bestial Buaccio Bandinello. Fattomi da per me medesimo animo, soffiavo in culo a quel Lattanzio Gurini per farlo muovere; gridavo a certi asini zoppi e a uno cecolino che gli guidava; e con queste difficultà, poi con mia danari, avevo segnato il sito della bottega, e sbarbato alberi e vite: pure, al mio solito, arditamente, con qualche poco di furore, andavo faccendo. D'altra banda, ero alle man del Tasso legnaiuolo, amicissimo mio, e allui facevo fare certe armadure di legno per cominciare il Perseo grande. Questo Tasso era eccellentissimo valente uomo, credo il maggiore che fussi mai di sua professione: dall'altra banda era piacevole e lieto, e ogni volta che io andavo dallui, mi si faceva incontro ridendo, con un canzoncino in quílio. E io, che ero di già piú che mezzo disperato, sí perché cominciavo a sentire le cose di Francia che andavano male, e di queste mi promettevo poco per la loro freddezza, mi sforzava a farmi udire sempre la metà per lo manco di quel suo canzoncino: pure all'utimo alquanto mi rallegravo seco, sforzandomi di smarrire quel piú che io potevo, quattro di quei mia disperati pensieri.

LV. Avendo dato ordine a tutte le sopra ditte cose, e cominciando a tirare innanzi per apparecchiarmi piú presto a questa sopra ditta impresa - di già era spento parte della calcina - innun tratto io fui chiamato dal sopra ditto maiodomo; e io, andando a lui, lo trovai dopo il desinare di Sua Eccellenzia in sulla sala detta dell'Oriuolo; e fattomigli innanzi, io allui con grandissima riverenza, e lui a me con grandissima rigidità, mi domandò chi era quello che m'aveva messo in quella casa, e con che autorità io v'avevo cominciato drento a murare; e che molto si maravigliava di me, che io fussi cosí ardito prosuntuoso. A questo io risposi che innella casa m'aveva misso Sua Eccellenzia, e in nome di Sua Eccellenzia Sua Signoria, la quale aveva dato le commessione a Lattanzio Gurini; e il detto Lattanzio aveva condotto pietra, rena, calcina, e dato ordine alle cose che io avevo domandato - e di tanto diceva avere aùto commessione da Vostra Signoria -. Ditto queste parole, quella ditta bestia mi si volse con maggiore agrezza che prima, e mi disse che né io né nessuno di quelli che io avevo allegato, non dicevano la verità. Allora io mi risenti' e gli dissi: - O maiordomo, insino a tanto che Vostra Signoria parlerà sicondo quel nobilissimo grado in che quella è involta, io la riverirò e parlerò allei con quella sommissione che io fo al Duca; ma faccendo altrimenti, io le parlerò come a un ser Pier Francesco Riccio. -. Questo uomo venne in tanta còllora, che io credetti che volesse impazzare allora, per avanzar tempo da quello che i cieli determinato gli aveano; e mi disse, insieme con alcune ingiuriose parole, che si maravigliava molto di avermi fatto degno che io parlassi a un suo pari. A queste parole io mi mossi e dissi: - Ora ascoltatemi, ser Pier Francesco Riccio, che io vi dirò chi sono i mia pari, e chi sono i pari vostri, maestri d'insegnar leggere a' fanciulli -. Ditto queste parole, quest'uomo con arroncigliato viso alzò la voce, replicando piú temerariamente quelle medesime parole. Alle quali ancora io acconciomi con 'l viso de l'arme, mi vesti' per causa sua d'un poco di presunzione, e dissi che li pari mia eran degni di parlare a papi e a imperatori e a gran re; e che delli pari mia n'andava forse un per mondo, ma delli sua pari n'andava dieci per uscio. Quando e' sentí queste parole, salí in su 'n muricciuolo di finestra, che è in su quella sala; da poi mi disse che io replicassi un'altra volta le parole che io gli avevo dette; le quale piú arditamente che fatto non avevo replicai, e di piú dissi che io non mi curavo piú di servire il Duca, e che io me ne tornerei nella Francia, dove io liberamente potevo ritornare. Questa bestia restò istupido e di color di terra, e io arrovellato mi parti' con intenzione di andarmi con Dio; che volessi Idio che io l'avessi eseguita. Dovette l'Eccellenzia del Duca non saper cosí al primo questa diavoleria occorsa, perché io mi stetti certi pochi giorni avendo dimesso tutti i pensieri di Firenze, salvo che quelli della mia sorella e delle mie nipotine, i quali io andavo accomodando; ché con quel poco che io avevo portato le volevo lasciare acconcie il meglio che io potevo, e quanto piú presto da poi mi volevo ritornare in Francia, per non mai piú curarmi di rivedere la Italia. Essendomi resoluto di spedirmi il piú presto che io potevo, e andarmene sanza licenzia del Duca o d'altro, una mattina quel sopra ditto maiordomo da per se medesimo molto umilmente mi chiamò, e messe mano a una certa sua pedantesca orazione, innella quale io non vi senti' mai né modo né grazia, né virtú, né principio, né fine: solo v'intesi che disse che faceva professione di buon cristiano, e che non voleva tenere odio con persona, e mi domandava da parte del Duca che salario io volevo per mio trattenimento. A questo io stetti un poco sopra di me e non rispondevo, con pura intenzione di non mi voler fermare. Vedendomi soprastare sanza risposta, ebbe pur tanta virtú che egli disse: - O Benvenuto, ai duchi si risponde; e quello che io ti dico te lo dico da parte di Sua Eccellenzia - . Allora io dissi che dicendomelo da parte di Sua Eccellenzia, molto volentieri io volevo rispondere; e gli dissi che dicessi a Sua Eccellenzia come io non volevo esser fatto secondo a nessuno di quelli che lui teneva della mia professione. Disse il maiordomo: - Al Bandinello si dà dugento scudi per suo trattenimento, sicché, se tu ti contenti di questo, il tuo salario è fatto -. Risposi che ero contento, e che quel che io meritassi di piú, mi fussi dato da poi vedute l'opere mie, e rimesso tutto nel buon giudizio di Sua Eccellenzia illustrissima: cosí contra mia voglia rappiccai il filo e mi messi a lavorare, faccendomi di continuo il Duca i piú smisurati favori che si potessi al mondo immaginare.

LVI. Avevo aùto molto ispesso lettere di Francia da quel mio fidelissimo amico messer Guido Guidi: queste lettere per ancora non mi dicevano se non bene; quel mio Ascanio ancora lui m'avvisava dicendomi che io attendessi a darmi buon tempo, e che, se nulla occorressi, me l'arebbe avvisato. Fu riferito al Re come io m'ero messo a lavorare per il duca di Firenze; e perché questo uomo era il miglior del mondo, molte volte disse: - Perché non torna Benvenuto? - E dimandatone particularmente quelli mia giovani, tutti a dua gli dissono che io scrivevo loro che stavo cosí bene, e che pensavano che io non avessi piú voglia di tornare a servire Sua Maestà. Trovato il Re in còllora, e sentendo queste temerarie parole, le quale non vennono mai da me, disse: - Da poi che s'è partito da noi sanza causa nessuna, io non lo dimanderò mai piú; sí che stiesi dove gli è -. Questi ladroni assassini avendo condutta la cosa a quel termine che loro desideravono, perché ogni volta che io fossi ritornato in Francia loro si ritornavano lavoranti sotto a di me come gli erano in prima, per il che, non ritornando, loro restavano liberi e in mio scambio, per questo e' facevano tutto il loro sforzo perché io non ritornassi.

LVII. In mentre che io facevo murare la bottega per cominciarvi drento il Perseo, io lavoravo in una camera terrena, innella quale io facevo il Perseo di gesso, della grandezza che gli aveva da essere, con pensiero di formarlo da quel di gesso. Quando io viddi che il farlo per questa via mi riusciva un po' lungo, presi un altro espediente, perché di già era posto sú, di mattone sopra mattone, un poco di bottegaccia, fatta con tanta miseria, che troppo mi offende il ricordarmene. Cominciai la figura della Medusa, e feci una ossatura di ferro; di poi la cominciai a far di terra, e fatta che io l'ebbi di terra, io la cossi. Ero solo con certi fattoruzzi, infra i quali ce ne era uno molto bello: questo si era figliuolo d'una meretrice, chiamata la Gambetta. Servivomi di questo fanciullo per ritrarlo, perché noi non abbiamo altri libri [che ci insegnin l'arte, altro che il naturale]. Cercavo di pigliar de' lavoranti per ispedir presto questa mia opera, e non ne potevo trovare, e da per me solo io non potevo fare ogni cosa. Eracene qualcuno in Firenze che volentieri sarebbe venuto, ma il Bandinello subito m'impediva che non venissino; e faccendomi stentare cosí un pezzo, diceva al Duca che io andavo cercando dei sua lavoranti, perché da per me non era mai possibile che io sapessi mettere insieme una figura grande. Io mi dolsi col Duca della gran noia che mi dava questa bestia, e lo pregai che mi facessi avere qualcun di quei lavoranti dell'Opera. Queste mie parole furno causa di far credere al Duca quello che gli diceva il Bandinello. Avvedutomi di questo, io mi disposi di far da me quanto io potevo. E messomi giú con le piú estreme fatiche che immaginar si possa, in questo che io giorno e notte m'affaticavo, si ammalò il marito della mia sorella, e in brevi giorni si morí. Lasciòmi la mia sorella, giovane, con sei figliuole fra piccole e grande: questo fu il primo gran travaglio che io ebbi in Firenze: restar padre e guida d'una tale isconfitta.

LVIII. Desideroso pure che nulla non andassi male, essendo carico il mio orto di molte brutture, chiamai due manovali, e' quali mi furno menati dal Ponte Vecchio: di questi ce n'era uno vecchio di sessant'anni, l'altro si era giovane di diciotto. Avendogli tenuti circa tre giornate, quel giovane mi disse che quel vecchio non voleva lavorare e che io facevo meglio a mandarlo via, perché non tanto che lui non voleva lavorare, impediva il giovane che non lavorassi: e mi disse che quel poco che v'era da fare, lui se lo poteva fare da sé, senza gittar via e' denari in altre persone: questo aveva nome Bernardino Manellini di Mugello. Vedendolo io tanto volentieri affaticarsi, lo domandai se lui si voleva acconciar meco per servidore: al primo noi fummo d'accordo. Questo giovane mi governava un cavallo, lavorava l'orto, di poi s'ingegnava d'aiutarmi in bottega, tanto che a poco a poco e' cominciò a 'nparare l'arte con tanta gentilezza che io non ebbi mai migliore aiuto di quello. E risolvendomi di far con costui ogni cosa, cominciai a mostrare al Duca che 'l Bandinello direbbe le bugie, e che io farei benissimo sanza i lavoranti del Bandinello. Vennemi in questo tempo un poco di male alle rene; e perché io non potevo lavorare, volentieri mi stavo in guardaroba del Duca con certi giovani orefici, che si domandavano Gianpagolo e Domenico Poggini, ai quali io facevo fare uno vasetto d'oro, tutto lavorato di basso rilievo, con figure e altri belli ornamenti: questo era per la Duchessa, il quale Sua Eccellenzia faceva fare per bere dell'acqua. Ancora mi richiese che io le facesse una cintura d'oro; e anche quest'opera ricchissimamente, con gioie e con molte piacevole invenzione di mascherette e d'altro: questa se le fece. Veniva a ogni poco il Duca in questa guardaroba, e pigliavasi piacere grandissimo di veder lavorare, e di ragionare con esso meco. Cominciato un poco a migliorare delle mie rene, mi feci portar della terra, e in mentre che 'l Duca si stava quivi a passar tempo, io lo ritrassi, faccendo una testa assai maggiore del vivo. Di questa opera Sua Eccellenzia ne prese grandissimo piacere e mi pose tanto amore, che lui mi disse che gli sarebbe stato grandissimo appiacere che io mi fussi accomodato a lavorare in Palazzo, cercandomi in esso palazzo di stanze capace, le quale io mi dovessi fare acconciare con le fornacie e con ciò che io avessi di bisogno; perché pigliava piacere di tal cose grandissimo. A questo io dissi a Sua Eccellenzia, che non era possibile, perché io non arei finito l'opere mia in cento anni.

LIX. La Duchessa mi faceva favori inistimabili, e arebbe voluto che io avessi atteso a lavorare per lei, e non mi fussi curato né di Perseo né di altro. Io, che mi vedevo in questi vani favori, sapevo certo che la mia perversa e mordace fortuna non poteva soprastare a farmi qualche nuovo assassinamento; perché ogniora mi s'appresentava innanzi el gran male che io avevo fatto, cercando di fare un sí gran bene: dico quanto alle cose di Francia. Il Re non poteva inghiottire quel gran dispiacere che gli aveva della mia partita, e pure arebbe voluto che io fussi ritornato, ma con ispresso suo onore: a me pareva avere molte gran ragione, e non mi volevo dichinare; perché pensavo, se io mi fussi dichinato a scrivere umilmente, quelli uomini alla franciosa arebbono detto che io fussi stato peccatore e che e' fussi stato il vero certe magagne, che a torto m'erano aposte. Per questo io stavo in su l'onorevole, e, come uomo che ha ragione, iscrivevo rigorosamente, quale era il maggior piacere che potevano avere quei dua traditori mia allevati: perché io mi vantavo, scrivendo loro, delle gran carezze che m'era fatte nella patria mia da un Signore e da una Signora, assoluti patroni della città di Firenze, mia patria. Come eglino avevano una di queste cotal lettere, andavano dal Re e strignevano Sua Maestà a dar loro il mio castello, in quel modo che l'aveva dato a me. Il Re, qual era persona buona e mirabile, mai volse acconsentire alle temerarie dimande di questi gran ladroncelli, perché si era cominciato a 'vedere a quel che loro malignamente espiravano: e per dar loro un poco di speranza e a me occasione di tornar subito, mi fece iscrivere alquanto in còllora da un suo tesauriere, che si dimandava messer Giuliano Buonaccorsi, cittadino fiorentino. La lettera conteneva questo: che, se io volevo mantenere quel nome de l'uomo da bene che io v'avevo portato, da poi che io me n'ero partito sanza nessuna causa, ero veramente ubrigato a render conto di tutto quello che io avevo maneggiato e fatto per Sua Maestà. Quando io ebbi questa lettera, mi dette tanto piacere, che a chiedere a lingua, io non arei domandato né piú né manco. Messomi a scrivere, empie' nove fogli di carta ordinaria; e in quegli narrai tritamente tutte l'opere che io avevo fatte e tutti gli accidenti che io avevo aúti in esse, e tutta la quantità de' denari che s'erano ispesi in dette opere, i quali tutti s'erano dati per mano di dua notari e d'un suo tesauriere, e sottoscritti da tutti quelli proprii uomini che gli avevano aúti, i quali alcuno aveva dato delle robe sue e gli altri le sue fatiche; e che di essi danari io non m'ero messo un sol quattrino in borsa, e che delle opere mie finite io non avevo aúto nulla al mondo; solo me ne avevo portato in Italia alcuni favori e promesse realissime, degne veramente di Sua Maestà. E se bene io non mi potevo vantare d'aver tratto nulla altro delle mie opere, che certi salari ordinatimi da Sua Maestà per mio trattenimento, e di quelli anche restavo d'avere piú di settecento scudi d'oro, i quali apposta io lasciai, perché mi fussino mandati per il mio buon ritorno; - però, conosciuto che alcuni maligni per propia invidia hanno fatto qualche malo uffizio, la verità ha a star sempre di sopra: io mi glorio di Sua Maestà cristianissima, e non mi muove l'avarizia. Se bene io cognosco d'avere attenuto molto più a Sua Maestà di quello che io mi offersi di fare: e se bene a me non è conseguito il cambio promissomi, d'altro non mi curo al mondo, se non di restare, nel concetto di Sua Maestà, uomo da bene e netto, tal quale io fui sempre. E se nessun dubbio di questo fussi in Vostra Maestà, a un minimo cenno verrò volando a render conto di me, con la propia vita: ma vedendo tener cosí poco conto di me, non son voluto tornare a offerirmi, saputo che a me sempre avanzerà del pane dovunche io vada: e quando io sia chiamato, sempre risponderò -. Era in detta lettera molti altri particulari degni di quel maraviglioso Re e della salvazione dell'onor mio. Questa lettera, innanzi che io la mandassi, la portai al mio Duca, il quale ebbe molto piacere di vederla; di poi subito la mandai in Francia, diritta al cardinal di Ferrara.

LX. In questo tempo Bernardone Baldini, sensale di gioie di Sua Eccellenzia, aveva portato di Vinezia un diamante grande, di più di trentacinque carati di peso: eraci Antonio di Vittorio Landi ancora lui interessato per farlo comperare al Duca. Questo diamante era stato già una punta, ma perché e' non riusciva con quella limpidità fulgente, che a tal gioia si doveva desiderare, li padroni di esso diamante avevano ischericato questa ditta punta, la quale veramente non faceva bene né per tavola né per punta. Il nostro Duca, che si dilettava grandemente di gioie, ma però non se ne intendeva, dette sicura isperanza a questo ribaldone di Bernardaccio di volere comperare questo ditto diamante. E perché questo Bernardo cercava di averne l'onore lui solo, di questo inganno che voleva fare al Duca di Firenze, mai non conferiva nulla con il suo compagno, il ditto Antonio Landi. Questo ditto Antonio era molto mio amico per insino da puerizia, e perché lui vedeva che io ero tanto domestico con il mio Duca, un giorno infra gli altri mi chiamò da canto - era presso a mezzodí, e fu in sul canto di Mercato Nuovo - e mi disse cosí: - Benvenuto, io son certo che 'l Duca vi mostrerrà un diamante, il quale e' dimostra aver voglia di comperarlo: voi vedrete un gran diamante. Aiutate la vendita; e io vi dico che io lo posso dare per diciasette mila scudi: io son certo che il Duca vorrà il vostro consiglio; se voi lo vedete inclinato bene al volerlo, e' si farà cosa che lo potrà pigliare -. Questo Antonio mostrava di avere una gran sicurtà nel poter far partito di questa gioia. Io li promessi che, essendomi mostra e di poi domandato del mio parere, io arei detto tutto quello che io intendessi, senza danneggiare la gioia. Sí come io ho detto di sopra, il Duca veniva ogni giorno in quella oreficeria per parecchi ore; e dal dí che m'aveva parlato Antonio Landi piú di otto giorni dappoi, il Duca mi mostrò un giorno doppo desinare questo ditto diamante, il quale io ricognobbi per quei contra segni che m'aveva detto Antonio Landi e della forma e del peso. E perché questo ditto diamante era d'un'acqua, sí come io dissi di sopra, torbidiccia e per quella causa avevano ischericato quella punta, vedendolo io di quella sorte, certo l'arei isconsigliato a far tale ispesa; però, quando e' me lo mostrò, io domandai Sua Eccellenzia quello che quella voleva che io dicessi, perché gli era divario a' gioiellieri a il pregiare una gioia, di poi che un Signore l'aveva compera, o al porgli pregio perché quello la comperassi. Allora Sua Eccellenzia mi disse che l'aveva compro e che io dicessi solo il mio parere. Io non volsi mancare di non gli accennare modestamente quel poco che di quella gioia io intendevo. Mi disse che io considerassi la bellezza di quei gran filetti che l'aveva. Allora io dissi che quella non era quella gran bellezza che Sua Eccellenzia s'immaginava e che quella era una punta ischericata. A queste parole il mio Signore, che s'avvedde che io dicevo il vero, fece un mal grugno e mi disse che io attendessi a stimar la gioia e giudicare quello che mi pareva che la valessi. Io che pensavo che, avendomelo Antonio Landi offerto per diciasette mila scudi, mi credevo che il Duca l'avessi aùto per quindici mila il piú, e per questo io, che vedevo che lui aveva per male che io gli dicessi il vero, pensai di mantenerlo nella sua falsa oppinione, e pòrtogli il diamante, dissi: - Diciotto mila scudi avete ispeso -. A queste parole il Duca levò un rumore, faccendo uno O piú grande che una bocca di pozzo, e disse: - Or cred'io che tu non te ne intendi -. Dissi allui: - Certo, Signor mio, che voi credete male: attendete a tenère la vostra gioia in riputazione e io attenderò a intendermene. Ditemi almanco quello che voi vi avete speso drento, acciò che io impari a intendermene sicondo i modi di Vostra Eccellenzia -. Rizzatosi il Duca con un poco di sdegnoso ghigno, disse: - Venticinque mila iscudi e da vantaggio, Benvenuto, mi costa - e andato via. A queste parole era alla presenza Gianpagolo e Domenico Poggini, orefici; e il Bachiacca ricamatore, ancora lui, che lavorava in una stanza vicina alla nostra, corse a quel rimore; dove io dissi: - Io non l'arei mai consigliato che egli lo comperassi; ma se pure egli n'avessi aùto voglia, Antonio Landi otto giorni fa me lo offerse per diciasette mila scudi; io credo che io l'arei aùto per quindici o manco. Ma il Duca vuol tenere la sua gioia in riputazione; perché avendomela offerta Antonio Landi per un cotal prezzo, diavol che Bernardone avessi fatto al Duca una cosí vituperosa giunteria! - E non credendo mai che tal cosa fussi vera, come l'era, ridendo ci passammo quella simplicità del Duca.

LXI. Avendo di già condotto la figura della gran Medusa, sí come io dissi, avevo fatto la sua ossatura di ferro: di poi fattala di terra, come di notomia, e magretta un mezzo dito, io la cossi benissimo; di poi vi messi sopra la cera e fini'la innel modo che io volevo che la stessi. Il Duca, che piú volte l'era venuta a vedere, aveva tanta gelosia che la non mi venissi di bronzo, che egli arebbe voluto che io avessi chiamato qualche maestro che me la gittassi. E perché Sua Eccellenzia parlava continuamente e con grandissimo favore delle mie saccenterie, il suo maiordomo, che continuamente cercava di qualche lacciuolo per farmi rompere il collo, e perché gli aveva l'autorità di comandare a' bargelli e a tutti gli uffizi della povera isventurata città di Firenze, che un pratese, nimico nostro, figliuol d'un bottaio, ignorantissimo, per essere stato pedante fradicio di Cosimo de' Medici innanzi che fussi duca, fussi venuto in tanta grande autorità, sí come ho detto, stando vigilante quanto egli poteva per farmi male, veduto che per verso nessuno lui non mi poteva appiccare ferro addosso, pensò un modo di far qualcosa. E andato a trovare la madre di quel mio fattorino, che aveva nome Cencio, e lei la Gambetta, dettono uno ordine, quel briccon pedante e quella furfante puttana, di farmi uno spavento, acciò che per quello, io mi fussi andato con Dio. La Gambetta, tirando all'arte sua, uscí, di commessione di quel pazzo ribaldo pedante maiordomo: e perché gli avevano ancora indettato il bargello, il quale era un certo bolognese, che per far di queste cose il Duca lo cacciò poi via; venendo un sabato sera, alle tre ore di notte mi venne a trovare la ditta Gambetta con il suo figliuolo, e mi disse che ella l'aveva tenuto parecchi dí rinchiuso per la salute mia. Alla quale io risposi che per mio conto lei non lo tenessi rinchiuso: e ridendomi della sua puttanesca arte, mi volsi al figliuolo in sua presenza e gli dissi: - Tu lo sai, Cencio, se io ho peccato teco - il qual piagnendo disse che no. Allora la madre, scotendo il capo, disse al figliuolo: - Ahi ribaldello, forse che io non so come si fa? - poi si volse a me, dicendomi che io lo tenessi nascosto in casa, perché il bargello ne cercava, e che l'arebbe preso ad ogni modo fuor di casa mia; ma che in casa mia non l'arebbon tocco. A questo io le dissi che in casa mia io aveva la sorella vedova con sei sante figlioline, e che io non volevo, in casa mia, persona. Allora lei disse che 'l maiordomo aveva dato le commessione al bargello e che io sarei preso a ogni modo; ma poiché io non volevo pigliare il figliuolo in casa, se io le davo cento scudi potevo non dubitar piú di nulla, perché essendo il maiordomo tanto grandissimo suo amico, io potevo star sicuro che lei gli arebbe fatto fare tutto quel che allei piaceva, purché io le dessi li cento scudi. Io ero venuto in tanto furore, col quale io le dissi: - Levamiti d'innanzi, vituperosa puttana, che se non fussi per onor di mondo e per la innocenzia di quello infelice figliuolo che tu hai quivi, io ti arei di già iscannata con questo pugnaletto, che dua o tre volte ci ho messo su le mane -. E con queste parole, con molte villane urtate, lei e 'l figliuolo pinsi fuor di casa.

LXII. Considerato poi da me la ribalderia e possanza di quel mal pedante, giudicai che il mio meglio fussi di dare un poco di luogo a quella diavoleria, e la mattina di buon'ora, consegnato alla mia sorella gioie e cose per vicino a dumila scudi, montai a cavallo e me ne andai alla volta di Vinezia, e menai meco quel mio Bernardino di Mugello. E giunto che io fui a Ferrara, io scrissi alla Eccellenzia del Duca che se bene io me n'ero ito sanza esserne mandato, io ritornerei sanza esser chiamato. Di poi, giunto a Vinezia, considerato con quanti diversi modi la mia crudel fortuna mi straziava, niente di manco trovandomi sano e gagliardo mi risolsi di schermigliar con essa al mio solito. E in mentre andavo cosí pensando a' fatti miei, passandomi tempo per quella bella e ricchissima città, avendo salutato quel maraviglioso Tiziano pittore e Iacopo del Sansovino, valente scultore e architetto nostro fiorentino molto ben trattenuto dalla Signoria di Venezia, e per esserci conosciuti nella giovanezza in Roma e in Firenze come nostro fiorentino, questi duoi virtuosi mi feciono molte carezze. L'altro giorno a presso io mi scontrai in messer Lorenzo de' Medici, il quale subito mi prese per mano con la maggior raccoglienzia che si possa veder al mondo, perché ci eràmo cognosciuti in Firenze quando io facevo le monete al duca Lessandro, e di poi in Parigi, quando io ero al servizio del Re. Egli si tratteneva in casa di messer Giuliano Buonacorsi, e per non aver dove andarsi a passar tempo altrove sanza grandissimo suo pericolo, egli si stava piú del tempo in casa mia, vedendomi lavorare quelle grand'opere. E sí come io dico, per questa passata conoscenzia, egli mi prese per mano e menòmi a casa sua, dov'era il signor Priore delli Strozzi, fratello del signor Pietro, e rallegrandosi, mi domandorno quanto io volevo soprastare in Venezia, credendosi che io me ne volessi ritornare in Francia. A' quali Signori io dissi che io mi ero partito di Fiorenze per una tale occasione sopra detta, e che fra dua o tre giorni io mi volevo ritornare a Fiorenze a servire il mio gran Duca. Quando io dissi queste parole, il signor Priore e messer Lorenzo mi si volsono con tanta rigidità, che io ebbi paura grandissima, e mi dissono: - Tu faresti il meglio a tornartene in Francia, dove tu sei ricco e conosciuto; che se tu torni a Firenze, tu perderai tutto quello che avevi guadagnato in Francia, e di Firenze non trarrai altro che dispiaceri -. Io non risposi alle parole loro, e partitomi l'altro giorno piú secretamente che io possetti, me ne tornai alla volta di Fiorenze, e intanto era maturato le diavolerie, perché io avevo scritto al mio gran Duca tutta l'occasione che mi aveva traportato a Venezia. E con la sua solita prudenzia e severità, io lo visitai senza alcuna cerimonia; stato alquanto con la detta severità, di poi piacevolmente mi si volse e mi domandò dove io ero stato. Al quale io risposi che il cuor mio mai non si era scostato un dito da Sua Eccellenzia illustrissima, se bene per qualche giuste occasioni e' mi era stato di necessità di menare un poco il mio corpo a zonzo. Allora faccendosi piú piacevole, mi cominciò a domandar di Vinezia e cosí ragionammo un pezzo; poi ultimamente mi disse che io attendessi a lavorare e che io gli finissi il suo Perseo. Cosí mi tornai a casa lieto e allegro, e rallegrai la mia famiglia, cioè la mia sorella con le sue sei figliuole, e ripreso l'opere mie, con quanta sollecitudine io potevo le tiravo innanzi.

LXIII. E la prima opera che io gittai di bronzo fu quella testa grande, ritratto di Sua Eccellenzia, che io avevo fatta di terra nell'oreficerie, mentre che io avevo male alle stiene. Questa fu un'opera che piacque e io non la feci per altra causa se non per fare sperienzia delle terre da gittare il bronzo. E se bene io vedevo che quel mirabil Donatello aveva fatto le sue

opere di bronzo, quale aveva gittate con la terra di Firenze, e' mi pareva
che l'avessi condutte con grandissima difficultà; e pensando che venissi
dal difetto della terra, innanzi che io mi mettessi a gittare il mio Perseo,
io volsi fare queste prime diligenzie; per le quali trovai esser buona la
terra, se bene non era stata bene intesa da quel mirabil Donatello, perché
con grandissima difficultà vedevo condotte le sue opere. Cosí, come io
dico di sopra, per virtú d'arte io composi la terra, la quale mi serví benissimo; e, sí come io dico, con essa gittai la detta testa; ma perché io
non avevo ancora fatto la fornace, mi servi' della fornace di maestro Za-
nobi di Pagno, campanaio. E veduto che la testa era ben venuta netta,
subito mi messi a fare una fornacetta nella bottega che mi aveva fatta il
Duca, con mio ordine e disegno, nella propria casa che mi aveva donata;
e subito fatto la fornace, con quanta piú sollecitudine io potevo, mi
messi in ordine per gittare la statua della Medusa, la quale si è quella
femmina scontorta che è sotto i piedi del Perseo. E per essere questo
getto cosa difficilissima, io non volsi mancare di tutte quelle diligenzie
che avevo imparato, acciò che non mi venissi fatto qualche errore; e cosí
il primo getto ch'io feci in detta mia fornacina venne bene superlativo
grado, ed era tanto netto ch'e' non pareva alli amici mia il dovere che io
altrimenti la dovessi rinettare; la qualcosa hanno trovato certi Todeschi
e Franciosi, quali dicono e si vantano di bellissimi secreti di gittare i
bronzi senza rinettare; cosa veramente da pazzi; perché il bronzo, di poi
che gli è gittato, bisogna riserarlo con i martelli e con i ceselli, sí come i
maravigliosissimi antichi, e come hanno ancor fatto i moderni, dico quei
moderni ch'hanno saputo lavorare il bronzo. Questo getto piacque assai
a Sua Eccellenzia illustrissima, che piú volte lo venne a vedere sino a
casa mia, dandomi grandissimo animo al ben fare. Ma possette tanto
quella rabbiosa invidia del Bandinello, che, con tanta sollecitudine intorno alli orecchi di Sua Eccellenzia illustrissima, che gli fece pensare,
che se bene io gittavo qualcuna di queste statue, che mai io non le metterei insieme, perché l'era in me arte nuova; e che Sua Eccellenzia doveva ben guardare a non gittare via i sua denari. Possetton tanto queste
parole in quei gloriosi orecchi, che mi fu allentato alcuna spesa di lavoranti; di modo che io fui necessitato a risentirmi arditamente con Sua
Eccellenzia: dove una mattina, aspettando quella nella via de' Servi, le
dissi: - Signor mio, io non son soccorso d'i miei bisogni, di modo che io

sospetto che Vostra Eccellenzia non diffidi di me; il perché di nuovo le dico che a me basta la vista di condur tre volte meglio quest'opera, che non fu il modello, sí come io vi ho promesso.

LXIV. Avendo detto queste parole a Sua Eccellenzia, e conosciuto che le non facevan frutto nissuno, perché non ne ritraevo risposta, subito mi crebbe una stizza, insieme con una passione intollerabile, e di nuovo cominciai a riparlare al Duca e gli dissi: - Signor mio, questa città veramente è stata sempre la scuola delle maggior virtute; ma cognosciuto che uno s'è, avendo imparato qualche cosa, volendo accrescer gloria alla sua città e al suo glorioso Principe, gli è bene andare a operare altrove. E che questo, Signor mio, sia il vero, io so che l'Eccellenzia Vostra ha saputo chi fu Donatello, e chi fu il gran Leonardo da Vinci, e chi è ora il mirabil Michelagnol Buonarroti. Questi accrescono la gloria per le lor virtú all'Eccellenzia Vostra; per la qualcosa io ancora spero di far la parte mia; sí che, Signor mio, lasciatemi andare. Ma Vostra Eccellenzia avvertisca bene a non lasciare andare il Bandinello, anzi dateli sempre piú che lui non vi domanda; perché se costui va fuora, gli è tanto la ignoranzia sua prosuntuosa, che gli è atto a vituperare questa nobilissima Scuola. Or dàtimi licenzia, Signore, né domando altro delle mie fatiche sino a qui che la grazia di Vostra Eccellenzia illustrissima -. Vedutomi Sua Eccellenzia a quel modo resoluto, con un poco di sdegno mi si volse, dicendo: - Benvenuto, se tu hai voglia di finir l'opera, e' non si mancherà di nulla -. Allora io lo ringraziai, e dissi che altro desiderio non era il mio, se non di mostrare a quelli invidiosi che a me bastava la vista di condurre l'opera promessa. Cosí spiccatomi da Sua Eccellenzia, mi fu dato qualche poco di aiuto; per la qual cosa fui necessitato a metter mano alla borsa mia, volendo che la mia opera andassi un poco piú che di passo. E perché la sera io sempre me ne andavo a veglia nella guardaroba di Sua Eccellenzia, dove era Domenico e Gianpavolo Poggini, suo fratello, quali lavoravano un vaso di oro, che addietro s'è detto, per la Duchessa e una cintura d'oro; ancora Sua Eccellenzia m'aveva fatto fare un modellino d'un pendente, dove andava legato dentro quel diamante grande che li aveva fatto comperare Bernardone e Antonio Landi. E con tutto che io fuggissi di non voler far tal cosa, il Duca con tante belle piacevolezze mi vi faceva lavorare ogni sera in sino alle quattro ore. Ancora mi strigneva con piacevolissimi modi a far che io vi lavorassi ancora di giorno; alla qual cosa non volsi mai acconsentire; e per questo io credetti per cosa certa che Sua Eccellenzia si adirassi meco. E una sera in fra le altre, essendo giunto alquanto piú tardi che al mio solito, il Duca mi disse: - Tu sia il malvenuto -. Alle quali parole io dissi: - Signor mio, cotesto non è il mio nome, perché io ho nome Benvenuto; e perché io penso che l'Eccellenzia Vostra motteggi meco, io non entrerò in altro -. A questo il Duca disse che diceva da maledetto senno e non motteggiava e che io avvertissi bene quel che io facevo, perché gli era venuto alli orecchi che, prevalendomi del suo favore, io facevo fare or questo or quello. A queste parole io pregai Sua Eccellenzia illustrissima di farmi degno di dirmi solo un omo che io avevo mai fatto fare al mondo. Subito mi si volse in collera e mi disse: - Va' e rendi quello che tu hai di Bernardone: eccotene uno -. A questo io dissi: - Signor mio, io vi ringrazio, e vi priego mi facciate degno d'ascoltarmi quattro parole: egli è il vero che e' mi prestò un paio di bilance vecchie e dua ancudine e tre martelletti piccoli, le qual masserizie oggi son passati quindici giorni che io dissi al suo Giorgio da Cortona che mandassi per esse; il perché il detto Giorgio venne per esse lui stesso; e se mai Vostra Eccellenzia illustrissima truova, che dal dí che io nacqui in qua, io abbia mai nulla di quello di persona in cotesto modo, se bene in Roma o in Francia, faccia intender da quelli che li hanno riferite quelle cose o da altri; e trovando il vero, mi castighi a misura di carboni -. Vedutomi il Duca in grandissima passione, come Signor discretissimo e amorevole mi si volse e disse: - E' non si dice a quelli che non fanno li errori; sí che, se l'è come tu di', io ti vedrò sempre volentieri, come ho fatto per il passato -. A questo io dissi: - Sappi l'Eccellenzia Vostra che le ribalderie di Bernardone mi sforzano a domandarla e pregarla, che quella mi dica quel che la spese nel diamante grande, punta schericata: perché io spero mostrarle perché questo male omaccio cerca mettermivi in disgrazia -. Allora Sua Eccellenzia mi disse: - Il diamante mi costò 25 mila ducati: perché me ne domandi tu? - Perché, Signor mio, il tal dí, alle tal'ore, in sul canto di Mercato nuovo, Antonio di Vettorio Landi mi disse che io cercassi di far mercato con Vostra Eccellenzia illustrissima, e di prima domanda ne chiese sedici mila ducati: ora Vostra Eccellenzia sa quel che la l'ha comperato. E che questo sia il vero, domandate ser Domenico Poggini e Giampavolo suo fratello, che son qui; che io lo dissi loro subito, e da poi non ho mai piú parlato, perché l'Eccellenzia Vostra disse che io non me ne intendevo; onde io pensavo che quella lo volessi tenere in riputazione. Sappiate, Signor mio, che io me ne intendo; e quanto all'altra parte fo professione d'esser uomo da bene quanto altro che sia nato al mondo, e sia chi vuole. Io non cercherò di rubarvi otto o dieci mila ducati per volta, anzi mi ingegnerò guadagnarli con le mie fatiche: e mi fermai a servir Vostra Eccellenzia per iscultore, orefice e maestro di monete; e di riferirle delle cose d'altrui, mai. E questa che io le dico adesso, la dico per difesa mia, e non ne voglio il quarto: e gnene dico presente tanti uomini dabbene che son qui, acciò Vostra Eccellenzia illustrissima non creda a Bernardone ciò che dice -. Subito il Duca si levò in collera e mandò per Bernardone, il qual fu necessitato a correre sino a Vinezia, lui e Antonio Landi; quale Antonio mi diceva che non aveva volsuto dir quel diamante. Gli andorno e tornorno da Vinezia, e io trovai il Duca, e dissi: - Signore, quel che io vi dissi è vero, e quel vi disse delle masserizie Bernardone non fu vero; e faresti bene a farne la pruova, e io mi avviarò al bargello -. A queste parole il Duca mi si volse, dicendomi: - Benvenuto, attendi a esser omo da bene, come hai fatto per il passato, e non dubitar mai di nulla -. La cosa andò in fumo e io non ne senti' mai piú parlare. Attesi a finire il suo gioiello; e portatolo un giorno finito alla Duchessa, lei stessa mi disse che stimava tanto la mia fattura quanto il diamante, che li aveva fatto comperar Bernardaccio, e volse che io gnene appiccassi al petto di mia mano, e mi dette uno spilletto grossetto in mano, e con quello gnene appiccai, e mi parti' con molta sua buona grazia. Da poi io intesi che e' l'avevano fatto rilegare a un tedesco o altro forestiero, salvo 'l vero, perché il detto Bernardone disse che 'l detto diamante mostrerrebbe meglio legato con manco opera.

LXV. Domenico e Giovanpagolo Poggini, orefici e fratelli, lavoravano, sí come io credo d'aver detto, in guardaroba di Sua Eccellenzia illustrissima cone i miei disegni, certi vasetti d'oro cesellati, con istorie di figurine di basso rilievo e altre cose di molta inportanza. E perché io dissi piú volte al Duca: - Signor mio, se Vostra Eccellenzia illustrissima mi pagassi parecchi lavoranti, io vi farei le monete della vostra zecca e le medaglie colla testa di Vostra Eccellenzia illustrissima, le qual farei a gara con gli antichi e arei speranza di superargli: perché dappoi in qua che io feci le medaglie di papa Clemente io ho imparato tanto, che io farei molto meglio di quelle: e cosí farei meglio delle monete che io feci al duca Alessandro, le quale sono ancora tenute belle; e cosí vi farei de' vasi grandi d'oro e d'argento, sí come io ne ho fatti tanti a quel mirabil re Francesco di Francia, solo per le gran comodità che ei m'ha date, né mai s'è perso tempo ai gran colossi né all'altre statue -. A queste mie parole il Duca mi diceva: - Fa', e io vedrò - né mai mi dette comodità né aiuto nessuno. Un giorno Sua Eccellenzia illustrissima mi fece dare parecchi libbre d'argento e mi disse: - Questo è dello argento delle mie cave, fammi un bel vaso -. E perché io non volevo lasciare in dietro il mio Perseo e ancora avevo gran volontà di servirlo, io lo detti da fare, con i miei disegni e modelletti di cera, a un certo ribaldo che si chiama Piero di Martino, orafo: il quale lo cominciò male e anche non vi lavorava, di modo che io vi persi piú tempo che se io lo avessi fatto tutto di mia mano. Cosí avendomi straziato parecchi mesi, e veduto che il detto Piero non vi lavorava, né manco vi faceva lavorare, io me lo feci rendere, e durai una gran fatica a riavere, con el corpo del vaso mal cominciato, come io dissi, il resto dell'argento che io gli avevo dato. Il Duca che intese qualcosa di questi romori, mandò per il vaso e per i modelli e mai piú mi disse né perché né per come; basta che con certi mia disegni e' ne fece fare a diverse persone e a Venezia e in altri luoghi, e fu malissimo servito. La Duchessa mi diceva spesso che io lavorassi per lei di oreficerie: alla quale io piú volte dissi, che 'l mondo benissimo sapeva, e tutta la Italia, che io ero buono orefice; ma che la Italia non aveva mai veduto opere di mia mano di scultura: - e per l'arte certi scultori arrabbiati, ridendosi di me, mi chiamano lo scultor nuovo; ai quali io spero di mostrare d'esser scultor vecchio, se Idio mi darà tanta grazia che io possa mostrar finito 'l mio Perseo in quella onorata piazza di Sua Eccellenzia illustrissima -. E ritiratomi a casa, attendevo a lavorare il giorno e la notte, e non mi lasciavo vedere in Palazzo. E pensando pure di mantenermi nella buona grazia della Duchessa, io gli feci fare certi piccoli vasetti, grandi come un pentolino di dua quattrini, d'argento, con belle mascherine in foggia rarissima, all'antica; e portatole li detti vasetti, lei mi fece la piú grata accoglienza che immaginar si possa al mondo e mi pagò 'l mio argento e oro che io vi avevo messo. E io pure mi raccomandavo a Sua Eccellenzia illustrissima pregandola che la dicessi al Duca, che io avevo poco aiuto a cosí grande opera, e che Sua Eccellenzia illustrissima doverrebbe dire al Duca, che ei non volessi tanto credere a quella mala lingua del Bandinello, con la quale e' m'impediva al finire il mio Perseo. A queste mie lacrimose parole la Duchessa si ristrinse nelle spalle e pur mi disse: - Per certo che 'l Duca lo doverria pur conoscere, che questo suo Bandinello non val niente.

LXVI. Io mi stavo in casa, e di rado mi appresentavo al Palazzo, e con gran sollecitudine lavoravo, per finire la mia opera; e mi conveniva pagare i lavoranti de il mio; perché, avendomi fatto pagare certi lavoranti il Duca da Lattanzio Gorini in circa a diciotto mesi ed essendogli venuto annoia, mi fece levare le commessione, per la qual cosa io domandai il detto Lattanzio, perché e' non mi pagava. E' mi rispose, menando certe sue manuzze di ragnatelo, con una vocerellina di zanzara: - Perché non finisci questa tua opera? E' si crede che tu nolla finirai mai -. Io subito gli risposi adirato e dissi: - Cosí vi venga il canchero e a voi e attutti quegli che non credono che io nolla finisca -. E cosí disperato mi ritornai accasa al mio mal fortunato Perseo, e non senza lacrime, perché mi tornava in memoria il mio bello stato che io avevo lasciato in Parigi sotto 'l servizio di quel maraviglioso re Francesco, con el quale mi avanzava ogni cosa, e qui mi mancava ogni cosa. E parecchi volte mi disposi di gittarmi al disperato: e una volta infra l'altre io montai in su un mio bel cavalletto, e mi missi cento scudi accanto, e me n'andai a Fiesole a vedere un mio figliuolino naturale, il quale tenevo abbalia con una mia comare, moglie di un mio lavorante. E giunto al mio figliolino lo trovai di buono essere, e io cosí malcontento lo baciai; e volendomi partire, e' non mi lasciava, perché mi teneva forte colle manine e con un furore di pianto e strida, che in quell'età di due anni in circa era cosa piú che maravigliosa. E perché io m'ero resoluto che, se io trovavo 'l Bandinello, il quale soleva andare ogni sera a quel suo podere sopra San Domenico, come disperato lo volevo gittare in terra, cosí mi spiccai dal mio bambino, lasciandolo con quel suo dirotto pianto. E venendomene inverso Firenze, quando io arrivai alla piazza di San Domenico, appunto il Bandinello entrava dall'altro lato in su la piazza. Subito resolutomi di fare quella sanguinosa opera, giunsi allui, e alzato gli occhi, lo vidi senza arme, in su un muluccio come uno asino e aveva seco un fanciullino dell'età di dieci anni; e subito che lui mi vidde, divenne di color di morto, e tremava dal capo ai piedi. Io, conosciuto la vilissima opera, dissi: - Non aver paura, vil poltrone, che io non ti vo' far degno delle mie busse -. Egli mi guardò rimesso e non disse nulla. Allora io ripresi la virtú, e ringrazia' Iddio che per sua vera virtute non aveva voluto che io facessi un tal disordine. Cosí liberatomi da quel diabolico furore, mi accrebbe animo e meco medesimo dicevo: - Se Iddio mi dà tanto di grazia che io finisca la mia opera, spero con quella di ammazzare tutti i mia ribaldi nimici; dove io farò molte maggiori e piú gloriose le mie vendette, che se io mi fussi sfogato con un solo - e con questa buona resoluzione mi tornai a casa. In capo di tre giorni io intesi come quella mia comare mi aveva affogato il mio unico figliolino; il quale mi dette tanto dolore che mai non senti' il maggiore. Imperò mi inginocchiai in terra, e non senza lacrime al mio solito ringraziai il mio Iddio, dicendo: - Signor mio, tu me lo desti, e or tu me t'hai tolto, e di tutto io con tutto 'l cuor mio ti ringrazio -. E con tutto che 'l gran dolore mi aveva quasi smarrito, pure, al mio solito, fatto della necessità virtú, il meglio che io potevo mi andavo accomodando.

LXVII. E' s'era partito un giovane in questo tempo dal Bandinello, il quale aveva nome Francesco, figliuolo di Matteo fabbro. Questo detto giovane mi fece domandare se io gli volevo dare da lavorare; e io fui contento, e lo missi a rinettare la figura della Medusa, che era di già gittata. Questo giovane, dipoi quindici giorni, mi disse che aveva parlato con el suo maestro, cioè il Bandinello, e che lui mi diceva da sua parte che, se io volevo fare una figura di marmo, che ei mi mandava a offerire di donarmi un bel pezzo di marmo. Subito io dissi: - Digli che io l'accetto; e potria essere il mal marmo per lui, perché ei mi va stuzzicando, e non si ricorda il gran pericolo che lui aveva passato meco in su la piazza di San Domenico: or digli che io lo voglio a ogni modo. Io non parlo mai di lui e sempre questa bestia mi dà noia: e mi credo che tu sia venuto a lavorare meco mandato dallui, solo per spiare i fatti mia. O va, e digli che io vorrò il marmo a suo malgrado; e ritòrnatene seco.

LXVIII. Essendo stato di molti giorni che io non m'ero lasciato rivedere in Palazzo, v'andai una mattina, che mi venne quel capriccio, e il Duca aveva quasi finito di desinare, e, per quel che io intesi, Sua Eccellenzia aveva la mattina ragionato e ditto molto bene di me, e infra l'altre cose ei mi aveva molto lodato in legar gioie; e per questo, come la Duchessa mi vide, la mi fece chiamare da messer Sforza; e appressatomi a Sua Eccellenzia illustrissima, lei mi pregò che io le legassi un diamantino in punta innuno anello, e mi disse che lo voleva portare sempre nel suo dito; e mi dette la misura e 'l diamante, il quale valeva in circa a cento scudi, e mi pregò che io lo facessi presto. Subito 'l Duca cominciò a ragionare con la Duchessa e le disse: - Certo che Benvenuto fu in cotesta arte senza pari; ma ora che lui l'ha dimessa, io credo che 'l fare uno anellino come voi vorresti, e' gli sarebbe troppa gran fatica: sí che io vi priego che voi nollo affatichiate in questa piccola cosa, la quale allui saria grande, per essersi disuso -. A queste parole io ringraziai el Duca, e poi lo pregai che mi lasciassi fare questo poco del servizio alla signora Duchessa: e subito messovi le mani, in pochi giorni lo ebbi finito. L'anello si era per il dito piccolo della mano: cosí feci quattro puttini tondi con quattro mascherine, le qual cose facevano il detto anellino: e anche vi accomodai alcune frutte e legaturine smaltate; di modo che la gioia e l'anello si mostravano molto bene insieme. E subito lo portai alla Duchessa: la quale con benigne parole mi disse che io gli avevo fatto un lavoro bellissimo, e che si ricorderebbe di me. Il detto anellino la lo mandò a donare al re Filippo, e dappoi sempre la mi comandava qualche cosa, ma tanto amorevolmente, che io sempre mi sforzavo di servirla, con tutto che io vedessi pochi dinari; e Iddio sa se io ne avevo gran bisogno, perché disideravo di finire 'l mio Perseo, e avevo trovati certi giovani che mi aiutavano, i quali io pagavo del mio; e di nuovo cominciai a lasciarmi vedere piú spesso che io non avevo fatto per il passato.

LXIX. Un giorno di festa in fra gli altri me n'andai in Palazzo dopo 'l desinare, e giunto in su la sala dell'Oriolo, viddi aperto l'uscio della guardaroba, e appressatomi un poco, il Duca mi chiamò, e con piacevole accoglienza mi disse: - Tu sia 'l benvenuto: guarda quella cassetta, che m'ha mandato a donare 'l signore Stefano di Pilestina; aprila e guardiamo che cosa l'è -. Subito apertola, dissi al Duca: - Signor mio, questa è una figura di marmo greco ed è cosa maravigliosa: dico che per un fanciulletto io non mi ricordo di avere mai veduto fra le anticaglie una cosí bella opera, né di cosí bella maniera; di modo che io mi offerisco a Vostra Eccellenzia illustrissima di restaurarvela e la testa e le braccia, i piedi. E gli farò una aquila, acciò che e' sia battezzato per un Ganimede. E se bene e' non si conviene a mme il rattoppare le statue, perché ell'è arte da certi ciabattini, i quali la fanno assai malamente; imperò l'eccellenzia di questo gran maestro mi chiama asservirlo -. Piacque al Duca assai che la statua fussi cosí bella, e mi domandò di assai cose, dicendomi: - Dimmi, Benvenuto mio, distintamente in che consiste tanta virtú di questo maestro, la quale ti dà tanta maraviglia -. Allora io mostrai a Sua Eccellenzia illustrissima con el meglio modo che io seppi, di farlo capace di cotal bellezza e di virtú di intelligenzia, e di rara maniera; sopra le qual cose io aveva discorso assai, e molto piú volentieri lo facevo, conosciuto che Sua Eccellenzia ne pigliava grandissimo piacere.

LXX. In mentre che io cosí piacevolmente trattenevo 'l Duca, avvenne che un paggio uscí fuori della guardaroba e che, nell'uscire il detto, entrò il Bandinello. Vedutolo 'l Duca, mezzo si conturbò, e con cera austera gli disse: - Che andate voi faccendo? - Il detto Bandinello, sanza rispondere altro, subito gittò gli occhi a quella cassetta, dove era la detta statua scoperta, e con un suo mal ghignaccio, scotendo 'l capo, disse volgendosi inverso 'l Duca: - Signore, queste sono di quelle cose che io ho tante volte dette a Vostra Eccellenzia illustrissima. Sappiate che questi antichi non intendevano niente la notomia, e per questo le opere loro sono tutte piene di errori -. Io mi stavo cheto e non attendevo a nulla di quello che egli diceva, anzi gli avevo volte le rene. Subito che questa bestia ebbe finita la sua dispiacevol cicalata, il Duca disse: - O Benvenuto, questo si è tutto 'l contrario di quello che con tante belle ragioni tu m'hai pure ora sí ben dimostro: sí che difendila un poco -. A queste ducal parole, portemi con tanta piacevolezza, subito io risposi e dissi: - Signor mio, vostra Eccellenzia Illustrissima ha da sapere che Baccio Bandinelli si è composto tutto di male, e cosí ei è stato sempre; di modo che ciocché lui guarda, subito a' sua dispiacevoli occhi, se bene le cose sono in sopralativo grado tutto bene, subito le si convertono innun pessimo male. Ma io, che solo son tirato al bene, veggo piú santamente 'l vero; di modo che quello che io ho detto di questa bellissima statua a Vostra Eccellenzia illustrissima si è tutto il puro vero, e quello che n'ha ditto 'l Bandinello si è tutto quel male solo, di quel che lui è composto -. Il Duca mi stette a udire con molto piacere, e in mentre che io dicevo queste cose, il Bandinello si scontorceva e faceva i piú brutti visi del suo viso, che era bruttissimo, che immaginar si possa al mondo. Subito 'l Duca si mosse, avviandosi per certe stanze basse, e il detto Bandinello lo seguitava. I camerieri mi presono per la cappa e me gli avviorno dietro e cosí seguitammo il Duca, tanto che Sua Eccellenzia illustrissima, giunto innuna stanza, e' si misse assedere, e il Bandinello e io stavamo un da destra e un da sinistra di Sua Eccellenzia illustrissima. Io stavo cheto, e quei che erano all'intorno, parecchi servitori di Sua Eccellenzia, tutti guardavano fiso 'l Bandinello, alquanto soghignando l'un coll'altro di quelle parole che io gli avevo detto in quella stanza di sopra. Cosí il detto Bandinello cominciò a favellare e disse: - Signore, quando io scopersi il mio Ercole e Cacco, certo che io credo che piú di cento sonettacci ei mi fu fatti, i quali dicevano il peggio che immaginar si possa al mondo da questo popolaccio -. Io allora risposi e dissi: - Signore, quando il nostro Michelagnolo Buonaroti scoperse la sua Sacrestia, dove ei si vidde tante belle figure, questa mirabile e virtuosa Scuola, amica della verità e del bene, gli fece piú di cento sonetti, a gara l'un l'altro a chi ne poteva dir meglio: e cosí come quella del Bandinello meritava quel tanto male che lui dice che della sua si disse, cosí meritava quel tanto bene quella del Buonaroti, che di lei si disse -. A queste mie parole il Bandinello venne in tanta rabbia, che ei crepava, e mi si volse e disse: - E tu che le sapresti apporre? - Io te lo dirò se tu arai tanta pazienza di sapermi ascoltare -. Diss'ei: - Or di' su -. Il Duca e gli altri, che erano quivi, tutti stavano attenti. Io cominciai e in prima dissi: - Sappi ch'ei m 'incresce di averti a dire e' difetti di quella tua opera, ma none io ti dirò tal cose, anzi ti dirò tutto quello che dice questa virtuosissima Scuola -. E perché questo uomaccio or diceva qualcosa dispiacevole e or faceva con le mani e con i piedi, ei mi fece venire in tanta còllora, che io cominciai in molto piú dispiacevol modo che, faccendo ei altrimenti, io nonnarei fatto: - Questa virtuosa Scuola dice che se e' si tosassi i capegli a Ercole, che e' non vi resterebbe zucca che fussi tanta per riporvi il cervello; e che quella sua faccia e' non si conosce se l'è di omo o se l'è di lionbue; e che la non bada a quel che la fa, e che l'è male appiccata in sul collo, con tanta poca arte e con tanta mala grazia, che e' non si vedde mai peggio; e che quelle sue spallacce somigliano due arcioni d'un basto d'un asino; e che le sue poppe e il resto di quei muscoli non son ritratti da un omo, ma sono ritratti da un saccaccio pieno di poponi, che diritto sia messo, appoggiato al muro. Cosí le stiene paiono ritratte da un sacco pieno di zucche lunghe; le due gambe e non si conosce in che modo le si sieno appiccate a quel torsaccio; perché e' non si conosce in su qual gamba e' posa o in su quale e' fa qualche dimostrazione di forza; né manco si vede che ei posi in su tutt'a dua, sí come e' s'è usato alcune volte di fare da quei maestri che sanno qualche cosa; ben si vede che la cade innanzi piú d'un terzo di braccio: che questo solo si è 'l maggiore e il piú incomportabile errore che faccino quei maestracci di dozzina plebe'. Delle braccia dicono che le son tutt'a dua giú distese senza nessuna grazia, né vi si vede arte, come se mai voi non avessi visto degl'ignudi vivi, e che la gamba dritta d'Ercole e quella di Cacco fanno ammezzo delle polpe delle gambe loro; che se un de' dua si scostassi dall'altro, non tanto l'uno di loro, anzi tutt'a dua resterebbono senza polpe da quella parte che ei si toccano; e dicono che uno dei piedi di Ercole si è sotterrato, e che l'altro pare che gli abbia il fuoco sotto.

LXXI. Questo uomo non potette stare alle mosse d'aver pazienza che io dicessi ancora i gran difetti di Cacco; l'una si era che io dicevo 'l vero, l'altra si era che io lo facevo conoscere chiaramente al Duca e agli altri che erano alla presenza nostra, che facevano i piú gran segni e atti di dimostrazione di maravigliarsi e allora conoscere che io dicevo il verissimo. A un tratto quest'uomaccio disse: - Ahi cattiva linguaccia, o dove lasci tu 'l mio disegno? - Io dissi che chi disegnava bene e' non poteva operar mai male - imperò io crederrò che 'l tuo disegno sia come sono le opere -. Or, veduto quei visi ducali e gli altri, che con gli sguardi e con gli atti lo laceravano, egli si lasciò vincere troppo dalla sua insolenzia, e voltomisi con quel suo bruttissimo visaccio, a un tratto mi disse: - Oh sta' cheto, soddomitaccio -. Il Duca a quella parola serrò le ciglia malamente inverso di lui, e gli altri serrato le bocche e aggrottato gli occhi inverso di lui. Io, che mi senti' cosí sceleratamente offendere, sforzato dal furore, e a un tratto, corsi al rimedio e dissi: - O pazzo, tu esci dei termini: ma Iddio 'l volessi che io sapessi fare una cosí nobile arte, perché e' si legge ch'e' l'usò Giove con Ganimede in paradiso, e qui in terra e' la usano i maggiori imperatori e i piú gran re del mondo. Io sono un basso e umile omicciattolo, il quale né potrei né saprei impacciarmi d'una cosí mirabil cosa -. A questo nessuno non potette esser tanto continente che 'l Duca e gli altri levorno un rumore delle maggior risa che immaginar si possa al mondo. E con tutto che io mi dimostrassi tanto piacevole, sappiate, benigni lettori, che dentro mi scoppiava 'l cuore, considerato che uno, 'l piú sporco scellerato che mai nascessi al mondo, fussi tanto ardito, in presenza di un cosí gran principe, a dirmi una tanta e tale ingiuria; ma sappiate che egli ingiuriò 'l Duca e non me; perché, se io fussi stato fuor di cosí gran presenza, io l'arei fatto cader morto. Veduto questo sporco ribaldo goffo che le risa di quei Signori non cessavano, ei cominciò, per divertirgli da tanta sua beffe, a entrare innun nuovo proposito, dicendo: - Questo Benvenuto si va vantando che io gli ho promesso un marmo -. A queste parole io subito dissi: - Come! non m'hai tu mandato a dire per Francesco di Matteo fabbro, tuo garzone, che se io voglio lavorar di marmo, che tu mi vuoi donare un marmo? E io l'ho accettato, e vo' lo -. Allora ei disse: - Oh fa' conto di noll'aver mai -. Subito io, che ero ripieno di rabbia per le ingiuste ingiurie dettemi in prima, smarrito dalla ragione e accecato della presenza del Duca, con gran furore dissi: - Io ti dico espresso che se tu non mi mandi il marmo insino accasa, cèrcati di un altro mondo, perché in questo io ti sgonfierò a ogni modo -. Subito avvedutomi che io ero alla presenza d'un sí gran Duca, umilmente mi volsi a Sua Eccellenzia, e dissi: - Signor mio, un pazzo ne fa cento; le pazzie di questo omo mi avevano fatto smarrire la gloria di Vostra Eccellenzia illustrissima e me stesso; sí che perdonatemi -. Allora il Duca disse al Bandinello: - È egli 'l vero che tu gli abbia promesso 'l marmo? - Il detto Bandinello disse che gli era il vero. Il Duca mi disse: - Va all'Opera, e to'-tene uno a tuo modo -. Io dissi che ei me l'aveva promesso di mandarmelo a casa. Le parole furno terribili; e io innaltro modo nollo volevo. La mattina seguente e' mi fu portato un marmo accasa; il quale io dimandai chi me lo mandava: e' dissono che e' me lo mandava 'l Bandinello, e che quello si era 'l marmo che lui mi aveva promesso.

LXXII. Subito io me lo feci portare in bottega e cominciai a scarpellarlo; e in mentre che io lavoravo, io facevo il modello: e gli era tanta la voglia che io avevo di lavorare di marmo, che io non potevo aspettare di risolvermi a fare un modello con quel giudizio che si aspetta, a tale arte. E perché io lo sentivo tutto crocchiare, io mi penti' piú volte di averlo mai cominciato allavorare: pure ne cavai quel che io potetti, che è l'Appollo e Iacinto, che ancora si vede imprefetto in bottega mia. E in mentre che io lo lavoravo, il Duca veniva a casa mia, e molte volte mi disse: - Lascia stare un poco 'l bronzo e lavora un poco di marmo, che io ti vegga -. Subito io pigliavo i ferri da marmo, e lavoravo via sicuramente. Il Duca mi domandava del modello che io avevo fatto per il detto marmo; al quale io dissi: - Signore, questo marmo si è tutto rotto, ma assuo dispetto io ne caverò qualcosa; imperò io non mi sono potuto risolvere al modello, ma io andrò cosí faccendo 'l meglio che io potrò -. Con molta prestezza mi fece venire 'l Duca un pezzo di marmo greco, di Roma, acciò che io restaurassi il suo Ganimede antico, qual fu causa della ditta quistione connil Bandinello. Venuto che fu 'l marmo greco, io considerai che gli era peccato a farne pezzi per farne la testa e le braccia ell'altre cose per il Ganimede; e mi providdi d'altro marmo, e a quel pezzo di marmo greco feci un piccol modellino di cera, al quale posi nome Narciso. E perché questo marmo aveva dua buchi che andavano affondo piú di un quarto di braccio e larghi dua buone dita, per questo feci l'attitudine che si vede, per difendermi da quei buchi, di modo che io gli avevo cavati della mia figura. Ma quelle tante decine d'anni che v'era piovuto sú, perché e' restava sempre quei buchi pieni d'acqua, la detta aveva penetrato tanto che il detto marmo si era debilitato; e come marcio in quella parte del buco di sopra; e si dimostrò dappoi che e' venne quella gran piena d'acqua d'Arno, la quale alzò in bottega mia piú d'un braccio e mezzo. E perché il detto Narciso era posato in su un quadro di legno, la detta acqua gli fece dar la volta, per la quale e' si roppe in su le poppe, e io lo rappiccai; e perché e non si vedessi quel fesso della appiccatura, io gli feci quella grillanda de' fiori che si vede che gli ha in sul petto; e me l'andavo finendo accerte ore innanzi dí, o sí veramente il giorno delle feste, solo per non perdere tempo dalla mia opera del Perseo. E perché una mattina in fra l'altre io mi acconciavo certi scarpelletti per lavorarlo, ed e' mi schizzò una verza d'acciaio sottilissima nell'occhio dritto; ed era tanto entrata dentro nella pupilla, che in modo nessuno la non si poteva cavare. Io pensavo per certo di perdere la luce di quell'occhio. Io chiamai in capo di parecchi giorni maestro Raffaello de' Pilli, cerusico, il quale prese dua pipioni vivi, e faccendomi stare rovescio in su una tavola, prese i detti pipioni e con un coltellino forò loro una venuzza che gli hanno nell'alie, di modo che quel sangue mi colava dentro innel mio occhio; per il qual sangue subito mi senti' confortare e in ispazio di dua giorni uscí la verza d'acciaio e io restai libero e migliorato della vista. E venendo la festa di Santa Luscia, alla quale eravamo presso a tre giorni, io feci uno occhio d'oro di uno scudo franzese, e gnele feci presentare a una delle sei mie nipotine, figliuole della Liperata mia sorella, la quale era dell'età di dieci anni in circa, e con essa io ringraziai Iddio e Santa Luscia; e per un pezzo non volsi lavorare in sul detto Narciso, ma tiravo innanzi il Perseo colle sopra ditte difficultà, e m'ero disposto di finirlo e andarmi con Dio.

LXXIII. Avendo gittata la Medusa, ed era venuta bene, con grande speranza tiravo il mio Perseo a fine, che lo avevo di cera, e mi promettevo che cosí bene e' mi verrebbe di bronzo, sí come aveva fatto la detta Medusa. E perché vedendolo di cera ben finito ei si mostrava tanto bello, che (vedendolo il Duca aqquel modo e parendogli bello; o che e' fussi stato qualche uno che avessi dato a credere al Duca che ei non poteva venire cosí di bronzo, o che il Duca da per sé se lo immaginassi; e venendo piú spesso a casa che ei non soleva) una volta infra l'altre e' mi disse: - Benvenuto, questa figura non ti può venire di bronzo, perché l'arte non te lo promette -. A queste parole di Sua Eccellenzia io mi risenti' grandemente, dicendo: - Signore, io conosco che Vostra Eccellenzia illustrissima m'ha questa molta poca fede: e questo io credo che venga perché Vostra Eccellenzia illustrissima crede troppo a quei che le dicono tanto mal di me, o sí veramente lei non se ne intende -. Ei non mi lasciò finire appena le parole che disse: - Io fo professione di intendermene, e me ne intendo benissimo -. Io subito risposi e dissi: - Sí, come Signore, e non come artista; perché se Vostra Eccellenzia illustrissima se ne intendessi innel modo che lei crede di intendersene, lei mi crederrebbe mediante la bella testa di bronzo che io l'ho fatto, cosí grande, ritratto di Vostra Eccellenzia illustrissima che s'è mandato all'Elba, e mediante l'avere restauratole il bel Ganimede di marmo con tanta strema difficultà, dove io ho durato molta maggior fatica che se io lo avessi fatto tutto di nuovo; e ancora per avere gittata la Medusa, che pur si vede qui alla presenza di Vostra Eccellenzia: un getto tanto difficile, dove io ho fatto quello che mai nessuno altro uomo ha fatto innanzi a me, di questa indiavolata arte. Vedete, Signor mio: io ho fatto la fornace di nuovo, a un modo diverso dagli altri; perché io, oltre a molte altre diversità e virtuose iscienze che innessa si vede, io l'ho fatto dua uscite per il bronzo, perché questa difficile e storta figura innaltro modo nonnera possibile che mai la venissi: e sol per queste mie intelligenzie l'è cosí ben venuta, la qual cosa non credette mai nessuno di questi pratici di questa arte. E sappiate, Signor mio, per certissimo, che tutte le grandi e difficilissime opere che io ho fatte in Francia sotto quel maravigliosissimo re Francesco, tutte mi sono benissimo riuscite, solo per il grande animo che sempre quel buon Re mi dava con quelle gran provvisione, e nel compiacermi di tanti lavoranti quanto io domandavo; che gli era talvolta che io mi servivo di piú di quaranta lavoranti, tutti a mia scelta; e per queste cagioni io vi feci tanta quantità di opere in cosí breve tempo. Or, Signor mio, credetemi e soccorretemi degli aiuti che mi fanno di bisogno, perché io spero di condurre a fine una opera che vi piacerà; dove che, se Vostra Eccellenzia illustrissima mi avvilisce d'animo e non mi dà gli aiuti che mi fanno di bisogno, gli è impossibile che né io né qualsivoglia uomo mai al mondo possa fare cosa che bene stia.

LXXIV. Con gran difficultà stette il Duca a udire queste mie ragione, che or si volgeva innun verso e or innun altro; e io disperato, poverello, che mi ero ricordato del mio bello stato che io avevo in Francia, cosí mi affliggevo. Subito il Duca disse: - Or dimmi, Benvenuto, come è egli possibile che quella bella testa di Medusa, che è lassú innalto in quella mano del Perseo, mai possa venire? - Subito io dissi: - Or vedete, Signor mio, che se Vostra Eccellenzia illustrissima avessi quella cognizione dell'arte, che lei dice di avere, la non arebbe paura di quella bella testa che lei dice, che la non venissi; ma sí bene arebbe ad aver paura di questo piè diritto, il quale si è quaggiú tanto discosto -. A queste mie parole il Duca mezzo adirato subito si volse a certi Signori che erano con Sua Eccellenzia illustrissima e disse: - Io credo che questo Benvenuto lo faccia per saccenteria il contraporsi a ogni cosa - e subito voltomisi con mezzo scherno, dove tutti quei che erano alla presenza facevano il simile, e' cominciò a dire: - Io voglio aver teco tanta pazienza di ascoltare che ragione tu ti saprai immaginare di darmi, che io la creda -. Allora io dissi: - Io vi darò una tanto vera ragione che Vostra Eccellenzia ne sarà capacissima - e cominciai: - Sappiate, Signore, che la natura del fuoco si è di ire all'insú, e per questo le prometto che quella testa di Medusa verrà benissimo; ma perché la natura del fuoco nonn'è l'andare all'ingiú, e per avervelo a spignere sei braccia ingiú per forza d'arte, per questa viva ragione io dico a Vostra Eccellenzia illustrissima che gli è impossibile che quel piede venga; ma ei mi sarà facile a rifarlo -. Disse 'l Duca: - O perché non pensavi tu che quel piede venissi innel modo che tu di' che verrà la testa? - Io dissi: - E' bisognava fare molto maggiore la fornace, dove io arei potuto fare un ramo di gitto, grosso quanto io ho la gamba, e con quella gravezza di metallo caldo per forza ve l'arei fatto andare, dove il mio ramo, che va insino a' piedi quelle sei braccia che io dico, nonn'è grosso piú che dua dita. Imperò e' non portava 'l pregio; ché facilmente si racconcerà. Ma quando la mia forma sarà piú che mezza piena, sí come io spero, da quel mezzo in su, il fuoco che monta sicondo la natura sua, questa testa di Perseo e quella della Medusa verranno benissimo: sí che statene certissimo -. Detto che io gli ebbi queste mie belle ragioni con molte altre infinite, che per nonnessere troppo lungo io non ne scrivo, il Duca, scotendo il capo, si andò con Dio.

LXXV. Fattomi da per me stesso sicurtà di buono animo, e scacciato tutti quei pensieri che di ora innora mi si rappresentavano innanzi (i quali mi facevano spesso amaramente piangere con el pentirmi della partita mia di Francia, per essere venuto afFirenze, patria mia dolce, solo per fare una lemosina alle ditte sei mia nipotine, e per cosí fatto bene vedevo che mi mostrava prencipio di tanto male), con tutto questo io certamente mi promettevo che, finendo la mia cominciata opera del Perseo, che tutti i mia travagli si doverriano convertire in sommo piacere e glorioso bene. E cosí ripreso 'l vigore, con tutte le mie forze, e del corpo e della borsa, con tutto che pochi dinari e' mi fussi restati, cominciai a procacciarmi di parecchi cataste di legni di pino, le quali ebbi dalla pineta de' Seristori, vicino a Monte Lupo; e in mentre che io l'aspettavo, io vestivo il mio Perseo di quelle terre che io avevo acconce parecchi mesi in prima, acciò che l'avessino la loro stagione. E fatto che io ebbi la sua tonaca di terra, che tonaca si dimanda innell'arte, e benissimo armatola e ricinta con gran diligenzia di ferramenti, cominciai con lente fuoco a trarne la cera, la quali usciva per molti sfiatatoi che io avevo fatti, che quanti piú se ne fa, tanto meglio si empie le forme. E finito che io ebbi di cavar la cera, io feci una manica intorno al mio Perseo, cioè alla detta forma, di mattoni, tessendo l'uno sopra l'altro, e lasciavo di molti spazi, dove 'l fuoco potessi meglio esalare: dipoi vi cominciai a mettere delle legne cosí pianamente, e gli feci fuoco dua giorni e dua notte continuamente; tanto che, cavatone tutta la cera, e dappoi s'era benissimo cotta la detta forma, subito cominciai a votar la fossa per sotterrarvi la mia forma, con tutti quei bei modi che la bella arte ci comanda. Quand'io ebbi finito di votar la detta fossa, allora io presi la mia forma, e con virtú d'argani e di buoni canapi diligentemente la dirizzai; e sospesala un braccio sopra 'l piano della mia fornace, avendola benissimo dirizzata di sorte che la si spenzolava appunto nel mezzo della sua fossa, pian piano la feci discendere in sino nel fondo della fornace, e si posò con tutte quelle diligenzie che immaginar si possano al mondo. E fatto che io ebbi questa bella fatica, cominciai a incalzarla con la medesima terra che io ne avevo cavata; e di mano in mano che io vi alzavo la terra, vi mettevo i sua sfiatatoi, i quali erano cannoncini di terra cotta che si adoperano per gli acquai e altre simil cose. Come che io vidi d'averla benissimo ferma e che quel modo di incalzarla con el metter quei doccioni bene ai sua luoghi, e che quei mia lavoranti avevano bene inteso il modo mio, il quale si era molto diverso da tutti gli altri maestri di tal professione; assicuratomi che io mi potevo fidare di loro, io mi volsi alla mia fornace, la quale avevo fatta empiere di molti masselli di rame e altri pezzi di bronzi; e accomodatigli l'uno sopra l'altro in quel modo che l'arte ci mostra, cioè sollevati, facendo la via alle fiamme del fuoco, perché piú presto il detto metallo piglia il suo calore e con quello si fonde e riducesi in bagno, cosí animosamente dissi che dessino fuoco alla detta fornace. E mettendo di quelle legne di pino, le quali per quella untuosità della ragia che fa 'l pino, e per essere tanto ben fatta la mia fornacetta, ella lavorava tanto bene, che io fui necessitato assoccorrere ora da una parte e ora da un'altra con tanta fatica, che la m'era insopportabile; e pure io mi sforzavo. E di piú mi sopragiunse ch' e' s'appiccò fuoco nella bottega, e avevamo paura che 'l tetto non ci cadessi addosso; dall'altra parte di verso l'orto il cielo mi spigneva tant'acqua e vento, che e' mi freddava la fornace. Cosí combattendo con questi perversi accidenti parecchi ore, sforzandomi la fatica tanto di piú che la mia forte valitudine di complessione non potette resistere, di sorte che e' mi saltò una febbre efimera addosso, la maggiore che immaginar si possa al mondo, per la qual cosa io fui sforzato andarmi a gittare nel letto. E cosí molto mal contento, bisognandomi per forza andare, mi volsi a tutti quegli che mi aiutavano, i quali erano in circa a dieci o piú, infra maestri di fonder bronzo e manovali e contadini e mia lavoranti particulari di bottega; infra e' quali si era un Bernardino Mannellini di Mugello, che io m'avevo allevato parecchi anni; e al detto dissi, dappoi che mi ero raccomandato a tutti: - Vedi, Bernardino mio caro, osserva l'ordine che io ti ho mostro, e fa presto quanto tu puoi, perché il metallo sarà presto in ordino: tu non puoi errare, e questi altri uomini dabbene faranno presto i canali, e sicuramente potrete con questi dua mandriani dare nelle due spine, e io son certo che la mia forma si empierà benissimo. Io mi sento 'l maggior male che io mi sentissi mai da poi che io venni al mondo, e credo certo che in poche ore questo gran male m'arà morto -. Cosí molto mal contento mi parti' da loro, e me n'andai alletto.

LXXVI. Messo che io mi fui nel letto, comandai alle mie serve che portassino in bottega da mangiare e dabbere attutti; e dicevo loro: - Io non sarò mai vivo domattina -. Loro mi davano pure animo, dicendomi che 'l mio gran male si passerebbe, e che e' mi era venuto per la troppa fatica. Cosí soprastato dua ore con questo gran combattimento di febbre; e di continuo io me la sentivo crescete, e sempre dicendo - Io mi sento morire - la mia serva, che governava tutta la casa, che aveva nome monna Fiore di Castel del Rio: questa donna era la piú valente che nascessi mai e altanto la piú amorevole, e di continuo mi sgridava, che io mi ero sbigottito, e dall'altra banda mi faceva le maggiore amorevolezze di servitú che mai far si possa al mondo. Imperò, vedendomi con cosí smisurato male e tanto sbigottito, con tutto il suo bravo cuore lei non si poteva tenere che qualche quantità di lacrime non gli cadessi dagli occhi; e pure lei quanto poteva si riguardava che io non le vedessi. Stando in queste smisurate tribulazione, io mi veggo entrare in camera un certo omo, il quale nella sua persona ei mostrava d'essere storto come una esse maiuscola; e cominciò a dire con un certo suon di voce mesto, afflitto, come coloro che danno il commandamento dell'anima a quei che hanno a 'ndare a giostizia, e disse: - O Benvenuto! la vostra opera si è guasta, e non ci è piú un rimedio al mondo -. Subito che io senti' le parole di quello sciagurato, messi un grido tanto smisurato, che si sarebbe sentito dal cielo del fuoco; e sollevatomi del letto presi li mia panni e mi cominciai a vestire; e le serve e 'l mio ragazzo e ognuno che mi si accostava per aiutarmi, attutti io davo o calci o pugna, e mi lamentavo dicendo: - Ahi traditori, invidiosi! Questo si è un tradimento fatto a arte; ma io giuro per Dio che benissimo i' lo conoscerò e innanzi che io muoia lascerò di me un tal saggio al mondo, che piú d'uno ne resterà maravigliato -. Essendomi finito di vestire, mi avviai con cattivo animo inverso bottega, dove io viddi tutte quelle gente, che con tanta baldanza avevo lasciate, tutti stavano attoniti e sbigottiti. Cominciai, e dissi: - Orsú intendetemi, e dappoi che voi non avete o saputo o voluto ubbidire al modo che io v'insegnai, ubbiditemi ora che io sono con voi alla presenza dell'opera mia; e non sia nessuno che mi si contraponga, perché questi cotai casi hanno bisogno di aiuto e non consiglio -. A queste mie parole e' mi rispose un certo maestro Alessandro Lastricati e disse: - Vedete, Benvenuto, voi vi volete mettere a fare una impresa, la quale mai nollo promette l'arte, né si può fare in modo nissuno -. A queste parole io mi volsi con tanto furore e resoluto al male, che ei e tutti gli altri, tutti a una voce dissono: - Sú, comandate, che tutti vi aiuteremo tanto quanto voi ci potrete comandare, in quanto si potrà resistere con la vita -. E queste amorevol parole io mi penso che ei le dicessino pensando che io dovessi poco soprastare a cascar morto. Subito andai a vedere la fornace, e viddi tutto rappreso il metallo, la qual cosa si domanda l'essersi fatto un migliaccio. Io dissi a dua manovali, che andassino al dirimpetto, in casa 'l Capretta beccaio, per una catasta di legne di quercioli giovani, che erano secchi di piú di uno anno, le quali legne madonna Ginevra, moglie del detto Capretta, me l'aveva offerte; e venute che furno le prime bracciate, cominciai a impiere la braciaiuola. E perché la quercia di quella sorte fa 'l piú vigoroso fuoco che tutte l'altre sorte di legne, avvenga che e' si adopera legne di ontano o di pino per fondere per l'artiglierie, perché è fuoco dolce; oh quando quel migliaccio cominciò a sentire quel terribil fuoco, ei si cominciò a schiarire, e lampeggiava. Dall'altra banda sollecitavo i canali, e altri avevo mandato sul tetto arriparare al fuoco, il quale per la maggior forza di quel fuoco si era maggiormente appiccato; e di verso l'orto avevo fatto rizzare certe tavole e altri tappeti e pannacci, che mi riparavano all'acqua.

LXXVII. Di poi che io ebbi dato il rimedio attutti questi gran furori, con voce grandissima dicevo ora a questo e ora a quello: - Porta qua, leva là - di modo che, veduto che 'l detto migliaccio si cominciava a liquefare, tutta quella brigata con tanta voglia mi ubbidiva che ogniuno faceva per tre. Allora io feci pigliare un mezzo pane di stagno, il quale pesava in circa a 60 libbre, e lo gittai in sul migliaccio dentro alla fornace, il quale, cone gli altri aiuti e di legne e di stuzzicare or co' ferri e or cone stanghe, in poco spazio di tempo e' divenne liquido. Or veduto di avere risuscitato un morto, contro al credere di tutti quegli ignoranti, e' mi tornò tanto vigore che io non mi avvedevo se io avevo piú febbre o piú paura di morte. Innun tratto ei si sente un romore con un lampo di fuoco grandissimo, che parve propio che una saetta si fussi creata quivi alla presenza nostra; per la quale insolita spaventosa paura ogniuno s'era sbigottito, e io piú degli altri. Passato che fu quel grande romore e splendore, noi ci cominciammo a rivedere in viso l'un l'altro; e veduto che 'l coperchio della fornace si era scoppiato e si era sollevato di modo che 'l bronzo si versava, subito feci aprire le bocche della mia forma e nel medesimo tempo feci dare alle due spine. E veduto che 'l metallo non correva con quella prestezza ch'ei soleva fare, conosciuto che la causa forse era per essersi consumata la lega per virtú di quel terribil fuoco, io feci pigliare tutti i mia piatti e scodelle e tondi di stagno, i quali erano in circa a dugento, e a uno a uno io gli mettevo dinanzi ai mia canali, e parte ne feci gittare drento nella fornace; di modo che, veduto ogniuno che 'l mio bronzo s'era benissimo fatto liquido, e che la mia forma si empieva, tutti animosamente e lieti mi aiutavano e ubbidivano; e io or qua e or là comandavo, aiutavo e dicevo: - O Dio, che con le tue immense virtú risuscitasti da e' morti, e glorioso te ne salisti al cielo! - di modo che innun tratto e' s'empié la mia forma; per la qual cosa io m'inginochiai e con tutto 'l cuore ne ringraziai Iddio; dipoi mi volsi a un piatto d'insalata che era quivi in sur un banchettaccio, e con grande appetito mangiai e bevvi insieme con tutta quella brigata; dipoi me n'andai nel letto sano ellieto, perché gli era due ore innanzi il giorno; e come se mai io non avessi aúto un male al mondo, cosí dolcemente mi riposavo. Quella mia buona serva, senza che io le dicessi nulla, mi aveva provvisto d'un grasso capponcello; di modo che, quando io mi levai del letto, che era vicino all'ora del desinare, la mi si fece incontro lietamente, dicendo: - Oh, è questo uomo quello che si sentiva morire? Io credo che quelle pugna e calci che voi davi annoi stanotte passata, quando voi eri cosí infuriato, che con quel diabolico furore che voi mostravi d'avere, quella vostra tanto smisurata febbre, forse spaventata che voi non dessi ancora allei, si cacciò a fuggire -. E cosí tutta la mia povera famigliuola, rimossa da tanto spavento e da tante smisurate fatiche, innun tratto si mandò a ricomperare, in cambio di quei piatti e scodelle di stagno, tante stoviglie di terra, e tutti lietamente desinammo, che mai non mi ricordo in tempo di mia vita né desinare con maggior letizia né con migliore appetito. Dopo 'l desinare mi vennono a trovare tutti quegli che mi avevano aiutato, i quali lietamente si rallegravano, ringraziando Iddio di tutto quel che era occorso, e dicevano che avevano imparato e veduto fare cose, le quali era dagli altri maestri tenute impossibili. Ancora io, alquanto baldanzoso, parendomi d'essere un poco saccente, me ne gloriavo; e messomi mano alla mia borsa, tutti pagai e contentai. Quel mal uomo, nimico mio mortale, di messer Pierfrancesco Ricci, maiordomo del Duca, con gran diligenzia cercava di intendere come la cosa si era passata; di modo che quei dua, di chi io avevo aùto sospetto che mi avessino fatto fare quel migliaccio, gli dissono che io nonnero uno uomo, anzi ero uno spresso gran diavolo, perché io avevo fatto quello che l'arte nollo poteva fare; con tante altre gran cose, le quali sarieno state troppe a un diavolo. Sí come lor dicevano molto piú di quello che era seguito, forse per loro scusa, il detto maiordomo lo scrisse subito al Duca, il quale era a Pisa, ancora piú terribilmente e piene di maggior maraviglie che coloro non gli avevano detto.

LXXVIII. Lasciato che io ebbi dua giorni freddare la mia gittata opera, cominciai a scoprirla pian piano; e trovai, la prima cosa, la testa della Medusa, che era venuta benissimo per virtú degli sfiatatoi, sí come io dissi al Duca che la natura del fuoco si era l'andare all'insú; di poi seguitai di scoprire il resto, e trovai l'altra testa, cioè quella del Perseo, che era venuta similmente benissimo; e questa mi dette molto piú di maraviglia, perché sí come e' si vede, l'è piú bassa assai bene di quella della Medusa. E perché le bocche di detta opera si erano poste nel disopra della testa del Perseo e per le spalle, io trovai che alla fine della detta testa del Perseo si era appunto finito tutto 'l bronzo che era nella mia fornace. E fu cosa maravigliosa, che e' non avanzò punto di bocca di getto, né manco non mancò nulla; che questo mi dette tanta maraviglia, che e' parve propio che la fussi cosa miracolosa, veramente guidata e maneggiata da Iddio. Tiravo felicemente innanzi di finire di scoprirla, e sempre trovavo ogni cosa venuto benissimo, in sino a tanto che e s'arivò al piede della gamba diritta che posa, dove io trovai venuto il calcagno; e andando innanzi, vedevol essere tutto pieno, di modo che io da una banda molto mi ralegravo e da un'altra parte mezzo e' m'era discaro, solo perché io avevo detto al Duca, che e' non poteva venire. Di modo che finendolo di scoprire, trovai che le dita non erano venute, di detto piede, e non tanto le dita, ma e' mancava sopra le dita un pochetto, attale che gli era quasi manco mezzo; e se bene e' mi crebbe quel poco di fatica, io l'ebbi molto caro, solo per mostrare al Duca che io intendevo quello che io facevo. E se bene gli era venuto molto piú di quel piede che io non credevo, e' n'era stato causa che per i detti tanti diversi accidenti il metallo si era piú caldo, che non promette l'ordine dell'arte; e ancora per averlo aùto assoccorrerlo con la lega in quel modo che s'è detto, con quei piatti di stagno, cosa che mai per altri non s'è usata. Or veduta l'opera mia tanto bene venuta, subito me n'andai a Pisa a trovare il mio Duca; il quale mi fece una tanto gratissima accoglienza, quanto immaginar si possa al mondo; e il simile mi fece la Duchessa; e se bene quel lor maiordomo gli aveva avvisati del tutto, ei parve alloro Eccellenzie altra cosa piú stupenda e piú meravigliosa il sentirla contare a mme in voce; e quando io venni a quel piede del Perseo, che non era venuto, sí come io ne avevo avvisato in prima Sua Eccellenzia illustrissima, io lo viddi empiere di meraviglia, e lo contava alla Duchessa, si come io gnel' avevo detto innanzi. Ora veduto quei mia Signori tanto piacevoli inverso di me, allora io pregai il Duca, che mi lasciassi andare insino a Roma. Cosí benignamente mi dette licenzia, e mi disse che io tornassi presto affinire 'l suo Perseo, e mi fece lettere di favore al suo imbasciadore, il quale era Averardo Serristori: ed erano li primi anni di papa Iulio de' Monti.

LXXIX. Innanzi che io mi partissi, detti ordine ai mia lavoranti che seguitassino sicondo 'l modo che io avevo lor mostro. E la cagione perché io andai si fu che avendo fatto a Bindo d'Antonio Altoviti un ritratto della sua testa, grande quanto 'l propio vivo, di bronzo, e gnel'avevo mandato insino a Roma, questo suo ritratto egli l'aveva messo innun suo scrittoio, il quale era molto riccamente ornato di anticaglie e altre belle cose; ma il detto scrittoio nonnera fatto per sculture, né manco per pitture, perché le finestre venivano sotto le dette belle opere, di sorte che, per avere quelle sculture e pitture i lumi al contrario, le non mostravano bene, in quel modo che le arebbono fatto se le avessino aùto i loro ragionevoli lumi. Un giorno si abbatté 'l detto Bindo a essere in su la sua porta, e passando Michelagnolo Buonaroti, scultore, ei lo pregò che si degnassi di entrare in casa sua a vedere un suo scrittoio; e cosí lo menò. Subito entrato, e veduto, disse: - Chi è stato questo maestro che v'ha ritratto cosí bene e con sí bella maniera? E sappiate che quella testa mi piace come, e meglio qualcosa che si faccino quelle antiche; e pur le sono delle buone che di loro si veggono; e se queste finestre fussino lor di sopra, come le son lor di sotto, le mostrerrieno tanto meglio, che quel vostro ritratto infra queste tante belle opere si farebbe un grande onore -. Subito partito che 'l detto Michelagnolo si fu di casa 'l detto Bindo, ei mi scrisse una piacevolissima lettera la quale diceva cosí:"Benvenuto mio, io v'ho conosciuto tanti anni per il maggiore orefice che mai ci sia stato notizia; e ora vi conoscerò per scultore simile. Sappiate che messer Bindo Altoviti mi menò a vedere una testa del suo ritratto, di bronzo, e mi disse che l'era di vostra mano; io n'ebbi molto piacere; ma e' mi seppe molto male che l'era messa a cattivo lume, che se l'avessi il suo ragionevol lume, la si mostrerrebbe quella bella opera che l'è". Questa lettera si era piena delle piú amorevol parole e delle piú favorevole inverso di me: che innanzi che io mi partissi per andare a Roma, l'avevo mostrata al Duca, il quale la lesse con molta affezione, e mi disse: - Benvenuto, se tu gli scrivi e faccendogli venir voglia di tornarsene a Firenze, io lo farei de' Quarantotto -. Cosí io gli scrissi una lettera tanta amorevole, e innessa gli dicevo da parte del Duca piú l'un cento di quello che io avevo aùto la commessione; e per non voler fare errore, la mostrai al Duca in prima che io la suggellassi, e dissi a Sua Eccellenzia illustrissima: - Signore, io ho forse promessogli troppo -. Ei rispose e disse: - E' merita piú di quello che tu gli hai promesso, e io gliele atterrò da vantaggio -. A quella mia lettera Michelagnolo non fece mai risposta, per la qual cosa il Duca mi si mostrò molto sdegnato seco.

LXXX. Ora, giunto che io fui a Roma, andai alloggiare in casa del detto Bindo Altoviti: ei subito mi disse come gli aveva mostro 'l suo ritratto di bronzo a Michelagnolo, e che ei lo aveva tanto lodato; cosí di questo noi ragionammo molto allungo. Ma perché gli aveva in mano di mio mille dugento scudi d'oro innoro, i quali il detto Bindo me gli aveva tenuti insieme di cinque mila simili, che lui ne aveva prestati al Duca, che quattro mila ve n'era de' sua e in nome suo v'era li mia, e' me ne dava quel utile della parte mia che e' mi si preveniva; qual fu la causa che io mi messi a fargli il detto ritratto. E perché quando 'l detto Bindo lo vide di cera, ei mi mandò a donare 50 scudi d'oro per un suo ser Giuliano Paccalli notai', che stava seco, i quali dinari io non gli volsi pigliare e per il medesimo gliele rimandai, e di poi dissi al detto Bindo: - A me basta che quei mia dinari voi me gli tegniate vivi; e che e' mi guadagnino qualche cosa - io mi avvidi che gli aveva cattivo animo, perché in cambio di farmi carezze, come gli era solito di farmi, egli mi si mostrò rigido; e con tutto che ei mi tenessi in casa, mai non mi si mostrò chiaro, anzi stava ingrognato. Pure con poche parole la risolvemmo: io mi persi la mia fattura di quel suo ritratto e il bronzo ancora, e ci convenimmo che quei mia dinari e' gli tenessi a 15 per cento a vita mia durante naturale.

LXXXI. In prima ero ito a baciare i piedi al Papa; e in mentre che io ragionavo col Papa, sopra giunse messer Averardo Serristori, il quale era imbasciadore del nostro Duca; e perché io avevo mossi certi ragionamenti con el Papa, con e' quali io credo che facilmente mi sarei convenuto seco e volentieri mi sarei tornato a Roma per le gran difficultà che io avevo a Firenze; ma 'l detto imbasciatore io mi avvidi che egli aveva operato in contrario. Andai a trovare Michelagnolo Buonaroti e gli replicai quella lettera che di Firenze io gli avevo scritto da parte del Duca. Egli mi rispose che era impiegato nella fabbrica di San Piero, e che per cotal causa ei non si poteva partire. Allora io gli dissi, che da poi che e' s'era resoluto al modello di detta fabbrica, che ei poteva lasciare il suo Urbino, il quale ubbidirebbe benissimo quando lui gli ordinassi; e aggiunsi molte altre parole di promesse; dicendogliele dapparte del Duca. Egli subito mi guardò fiso, e sogghignando disse: - E voi come state contento seco? - Se bene io dissi che stavo contentissimo, e che io ero molto ben tratto, ei mostrò di sapere la maggior parte dei mia dispiaceri; e cosí mi rispose ch'egli sarebbe difficile il potersi partire. Allora io aggiunsi che ci farebbe 'l meglio a tornare alla sua patria, la quale era governata da un Signore giustissimo e il piú amatore delle virtute che mai altro Signore che mai nascessi al mondo. Sí come di sopra ho detto, gli aveva seco un suo garzone, che era da Urbino, il quale era stato seco di molti anni e lo aveva servito piú di ragazzo e di serva che d'altro: e il perché si vedeva, che 'l detto non aveva imparato nulla dell'arte; e perché io avevo stretto Michelagnolo con tante buone ragione, che e' non sapeva che dirsi subito, ei si volse al suo Urbino con un modo di domandarlo quel che gnele pareva. Questo suo Urbino subito, con un suo villanesco modo, co' molta gran voce cosí disse: - Io non mi voglio mai spiccare dal mio messer Michelagnolo, insino o che io scorticherò lui o che lui scorticherà me -. A queste sciocche parole io fui sforzato a ridere, e senza dirgli addio, colle spalle basse mi volsi, e parti' mi.

LXXXII. Da poi che cosí male io avevo fatto la mia faccenda con Bindo Altoviti, col perdere la mia testa di bronzo e 'l dargli li mia danari a vita mia, io fui chiaro di che sorte si è la fede dei mercatanti, e cosí malcontento me ne ritornai a Firenze. Subito andai a Palazzo per visitare il Duca; e Sua Eccellenzia illustrissima si era a Castello, sopra 'l Ponte a Rifredi. Trovai in Palazzo messer Pierfrancesco Ricci, maiordomo, e volendomi accostare al detto per fare le usate cerimonie, subito con una smisurata maraviglia disse: - Oh tu sei tornato! - e colla medesima maraviglia, battendo le mani, disse: - Il Duca è a Castello - e voltomi le spalle si partí. Io non potevo né sapere né immaginare il perché quella bestia si aveva fatto quei cotai atti. Subito me n'andai a Castello, ed entrato nel giardino, dove era 'l Duca, io lo vidi di discosto, che quando ei mi vide, fece segno di meravigliarsi, e mi fece intendere che io me n'andassi. Io che mi ero promesso che Sua Eccellenzia mi facessi le medesime carezze e maggiore ancora che ei mi fece quando io andai, or vedendo una tanta stravaganza, molto malcontento mi ritornai a Firenze; e riprese le mie faccende, sollicitando di tirare a fine la mia opera, non mi potevo immaginare un tale accidente da quello che e' si potessi procedere: se non che osservando in che modo mi guardava messer Sforza e certi altri di quei piú stretti al Duca, e' mi venne voglia di domandare messer Sforza che cosa voleva dire questo; il quale cosí sorridendo, disse: - Benvenuto, attendete a essere uomo dabbene, e non vi curate d'altro -. Pochi giorni appresso mi fu dato comodità che io parlai al Duca, ed ei mi fece certe carezze torbide e mi domandò quello che si faceva a Roma: cosí 'l meglio che io seppi appiccai ragionamento, e gli dissi della testa che io avevo fatta di bronzo a Bindo Altoviti, con tutto quel che era seguito. Io mi avvidi che gli stava a 'scoltarmi con grande attenzione: e gli dissi similmente di Michelagnolo Buonaroti il tutto. Il quale mostrò alquanto sdegno; e delle parole del suo Urbino, di quello 'scorticamento che gli aveva detto, forte se ne rise; poi disse: - Suo danno - e io mi parti'. Certo che quel ser Pierfrancesco, maiordomo, doveva aver fatto qualche male uffizio contra di me cone il Duca, il quale non gli riuscí: che Iddio amatore della verità mi difese, sí come sempre insino a questa mia età di tanti smisurati pericoli e' m'ha scampato, e spero che mi scamperà insino al fine di questa mia, se bene travagliata, vita; pure vo innanzi, sol per sua virtú, animosamente, né mi spaventa nissun furore di fortuna o di perverse stelle: sol mi mantenga Iddio nella sua grazia.

LXXXIII. Or senti un terribile accidente, piacevolissimo lettore. Con quanta sollicitudine io sapevo e potevo, attendevo a dar fine alla mia opera, e la sera me n'andavo a veglia nella guardaroba del Duca, aiutando a quegli orefici che vi lavoravano per Sua Eccellenzia illustrissima; ché la maggior parte di quelle opere che lor facevano si erano sotto i mia disegni: e perché io vedevo che 'l Duca ne pigliava molto piacere, sí del vedere lavorare come del confabulare meco, ancora e' mi veniva a proposito lo andarvi alcune volte di giorno. Essendo un giorno in fra gli altri nella detta guardaroba, il Duca venne al suo solito e piú volentieri assai, saputo Sua Eccellenzia illustrissima che io v'ero; e subito giunto cominciò arragionar meco di molte diverse e piacevolissime cose, e io gli rispondevo approposito, e lo avevo di modo invaghito, che ei mi si mostrò piú piacevole che mai ei mi si fussi mostro per il passato. Innun tratto e' comparve un dei sua segretarii, il quale parlando all'orecchio di Sua Eccellenzia per esser forse cosa di molta importanza, subito il Duca si rizzò e andossene innun'altra stanza con el detto segretario. E perché la Duchessa aveva mandato a vedere quel che faceva Sua Eccellenzia illustrissima, disse il paggio alla Duchessa: - Il Duca ragiona e ride con Benvenuto, ed è tutto in buona -. Inteso questo, la Duchessa subito venne in guardaroba e non vi trovando 'l Duca, si messe a sedere appresso a noi; e veduto che la ci ebbe un pezzo lavorare, con gran piacevolezza si volse a me e mi mostrò un vezzo di perle grosse, e veramente rarissime, e domandandomi quello che e' me ne pareva, io le dissi che gli era cosa molto bella. Allora Sua Eccellenzia illustrissima mi disse: - Io voglio che il Duca me lo comperi; sí che, Benvenuto mio, lodalo al Duca quanto tu sai e puoi al mondo -. A queste parole io, con quanta reverenzia seppi, mi scopersi alla Duchessa, e dissi: - Signora mia, io mi pensavo che questo vezzo di perle fussi di Vostra Eccellenzia illustrissima; e perché la ragione non vuole che e' si dica mai nessuna di quelle cose che saputo el nonnessere di Vostra Eccellenzia illustrissima ei mi occorre dire, anzi e' m'è di necessità il dirle; sappi Vostra Eccellenzia illustrissima che, per essere molto mia professione, io conosco in queste perle di moltissimi difetti, per i quali già mai vi consiglierei che Vostra Eccellenzia lo comperassi -. A queste mie parole lei disse: - Il mercatante me lo dà per sei mila scudi: che se e' non avessi qualcuno di quei difettuzzi, e' ne varrebbe piú di dodici mila -. Allora io dissi, che quando quel vezzo fussi di tutta infinita bontà, che io non consiglierei mai persona che aggiugnessi a cinque mila scudi; perché le perle non sono gioie; le perle sono un osso di pesce e in ispazio di tempo le vengono manco; ma i diamanti, e i rubini e gli smeraldi nonninvecchiano, e i zaffiri: queste quattro son gioie, e di queste si vuol comperare. A queste mie parole, alquanto sdegnosetta la Duchessa mi disse: - Io ho voglia or di queste perle, e però ti priego che tu le porti al Duca, e lodale quanto tu puoi e sai al mondo; e se bene e' ti par dire qualche poco di bugie, dille per far servizio a me; ché buon per te -. Io che son sempre stato amicissimo della verità e nimico delle bugie, ed essendomi di necessità, volendo non perdere la grazia di una tanto gran principessa, cosí malcontento presi quelle maledette perle, e andai con esse in quell'altra stanza, dove s'era ritirato 'l Duca. Il quale subito che e' mi vide, disse: - O Benvenuto, che vai tu faccendo? - Scoperto quelle perle, dissi: - Signor mio, io vi vengo a mostrare un bellissimo vezzo di perle, rarissimo e veramente degno di Vostra Eccellenzia illustrissima; e per ottanta perle, io non credo che mai e' se ne mettessi tante insieme, che meglio si mostrassino innun vezzo; sí che comperatele, Signore, che le sono miracolose -. Subito 'l Duca disse: - Io nolle voglio comperare, perché le non sono quelle perle né di quella bontà che tu di', e le ho viste, e non mi piacciono -. Allora io dissi: - Perdonatemi,

Signore, che queste perle avanzano di infinita bellezza tutte le perle che per vezzo mai fussino ordinate -. La Duchessa si era ritta, e stava dietro a una porta e sentiva tutto quello che io dicevo; di modo che, quando io ebbi detto piú di mille cose piú di quel che io scrivo, il Duca mi si volse con benigno aspetto, e mi disse: - O Benvenuto mio, io so che tu te ne 'ntendi benissimo: e se coteste perle fussino con quelle virtú tante rare che tu apponi loro, a mme non parrebbe fatica il comperarle, sí per piacere alla Duchessa, e sí per averle; perché queste tal cose mi sono di necessità, non tanto per la Duchessa, quanto per l'altre mia faccende di mia figliuoli e figliuole -. E io a queste sue parole, dappoi che io avevo cominciato a dir le bugie, ancora con maggior aldacia seguitavo di dirne, dando loro il maggior colore di verità, acciò che 'l Duca me le credessi, fidandomi della Duchessa, che attempo ella mi dovessi aiutare. E perché ei mi si preveniva piú di dugento scudi, faccendo un cotal mercato, e la Duchessa me n'aveva accennato, io m'ero resoluto e disposto di non voler pigliare un soldo, solo per mio scampo, acciò che 'l Duca mai nonnavessi pensato che io lo facessi per avarizia. Di nuovo 'l Duca con piacevolissime parole mosse addirmi: - Io so che tu te ne intendi benissimo: imperò se tu se' quell'uomo dabbene, che io mi son sempre pensato che tu sia, or dimmi 'l vero -. Allora, arrossiti li mia occhi e alquanto divenuti umidi di lacrime, dissi: - Signor mio, se io dico 'l vero a Vostra Eccellenzia illustrissima, la Duchessa mi diventa mortalissima inimica, per la qual cosa io sarò necessitato andarmi con Dio, e l'onor del mio Perseo, il quale io ho promesso a questa nobilissima Scuola di Vostra Eccellenzia illustrissima, subito li inimici miei mi vitupereranno; sí che io mi raccomando a Vostra Eccellenzia illustrissima.

LXXXIV. Il Duca, avendo conosciuto che tutto quello che io avevo detto e' m'era stato fatto dire come per forza, disse: - Se tu hai fede in me, non ti dubitare di nulla al mondo -. Di nuovo io dissi: - Oimè, Signor mio, come potrà egli essere che la Duchessa nullo sappia? - A queste mie parole 'l Duca alzò la fede e disse: - Fa conto di averle sepolte innuna cassettina di diamanti -. A queste onorate parole, subito io dissi il vero di quanto io intendeva di quelle perle, e che le non valevano troppo piú di dumila scudi. Avendoci sentiti la Duchessa racchetare, perché parlavàno quando dir si può piano, ella venne innanzi, e disse: - Signor mio, Vostra

Eccellenzia di grazia mi compri questo vezzo di perle, perché io ne ho grandissima voglia, e il vostro Benvenuto ha ditto che mai e' non n'ha veduto il piú bello -. Allora il Duca disse: - Io nollo voglio comprare. - Perché, Signor mio, non mi vuole Vostra Eccellenzia contentare di comperare questo vezzo di perle? - Perché e' non mi piace di gittar via i danari -. La Duchessa di nuovo disse: - Oh come gittar via li dinari, che 'l vostro Benvenuto, in chi voi avete tanta fede meritamente, m'ha ditto che gli è buon mercato piú di tremila scudi? - Allora il Duca disse: - Signora, il mio Benvenuto m'ha detto, che se io lo compro, che io gitterò via li mia dinari, perché queste perle non sono né tonde né equali, e ce n'è assai delle vecchie; e che e' sia il vero, or vedete questa e quest'altra, e vedete qui e qua: si che le non sono 'l caso mio -. A queste parole la Duchessa mi guardò con malissimo animo, e minacciandomi col capo si partí di quivi, di modo che io fui tutto tentato di andarmi con Dio e dileguarmi di Italia; ma perché il mio Perseo si era quasi finito, io non volsi mancare di nollo trar fuora: ma consideri ogni uomo in che greve travaglio io mi ritrovavo. Il Duca aveva comandato a' suoi portieri in mia presenza, che mi lasciassino sempre entrare per le camere e dove Sua Eccellenzia fussi; e la Duchessa aveva comandato a quei medesimi che tutte le volte che io arrivavo in quel palazzo, eglino mi cacciassino via; di sorte che come ei mi vedevano, subito e' si partivano da quelle porte e mi cacciavano via; ma e' si guardavano che 'l Duca no gli vedessi, di sorte che se 'l Duca mi vedeva in prima che questi sciagurati, o egli mi chiamava o e' mi faceva cenno che io andassi. La Duchessa chiamò quel Bernardone sensale, il quale lei s'era meco tanto doluta della sua poltroneria e vil dappocaggine, e allui si raccomandò, sí come l'aveva fatto a mme; il quale disse: - Signora mia, lasciate fare a me -. Questo ribaldone andò innanzi al Duca con questo vezzo in mano. Il Duca, subito che e' lo vide, gli disse che e' se gli levassi d'inanzi. Allora il detto ribaldone con quella sua vociaccia, che ei la sonava per il suo nasaccio d'asino, disse: - Deh! Signor mio, comperate questo vezzo a quella povera Signora, la quale se ne muor di voglia, e non può vivere sanz'esso -. E aggiugnendo molte altre sue sciocche parolacce, ed essendo venuto affastidio al Duca, gli disse: - O tu mi ti lievi d'inanzi, o tu gonfia un tratto -. Questo ribaldaccio, che sapeva benissimo quello che lui faceva, perché se o per via del gonfiare o per cantare *La bella Franceschina*, ei poteva ottenere che 'l Duca facessi quella compera, egli si guadagnava la grazia della Duchessa e di piú la sua senseria, la quale montava parecchi centinaia di scudi: e cosí egli gonfiò. Il Duca gli dette parecchi ceffatoni in quelle sue gotaccie, e per levarselo d'inanzi ei gli dette un poco piú forte che e' non soleva fare. A queste percosse forti in quelle sue gotaccie, non tanto l'esser diventate troppo rosse, che e' ne venne giú le lacrime. Con quelle ei cominciò a dire: - Eh! Signore, un vostro fidel servitore, il quale cerca di far bene e si contenta di comportare ogni sorte di dispiacere, pur che quella povera Signora sia contenta -. Essendo troppo venuto affastidio al Duca questo uomaccio, e per le gotate e per amor della Duchessa, la quale Sua Eccellenzia illustrissima sempre volse contentare, subito disse: - Levamiti d'inanzi col malanno che Dio ti dia, e va, fanne mercato, che io son contento di far tutto quello che vuole la signora Duchessa -. Or qui si conosce la rabbia della mala fortuna inverso d'un povero uomo e la vituperosa fortuna a favorire uno sciagurato: io mi persi tutta la grazia della Duchessa, che fu buona causa di tormi ancor quella del Duca; e lui si guadagnò quella grossa senseria e la grazia loro: sí che e' non basta l'esser uomo dabbene e virtuoso.

LXXXV. In questo tempo si destò la guerra di Siena; e volendo 'l Duca afforzificare Firenze, distribuí le porte infra i sua scultori e architettori; dove a me fu consegnato la Porta al Prato e la Porticciuola d'Arno, che è in sul prato dove si va alle mulina; al cavalieri Bandinello la porta a San Friano; apPasqualino d'Ancona, la porta a San Pier Gattolini; a Giulian di Baccio d'Agnolo, legnaiuolo, la porta a San Giorgio; al Particino, legnaiuolo, la porta a Santo Niccolò; a Francesco da Sangallo, scultore, detto il Margolla, fu dato la porta alla Croce; e a Giovanbatista, chiamato il Tasso, fu data la porta a Pinti: e cosí certi altri bastioni e porte a diversi ingegneri, i quali non mi soviene né manco fanno al mio proposito. Il Duca, che veramente è sempre stato di buono ingegno, dappersé medesimo, se n'andò intorno alla sua città; e quando Sua Eccellenzia illustrissima ebbe bene esaminato e resolutosi, chiamò Lattanzio Gorini, il quale si era un suo pagatore: e perché anche questo Lattanzio si dilettava alquanto di questa professione, Sua Eccellenzia illustrissima lo fece disegnare tutti i modi che e' voleva che si afforzificassi le dette porte, e a ciascuno di noi mandò disegnata la sua porta; di modo che vedendo quella che toccava a me, e parendomi che 'l modo non fussi sicondo la sua ragione, anzi egli si era scorrettissimo, subito con questo disegno in mano me n'andai a trovare 'l mio Duca; e volendo mostrare a Sua Eccellenzia i difetti di quel disegno datomi, non sí tosto che io ebbi cominciato a dire, il Duca infuriato mi si volse, e disse: - Benvenuto, del far benissimo le figure io cederò a te, ma di questa professione io voglio che tu ceda a me; sí che osserva il disegno che io t'ho dato -. A queste brave parole io risposi quanto benignamente io sapevo al mondo e dissi: - Ancora, Signor mio, del bel modo di fare le figure io ho imparato da Vostra Eccellenzia illustrissima; imperò noi l'abbiamo sempre disputata qualche poco insieme; così di questo afforzificare la vostra città, la qual cosa importa molto piú che 'l far delle figure, priego Vostra Eccellenzia illustrissima che si degni di ascoltarmi, e cosí ragionando con Vostra Eccellenzia, quella mi verrà meglio a mostrare il modo che io l'ho asservire -. Di modo che, con queste mie piacevolissime parole, benignamente ci si messe a disputarla meco; e mostrando a Sua Eccellenzia illustrissima con vive e chiare ragione, che in quel modo che ei m'aveva disegnato e' non sarebbe stato bene, Sua Eccellenzia mi disse: - O va, e fa un disegno tu, e io vedrò se e' mi piacerà -. Cosí io feci dua disegni sicondo la ragione del vero modo di afforzificare quelle due porte, e glieli portai, e conosciuto la verità dal falzo, Sua Eccellenzia piacevolmente mi disse: - O va, e fa attuo modo, che io sono contento -. Allora con gran sollecitudine io cominciai.

LXXXVI. Egli era alla guardia della porta al Prato un capitano lombardo: questo si era uno uomo di terribil forma robusta, e con parole molto villane; ed era prosuntuoso e ignorantissimo. Questo uomo subito mi cominciò a domandare quel che io volevo fare; al quale io piacevolmente gli mostrai i mia disegni, e con strema fatica gli davo addintendere il modo che io volevo tenere. Or questa villana bestia ora scoteva 'l capo, e ora e' si voggeva in qua e ora in là, mutando spesso 'l posar delle gambe, artorcigliandosi i mostacci della barba, che gli aveva grandissimi, e spesso ci si tirava la piega della berretta in su gli occhi dicendo spesso: - *Maidè, cancher! Io nolla intendo questa tua fazenda* -. Di modo che, essendomi questa bestia venuto annoi', dissi: - Or lasciatela addunche fare a me, che la 'ntendo - e voltandogli le spalle per andare al fatto mio, questo uomo cominciò minacciando col capo; e colla man mancina, mettendola in su 'l pomo della sua spada, gli fece alquanto rizzar la punta, e disse: - Olà, mastro, tu vorrai che io facci quistion teco al sangue -. Io me gli volsi con grande còllora, perché e' mi aveva fatto adirare, e dissi: - E' mi parrà manco fatica il far quistione con esso teco, che il fare questo bastione a questa porta -. A un tratto tutt'a dua mettemmo le mani in su le nostre spade, e nolle sfoderammo affatto, che subito si mosse una quantità di uomini dabbene, sí de' nostri Fiorentini e altri cortigiani; e la maggior parte sgridorno lui dicendogli che gli aveva 'l torto, e che io ero uomo da rendergli buon conto, e che se 'l Duca lo sapessi, che guai a lui. Così egli andò al fatto sua: e io cominciai il mio bastione. E come io ebbi dato l'ordine al detto bastione, andai all'altra porticciuola d'Arno, dove io trovai un capitano da Cesena, il piú gentil galante uomo che mai io conoscessi di tal professione: ci dimostrava di essere una gentil donzelletta, e al bisogno egli si era de' piú bravi uomini e 'l piú miciduale che immaginar si possa. Questo gentile uomo mi osservava tanto che molte volte ei mi faceva peritare: e' desiderava di intendere e io piacevolmente gli mostravo: basta che noi facevàno a chi si faceva maggior carezze l'un l'altro, di sorte che io feci meglio questo bastione, che quello, assai. Avendo presso e finiti li mia bastioni, per aver dato una correria certe gente di quelle di Piero Strozzi, e' si era tanto spaventato 'l contado di Prato, che tutto ci si sgombrava, e per questa cagione tutte le carra di quel contado venivano cariche, portando ogniuno le sue robe alla città. E perché le carra si toccavano l'uno l'altra, le quali erano una infinità grandissima, vedendo un tal disordine, io dissi alle guardie delle porte che avvertissono che a quella porta e' nonnaccadessi un disordine come avvenne alle porte di Turino; ché bisognando l'aversi asservirsi della saracinesca, la non potria fare l'uffizio suo, perché la resterebbe sospesa in su uno di que' carri. Sentendo quel bestion di quel capitano queste mia parole, mi si volse con ingiuriose parole, e io gli risposi altanto; di modo che noi avemmo affar molto peggio che quella prima volta: imperò noi fummo divisi; e io, avendo finiti i mia bastioni, toccai parecchi scudi innaspettatamente, che e' me ne giovò, e volentieri me ne tornai affinire 'l mio Perseo.

LXXXVII. Essendosi in questi giorni trovato certe anticaglie nel contado d'Arezzo, in fra le quali si era la Chimera, ch'è quel lione di bronzo, il quale si vede nelle camere convicino alla gran sala del Palazzo; e insieme con la detta Chimera si era trovato una quantità di piccole statuette, pur di bronzo, le quali erano coperte di terra e di ruggine, e a ciascuna di esse mancava o la testa o le mani o i piedi; il Duca pigliava piacere di rinettarsele da per sé medesimo con certi cesellini di orefici. Gli avvenne che e' mi occorse di parlare a Sua Eccellenzia illustrissima; e in mentre che io ragionavo seco, ei mi porse un piccol martellino con el quale io percotevo quei cesellini che 'l Duca teneva in mano, e in quel modo le ditte figurine si scoprivano dalla terra e dalla ruggine. Cosí passando innanzi parecchi sere, il Duca mi disse innopera, dove io cominciai a rifare quei membri che mancavano alle dette figurine. E pigliandosi tanto piacere Sua Eccellenzia di quel poco di quelle coselline, egli mi faceva lavorare ancora di giorno, e se io tardavo all'andarvi, Sua Eccellenzia illustrissima mandava per me. Piú volte feci intendere a Sua Eccellenzia che se io mi sviavo il giorno dal Perseo, che e' ne seguirebbe parecchi inconvenienti; e il primo, che piú mi spaventava, si era che 'l gran tempo che io vedevo che ne portava la mia opera, non fussi causa di venire annoia a Sua Eccellenzia illustrissima, sí come poi e' mi avvenne; l'altro si era, che io avevo parecchi lavoranti, e quando io nonnero alla presenza, eglino facevano due notabili inconvenienti. E il primo si era che e' mi guastavano la mia opera, e l'altro che eglino lavoravano poco al possibile; di modo che il Duca si era contento che io v'andassi solamente dalle 24 ore in là. E perché io mi avevo indolcito tanto meravigliosamente Sua Eccellenzia illustrissima, che la sera che io arrivavo dallui, sempre ei mi cresceva le carezze. In questi giorni e' si murava quelle stanze nuove di verso i Leoni; di modo che, volendo Sua Eccellenzia ritirarsi in parte piú secreta, ei s'era fatto acconciare un certo stanzino in queste stanze fatte nuovamente, e a mme aveva ordinato che io me n'andassi per la sua guardaroba, dove io passavo segretamente sopra 'l palco della gran sala, e per certi pugigattoli me n'andavo al detto stanzino segretissimamente: dove che innispazio di pochi giorni la Duchessa me ne privò, faccendo serrare tutte quelle mie comodità; di modo che ogni sera che io arrivavo in Palazzo, io avevo a 'spettare un gran pezzo per amor che la Duchessa si stava in quelle anticamere dove io avevo da passare, alle sue comodità; e per essere infetta io non vi arrivavo mai volta che io nolla scomodassi. Or per questa e per altra causa la mi s'era recata tanto annoia, che per verso nissuno la non poteva patir di vedermi; e con tutto questo mio gran disagio e infinito dispiacere, pazientemente io seguitavo d'andarvi; e il Duca aveva di sorte fatto ispressi comandamenti, che subito che io picchiavo quelle porte, e' m'era aperto, e senza dirmi nulla e' mi lasciavano entrare per tutto; di modo che e' gli avvenne talvolta, che entrando chetamente cosí inaspettatamente per quelle secrete camere, che io trovava la Duchessa alle sue comodità; la quale subito si scrucciava con tanto arrabbiato furore meco, che io mi spaventavo, e sempre mi diceva: - Quando arai tu mai finito di racconciare queste piccole figurine? perché oramai questo tuo venire m'è venuto troppo affastidio -. Alla quale io benignamente rispondevo: - Signora, mia unica patrona, io non desidero altro, se none con fede e cone estrema ubbidienza servirla; e perché queste opere, che mi ha ordinato il Duca dureranno di molti mesi, dicami Vostra Eccellenzia illustrissima se la non vuole che io ci venga piú; io non ci verrò in modo alcuno e chiami chi vuole; e se bene e' mi chiamerà 'l Duca, io dirò che mi sento male e in modo nessuno mai non ci capiterò -. A queste mie parole ella diceva: - Io non dico che tu non ci venga e non dico che tu non ubbidisca al Duca; ma e' mi pare bene che queste tue opere nonnabbino mai fine -. O che 'l Duca ne avessi aùto qualche sentore, o innaltro modo che la si fussi, Sua Eccellenzia ricominciò: come e' si appressava alle 24 ore, ei mi mandava a chiamare; e quello che veniva a chiamarmi, sempre mi diceva: - Avvertisci a non mancare di venire, che 'l Duca ti aspetta - e cosí continuai, con queste medesime difficultà, parecchi serate. E una sera infra l'altre, entrando al mio solito, il Duca, che doveva ragionare colla Duchessa di cose forse segrete, mi si volse con el maggior furore del mondo; e io, alquanto spaventato, volendomi presto ritirare, innun subito disse: - Entra, Benvenuto mio, e va là alle tue faccende, e io starò poco a venirmi a star teco -. In mentre che io passavo, e' mi prese per la cappa il signor don Grazía, fanciullino di poco tempo, e mi faceva le piú piacevol baiuzze che possa fare un tal bambino; dove il Duca maravigliandosi, disse: - Oh, che piacevole amicizia è questa che i mia figliuoli hanno teco!

LXXXVIII. In mentre che io lavoravo in queste baie di poco momento, il principe e don Giovanni e don Harnando e don Grazía tutta sera mi stavano addosso, e ascosamente dal Duca ei mi punzecchiavano: dove io gli pregavo di grazia che gli stessino fermi. Eglino mi rispondevano, dicendo:

- Noi non possiamo -. E io dissi loro: - Quello che non si può non si vuole; or fate, via -. A un tratto el Duca e la Duchessa si cacciorno a ridere. Un'altra sera, avendo finite quelle quattro figurette di bronzo che sono nella basa commesse, qual sono Giove, Mercurio, Minerva, e Danae madre di Perseo con el suo Perseino a sedere ai sua piedi, avendole io fatte portare innella detta stanza dove io lavoravo la sera, io le messi in fila, alquanto levate un poco dalla vista, di sorte che le facevano un bellissimo vedere. Avendolo inteso il Duca, e' se ne venne alquanto prima che 'l suo solito; e perché quella tal persona, che riferí a Sua Eccellenzia illustrissima, gnele dovette mettere molto piú di quello che el-l'erano, perché ei gli disse: - Meglio che gli antichi - e cotai simil cose, il mio Duca se ne veniva insieme con la Duchessa lietamente ragionando pur della mia opera; e io subito rizzatomi me gli feci incontro. Il quale con quelle sue ducale e belle accoglienze alzò la man dritta, innella quale egli teneva una pera bronca, piú grande che si possa vedere e bellissima, e disse: - Toi, Benvenuto mio, poni questa pera nell'orto della tua casa - . A quelle parole io piacevolmente risposi, dicendo: - O Signor mio, dice da dovero Vostra Eccellenzia illustrissima che io la ponga nell'orto della mia casa? - Di nuovo disse il Duca: - Nell'orto della casa, che è tua; ha' mi tu inteso? - Allora io ringraziai Sua Eccellenzia, e il simile la Duchessa, con quelle meglio cerimonie che io sapevo fare al mondo. Dappoi ei si posono assedere amendua, al rincontro di dette figurine, e per piú di dua ore non ragionorno mai d'altro che delle belle figurine; di sorte che e' n'era venuta una tanta smisurata voglia alla Duchessa che la mi disse allora: - Io non voglio che queste belle figurine si vadino apperdere in quella basa giú in piazza, dove elle porteriano pericolo di esser guaste; anzi voglio che tu me le acconci innuna mia stanza, dove le saranno tenute con quella reverenza che merita le lor rarissime virtute -. A queste parole mi contrapposi con molte infinite ragioni; e veduto che ella s'era resoluta che io nolle mettessi innella basa dove le sono, aspettai il giorno seguente, me n'andai in Palazzo alle ventidua ore; e trovando che 'l Duca e la Duchessa erano cavalcati, avendo di già messo innordine la mia basa, feci portare giú le dette figurine, e subito le inpiombai, come l'avevano a stare. Oh! quando la Duchessa lo intese, e' gli crebbe tanta stizza, che se e' non fussi stato il Duca che virtuosamente m'aiutò, io l'arei fatta molto male: e per quella stizza del vezzo di perle e per questa lei operò tanto, che 'l Duca si levò da quel poco del piacere; la qual cosa fu causa che io non v'ebbi piú a 'ndare, e subito mi ritornai in quelle medesime difficultà di prima, quanto all'entrare per il Palazzo.

LXXXIX Torna' mi alla Loggia, dove io di già avevo condotto il Perseo e me l'andavo finendo con le difficultà già ditte, cioè senza dinari, e con altri accidenti, che la metà di quegli ariено fatto sbigottire uno uomo armato di diamanti. Pure seguitando via al mio solito, una mattina infra l'altre, avendo udito messa in San Piero Scheraggio, e' mi entrò innanzi Bernardone, sensale, orafaccio, e per bontà del Duca era provveditore della zecca; e subito che appena ei fu fuori della porta della chiesa, el porcaccio lasciò andare quattro coreggie, le quali si dovettono sentir da San Miniato. Al quale io dissi: - Ahi porco, poltrone, asino, cotesto si è il suono delle tue sporche virtute? - e corsi per un bastone. Il quale presto si ritirò nella zecca, e io stetti al fesso della mia porta, e fuori tenevo un mio fanciullino, il quale mi facessi segno quando questo porco usciva di zecca. Or veduto d'avere aspettato un gran pezzo, e venendomi annoia, e avendo preso luogo quel poco della stizza, considerato che i colpi non si danno a patti, dove e' ne poteva uscire qualche inconveniente, io mi risolsi a fare le mie vendette innun altro modo. E perché questo caso fu intorno alle feste del nostro San Giovanni, vigino un dí o dua, io gli feci quattro versi, e gli appiccai nel cantone della chiesa, dove si pisciava e cacava, e dicevano cosí:

Qui giace Bernardone, asin, porcaccio,
spia, ladro, sensale, in cui pose
Pandora i maggior mali, e poi traspose
di lui quel pecoron mastro Buaccio.

Il caso e i versi andorno per il palazzo, e il Duca e la Duchessa se ne rise; e innanzi che lui se ne avvedessi, e' vi si era fermo molta quantità di populi, e facevano le maggior risa del mondo: e perché e' guardavano inverso la zecca e affissavano gli occhi a Bernardone, avvedendosene il suo figliuolo mastro Baccio, subito con gran còllora lo stracciò e si morse un dito minacciando con quella sua vociaccia, la quale gli esce per il naso: ei fece una gran bravata.

XC. Quando il Duca intese che tutta la mia opera del Perseo si poteva mostrare come finita, un giorno la venne a vedere e mostrò per molti segni evidenti che la gli sattisfaceva grandemente; e voltosi a certi Signori, che erano con Sua Eccellenzia illustrissima disse: - Con tutto che questa opera ci paia molto bella, ell'ha anche a piacere ai popoli; sí che, Benvenuto mio, innanzi che tu gli dia la ultima sua fine io vorrei che per amor mio tu aprissi un poco questa parte dinanzi, per un mezzo giorno, alla mia Piazza, per vedere quel che ne dice 'l popolo; perché e' non è dubbio che da vederla a questo modo ristretta al vederla a campo aperto, la mosterrà un diverso modo da quello che la si mostra cosí ristretta -. A queste parole io dissi umilmente a Sua Eccellenzia illustrissimo: - Sappiate, Signor mio, che la mosterrà meglio la metà. O come non si ricorda Vostra Eccellenzia illustrissima d'averla veduta nell'orto della casa mia, innel quale la si mostrava in tanta gran largura tanto bene, che per l'orto delli Innocenti l'è venuta a vedere 'l Bandinello, e con tutta la sua mala e pessima natura, la l'ha sforzato ed ei n'ha detto bene, che mai non disse ben di persona a' sua dí? Io mi avveggo che Vostra Eccellenzia illustrissima gli crede troppo -. A queste mie parole, sogghignando un poco isdegnosetto, pur con molte piacevol parole disse: - Fallo, Benvenuto mio, solo per un poco di mia sattisfazione -. E partitosi, io cominciai a dare ordine di scoprire; e perché e' mancava certo poco di oro, e certe vernice e altre cotai coselline, che si appartengono alla fine dell'opera, sdegnosamente borbottavo e mi dolevo, bestemmiando quel maladetto giorno che fu causa accondurmi a Firenze; perché di già io vedevo la grandissima e certa perdita che io avevo fatta alla mia partita di Francia, e non vedevo né conoscevo ancora che modo io dovevo sperare di bene con questo mio Signore in Firenze; perché dal prencipio al mezzo, alla fine, sempre tutto quello che io avevo fatto, si era fatto con molto mio dannoso disavvantaggio; e cosí malcontento il giorno seguente io la scopersi. Or siccome piacque a Dio, subito che la fu veduta, ei si levò un grido tanto smisurato in lode della detta opera, la qual cosa fu causa di consolarmi alquanto. E non restavano i popoli continuamente di appiccare alle spalle della porta, che teneva un poco di parato, in mentre che io le davo la sua fine. Io dico che 'l giorno medesimo, che la si tenne parecchi ore scoperta, e' vi fu appiccati piú di venti sonetti, tutti in lode smisuratissime della mia opera; dappoi che io la ricopersi, ogni dí mi v'era appiccati quantità di sonetti e di versi latini e versi greci; perché gli era vacanza allo Studio di Pisa, tutti quei eccellentissimi dotti e gli scolari facevano a gara. Ma quello che mi dava maggior contento, con isperanza di maggior mia salute inverso 'l mio Duca, si era che quegli dell'arte, cioè scultori e pittori, ancora loro facevano aggara a chi meglio diceva. E infra gli altri, quale io stimavo piú, si era il valente pittore Iacopo da Puntorno, e piú di lui il suo eccellente Bronzino, pittore, che non gli bastò il farvene appiccare parecchi, che egli me ne mandò per il suo Sandrino insino a casa mia, i quali dicevano tanto bene, con quel suo bel modo, il quale è rarissimo, che questo fu causa di consolarmi alquanto. E cosí io la ricopersi, e mi sollicitavo di finirla.

XCI. Il mio Duca, con tutto che Sua Eccellenzia avessi sentito questo favore che m'era stato fatto di quel poco della vista da questa eccellentissima Scuola, disse: - Io n'ho gran piacere che Benvenuto abbia aùto questo poco del contento, il quale sarà cagione che piú presto e con piú diligenzia ei le darà la sua desiderata fine; ma non pensi che poi, quando la si vedrà tutta scoperta e che la si potrà vedere tutta all'intorno, che i popoli abbino a dire a questo modo; anzi gli sarà scoperto tutti i difetti che vi sono, e appostovene di molti di quei che non vi sono; sí che armisi di pazienza - . Ora queste furno parole del Bandinello dette al Duca, con le quale egli allegò delle opere d'Andrea del Verocchio, che fece quel bel Cristo e San Tommaso di bronzo, che si vede nella facciata di Orsamichele; e allegò molte altre opere, insino al mirabil Davitte del divino Michelagnolo Buonaroti, dicendo che ei non si mostrava bene se non per la veduta dinanzi; e dipoi disse del suo Ercole e Cacco gli infiniti e vituperosi sonetti che ve gli fu appiccati, e diceva male di questo popolo. Il mio Duca, che gli credeva assai bene, l'aveva mosso addire quelle parole, e pensava per certo che la dovessi passare in gran parte in quel modo, perché quello invidioso del Bandinello non restava di dir male; e una volta infra molte dell'altre, trovandovisi alla presenza quel manigoldo di Bernardone sensale, per far buone le parole del Bandinello, disse al Duca: - Sappiate, Signore, che 'l fare le figure grande l'è un'altra minestra che 'l farle piccoline: io non vo' dire ché le figurine piccole egli l'ha fatte assai bene; ma voi vedrete che là non vi riuscirà -. E con queste parolaccie mescolò molte dell'altre, faccendo la sua arte della spia, innella quale ei mescolava un monte di bugie.

XCII. Or come piacque al mio glorioso Signore e immortale Iddio, io la fini' del tutto, e un giovedí mattina io la scopersi tutta. Subito, che e' nonnera ancora chiaro il giorno, vi si ragunò tanta infinita quantità di popoli, che e' saria impossibile il dirlo, ettutti a una voce facevano a gara a chi meglio ne diceva. Il Duca stava a una finestra bassa del Palazzo, la quale si è sopra la porta, e cosí, dentro alla finestra mezzo ascoso, sentiva tutto quello che di detta opera si diceva: e dappoi che gli ebbe sentito parecchi ore, ei si levò con tanta baldanza e tanto contento che voltosi al suo messer Sforza gli disse cosí: - Sforza, va, e truova Benvenuto e digli da mia parte che e' m'ha contento molto piú di quello che io mi aspettavo, e digli che io contenterò lui di modo, che io lo farò maravigliare; sí che digli che stia di buona voglia -. Cosí il detto messer Sforza mi fece la gloriosa imbasciata, la quale mi confortò, e quel giorno per questa buona nuova, e perché i popoli mi mostravano con il dito a questo e a quello, come cosa maravigliosa e nuova. Infra gli altri e' furno due gentili uomini, i quali erano mandati dal Vecierè di Sicilia al nostro Duca per lor faccende. Ora questi due piacevoli uomini mi affrontorno in piazza, ché io fui mostro loro cosí passando; di modo che con furia e' mi raggiunsono, e subito, colle lor berrette in mano, e' mi feciono una la piú cirimoniosa orazione, la quale saria stata troppa a un papa: io pure, quanto potevo, mi umiliavo; ma e' mi soprafacevano tanto, che io mi cominciai arraccomandare loro, che di grazia d'accordo ei s'uscissi di piazza, perché i popoli si fermavano a guardar me piú fiso, che e' non facevano al mio Perseo. E infra queste cirimonie eglino furno tanto arditi, che e' mi richiesono all'andare in Sicilia, e che mi farebbono un tal patto, che io mi contenterei; e mi dissono come frate Giovanagnolo de' Servi aveva fatto loro una fontana piena e addorna di molte figure, ma che le non erano di quella eccellenzia ch'ei vedevano in Perseo, e che e' l'avevano fatto ricco. Io non gli lasciai finir dire tutto quel che eglino arebbono voluto dite, che io dissi loro:- Molto mi maraviglio di voi, che voi mi ricerchiate che io lasci un tanto Signore, amatore delle virtute piú che altro principe che mai nascessi, e di piú trovandomi nella patria mia, scuola di tutte le maggior virtute. Oh! se io avessi appetito al gran guadagno, io mi potevo restare in Francia al servizio di quel gran re Francesco, il quale mi dava mille scudi d'oro per il mio piatto, e di piú mi pagava le fatture di tutte le mie opere, di sorte che ogni anno io mi avevo avanzato piú di quattro mila scudi d'oro l'anno; e avevo lasciato in Parigi le mie fatiche di quattro anni passati -. Con queste e altre parole io tagliai le cerimonie, e gli ringraziai delle gran lode che eglino mi avevano date, le quale si erano i maggiori premii che si potessi dare a chi si affaticava virtuosamente; e che eglino m'avevano tanto fatto crescere la volontà del far bene, che io speravo in brevi anni avvenire di mostrare un'altra opera, la quale io speravo di piacere all'ammirabile Scuola fiorentina molto piú di quella. Li dua gentili uomini arebbono voluto rappiccare il filo alle cerimonie; dove io con una sberrettata con gran reverenza dissi loro addio.

XCIII. Da poi che io ebbi lasciato passare dua giorni, e veduto che le gran lodi andavano sempre crescendo, allora io mi disposi d'andare a mostrarmi al mio signor Duca; il quale con gran piacevolezza mi disse: - Benvenuto mio, tu m'hai sattisfatto e contento; ma io ti prometto che io contenterò te di sorte che io ti farò maravigliare: e piú ti dico, che io non voglio che e' passi il giorno di domane -. A queste mirabil promesse, subito voltai tutte le mie maggior virtú e dell'anima e del corpo innun momento a Dio, ringraziandolo in verità: e nel medesimo stante m'accostai al mio Duca, e, cosí mezzo lacrimando d'allegrezza, gli baciai la vesta; dipoi aggiunsi dicendo: - O glorioso mio Signore, vero liberalissimo amatore delle virtute e di quegli uomini che innesse si affaticano; io priego Vostra Eccellenzia illustrissima che mi faccia grazia di lasciarmi prima andare per otto giorni a ringraziare Iddio; perché io so bene la smisurata mia gran fatica, e cognosco che la mia buona fede ha mosso Iddio al mio aiuto: per questo e per ogni altro miracoloso soccorso, voglio andare per otto giornate pellegrinando, sempre ringraziando il mio immortale Iddio, il quale sempre aiuta chi in verità lo chiama -. Allora mi domandò 'l Duca dove io volevo andare. Al quale io dissi: - Domattina mi partirò e me n'andrò a Valle Ombrosa, di poi a Camaldoli e all'Ermo, e me n'andrò insino ai bagni di Santa Maria e forse insino a Sestile, perché io intendo che e' v'è di belle anticaglie: dipoi mi tornerò da San Francesco della Vernia, e ringraziando Iddio sempre, contento mi ritornerò asservirla -. Subito il

Duca lietamente mi disse: - Va, e torna, che tu veramente mi piaci, ma lasciami due versi di memoria, e lascia fare a mme -. Subito io feci quattro versi, innei quali io ringraziavo Sua Eccellenzia illustrissima, e gli detti a messer Sforza, il quale gli dette in mano al Duca da mia parte: il quale gli prese; di poi gli dette in mano al detto messer Sforza, e gli disse: - Fa che ogni dí tu me gli metta innanzi, perché se Benvenuto tornassi e trovassi che io noll'avessi spedito, io credo che e' mi ammazzerebbe - e cosí ridendo, Sua Eccellenzia disse che gnele ricordassi. Queste formate parole mi disse la sera messer Sforza, ridendo e anche maravigliandosi del gran favore che mi faceva 'l Duca: e piacevolmente mi disse: - Va, Benvenuto, e torna, ché io te n'ho invidia.

XCIV. Nel nome di Dio mi parti' di Firenze sempre cantando salmi e orazione innonore e gloria di Dio per tutto quel viaggio; innel quale io ebbi grandissimo piacere, perché la stagione si era bellissima, di state, e il viaggio e il paese dove io nonnero mai piú stato mi parve tanto bello che ne restai maravigliato e contento. E perché gli era venuto per mia guida un giovane mio lavorante, il quale era dal Bagno, che si chiamava Cesere, io fui molto carezzato da suo padre e da tutta la casa sua; infra e' quali si era un vecchione di piú di settant'anni, piacevolissimo uomo: questo era zio del detto Cesere, e faceva professione di medico cerusico, e pizzicava alquanto di archimista. Questo buono uomo mi mostrò come quei Bagni avevano miniera d'oro e d'argento, e mi fece vedere molte bellissime cose di quel paese; di sorte che io ebbi de' gran piaceri che io avessi mai. Essendosi domesticato a suo modo meco, un giorno in fra gli altri mi disse: - Io non voglio mancare di non vi dire un mio pensiero, al quale se Sua Eccellenzia ci prestassi l'orecchio, io credo che e' sarebbe cosa molto utile: e questo si è, che intorno a Camaldoli ci si vede un passo tanto scoperto, che Piero Strozzi potria non tanto passare sicuramente, ma egli potrebbe rubar Poppi sanza contrasto alcuno - e con questo, non tanto l'avermelo mostro a parole, ch'egli si cavò un foglio della scarsella, nel quale questo buon vecchio aveva disegnato tutto quel paese in tal modo che benissimo si vedeva ed evidentemente si conosceva il gran pericolo esser vero. Io presi il disegno e subito mi parti' dal Bagno, e quanto piú presto io potetti, tornandomene per la via di Prato Magno e da San Francesco della Vernia, mi ritornai a Firenze: e senza fermarmi, sol trattomi gli stivali, andai a Palazzo. E quando io fui dalla Badia, io mi scontrai nel mio Duca, che se ne veniva per la via del Palagio del Podestà: il quale, subito ch'e' mi vide, ei mi fece una gratissima accoglienza insieme con un poco di maraviglia, dicendomi: - O perché sei tu tornato cosí presto? che io non t'aspettavo ancora di questi otto giorni -. Al quale io dissi: - Per servizio di Vostra Eccellenzia illustrissima son tornato, ché volentieri io mi sarei stato parecchi giorni a spasso per quel bellissimo paese. - E che buone faccende? - disse 'l Duca. Al quale io dissi: - Signore, gli è di necessità che io vi dica e mostri cose di grande importanza -. Cosí me n'andai seco a Palazzo. Giunti a Palazzo e' mi menò in camera segretamente dove noi eravamo soli. Allora io gli dissi il tutto, e gli mostrai quel poco del disegno; il quale mostrò di averlo gratissimo. E dicendo a Sua Eccellenzia che gli era di necessità il rimediare a una cotal cosa presto, il Duca stette cosí un poco sopra di sé, e poi mi disse: - Sappi, che no' siamo d'accordo con el Duca d'Urbino, il quale n'ha da 'aver cura lui; ma stia in te -. E con molta gran dimostrazione di sua buona grazia, io mi ritornai a casa mia.

XCV. L'altro giorno io mi feci vedere e il Duca, dipoi un poco di ragionamento, lietamente mi disse: - Domani senza fallo voglio spedire la tua faccenda; sí che sta di buona voglia -. Io, che me lo tenevo per certissimo, con gran disiderio aspettavo l'altro giorno. Venuto il desiderato giorno, me n'andai a Palazzo; e siccome per usanza par che sempre gli avvenga, che le male nuove si dieno con piú diligenzia che non fanno le buone, messer Iacopo Guidi segretario di Sua Eccellenzia illustrissima mi chiamò con una sua bocca ritorta e con voce altiera, e ritiratosi tutto in sé, con la persona tutta incamatita, come interizzata, cominciò in questo modo a dire: - Dice il Duca che vuole saper da te quel che tu dimandi del tuo Perseo -. Io restai ismarrito e maravigliato: e subito risposi come io non ero mai per domandar prezzo delle mie fatiche, e che questo nonnera quello che mi aveva promesso Sua Eccellenzia dua giorni sono. Subito questo uomo con maggior voce mi disse che mi comandava spressamente da parte del Duca, che io dicessi quello che io ne volevo, sotto la pena della intera disgrazia di Sua Eccellenzia illustrissima. Io che m'ero promesso non tanto di aver guadagnato qualche cosa per le gran carezze fattemi da Sua Eccellenzia illustrissima, anzi maggiormente mi ero promesso di avere guadagnato tutta la grazia del Duca, perché io nollo richiedevo mai d'altra maggior cosa che solo della sua buona grazia: ora questo modo, innaspettato da me, mi fece venire in tanto furore: e maggiormente per porgermela in quel modo che faceva quel velenoso rospo. Io dissi, che quando 'l Duca mi dessi dieci mila scudi, e' non me la pagherebbe, e che, se io avessi mai pensato di venire a questi meriti, io non mi ci sarei mai fermo. Subito questo dispettoso mi disse una quantità di parole ingiuriose; e io il simile feci allui. L'altro giorno appresso, faccendo io reverenza al Duca, Sua Eccellenzia m'accennò; dove io mi accostai; ed egli in còllora mi disse: - Le città e i gran palazzi si fanno cone i dieci mila ducati -. Al quale subito risposi come Sua Eccellenzia troverebbe infiniti uomini che gli saprieno fare delle città e dei palazzi; ma che dei Persei ei non troverrebbe forse uomo al mondo, che gnele sapessi fare un tale. E subito mi parti' senza dire o fare altro. Certi pochi giorni appresso, la Duchessa mandò per me e mi disse che la differenza che io avevo con el Duca io la rimettessi in lei, perché la si vantava di far cosa che io saria contento. A queste benigne parole io risposi come io non avevo mai chiesto altro maggior premio delle mie fatiche che la buona grazia del Duca, e che Sua Eccellenzia illustrissima me l'aveva promessa; e che e' non faceva bisogno che io rimettessi in loro Eccellenzie illustrissime quello che, dai primi giorni che io li cominciai a servire tutto liberamente io avevo rimesso; e di piú aggiunsi che se Sua Eccellenzia illustrissima mi dessi solo una crazia, che vale cinque quattrini, delle mie fatiche, io mi chiamerei contento e sattisfatto, pur che Sua Eccellenzia non mi privassi della sua buona grazia. A queste mie parole, la Duchessa alquanto sorridendo, disse: - Benvenuto, tu faresti il tuo meglio a fare quello che io ti dico - e voltami le spalle, si levò da mme. Io che pensa' di fare il mio meglio per usare quelle cotal umil parole, avvenne che e' ne risultò il mio peggio, perché, con tutto che lei avessi àuto meco quel poco di stizza, ell'aveva poi in sé un certo modo di fare, il quale si era buono.

XCVI. In questo tempo io ero molto domestico di Girolimo degli Albizi, il quale era commessario delle bande di Sua Eccellenzia; e un giorno infra gli altri egli mi disse: - O Benvenuto, e' sarebbe pur bene il porre qualche sesto a questo poco del dispiacere che tu hai con el Duca; e ti dico, che se tu avessi fede in me, che e' mi darebbe 'l cuore da conciarla; perché io so quello che io mi dico. Come il Duca s'adira poi da dovero, tu ne farai molto male: bastiti questo; io non ti posso dire ogni cosa -. E perché e' m'era stato detto da uno, forse tristerello, dipoi che la Duchessa m'aveva parlato, il quale disse che aveva sentito dire che 'l Duca, per non so che occasione datagli, disse: - Per manco di dua quattrini io gitterò via il Perseo e cosí si finiranno tutte le differenze - ora per questa gelosia io dissi a Girolimo degli Albizi, che io rimettevo in lui il tutto, e che quello che egli faceva, io di tutto sarei contentissimo, pure che io restassi in grazia del Duca. Questo galante uomo, che s'intendeva benissimo dell'arte del soldato, massimamente di quei delle bande, i quali sono tutti villani, ma dell'arte del fare la scultura egli non se ne dilettava e però e' non se ne intendeva punto, di sorte che parlando con el Duca disse: - Signore, Benvenuto s'è rimesso in me, e m'ha pregato che io lo raccomandi a Vostra Eccellenzia illustrissima -. Allora il Duca disse: - E ancora io mi rimetto in voi, e starò contento attutto quello che voi giudicherete -. Di modo che il detto Girolamo fece una lettera molto ingegnosa e in mio gran favore, e giudicò che 'l Duca mi dessi tremila cinquecento scudi d'oro innoro, i quali bastassino non per premio di una cotal bella opera, ma solo per un poco di mio trattenimento; basta che io mi contentavo; con molte altre parole, le quali in tutto concludevano il detto prezzo. Il Duca la sottoscrisse molto volentieri, tanto quanto io ne fu' malcontento. Come la Duchessa lo intese, la disse: - Gli era molto meglio per quel povero uomo che e' l'avessi rimessa in me, che gne l'arei fatto dare cinque mila scudi d'oro - e un giorno che io ero ito in Palazzo, la Duchessa mi disse le medesime parole alla presenzia di messer Alamanno Salviati, e mi derise, dicendomi che e' mi stava bene tutto 'l male che io avevo. Il Duca ordinò che e' mi fussi pagato cento scudi d'oro innoro il mese, insino alla detta somma, e cosí si andò seguitando qualche mese. Dipoi messer Antonio de' Nobili, che aveva aúta la detta commessione, cominciò a darmene cinquanta, e di poi quando me ne dava venticinque e quando non me gli dava; di sorte che, vedutomi cosí prolungare, amorevolmente dissi al detto messer Antonio, pregandolo che e' mi dicessi la causa perché e' non mi finiva di pagare. Ancora egli benignamente mi rispose: innella qual risposta e' mi parve ch'e' s'allargassi un poco troppo, perché - giudichilo chi intende - in prima mi disse che la causa perché lui non continuava il mio pagamento si era la troppa strettezza che aveva 'l Palazzo di danari, ma che egli mi prometteva che come gli venissi danari, che mi pagherebbe; e aggiunse dicendo: - Oimè! se io non ti pagassi, io saria un gran ribaldo -. Io mi maravigliai il sentirgli dire una cotal parola, e per quella mi promissi che quando e' potessi, che e' mi pagherebbe. Per la qual cosa e' ne seguí tutto 'l contrario, di modo che, vedendomi straziare, io m'adirai seco e gli dissi molte ardite e collorose parole, e gli ricordai tutto quello che lui m'aveva detto che sarebbe. Imperò egli si morí, e io resto ancora a 'vere cinquecento scudi d'oro insino a ora, che siamo vicini alla fine dell'anno 1566. Ancora io restavo d'avere un resto di mia salari, il quale mi pareva che e' non si facessi piú conto di pagarmegli, perché gli eran passati incirca a tre anni; ma gli avvenne una pericolosa infermità al Duca, che gli stette quarantotto ore senza potere orinare; e conosciuto che i remedi de' medici non gli giovavano, forse ei ricorse a Iddio, e per questo e' volse che ogniuno fussi pagato delle sue provvisione decorse e ancora io fui pagato; ma non fu' pagato già del mio resto del Perseo.

XCVII. Quasi che io m'ero mezzo disposto di non dir piú nulla dello isfortunato mio Perseo; ma per essere una occasione che mi sforza tanta notabile, imperò io rappiccherò il filo per un poco, tornando alquanto addietro. Io pensai di fare il mio meglio, quando io dissi alla Duchessa, che io non potevo piú far compromesso di quello che non era piú in mio potere, perché io avevo ditto al Duca che io mi contentavo di tutto quello che Sua Eccellenzia illustrissima mi volessi dare: e questo io lo dissi pensando di gratuirmi alquanto; e con quel poco de l'umiltà cercavo con ogni opportuno remedio di placare alquanto il Duca, perché certi pochi giorni in prima che e' si venissi all'accordo dell'Albizi, il Duca s'era molto dimostro di essersi crucciato meco: e la causa fu, che dolendomi con Sua Eccellenzia di certi assassinamenti bruttissimi che mi faceva messer Alfonso Quistello e messer Iacopo Polverino, fiscale, e piú che tutti ser Giovanbattista Brandini, volterrano; cosí dicendo con qualche dimostrazione di passione queste mie ragioni, io vidi venire il Duca in tanta stizza, quanto mai e' si possa immaginare. E poi che Sua Eccellenzia illustrissima era venuta in questo gran furore, ei mi disse: - Questo caso si è come quello del tuo Perseo, che tu n'hai chiesto e' dieci mila scudi: tu ti lasci troppo vincere da il tuo interesso; imperò io lo voglio fare stimare, e tene darò tutto quello che e' mi fia giudicato -. A queste parole io subito risposi alquanto un poco troppo ardito e mezzo adirato - cosa la qual non è conveniente usarla cone i gran Signori - e dissi: - O come è egli possibile che la mia opera mi sia stimata il suo prezzo, non essendo oggi uomo in Firenze che la sapessi fare? - Allora il Duca crebbe in maggiore furore, e disse di molte parole adirate, infra le quale disse: - In Firenze si è uomo oggi, che ne saprebbe fare un come quello, e però benissimo e' lo saprà giudicare -. Ei volse dire del Bandinello, cavalieri di santo Iacopo. Allora io dissi: - Signor mio, Vostra Eccellenzia illustrissima m'ha dato facultà, che io ho fatto innella maggiore Scuola del mondo una grande e difficilissima opera, la quale m'è stata lodata piú che opera che mai si sia scoperta in questa divinissima Scuola; e quello che piú mi fa baldanzoso si è stato, che quegli eccellenti uomini, che conoscono e che sono dell'arte, com'è 'l Bronzino pittore, questo uomo s'è affaticato e m'ha fatto quattro sonetti, dicendo le piú iscelte e gloriose parole, che sia possibil di dire; e per questa causa, di questo mirabile uomo, forse s'è mossa tutta la città a cosí gran romore; e io dico ben che se lui attendessi alla scultura, sí come ei fa alla pittura, lui sí bene la potria forse saper fare. E piú dico a Vostra Eccellenzia illustrissima che il mio maestro Michelagnolo Buonaroti, sí bene e' n'arebbe fatta una cosí, quando egli era piú giovane, e non arebbe durato manco fatiche che io mi abbia fatto; ma ora che gli è vecchissimo, egli nolla farebbe per cosa certa; di modo che io non credo che oggi ci sia notizia di uomo che la sapessi condurre. Sí che la mia opera ha 'uto il maggior premio che io potessi desiderare al mondo: e maggiormente, che Vostra Eccellenzia illustrissima, non tanto che la si sia chiamata contenta de l'opera mia, anzi piú di ogni altro uomo quella me l'ha lodata. O che maggiore e che piú onorato premio si può egli desiderare? Io dico per certissimo che Vostra Eccellenzia non mi poteva pagare di piú gloriosa moneta: né con qualsivoglia tesoro certissimo e' non si può agguagliare a questo: sí che io sono troppo pagato, e ne ringrazio Vostra Eccellenzia illustrissima con tutto il cuore -. A queste parole rispose il Duca e disse: - Anzi tu non pensi che io abbia tanto che io te la possa pagare; e io ti dico che io te la pagherò molto piú che la non vale -. Allora io dissi: - Io non mi immaginavo di avere altro premio da Vostra Eccellenzia, ma io mi chiamo pagatissimo di quel primo che m'ha dato la Scuola, e con questo adesso adesso mi voglio ir con Dio, senza mai piú tornare a quella casa che Vostra Eccellenzia illustrissima mi donò, né mai piú mi voglio curare di rivedere Firenze -. Noi eravamo appunto da Santa Felicita e Sua Eccellenzia si ritornava a Palazzo. A queste mie collorose parole il Duca subito con gran ira si volse e mi disse: - Non ti partire, e guarda bene che tu non ti parta - di modo che io mezzo spaventato lo accompagnai a Palazzo. Giunto che Sua Eccellenzia fu a Palazzo, ei chiamò il vescovo de' Bartolini, che era arcivescovo di Pisa, e chiamò messer Pandolfo della Stufa, e disse loro che dicessino a Baccio Bandinelli da sua parte che considerassi bene quella mia opera del Perseo, e che la stimassi, perché el Duca me la voleva pagare il giusto suo prezzo. Questi due uomini dabbene subito trovorno il detto Bandinello, e fattegli la imbasciata, egli disse loro che quella opera ei l'aveva benissimo considerata, e che sapeva troppo bene quel che la valeva; ma per essere in discordia meco per altre faccende passate, egli non voleva impacciarsi de' casi mia in modo nessuno. Allora questi due gentili uomini aggiunsono e dissono: - Il Duca ci ha detto che, sotto pena della disgrazia sua, che vi comanda che voi le diate prezzo; e se voi volete due o tre dí di tempo a considerarla bene, ve gli pigliate: dipoi dite a noi quel che e' vi pare che quella fatica meriti -. Il detto rispose che l'aveva benissimo considerata, e che non poteva mancare a' comandamenti del Duca, e che quella opera era riuscita molto ricca e bella, di modo che gli pareva che la meritassi sedici mila scudi d'oro e da vantaggio. Subito i buoni gentili uomini lo riferirno al Duca, il quale si adirò malamente; e similmente ei lo ridissino a me. Ai quali io risposi, che in modo nessuno io non volevo accettare le lode del Bandinello, avvenga che questo male uomo dice mal di ogniuno. Queste mie parole furno riditte al Duca, e per questo voleva la Duchessa che io mi rimettessi in lei. Tutto questo si è la pura verità: basta che io facevo il mio meglio a lasciarmi giudicare alla Duchessa, perché io sarei stato in breve pagato, e arei àuto quel piú premio.

XCVIII. Il Duca mi fece intendere per messer Lelio Torello, suo auditore, che voleva che io facessi certe storie di basso rilievo di bronzo intorno al coro di santa Maria del Fiore; e per essere il detto coro impresa del Bandinello, io non volevo arricchire le sue operaccie con le fatiche mie; e con tutto che 'l detto coro non fussi suo disegno, perché lui non intendeva nulla al mondo d'architettura (il disegno si era di Giuliano di Baccio d'Agnolo, legnaiuolo, che guastò la cupola): basta che e' non v'è virtú nessuna; e per l'una e per l'altra causa io non volevo in modo nessuno far tal opera, ma umanamente sempre dicevo al Duca, che io farei tutto quello che mi comandassi Sua Eccellenzia illustrissima, di modo che Sua Eccellenzia commesse agli Operai di Santa Maria del Fiore che fussino d'accordo meco, e che Sua Eccellenzia mi darebbe solo la mia provvisione delli dugento scudi l'anno e che a ogni altra cosa voleva che i detti Operai sopperissino di quello della ditta Opera. Di modo che io comparsi dinanzi alli detti Operai, i quali mi dissono tutto l'ordine che loro avevano dal Duca; e perché con loro e' mi pareva molto piú sicuramente poter dire le mie ragioni, cominciai a mostrar loro che tante storie di bronzo sariano di una grandissima spesa, la quale si era tutta gittata via: e dissi tutte le cagioni, per le quali eglino ne furno capacissimi. La prima si era, che quel ordine di coro era tutto scorretto, ed era fatto senza nissuna ragione, né vi si vedeva né arte, né comodità, né grazia, né disegno; l'altra si era che le ditte storie andavano tanto poste basse, che le venivano troppo inferiore alla vista, e che le sarebbono un pisciatoi' da cani, e continue starebbono piene d'ogni bruttura; e che per le ditte cagioni io in modo nessuno nolle volevo fare. Solo per non gittar via il resto dei mia migliori anni e non servire Sua Eccellenzia illustrissima, al quale io desideravo tanto di piacere e servire; imperò, se Sua Eccellenzia si voleva servir delle fatiche mie, quella mi lasciassi fare la porta di mezzo di Santa Maria del Fiore, la quale sarebbe opera che sarebbe veduta, e sarebbe molto piú gloria di Sua Eccellenzia illustrissima; e io mi ubbrigherei per contratto che, se io nolla facessi meglio di quella, che è piú bella, delle porte di San Giovanni, non volevo nulla delle mie fatiche; ma se io la conducevo sicondo la mia promessa, io mi contentavo che la si facessi stimare, e dappoi mi dessino mille scudi di manco di quello che dagli uomini dell'arte la fussi stimata. A questi Operai molto piacque questo che io avevo lor proposto, e andorno a parlarne al Duca, che fu, in fra gli altri, Piero Salviati, pensando di dire al Duca cosa che gli fussi gratissima; e la gli fu tutto 'l contrario; e disse che io volevo sempre fare tutto 'l contrario di quello che gli piaceva che io facessi: e sanza altra conclusione il detto Piero si partí dal Duca. Quando io intesi questo, subito me n'andai a trovare 'l Duca, il quale mi si mostrò alquanto sdegnato meco; il quali io pregai che si degnassi di ascoltarmi, ed ei cosí mi promesse: di modo che io mi cominciai da un capo; e con tante belle ragioni gli detti ad intendere la verità di tal cosa, mostrando a Sua Eccellenzia che l'era una grande spesa gittata via: di sorte che io l'avevo molto addolcito con dirgli, che se a Sua Eccellenzia illustrissima non piaceva che e' si facessi quella porta, che egli era di necessità il fare a quel coro dua pergami, e che quegli sarebbono due grande opere e sarebbono gloria di Sua Eccellenzia illustrissima, e che io vi farei una gran quantità di storie di bronzo, di basso rilievo, con molti ornamenti: cosí io lo ammorbidai e mi commesse che io facessi i modegli. Io feci piú modelli e durai grandissime fatiche: e infra gli altri ne feci uno a otto faccie, con molto maggiore studio che io nonnavevo fatto gli altri, e mi pareva che e' fussi molto piú comodo al servizio che gli aveva affare. E perché io gli avevo portati piú volte a Palazzo, Sua Eccellenzia mi fece intendere per messer Cesere, guardaroba, che io gli lasciassi. Dappoi che 'l Duca gli aveva veduti, vidi che di quei Sua Eccellenzia aveva scelto il manco bello. Un giorno Sua Eccellenzia mi fe' chiamare, e innel ragionare di questi detti modelli io gli dissi e gli mostrai con molte ragioni, che quello a otto faccie saria stato molto piú comodo a cotal servizio, e molto piú bello da vedere. Il Duca mi rispose, che voleva che io lo facessi quadro, perché gli piaceva molto piú in quel modo; e cosí molto piacevolmente ragionò un gran pezzo meco. Io non mancai di non dire tutto quello che mi occorreva, in difensione dell'arte. O che il Duca conoscessi che io dicevo 'l vero, e pur volessi fare a suo modo, e' si stette di molto tempo che e' non mi fu detto nulla.

XCIX. In questo tempo il gran marmo del Nettunno si era stato portato per il fiume d'Arno e poi condotto per la Grieve in sulla strada del Poggio a Caiano, per poterlo poi meglio condurre afFirenze per quella strada piana, dove io lo andai a vedere. E se bene io sapevo certissimo che la Duchessa l'aveva per suo propio favore fatto avere al cavalieri Bandinello; non per invidia che io portassi al Bandinello, ma sí bene mosso a pietà del povero mal fortunato marmo (guardisi, che qual cosa e' si sia, la quale sia sottoposta a mal destino, che un la cerchi scampare da qualche evidente male, gli avviene che la cade in molto peggio, come fece il detto marmo alle man di Bartolomeo Ammannato, del quale si dirà 'l vero al suo luogo), veduto che io ebbi il bellissimo marmo, subito presi la sua altezza e la sua grossezza per tutti i versi, e tornatomene a Firenze, feci parecchi modellini approposito. Dappoi io andai al Poggio a Caiano, dove era il Duca e la Duchessa e 'l Principe lor figliuolo; e trovandogli tutti a tavola, il Duca con la Duchessa mangiava ritirato, di modo che io mi missi attrattenere il Principe. E avendolo trattenuto un gran pezzo, il Duca, che era innuna stanza ivi vicino, mi sentiva, e con molto favore e' mi fece chiamare; e giunto che io fui alle presenze di loro Eccellenzie, con molte piacevole parole la Duchessa cominciò a ragionar meco: con el qual ragionamento a poco a poco io cominciai a ragionar di quel bellissimo marmo, che io avevo veduto; e cominciai a dire come la lor nobilissima Scuola i loro antichi l'avevano fatta cosí virtuosissima, solo per far fare aggara tutti i virtuosi nelle lor professione; e in quel virtuoso modo ei s'era fatto la mirabil cupola, e le bellissime porte di Santo Giovanni, e tant'altri bei tempii e statue, le quali facevano una corona di tante virtú a la lor città, la quale dagli antichi in qua la non aveva mai aùto pari. Subito la Duchessa con istizza mi disse, che benissimo lei sapeva quello che io volevo dire; e disse che alla presenza sua io mai piú parlassi di quel marmo, perché io gnele facevo dispiacere. Dissi: - Addunche vi fo io dispiacere per volere essere proccuratore di Vostre Eccellenzie, facendo ogni opera perché le sieno servite meglio? Considerate, Signora mia: se Vostre Eccellenzie illustrissime si contentano, che ognino facci un modello di un Nettunno, se bene voi siate resoluti che l'abbia il Bandinello, questo sarà causa che 'l Bandinello per onor suo si metterà con maggiore studio a fare un bel modello, che e' non farà sapendo di non avere concorrenti: e in questo modo voi, Signori, sarete molto meglio serviti e non torrete l'animo alla virtuosa Scuola, e vedrete chi si desta al bene: io dico al bel modo di questa mirabile arte; e mosterrete voi Signori di dilettarvene e d'intendervene -. La Duchessa con gran còllora mi disse che io l'avevo fradicia, e che voleva che quel marmo fussi del Bandinello, e disse: - Dimandane il Duca, che anche Sua Eccellenzia vole che e' sia del Bandinello -. Detto che ebbe la Duchessa, il Duca, che era sempre stato cheto, disse: - Gli è venti anni che io feci cavare quel bel marmo apposta per il Bandinello, e cosí io voglio che il Bandinello l'abbia, e sia suo -. Subito io mi volsi al Duca, e dissi: - Signor mio, io priego Vostra Eccellenzia illustrissima che mi faccia grazia che io dica a Vostra Eccellenzia quattro parole per suo servizio -. Il Duca mi disse che io dicessi tutto quello che io volevo, e che e' mi ascolterebbe. Allora io dissi: - Sappiate, Signor mio, che quel marmo, di che 'l Bandinello fece Ercole e Cacco, e' fu cavato per quel mirabil Michelagnolo Buonaroti, il quale aveva fatto un modello di un Sensone con quattro figure, il quale saria stato la piú bella del mondo; e il vostro Bandinello ne cavò dua figure sole, mal fatte e tutte rattoppate: il perché la virtuosa Scuola ancor grida del gran torto che si fece a quel bel marmo. Io credo che e' vi fu appiccato piú di mille sonetti, in vitupero di cotesta operaccia; e io so che Vostra Eccellenzia illustrissima benissimo se ne ricorda. E però, valoroso mio Signore, se quegli uomini che avevano cotal cura, furno tanto insapienti, che loro tolsono quel bel marmo a Michelagnolo, che fu cavato per lui, e lo dettono al Bandinello, il quale lo guastò, come si vede; oh! comporterete voi mai che questo ancor molto piú bellissimo marmo, se bene gli è del Bandinello, il quale lo guasterebbe, di nollo dare ad uno altro valent'uomo che ve lo acconci? Fate, Signor mio, che ogniuno che vuole faccia un modello e dipoi tutti si scuoprano alla Scuola, e Vostra Eccellenzia illustrissima sentirà quel che la Scuola dice; e Vostra Eccellenzia con quel suo buon iudizio saprà scerre il meglio, e in questo modo voi non gitterete via i vostri dinari, né manco torrete l'animo virtuoso a una tanto mirabile Scuola, la quale si è oggi unica al mondo: che è tutta gloria di Vostra Eccellenzia illustrissima -. Ascoltato che il Duca mi ebbe benignissimamente, subito si levò da tavola e voltomisi, disse: - Va, Benvenuto mio, e fa un modello, e guadàgnati quel bel marmo, perché tu mi di' il vero, e io lo conosco -. La Duchessa, minacciandomi col capo, isdegnata disse borbottando non so che; e io feci lor reverenza, e me ne tornai a Firenze, che mi pareva mill'anni di metter mano nel detto modello.

C. Come il Duca venne a Firenze, senza farmi intendere nulla, e' se ne venne a casa mia, dove io gli mostrai dua modelletti diversi l'uno da l'altro; e sebbene egli me gli lodò tutt'a dua, e' mi disse che uno gnele piaceva piú dell'altro, e che io finissi bene quello che gli piaceva, che buon per me: e perché Sua Eccellenzia aveva veduto quello che aveva fatto il Bandinello e anche degli altri, Sua Eccellenzia lodò molto piú il mio da gran lunga, ché cosí mi fu detto da molti dei sua cortigiani, che l'avevano sentito. Infra l'altre notabile memorie, da farne conto grandissimo, si fu, che essendo venuto a Firenze il cardinale di Santa Fiore, e menandolo il Duca al Poggio a Caiano, innel passare, per il viaggio, e vedendo il detto marmo, il Cardinale lo lodò grandemente, e poi domandò a chi Sua Eccellenzia lo aveva dedicato che lo lavorassi. Il Duca subito disse: - Al mio Benvenuto, il quale ne ha fatto un bellissimo modello -. E questo mi fu ridetto da uomini di fede: e per questo io me n'andai a trovare la Duchessa e gli portai alcune piacevole cosette dell'arte mia, le quale Sua Eccellenzia illustrissima l'ebbe molto care; dipoi la mi dimandò quello che io lavoravo: alla quale io dissi: - Signora mia, io mi sono preso per piacere di fare una delle piú faticose opere che mai si sia fatte al mondo: e questo si è un Crocifisso di marmo bianchissimo, in su una croce di marmo nerissimo, ed è grande quanto un grande uomo vivo -. Subito la mi dimandò quello che io ne volevo fare. Io le dissi: - Sappiate, Signora mia, che io nollo darei a chi me ne dessi dumila ducati d'oro in oro; perché una cotale opera nissuno uomo mai non s'è messo a una cotale estrema fatica; né manco io non mi sarei ubbrigato affarlo per qualsivoglia Signore, per paura di non restarne in vergogna. Io mi sono comperato i marmi di mia danari, e ho tenuto un giovane in circa a dua anni, che m'ha aiutato, e infra marmi e ferramenti in su che gli è fermo, e salari, e' mi costa piú di trecento scudi; attale, che io nollo darei per dumila scudi d'oro; ma se Vostra Eccellenzia illustrissima mi vuol fare una lecitissima grazia, io gnele farò volentieri un libero presente: solo priego Vostra Eccellenzia illustrissima che quella non mi sfavorisca, né manco non mi favorisca nelli modelli che Sua Eccellenzia illustrissima si ha commesso che si faccino del Nettunno per il gran marmo -. Lei disse con molto sdegno: - Addunche tu non istimi punto i mia aiuti o mia disaiuti? - Anzi, gli stimo, Signora mia; o perché vi offero io di donarvi quello che io stimo dumila ducati? Ma io mi fido tanto delli mia faticosi e disciplinati studii, che io mi prometto di guadagnarmi la palma, se bene e' ci fussi quel gran Michelagnolo Buonaroti, dal quale, e non mai da altri, io ho imparato tutto quel che io so: e mi sarebbe molto piú caro che e' facessi un modello lui, che sa tanto, che questi altri che sanno poco; perché con quel mio cosí gran maestro io potrei guadagnare assai, dove con questi altri non si può guadagnare -. Dette le mie parole, lei mezzo sdegnata si levò, e io ritornai al mio lavoro sollicitando il mio modello quanto piú potevo. E finito che io lo ebbi, il Duca lo venne a vedere, ed era seco dua imbasciatori, quello del Duca di Ferrara e quello della Signoria di Lucca, e cosí ei piacque gran-

demente, e il Duca disse i quei Signori: - Benvenuto veramente lo merita
-. Allora li detti mi favorirno grandemente tutt'a dua, e piú lo imbasciatore di Lucca, che era persona litterata, e dottore. Io, che mi ero scostato
alquanto, perché e' potessino dire tutto quello che pareva loro, sentendomi favorire, subito mi accostai, e voltomi al Duca, dissi: - Signor mio,
Vostra Eccellenzia illustrissima doverebbe fare ancora un'altra mirabil
diligenzia: comandare che chi vole faccia un altro modello di terra, della
grandezza appunto che gli esce di quel marmo; e aqquel modo Vostra
Eccellenzia illustrissima vedrà molto meglio chi lo merita; e vi dico: che
se Vostra Eccellenzia lo darà a chi nollo merita, quella non farà torto a
quel che lo merita, anzi la farà un gran torto a sé medesima, perché la
n'acquisterà danno e vergogna; dove faccendo il contrario, con il darlo
a chi lo merita, in prima ella ne acquisterà gloria grandissima e spenderà
bene il suo tesoro, e le persone virtuose allora crederranno che quella se
ne diletti e se ne intenda -. Subito che io ebbi ditte queste parole, il Duca
si ristrinse nelle spalle, e avviatosi per andarsene, lo imbasciatore di
Lucca disse al Duca: - Signore, questo vostro Benvenuto si è un terribile
uomo -. Il Duca disse: - Gli è molto piú terribile che voi non dite; e buon
per lui se e' non fussi stato cosí terribile, perché gli arebbe aùto a quest'ora delle cose che e' non ha aúte -. Queste formate parole me le ridisse
il medesimo imbasciatore, quasi riprendendomi che io non dovessi fare
cosí. Al quale io dissi che io volevo bene al mio Signore, come suo amorevol fidel servo, e non sapevo fare lo adulatore. Di poi parecchi settimane passate, il Bandinello si morí; e si credette che, oltre ai sua
disordini, che questo dispiacere, vedutosi perdere il marmo, ne fossi
buona causa.

CI. Il detto Bandinello aveva inteso come io avevo fatto quel Crocifisso che io ho detto di sopra: egli subito messe mano innun pezzo di
marmo, e fece quella Pietà che si vede nella chiesa della Nunziata. E perché io avevo dedicato il mio Crocifisso a Santa Maria Novella, e di già
vi avevo appiccati gli arpioni per mettervelo, solo domandai di fare sotto
i piedi del mio Crocifisso, in terra, un poco di cassoncino, per entrarvi
dipoi che io sia morto. I detti frati mi dissono che non mi podevano concedere tal cosa, sanza il dimandarne i loro Operai; ai quali io dissi: - O
frati, perché non domandasti voi in prima gli Operai nel dar luogo al

mio bel Crocifisso, che senza lor licenzia voi mi avete lasciato mettere gli arpioni e l'altre cose? - E per questa cagione io non volsi dar più alla chiesa di Santa Maria Novella le mie tante estreme fatiche, se bene dappoi e' mi venne a trovare quegli Operai e me ne pregorno. Subito mi volsi alla chiesa della Nunziata, e ragionando di darlo in quel modo che io volevo a Santa Maria Novella, quegli virtuosi frati di detta Nunziata tutti d'accordo mi dissono che io lo mettessi nella lor chiesa, e che io vi facessi la mia sepoltura in tutti quei modi che a me pareva e piaceva. Avendo presentito questo il Bandinello, e' si misse con gran sollicitudine a finire la sua Pietà, e chiese alla Duchessa che gli facessi avere quella cappella che era de' Pazzi; la quale s'ebbe con difficultà: e subito che egli l'ebbe, con molta prestezza ei messe sú la su opera, la quale non era finita del tutto, che egli si morí. La Duchessa disse che ella lo aveva aiutato in vita e che lo aiuterebbe ancora in morte; e che se bene gli era morto, che io non facessi mai disegno d'avere quel marmo. Dove Bernardone sensale mi disse un giorno, incontrandoci in villa, chi la Duchessa aveva dato il marmo; al quale io dissi: - Oh sventurato marmo! certo che alle mali del Bandinello egli era capitato male, ma alle mani dell'Ammanato gli è capitato cento volte peggio! - Io avevo aúto ordine dal Duca di fare il modello di terra, della grandezza che gli usciva del marmo, e mi aveva fatto provvedere di legni e terra, e mi fece fare un poco di parata nella loggia, dove è il mio Perseo, e mi pagò un manovale. Io messi mano con tutta la sollicitudine che io potevo, e feci l'ossatura di legno con la mia buona regola, e felicemente lo tiravo al suo fine, non mi curando di farlo di marmo, perché io conoscevo che la Duchessa si era disposta che io noll'avessi, e per questo io non me ne curavo: solo mi piaceva di durare quella fatica, colla quale io mi promettevo che, finito che io lo avessi, la Duchessa, che era pure persona d'ingegno, avvenga che la l'avessi dipoi veduto, io mi promettevo che e' le sarebbe incresciuto d'aver fatto al marmo e a sé stessa un tanto smisurato torto. E' ne faceva uno Giovanni Fiammingo ne' chiostri di Santa Croce, e uno ne faceva Vincenzio Danti, perugino, in casa messer Ottaviano de' Medici; un altro ne cominciò il figliuolo del Moschino a Pisa, e un altro lo faceva Bartolomeo Ammannato nella Loggia, ché ce l'avevano divisa. Quando io l'ebbi tutto ben bozzato, e volevo cominciare a finire la testa, che di già io gli avevo dato un poco di prima mana, il Duca era sceso del Palazzo, e Giorgetto pittore lo aveva menato nella stanza dell'Ammannato, per fargli vedere il Nettunno, in sul quale il detto Giorgino aveva lavorato di sua mano di molte giornate insieme co 'l detto Ammannato e con tutti i sua lavoranti. In mentre che 'l Duca lo vedeva, e' mi fu detto che e' se ne sattisfaceva molto poco; e se bene il detto Giorgino lo voleva empiere di quelle sue cicalate, il Duca scoteva 'l capo, e voltosi al suo messer Gianstefano, disse: - Va e dimanda Benvenuto se il suo gigante è di sorte innanzi, che ei si contentassi di darmene un poco di vista -. Il detto messer Gianstefano molto accortamente e benignissimamente mi fece la imbasciata da parte del Duca; e di piú mi disse che se l'opera mia non mi pareva che la fussi ancora da mostrarsi, che io liberamente lo dicessi: perché il Duca conosceva benissimo, che io avevo aùto pochi aiuti a una cosí grande impresa. Io dissi che e' venissi di grazia, e se bene la mia opera era poco innanzi, lo ingegno di Sua Eccellenzia illustrissima si era tale che benissimo lo giudicherebbe quel che ei potessi riuscire finito. Cosí il detto gentile uomo fece la imbasciata al Duca, il quale venne volentieri: e subito che Sua Eccellenzia entrò nella stanza, gittato gli occhi alla mia opera, ei mostrò d'averne molta sattisfazione: di poi gli girò tutto all'intorno, fermandosi alle quattro vedute, che non altrimenti si arebbe fatto uno che fussi stato peritissimo dell'arte; di poi fece molti gran segni e atti di dimostrazione di piacergli, e disse solamente: - Benvenuto, tu gli hai a dare solamente una ultima pelle -; poi si volse a quei che erano con Sua Eccellenzia, e disse molto bene della mia opera, dicendo: - Il modello piccolo, che io vidi in casa sua, mi piacque assai; ma questa sua opera si ha trapassato la bontà del modello.

CII. Sí come piacque a Iddio, che ogni cosa fa per il nostro meglio - io dico di quegli che lo ricognoscono e che gli credono, sempre Iddio gli difende - in questi giorni mi capitò innanzi un certo ribaldo da Vicchio, chiamato Piermaria d'Anterigoli, e per sopra nome lo Sbietta: l'arte di costui si è il pecoraio, e perché gli è parente stretto di messer Guido Guidi, medico e oggi proposto di Pescia, io gli prestai orecchi. Costui mi offerse di vendermi un suo podere a vita mia naturale, il qual podere io nollo volsi vedere, perché io avevo desiderio di finire il mio modello del gigante Nettunno; e ancora perché e' non faceva di bisogno che io lo vedessi, perché egli me lo vendeva per entrata: la quale il detto mi aveva dato in nota di tante moggia di grano e di vino, olio e biade e marroni e vantaggi, i quali io facevo il mio conto che al tempo che noi eravamo, le dette robe valevano molto piú di cento scudi d'oro innoro, e io gli davo secento cinquanta scudi contando le gabelle. Di modo che, avendomi lasciato scritto di sua mano che mi voleva sempre, per tanto quanto io vivevo, mantenere le dette entrate, io non mi curai d'andare a vedere il detto podere; ma sí bene io, il meglio che io potetti, mi informai se il detto Sbietta e ser Filippo, suo fratello carnale erano di modo benestanti che io fussi sicuro. Cosí da molte persone diverse che gli conoscevano, mi fu detto che io ero sicurissimo. Noi chiamammo d'accordo ser Pierfrancesco Bertoldi, notaio alla Mercatanzia; e la prima cosa io gli detti in mano tutto quello che 'l detto Sbietta mi voleva mantenere, pensando che la detta scritta si avessi a nominare innel contratto: di modo che 'l detto notaio, che lo rogò, attese a' ventidua confini, che gli diceva il detto Sbietta, e sicondo me ei non si ricordò di includere nel detto contratto quello che 'l detto venditore mi aveva offerto; e io, in mentre che 'l notaio scriveva, io lavoravo; e perché ei penò parecchi ore a scrivere, io feci un gran brano della testa del detto Nettunno. Cosí avendo finito il detto contratto, lo Sbietta mi cominciò affare le maggior carezze del mondo, e io facevo 'l simile a lui. Egli mi presentava cavretti, caci, capponi, ricotte e molte frutte, di modo che io mi cominciai mezzo mezzo a vergognare: e per queste amorevolezze io lo levavo, ogni volta che lui veniva a Firenze, d'in su la osteria; e molte volte gli era con qualcuno dei sua parenti, i quali venivano ancora loro; e con piacevoli modi egli mi cominciò a dire che gli era una vergogna che io avessi compro un podere, e che oramai gli era passato tante settimane, che io non mi risolvessi di lasciare per tre dí un poco le mie faccende ai mia lavoranti e andassilo a vedere. Costui potette tanto cone 'l suo lusingarmi, che io pure in mia mal'ora l'andai a vedere; e il detto Sbietta mi ricevvé in casa sua con tante carezze e con tanto onore, che ei non ne poteva far piú a un duca; e la sua moglie mi faceva piú carezze di lui; e in questo modo noi durammo un pezzo, tanto che e' gli venne fatto tutto quello che gli avevano disegnato di fare, lui e 'l suo fratello ser Filippo.

CIII. Io non mancavo di sollicitare il mio lavoro del Nettunno, e di già l'avevo tutto bozzato, sí come io dissi di sopra, con bonissima regola, la quale non l'ha mai usata né saputa nessuno innanzi a me; di modo che, se bene io ero certo di non avere il marmo per le cause dette di sopra, io mi credevo presto di aver finito, e subito lasciarlo vedere alla Piazza, solo per mia sattisfazione. La stagione si era calda e piacevole, di modo che, essendo tanto carezzato da questi dua ribaldi, io mi mossi un mercoledí, che era dua feste, di villa mia a Trespiano, e avevo fatto buona colezione, di sorte che gli era piú di venti ore quando io arrivai a Vicchio; e subito trovai ser Filippo alla porta di Vicchio, il qual pareva che sapessi come io vi andavo; tante carezze ei mi fece e menatomi a casa dello Sbietta, dove era la sua impudica moglie, ancora lei mi fece carezze smisurate; alla quale io donai un cappello di paglia finissimo; perché ella disse di non aver mai veduto il piú bello. Allora e' non v'era lo Sbietta. Appressandosi alla sera, noi cenammo tutti insieme molto piacevolmente: di poi mi fu dato una onorevol camera, dove io mi riposai innun pulitissimo letto; e a dua mia servitori fu dato loro il simile, secondo il grado loro. La mattina, quando mi levai, e' mi fu fatto le medesime carezze. Andai a vedere il mio podere, il quale mi piacque: e mi fu consegnato tanto grano e altre biade; e di poi, tornatomene a Vicchio, il prete ser Filippo mi disse: - Benvenuto, non vi dubitate; che se bene voi non vi avessi trovato tutto lo intero di quello che e' v'è stato promesso, state di buona voglia, che e' vi sarà attenuto da vantaggio, perché voi vi siete impacciato con persone dabbene: e sappiate che cotesto lavoratore noi gli abbiamo dato licenzia, perché gli è un tristo -. Questo lavoratore si chiamava Mariano Rosegli, il quale piú volte mi disse: - Guardate bene a' fatti vostri, che alla fine voi conoscerete chi sarà di noi il maggior tristo -. Questo villano, quando ei mi diceva queste parole, egli sogghignava innun certo mal modo, dimenando 'l capo, come dire: - Va pur là, che tu te n'avvedrai -. Io ne feci un poco di mal giudizio, ma io non mi immaginavo nulla di quello che mi avvenne. Ritornato dal podere, il quale si è due miglia discoste da Vicchio, inverso l'alpe, trovai il detto prete, che colle sue solite carezze mi aspettava; cosí andammo a fare colezione tutti insieme: questo non fu desinare, ma fu una buona colezione. Dipoi andandomi a spasso per Vicchio, di già egli era cominciato il mercato; io mi vedevo guardare da tutti quei di Vicchio come cosa disusa da vedersi, e piú che ogni altri da un uomo dabbene, che si sta, di molti anni sono, in Vicchio, e la sua moglie fa del pane a vendere. Egli ha quivi presso a un miglio certe sue buone possessione; però si contenta di stare a quel modo. Questo uomo dabbene abita una mia casa, la quale si è in Vicchio, che mi fu consegnata con il detto podere, qual si domanda il podere della Fonte; e mi disse: - Io sono in casa vostra, e al suo tempo io vi darò la vostra pigione; o vorretela innanzi, in tutti i modi che vorrete farò: basta che meco voi sarete sempre d'accordo -. E in mentre che noi ragionavamo, io vedevo che questo uomo mi affisava gli occhi addosso: di modo che io, sforzato da tal cosa, gli dissi: - Deh ditemi, Giovanni mio caro, perché voi piú volte mi avete cosí guardato tanto fiso? - Questo uomo dabbene mi disse: - Io ve lo dirò volentieri, se voi, da quello uomo che voi siate, mi promettere di non dire che io ve l'abbia detto -. Io cosí gli promessi. Allora ei mi disse: - Sappiate che quel pretaccio di ser Filippo, e' non sono troppi giorni, che lui si andava vantando delle valenterie del suo fratello Sbietta, dicendo come gli aveva venduto il suo podere a un vecchio a vita sua, il quale e non arriverebbe all'anno intero. Voi vi siete impacciato con parecchi ribaldi, sí che ingegnatevi di vivere il piú che voi potete, e aprite gli occhi, perché ci vi bisogna; io non vi voglio dire altro.

CIV. Andando a spasso per il mercato, vi trovai Giovanbatista Santini, e lui e io fummo menati accena dal detto prete; e, sí come io ho detto per l'addietro, egli era in circa alle venti ore, e per causa mia e' si cenò cosí abbuon'otta, perché avevo detto che la sera io mi volevo ritornare a Trespiano: di modo che prestamente e' si messe in ordine, e la moglie dello Sbietta si affaticava, e infra gli altri un certo Cecchino Buti, lor lancia. Fatto che furno le insalate, e cominciando a volere entrare attavola, quel detto mal prete, faccendo un certo suo cattivo risino, disse: - E' bisogna che voi mi perdoniate, perché io non posso cenar con esso voi, perché e' m'è sopragiunto una faccenda di grande inportanza per conto dello Sbietta, mio fratello: per non ci essere lui, bisogna che io sopperisca per lui -. Noi tutti lo pregammo e non potemmo mai svoggerlo: egli se n'andò, e noi cominciammo accenare. Mangiato che noi avemmo le insalate in certi piattelloni comuni, cominciandoci a dare carne lessa, venne una scodella per uno. Il Santino, che mi era attavola al dirimpetto, disse: - A voi e' danno tutte le stoviglie diferente da quest'altre: or vedesti voi mai le piú belle? - Io gli dissi che di tal cosa io non me n'ero avveduto. Ancora ei mi disse che io chiamassi a tavola la moglie dello Sbietta, la quale, lei e quel Cecchino Buti, correvono innanzi e indietro, tutti infaccendati istrasordinatamente. In fine io pregai tanto quella donna che la venne; la quale si doleva, dicendomi: - Le mie vivande non vi sono piaciute. Però voi mangiate cosí poco -. Quando io l'ebbi parecchi volte lodato la cena, dicendole che io non mangiai mai né piú di voglia né meglio, all'ultimo io dissi che io mangiavo il mio bisogno appunto. Io non mi sarei mai immaginato perché quella donna mi faceva tanta ressa che io mangiassi. Finito che noi avemmo di cenare gli era passato le ventun'ora, e io avevo desiderio di tornarmene la sera a Trespiano, per potere andare l'altro giorno al mio lavoro della Loggia: cosí dissi addio attutti, e ringraziato la donna mi parti'. Io non fui discosto tre miglia, che e' mi pareva che lo stomaco mi ardessi, e mi sentivo travagliato di sorte che e' mi pareva mill'anni di arrivare al mio podere di Trespiano. Come a Dio piacque arrivai di notte, con gran fatica, e subito detti ordine d'andarmene a riposare. La notte io non mi potetti mai riposare, e di piú mi si mosse 'l corpo, il quale mi sforzò parecchi volte a 'ndare al destro, tanto che, essendosi fatto dí chiaro, io sentendomi ardere il sesso, volsi vedere che cosa la fussi: trovai la pezza molto sanguinosa. Subito io mi immaginai di aver mangiato qualche cosa velenosa, e piú e piú volte mi andavo esaminando da me stesso, che cosa la potessi essere stata: e mi tornò in memoria quei piatti e scodelle e scodellini, datimi differenziati dagli altri la detta moglie dello Sbietta; e perché quel mal prete, fratello dello Sbietta, ed essendosi tanto affaticato in farmi tanto onore, e poi non volere restare a cena con esso noi; e ancora mi tornò in memoria l'aver detto il detto prete come il suo Sbietta aveva fatto un sí bel colpo con l'aver venduto un podere a un vecchio a vita, il quale non passerebbe mai l'anno; ché tal parole me l'aveva ridette quell'uomo dabbene di Giovanni Sardella. Di modo che io mi risolsi, che eglino m'avessino dato innuno scodellino di salsa, la quale si era fatta molto bene e molto piacevole da mangiare, una presa di silimato, perché il silimato fa tutti quei mali che io mi vedevo d'avere; ma perché io uso di mangiare poche salse o savori colle carne, altro che 'l sale, imperò e mi venne mangiato dua bocconcini di quella salsa, per essere cosí buona alla bocca. E mi andavo ricordando come molte volte la detta moglie dello Sbietta mi sollicitava con diversi modi, dicendomi che io mangiassi quella salsa: di modo che io conobbi per certissimo che con quella detta salsa eglino mi avevano dato quel poco del silimato.

CV. Trovandomi in quel modo afflitto, a ogni modo andavo allavorare alla ditta Loggia il mio gigante: tanto che in pochi giorni appresso il gran male mi sopra fece tanto che ei mi fermò nel letto. Subito che la Duchessa sentí che io ero ammalato, la fece dare la opera del disgraziato marmo libera a Bartolomeo dell'Ammannato, il quale mi mandò a dire per messer... che io facessi quel che io volessi del mio cominciato modello, perché lui si aveva guadagnato il marmo. Questo messer... si era uno degli innamorati della moglie del detto Bartolomeo Ammannato; e perché gli era il piú favorito come gentile e discreto, questo detto Ammannato gli dava tutte le sue comodità, delle quali ci sarebbe da dire di gran cose. Imperò io non voglio fare come il Bandinello, suo maestro, che con i ragionamenti uscí dell'arte; basta che io dissi io me l'ero sempre indovinato; e che dicessi a Bartolomeo che si affaticassi, acciò che ei dimostrassi di saper buon grado alla fortuna di quel tanto favore, che cosí immeritamente la gli aveva fatto. Cosí malcontento mi stavo in letto, e mi facevo medicare da quello eccellentissimo uomo di maestro Francesco da Monte Varchi, fisico, e insieme seco mi medicava di cerusía maestro Raffaello de' Pilli; perché quel silimato mi aveva di sorte arso il budello del sesso, che io non ritenevo punto lo sterco. E perché il detto maestro Francesco, conosciuto che il veleno aveva fatto tutto il male che e' poteva, perché e' non era stato tanto che gli avessi sopra fatta la virtú della valida natura, che lui trovava in me, imperò mi disse un giorno: - Benvenuto, ringrazia Iddio, perché tu hai vinto; e non dubitare, che io ti voglio guarire, per far dispetto ai ribaldi che t'hanno voluto far male -. Allora maestro Raffaellino disse: - Questa sarà una delle piú belle e delle piú difficil cure, che mai ci sia stato notizia: sappi, Benvenuto, che tu hai mangiato un boccone di silimato -. A queste parole maestro Francesco gli dette in su la voce e disse: - Forse fu egli qualche bruco velenoso -. Io dissi che certissimo sapevo che veleno gli era e chi me l'aveva dato: e qui ogniuno di noi tacette. Eglino mi attesono a medicare piú di sei mesi interi; e piú di uno anno stetti, innanzi che io mi potessi prevalere della vita mia.

CVI. In questo tempo il Duca se n'andò affare l'entrata a Siena, e l'Ammannato era ito certi mesi innanzi a fare gli archi trionfali. Un figliuolo bastardo, che aveva l'Ammannato, si era restato nella Loggia, e mi aveva levato certe tende che erano in sul mio modello del Nettunno, che per non essere finito io lo tenevo coperto. Subito io mi andai a dolere al signor don Francesco, figliuolo del Duca, il quale mostrava di volermi bene, e gli dissi come e' mi avevano scoperto la mia figura, la quale era imprefetta; che se la fussi stata finita, io non me ne sarei curato. A questo mi rispose il detto Principe, alquanto minacciando col capo e disse: - Benvenuto, non ve ne curate che la stia scoperta, perché e' fanno tanto piú contra di loro; e se pure voi vi contentate che io ve la faccia coprire, subito la farò coprire -. E con queste parole Sua Eccellenzia illustrissima aggiunse molte altre in mio gran favore, alla presenza di molti Signori. Allora io gli dissi, che lo pregavo Sua Eccellenzia mi dessi comodità che io lo potessi finire, perché ne volevo fare un presente insieme con il piccol modellino a Sua Eccellenzia. Ei mi rispose che volentieri accettava l'uno e l'altro, e che mi farebbe dare tutte comodità che io domanderei. Cosí io mi pasce' di questo poco del favore, che mi fu causa di salute della vita mia; perché, essendomi venuti tanti smisurati mali e dispiaceri a un tratto, io mi vedevo mancare: per quel poco del favore mi confortai con qualche speranza di vita.

CVII. Essendo di già passato l'anno che io avevo il podere della Fonte dallo Sbietta, e oltra tutti i dispiaceri fattimi e di veleni e d'altre loro ruberie, veduto che 'l detto podere non mi fruttava alla metà di quello che loro me lo avevano offerto, e ne avevo, oltre a i contratti, una scritta di mano dello Sbietta, il quale mi si ubbrigava con testimoni a mantenermi le dette entrate, io me n'andai a' signor Consiglieri; ché in quel tempo viveva messer Alfonso Quistello ed era fiscale, e si ragunava con i signori Consiglieri; e de' Consiglieri si era Averardo Serristori e Federigo de' Ricci: io non mi ricordo del nome di tutti: ancora n'era uno degli Alessandri: basta che gli era una sorte di uomini di gran conto. Ora avendo conte le mie ragioni al magistrato, tutti a una voce volevano che 'l detto Sbietta mi rendessi li mia dinari, salvo che Federigo de' Ricci, il quale si serviva in quel tempo del detto Sbietta; di sorte che tutti si condolsono meco che Federigo de' Ricci teneva che loro non me la spedivan; e infra gli altri Averardo Serristori con tutti gli altri; ben che lui faceva un rimore strasordinario, e 'l simile quello degli Alessandri: che avendo il detto Federigo tanto trattenuto la cosa che 'l magistrato aveva finito l'uffizio, mi trovò il detto gentiluomo una mattina, di poi che gli erano usciti in su la piazza della Nunziata, e senza un rispetto al mondo con alta voce disse: - Federigo de' Ricci ha tanto potuto piú di tutti noi altri, che tu se' stato assassinato contro la voglia nostra -. Io non voglio dire altro sopra di questo, perché troppo si offenderebbe chi ha la suprema potestà del governo; basta che io fui assassinato a posta di un cittadino ricco, solo perché e' si serviva di quel pecoraio.

CVIII. Trovandosi il Duca alLivorno, io lo andai a trovare, solo per chiedergli licenzia. Sentendomi ritornare le mie forze, e veduto che io non ero adoperato annulla, e' m'incresceva di far tanto gran torto alli mia studii; di modo che resolutomi me n'andai alLivorno, e trova' vi il Duca che mi fece gratissima accoglienza. E perché io vi stetti parecchi giorni, ogni giorno io cavalcavo con Sua Eccellenzia, e avevo molto agio a poter dire tutto quello che io volevo, perché il Duca usciva fuor di Livorno e andava quattro miglia rasente 'l mare, dove egli faceva fare un poco di fortezza e per non essere molestato da troppe persone, e' gli aveva piacere che io ragionassi seco: di modo che un giorno, vedendomi fare certi favori molto notabili, io entrai con proposito a ragionare dello Sbietta, cioè di Piermaria d'Anterigoli, e dissi: - Signore, io voglio contare a Vostra Eccellenzia illustrissima un caso maraviglioso, per il quale Vostra Eccellenzia saprà la causa che mi impedí a non potere finire il mio Nettunno di terra, che io lavoravo nella Loggia. Sappi Vostra Eccellenzia illustrissima come io avevo comperato un podere a vita mia dallo Sbietta -. Basta che io dissi il tutto minutamente, non macchiando mai la verità con il falso. Ora quando io fui al veleno, io dissi che, se io fussi stato mai grato servitore nel cospetto di Sua Eccellenzia illustrissima, che quella doverrebbe, in cambio di punire lo Sbietta o quegli che mi dettono il veleno, dar loro qualche cosa di buono; perché il veleno non fu tanto che egli mi ammazzassi; ma sí bene ei fu appunto tanto a purgarmi di una mortifera vischiosità, che io avevo dentro nello stomaco e negli intestini; - il quale ha operato di modo, che dove, standomi come io mi trovavo, potevo vivere tre o quattro anni, e questo modo di medicina ha fatto di sorte, che io credo d'aver guadagnato vita per piú di venti anni; e per questo con maggior voglia che mai, piú ringrazio Iddio; e però è vero quel che alcune volte io ho inteso dire da certi, che dicono: "Iddio ci mandi mal, che ben ci metta" -. Il Duca mi stette a udire piú di dua miglia di viaggio, sempre con grande attenzione; solo disse: - O male persone! - Io conclusi che ero loro ubbrigato ed entrai in altri piacevoli ragionamenti. Appostai un giorno approposito, e trovandolo piacevole ammio modo, io pregai Sua Eccellenzia illustrissima che mi dessi buona licenzia, acciò che io non gittassi via qualche anno acché io ero ancor buono affar qualche cosa, e che di quello che io restavo d'avere ancora del mio Perseo, Sua Eccellenzia illustrissima me lo dessi quando aqquella piaceva. E con questo ragionamento io mi distesi con molte lunghe cerimonie arringraziare Sua Eccellenzia illustrissima, la quale non mi rispose nulla al mondo, anzi mi parve che e' dimostrassi di averlo aùto per male. L'altro giorno seguente messer Bartolomo Consino, segretario del Duca, de' primi, mi trovò, e mezzo in braveria, mi disse: - Dice il Duca che se tu vòi licenzia, egli te la darà; ma se tu vuoi lavorare, che ti metterà in opera: che tanto potessi voi fare, quanto Sua Eccellenzia vi dà da fare! - Io gli risposi che non desideravo altro che aver da lavorare, e maggiormente da Sua Eccellenzia illustrissima piú che da tutto il resto degli uomini del mondo, e fussino papa o imperatori o re; piú volentieri io servirei Sua Eccellenzia illustrissima per un soldo che ogni altri per un ducato. Allora ei mi disse: - Se tu se' di cotesto pensiero, voi siate d'accordo senza dire altro; sí che ritòrnatene a Firenze e sta di buona voglia, perché il Duca ti vuol bene -. Cosí io mi ritornai a Firenze.

CIX. Subito che io fui a Firenze, e' mi venne a trovare un certo uomo chiamato Raffaellone Scheggia, tessitore di drappi d'oro, il quale mi disse cosí: - Benvenuto mio, io vi voglio mettere d'accordo con Piermaria Sbietta -: al quale io dissi che e' non ci poteva mettere d'accordo altri che li signori Consiglieri, e che in questa mana di Consiglieri lo Sbietta non v'arà un Federigo de' Ricci, che per un presente di dua cavretti grassi, sanza curarsi di Dio né de l'onor suo, voglia tenere una cosí scellerata pugna e fare un tanto brutto torto alla santa ragione. Avendo detto queste parole, insieme con molte altre, questo Raffaello sempre amorevolmente mi diceva che gli era molto meglio un tordo, il poterselo mangiare in pace, che nonnera un grassissimo cappone, se bene un sia certo d'averlo, e averlo in tanta guerra: e mi diceva che il modo delle liti alcune volte se ne vanno tanto in lunga, che in quel tempo io arei fatto meglio a spenderlo in qualche bella opera, per la quale io ne acquisterei molto maggiore onore e molto maggiore utile. Io, che conoscevo che lui diceva il vero, cominciai a prestare orecchi alle sue parole; di modo che in breve egli ci accordò in questo modo: che lo Sbietta pigliassi il detto podere da me affitto per settanta scudi d'oro innoro l'anno, per tutto 'l tempo durante la vita mia naturale. Quando noi fummo affarne il contratto, il quale ne fu rogato ser Giovanni di ser Matteo da Falgano, lo Sbietta disse che in quel modo che noi avevamo ragionato, importava la maggior gabella; e che egli non mancherebbe - e però gli è bene che noi facciamo questo affitto di cinque anni in cinque anni - e che mi manterrebbe la sua fede, senza rinovare mai più altre lite. E così mi promesse quel ribaldo di quel suo fratello prete; e in quel modo detto, de' cinque anni, se ne fece contratto.

CX. Volendo entrare innaltro ragionamento, e lasciare per un pezzo il favellar di questa smisurata ribalderia, sono necessitato in prima dire 'l seguito dei cinque anni dell'affitto, passato il quale, non volendo quei due ribaldi mantenermi nessuna delle promesse fattemi, anzi mi volevano rendere il mio podere e nollo volevano più tenere affitto. Per la qual cosa io mi cominciai a dolere, e loro mi squadernavano addosso il contratto; di modo che per via della loro mala fede io non mi potevo aiutare. Veduto questo, io dissi loro come il Duca e 'l Principe di Firenze non sopporterebbono che nelle lor città e' si assassinassi gli uomini così bruttamente. Or questo spavento fu di tanto valore che e' mi rimissono addosso quel medesimo Raffaello Scheggia che fece quel primo accordo; e loro dicevano che no me ne volevano dare li scudi d'oro innoro, come ei mi avevano dato de' cinque anni passati: a' quali io rispondevo che io non ne volevo niente manco. Il detto Raffaello mi venne a trovare, e mi disse: - Benvenuto mio, voi sapete che io sono per la parte vostra: ora loro l'hanno tutto rimisso in me - e me lo mostrò scritto di lor mano. Io, che non sapevo che il detto fussi lor parente istretto, me ne parve star benissimo, e così io mi rimissi innel detto in tutto e per tutto. Questo galante uomo ne venne una sera a mezza ora di notte, ed era del mese d'agosto, e con tante suo' parole egli mi sforzò a far rogare il contratto, solo perché egli conosceva che se e' si fussi indugiato alla mattina, quello inganno che lui mi voleva fare non gli sarebbe riuscito. Cosí e' si fece il contratto, che e' mi dovessi dare sessantacinque scudi di moneta l'anno di fitto, in dua paghe ogni anno, durante tutta la mia vita naturale. E con tutto che io mi scotessi, e per nulla non volevo star paziente, il detto mostrava lo scritto di mia mano, con il quale moveva ognuno a darmi 'l torto; e il detto diceva che l'aveva fatto tutto per il mio bene e che era per la parte mia; e non sapendo né il notaio né gli altri come gli era lor parente, tutti mi davano il torto: per la qual cosa io cedetti in buon'ora, e mi ingegnerò di vivere il piú che mi sia possibile. Appresso a questo io feci un altro errore del mese di dicembre 1566 seguente. Comperai mezzo il podere del Poggio da loro, cioè dallo Sbietta, per dugento scudi di moneta, il quale confina con quel primo mio della Fonte, con riservo di tre anni, e lo detti loro affitto. Feci per far bene. Troppo bisognerebbe che lungamente io mi dilungassi con lo scrivere, volendo dire le gran crudelità che e' m'hanno fatto; la voglio rimettere in tutto e per tutto in Dio, qual m'ha sempre difeso da quegli che mi hanno voluto far male.

CXI. Avendo del tutto finito il mio Crocifisso di marmo, ei mi parve che dirizzandolo e mettendolo levato da terra alquante braccia, che e' dovessi mostrare molto meglio che il tenerlo in terra; e con tutto che e' mostrassi bene, dirizzato che io l'ebbi, e' mostrò assai meglio, attale che io me ne sattisfacevo assai: e cosí io lo cominciai a mostrare a chi lo voleva vedere. Come Iddio volse, e' fu detto al Duca e alla Duchessa; di sorte che venuti che e' furno da Pisa, un giorno innaspettatamente tutt'a dua loro Eccellenzie illustrissime con tutta la nobiltà della lor Corte, vennero a casa mia solo per vedere il detto Crocifisso: il quale piacque tanto che il Duca e la Duchessa non cessavano di darmi lode infinite; e cosí conseguentemente tutti quei Signori e gentili uomini che erano alla presenza. Ora quando io viddi ch'e' s'erano molto sattisfatti, cosí piacevolmente cominciai a ringraziargli, dicendo loro che l'avermi levato la fatica del marmo del Nettunno si era stato la propia causa dell'avermi fatto condurre una cotale opera, nella quale non si era mai messo nessuno altro innanzi a me; e se bene io avevo durato la maggior fatica che io mai durassi al mondo, e' mi pareva averla bene spesa, e maggiormente poi che loro Eccellenzie illustrissime tanto me la lodavano; e per non poter mai credere di trovare chi piú vi potessi essere degno di loro Eccellenzie illustrissime, volontieri io ne facevo loro un presente; solo gli pregavo che prima che e' se ne andassino, si degnassino di venire innel mio terreno di casa. A queste mie parole piacevolmente subito rizzatisi, si partirno di bottega, ed entrati in casa viddono il mio modelletto del Nettuno e della fonte, il quale nollo aveva mai veduto prima che allora la Duchessa. E' potette tanto negli occhi della Duchessa, che subito la levò un romore di maraviglia innistimabile; e voltasi al Duca disse: - Per vita mia, che io non pensavo delle dieci parti una di tanta bellezza -. A queste parole piú volte il Duca le diceva: - O non ve lo dicevo io? - E cosí infra di loro con mio grande onore ne ragionorno un gran pezzo; dipoi la Duchessa mi chiamò a sé, e dipoi molte lodi datemi in modo di scusarsi, ché innel comento di esse parole mostrava quasi di chieder perdono, dipoi mi disse che voleva che io mi cavassi un marmo a mio modo, e voleva che io la mettessi innopera. A quelle benigne parole io dissi, che se loro Eccellenzie illustrissime mi davano le comodità, che volentieri per loro amore mi metterei a una cotal faticosa impresa. A questo subito rispose il Duca e disse: - Benvenuto, e' ti sarà date tutte le comodità che tu saprai dimandare, e di piú quello che io ti darò dappermé, le qual saranno di piú valore da gran lunga - e con queste piacevol parole e' si partirno, e me lasciorno assai contento.

CXII. Essendo passato di molte settimane, e di me non si ragionava; di modo che, veduto che e' non si dava ordine di far nulla, io stavo mezzo disperato. In questo tempo la Regina di Francia mandò messer Baccio del Bene al nostro Duca a richiederlo di danari in presto; e 'l Duca benignamente ne lo serví, che cosí si disse; e perché messer Baccio del Bene e io eramo molto domestichi amici, riconosciutici in Firenze, molto ci vedemmo volentieri; di modo che 'l detto mi raccontava tutti quei gran favori che gli faceva Sua Eccellenzia illustrissima; e innel ragionare e' mi domandò come io avevo grande opere alle mane. Per la qual cosa io gli dissi, come era seguíto, tutto 'l caso del gran Nettunno e della fonte, e il gran torto che mi aveva fatto la Duchessa. A queste parole e' mi disse da parte della Regina, come Sua Maestà aveva grandissimo disiderio di finire il sipulcro del re Arrigo suo marito, e che Daniello da Volterra aveva intrapreso affare un gran cavallo di bronzo, e che gli era trapassato il tempo di quello che lui l'aveva promesso, e che al detto sipulcro vi andava di grandissimi ornamenti; sí che se io volevo tornarmi in Francia innel mio castello, ella mi farebbe dare tutte le comodità che io saprei adomandare, pur che io avessi voglia di servirla. Io dissi al detto messer Baccio, che mi chiedessi al mio Duca; che essendone contento Sua Eccellenzia illustrissima, io volentieri mi ritornerei in Francia. Messer Baccio lietamente disse: - Noi ce ne torneremmo insieme - e la misse per fatta. Cosí il giorno dipoi, parlando il detto cone 'l Duca, venne in proposito il ragionar di me; di modo che e' disse al Duca, che se e' fussi con sua buona grazia, la Regina si servirebbe di me. A questo subito il Duca rispose e disse: - Benvenuto è quel valente uomo che sa il mondo, ma ora lui non vuole piú lavorare - ed entrati innaltri ragionamenti, l'altro giorno io andai a trovare il detto messer Baccio, il quale mi ridisse il tutto. A questo io, che non potetti stare piú alle mosse, dissi: - Oh se dappoi che Sua Eccellenzia illustrissima non mi dando da fare, e io dappermé ho fatto una delle piú difficile opere che mai per altri fussi fatta al mondo, e mi costa piú di dugento scudi, che gli ho spesi della mia povertà; oh che arei io fatto, se Sua Eccellenzia illustrissima m'avessi messo innopera! Io vi dico veramente, che e' m'è fatto un gran torto -. Il buono gentile uomo ridisse al Duca tutto quello che io avevo risposto. Il Duca gli disse che si motteggiava, e che mi voleva per sé; di modo che io stuzzicai parecchi volte di andarmi con Dio. La Regina non ne voleva piú ragionare per non fare dispiacere al Duca, e cosí mi restai assai ben malcontento.

CXIII. In questo tempo il Duca se n'andò, con tutta la sua Corte e con tutti i sua figliuoli, dal Principe in fuori il quale era in Ispagna: andorno per le maremme di Siena; e per quel viaggio si condusse a Pisa. Prese il veleno di quella cattiva aria il Cardinale prima degli altri: cosí dipoi pochi giorni l'assalí una febbre pestilenziale e in breve l'ammazzò. Questo era l'occhio diritto del Duca: questo si era bello e buono, e ne fu grandissimo danno. Io lasciai passare parecchi giorni, tanto che io pensai che fussi rasciutte le lacrime: dappoi me n'andai a Pisa.